Le gardien de mon frère

du même auteur
chez le même éditeur

Un Russe candide (1997)
La chanteuse russe (1999)
La photo de Lime (2000)
Le Danois serbe (2001)
Le dernier espion (1re édition 1996 ; 2002)
La femme de Bratislava (2004)
L'ennemi dans le miroir (2007)
L'épouse inconnue (2007)
À la recherche d'Hemingway (2010)

Leif Davidsen

Le gardien de mon frère

traduit du danois par Monique Christiansen

roman

GAÏA ÉDITIONS

Gaïa Éditions
82, rue de la Paix
40380 Montfort-en-Chalosse
téléphone : 05 58 97 73 26

contact@gaia-editions.com
www.gaia-editions.com

Titre original :
Min Broders Vogter

Illustration de couverture :
© Patricia Turner et Mohamad Itani / Arcangel Images

ISBN 13 : 978-2-84720-389-9

L'histoire est un champ collectif
où chacun de nous peut faner.

Proverbe espagnol
cité par Antony Beevor, historien

Prologue

Ils sont tous là, réunis en mon honneur. Le Premier ministre, l'ambassadeur des États-Unis, le nouveau conseil d'administration au complet, les journalistes triés sur le volet, et toute ma famille. Ma femme actuelle aussi, un exemplaire plus récent, qui affiche quarante-huit ans alors qu'elle en a cinquante-huit, mes deux ex-femmes, toujours en vie et aussi âgées que moi maintenant, bien que je les aie choisies jeunes, ceux de mes enfants qui sont toujours vivants et beaucoup de petits-enfants et d'arrière-petits-enfants ; je les salue tous aimablement, tous autant qu'ils sont, depuis mon fauteuil roulant, mais je pense à Irina, mon seul véritable amour. Je la revois comme si notre première rencontre datait d'hier, alors qu'elle remonte loin jusqu'en 1937.

En haussant la voix, comme lorsqu'on s'adresse à des vieux, ils m'ont annoncé que la reine serait bientôt là et qu'elle me décernerait la croix de Dannebrog, une distinction qui m'a déjà été remise une fois, naturellement, mais qui aujourd'hui s'accompagnera de toutes les palmes imaginables. Du reste, il se peut qu'il s'agisse d'une autre distinction. Je ne les ai pas écoutés. J'ai acquiescé du chef en exprimant ma reconnaissance de ce que Sa Majesté veuille se déplacer en personne. C'est un geste tout à fait inhabituel et extraprotocolaire. Je dois à ma position particulière sa venue ici, dans mon grand jardin qui embaume, en été. Ma chorale, célèbre dans le monde entier : la Chorale Mads Meyer, dont je suis le mécène depuis plus de trente ans, se produira devant la reine, qui sera peut-être surprise de l'entendre chanter trois vieilles chansons datant de la guerre civile espagnole, ainsi qu'un tango de Buenos Aires. J'ai imposé ce programme qui a stupéfait le chef de la chorale – où trouverait-il les partitions de ces morceaux et pourquoi cette idée ? Mais puisque c'est moi qui paie, c'est moi qui décide du répertoire. J'ai fait partie d'une chorale pendant de très nombreuses années, mais j'ai cessé de chanter le jour où j'ai perdu confiance en ma voix.

Je suis très âgé et j'ai surtout envie de mourir, mais je suis toujours là, je branle du chef avec bienveillance en écoutant les discours qui glorifient mes hauts faits, d'abord dans la lutte contre les Allemands, puis au service du Danemark, en faveur de l'industrie et du commerce danois, et je me dis qu'ils ignorent que tous ces exploits sont fondés sur un crime, dont j'ai toujours eu envie de raconter l'histoire avant de mourir.

Le moment est venu de le faire.

J'ai tué des hommes en Argentine, en Espagne et dans la Russie de Staline. En Argentine, c'était pour sauver ma peau, parce qu'une fois de plus, ma queue avait fait mon malheur. En Espagne, c'était sans doute pour servir mes intérêts, et en Russie, c'était pour Irina. Ce ne sont pas ces exploits qui me valent des galons et des décorations. On me les décerne pour mes activités pendant la guerre, cette période où l'on prenait pour du courage la furie qui me poussait à me battre contre l'injustice de la vie. Pour servir mon pays, j'ai éliminé plusieurs Danois traîtres à la patrie ainsi que deux Allemands. La Résistance faisait appel à moi pour liquider les délateurs parce que j'avais le plus de sang-froid. Ils m'avaient surnommé Sans Peur, ignorant que je ne craignais pas la mort parce que le souvenir de mon frère me faisait souffrir le martyre, comme il le fait encore dans mes rêves. Je bravais aussi la mort parce que je voulais m'unir à Irina dans l'au-delà, comme les Amants de Teruel.

Mes mérites pendant la guerre font de moi un héros pour la bonne raison qu'à la guerre, le crime n'en est pas un, contrairement à ce que professent la Bible et l'école.

Toutes mes relations sont présentes autour de moi, mais celui qui me manque le plus est mon frère. Empreint de sagesse et de spiritualité, il croyait en la bonté des êtres humains, et ma sœur me manque presque autant que lui. Elle a eu une mort douce, son cœur a lâché subitement, il y a très longtemps. Enfin il y a Irina, ce vide insoutenable dû à son absence.

Mon frère était beau, délicat et noble, et le mythe qu'il représente a grandi en moi au fil des jours. Il incarnait l'artiste et l'idéaliste qui croient en une cause. Il était dépourvu de félonie… L'était-il, oui ou non ? Ou ne l'est-il que parce qu'il n'a pas eu le temps d'atteindre l'âge où l'on devient félon ? Il croyait pouvoir changer le monde, il était aussi prêt à tuer qu'à mourir pour la bonne cause et pour ce qu'il croyait être la vérité. Mais peut-être cela n'a-t-il duré que jusqu'à ce qu'il voie de ses yeux cette saloperie de guerre, dans l'Aragón.

Son destin est celui du vingtième siècle. C'est au cours de mon siècle que la folie sanguinaire va grandissant, sous le couvert de l'avancée des idéologies, en révélant la vraie nature de l'humanité.

Tous ces gens sont rassemblés ici, par ce beau temps de juin bien danois, pour fêter mon anniversaire. Ils veulent voir le dinosaure avant qu'il ne soit trop tard. Ils sont là comme des vautours et cancanent comme des canards parce que Sa Majesté m'a écrit personnellement, mais ils ne savent pas qu'à l'issue de cette journée, je ne serai plus des leurs. Je songe avec impatience au revolver qui m'attend dans le tiroir de mon bureau. Il m'attend. Depuis Albacete et Carthagène, il m'accompagne dans mon périple vers la richesse et vers ma perte, et il m'attend.

Il a été fidèle et sûr. Il a fonctionné. Je l'ai emporté le jour où j'ai quitté l'Argentine, et je l'avais sur moi en Espagne et dans les glaces moscovites. C'est un Smith & Wesson à barillet qui date de 1908. Jamais on n'en a fabriqué de meilleur. Si ce revolver, qui m'a servi à liquider des traîtres à la patrie, met aussi fin à mes jours, ce ne sera que justice.

Je hoche la tête, je regarde autour de moi et je sais ce qu'ils pensent. Ils se demandent ce que contient mon testament, sachant bien que je suis en sursis malgré tout, mais ils peuvent dormir tranquillement. Je n'ai oublié personne. Les Industries Meyer sont une affaire solide, qui possède des ramifications dans le monde entier. Les crises financières peuvent aller et venir, elles n'affecteront pas ma société que j'ai dirigée selon le principe périmé qu'à la fin de chaque journée, la caisse doit toujours contenir un peu plus d'argent qu'elle n'en contenait le matin. Jamais je ne me suis lancé dans des spéculations, jamais je n'ai cédé aux sirènes volages de la voracité. Jamais je ne me suis laissé séduire par les offres d'emprunts faciles des directeurs de banque patelins, pas plus que par l'amoralisme attrayant de la spéculation.

Ce qui ne m'empêche pas d'être un escroc vivant. Ma mort sera mon tribut à la justice.

Je laisserai une entreprise danoise bien gérée, célèbre pour ses dons aux œuvres de bienfaisance, connue au Danemark pour embaucher des immigrés et pour offrir des conditions de travail convenables à ses employés, quels qu'ils soient, dans ses filiales étrangères. J'ai financé la Fondation Mads Meyer, qui a soutenu la culture, l'aménagement des belles places de la ville, quand les pouvoirs publics étaient à court d'argent, envoyé à l'étranger des milliers de jeunes Danois talentueux pour qu'ils y bénéficient de l'enseignement qu'ils souhaitaient. De nouvelles institutions culturelles portent le nom de Meyer et, grâce à des legs de la fondation, des musiciens danois sont en mesure de faire des stages dans quelques-uns des conservatoires du monde les plus réputés. J'ai été philanthrope dans le meilleur sens du terme, et le revers de ma veste est alourdi par les distinctions que m'ont décernées plusieurs pays reconnaissants.

Chaque année, la fondation distribue de fortes sommes

à des artistes danois et étrangers au cours d'un grand gala télévisé. Les célébrités qui se battent pour décrocher une invitation assurent à cette manifestation une foule de téléspectateurs.

Si j'ai accompli cela dans l'espoir d'obtenir l'indulgence, ces bonnes œuvres auront au moins créé de la joie, mais je doute qu'elles m'ouvrent les portes du paradis.

Je laisserai beaucoup d'argent derrière moi.

Tout à l'heure, quand je serai dans l'obligation de prononcer quelques mots, de ma voix de baryton toujours ferme, très légèrement vibrante après des années d'usure, je m'en tiendrai à des banalités, en y ajoutant comme de coutume la pointe de sarcasme et le brin de critique sur la folie du monde actuel grâce auxquels mes interventions sont à la fois célébrées et décriées.

L'autre histoire, vous la lirez quand Henry, mon avocat, publiera mes papiers, car j'ai consacré les deux dernières années de ma vie à la raconter et à l'enregistrer sur un CD-ROM déposé dans le coffre secret d'une banque. Je l'ai expédiée, de surcroît, sur un site de l'espace cybernétique dont seul Henry connaît le code. Il sera impossible à ceux qui restent d'effacer cette histoire, même s'ils essaient de le faire, ce à quoi ils ne manqueront certainement pas. Même Henry ignore encore que j'ai demandé au petit Karl, le plus doué de mes petits-fils, qui me ressemble tant qu'il me fait l'effet d'un miroir, de coder mon document de façon qu'il soit adressé, dans quatre-vingt-dix jours exactement, à une grande maison d'édition et à deux quotidiens.

Je n'ai presque rien oublié, de ce qui vaut la peine qu'on s'en souvienne en tout cas.

Depuis mon fauteuil roulant, dans ce jardin, je contemple mes invités et je réponds poliment à ceux qui viennent me féliciter, le sourire aux lèvres et en forçant leur voix, mais je suis ailleurs.

J'avais fui le Danemark, mais j'ai dû y revenir pour m'y

réfugier quand les choses se sont mises à chauffer, pour moi, en Argentine. Je suis né en 1912 – l'année où le *Titanic* a sombré après avoir heurté l'iceberg, l'année où le premier navire à moteur Diesel à destination de la Grande-Bretagne est sorti du chantier naval danois de B & W. Je remonte à un passé lointain, tombé dans l'oubli pour la plupart des gens et dont ils ne se soucient guère, mais qui demeure parfaitement net et vivant en moi.

Je me revois jeune homme comme si c'était hier. Je revois mon frère, ma sœur comme si elle était là, à mes côtés. Je revois Irina. Je revois Joe Mercer, et je revois Svend, bien entendu, mon compagnon d'armes, Dieu ait pitié de son âme communiste. Je me remémore mon assurance, mon arrogance démesurée. J'étais convaincu que le monde existait pour moi, que les autres avaient été créés pour ma satisfaction personnelle.

Je revois le jeune Magnus Meyer le jour où il se réveille, dans la ville de son enfance ; il est sûr de tout savoir de la vie alors qu'il n'a que vingt-cinq ans. Les expériences qu'il a faites en Argentine l'ont formé, mais il a dû revenir au pays ; ce qui veut dire que la vie lui a mis d'autres cartes en main que la part qu'il avait cru recevoir.

Aujourd'hui, je suis un citoyen respecté, mais ce n'est qu'un leurre. Je paierai mon dû au diable et ce ne sera que justice. Pourtant, je prie Dieu qu'il me pardonne sans espoir d'être exaucé. J'ai raconté mon histoire et il n'y a rien à y ajouter. Elle est telle que je me la rappelle et j'ai bonne mémoire. J'ai conservé les papiers et les journaux intimes de mon frère. Des notes et des papiers importants. J'ai dépensé de grosses sommes, au fil des ans, pour trouver des personnages clés, j'ai envoyé des détectives fouiller les archives.

Soucieux d'éviter de longues batailles juridiques posthumes, j'ai raconté cette histoire en partie sous forme de fiction.

Il se peut que ce ne soit pas toute la vérité, mais c'est ma vérité, et ce sera l'ultime testament de Magnus Meyer.

Première partie
Jutland, fin de l'été 1937

L'Éternel dit à Caïn : Où est ton frère Abel ?
Il répondit : Je n'en sais rien.
Suis-je le gardien de mon frère ?

Genèse, 4, 9

1

Il fait extraordinairement beau et chaud, en ce jour de la fin août 1937 où Magnus Meyer se réveille, dans la ville de son enfance. Il est arrivé la veille, a passé la nuit à l'hôtel Dania et, après le petit déjeuner, il s'est rendu sur la place du marché pour respirer cet air de fin d'été, lourd et sensuel mais délicat et frais malgré tout, après la chaleur torride de ses années en Argentine. Il se permet une petite pause afin de s'imprégner de ce qui l'entoure. La ville est reconnaissable et étrangère à la fois. Il entend le claquement des sabots des chevaux attelés à la voiture du laitier, il sent l'odeur du charbon que l'on stocke en prévision de l'hiver à venir, et il voit la femme de chambre de l'appartement sis au-dessus de la banque ouvrir la fenêtre et astiquer vivement les vitres en chantant un refrain qu'il ne connaît pas. Il est dans une petite ville. Les passants se saluent poliment quand ils se croisent devant les façades coquettes des petits magasins. Il se sent à l'aise. Il maîtrise la situation, il se sent prêt à reconquérir ce petit coin du monde, à s'emparer de tout cela mentalement et physiquement, par la seule jouissance de cette matinée, avant de traverser son ancienne ville à pied, en longeant le lac jusqu'à l'établissement thermal.

La promenade est assez longue, mais il fait si beau. De plus, il admet qu'il est conscient de se distinguer de ces tristes Danois qui incarnent la dépression, vêtus de leur combinaison grise de mécanicien et coiffés de leur casquette crasseuse ou d'un chapeau mou démodé. Il prend plaisir à flâner. Il se redresse en marchant, arborant son costume clair bien coupé, cousu par le tailleur de la petite rue poussiéreuse de Buenos Aires. Il a acheté ses élégantes chaussures italiennes à New York, sur la Cinquième Avenue et son panama blanc a exactement l'inclinaison qui convient au couvre-chef élégant d'un « *dandy from overseas* ». Le parfum de sa lotion après-rasage se marie parfaitement avec la fumée de son cigare cubain matinal et il empoche joyeusement les œillades des femmes qu'il croise en chemin.

Voici donc venir un jeune homme qui a vu du pays, un voyageur, quelqu'un qui a des réserves, qui n'a pas de soucis à une époque où tout le monde en a. Cet homme qui revient dans sa petite ville est plus avisé, plus riche et plus sûr de lui que ceux qui sont restés et se sont embourgeoisés aujourd'hui, avec femme et enfants, ou qui battent la semelle dans les longues files d'attente des chômeurs de la dépression. Est-ce que quelqu'un le reconnaîtra ? Il en doute. Il ne peut renier son physique, qui n'est pas mal d'ailleurs, plusieurs femmes le lui ont déjà confirmé, mais il est plus grand et en meilleure forme qu'autrefois, et sa petite moustache blonde lui donne du caractère. C'est en premier lieu à sa tenue, à sa stature et à son comportement qu'il doit cette assurance accrue qui le rend méconnaissable dans sa ville natale. L'habit n'est pas tout, ce qui compte, c'est la façon de le porter, la façon dont on se comporte.

C'est Inés qui le lui a appris. « Tu n'es pas celui que tu es, tu es celui que tu choisis d'être », avait-elle dit, et il se remémore ses petits seins délicats et les lèvres douces qui l'embrassaient. Jamais il n'avait imaginé que l'amour pût être ainsi. Vierge de culpabilité, une simple jouissance, des heures de satiété et de plaisir partagés.

Il pense à tout cela en marchant au soleil, au fardeau qui pèse sur les gens de la ville où il a grandi, à leurs réflexions sans fin sur le péché et la culpabilité. À la honte qui puerait presque si elle sortait de ces petites maisons. Ils ne savent pas, se dit-il avec cette arrogance particulière à un jeune homme qui se sait capable de donner physiquement autant de plaisir et de bonheur.

« À présent, tu te comportes enfin aussi bien et avec toute l'assurance et la virilité qui semblent être les tiennes », lui a dit Inés, quelques jours après l'avoir séduit. « Ton âme n'est plus prisonnière, elle a trouvé dans ton corps l'enveloppe qui lui revient. »

Après l'avoir écoutée, il se souvient qu'il a foulé le sol tout à fait différemment, qu'il s'est presque envolé, comme emporté par la musique de sa voix et qu'il a cessé, la nuit, de rêver au médecin chef.

Le jeune homme qui, la veille, a monté sa valise dans sa chambre de l'hôtel Dania, s'appelle Jens, c'est le fils de Hans le cordonnier. Meyer le sait parce qu'à l'école, il précédait Jens de deux ans et il n'a pas noté chez lui le moindre signe indiquant qu'il l'avait reconnu. Son ancien camarade, vraisemblablement, ne pourrait jamais imaginer qu'ils ont autrefois joué dans la même cour d'école.

Magnus n'a pas annoncé son retour. Il se refuse à prononcer les mots « à la maison ». Il n'est pas prêt à rencontrer son père, même si c'est inévitable.

C'est Marie qui lui a écrit, et c'est d'abord à elle qu'il veut parler. La lettre de sa sœur l'a trouvé à New York. Elle savait, naturellement, qu'il avait quitté l'Argentine, qu'il l'avait fuie, pour employer un terme plus approprié. Marie est la seule à qui il a fourni ses adresses successives, en lui interdisant formellement de les transmettre au médecin chef.

Il fallait qu'il quitte le pays, Don Pedro avait le bras trop long. Meyer ne voulait pas se marier. Jamais Dolores n'aurait dû parler à son frère, et jamais son frère n'aurait dû venir le voir. Il n'y avait rien d'autre à faire que ce qu'il avait fait puisque c'était ou lui ou ce frère. Don Pedro n'aurait pas dû envoyer son fils. Don Pedro et Meyer auraient pu se mettre d'accord, il en est sûr. Ils se respectaient. Le frère de Dolores, en revanche, le détestait bien qu'ils aient été, au début, les meilleurs amis du monde. La jalousie s'était immiscée dans leurs relations. Il déplaisait à ce frère que Don Pedro ait peine à cacher qu'il eût préféré un fils et un héritier comme Meyer, au lieu de ce paresseux que lui avait donné sa femme.

Assailli par ce souvenir, il s'en faut de peu que Meyer ne transpire, malgré la douceur sèche du soleil danois. Il revoit le sang qui coule et le regard stupéfait de ce frère, quand la balle l'a atteint en pleine poitrine, avec un claquement étouffé. Après cela, ni Don Pedro ni Meyer n'ont eu le choix.

Il ne transpire pas. Il a l'habitude de la chaleur. Même par ce temps magnifique, il jouit de la fraîcheur en cheminant le long du lac, à l'ombre des arbres qui donnent les premiers signes de l'automne, jusqu'à l'établissement thermal. Il évite les crottins de cheval et les nids-de-poule et observe les rares automobiles qui cahotent dans les rues avant d'arriver à la périphérie de la ville et d'apercevoir le bâtiment, qui est aussi la maison où il a grandi. Conforme à ses souvenirs, elle est toujours encadrée par les grands hêtres au feuillage gris-vert, poussiéreux et encore épais. Son cœur bat plus vite, pendant un instant, devant cette grande maison blanche d'où émane l'espoir pour les patients. Ils croient voir un hôpital alors que c'est une prison. Un lieu où les châtiments corporels étaient pour lui monnaie courante, quoique supportables, tandis que la froideur de la torture mentale était pire et rappelait constamment à ceux qui le pouvaient qu'ils devaient fuir cette maison.

Magnus marque une pause, fume une cigarette, s'efforce de chasser ses souvenirs, jette le mégot et avance jusqu'au portail. Il fait frais dans la pièce obscure de la réception située à l'entrée principale, et le portier, un nouveau qui de ce fait ne le reconnaît pas, appelle l'infirmière en chef.

« Bonjour mademoiselle Jørgensen, lui dit-il.

– Bonjour Magnus Meyer. Vous êtes des nôtres, à ce que je vois. »

Mlle Jørgensen, qui ne l'a pas vu depuis cinq ans, se contente de lever légèrement ses sourcils broussailleux et, après ce salut cérémonieux et une petite pause embarrassée, elle lui annonce que monsieur le médecin chef a des patients et que mademoiselle Marie est à la piscine en plein air avec un groupe de curistes, par ce beau temps. Quant au jeune Mads, eh bien, c'est une autre affaire… On dirait qu'elle est moins sûre d'elle et peut-être un peu angoissée parce que les temps sont durs, mais il ne peut qu'admirer son sang-froid. Elle ne lui tend pas la main et ne sourit pas. On ne serre pas la main d'un sale gamin.

Elle s'efforce de dissimuler, dans le regard qu'elle pose sur lui, les questions que son respect exagéré de l'autorité et son éducation l'empêchent de lui adresser, mais il les déchiffre sans peine. Pourquoi le fils prodigue est-il rentré à la maison ? Que veut-il ? La discorde va-t-elle recommencer ? Va-t-il briser à nouveau cette harmonie si importante pour la guérison des maux physiques et mentaux ? Elle annoncera son retour à son père dès qu'elle en aura l'occasion.

Voilà bientôt trente ans qu'ils travaillent ensemble. Elle est grande et mince, sa poitrine est plate et le foulard dont elle couvre ses cheveux grisonnants n'avantage guère son visage de faucon. Infirmière en chef de son père, elle est aussi sa main droite et l'aide à diriger l'établissement thermal avec une précision militaire qui plaît à la pédanterie du médecin chef. L'odeur qui émane d'elle, comme d'habitude, est celle du soufre et du phénol, de la boue thérapeutique et des courants électriques indissociablement liés à son enfance. S'il croise un seul de ces produits et son odeur, au cours de ses vagabondages dans le monde entier, ils le ramènent au pays redouté de son enfance.

Elle l'observe, un peu surprise peut-être de le voir présentable, en costume d'été, avec la cravate de soie qu'il a achetée à New York avant d'embarquer pour l'Europe. Sa cravate est droite et il s'est rasé de près. Elle regarde son costume, qui est un peu plus élégant que la plupart des autres, en ces temps de crise au Danemark, ainsi que son chapeau qu'il tient poliment à la main. Il est un peu plus grand qu'elle. Elle le contemple et il note que malgré elle,

elle est contente de ce qu'elle voit, non sans souhaiter qu'il disparaisse sur-le-champ, car elle n'a pas oublié tous les conflits et le désordre permanent qu'il provoquait. Au fond, ce gamin n'a jamais compris le génie de son père et n'a absolument pas compris non plus que le génie a un prix que doivent payer les êtres moins doués, de préférence avec un certain plaisir, et en tout cas avec reconnaissance.

« Je suis descendu au Dania, lui dit Magnus. Pourriez-vous le dire à mon père ?

– Comme vous voulez. Mais pendant les deux heures qui viennent, le médecin chef a des patients. Le docteur Krause, de Hambourg, l'accompagne », ajoute-t-elle comme si c'était une explication. Mais au moins, elle le vouvoie. Sans doute pour la première fois. L'ayant torché quand il était petit, elle ne s'est jamais abstenue de lui faire sentir qu'il devrait s'en souvenir.

Il fait chaud, mais elle ne transpire pas sous sa longue robe blanche et son tablier bleu empesé. Elle irradie une paix particulière et une froide efficacité. Le matin, les patients et les curistes suivent bon nombre de traitements élaborés par son père. Des cures qui combinent les courants électriques, les bains d'eau salée, les végétaux, de même que des procédés curatifs secrets destinés à guérir les douleurs rhumatismales, la goutte qui résulte des excès de table, les troubles mentaux des faibles d'esprit. Les gens aisés de tout le pays essaient d'obtenir des cures dans l'établissement thermal de son père, qui accepte aussi volontiers des patients moins fortunés, dès lors que leur maladie offre une complexité suffisante – Meyer se rappelle que cette formule fait partie du vocabulaire favori du médecin chef.

Magnus a aperçu quelques patients qui prennent leur bain de soleil sur des chaises longues, dans le jardin, et il se les représente dans les nombreuses salles de l'établissement, dans leur bain chaud, enrobés d'une boue à l'odeur sulfureuse ou en traitement dans une eau ionisée. Mais les seuls bruits qui lui parviennent sont le bourdonnement des insectes et le pas léger d'une infirmière efficace, sur le linoléum d'un long couloir.

« Savez-vous où je pourrais trouver ma sœur, mademoiselle Jørgensen ? »

Elle l'étudie une fois de plus pendant un instant avant de répondre :

« Comme je vous l'ai dit, elle a emmené un groupe de patients au nouveau bain de Tinnet Krat. Le médecin chef analyse l'eau de ce bain que l'on fait venir de la source de la Gudenå. Une eau qui n'a pas subi d'intervention humaine, ce qui veut dire qu'elle est parfaitement pure. Le médecin chef expérimente les effets potentiels de l'eau de cette rivière sur le traitement du psoriasis. »

La parole du médecin chef transparaît dans ce discours, mais Magnus se borne à répondre :

« Je ne vous suis pas… »

Elle lui décoche le coup d'œil qui le terrifiait, enfant. Un coup d'œil lourd de son mépris pour l'intelligence bornée d'autrui. Seule celle du médecin chef peut se mesurer avec la sienne.

« Non, je veux bien le croire. Cela se trouve, comme je vous l'ai dit, près de la source de la Gudenå. À cinquante kilomètres et quelque d'ici, en direction du sud. Mademoiselle est partie avec Klausen, le chauffeur, dans l'autobus des patients, juste après le petit déjeuner. C'est vraiment loin, mais la science requiert des sacrifices.

– La source de la Gudenå ?

– C'est cela. Et maintenant, si vous voulez bien m'excuser. Il est l'heure d'interrompre certaines cures. Je transmettrai vos salutations au médecin chef. »

Il remet son chapeau, prend congé en y portant la main et retourne à la gare. Il sait que le petit taxi de Kurt y stationne et demande qu'on le conduise aux bains situés, paraît-il, près de la source de la Gudenå. Kurt a une course en ce moment, mais Signe, sa femme, hoche la tête en le voyant, stupéfaite – peut-être le reconnaît-elle ? Elle lui trouve un autre chauffeur qui déclare qu'il s'agit d'une longue course et que, par conséquent, il informe monsieur que ce ne sera pas très bon marché. L'homme est petit, il a de grosses taches sur la figure et porte une casquette fatiguée. Meyer se contente d'acquiescer, il ne voit pas la nécessité d'évoquer les immensités de la pampa, pas plus que son compte en banque à New York, où se trouvent ses gains argentins et son confortable salaire new-yorkais. La voiture est une élégante Studebaker, grande et spacieuse, qui permet à Magnus d'étendre ses longues jambes devant le siège arrière.

La campagne danoise ondule mollement, les récoltes sont faites et, çà et là, les champs sont déjà labourés. Pourtant, tout est vert et luxuriant, comme si le mot de sécheresse n'existait pas dans la langue danoise. Partout, ce sont des chevaux attelés à des charrues ou à des herses. Les paysans soulèvent leur casquette et suivent des yeux cette belle voiture et le monsieur installé sur le siège arrière. Les cigognes sont parties et les étourneaux se rassemblent, relève Meyer en se répétant à quel point les distances sont réduites et le paysage attrayant, dans son pays.

Il revoit les vastes plaines de l'Argentine, les montagnes humides du nord du pays, la vie ardente, puante, des taudis de Buenos Aires et contemple sa patrie avec une indulgence tranquille, ces routes sinueuses, ces petites maisons et l'ordre qui paraît régner même chez les plus pauvres. Il se remémore une chanson qui dépeint bien ce pays et fredonne « *Hist hvor vejen slår en bugt* » (Là, au tournant du chemin), ce qui lui vaut un sourire, dans le rétroviseur, du chauffeur qui fait partie, apparemment, de la catégorie de ceux qui se refusent à engager une conversation.

Pour la première fois, Magnus est spontanément heureux d'être chez lui. Chez lui ? Est-il vraiment chez lui au Danemark ? Dans ce petit pays de paysans regardants, dont le

Premier ministre ressemble à un nain, ce qui est très adéquat peut-être, puisque le Danemark traverse la crise mondiale d'une façon curieusement détachée, alors que des pays tout proches ont été ou sont encore au bord de la révolution. Les Danois profitent de leur confort en cachette. Chacun vaque à ses petites affaires, et c'est comme si le monde extérieur n'existait pas. La crise finira bien un jour. Comme d'habitude. Il n'y a aucune raison de se plaindre. Quoi qu'il en soit, on s'en remet à Dieu, et si l'on a été mis au monde, ce n'est pas pour se lamenter.

Très loin vers le sud, la guerre fait rage. Une guerre civile éloignée qui l'a rappelé au pays. Dans sa famille, en effet, cette guerre s'est muée en réalité. C'est de cela qu'il s'agit. Le cœur de sa famille est touché, les battements de ce cœur sont touchés. Soudain, le temps s'arrête pendant un instant, comme s'il était redevenu enfant, Magnus croit entendre sa mère l'appeler pour qu'il rentre dîner. Il a aperçu une femme vêtue d'une longue robe et d'un tablier à fleurs qui levait la main pour appeler une fillette. Il entend sa voix distinctement, par la vitre baissée de la voiture. La fillette fait un large et joli sourire, puis elle disparaît quand la voiture bifurque au tournant suivant.

Cette femme aurait pu être sa mère. La fillette aurait pu être Marie, avec son beau sourire et sa confiance dans le monde entier. Ce souvenir est si vif, durant un court moment, qu'il ne sait plus s'il rêve ou s'il est éveillé. Il ôte son chapeau et s'essuie le front, sans comprendre l'angoisse soudaine qui l'étreint.

Le chauffeur le dépose à une certaine distance des bains et prend un journal parce que Meyer lui a demandé de l'attendre avant de gravir la petite colline.

Beaucoup de citadins sont de sortie, par ce beau temps. On voit leurs bicyclettes noires, alignées comme une rangée de soldats. Il ne peut s'empêcher de faire une petite pause, surpris par le spectacle étonnant de la cuvette formée par les collines qui séparent les sources des rivières de Gudenå et de

Skjernå. Que lui a donc raconté ce chauffeur, par ailleurs si réservé ? Que c'est un agriculteur du nom de Clausen, qui a aménagé les Bains de Tinnet, en 1931-1932, grâce à une subvention de l'État, après avoir observé que certains valets faisaient leur toilette dans l'abreuvoir de son bétail, alimenté par la source de la Gudenå. Bonne et riche idée, ma foi, pense Magnus en découvrant la foule, de trois cents personnes peut-être, qui se presse autour des cinq piscines creusées au milieu de ces collines verdoyantes.

Avant de descendre l'escalier qui mène aux bains, il doit payer une couronne l'entrée à un homme posté devant un petit pavillon, qui fait de la réclame pour du café et des glaces. On a bâti à côté, avec des planches de sapin rabotées, un toboggan de fortune où des enfants descendent à fond de train, assis sur de vieux sacs d'engrais lessivés qui s'entassent à son pied. Les enfants poussent des cris de plaisir et Meyer s'arrête un instant pour contempler la scène.

Les bains sont composés de quatre bassins circulaires et d'un bassin carré au-dessus duquel on a monté un plongeoir. Les valets de ferme, en gros maillot de bain bouffant, s'efforcent d'impressionner les filles en faisant les clowns et en plongeant pour faire jaillir l'eau le plus loin possible. Leur torse blanc contraste avec leurs bras bronzés, nus quand ils travaillent dans les champs. Des mères et des enfants s'ébattent dans une pataugeoire. Il semble que les patients du médecin chef fréquentent la piscine proprement dite. Dans un autre bassin circulaire, deux enfants sont à bord d'une petite barque qui tourne sans arrêt, entraînée par une perche apparemment reliée à des chaînes. Quel lieu étrange, se dit-il en apercevant une grande femme blonde qui émerge de l'écran formé par les rondins grossièrement taillés d'un vestiaire. Elle tient un enfant par la main, porte un maillot moulant et possède une grâce sensuelle dont il la devine inconsciente. Il pense à Dolores qui a la même silhouette, voit que la blonde se dirige vers la pataugeoire et se force à ne plus songer au passé.

Mais soudain, il se souvient de l'abreuvoir de Don Pedro, dans son ranch. Ici, ce doit être le même système : l'eau de la source de Gudenå, amenée par un siphon dans un ou deux bassins aménagés sur la colline, est réchauffée par le soleil avant d'être conduite dans les piscines. Un système simple, mais efficace ; le procédé attire l'attention de Meyer qui est fasciné par l'ingénierie même s'il n'a pas fait d'études poussées.

Magnus s'intéresse aux combinaisons et aux innovations techniques. Il se sait doué pour repérer les problèmes et trouver des solutions différentes, surprenantes, auxquelles nul n'a jamais pensé avant lui. Un talent qu'il a découvert en Argentine, où l'on ne demande pas à un jeune homme s'il a fait des études, mais ce qu'il sait faire.

La pression de l'eau suffit aussi à faire marcher deux charmants petits jets d'eau qui font office simultanément de fontaines d'eau potable.

Le modèle réduit d'un cadran solaire s'élève entre les fontaines. C'est là qu'il repère sa sœur Marie, son aînée de deux ans, au milieu de la foule des baigneurs et de ceux qui s'exposent au soleil. Marie ne passe pas inaperçue, elle est belle, grande et mince, mais sa vivacité n'est qu'apparente. Comme son père a coutume de le dire, elle a un esprit difficile et une tendance à la dépression. La mélancolie qui la guette s'est déclarée après la mort de leur mère, victime en 1929 d'une mauvaise grippe contre laquelle même le médecin chef est demeuré impuissant. Après la mort de sa femme, la froideur du médecin chef est devenue définitivement glaciale. Il a refoulé sa douleur en devenant une sorte de mécanique efficace qui attire les dames obèses, parce qu'elles la croient fondée sur les plus hautes avancées de la science.

Marie est brune, et comme le dicte la mode, ses cheveux tirés en arrière retombent en boucles sur son col blanc et dégagent son front haut et droit. Il note la barrette pratique qui maintient sa chevelure. Elle ne s'est jamais beaucoup maquillée. Malgré la chaleur de cette journée de fin d'été, elle porte son uniforme : la longue jupe ample et le chemisier boutonné jusqu'au cou, orné de l'épingle du Conseil des infirmières danoises. Elle ne l'a pas vu, il peut donc la contempler en toute tranquillité.

Elle n'a pas changé pendant les cinq ans de son absence. D'après ce qu'il observe de loin en tout cas, ces années n'ont laissé aucune trace sur elle. Elle possède toujours une séduction dont elle n'a pas conscience, pense-t-il, en se hâtant de chasser cette idée. Ces réflexions ne sont pas convenables puisqu'elle est sa sœur, mais il ne comprend pas pourquoi elle est encore célibataire, compte tenu de cette étincelle passionnée qui n'attend clairement que d'être allumée. D'ailleurs, qu'en sait-il ? Elle n'est peut-être plus seule. Elle n'a parlé ni d'un ami ni d'un homme quelconque dans la lettre qu'il a reçue et qui l'a amené ici, à la contempler sous le soleil.

Elle doit approcher des vingt-sept ans et pourtant elle n'a rien d'une dame, remarque-t-il. Elle fait deux pas rapides pour mieux surveiller un monsieur obèse qui peine à sortir de la piscine centrale.

Sans doute n'avait-elle aucune raison de parler d'elle, dans sa lettre, puisqu'il s'agissait de Mads. La lettre qu'elle lui a écrite pour lui demander de l'aide est formelle, presque ennuyeuse. Il la connaît, comme il connaît sa signature : *Ta sœur toujours dévouée.* Est-elle dévouée ? Est-il son petit frère dévoué ? Et qu'en est-il de Mads, le petit dernier que tous deux adoraient sans réserve, adolescents ?

Magnus Meyer allume une cigarette et la lumière se reflète sur sa montre ; elle se retourne, lui sourit et vient à lui d'un pas léger et dansant. Puis elle s'arrête et met sa main en visière sur ses yeux, comme pour s'assurer que c'est bien Magnus qui la regarde, debout sur cet escalier abrupt. Il se découvre pour la saluer et elle continue à sourire tandis qu'il se hâte de descendre pour la rejoindre.

2

Étreindre sa sœur est une sensation inhabituelle pour Magnus Meyer, et Marie éprouve la même sensation en embrassant son frère. Le contact physique n'est pas coutumier dans leur famille et en public il est prohibé. Ils s'embrassent brièvement, puis ils se font face sous le soleil comme des étrangers. Durant un instant, Magnus a l'impression qu'il se trouve sous une cloche de verre : tous les bruits ont disparu. Les baigneurs sont figés, la lumière voilée, sa sœur et lui se sont mués en modèles silencieux dans une peinture estivale. Ce sentiment d'irréalité ne dure qu'une seconde. Marie rompt cette sensation de gêne.

« J'ai vu que tu fumais. Tu ne pourrais pas m'en offrir une ?

– Je ne savais pas que tu fumais.

– Il y a sûrement pas mal de choses que tu ne sais pas. Plus de cinq années, c'est long. »

Elle a une voix claire. On lui demande de chanter d'ordinaire, dans les réunions de famille ou à l'église, mais elle le fait à contrecœur. Ou du moins, elle le faisait. Que sait-il de sa sœur ? Il a reçu quatre lettres d'elle en cinq ans, des lettres pleines de banalités, sauf la dernière, dans laquelle elle ne pouvait ou ne voulait lui cacher son désespoir et son impuissance. Ce n'était pas une lettre ordinaire, c'était un appel au secours. Il l'a sur lui, dans sa poche intérieure, elle lui brûle la poitrine. Il sort son étui, offre une cigarette à sa sœur, en prend une lui aussi et allume leurs deux cigarettes. Elle fume un peu gauchement mais ne manque pas d'expérience, elle aspire profondément la fumée et ferme les yeux pour en profiter pleinement. Un brin de tabac reste collé à ses lèvres. Elle recule d'un pas et l'observe en sœur aînée.

« C'est du Virginie, n'est-ce pas ? »

Il fait un signe affirmatif.

« Tu es devenu un homme, petit frère. Un véritable adulte. »

Elle rit comme une petite fille et le surprend en lui caressant délicatement la moustache. Il rit à son tour et lui prend la main.

« Tu n'as pas changé. »

Elle retire sa main, aspire une bouffée de fumée et rétorque :

« Comme je te l'ai dit, il y a beaucoup de choses que tu ne sais pas de moi. As-tu parlé à papa ?

– Pas encore. Le médecin chef avait des patients. J'ai rencontré Mlle Jørgensen.

– Ça ne m'étonne pas.

– Le médecin chef avait des patients, répète-t-il en ajoutant : il paraît qu'il était accompagné d'un certain docteur Krause.

– Ah oui, le petit Hambourgeois national-socialiste de papa.

– Le médecin chef aurait-il enfin trouvé un point d'attache qui corresponde à sa mentalité ?

– Allons mon petit, on ne va pas recommencer », intervient-elle, sans doute plus vivement qu'elle n'en avait l'intention, car pour effacer cette fausse note, elle lui chipe son chapeau et plaisante :

« Découvre-toi devant ta sœur ! Non, papa et Mlle Jørgensen sont simplement très intéressés par les théories du docteur Krause sur l'évolution des maladies et leur lien avec la race des patients. Existe-t-il des races plus résistantes que d'autres à certaines maladies ? Ils s'intéressent énormément à ces questions de races, au sud du Danemark. Tu n'en as pas entendu parler pendant tes voyages ? »

L'ironie de sa dernière remarque le fait sourire et il réplique :

« Si. Il existe aussi des journaux, à l'étranger. La montée du bruit des bottes, en Allemagne, a traversé l'Atlantique.

– Quand es-tu arrivé ? » questionne-t-elle.

Le soleil brûle le cuir chevelu de Magnus, ses cheveux

coupés court sont divisés par une raie rectiligne. Les yeux de Marie sont plus verts que ceux de son frère, qui tirent vers le bleu. Mads a les mêmes yeux que Marie et ils ont les cheveux blond foncé de leur mère, tandis que ceux de Magnus sont plus clairs, comme ceux de leur père avant la maladie et la mort de leur mère. À l'époque, le médecin chef avait totalement blanchi en moins d'un an. Marie a des traits réguliers, des lèvres fines et pures, des dents très blanches et elle sourit facilement, comme à présent, mais son sourire s'efface vite lorsqu'il lui répond :

« Hier. J'ai pris une chambre au Dania.

– Il vaut mieux que tu viennes à la maison. Tu aurais pu téléphoner. Nous aurions déjà pu causer hier au soir. Il y a si longtemps que je t'attends. »

Elle s'aperçoit alors qu'elle a gardé le chapeau de Magnus à la main et elle le lui tend, légèrement confuse.

« Nous verrons », réplique-t-il en suivant le regard de sa sœur qui se tourne vers les baigneurs, dont on dirait qu'ils sentent que c'est le dernier jour de l'été.

Il y a tant de non-dits entre le frère et la sœur. Jamais les mots décisifs n'arrivent en pleine lumière, dans leur famille, parce qu'ils n'osent pas se dire la vérité, réfléchit-il. Seul Mads est différent, il l'a toujours été. Il disait ce qu'il pensait et ressentait sans se soucier des conséquences. La froideur de leur foyer, après la mort de leur mère, ne paraissait pas lui geler l'âme, mais que s'est-il passé pendant ces cinq dernières années ? Un adolescent peut beaucoup changer entre seize et vingt et un ans.

« Il vaut mieux que tu viennes à la maison, » répète-t-elle en regardant sa cigarette. « C'est très dur pour papa. Il essaie de le cacher mais il n'y parvient pas. D'ailleurs, cela ferait un drôle d'effet si tu logeais à l'hôtel.

– C'est sûrement ce qui t'ennuie le plus.

– Arrête d'être aussi amer, Magnus. Ce n'est pas le moment. »

Elle baisse les yeux et il suit son regard. L'herbe est desséchée, jaunie, et comme si elle lisait ses pensées, elle tente de faire abstraction de la gêne qui imprègne leur rencontre, car ce ne sont pas des retrouvailles idéales.

« Il a fait un temps merveilleux pour les récoltes », lui dit-elle.

Il sourit et lui reprend doucement la main :

« O.K. sœurette. Ça ne presse pas. »

Elle se remet à rire, d'un rire un peu forcé.

« O.K. ! Qu'est-ce que tu dis ? Tu ne sais plus ta langue maternelle ?

– O.K., c'est une autre façon de dire *all right*.

– *All right !* Mais tu parles comme un Américain ! Je croyais que tu avais surtout vécu en Argentine.

– Deux ans aux États-Unis, un peu plus de trois en Argentine. Tu sais bien que j'ai séjourné assez longtemps aux États-Unis. Je suis content de te revoir.

– Moi aussi, ça me fait très plaisir. Tu m'as manqué. Quatre lettres en cinq ans, Magnus ! Est-ce ainsi qu'on traite sa famille ? Mads était effondré, quand tu es parti. Tu lui as brisé le cœur.

– Je ne pouvais pas faire autrement.

– Quand même », se contente-t-elle de répondre. Puis elle lui tourne gracieusement les talons, et il voit qu'elle porte des chaussures plates et pratiques ornées d'une large boucle. Elle lance un appel en direction de la piscine pour prévenir les patients que le car partira dans une demi-heure. Sa voix claque sèchement, malgré son sourire, et les patients, d'âge moyen, lèvent la main presque simultanément pour montrer qu'ils l'ont entendue. Le bruit de l'eau qui jaillit et un cri trop fort venant du plongeoir d'à côté se mêlent soudain aux pleurs d'un enfant effrayé.

Elle fait volte-face pour lui demander :

« Comment est l'Argentine ? Comment est le vaste monde ? C'est en voyageant qu'on devient aussi chic ?

Parce que tu es devenu un vrai monsieur. Tu dois avoir un tas de choses à raconter. »

Ils rient tous deux de ses propos. C'est comme si le soleil le réchauffait autrement. Les voix des baigneurs se font plus claires et plus gaies parce qu'il la voit heureuse, elle aussi. Heureuse qu'il soit revenu. Heureuse de n'être plus seule. Heureuse parce qu'il l'aidait toujours et qu'il prenait son parti, autrefois.

Il met fin à sa joie en lui demandant :

« Pourquoi est-il parti ?

– N'en parlons pas ici.

– Et à la guerre, en plus ! Il a fallu que ce soit lui qui parte, entre tous ! Mads, qui ne pouvait pas faire de mal à une mouche, qui écrivait des poèmes, qui était si sensible, qui pleurait si facilement ! Tu ne t'en souviens pas ? Au moindre ennui, quand on était inquiet, dans la famille ou à l'école, ça le rendait malade. C'est insensé. On ne change pas autant que ça en si peu de temps.

– Nous en parlerons, de ça et d'autres choses, mais pas ici. Je suis responsable des patients. Je ne peux pas penser à ça pour le moment. »

Sa phrase s'achève dans un murmure, mais c'est trop tard et elle lui tourne le dos en baissant la tête. Il lui fait faire demi-tour et l'attire contre lui. Elle résiste un peu puis s'abandonne très vite, alors il la serre dans ses bras en la laissant pleurer en paix. Elle cache sa figure contre son épaule. Les patients, dans la piscine, regardent avec étonnement, un peu effrayés, leur petite Florence Nightingale qui leur tourne le dos et qu'un étranger a prise dans ses bras. Le gros homme en large maillot noir fait mine de sortir du bassin et de venir à eux, mais Meyer agite son chapeau pour les arrêter, lui et les autres, en leur adressant un sourire pour leur signifier que tout va bien.

La curieuse petite barque qui tournait autour de la perche s'est arrêtée, dans le bassin éloigné. Un costaud vêtu d'un pantalon trop grand et d'une chemisette à manches courtes s'affaire devant les perches motrices. Les deux enfants l'observent, immobiles dans la barque. La femme blonde passe à côté de Magnus et de Marie en tâchant de les ignorer. Elle se penche sur la fontaine et boit avidement. Vue de près, Magnus s'aperçoit qu'elle est plus âgée qu'il ne le pensait, mais que physiquement elle reste très séduisante. Elle s'essuie rapidement les lèvres et s'en va. De sa bouche encore mouillée, des gouttes tombent sur l'herbe sèche.

Marie se libère, renifle un peu et se sèche les yeux avec un mouchoir blanc qu'elle tire d'une poche de sa jupe. Son chemisier et sa jupe constituent un véritable uniforme d'infirmière. Elle se mouche et, de l'autre poche, elle extrait une enveloppe d'où elle sort une lettre qu'elle lui tend sans dire un mot. Magnus a un choc en découvrant la belle écriture de Mads, l'écriture qui est la sienne quasiment depuis son premier jour d'école, et il lit :

Le 4 mars 1937

Ma très chère sœur Marie,

Lorsque tu liras cette lettre, je serai loin. Ne sois pas trop triste, tâche de me comprendre. Je ne pars pas comme Magnus, je ne fuis ni la maison ni moi-même comme il l'a fait. Bien qu'il soit mon frère, je pense qu'il a été lâche en se sauvant de cette façon, mais je lui ai pardonné depuis longtemps. Cinq années ont passé et c'est peut-être vrai que le temps guérit tous les maux. Je comprends aujourd'hui qu'il s'est sauvé de lui-même autant qu'il a fui notre père…

Mais je ne fuis rien. Je pars la tête haute vers quelque chose de plus grand que moi, parce que c'est nécessaire. Je ne supporte plus de regarder, sans rien faire, l'injustice anéantir la justice et les innocents mourir sous les balles des tyrans. Nous, tout spécialement, nous qui sommes gâtés par la vie, avons le devoir de penser à ceux dont le sort est infiniment moins enviable que le nôtre.

Le combat qui se déroule en Espagne à l'heure actuelle va devenir décisif pour nous tous. J'en suis sûr. Tu sais que j'ai suivi cette guerre de très près, que dès le premier jour, elle m'a de plus en plus terrifié et que mon cœur bat pour la République légitime. Je ne peux plus rester à la maison en observateur. Il ne suffit pas d'envoyer des pétitions à la presse. Au nom d'une politique de non-intervention hypocrite, le Danemark et les autres pays abandonnent sans la moindre vergogne cette Espagne libre qui se bat, pendant que l'Allemagne et l'Italie fournissent des armes aux rebelles fascistes. Notre propre Folketing y a contribué récemment en interdisant honteusement les voyages en Espagne. Seule l'Union soviétique de Staline garde la tête haute et préserve la morale de l'humanité en envoyant de l'aide à l'Espagne.

En dépit de l'hypocrisie de nos gouvernements, des foules de jeunes accourent d'Europe et d'Amérique pour s'enrôler en Espagne dans les Brigades internationales. Il faut que je pose ma plume pour prendre mon fusil. Je dois aller clamer « No pasarán » devant les portes de Madrid avec des camarades qui partagent mes idées. Tu me diras que c'est contraire à ma nature, je le sais. Je sais que vous avez toujours pensé, toi et Magnus, que ce petit dernier gâté n'était qu'un gentil gamin, puisque la détresse d'un papillon butant contre une vitre suffisait à le faire pleurer.

Je suis aussi cela, peut-être, mais comprends-moi, je t'en conjure, quand je te dis que la vie exige maintenant que je mette mes opinions à l'épreuve le plus durement du monde, même si mon œuvre de poète conserve son importance à mes yeux. Si je manque de courage, je devrai surmonter ma peur, je le veux et je prie pour être capable de faire mon devoir à l'heure décisive.

Ma chère sœur, ne t'inquiète pas. Je t'écrirai. Je te prie de dire à notre père ce que j'ai décidé. Je sais qu'il ne me comprendra pas. Il me reniera probablement et ne prononcera plus jamais mon nom, comme il ne prononce plus celui de Magnus. Je n'en mourrai pas, pourvu que toi, ma chère Marie, tu me comprennes et que tu m'aimes toujours. Sois forte pour nous deux, au Danemark.

Quand tu liras ceci, je serai à bord d'un bateau qui part d'Esbjerg à destination de la France. Je suis avec deux bons camarades. Mes pensées s'envolent vers toi et je suis sûr qu'elles t'atteindront à la maison et que tu les sentiras, comme si un ange te frôlait de son aile. Sois forte et courageuse, Marie, comme je sais que tu peux l'être, et j'essaierai d'être comme toi.

Ton frère affectionné pour toujours,
Mads

Magnus lui rend la lettre. Elle la plie soigneusement et la remet dans l'enveloppe. Ils ne se regardent pas.

« Il m'avait simplement dit qu'il devait aller voir une amie à Aalborg, pendant quelques jours.

– Ce n'est plus un enfant.

– Il n'est pas encore majeur, et ce qu'il fait est illégal.

– Selon le médecin chef.

– Tu sais que c'est vrai, mais ce n'est pas le plus grave.

– Il ne m'a jamais écrit », avance Magnus en tendant à sa sœur son étui à cigarettes usé, mais comme elle secoue négativement la tête, il ne se sert pas non plus.

« Il était désespéré, Magnus.

– Je lui ai écrit. »

Elle le regarde, étonnée.

« Il ne m'en a rien dit.

– Peu importe, d'ailleurs. C'est un idiot. Un idiot d'idéaliste. C'est idiot de se battre pour les autres. Chacun a plus que suffisamment à faire avec ses combats personnels. »

Elle le scrute et rétorque, avec une intensité nouvelle :

« Notre petit Mads est là-bas, dans cette guerre, je ne peux pas m'empêcher d'y penser. Il a été si malade là-bas, Magnus. Il a eu la typhoïde, comme je te l'ai écrit. Je crois qu'il est rétabli. J'ai encore reçu une lettre de lui la semaine dernière. Il doit retourner au front. Mon petit Mads ! Retourner au front. Ce n'est pas possible. Il faut que tu ailles le chercher, qu'il le veuille ou non. Je ne supporte pas l'idée qu'il risque de mourir. »

C'est un long discours. Magnus voit que les larmes remontent aux yeux de sa sœur.

« Allons, sœurette. Tout ira bien.

– Non, pas du tout. Tu ne veux pas aller le chercher ? Tu as tant voyagé. Tu es le seul de mes connaissances à en être capable, je le sais. Tu es fort et courageux. Je serai inquiète pour toi, mais ce ne sera pas cette angoisse dévorante. Tu le peux. Mon cher Magnus, tu ne veux pas faire revenir notre petit frère à la maison ? »

Elle lui prend les deux mains, et ça lui est égal que tout le monde la regarde. Il plonge au fond des yeux verts de Marie. Sa décision est prise depuis longtemps, alors, pourquoi ne le lui dit-il pas sans détour ? Garder pour lui ses sentiments, ses pensées et ses projets, c'est instinctif, chez Magnus. C'est sa seule façon de survivre, alors il lui dit :

« J'ai pris un des taxis de Kurt Lille. Rentre avec moi et on en parlera.

– Tu sais que c'est impossible. J'ai la responsabilité des patients. Je dois rentrer avec eux par le car. Écoute donc ce que je te dis, Magnus. Tu ne veux pas me promettre d'aller le chercher, au nom du ciel ? Je ne supporte pas l'idée qu'il soit là-bas. Il est peut-être mort pendant que nous sommes ensemble, toi et moi, et qu'il fait beau.

– J'irai le chercher. J'irai en Espagne et je lui demanderai s'il veut revenir ici avec moi. Mais s'il ne veut pas ? » ajoute-t-il, surpris lui-même par la fin péremptoire de sa phrase.

Elle se sèche de nouveau les yeux et elle rit :

« Il voudra, Magnus. Mads te révère. Tu le sais bien. Il t'a toujours obéi. C'est parce que tu nous as quittés qu'il est parti à la guerre. Il… »

Elle s'interrompt en voyant qu'elle l'a blessé.

« C'est donc de ma faute ?

– Non, ce n'est pas ce que j'ai voulu dire. Non, bien sûr que non, mais tu lui as brisé le cœur.

– D'ailleurs, ce n'est pas ce que Mads a écrit.

– Non. Ce n'est pas ça.

– Mads croit en la bonté de l'être humain, dit Magnus.

– Je ne sais pas en quoi il croit, mais je sais que Mads est trop jeune pour mourir. Et tu viens de me promettre de le ramener à la maison. J'en suis si heureuse. Je dirai à papa que tu viens dîner ce soir. Disons à sept heures ? Tu es le bienvenu avant si tu veux. Et tu t'installes à la maison, n'est-ce pas ? »

Il lui sourit sans répondre et elle le regarde, incertaine. Ce n'est que lorsqu'il fait un hochement de tête affirmatif qu'elle tourne les talons et descend d'un pas décidé vers la piscine pour ramener ses patients, comme une mère poule qui doit s'occuper de ses poussins. Elle se retourne une ou deux fois pour lui sourire. La légèreté de la démarche de sa sœur l'amène à regretter d'avoir fait une promesse si étourdie.

Magnus Meyer allume une cigarette et gravit la pente en direction de l'escalier sans se retourner une seule fois.

3

Ils sont autour de la grande table brune, dans la belle salle à manger, le médecin chef à un bout, Mlle Jørgensen à l'autre, comme d'habitude, à la place dont elle s'est emparée deux ans après la mort de leur mère. Mlle Jørgensen porte une longue jupe neuve et son chemisier beige très boutonné forme des plis disgracieux sur sa poitrine. Son allemand n'est pas très bon, mais à table elle n'a jamais dit grand-chose et se borne à les regarder en les jugeant du regard. Marie, cela va sans dire, est la voisine du docteur Helmut Krause d'un côté de la table tandis que Magnus Meyer est seul de l'autre côté.

Il est obligé d'admettre qu'il était inquiet, quand il a pris un taxi pour se rendre de l'hôtel à l'établissement thermal et à la grande villa blanche de son enfance. Il n'avait pas vu le médecin chef depuis cinq ans, c'était là son premier souci, mais le second n'était pas moindre. Magnus ne peut guère oublier que la dernière fois qu'il l'a vu, son père gisait par terre, que son nez saignait et qu'il avait un œil fermé.

Marie est une femme avisée, elle a tenu compagnie à son père pendant leur attente. À sa sortie du taxi, Meyer a senti qu'ils l'avaient attendu ensemble dans la pénombre commençante, juste derrière la porte, car ils étaient là quand il a sonné. En principe, c'était la bonne qui ouvrait, mais Marie l'avait attendu avec leur père. Quand il a posé sa valise dans l'entrée, le médecin chef l'a longuement observé et tous les trois ont attendu, comme les personnages d'un tableau, jusqu'à ce que Marie fasse trois pas en avant, l'embrasse sur la joue et lui dise :

« Bienvenue à la maison, Magnus. » Leur père a tendu la main, Magnus l'a prise et ils sont restés ainsi pendant un moment qui a semblé à la fois très long et très court.

« Sois le bienvenu dans ma maison, Magnus », a dit le

médecin chef après avoir laissé le silence, comme une chape de plomb, régner suffisamment longtemps dans l'entrée. Puis il a lâché sa main avant d'ajouter :

« Mme Madsen a préparé ton ancienne chambre. »

C'était tout. Pour toujours, les non-dits resteraient des non-dits.

La nappe damassée blanche recouvre l'acajou foncé dont la teinte, visible grâce aux pieds fortement galbés de la table, s'accorde avec l'atmosphère pesante de la pièce. Marie s'efforce de l'alléger en racontant, d'un ton un peu forcé, le plaisir enfantin qu'ont pris les patients à passer la journée aux Bains de Tinnet Krat. Elle parle un allemand impeccable. Magnus se rend compte que le sien est un peu rouillé, mais tout à fait convenable malgré tout, parce que le médecin chef, qui a toujours considéré l'Allemagne comme la nation principale et la plus civilisée d'Europe, a fait en sorte que ses enfants apprennent de bonne heure la langue de Goethe et de Schiller. Magnus se souvient de professeurs d'allemand successifs, mais surtout d'Angela, qui a commencé à travailler chez eux quand il avait douze ans et qui est restée deux ans. Elle était si belle, si adorable, et il avait été très amoureux d'elle.

Marie a la fraîcheur et le charme de la jeunesse ; sa robe du soir témoigne à la fois de la sûreté de son goût et de sa connaissance de la mode actuelle, pense Magnus en contemplant sa grande sœur. Il sait qu'elle n'a guère de possibilités de faire des emplettes et qu'elle va rarement à Copenhague, mais elle a toujours su trouver exactement ce qui lui allait dans le catalogue de Daells Varehus. Elle a choisi une robe longue toute simple, en soie de bonne qualité, et retenu ses cheveux avec une belle barrette dont il se souvient tout à coup que c'est le cadeau qu'il lui a offert pour ses dix-huit ans. Elle s'est maquillée et sa présence éclaire cette table par ailleurs si morose.

Magnus, quant à lui, a choisi son second habit, le gris

sombre, de coupe italienne, qui s'accorde avec sa cravate bleue au motif rouge. Il tourne la tête vers son père qui discute avec son hôte allemand le cas de quelques patients qu'ils ont vus dans la journée. Son père est en costume bleu-noir, celui qu'il porte toujours le soir, avec sa belle cravate foncée et sa chemise blanche. Il se tient très droit sur sa chaise et soudain, il fait peur à Meyer. Mais c'est une autre peur que celle que lui inspirait son père autrefois.

Son père a une cicatrice près de l'œil gauche, là où il l'a heurté avec la bague de sa main droite, il y a cinq ans, avant de partir en jurant de ne jamais revenir. Cette blessure physique ne disparaîtra pas. Il le voit. Et les blessures de son âme ? Elles sont totalement invisibles, murées, comme le reste, dans ce mutisme qui a toujours été le bouclier favori du médecin chef et son arme offensive la plus efficace. Si Magnus est saisi d'angoisse, c'est parce qu'il se reconnaît si nettement dans la personne du médecin chef.

Fugitivement, il se voit dans la glace dans trente-cinq ans. Ils ont le même visage allongé caractéristique, ce front haut et droit et ces cheveux souples, divisés par une raie. Ils ont les mêmes oreilles, bien faites mais grandes et un sourire qui adoucit, quand il vient, l'expression presque brutale du visage et le rend tout à fait charmant et rieur. Il se souvient que Marie l'appelait Petit Double-Face quand ils jouaient aux Indiens, étant enfants. Et Magnus remarque en particulier à cette table qu'ils ont en commun, lui et son père, ces yeux bleu clair dont Dolores disait qu'ils devenaient comme des lacs glacés de montagne, quand il se mettait en colère. Je suis le portrait de mon père, pense Magnus. Quand je le frappe, c'est moi que je punis.

Il est sauvé par le hors-d'œuvre. Le menu se compose d'un consommé de poulet suivi d'une poule aux asperges et d'une mousse au citron. Ce menu semble exotique à Meyer qui est sûr qu'il sera assez fade et manquera d'épices, après les gros biftecks et les haricots rouges au piment auxquels il s'est accoutumé. Sans parler des bons plats italiens de son quartier de New York. Les Danois savent bien peu de chose sur ce qui se mange à l'étranger ! Comme le docteur Krause est leur hôte, leur père a sorti du vin, un vin du sud de l'Allemagne, doux et capiteux. C'est toujours Mme Madsen qui fait la cuisine, Magnus le sait puisqu'il a salué la vieille cuisinière qui a été heureuse, très heureuse de le revoir, car il a passé des heures, enfant, dans sa grande cuisine. Voilà plus de trente ans qu'elle travaille ici.

La bonne est une nouvelle venue. Sauf erreur, elle s'appelle Karla et n'a guère plus de dix-sept, dix-huit ans, elle est petite et grassouillette, avec de jolis yeux bruns. Elle apporte la soupière à Marie qui se met à servir le bouillon. Magnus ne peut pas s'empêcher de regarder Karla. Elle est appétissante, pense-t-il, et il imagine la douceur de son corps, sous son uniforme noir et son tablier blanc empesé. Il a remarqué les coups d'œil qu'elle lui adresse à la dérobée. Magnus fait figure d'oiseau exotique, dans cette compagnie, il voit qu'elle est fascinée par sa présence et par ses aventures dans le vaste monde. Elle lui rappelle sa dernière amie italienne, à New York. Sa rêverie est interrompue par le docteur Krause qui lui pose la question suivante, pour la seconde fois, apparemment :

« Et vous, monsieur Meyer ? J'apprends que vous avez séjourné de nombreuses années de l'autre côté de l'océan Atlantique. En Argentine, il me semble ?

– C'est exact. Et aux États-Unis.

– Ah ah. L'Amérique. Le pays de la dépression et des nègres. Puis-je vous demander ce que vous avez fait dans ces vastes pays ? »

Krause regarde Meyer avec intérêt. Avec ses petits yeux rapprochés et son visage rond, presque enfantin, son front bas et chauve, sa tonsure de moine, il ressemble, en fait, à un brave petit lutin. Quelques poils émergent de ses narines et de ses oreilles, et sa pomme d'Adam tressaute quand il déglutit. Sa question paraît passablement innocente, mais Meyer comprend que ce brave Allemand joue le rôle du commissionnaire pour le médecin chef, qui ne s'abaisserait jamais à lui demander directement ce qu'il a fait. Magnus réfléchit un instant et décide de répondre à peu près loyalement, surtout pour Marie. Plus tard, il pourra toujours lui raconter toute son histoire.

Il pose sa cuiller. Le consommé est bon et goûteux, mais sans le piquant qu'il a appris à aimer. Il parle, stupéfait de s'exprimer si facilement en allemand :

« J'ai commencé à Chicago, dans les grands abattoirs, puis j'ai travaillé quelque temps dans les chemins de fer de l'Oregon et ensuite dans un ranch, au Texas. C'est là que j'ai rencontré un éleveur de bétail qui m'a embauché pour l'accompagner en Argentine, où son frère a un ranch, et je suis resté là-bas pendant trois ans. Quand j'ai terminé, j'étais chef d'équipe. Dernièrement, j'ai séjourné à New York. »

Le docteur Krause avale son potage en faisant un petit bruit.

« Intéressant, jeune homme. Et la dépression ?

– C'est dur pour bon nombre de gens, mais bon pour ceux qui savent gagner de l'argent.

– Comme vous ? Cela paraît évident.

– Je ne me plains pas.

– Et qu'avez-vous fait à New York ? On n'y trouve pas beaucoup de bétail ? »

Il glousse, Marie le gratifie d'un sourire et même le médecin chef lui accorde un soupçon de sourire. Mlle Jørgensen baisse les yeux sur la cuiller qu'elle tient calmement à la main. Elle se nourrit par petites bouchées disciplinées.

Magnus lui-même rit un peu.

« Non, vous avez raison, docteur Krause. À New York, j'ai été le garde du corps d'un homme du nom de Salvatore Giacomo. Un homme très riche qui a de nombreux ennemis. »

Il sent le coup d'œil que lui adressent et le médecin chef et Marie, mais ne voit aucune raison de s'expliquer davantage.

Nul besoin de leur parler de l'activité de Giacomo ni du montant qu'il lui versait pour le protéger. Giacomo l'a autorisé à partir et lui a payé un bonus parce qu'il avait empêché le meurtre de son fils. Magnus tâche de s'abstenir de penser au châtiment que Giacomo a infligé au tueur à gages qu'il a assommé avec la matraque qui ne le quittait pas, aux États-Unis, en plus de son revolver. Giacomo lui a versé un surplus pour lui avoir livré son ennemi sans l'avoir tué. Quand il l'avait frappé d'abord sur l'épaule, puis sur la nuque et qu'il l'avait fait tomber, comme un sac de grains renversé, Magnus n'avait rien ressenti d'autre qu'une montée d'adrénaline. Il essaie de ne pas penser à ce que le jeune Sicilien a vécu plus tard, après avoir repris conscience.

« Ah ah. Et vous voilà ici. Vous êtes rentré au pays. » Krause le regarde avec intérêt. Il tient sa fourchette levée, mais la baisse quand il s'aperçoit qu'il l'a pointée sur Meyer.

« Comme vous le voyez.

– Repartirez-vous ? Vous avez toujours le goût des voyages, j'imagine ? Comme moi, dans ma jeunesse, quand j'arpentais les collines bavaroises et longeais le beau fleuve du Rhin. J'ai escaladé le Bloksbjerg, dans le Harz, je me souviens qu'il y avait du brouillard, ce qui fait que j'ai compris, quand je l'ai lue, l'épigramme de notre grand poète Heinrich Heine : *Viele Steine, müde Beine, Aussicht keine, Heinrich Heine. (Des pierres tant et plus, des jambes fourbues, pas la moindre vue, le poète déçu.)* »

Il a un rire bizarre, gloussant et nasillard, qui surprend quand il s'esclaffe, tout au plaisir d'avoir un peu plaisanté. La tablée sourit comme il se doit, et Krause reprend :

« Bien. Allez-vous repartir à l'étranger ou vous fixer ici avec femme et enfant ? Puisque c'est notre devoir, à un moment donné, de prendre la responsabilité d'une famille.

– Nous verrons », réplique Magnus.

Marie fait signe à Karla qui emporte les assiettes. Quand

elle se penche au-dessus de Magnus pour prendre sa cuiller et son assiette, il lui trouve un léger parfum de cannelle. Son sein est tout proche de sa joue. Elle se redresse et le médecin chef déclare, de sa voix sèche de savant :

« Mon cher collègue, ma fille vit chez moi et mon devoir de père est de lui en être reconnaissant, puisque mes fils ont tendance à prendre la fuite.

– Papa… proteste Marie.

– Ce n'est pas une accusation, Marie. C'est une constatation. Mes fils ne prennent pas le chemin du devoir, ils ne vont que là où ils veulent.

– Votre cadet plus que votre aîné, pourtant, avec votre permission », remarque le docteur Krause, qui s'interrompt devant le nuage qui assombrit le visage du médecin chef.

« Oui, vous avez raison. Non seulement il m'a lâché, mais il a abandonné les idéaux inculqués par son éducation.

– Comment ça ? » intervient Magnus en ignorant le coup d'œil d'avertissement de Marie.

« Il a quitté son pays pour s'acoquiner avec des communistes, des profanateurs de cloîtres, des incendiaires d'églises et autres vauriens qui se révoltent contre la société et les gens convenables. En outre, il enfreint la loi danoise. Un crime est un crime, on ne peut le minimiser.

– Franco s'est révolté contre le gouvernement légal. C'est lui ainsi que ses fascistes qui sont des révolutionnaires.

– Sers donc le plat principal, ma petite Karla », dit Marie. Karla, debout au coin de la pièce, ne comprend rien, mais la sourde agressivité des voix lui fait comprendre que la langue allemande dissimule la dissension. Magnus parle d'une voix basse, comme le médecin chef, mais Marie souffre malgré tout, redoutant une explosion. Le médecin chef se contente d'observer Magnus et d'ajouter un instant plus tard avec une résignation étrange :

« Pourquoi faut-il que les Danois se mêlent de la politique mondiale ? Pourquoi, Magnus ? Cela ne mène à rien. Nous ferions mieux de rester ici, dans notre pays, et de vivre notre vie modestement et activement sans nous lancer dans l'aventure.

– Oui. Et c'est bien ce que *nous* faisons. N'est-ce pas ce que les politiciens danois et autres ont lâchement décidé ? La politique de non-intervention, alors que l'Italie et l'Allemagne soutiennent Franco tout à fait ouvertement.

– C'est sans doute le mieux. Que nous nous abstenions d'intervenir. En quoi cette discorde nous concerne-t-elle ? Moi qui croyais que le monde ne t'intéressait pas.

– Mais le monde a pénétré au cœur de notre vie, non ?

– Oui. Et à quoi bon ? Le mieux, pour nous autres Danois, est de demeurer en dehors du monde. »

Meyer le regarde. Il ne peut pas s'empêcher d'avoir un peu pitié de son père. Il est évident que le médecin chef fait un effort pour dissimuler son chagrin, mais Magnus déchiffre sans peine sa souffrance dans ses yeux et sur toute sa figure. Marie la voit comme lui. Les larmes aux yeux, elle dit en danois :

« Magnus m'a promis d'aller chercher Mads, n'est-ce pas, papa ? Cela s'arrangera. Magnus est rentré à présent, et il va sûrement ramener Mads. N'est-ce pas, Magnus ? »

Du regard, elle fait le tour de la table. Magnus acquiesce d'un signe de tête et le médecin chef détourne les yeux.

Le docteur Krause sauve la situation pour le médecin chef. Il regarde d'abord Marie, puis Meyer et déclare sur un ton tranchant :

« Il faut remercier le grand général Franco. Lui et ses courageux compagnons risquent leur vie pour libérer leur patrie des bourreaux communistes juifs. En tant que national-socialiste allemand, je suis fier que mon Führer ait décidé de soutenir un aussi grand homme que Franco.

– Vous pensez peut-être au bombardement des innocents habitants de Guernica, qui sont allés au marché comme d'habitude, en avril dernier, par une belle matinée, pour être abattus par les Stukas allemands. C'est de cela que vous êtes fier, docteur Krause ? » demande Meyer.

Il parle toujours calmement, mais Marie le connaît, elle sait qu'il est en colère et qu'il se domine, et que Krause le comprend peut-être aussi. Il le regarde. Sa pomme d'Adam tressaute et il avale sa salive une seule fois avant de proférer :

« Ah, jeune homme, ne nous disputons pas. C'est de la propagande bolchevique. Cette ville basque était le fief de bandits communistes. Nos vaillants aviateurs n'ont fait que leur devoir, comme le Führer le leur avait ordonné. Vous verrez, l'Histoire prouvera que j'ai raison. »

Marie annonce rapidement :

« Voici le plat principal. Enfin. »

Mais c'est Mlle Jørgensen qui met un point final à la gêne ambiante, avant qu'elle ne se transforme en une réelle dispute. Dans un allemand lent, mais correct, comme si elle s'était exercée longuement à prononcer cette phrase et qu'elle venait de trouver exactement le bon moment pour la sortir, elle intervient :

« Docteur Krause, *bitte*. Pourrais-je avoir votre opinion sur le patient que vous avez vu aujourd'hui, celui qui souffre de cet ulcère à l'estomac récurrent. Peut-être ignorez-vous que cet homme a du sang juif dans les veines ? Cela a-t-il une influence sur son absence de résistance ? »

Krause se redresse sur sa chaise et sa figure ronde s'éclaire. Magnus n'écoute que d'une oreille, il préfère observer le médecin chef qui, chose plutôt inhabituelle, semble lui aussi perdu dans un autre monde. Du reste, il se pourrait qu'il ait entendu tant de fois les péroraisons de Krause sur la suprématie de la race aryenne que cela ne l'intéresse plus.

Pour la première fois de sa vie, Magnus réalise que son père est mortel. Sous la dureté de sa carapace, il lui semble voir un corps fragile qui se maintient en vie de par sa seule volonté. Comme Magnus, son père ne mange guère. En fait, ce plat est très bon, mais il manque de *salsa* et de tango pour le relever, il n'a guère que le goût d'un peu de sel et de poivre, pense-t-il. Ces bâtonnets d'asperges dans cette sauce blanche, ces pommes de terre farineuses et molles et ce poulet filandreux… Il avait oublié ce mélange et le trouve bizarre. Quant à son père, on dirait même qu'il se force à manger. Il se maintient en vie parce qu'il refuse d'abandonner ses patients, réfléchit Magnus, en étudiant discrètement Krause qui mastique et dont la pomme d'Adam tressaute pendant qu'il mange de bon appétit, tout en discourant de ses études sur les races. Il exprime le souhait qu'il lui soit possible, à l'avenir, de faire aussi sur le plan pratique des recherches concernant les différences ainsi que les carences des races inférieures, ce qui permettra de les documenter scientifiquement.

Meyer a fort envie de l'interrompre pour lui demander comment il se fait que les coureurs aryens, si supérieurs, aient été à ce point à la traîne derrière le nègre Jesse Owens, lors des Jeux olympiques de Berlin l'an dernier, dans la ville de son Führer adoré. Mais il n'en a pas le courage, il regarde Marie et le médecin chef qui hoche la tête et mange du bout des lèvres. Il voit que sa sœur doit se faire violence pour ne pas se mettre en colère, mais que sa bonne éducation lui interdit d'interrompre le docteur. Et il regarde Mlle Jørgensen, qui secoue vivement la tête, comme une poule qui boit. Elle approuve les sages paroles du docteur Krause qui lui confirment qu'il règne en Allemagne un ordre réellement nouveau et béni.

4

La nuit est tombée et il y a de la fraîcheur dans l'air. Magnus Meyer, qui fume un cigare sur la terrasse, a l'impression que le froid du ciel étoilé s'apprête à descendre lentement pour revêtir la terre d'un manteau de glace. L'automne approche à pas de géant. Partout, la décrépitude et la pourriture sont aux aguets. Il faut qu'il sorte. Krause a un peu trop caressé la bouteille de cognac du médecin chef et son rabâchage continuel sur la race aryenne et le génie du Führer lui porte sur les nerfs. Cela l'énerve, de surcroît, que le médecin chef et Mlle Jørgensen soient apparemment attirés l'un et l'autre par la perspective des bénédictions de ce nouvel ordre mondial. La dépression qui accable la majeure partie du monde pousse les gens vers les solutions faciles. L'homme veut être sauvé à tout prix, pense-t-il, les yeux fixés sur la braise rouge de son cigare.

Il pense à son frère cadet qui, dans sa tranchée, en ce moment précis, regarde peut-être le même ciel que lui et essaie d'y retrouver les mêmes constellations. Quand Mads était petit, Magnus lui avait appris à distinguer les constellations en commençant par la Grande Ourse. Il lui avait montré comment trouver l'étoile Polaire, en prolongeant cinq fois le tracé formé par les deux étoiles du dos du chariot. Dans la nuit espagnole, Mads regarde peut-être l'étoile Polaire, là-haut, qui brille en direction de son pays. Peut-être pense-t-il à son grand frère, en ce moment précis. Peut-être.

Son petit frère lui manque tant que c'en est presque douloureux. Magnus a pensé à lui, cela va sans dire, durant ces cinq dernières années, mais sporadiquement. Souvent, c'était par éclairs, quand un effluve déclenchait une vague de souvenirs. L'arôme du lait chaud ou bien, tout aussi souvent, l'odeur du phénol ou du soufre, de l'éther ou ce relent spécial et puissant que dégage le traitement par la lumière.

Quand il était au lit à New York, après avoir fait l'amour avec cette femme de Harlem qui dégageait un parfum de cannelle et de miel, il pensait invariablement au petit Mads en train d'avaler sa crème de riz. Souvent, ce souvenir lui semblait bizarrement immoral et gênant, mais il surgissait, qu'il le veuille ou non. Magnus ne craint pas d'admettre qu'il n'a accordé à Mads et à Marie que des pensées dispersées et peu fréquentes, sans les approfondir particulièrement. En cette nuit d'automne, devant le bâtiment de l'établissement thermal qui ressemble à un navire échoué et silencieux, il sait qu'il a surtout pensé à lui-même, à sa propre survie, à ses désirs et à ses besoins personnels, durant ces années où le grand garçon immature qu'il était est devenu un adulte.

La fumée de son cigare reste en suspens dans l'atmosphère. Il contemple l'édifice et pense aux patients qui dorment dans les chambres, aux fils invisibles des odeurs, vestiges de produits chimiques curatifs et de plantes bizarres, qui s'entremêlent et forment des faisceaux serrés, imperceptibles, dans les longs couloirs obscurs. Quand on a soigneusement vissé le couvercle des verres et des bocaux, on croit que les odeurs disparaissent, mais Meyer imagine que les senteurs sont des organismes vivants qui s'immiscent dans les moindres interstices, à la faveur de la nuit.

Enfant, quand son père l'avait frappé avec le cintre, il se cachait sous l'escalier de la villa pour échafauder des plans d'assassinat compliqués, en inventant des fantômes qui flottaient sans bruit dans les couloirs, des silhouettes blanches et grises qui poussaient des cris muets dans la nuit. Il imaginait qu'ils s'assemblaient dans le grand bureau paternel qui sentait le cigare, qu'ils encerclaient son père pour l'étrangler, lentement, si bien qu'à la fin, on n'entendait plus que le hurlement terrifié du médecin chef.

Magnus se secoue. L'odeur de la putréfaction et de la mort flotte sous l'escalier où s'amassent les feuilles de l'automne. Tout à coup, il voit une silhouette apparaître à une fenêtre puis disparaître tout aussi soudainement. La vision de cette forme féminine silencieuse, presque transparente, fait frissonner Magnus. Momentanément, comme lorsqu'il était enfant, il recommence à croire au surnaturel. Il sait que, sans doute, ce n'était que l'infirmière de nuit qui a aperçu la braise de son cigare, mais cela ne suffit pas à calmer l'angoisse soudaine qui lui serre le cœur. Il est sous l'effet de l'alcool, des deux grands verres de cognac qu'il a avalés beaucoup trop vite.

Des pas résonnent derrière lui, une main se pose sur son épaule et il sursaute.

« Pardon. Je t'ai fait peur ? » lui demande Marie en retirant sa main.

« Non, Marie. Si. J'étais plongé dans mes pensées.

– Qui n'étaient pas agréables ?

– Comment pourraient-elles l'être ici ? Tu te rappelles les corrections qu'il m'infligeait ? Les gifles, c'était supportable. Le cintre, c'était pire, mais supportable. Mais la punition qui suivait ! Une semaine sans me parler. Quinze jours sans m'adresser la parole. Une froideur à geler un grand lac dans un désert torride. Les hommes sont comme les animaux, le pire, c'est d'être isolé du troupeau. »

Elle se tait. Elle a mis sur ses épaules un châle orné d'un très beau motif et elle fume une cigarette.

« Le temps n'est pas à l'amertume », lui dit-elle d'une voix faible, et il devine qu'elle sait qu'elle se répète.

Il se tourne vers elle et la regarde.

« Aux États-Unis, j'ai rencontré les membres d'une secte chrétienne étrange qui se nomment les Amish. Je les ai vus dans l'État de Pennsylvanie, ils vivent comme leurs ancêtres d'il y a trois cents ans, ils n'utilisent que des chevaux, aucun véhicule à moteur, ils n'ont ni téléphone ni radio, alors que la plupart des Américains en ont ; leurs maisons n'ont pas l'électricité. Ils cultivent la terre à la manière de leurs ancêtres. Ils sont très croyants, s'opposent à la guerre et à la violence et ne lèvent jamais la main sur leur prochain. Leur mode de vie doit rester simple, ce qu'ils appellent *plain*, en américain. Si un membre de leur secte enfreint leurs lois et leur règlement, *he is shunned*… autrement dit isolé. Nul ne doit lui parler, nul ne doit s'asseoir à côté de lui à l'église ou à table pour déjeuner. Il est seul, solitaire au milieu d'une foule de gens, c'est un châtiment qui peut rendre fou. Même si le suicide est un péché, certains préfèrent cette solution à l'isolement. Quand on me l'a raconté, je l'ai tout de suite compris. »

Elle se tait, mais le prend par le bras et le laisse poursuivre.

« As-tu oublié son ingéniosité ? C'était moi qui faisais tout le grabuge et toutes les frasques et, parce qu'il savait combien je vous aimais, toi et Mads, il nous punissait encore plus, et vous avec moi, en vous défendant quand nous étions petits de jouer avec moi, ou plus tard de me parler. Je me rappelle ma colère et mon impuissance, mais aussi mon dégoût de moi-même. À beaucoup d'égards, je souffrais davantage pour toi et pour Mads que pour moi. Je m'étais habitué aux corrections, mais je ne me suis jamais habitué à vous voir malheureux. »

Elle lui serre le bras et, sans le voir, il sent qu'elle pleure. Elle n'a pas oublié, elle non plus, mais elle n'a pas l'habitude de l'entendre exprimer des sentiments. Elle sent sa douleur, sa colère rentrée et l'amertume qui le ronge. De nouveau, il la fait souffrir. Magnus la prend dans ses bras et la serre contre lui.

« Ne parle pas du passé », lui dit-elle d'une voix encore plus basse et lointaine qu'avant, comme si elle venait du plus profond de son âme. « Je ne te demande pas de pardonner à papa, tout ce que je te demande, c'est de ramener Mads.

– Je te promets d'essayer. Je ne le ferai pas pour papa. S'il souffre le martyre parce qu'il a perdu ses deux fils, même celui qu'il préférait, cela me pousserait plutôt à repartir pour l'Amérique. Là-bas, je suis chez moi, je le sais maintenant. Ce n'est même pas pour toi que je le ferai, Marie, pas plus que pour Mads. Je le ferai pour moi-même. Pour avoir le sentiment d'expier un peu la faute de vous avoir fait tant de mal, à toi et à Mads, et autrefois à maman.

– Arrête, Magnus », supplie-t-elle, mais il continue, sur le même ton désabusé, presque dur :

« Écoute. Ne fais pas de moi un héros. Je te promets d'aller en Espagne et d'essayer de mettre un terme à la folle entreprise de notre petit frère. Ce n'est pas parce que je suis un type bien. De ma part ce sera purement égoïste, parce que ça me permettra de mieux dormir la nuit. »

Elle retire son bras et jette sa cigarette dans l'herbe, devant le grand escalier de la villa. Magnus lève les yeux sur les fenêtres allumées de l'établissement thermal, son cœur bat la chamade et le sang lui monte à la tête. Soudain, son cigare a un goût acide et amer. Il le pose sur le bord de la vasque où des fleurs d'été fanées ont renoncé à lutter et se préparent à affronter l'obscurité hivernale.

Elle saisit la veste de Magnus par les revers, doucement mais fermement, se lève sur la pointe des pieds et lui donne un baiser rapide et fugitif sur la bouche.

« Merci, Magnus. Tu es beaucoup trop dur envers toi-même. Tu diras ce que tu voudras, tu restes mon héros. Tu n'as aucune raison d'être aussi dur envers toi-même. »

Puis elle lui sourit et l'ambiance s'améliore. Magnus met de la distance et de la gaieté dans sa voix quand il réplique :

« Marie, ce n'est pas ton petit frère qui doit être ton héros. Pourquoi n'as-tu pas un jeune homme qui soit ton grand héros ?

– Ceux que je veux ne veulent pas de moi. Et ceux qui me veulent, c'est moi qui n'en veux pas.

– Ils n'ont pas de goût, ces Danois. Il n'y a vraiment eu personne ?

– En fait, cela ne te regarde pas, mon petit. Si, il y en a eu quelques-uns, mais personne en particulier. Et maintenant, j'aimerais que tu rentres avec moi à l'intérieur, parce que je gèle.

– Les jeunes gens de ce pays sont idiots de laisser en liberté une fille aussi charmante que toi.

– Et si je préférais justement, comme tu dis, vivre en liberté ? La transformation des femmes qui se marient ne fait pas plaisir à voir. Je vois mes amies : on dirait qu'elles disparaissent, qu'elles deviennent l'ombre d'elles-mêmes, ou plutôt l'ombre de leur mari. Je vois de mes yeux des femmes pleines de vie, intelligentes, disparaître dans les couches et les histoires d'enfants, devenir des matrones et cesser d'être elles-mêmes. Et le plus terrible, c'est qu'elles ne s'en aperçoivent pas.

– O.K.

– Oh, toi et ton O.K. américain ! Je ne suis pas si pressée de me marier. Rentrons, ou plutôt, attends juste un instant. Et toi ? Pourquoi n'es-tu pas marié ? Pourquoi est-ce si étrange qu'une femme décide de rester célibataire ? Pourquoi devient-elle une pauvre vieille fille solitaire, alors qu'un homme n'est qu'un gentleman libre ? Je suis libre. Je gagne ma vie. Aucun homme ne va décider pour moi.

– O.K. Marie, ne te fâche pas. »

Elle a parlé d'une voix dure, mais elle se reprend, sourit et change de sujet :

« Rentrons. Papa a une idée, il va te proposer de rencontrer Brodersen, le rédacteur en chef du *Stiftstidende*, le quotidien local. Ils se connaissent à cause de la loge. Brodersen accepte de t'accréditer comme correspondant de son journal en Espagne.

– On me bombarde journaliste ?

– Il faut bien que tu aies une raison de te rendre en Espagne. Il ne faudrait pas, en tout cas, que tu t'engages comme volontaire dans cette guerre. Et tu sais que les journalistes sont autorisés à mettre leur nez dans les affaires des autres, n'est-ce pas ? »

Il réfléchit un moment.

« En fait, c'est une bonne idée, convient-il. En fait, c'est vraiment une bonne idée.

– Oui. D'ailleurs, c'est la mienne, mais les choses vont toujours mieux dès que papa croit qu'elle vient de lui. Je la lui ai suggérée juste avant le dîner. »

Elle rit devant l'expression de Magnus et poursuit :

« J'ai aussi fait quelque chose d'autre… »

Il la voit hésiter et détourner les yeux, mais sans cesser de sourire.

« Quoi, Marie ?

– Le journal de Brodersen est conservateur. Ses journalistes n'écrivent pas grand-chose sur l'Espagne, et quand ils le font, ils sont surtout pour Franco, et ils ne savent rien. Rien à voir avec *Arbejderbladet,* le *Journal des Ouvriers*. C'est l'organe des communistes, mais peu importe. Papa voudrait qu'on fusille tous les communistes. Il croit qu'ils ont piégé Mads, comme s'ils posaient des pièges à rat. Il y a quelqu'un, ici, du nom de Svend Poulsen, qui dirige *Arbejderbladet*. De plus, il est membre du parti communiste et il est allé en Espagne. Il a été blessé quand Franco a attaqué Madrid, pendant la première phase de la guerre. Il a été parmi les premiers à s'engager. Mads était en relation avec lui et avec les deux camarades qui l'ont accompagné en Espagne. Svend Poulsen accepte de te rencontrer.

– Eh bien, tu n'as pas chômé, ma grande ! Et un communiste par-dessus le marché ! Ça alors ! »

Gamine, elle lui sourit et fait mine de le corriger.

« Arrête de dire ces bêtises.

– J'ignorais que Mads était devenu communiste.

– Mads est poète et idéaliste.

– C'est un rêveur.

– C'est notre petit frère, alors, peu importe ce qu'il est.

Toujours est-il que Svend Poulsen est prêt à causer avec toi et il en sait long sur la guerre civile, là-bas.

– Toi aussi ?

– J'en sais plus long que la plupart des gens. J'ai suivi la guerre de près depuis le départ de Mads, les fluctuations des fronts et les offensives. Je sais que ça ne va pas bien.

– Pour qui ?

– Pour la bonne cause, Magnus. Pour la bonne cause. Pour ceux que Mads accompagne. »

Il la regarde et sourit.

« Quand as-tu parlé à ce Svend Poulsen ?

– Il y a quelque temps.

– C'est ça. Tu étais presque sûre que lorsque je rentrerais, je ferais ce que tu voulais, hein, ma chère Marie ? »

De nouveau, elle se dresse sur la pointe des pieds et l'embrasse, sur la joue cette fois-ci, avant de lui tourner le dos pour quitter la terrasse en lui disant :

« Tu es mon héros, n'est-ce pas ? Et quand on demande de l'aide aux vrais héros, ils font leur devoir, n'est-ce pas ? Je t'ai dit que tu ne dois pas être si dur envers toi-même. Même si tu ne veux pas l'admettre, tu es quelqu'un de bien, Magnus. »

5

Magnus Meyer ne sait pas ce qu'il avait imaginé, en fait, mais Brodersen, le rédacteur en chef, ne correspond pas du tout à son attente, et physiquement il l'étonne. Il croyait rencontrer un homme âgé corpulent, à la tête du grand quotidien conservateur de la ville, or Brodersen est vif et juvénile. Il reçoit Meyer dans son bureau d'angle qui sent le cigare et les boulets du poêle installé au coin de la pièce.

La femme en tailleur gris qui l'introduit ressemble à une muse, avec ses cheveux assez courts retenus par une barrette brune. Elle s'empare du long manteau imperméable et du chapeau de Magnus, dont la calotte et les bords sont trempés de pluie, bien qu'il l'ait secoué avant d'entrer. Sans le regarder, elle lui fait savoir que le rédacteur est libre et qu'il l'attend, en lui indiquant la double porte dont un battant est entrouvert. Puis elle retourne à son petit bureau où trônent un téléphone noir et une machine à écrire de haute taille. Meyer entend le crépitement d'autres machines à écrire dans les pièces où travaillent d'autres journalistes. Le grondement qui monte des entrailles du bâtiment signifie probablement, d'après Magnus, que la rotative s'est mise en marche. L'heure du déjeuner est passée et l'édition du soir est en route.

La pluie qui tape sur les vitres à croisillons accompagne un froid automnal qui a chassé la chaleur d'un seul coup. Au moment où entre Meyer, Brodersen est assis devant un large bureau marron foncé. C'est un petit homme leste, vêtu d'un costume sombre et d'un gilet assorti. Le nœud de sa cravate bleu marine est si serré que le col de sa chemise semble lui brider le cou. Ses cheveux sont presque blancs, ses fins sourcils sont tout aussi blancs, il a la figure allongée et un visage enfantin qui semble n'avoir jamais besoin ni de rasoir ni de savon à raser. Pourtant, il doit avoir au moins quarante-cinq ans. Sa voix est aussi claire que son physique, et ses gestes, à la limite de la féminité, rappellent à Magnus les petits prostitués des taudis de Buenos Aires, comparaison incongrue malgré tout, s'agissant du rédacteur en chef d'un journal de province conservateur respecté.

Sur le mur, le portrait d'un inconnu qui porte un gilet et une montre en or et contemple la scène d'un air un peu haut fait pendant à celui du roi Christian X. Contre l'autre mur, sur de hautes étagères, des livres à reliure de cuir semblent n'avoir jamais été touchés. Deux fauteuils confortables entourent une petite table et un troisième siège, au dossier un peu plus bas que celui du rédacteur, est placé devant son bureau.

Brodersen a une poignée de main ferme et brève, il sourit, mais Magnus ne parvient pas à discerner si ce sourire monte jusqu'à ses yeux délavés. Avant de se lever et de faire le tour de sa table de travail en tendant la main, Brodersen a posé ses lunettes étroites sur le journal ouvert de la journée, dont l'odeur d'encre d'imprimerie se mêle à celle du cigare posé dans le cendrier. Il lève la tête pour regarder Magnus, retire tout de suite sa main et désigne le siège placé devant son bureau en disant :

« Bonjour, Magnus Meyer. Excusez mon franc-parler, mais vous êtes vraiment devenu un homme. Je vous avais aperçu il y a sept ans, lorsque je suis arrivé ici pour reprendre le journal. Voulez-vous vous asseoir ? Un cigare ? »

Magnus refuse, s'assied et lui montre son étui à cigarettes d'un air interrogatif. Brodersen refuse d'un signe de tête, craque une allumette et lui donne du feu avant de se rasseoir sur sa chaise à haut dossier et de reprendre dans le cendrier son cigare qui s'est éteint ; il le regarde, un peu surpris, se demande sans doute s'il va le rallumer puis s'en débarrasse d'un geste vif, et reprend de sa voix claire :

« Bien. À ce moment-là, vous n'étiez qu'un grand gamin – vous m'excuserez – plutôt effronté. On voit que le monde vous a plu. C'est en Argentine et aux États-Unis que vous avez vécu, n'est-ce pas ?

– C'est exact.

– Passionnant. Peut-on vous demander ce que vous y avez fait ?

– Beaucoup de choses différentes. J'ai pas mal travaillé dans la branche du bétail, au Texas et en Argentine.

– Ça m'a l'air intéressant, également pour mes lecteurs. L'Argentine est très loin d'ici, très exotique. Étrangère pour nous tous. Pourrais-je vous amener à écrire une chronique sur vos voyages pour mon journal ? Moyennant une bonne rétribution, s'entend.

– Le temps va sans doute me manquer.

– Vous pourriez peut-être accorder une interview à l'un de mes journalistes ? Le fils prodigue de retour dans la ville de son enfance, etc.

– Ce n'est probablement pas possible en ce moment précis.

– Bien, bien. Votre père m'avait dit que vous ne voudriez probablement pas.

– Je n'ai rien de spécial à raconter, à mon avis.

– Il y aurait sûrement matière à le faire, mais n'en parlons pas. Puis-je vous offrir un verre de porto ou de sherry ? Un whisky-soda, peut-être ?

– Non merci. Je n'ai besoin de rien. »

Brodersen le regarde de ses yeux délavés dans lesquels Meyer perçoit un sourire moqueur, en se demandant où placer ce petit homme qui parle vite et précise maintenant :

« J'ai fréquenté votre père au cours de ces sept dernières années. J'ai eu le privilège de le rencontrer peu après mon arrivée ici. Je tiens à vous dire que j'ai beaucoup de respect pour lui et que je le considère aujourd'hui comme un ami particulièrement proche. »

Magnus reste coi.

Brodersen attend qu'il réagisse, mais comme rien ne vient, il poursuit :

« Ce qui veut dire que je ferai tout, naturellement, pour aider votre père.

– Je vous en remercie.

– Et par conséquent pour vous aider aussi, même si ce projet me paraît particulièrement risqué.

– J'ai l'habitude.

– Je comprends, mais la guerre civile, c'est quelque chose de spécial. C'est le premier hic. Le second, c'est que votre frère s'est engagé de son plein gré, en enfreignant la loi danoise en vigueur. J'imagine donc qu'il l'a fait par conviction personnelle profonde, peut-être même par conviction communiste. Alors, qui sait s'il souhaitera rentrer chez lui avec vous ? »

Magnus inhale la fumée, la retient, puis la laisse filtrer par ses narines avant de répondre en toussotant :

« Personne. Mais pour ma part, je le crois.

– S'il rentre avec vous, vous savez que ce sera une désertion ?

– Et alors ?

– On fusille les déserteurs en temps de guerre.

– Je trouverai un moyen. Je me fais fort de le ramener.

– Bien. Et peut-on savoir pourquoi vous en êtes si sûr ?

– Mads est mon petit frère.

– Est-ce une explication suffisante ?

– Pour moi, elle l'est.

– Et pour votre père.

– Ça, vous le demanderez au médecin chef », réplique-t-il en éteignant sa cigarette à petits coups furieux.

Brodersen se cale contre son dossier. La pluie martèle violemment les vitres et l'on entend distinctement, dans le poêle, un craquement qui couvre le grondement sourd montant des entrailles de la maison. On dirait qu'un grand sorcier grogne au sous-sol, pense Magnus. Les secousses, comme de fines vibrations, se propagent à travers le plancher.

Brodersen l'observe.

« Partagez-vous les opinions de votre frère ? s'enquiert-il en soulevant ses sourcils pâles.

– Je n'ai pas parlé avec mon frère cadet depuis plus de cinq ans. Il avait quinze ans quand je suis parti. J'ignore quelles sont les opinions de mon frère.

– Il se bat pour les communistes et à leur côté. »

Magnus se penche en avant et tend son étui à cigarettes à Brodersen qui, cette fois, en prend une, et leur donne du feu à tous les deux.

« Quel goût délicieux ! Du vrai Virginie d'importation directe. »

Il ferme les yeux à moitié et fume avec délice. Tenant sa cigarette avec un peu d'affectation, il reprend :

« Ici, au journal, nous sommes neutres en principe, mais j'admets volontiers que nous penchons pour le général Franco. Malgré nos efforts, nous n'avons pas pu empêcher, hélas, que le Danemark soit contraint de recevoir des enfants espagnols réfugiés, mais nous soutenons sans réserve la décision du gouvernement danois de s'aligner sur la politique de non-intervention. À ce sujet, nous soutenons entièrement Stauning et Peter Munch. Les grandes puissances doivent se garder d'intervenir et laisser les Espagnols régler leurs affaires personnelles.

– Est-ce aussi valable pour l'Allemagne et l'Italie ?

– Cela va de soi. J'ai d'ailleurs souligné dans mes éditoriaux que c'est aussi valable pour Staline et ses suiveurs danois qui partent, malheureusement, avec d'autres jeunes égarés pour se joindre à ces maudites Brigades internationales dominées par les communistes. On me dit qu'un certain nombre de Danois sont déjà partis et que ceux qui s'apprêtent à le faire sont encore plus nombreux. »

Magnus intervient :

« N'est-ce pas Franco qui s'est révolté contre le gouvernement légitime ? Je ne croyais pas les conservateurs partisans de révoltes contre l'ordre établi.

– Ce n'est pas le cas non plus, bien entendu, mais l'ordre n'existait pas, en Espagne. C'étaient l'anarchie, la violence et le non-droit qui régnaient, dirigés et financés par Staline. Il fallait y mettre le holà, cela va de soi. Le communisme est une peste dangereuse qui menace tout ordre décent, en Europe. Vous ne le voyez pas ? Partagez-vous les opinions de votre frère ? » Le rédacteur regarde Magnus d'un air interrogatif, comme si le fait de répéter sa question allait faire sortir Magnus de sa réserve.

« J'ignore quelles sont les opinions de mon frère. D'ailleurs, c'est sans importance.

– Vraiment ?

– Oui, monsieur Brodersen. C'est sans importance. Je vais simplement chercher Mads. La politique ne m'intéresse pas. Les politiciens m'inspirent peu de confiance, où que ce soit dans le monde. En Argentine, deux groupes se relaient pour fournir à tour de rôle d'affreux dictateurs à leur pays. Les gens raisonnables s'abstiennent de s'en mêler.

– Là-dessus, nous sommes bien d'accord. Vous n'avez qu'à regarder le Danemark. Plus de quarante pour cent des Danois ont voté pour Stauning et les siens lors des élections de 1935. Comme vous séjourniez à l'étranger, monsieur Meyer, vous ignorez quelle farce a été ce scrutin. Les gens se sont laissé séduire par un slogan banal : « Stauning ou le chaos ». Dieu merci, les sociaux-démocrates danois ne sont pas de purs bolcheviques, mais ils se laissent trop diriger par les radicaux pacifistes de Munch, notre ministre des Affaires étrangères. Munch s'emploie à désarmer notre pays et à dénuder nos flancs, en cette époque dangereuse. J'ai écrit plusieurs éditoriaux à ce sujet, mais les milieux raisonnables sont les seuls à m'écouter, bien qu'on ait cité mes articles dans plusieurs journaux de la capitale. On croirait parfois, comme l'a dit si justement l'un de nos grands pasteurs, que cela ne nous ferait rien de voir la démocratie parlementaire reposer sur un lit de parade. Notre époque requiert une main ferme, non toutes ces discussions en l'air. En Allemagne, M. Hitler va trop loin, mais il dit et fait bon nombre de choses justes dont nous pourrions tirer des leçons. Mais nous refusons d'apprendre, au Danemark.

– J'en suis sûr, mais pour le moment, il s'agit de mon frère. Mon père croit qu'il vaudrait mieux que je sois accrédité comme journaliste. »

Brodersen se redresse sur sa chaise. Il tripote une feuille de papier glissée dans la machine à écrire noire et sur laquelle quelques lignes sont écrites. Un premier jet de l'éditorial de demain, peut-être ? Magnus se rend compte que le rédacteur est surpris et légèrement irrité de voir qu'il refuse de s'engager dans une discussion politique. Brodersen, derrière son physique conciliant, est un manipulateur, pense Magnus. Un animal politique qui veut situer ceux qu'il rencontre à leur place exacte. Il s'était attendu à ce que Magnus soit ouvert et reconnaissant et il ne rencontre que froideur polie. Magnus ne se dévoile pas, ce qui agace Brodersen. Magnus sent très nettement son irritation rentrée lorsqu'il lui dit :

« Oui. Votre père et votre charmante sœur m'ont appelé ce matin. C'est une excellente idée que je soutiendrai volontiers. Normalement, nous n'avons ni les moyens ni intérêt à avoir un correspondant en Espagne. Mais je verrai tout de même d'un bon œil que vous m'adressiez un ou deux articles.

– Vous savez que je ne suis pas journaliste.

– Vous avez voyagé. Vous savez vous servir de vos yeux et de vos oreilles. Ici, un rédacteur relira vos notes et les mettra en forme pour le journal. Ce serait tout à fait bien, pour le premier quotidien de notre ville, de publier des rapports provenant d'un témoin oculaire en Espagne. Un correctif nécessaire à la propagande diffusée par *Arbejderbladet*, le *Journal des Ouvriers*.

– Je ne sais pas. Je n'ai aucune expérience du journalisme.

– De plus, ce sera important pour votre couverture.

– Comment ça ?

– Les gens comme vous sont sous surveillance. De même que les journalistes et autres poseurs de questions. Vous pourriez être fusillé pour espionnage, y avez-vous réfléchi ? En réalité, vous allez devenir une sorte d'agent secret, n'est-ce pas ?

– Je ne vois pas…

– Si vous séjournez du côté des nationalistes, on vous soupçonnera à juste titre d'essayer de dénicher des renseignements, militaires et autres, puisque votre frère se bat pour le camp adverse. Quand vous serez chez les Rouges, ils vous soupçonneront à juste titre de chercher à faire déserter votre frère. Vous serez dans une situation assez dangereuse, monsieur Meyer. »

Brodersen voit sur la figure de Magnus que sa phrase a fait mouche, et il continue sur sa lancée :

« Votre couverture est importante. Vous devrez jouer votre rôle comme un comédien au théâtre. Aller à la poste centrale ou au centre télégraphique pour envoyer vos articles depuis Madrid, par exemple. Si vous n'adressez jamais d'articles au Danemark, on le remarquera. Comprenez-vous ?

– Oui, bien entendu.

– Parfait, alors c'est convenu.

– Je suis prêt à essayer.

– Écrivez tout simplement ce que vous voyez et vivez.

– Et si cela ne correspond pas à la ligne politique de votre journal ?

– Ne vous faites pas de souci pour ça. Je n'ai pas cette tournure d'esprit. Si c'est un bon reportage, j'imprimerai ce que vous écrirez. Ce serait très bien aussi de rédiger une ou deux chroniques sur des sujets culturels. Je suis sûr que cela vous plaira, quand vous y aurez pris goût.

– Peut-être.

– Parfait. Je me suis permis de préparer quelques documents nécessaires pour justifier votre accréditation. Votre père, et surtout votre sœur semblent extrêmement pressés de vous faire partir. Votre sœur semble avoir peur que chaque jour lui apporte une mauvaise nouvelle.

– Ce n'est pas impossible, malheureusement.

– Non. C'est vrai. Regardez ceci. »

Brodersen pose deux feuilles de papier devant Meyer. Le papier est épais, de bonne qualité. Le premier document, rédigé en danois, en anglais et en espagnol, certifie que Meyer est journaliste au *Stiftstidende* et correspondant d'un organe que Brodersen a appelé le Service national des informations, et exprime l'espoir que les personnes concernées lui fourniront l'aide et le soutien nécessaires en sa qualité de non-combattant. Le second document, également muni de plusieurs cachets, est la garantie bancaire émise par une banque locale, qui certifie que Meyer est autorisé à retirer, dans des banques internationales, des montants dont la somme pourra atteindre vingt mille couronnes. Une somme très élevée, pense Meyer.

Brodersen, qui l'observe pendant sa lecture, lui dit en posant les documents devant lui :

« C'est une somme importante pour laquelle je ne pourrais guère me porter garant sans avoir des problèmes avec mon conseil d'administration, mais c'est votre père qui se porte caution.

– Je n'en ai pas besoin.

– Si, si. Tous les correspondants de presse ont une garantie bancaire similaire, quand ils voyagent. Ce que vous en ferez, c'est votre affaire et celle du médecin chef, mais vous devez l'emporter. Il est de mon devoir d'insister. Vous devez songer à votre couverture. Pensez en journaliste et comportez-vous aussi en journaliste, il le faut. Je ne doute pas que vous ayez des moyens personnels, mais cette garantie, ajoutée à votre accréditation, est la preuve que vous travaillez pour un organe d'information reconnu. C'est toujours important, surtout en cas de conflit armé.

– Où avez-vous appris cela ? Je ne pensais pas que le

rédacteur en chef d'un journal de province avait l'expérience de la guerre. »

Brodersen se cale contre son dossier, joint les mains sur sa nuque et lève les yeux au ciel. Son regard se fait lointain, comme s'il disparaissait un instant dans les brumes de ses souvenirs. Magnus attend patiemment. Dehors, le vent change de direction, apparemment. La pluie qui tambourinait contre les vitres marque une pause, puis le vent reprend sa course et les gouttes se remettent à gifler les vitres. Brodersen reprend comme elles :

« Je n'ai pas toujours été ici. En fait, j'ai été pendant presque deux ans correspondant du *Nationaltidende* en Russie, pendant la guerre civile. Je connais la guerre civile, monsieur Meyer. C'est la pire de toutes. La guerre civile engendre de chaque côté une brutalité inouïe. Pensez seulement aux massacres de la guerre civile en Amérique. Il m'arrive encore de me réveiller, la nuit, en pensant aux atrocités que j'ai vues en Russie. Les Rouges étaient terribles, mais les Blancs n'avaient rien à leur envier. Quand on a vu les cosaques manier leur sabre, on ne l'oublie jamais. Quand je lis des récits sur la guerre civile en Espagne, j'ai bien peur que la brutalité et les massacres perpétrés de chaque côté soient tout à fait épouvantables. »

Il baisse les mains, les pose sur la table devant lui, regarde Magnus dans les yeux et reprend à voix basse :

« C'est pourquoi je vous répète, monsieur Meyer, qu'il ne faudra jamais oublier votre couverture. Ne sous-estimez pas le danger auquel vous vous exposez. Il sera très facile de vous prendre pour un espion, peut-être du genre hésitant et innocent, mais un espion malgré tout. C'est normal. Et quand on est en guerre, on fusille les espions séance tenante. »

6

Magnus Meyer fait un cauchemar, il dort dans sa chambre d'enfant, dans son ancien lit, le seul meuble qui subsiste dans cette pièce datant de l'époque où il vivait dans la grande villa. Il reconnaît chaque creux et chaque bosse de son vieux matelas. Devenue une chambre d'amis, cette grande pièce lumineuse a été dotée d'une penderie, d'une table placée sous un haut miroir, d'une coiffeuse et d'un pot émaillé blanc. Le pot de chambre trône à côté de la table, bien qu'il y ait une salle de bains à chaque extrémité du couloir, deux sur les trois que compte la maison. Disparus, ses affiches d'explorateurs dans la jungle et son planisphère. Disparu, son vieux bureau avec tous ses tiroirs et sa cachette secrète. Disparu, le coffre où il conservait des cailloux bizarres, des branches étonnantes, des vestiges de squelettes d'animaux et d'oiseaux, son hérisson pétrifié, le crâne d'un renard et autres objets mystérieux qu'enfant il trouvait dans les bois et au bord des lacs et de la rivière. Disparue, l'étagère où il rangeait ses quelques livres.

Dans son rêve, tout est revenu à sa place, mais la chambre est deux fois plus grande. Dolores est nue sur le lit et Magnus se voit de l'extérieur, il est nu lui aussi et il la contemple. Elle lui parle, mais il n'entend pas sa voix. Le bout de ses seins se dresse, elle met la main sur son sexe et se caresse. Il bande, il veut la rejoindre, mais il reste cloué sur place. De son autre main, elle lui fait signe, et enfin la paralysie le quitte. Il fait un pas en avant, mais au même moment, Dolores se transforme et c'est Santiago qui sort du lit tout habillé, et qui arme son revolver. Comme au ralenti, il voit le doigt de Santiago qui appuie posément sur la détente. Magnus cherche désespérément son propre revolver, qu'il n'a pas sur lui puisqu'il est entièrement nu. Le coup part, le projectile sort du canon dans un éclair, il va toucher sa bouche ouverte d'où un cri muet tente de sortir.

Dans son lit, Magnus est trempé de sueur. La pluie a cessé. Il entend le vent dans les grands hêtres, par la fenêtre qu'il a entrouverte en se couchant, à minuit. Il se lève. Il est nu sous son ample chemise de nuit. Il passe son pantalon de toile, sort ses cigarettes, en allume une et aspire profondément la fumée. Son cœur bat. Il ouvre la fenêtre pour scruter, en face, les vitres noires de l'établissement en espérant que l'infirmière de nuit va passer avec sa lampe et qu'il ne se sentira plus si terriblement seul au monde. Le froid qui le saisit glace la sueur sur sa poitrine, mais elle coule toujours sous ses aisselles.

Le dîner a été long, presque comme celui de la veille. Ils ont un peu parlé tous les deux, Marie et lui, et le docteur Krause et le médecin chef ont à nouveau discuté les innombrables maladies de patients anonymes ainsi que leurs cures potentielles.

Magnus est monté de bonne heure dans sa chambre ; assis devant la fenêtre, il a bu du whisky et fumé des cigarettes en regrettant momentanément d'avoir obéi à Marie et d'être revenu ici, car il n'est pas « chez lui », comme elle l'a dit, mais il n'a pas voulu lui faire de peine. Sans vouloir être égoïste, il ne peut pas s'empêcher de regretter sa décision, là, à la fenêtre, contemplant le parc sombre de l'établissement et tâchant de contrôler ses souvenirs.

Malgré lui – mais la volonté ne suffit pas toujours à diriger les réminiscences – c'est surtout à son père qu'il a pensé, un peu seulement à sa mère. Il a eu tant de peine à se rappeler son visage à elle qu'il en aurait pleuré, alors que les yeux de son père ressortaient, dans le noir, comme ceux d'un dragon. Il a croisé deux fois son père, au cours de la journée, sans que cela entraîne une confrontation. Ils se sont tournés autour, l'un et l'autre, comme les deux étrangers qu'ils ont toujours été. La violence latente qui les guettait autrefois a fait place à une politesse contrainte. Sachant qu'ils ne peuvent pas être seuls ensemble, ils préviennent toute velléité de règlement de comptes en s'assurant constamment qu'ils ne le sont pas. Ils essaient tous deux de prendre de la distance avec leurs sentiments pour les empêcher de revenir en force quand ils se rencontrent.

Les hêtres ont des allures de sorciers, et s'il a frissonné, ce n'était pas seulement à cause du froid. Il s'est fait violence pour se remémorer Dolores, leur amour secret sous le grand arbre où ils se rendaient à cheval, tôt le matin ou tard dans l'après-midi, quand le ciel commençait à rosir à l'ouest et que le vent béni du soir les rafraîchissait lentement. Elle avait ri de si bon cœur, un jour à l'aube, en l'entendant citer une ou deux fois en danois les quelques mots d'un poème : « l'aube aux doigts de rose » qu'il avait été incapable de traduire en bon espagnol. Elle s'était moquée de lui pendant un bon moment, et le rire de Dolores avait été une musique à ses oreilles.

Magnus jette le mégot de sa cigarette par la fenêtre et pose sur le lit son petit sac de voyage marron et usé, fermé par deux boucles solides. Il sort le revolver, fait basculer le barillet d'une main experte et vérifie instinctivement qu'il n'est pas chargé. Ce revolver noir est toujours soigneusement nettoyé et huilé, et le barillet qui peut contenir six cartouches tourne sans peine.

La fabrique Smith & Wesson a créé le parfait revolver, d'après lui. Cette arme a tué un être humain ou plutôt, c'est lui qui a tué un être humain, sinon de sang-froid, du moins tout à fait consciemment. Il presse le canon glacé contre son front brûlant et marque une pause avant de remettre son arme dans son sac. Puis il sort dans le couloir pour se rendre dans la chambre qui était celle de Mads naguère et que l'on appelle toujours la chambre de Mads.

La maison est presque silencieuse, mais pas tout à fait. Cette vieille maison a toujours eu ses propres bruits, un craquement par-ci, une poutre qui se cale par-là, un soupir du vent qui pénètre dans un recoin caché. La chambre de leur père se trouve à l'étage du dessous. Leur mère avait aussi une pièce où elle cousait ou lisait de temps à autre. Le docteur Krause est logé dans l'appartement des invités, dans l'établissement, tandis que Marie dort à l'autre bout du couloir, dans une grande chambre d'angle dotée d'un balcon, attenante à la salle de bains qui lui est réservée, à présent.

Sans chercher, Magnus appuie sur l'interrupteur noir et allume le plafonnier. On dirait que Mads vient de sortir ou qu'il passe simplement la nuit chez un ami ou une amie. Les souvenirs n'ont pas été éliminés, ici. Tout est resté intact dans la pièce, comme au jour où il l'a quittée, affirmant avec certitude qu'il reviendra sous peu.

Magnus en fait le tour en effleurant les objets qui appartiennent à son petit frère : sa serviette, son bureau et son sous-main vert, la petite machine à écrire de voyage offerte à cet écrivain en herbe pour ses quinze ans, son stylo, sa commode sur laquelle trône une photo des deux frères et de leur sœur. Il se souvient qu'elle a été prise il y a six ans. Ils se tiennent enlacés devant une mer étale qui se perd à l'infini. Marie, au milieu, est en costume de bain, Magnus et Max sont en maillot. Ils rient tous les trois en regardant l'objectif. C'est un camarade de Mads dont Magnus a oublié le nom qui a pris la photo, sur une plage de la mer du Nord.

Il va et vient dans la pièce et finit par contrôler sa respiration. Il ouvre la garde-robe, restée plus qu'à moitié pleine, mais regarde surtout les cintres vides. Il reste une quantité de vêtements dans les tiroirs de la commode. Le lit a été recouvert avec le dessus-de-lit bleu. Mads a accroché au mur une peinture à l'huile qui représente un désert et la photo en noir et blanc d'un méandre d'une rivière en hiver. C'est lui, Mads, qui l'a prise, développée et agrandie. C'était la photographie qui l'intéressait le plus, à l'époque, se souvient Magnus en revenant au bureau.

Il tire le tiroir du haut et y trouve plusieurs cahiers d'écolier. Il découvre, dans le premier, l'écriture appliquée de Mads, si belle que c'est presque de la calligraphie. Pourtant, à mesure qu'il tourne les pages couvertes de notes et d'ébauches de poèmes, il voit les mots se diluer. Il lit au hasard :

« Cette nuit, la mort chevauchera / par-dessus les montagnes rouges de l'Espagne / cette nuit, la mort moissonnera / et je lui obéirai calmement / elle me prend rudement la tête / je me lève solitaire contre le vent du désert / car la mort viendra cette nuit / et je ne suis pas sa proie la plus facile. »

Ailleurs, les vers ne riment pas :

« Cette nuit, je marcherai sous la pluie / je te quitterai / ce ne sera pas par bravade / mais par peur de la nouveauté / je t'ai vue aujourd'hui / tes cheveux brillaient au soleil / tu rayonnais de printemps / j'étais là comme le miséreux / que je suis / je te quitterai cette nuit / je suis trop pauvre / pour t'accompagner / trop médiocre même / pour chevaucher avec la mort. »

Il referme le cahier et le repose sur la table, aussi délicatement que si c'était de la porcelaine fine, quand il sent plutôt qu'il n'entend bouger derrière lui. Il se retourne. C'est Marie. Elle est à la porte, en longue robe de chambre. Elle lui paraît belle et fragile, avec ses cheveux défaits.

« Toi non plus, tu ne peux pas dormir ? » dit-elle en entrant. Elle parle à voix basse, presque en chuchotant.

« Je me suis réveillé. J'ai fait un mauvais rêve.

– Parfois, quand je ne peux pas dormir, je viens m'asseoir sur son lit ou à son bureau et je lis ses poèmes. C'est comme si je le sentais, là. Nous nous retrouvions souvent ici, tous les deux, pour causer. Lui à son bureau et moi sur son lit ; il me racontait ses rêves ou bien nous parlions un peu de toi ou de nos amis intimes. Il me manque tellement. »

Il lui tend son étui à cigarettes.

« Allons dans ma chambre », dit-elle en prenant une cigarette qu'elle tient entre deux doigts.

La chambre de Marie est grande. Sa fenêtre aussi est

entrouverte et l'on entend distinctement le bruissement des hêtres dans la nuit ; deux hautes fenêtres de l'établissement se sont éclairées et leur lumière jaune tranche sur tout ce noir. La pièce est féminine, le lit est large et l'on en devine encore la chaleur, sous la couette rabattue. Marie a une armoire, une commode et un bureau. Dans le coin, elle a installé une table à thé et deux fauteuils Chesterfield confortables, sous deux lampes à pied classiques. Elle peut venir coudre et lire ici, pense-t-il. Il voit un roman, un marque-page qui dépasse et une enveloppe « par avion » à côté d'un cendrier qui contient un seul mégot. Il donne du feu à sa sœur et allume aussi sa cigarette en désignant l'enveloppe :

« Une lettre de Mads ?

– Oui. Sa dernière. Je l'ai reçue aujourd'hui. Elle a mis très peu de temps pour arriver. D'ordinaire, ses lettres sont très longues à me parvenir.

– Je peux la lire ?

– Bien sûr. Il ne me dit pas la vérité, il m'écrit ce qu'il sait que je voudrais entendre.

– Ce n'est pas nécessairement le cas.

– C'est ainsi. Lis d'abord ces quelques lignes, ensuite je te ferai lire une autre histoire qu'il a écrite. Il prétend qu'il l'a inventée, mais en l'occurrence, la littérature est sûrement plus vraie que ces soi-disant vraies lettres, ou ce que les parties adverses écrivent dans les journaux.

– Qui est-ce qui t'a dit ça ?

– Svend Poulsen. Tu le rencontreras dans deux jours, quand il reviendra de Copenhague. Je t'ai déjà dit qu'il est allé en Espagne. Il a participé aux batailles devant Madrid, il a été blessé et on l'a renvoyé au Danemark. Mads lui a envoyé cette histoire, mais Poulsen ne peut pas la publier dans le *Journal des Ouvriers*. Je ne crois pas qu'on puisse l'imprimer nulle part, ni qu'il ait voulu que je la lise. »

Elle éteint sa cigarette, sort la lettre de l'enveloppe et fait une pause avant de reprendre :

« Svend est prêt à t'aider. Comme je te l'ai dit.

– Pourquoi, en fait ? Ça ne peut pas être dans son intérêt que j'aille chercher un de ses camarades pour le sortir de cette grande guerre, n'est-ce pas ? Je réduis ses effectifs.

– Un de plus, un de moins… Enfin, il est prêt à le faire. Peu importent ses motifs, n'est-ce pas ? Lis, Magnus. »

Il prend la lettre et se met à lire.

Ma chère sœur,

Merci pour les bottes. Elles me vont à la perfection et sont un peu meilleures que les « alpargatas » que l'on peut tout de même se procurer ici. Je me suis sorti relativement facilement de ma maladie. Comparé à d'autres, en tout cas, puisqu'un certain nombre de camarades ont succombé à la typhoïde et que d'autres sont encore à l'hôpital. Cette infâme maladie est propagée par ces maudits poux, mais je dois sans doute remercier papa de nous avoir appris à rester toujours propres. En ce qui concerne l'hygiène, je suis champion. C'est difficile d'éviter ces sacrés insectes de malheur et de s'en débarrasser, mais je fais de mon mieux. Je ne peux pas t'en écrire très long cette fois-ci. Notre courrier part aujourd'hui. Thaelmann, après ces durs combats, compte à peu près une trentaine de rescapés scandinaves, dont la moitié sont des Danois. Nous sommes à proximité de…

Magnus lève la tête. Deux centimètres du texte de la lettre ont été remplacés par un blanc mais des restes d'encre sont encore visibles en dessous, il en déduit donc que la censure est passée par là.

Marie hoche la tête en fumant nerveusement.

« On lui avait volé ses anciennes bottes. Comme il n'avait plus que ces espadrilles espagnoles, je lui ai envoyé des bottes neuves. Heureusement qu'il les a reçues. De bonnes bottes. On lui avait volé les autres pendant son sommeil, tu te rends compte ? C'est ça, la solidarité internationale ? Voler les bottes de ses camarades !

– Je me demande ce que la censure a effacé.

– C'est comme ça une fois sur deux. Il ne doit pas écrire où il se trouve. Il y a sans doute des Danois qui lisent les lettres avant leur envoi. C'est ce que j'en conclus en tout cas, mais ne t'arrête pas. Ce n'est pas long.

– Qu'est-ce qu'il entend par Thaelmann ?

– C'est le nom de son bataillon. Les Brigades internationales sont divisées en bataillons. Beaucoup de Danois et de Scandinaves se battent dans celui qu'ils appellent Thaelmann. Mais lis, Magnus. »

Il lit :

... nous sommes revenus du front il y a trois jours, après de dures journées pendant lesquelles les fascistes ont failli nous désarçonner, mais nous avons tenu bon. Malheureusement, ça a coûté la vie à quelques bons camarades. La guerre est une saloperie, Marie, mais je sens que nous faisons ce qu'il faut. Aujourd'hui, je sais que le monde entier est un front – pour et contre cette vie merveilleuse dont les hommes pourraient jouir. Du reste, j'essaie de le dire à mes camarades, mais hélas, nous ne sommes pas toujours d'accord, au sein de notre front commun contre le fascisme. Et si nous n'arrivons pas à nous tenir les coudes, les fascistes vaincront, c'est absolument certain. La vie est grande, Marie, c'est le plus grand des biens, mais si l'on ne se bat pas pour ce qu'on aime, elle perd son importance. Si personne ne veut se sacrifier, la vie n'a pas de sens. Elle ne reste précieuse que si l'on est prêt à faire le sacrifice suprême pour que tous les êtres humains puissent mener une vie décente. Je sais que c'est dur pour toi et pour ceux qui m'aiment, mais je suis sûr que tu me comprends.

J'espère que tu vas bien. L'automne s'annoncera-t-il au Danemark quand tu recevras cette lettre ? Ici, il fait toujours très, très chaud, mais les vieux disent qu'il peut faire réellement froid en Espagne. Nous sommes bien logés, dans d'anciennes villas de riches dont les propriétaires se sont enfuis ou ont été chassés, et nous allons à l'église trois fois par jour. Ne crois pas que ton petit frère soit devenu un saint, le fait est que, comme toutes les autres églises, celle-ci a été désaffectée et qu'elle nous sert de salle à manger. Tous les jours, la soupière trône sur l'autel. On nous sert de la soupe avec des petits pois et du pain, et même souvent du vin, nous n'avons donc pas à nous plaindre de la cuisine. On nous donne aussi du café presque tous les jours, sinon nous nous fâchons, les Danois se fâchent, en tout cas. Ça, ils l'ont appris. Nos camarades suédois prennent les choses plus calmement mais, nous, il nous faut notre café. Je t'embrasse, ainsi que tous ceux que j'aime. Donne quand même le bonjour à papa, si tu crois que mon bonjour en vaut la peine. Envoie-moi du tabac et du savon si tu peux, le chocolat aussi a toujours beaucoup de succès.

Écris comme d'habitude à Mads Meyer, S.R.I. plaza del Altozano, A.V. 11. Albacete, Espagne.

Ton frère affectionné, Mads

« Il fume, maintenant, lui aussi, remarque Marie.

– Je crois qu'il ne faut pas t'inquiéter pour ça.

– Non, c'est qu'il est devenu tellement adulte.

– Cet idiot aura bientôt vingt et un ans.

– Magnus !

– C'est la vérité.

– Peut-être qu'il n'est qu'un idéaliste qui pense d'abord aux autres. »

Elle se détourne à moitié en gardant les bras croisés sur sa poitrine.

« Justement. C'est bien ce que je veux dire.

– Tu as peut-être raison, mais je suis quand même un peu fière qu'il fasse quelque chose au lieu de rester passif. Beaucoup trop de gens ne font rien. Comme nous, comme la France et l'Angleterre. Hitler peut faire ce qu'il veut. Il envahit d'autres pays, et regarde la façon dont il traite les Juifs ! Il n'y a personne, à part Staline, pour venir en aide au gouvernement légal espagnol, alors qu'Hitler et Mussolini envoient aux fascistes toutes les armes qu'ils veulent. C'est mal. Les seuls à faire quelque chose sont des gens comme Mads.

– Et pourtant, il faut que j'aille chercher Mads. C'est bien ce que tu veux, n'est-ce pas ? »

Elle baisse d'abord les bras, puis la tête, et semble admettre une défaite qu'elle préférerait avoir évitée.

« Je ne suis pas une idéaliste comme Mads. Je suis une grande sœur égoïste, j'aimerais que mes deux frères soient à la maison et en sécurité. Je ne pense qu'à moi, Magnus. Tout ce que je veux, c'est que Mads échappe à la guerre.

– J'aime mieux ça que les idéalistes. Quand les idées prennent le pouvoir, les fusils parlent. D'abord, ils essaient de vaincre par la prière, mais si personne ne les écoute, ils sortent la baïonnette.

– Quelle philosophie ! Et quel cynisme ! Est-ce ce que l'on devient en Amérique ? Faut-il supprimer les idées, les idéaux ? Ne plus croire qu'il existe quelque chose de plus grand que nous ? Rien ne compte que notre petit ego ? Est-ce un monde comme ça, un monde vide qu'il te faut ? Hein, Magnus ?

– Tu voulais me montrer une autre lettre. La bonne ? »

Elle attend un moment en le regardant. Il lui sourit, mais comme il reste muet, elle renonce :

« Oui, c'est peut-être la bonne. Qu'en sais-je ? C'est plutôt une nouvelle que Mads a écrite, mais il s'agit de lui, tu sais. Je le devine sans peine. Au fait, que sais-tu réellement de la guerre là-bas ?

– Ce que je lis dans les journaux.

– Ils n'en disent pas grand-chose. Bon, je vais d'abord t'en parler un peu. »

Le rouge lui vient aux joues, malgré le froid qui monte du jardin silencieux. Allons, elle retrouve son efficacité naturelle, pense-t-il en la voyant sortir d'un tiroir deux cartes, l'une de l'Europe, l'autre de l'Espagne, et les déplier sur son bureau. Pendant un instant, lorsque Marie commence à lui donner des explications en montrant les cartes du doigt, sa voix rappelle à Magnus celle d'un professeur d'allemand du lycée oublié depuis longtemps. En écoutant sa grande sœur, il l'observe et sourit à part lui de son ardeur et de son engagement pour un monde qui ne l'intéresse que parce que son petit frère en fait partie.

« Regarde là », dit-elle en montrant de l'index l'itinéraire qu'a suivi leur frère cadet. « Mads et ses deux camarades se sont embarqués à Esbjerg. Ils y sont allés par le train, et il a fallu qu'ils se méfient. La jeunesse conservatrice et certains journalistes conservateurs essaient de les dénoncer à la police, quand ils arrivent à Esbjerg par le train de Copenhague. Je l'ai lu dans les journaux. Mads a pris le vaisseau de ligne *A.P.Bernstorff* jusqu'à Anvers, puis le train pour Le Havre et il a continué jusqu'à Paris. Les gens de Copenhague leur avaient fourni une adresse qu'ils avaient appris à prononcer au Danemark. Le 9, place du Combat, où ils ont été accueillis par des gens du Komintern. Aujourd'hui, ils sont très organisés, Magnus. Ce n'est plus comme au début, où tout était n'importe comment. Tu sais ce qu'est le Komintern, n'est-ce pas ? »

Elle lève les yeux pour le regarder.

« Des communistes, dit-il seulement en lui tendant son étui et en lui allumant sa cigarette.

– Oui, en un sens, mais pas seulement des communistes. C'est un organe contrôlé par Staline, naturellement, mais à l'heure actuelle, les membres du Komintern dirigent l'organisation des volontaires en Espagne. Ils soutiennent le Front populaire. Tout le monde doit s'unir contre le fascisme. Le Komintern est une organisation internationale dirigée par l'Union soviétique, mais tu sais bien que Mads n'est pas communiste.

– Non. Ce n'est qu'un idiot.

– Arrête, Magnus. Tu me fais de la peine.

– O.K.

– Toi et tes O.K. Écoute-moi. On avait donné un mot de passe à Mads et à ses camarades au Danemark. Le sien était simplement : “Aage t'envoie le bonjour.” C'est ce qu'il a dit au bureau de recrutement de Paris et on lui a remis un peu d'argent, des tickets-repas et un billet de train qui l'a conduit jusqu'à la frontière espagnole. Là, c'est devenu vraiment dur, il me l'a écrit. Ils sont partis à la nuit noire, un groupe important provenant d'une quantité de pays différents, pour traverser les Pyrénées. Ils avaient des guides espagnols qui connaissent la région, mais le terrain était très difficile et la marche a duré un temps infini. Presque vingt heures, écrit-il. Trois volontaires sont morts en route, deux sont tombés dans un gouffre, le troisième s'est noyé quand ils ont dû traverser un torrent. Ils ont beaucoup souffert de la faim et de la soif. On ne leur avait donné qu'un peu de chocolat, un pain et de l'eau. Mais ils ont réussi, Mads et les autres. Ils ont passé deux jours dans une ancienne forteresse mauresque, à un endroit nommé Figueras, avant d'être envoyés à Barcelone, où Mads a participé à un défilé et été acclamé par les gens du cru. Puis ils ont continué sur Albacete, plus au sud. Là, on leur a donné une arme et une espèce d'uniforme, ou plutôt un survêtement bleu qu'il appelle *mono*, deux gobelets, un pour l'eau et un pour le cognac. Pour le cognac, tu te rends compte ? Une musette, quelques munitions, un peu d'entraînement militaire, et de là, en route pour le front. N'est-ce pas incroyable ? Notre Mads ! De là, en route pour le front, il me l'a écrit dans une de ses premières lettres, comme s'il m'adressait une carte postale du bord de la mer du Nord : *Hello, Marie. C'est joli par ici. Je pars à la plage.* »

Magnus la prend dans ses bras et la laisse pleurer. Il lui enlève sa cigarette et l'éteint, ainsi que la sienne. Quand elle ne pleure plus, il la laisse tranquille un moment. Elle se détourne, quitte la pièce, et la porte de la salle de bains se ferme en claquant un peu. Il va dans sa propre chambre et en rapporte la bouteille de whisky et deux verres. Marie revient, il remplit les verres, lui en tend un dont elle prend une petite gorgée. Il la regarde et elle en reprend une en faisant une petite grimace.

« Merci, dit-elle en se tournant vers la carte d'Espagne. J'aimerais bien une cigarette, maintenant.

– Tu n'as pas besoin de m'en dire davantage sur ce qui se passe là-bas », dit-il en lui donnant du feu, mais elle l'ignore et lui montre un point sur la carte :

« Là, c'est Albacete. Le quartier général des Brigades internationales. Je dessine les lignes du front au crayon. Tu vois que ça ne va pas si mal que ça, même si les républicains subissent des pressions. Madrid résiste. Il y a eu des offensives et les volontaires y ont participé. Ils ne battent pas toujours en retraite. Et sur d'autres fronts, ils ont arrêté l'avancée des fascistes, n'est-ce pas, Magnus ? »

Il n'écoute qu'à moitié ses explications qui deviennent compliquées, bourrées de détails sur de petites et de grosses escarmouches. Elle a une connaissance approfondie de certains secteurs lointains du front, comme de petites villes espagnoles écrasées par la guerre, mais pour elle, chaque mètre conquis par les républicains est une victoire décisive et chaque perte de terrain un recul provisoire. Aux yeux de Magnus, d'après cette carte, les républicains sont condamnés.

Les révoltés nationalistes de Franco contrôlent la majeure partie du pays. Madrid, la capitale, est défendue âprement, mais apparemment, Franco ne va pas tarder à contrôler la côte septentrionale, ce n'est qu'une question de temps. Dès lors, il ne restera plus aux républicains que les territoires situés à l'est de Madrid. De la pointe de Gibraltar au golfe de Gascogne, les révoltés de Franco contrôleront une grande partie du pays et quelques-unes des principales régions industrielles, ils ne seront donc pas longs à chasser les républicains jusqu'à la Méditerranée. Bientôt, Franco ne sera plus obligé de mener la guerre sur deux fronts, et ce sera le commencement de la fin. Magnus se rend compte qu'il lui reste peu de temps pour agir. Pour Mads, le sablier est en train de se vider.

Elle se redresse, tire une bouffée de sa cigarette, met la main sur ses reins et s'étire.

« Je crois qu'ils peuvent réussir à arrêter les fascistes. Je veux le croire.

– Tu es drôle, Marie. Tu t'intéresses à la guerre abstraitement, avec beaucoup de passion et de connaissances, mais en même temps, c'est pour une raison personnelle, n'est-ce pas ?

– Comment ça ?

– Tu le sais bien. Tout ce que tu veux, c'est que Mads revienne, mais tu n'es pas sûre que le moment venu, il acceptera, alors, tu fais comme s'il pouvait participer à la victoire. Si tu suis intensément les événements, c'est pour éviter de penser à Mads tel qu'il est. Pour toi, ce n'est qu'un soldat courageux parmi beaucoup d'autres qui se battent dans une guerre juste. »

Il voit qu'il l'a mise en colère et qu'elle est déçue, mais il ne peut pas s'empêcher de poursuivre, d'une voix plus ironique qu'il ne l'aurait voulu.

« Tu ne le vois pas ? Mads est du côté des perdants. Ils n'ont pas une chance de l'emporter contre les Allemands, les Italiens, les Marocains et la Légion étrangère de Franco. Tu ne le vois pas ? Des gamins comme Mads contre des soldats de métier bien entraînés ! C'est une question de temps. Un gaspillage de vies insensé. Ton optimisme me rappelle celui d'un général cubain qui proclamait : “Mon armée victorieuse ne recule pas d'un pouce pendant notre glorieuse retraite.” »

Elle boit une gorgée de whisky et manque de s'étrangler. Il veut lui taper dans le dos, mais elle s'éloigne de lui, tourne la tête et tousse une ou deux fois.

« Le plus facile dans tout ça, Magnus, déclare-t-elle après avoir à peu près retrouvé sa voix, le plus facile dans tout ça et le plus commode, c'est de ne penser qu'à soi. Ça a toujours été ton fort. Et maintenant, je crois que j'ai envie de dormir.

– Tu peux garder la bouteille.

– Non, merci. Tu en auras peut-être besoin quand tu liras ce qu'a écrit Mads. »

En même temps que la bouteille de whisky, elle lui tend une petite liasse de feuillets couverts d'une écriture serrée.

« Bonne nuit, Marie », lui dit-il en sortant, mais elle ferme la porte derrière lui sans un mot.

7

Le déserteur et la baigneuse
par Mads Meyer

Quand les trois bombardiers allemands sont arrivés sur nous en rasant les collines, Arturo dormait entre Bertil et moi. Ils nous ont survolés et le rugissement intense qui suivait leur bourdonnement m'a tiré de mon petit somme agité. Le soleil matinal se reflétait sur les vitres de leur cockpit, ils volaient si bas que nous avons distingué les visages des pilotes. Ils ont filé tout droit au-dessus de l'oliveraie sans nous repérer, mais Arturo a eu si peur qu'il s'est quand même lâché dans son pantalon, j'ai fourré le nez dans le gravier rouge, mais trop tard pour éviter de le sentir. Bertil a juré en suédois en décochant un bon coup de poing au petit Espagnol qui s'est mis à sangloter. Bertil, un grand maigre d'environ vingt-cinq ans, a de grandes mains noueuses. Ses articulations qui serraient le fusil ont blanchi, et de l'autre main il a bourré Arturo de coups sur l'épaule en le vouant aux gémonies.

Bertil venait de Kiruna, au nord de la Suède. Il s'était engagé comme volontaire parce qu'il en avait assez d'être au chômage et qu'il aimait bien le père Staline. Comme il était avec nous depuis la défense de Madrid, je restais avec lui.

Quant à Arturo, nous l'avions recueilli la veille, après nous être retrouvés séparés du reste de la compagnie. Comme il venait d'un détachement de l'armée espagnole, on ne pouvait pas lui parler. Il portait le nouvel uniforme kaki que nous devions tous porter maintenant et avait gardé son fusil, nous ne supposions donc pas qu'il essayait de déserter. Comme nous, il s'était sans doute égaré, tout simplement. Bertil savait un peu d'espagnol, mais chaque fois qu'il essayait de parler à Arturo, le petit homme se mettait à pleurer. Il n'était certainement guère plus vieux que Bertil, mais avec sa figure si maigre et terrifiée, on lui donnait quarante ans. Il n'avait fait que répondre à l'appel, il n'était donc pas volontaire comme Bertil et moi. Nous avions passé toute la nuit dans l'oliveraie.

Deux jours plus tôt, nous avions avancé avec nos camarades du bataillon et deux compagnies de l'armée espagnole ordinaire en formant une longue ligne qui gravissait les pentes, sous le soleil ardent. Nous étions le flanc le plus éloigné d'une attaque coordonnée commencée dès l'aube. Les troupes auxiliaires italiennes de Franco avaient pris la fuite devant nous en laissant leurs morts et leurs blessés éparpillés dans la nature.

En courant entre les cadavres, ignorant les cris des blessés et leurs appels à l'aide, on sentait la puanteur des excréments qui sortaient des intestins criblés de balles. Nous avons couru jusqu'au sommet de la pente. Les Italiens n'avaient pas eu le temps de faire des tranchées suffisantes pour pouvoir surveiller ces collines, d'une beauté particulière ce matin-là, voilées par la brume de chaleur, le halo gris de la poudre et la fumée dégagée par les oliviers roussis et trois chars d'assaut incendiés par les coups de feu. Les Italiens jetaient ce qu'ils avaient dans les mains en courant comme des dératés pendant que nous prenions position en tirant sur les fugitifs avec tout ce que nous avions, en jurant et en criant.

Au bas de la colline, un petit village avait été rasé par les bombardements. Dans les ruines d'une maison, deux cadavres de chèvres toutes noires, couchées sur le dos, les quatre pattes en l'air, sentaient le brûlé comme des rôtis carbonisés. Derrière une autre maison bombardée, un cheval hurlait, une jambe déchiquetée. Un jeune soldat italien à la petite moustache brun foncé, qui avait perdu son casque, ne bougeait pas, il avait une jambe coincée sous le cheval qui hurlait, et l'autre, maculée de sang, qui dépassait en formant un angle bizarre. À peine conscient, il nous a regardés de ses yeux noirs et absents, sa figure pâle émergeait de sa chemise noire et il marmonnait comme s'il priait.

Bertil s'était procuré un pistolet en s'emparant de celui d'un officier fasciste, trouvé mort en même temps que deux simples soldats dans un fossé que nous avions franchi d'un bond. C'était un Beretta dont le magasin était plein. Il l'a sorti de son sac pour tuer d'abord le cheval d'une balle dans le front et ensuite, presque du même geste, le soldat d'une balle entre les deux yeux. Et nous avons continué d'avancer, avec la soif et la nausée qui nous piquaient la gorge.

Cela nous faisait du bien d'avancer, mais cela n'a pas duré, naturellement, parce que Franco a fait intervenir les Marocains et la Légion étrangère. Ils ont avancé entre nous et la brigade et tout s'est dissous. Car le simple soldat ignore ce qui se passe, sa vue d'ensemble se borne aux quelques mètres carrés qu'il occupe. Soudain, tout avait sombré dans le chaos et Bertil et moi nous étions retrouvés isolés. Plus tard, Arturo nous avait trouvés, ou nous l'avions trouvé. Bertil avait déclaré qu'il valait mieux rester cachés dans l'oliveraie pour passer la nuit, ce que nous avions fait. Nous avions tâché d'économiser l'eau de notre gourde, mangé notre dernier pain sec, bu une gorgée de cognac et essayé de dormir, mais Arturo n'arrêtait pas de gémir.

Les avions allemands ont filé au-dessus de nos têtes, nous les avons entendus larguer leurs bombes assez loin derrière nous. Bertil a juré en suédois, et bien que je ne comprenne pas toujours ce qu'il disait, là, je n'ai pas eu de doute : le front s'était déplacé, les fascistes étaient désormais entre nous et la brigade. Nous entendions les tirs d'artillerie dans le lointain, des grondements sourds qui roulaient en survolant les collines, il n'était donc pas facile de savoir exactement d'où ils tiraient.

J'ai entendu approcher le char d'assaut avant les autres. Ils étaient plusieurs. Bertil a pris Arturo par le cou en se contentant de le regarder sévèrement, si bien que l'Espagnol s'est tu. Terrorisé, il fixait Bertil comme si le Suédois était le diable en personne. Il puait parce qu'il n'avait pas eu le temps de s'écarter un peu pour se nettoyer.

Deux chars d'assaut allemands arrivaient, accompagnés d'un petit groupe de fantassins. C'étaient les Marocains de Franco, qui avançaient en bon ordre avec les nouveaux Panzer MK qu'Hitler offrait à ce moment-là aux fascistes. Bertil et moi avons armé nos fusils, Arturo s'est caché la figure dans la poussière, mais ils ont tourné à droite, sont montés jusqu'au sommet de la colline et ont disparu de l'autre côté. Peut-être étaient-ils, eux aussi, coupés de leur unité principale ? Ils ne se sont pas souciés des morts qui gisaient au pied de la colline. Dès que leur petit groupe a eu disparu, les vautours se sont préparés à se poser.

Bertil nous a dit que nous ferions mieux de rester toute la journée dans l'oliveraie, mais cela ne servait à rien. Nous n'avions rien à boire ni à manger, et le soleil chauffait si fort que nous cuisions comme dans un four. Dans l'après-midi, nous avons décidé de partir vers le sud, en longeant ce que nous croyions être la ligne du front. Arturo s'était un peu nettoyé mais il sentait toujours mauvais, alors nous l'avons placé derrière nous, Bertil ouvrait la marche et j'avançais entre les deux.

Le paysage s'étendait à l'infini, parsemé d'oliveraies qui ressemblaient à des taches de naissance foncées, sur le sol jaune ou rouge. L'Espagne était si vaste et si vide qu'on pouvait y disparaître, si puissante qu'on avait l'impression de faire partie des derniers hommes sur terre. Il faisait une chaleur torride, le fusil et les cartouches pesaient de plus en plus lourd. Bertil a dû menacer une ou deux fois Arturo, de ses grandes mains noueuses, parce que l'Espagnol voulait jeter son fusil et sa cartouchière. Comme il me faisait un peu pitié, je lui ai pris ses grenades pour les ajouter aux miennes. Au début, nous entendions l'artillerie, au loin, mais plus nous avancions vers le sud, plus les coups sourds s'atténuaient.

Nous ne savions pas au juste où nous étions. À un moment donné, les collines se sont aplaties et nous avons marché dans une sorte de maquis, gris d'une poussière pénétrante qui nous piquait désagréablement la gorge et s'introduisait sous nos uniformes en nous démangeant de partout. De grands vautours planaient devant nous, mais ce n'est qu'en atteignant la petite corniche qui ressemblait à un bec d'aigle que nous avons aperçu les quatre cadavres. Ni Arturo ni moi n'avons supporté le spectacle. Au cours de la nuit précédente, les vautours étaient passés par là, d'autres animaux aussi peut-être. Comme ces hommes faisaient partie d'une compagnie différente de la nôtre, je ne les connaissais probablement pas.

Il ne restait rien, d'ailleurs, à reconnaître, j'ai juste eu le temps de le voir. Je me suis accroupi en leur tournant le dos. Bertil s'est approché d'eux et de retour, un peu plus tard, il nous a dit qu'à son avis, c'était un avion qui les avait abattus. Nous aurions dû les enterrer, mais il n'en avait pas le courage. Il nous rapportait trois gourdes, une pour chacun, à moitié pleines d'une eau tiède, mais que nous avons quand même trouvée bonne. Bertil avait aussi pris deux oranges et un peu de pain sec dans une boîte métallique. Nous avons ramolli le pain avec de l'eau et un peu de cognac qui restait dans une quatrième gourde, trouvée par Bertil à côté des morts.

En nous éloignant un peu des cadavres et des mouches, nous avons mangé et bu. Il y avait aussi du tabac et l'un de ces briquets à mèche qu'on avait tant de mal à se procurer. La nuit est tombée mais nous n'avions toujours ni la lune ni les étoiles pour nous guider. Nous avons trouvé une oliveraie et Bertil a pris la première garde. Dormir était presque impossible, tant nous avions les nerfs à vif. Cela nous grattait de partout et le moindre bruit, le moindre mouvement nous réveillaient.

Le lendemain matin, nous avons bu un peu d'eau avant de continuer notre marche vers le sud, dans ce superbe paysage sans vie. Quand le soleil est arrivé au zénith, nous avons fait une petite halte. J'avais perdu mon bonnet, mais mes cheveux, qui avaient repoussé après mon séjour à l'hôpital, me protégeaient un peu. Arturo marchait sans rien voir en marmonnant tout seul. C'était toujours Bertil qui ouvrait la marche. Après avoir bu notre dernière goutte d'eau, nous sommes repartis. Il n'y avait personne en vue, on n'entendait aucun bruit de guerre. L'idée m'a effleuré de dire à Bertil que nous pourrions peut-être bifurquer vers l'est, en direction de nos propres lignes, mais j'ai estimé qu'il en savait plus long que moi.

Plus tard dans l'après-midi, quand le soleil a décliné vers l'ouest, nous avons gravi une petite colline et découvert un village, au pied d'une longue côte. Quelques chèvres broutaient à la lisière du pâturage communal. Un berger assis sur une pierre tenait son bâton devant lui et sa musette sur l'épaule. Il n'a pas levé les yeux pour nous regarder. Vêtu d'une veste grise élimée et d'un pantalon vague, il portait une casquette baissée sur ses yeux et sa figure était ridée et fanée.

Le village se composait d'un groupe de maisons gris-blanc massées autour d'une petite église dont l'intérieur semblait avoir brûlé. Plusieurs pierres tombales étaient renversées dans le cimetière au mur troué par les balles. Un pan de ce mur, formé d'énormes blocs de pierre, avait été complètement démoli comme par des grenades ou par ces balles explosives spéciales.

Nous étions si dévorés par la soif et la faim que nous avons surmonté notre peur et pris le chemin du village. Quand le berger nous a vus, il est allé à une maison et a frappé. Un gros homme est apparu. Sortant probablement de sa sieste, il a relevé ses bretelles, lentement et paresseusement, avant de mettre sa main en visière pour nous regarder venir, puis il s'est retourné dans l'embrasure de la porte et peu après, une femme entre deux âges vêtue de noir est sortie, une outre à la main. Quand j'ai vu que Bertil réassurait son fusil, je l'ai imité. Nous avons levé en l'air notre poing droit fermé et, après une hésitation, l'homme aux bretelles a fait de même.

L'outre contenait de l'eau froide et claire. J'ai bu longuement, à grandes lampées, après les autres, pendant que Bertil essayait de parler avec l'homme aux bretelles et qu'Arturo intervenait, d'une voix apeurée. Il tenait son calot à la main comme si cet homme au large visage barré d'une petite moustache et au menton étrange était quelqu'un que l'on devait respecter. Le villageois avait des yeux bruns et vifs et souriait facilement, mais on le sentait dangereux malgré tout, il baignait dans le même halo de brutalité que tous les hommes touchés par cette guerre. Il y avait aussi autre chose que je ne parvenais pas à analyser. On eût dit qu'un péché ou un secret pesait sur lui. Il refusait de nous regarder dans les yeux. On ne lui donnait pas d'âge, mais il devait être d'âge moyen. Sa femme, si c'était cette personne vêtue de noir, détournait les yeux, elle aussi. Le berger, debout non loin de là, s'appuyait sur son bâton. Deux femmes sont apparues, plus bas dans la rue étroite et poussiéreuse, seulement accompagnées d'un vieillard à qui il manquait une jambe.

Bertil s'est retourné vers moi et m'a dit avec un sourire que cet homme était le président du comité des ouvriers qui dirigeaient maintenant le village.

Nous n'avons pas tardé à nous rendre compte qu'il n'y avait pas grand-chose à diriger, puisqu'il ne restait que quarante personnes sur une population de deux cents habitants. Je m'intéressais surtout à deux poules qui picoraient çà et là. Elles auraient fait un bon bouillon, mais Bertil mettait un point d'honneur à ce que les hommes de la brigade ne détroussent pas les civils. Pourtant, l'eau me venait à la bouche en pensant au bouillon que représente une poule et aux plats de poule aux asperges de chez nous.

Je me suis accroupi contre le mur pour attendre, mon fusil russe entre les jambes en guise de support.

Deux autres membres de la brigade se trouvaient dans ce village : une femme, ce qui nous a plutôt surpris, et un commissaire politique du bataillon Edgar André, un Suédois comme Bertil, qui se prénommait Olaf et qui était blessé. Une balle lui avait fracturé le fémur. Son pantalon gris était raide de sang durci. Il portait l'uniforme favori des commissaires politiques : la veste de cuir noir et un béret noir posé sur ses genoux. Ses cheveux blonds étaient gras et collés sur son crâne. Il avait vingt-deux ans et possédait l'arme qui atteste sans contredit le statut et le pouvoir des officiers politiques : un gros pistolet automatique de 9 mm posé à côté de lui, sur son lit dressé dans l'église.

Bertil ne le connaissait pas, mais ils se sont salués très chaleureusement. C'était ainsi : tout au bonheur de rencontrer un compatriote, on sortait le tabac.

La femme était allemande, elle s'appelait Ute, était l'interprète et tenait la chronique de l'une des brigades. Plus tard, Bertil fut d'avis qu'elle appartenait au Komintern ou aux vrais agents secrets contrôlés par les Russes. Elle avait un visage original, sans beauté mais séduisant malgré tout à cause de son caractère : un front haut, des lèvres bien dessinées et des yeux bleu clair perçants, très écartés. Ses cheveux blonds étaient coupés court et bouclés et elle avait une peau très blanche, comme si le soleil ne l'atteignait jamais. Elle avait la trentaine et elle était grassouillette, presque pataude dans sa combinaison bleue.

Elle avait un si beau sourire qu'en le voyant, j'ai eu la même impression que lorsque le soleil apparaît, au milieu d'une sombre journée. Elle parlait vite en espagnol, mais je lui ai répondu en allemand après l'avoir entendue le parler avec le commissaire. Ce dernier, qui souffrait le martyre, endormait la douleur avec du cognac.

Les commissaires ne me plaisaient guère. Les Suédois et les Danois n'étaient pas aussi durs que les Allemands pour qui la discipline comptait beaucoup trop, mais tous étaient communistes et, par obéissance envers leurs chefs, ils prêchaient pour le parti. Sous la rubrique « parti politique », le seul mot qui figurait dans le livret militaire de tous les volontaires était celui d'« antifasciste », mais les communistes commandaient, on le savait, ce qui était sans doute normal puisque l'Union soviétique nous envoyait de l'argent, des armes et des conseillers.

Ute avait une voix grave et douce. Elle nous a dit qu'au début, ils étaient quatre, mais que l'avant-veille, ils avaient envoyé deux hommes chercher de l'aide et un transport pour Olaf. La bataille avait été rude, nous a-t-elle dit, et nous l'avions gagnée. Nous nous étions simplement retranchés sur des positions sûres. La ligne du front était un peu incertaine.

Le lit d'Olaf, dressé devant ce qui avait servi d'autel autrefois, semblait provenir d'une chambre misérable. Le vieux matelas usé s'effondrait en son milieu. La moitié des bancs de l'église avaient disparu et les autres portaient la marque de l'incendie. Le feu semblait avoir rasé la salle, le sol était jonché de paille, deux vitres avaient été brisées, entre les murs noircis par la suie, cela sentait le sang et les excréments.

Je suis sorti. Ute m'a accompagné dehors tandis que Bertil s'asseyait auprès d'Olaf pour bavarder en suédois avec lui. Arturo s'était endormi sur la paille, dans un coin. Il gémissait même en dormant. Ute m'a appris qu'on nous donnerait certainement, dans la soirée, un plat de haricots blancs à l'huile et que, parfois, avec un peu de chance, de la viande de chèvre s'y ajoutait… Peut-être même du café, et en tout cas du vin. J'étais affamé, mais comme cela m'arrivait souvent, la faim qui me rongeait avait fait place, dans mon ventre, à une sensation de vide que le tabac atténuait.

Nous nous sommes assis dehors. J'ai roulé deux cigarettes, je lui en ai donné une et je les ai allumées toutes les deux avec le briquet. Elle regardait ses pieds, nus dans ces espadrilles que les Espagnols appellent des *alpargatas*.

La femme en noir nous a apporté l'outre remplie d'eau et une seconde outre contenant du vin. Elle n'était pas aussi vieille que je l'avais cru au début, mais elle avait des yeux inexpressifs, dans sa figure terreuse et pâle. Elle a fait le signe de croix en direction du petit clocher avant de retourner dans la maison. Il faisait une chaleur intense, on entendait distinctement bourdonner les insectes. Le village et les collines, à l'arrière-plan, vibraient dans la brume de chaleur. Le berger a éloigné ses chèvres du village pour les pousser sur une hauteur. Ute m'a dit que cette femme se signait toujours en passant devant le clocher, parce qu'il était hanté, et elle m'a raconté toute l'histoire pendant que nous fumions en buvant à tour de rôle le vin nouveau.

En juin 1936, quand la guerre avait éclaté, les gardes civils, qui avaient une caserne dans le village, s'étaient rangés derrière Franco. Ils étaient huit. Ils avaient pris le contrôle du village sous la direction d'un certain Alfonso Gonzales. Maire jusqu'aux élections de 1936, il avait été remplacé par un homme du Front populaire. Alfonso Gonzales, phalangiste, adorait l'uniforme et le salut fasciste. Il avait réuni tout le village devant l'église. Aux gardes civils, s'ajoutaient cinq ou six autres chemises bleues, armées par la garde civile.

Tous les garçons de plus de douze ans et tous les hommes avaient été alignés, et Gonzales s'était mis à faire les cent pas devant les rangs terrifiés. On avait regroupé les femmes d'un côté, avec les fillettes et les garçons en bas âge. Gonzales brandissait son pistolet en levant les bras. Ses longues bottes noires soulevaient la poussière. Il les avait si bien cirées qu'elles brillaient au soleil, comme sa bandoulière. Le résultat de l'élection avait montré, disait-il, que la moitié du village avait voté pour des communistes, des socialistes, des anarchistes et autres profanateurs. Ils devaient être punis pour qu'un nouvel ordre soit instauré quand on aurait lavé leur sang impur. D'abord, il avait fait sortir le maire du rang et lui avait tiré dans le ventre pour que sa mort soit vraiment lente. Le nouveau maire du village, qui n'avait que vingt-huit ans, avait hurlé sans interruption. « Il ne sait pas comment on meurt, quand on est un homme », criait Gonzales. « Regardez-moi ce froussard. Regardez-moi cette femmelette. Voyez comme il meurt mal. Vive la mort ! » criait-il.

Il a exigé que tout le monde crie en cadence et en chœur : Vive la mort ! *¡ Viva la muerte ! ¡ Viva la muerte !* répétait Ute en espagnol, surtout pour elle-même.

Le curé vêtu de sa soutane noire, la croix sur la poitrine, regardait la scène. Il était pâle, il transpirait parce qu'il faisait chaud, il tâtait son rosaire, mais il s'avançait pour bénir un homme et un garçon sur deux. Tous ceux qu'il avait bénis étaient sortis du rang, l'un après l'autre, et fusillés sous les yeux des femmes et des filles du village. En bénissant les condamnés à mort, le curé, un homme grand et fort qui avait apporté l'extrême-onction au maire mourant, n'a demandé la grâce de personne, pas plus qu'il n'a fait preuve de la moindre compassion. Il s'est borné à dire à chacun : tu es un pauvre pécheur, mais si tu te repens, une vie meilleure t'attend au ciel. Ce curé avait la réputation d'adorer le vin que ses paroissiens avaient été tenus de lui apporter, jusqu'au jour où le scrutin avait déplacé le pouvoir, dans le village. Les yeux injectés de sang, il marchait de long en large avec sa croix et une bible, comme si ç'avait été un dimanche comme tous les autres.

Plusieurs hommes et garçons avaient tenté de fuir ces horreurs, des femmes avaient quitté leur groupe pour courir vers leur mari et le protéger contre les fusils des gardes et les pistolets des phalangistes. On les avait abattues. Durant toute la séance, Gonzales n'avait pas arrêté de crier et de hurler : « Vive la mort ! Montrez que vous êtes de vrais Espagnols et que vous savez mourir ! » La poussière jaune du parvis de l'église était rouge de sang, on eût dit que la terre pleurait des larmes de sang. Les hommes et les garçons survivants avaient reçu l'ordre de creuser une fosse commune, derrière le cimetière, où les cadavres avaient été jetés.

Ute m'a regardé. Sa voix était atone, mais on sentait qu'elle avait besoin de parler. Elle avait les yeux las et elle fumait nerveusement et rapidement. J'ai donc roulé deux autres cigarettes, sans mot dire pour lui laisser finir son récit en paix.

Elle n'avait appris l'histoire que la veille, me dit-elle. La femme que je prenais pour une vieille n'avait que vingt-huit ans, et c'était elle qui l'avait racontée à Ute, pendant que cette dernière l'aidait à tirer de l'eau du puits. Oubliant totalement l'eau, elles avaient parlé pendant des heures. C'était la première fois que cette femme racontait son histoire dont elle connaissait tous les détails, car elle était la veuve du maire assassiné. Leur fillette de neuf ans avait été tuée, comme leur fils de sept ans, abattu quand il s'était élancé vers son père. Elle-même était la fille de l'homme aux bretelles.

Il était difficile de savoir exactement ce qu'étaient devenues les femmes du village : qui avait été tuée après avoir été violée ? Qui s'était suicidée ? Qui s'était sauvée ? Qui, parmi les mères, avait tué ses propres filles pour les soustraire aux violences des gardes civils et des phalangistes ?

L'ivresse sanguinaire avait duré deux journées interminables, jusqu'à ce que la milice des ouvriers ait enfin libéré le village. Lors des débuts désordonnés de la guerre, les autorités locales refusaient d'armer les ouvriers, si bien que les armes étaient arrivées trop tard. On s'était battus, mais après deux morts et trois blessés légers au sein de la garde civile, celle-ci s'était rendue. Les dégâts subis par le mur du cimetière dataient de ces combats, parce que les gardes civils y avaient pris leurs positions de défense en compagnie des phalangistes, qui avaient perdu deux hommes pendant les affrontements.

Les survivants du massacre avaient trouvé le curé chez lui. Ils l'avaient traîné dans son église et pendu à la corde de la cloche avant d'enfermer les phalangistes et les gardes civils, leurs femmes et leurs enfants dans l'église, puis d'y mettre le feu avec des grenades et des bouteilles remplies d'essence.

Gonzales n'avait pas bien su mourir, il avait crié comme un cochon qu'on égorge jusqu'à ce que la fumée l'étouffe. Les cadavres avaient ensuite été traînés dans la sierra et abandonnés aux vautours et aux prédateurs nocturnes. Les esprits viennent aussi la nuit, maintenant, puisqu'on entend dans le clocher des cris et des pleurs. Quand on écoute attentivement, les voix se taisent, mais si l'on n'écoute pas, elles s'insinuent même dans les rêves les plus lointains. On ne leur échappera pas et elles vous suivront partout, où que vous alliez.

Ute m'a regardé et elle s'est levée en me disant qu'elle avait besoin de se laver.

Je suis resté un moment assis là, à boire du vin et à fumer, en humant la bonne odeur des haricots blancs qu'on avait fait tremper et qu'on faisait cuire quelque part, non loin de là. Ils dégoulineraient d'huile, au grand dam des estomacs scandinaves, mais cela ne me gênait pas spécialement. Un moment plus tard, je me suis levé et je suis parti à la recherche d'Ute.

Elle se baignait derrière une maison effondrée où elle avait installé une vieille baignoire en fer-blanc. Je me suis dit qu'elle la remplissait peut-être d'eau le matin pour que le soleil la réchauffe pendant la journée. Je suis resté un peu en retrait. Arturo était venu avant moi. Sa tête dépassait derrière un mur écroulé, sur ma droite. Il pleurait, et les larmes formaient deux rigoles sur sa figure poussiéreuse.

Ute s'est levée, l'eau coulait sur son corps nu et le soleil couchant faisait étinceler les gouttes sur sa peau très blanche. Elle se lavait avec un gant de toilette. À demi tournée vers moi, elle lavait lentem ent ses gros seins lourds. Elle avait des fesses rondes, les poils de son pubis étaient fins et blonds. Je n'ai pas essayé de me cacher, peut-être pour éviter qu'elle n'aperçoive Arturo qui pleurait. Elle m'a fait face et m'a souri en caressant sans pudeur, avec le gant de toilette, la peau douce de son ventre et son entrejambe. Puis elle m'a tourné le dos et je l'ai entendue chanter une berceuse que ma nourrice allemande m'avait aussi chantée. La figure d'Arturo a disparu. Je me suis demandé si je l'avais vraiment vue ou si sa figure malpropre était une illusion née de la fatigue et de la faim.

Je regardais Ute au soleil en rêvant à ce que serait l'amour avec elle, tout en réfléchissant à la bizarrerie et à l'imprévisibilité de la vie, mais mon rêve ne s'est jamais concrétisé. Le lendemain matin, des hommes de la brigade sont venus évacuer le commissaire politique suédois, dans un camion italien qu'ils avaient conquis. Ils étaient cinq, un commissaire politique allemand du nom de Günther, deux Autrichiens et deux Espagnols. Naturellement, ils nous ont emmenés aussi, Ute, Bertil et moi.

Assis sur le pont du camion avec un des Autrichiens, à côté d'Ute, je sentais sa cuisse à travers le tissu grossier de son uniforme, mais elle ne s'occupait que d'Olaf. Soit elle le tenait par la main, soit elle lui faisait boire du cognac. La cuisse brisée d'Olaf sentait mauvais. Il avait une très forte fièvre et délirait souvent en suédois, en répétant des phrases incompréhensibles à propos de pièces d'or et des trésors du royaume disparu des Aztèques. Ute essuyait son front où la sueur perlait sans cesse. Souvent aussi, la douleur lui arrachait des gémissements, quand le camion tressautait en cahotant dans le petit chemin creux.

Assis en face de nous, à côté du commissaire Günther

et d'un des Espagnols, Bertil me regardait, puis il regardait Olaf en branlant la tête avec résignation. Olaf était étendu entre nous, sur le même matelas qu'à l'église. Il ne manquait qu'Arturo, mais il avait filé pendant la nuit.

Il n'était pas allé loin. Il gisait dans un fossé, à moins de cinq kilomètres du village. Les camarades venus nous chercher l'avaient rencontré et tué, nous a expliqué Günther, puisqu'il n'avait ni son arme ni laissez-passer ni explication convenable. Gisant sur le dos, les yeux ouverts, Arturo regardait le ciel bleu de l'Espagne. Sa bouche grimaçait toujours comme s'il pleurait. Un morceau de toile gris pâle avait été fixé sur sa poitrine à l'aide de son propre couteau de poche.

Sur le tissu, le commissaire Günther avait peint le mot « déserteur », en grosses lettres noires. Nous sommes passés à côté de lui sans nous arrêter. Ute s'est mise à chanter sa berceuse allemande, d'une voix qui vibrait un peu, mais c'était sûrement à cause du camion dont les ressorts étaient en piteux état et qui nous secouait tant et plus, sur cette mauvaise route.

8

Le lendemain, en arrivant comme prévu devant la rédaction du *Journal des Ouvriers*, Magnus et Marie trouvent Svend Poulsen dans la rue. Il va et vient comme une bête en cage, et son sac de voyage brun foncé attend devant la porte. Le pâle soleil qu'on devine à travers de hauts nuages diffuse une lumière délicate, presque ouatée, par ce bel après-midi de début d'automne. La ruelle étroite et pavée où sont installés la rédaction et le parti communiste empeste le crottin de cheval et le relent indéfinissable de la pauvreté que Magnus associe désormais à la ville de son enfance.

Il ne se souvenait pas que sa ville avait cette odeur, autrefois. La crise amène les gens à se replier sur eux-mêmes et l'odeur de la pauvreté imprègne les vêtements élimés bon marché. Les petites maisons se baissent comme si elles avaient honte. Magnus se trouve déplacé dans son beau costume de tweed gris, sa chemise blanche, sa cravate discrète, sa tête nue et ses solides chaussures américano-italiennes. Marie a mis une longue jupe et un chemisier seyant et ses chaussures plates sont raisonnables, parce qu'un peu plus tard, elle doit aller travailler.

Magnus n'a presque pas fermé l'œil. Il n'arrive pas à se remettre de la lecture de la nouvelle écrite par leur frère cadet, mais au petit déjeuner, ils ne l'ont pas mentionnée. Il s'est borné à rendre les pages manuscrites à Marie quand ils sont descendus à la salle à manger, et elle lui a adressé un petit sourire. « Affreux », a-t-il commenté sans insister. Le médecin chef a pris comme de coutume son œuf à la coque, une tranche entière de pain noir avec du fromage, bu son verre de lait et deux tasses de café noir en lisant son quotidien conservateur du matin. Magnus avait demandé de la crème de flocons d'avoine, mais quand la bonne, avec un petit geste de connivence, a placé devant lui l'assiette pleine, avec au milieu sa noix de beurre et du sucre, il a fallu qu'il se force pour l'avaler. Elle ne cessait de le regarder à la dérobée. Peut-être aurait-il dû lui faire une visite, mais il s'est dit qu'il n'avait pas besoin d'une complication supplémentaire. Il a laissé fondre un peu le beurre avant d'avaler la première bouchée qui est bien descendue, mais le reste l'a étouffé. La curieuse idée de commander de la bouillie lui était venue tout d'un coup, comme s'il avait voulu se réfugier dans son enfance. Il a donc bu du café, fumé des cigarettes et réfléchi à cette histoire espagnole, quoiqu'elle comporte trop d'atrocités pour qu'il ait envie d'y revenir souvent.

En les apercevant, Svend Poulsen arrête sa marche fébrile. Magnus est plutôt surpris de voir Marie étreindre Svend Poulsen et l'embrasser sur la bouche. Elle le prend ostensiblement à témoin du long baiser ardent dont elle gratifie Poulsen, qui se raidit un instant avant de l'embrasser brièvement, lui aussi. Tout se paie, dans ma famille, pense Magnus, c'est toujours donnant-donnant. Les repas gratuits n'existent pas. Marie s'écarte de Poulsen en ignorant le coup d'œil de deux femmes qui sortent de la mercerie située en diagonale par rapport à la rédaction. Ces femmes sont petites et rustaudes, pauvrement vêtues, et l'une d'elles tient un garçon de constitution débile par la main.

Svend Poulsen est un grand homme maigre qui n'a plus qu'un avant-bras. La manche pliée de sa grossière veste grise est retenue par des épingles autour de son bras amputé. Il porte un pantalon noir, de larges chaussures usagées et une casquette noire ordinaire. Il a des cheveux bruns épais, il est bronzé et ses dents sont d'une blancheur stupéfiante, dans un pays où l'on propose un dentier pour leur confirmation à la plupart des gens qui font partie de sa classe sociale. Magnus est fasciné par ses yeux, très verts et perçants, sous un front haut et droit. En lui tendant la main gauche pour serrer la main droite de Magnus, Poulsen le regarde bien en face, sans honte ni déférence, malgré sa poignée de main en porte-à-faux. Marie, à côté de lui, arbore son sourire indéchiffrable.

« Je suis heureux de rencontrer le frère de Marie, dit Poulsen. J'ai tellement entendu parler de vous. Et je précise que c'est en bien. » Il parle d'une voix de basse avec un soupçon de dialecte. Plus jeune que Magnus ne l'a cru d'emblée, il approche peut-être de la trentaine, mais il n'est pas facile de deviner son âge.

Magnus lui répond sur le même ton en essayant de capter le regard de sa sœur, mais elle détourne les yeux. S'attend-elle à ce qu'il soit choqué par ses baisers en public ? Il ne l'est pas. Ce qui l'étonne le plus, c'est qu'elle juge si important de lui montrer qu'elle fréquente quelqu'un de la classe ouvrière. Comme s'il se souciait des classes sociales ! En Argentine, la hiérarchie sociale signifiait quelque chose, mais autre chose qu'au Danemark. Quant aux États-Unis, pourvu qu'on relève ses manches, on s'élève au-dessus de tout. Las de cette mentalité européenne dépassée concernant les classes sociales, Magnus souscrit aux principes de la Constitution américaine, selon laquelle tous les hommes sont nés égaux et possèdent le même droit de poursuivre le bonheur. Le Vieux Monde est précisément cela : un vieux monde. Si le Nouveau Monde mérite son nom, c'est qu'il ne s'attarde pas à des normes périmées qui semblent toutes réunies en la personne du médecin chef et de tout ce qu'il représente. Aux États-Unis, l'argent compte davantage que la famille ou l'héritage. Que l'argent d'aujourd'hui ne soit pas aussi distingué que l'argent d'autrefois, c'est possible, mais il n'en ouvre pas moins la porte aux milieux comme il faut.

« On ne rentre pas, Svend ? » demande Marie.

Svend secoue la tête comme s'il se trouvait vraiment devant une énigme.

« Impossible, dit-il. Ils ont changé la serrure. Je ne peux pas entrer.

– Comment ? Tu ne peux pas entrer dans ton propre bureau ? Et dans ta chambre non plus ?

– Ça s'est passé pendant que j'étais à Copenhague. On m'a exclu du parti et chassé de mon poste de rédacteur sous prétexte que je suis trotskiste – et contre-révolutionnaire ! Me voici devenu traître à ma classe, le dirigeant danois du trotskisme, pour ainsi dire. » En secouant la tête, il désigne la petite maison de deux étages et, derrière les vitres, on aperçoit deux visages qui battent en retraite quand ils se voient observés.

Magnus et Marie apprennent le plus clair de l'histoire dans un petit café du voisinage où il n'y a que quelques tables et encore moins de clients, à cette heure matinale. Les tables sont recouvertes de nappes à carreaux bleus, les chaises sont fatiguées et le local sent le tabac rance, la bière renversée et les âmes en peine. Un homme petit et replet, aux bretelles noires et au tablier gras, sert un café à Marie et une Pilsner aux deux hommes. Magnus a l'impression très nette que le cafetier connaît Marie et Svend, pourtant, ce dernier porte une alliance, remarque Magnus, qui note également que Svend est très impressionné par sa sœur et qu'il tient beaucoup à elle. Au demeurant, il semble surtout choqué par son exclusion, comme si quelqu'un lui avait volé sa raison de vivre.

Svend Poulsen, appelé à Copenhague pour une réunion avec la direction suprême du parti communiste, était parti en pensant qu'il s'agissait d'une question de routine, d'un rééquilibrage de la politique espagnole qui est sa spécialité ; or, il s'est retrouvé traduit devant le tribunal du parti, accusé de mener une activité nuisible contre lui et d'être trotskiste de surcroît.

À Moscou, des procès à grand spectacle sont organisés contre les opposants à Staline. Presque chaque jour, les journaux se font l'écho de jugements ou d'aveux retentissants. Presque chaque jour, les journaux annoncent l'exécution d'ennemis de Staline. Presque tous sont accusés de soutenir les idées de Trotski, ces idées qui s'entêtent à ne pas mourir, même si presque dix années ont passé depuis que Staline a poussé le théoricien à l'exil.

Ils fument tous les trois les cigarettes de Meyer en écoutant l'histoire de Poulsen. Il a essayé de se défendre, mais la direction ne l'a pas écouté. La décision était prise d'avance. Il a été exclu du parti qui a mis fin séance tenante à son contrat de fonctionnaire et de rédacteur. Qu'il ait une femme et deux jeunes enfants, que le chômage atteigne près de vingt pour cent au Danemark, ils ne s'en sont pas souciés. Quand Svend fait mention de sa femme et de ses enfants, Magnus jette un coup d'œil à Marie, mais elle reste impassible.

En quoi consiste son crime ? Au cours d'une réunion locale du parti et dans un article qui, heureusement, n'a pas eu le temps d'être imprimé, il a critiqué le fait que le Komintern et la direction du Front populaire, en Espagne, aient engagé par tous les moyens un combat nécessaire contre les anarchistes et autres renégats, traîtres de la classe ouvrière. La lutte menée en Espagne est dure et sans merci. Elle exige une discipline de fer et une loyauté inconditionnelle vis-à-vis des décisions et de la ligne du parti. Le point de vue selon lequel la désunion des combattants affaiblit la lutte contre le fascisme est purement et simplement trotskiste. Ce genre d'individualisme bourgeois n'a pas lieu d'être. Les traîtres de la cinquième colonne doivent être liquidés sans merci. Les syndicalistes et les anarchistes sont des traîtres et des trotskistes. Staline a décrété une guerre inflexible contre le trotskisme, en Union soviétique comme partout où se bat la classe ouvrière. Staline a décrété qu'au sein de ce combat, il n'y avait pas de place pour la méthode douce. Il faut être pour ou contre.

Lors d'une réunion du parti à huis clos, ce qui n'empêchait pas son attitude d'être inexcusable, Svend Poulsen s'était aussi permis de critiquer la piètre qualité des armes qui sont livrées en Espagne avec une telle générosité, ainsi que l'absence de bons fusils et de munitions adaptées aux armes légères expédiées là-bas. L'Union soviétique envoie du matériel militaire obsolète totalement inapte à se mesurer avec l'armement des nationalistes. Svend s'était permis de déclarer que cela coûtait des vies humaines et pourrait coûter la victoire.

Svend Poulsen secoue la tête.

« Tout ce que j'ai voulu dire et écrire, c'est que pour lutter contre le fascisme, il faut se serrer les coudes au lieu de se combattre mutuellement. C'était tellement évident quand j'y étais. Je suis… enfin, j'étais… membre du parti, mais sur mon livret militaire, une seule chose était inscrite : que j'étais antifasciste comme les autres. Quand j'étais là-bas, il n'y avait pas de vrais officiers, rien que des camarades qui luttaient ensemble au sein des brigades. À présent, il faut saluer des officiers galonnés et se soumettre à la discipline militaire. Les camarades me racontent, de là-bas, des histoires de jalousies, de dissensions, de luttes intestines. On nous envoie des armes de mauvaise qualité. Je le sais. Si j'en ai parlé à une réunion du parti, c'était uniquement pour expliquer aux camarades pourquoi la guerre pourrait mieux se passer et de quel courage font preuve les volontaires qui se battent contre les légionnaires et les *regulares* de Franco. »

Il lève son moignon et reprend :

« Mon fusil m'a explosé entre les mains et cela arrive bien trop souvent. Ils nous envoient des munitions d'un calibre inapproprié. On devrait quand même pouvoir être communiste sans nier la vérité, bon sang de bon sang !

– Être communiste, c'est comme appartenir à une religion, quelle qu'elle soit, réplique Magnus. C'est choisir la vérité selon les critères établis par Dieu. Les autres vérités sont hérétiques et vous êtes brûlé sur le bûcher. »

Magnus regarde Svend, mais Svend regarde Marie, qui boit son café à petites gorgées distinguées.

« Nous n'avons pas de Dieu, rétorque-t-il.

– Vous avez Staline. C'est la même chose. Celui qui enfreint les lois et les dogmes de l'Église est excommunié. Si vous enfreignez les dogmes de Staline, vous êtes exclu du temple communiste mondial. Il n'y a aucune différence.

– Je n'ai aucune envie de parler politique en ce moment. C'est plutôt étrange, puisque je n'ai rien fait d'autre depuis que j'ai quatorze ans. »

Svend se met à rire. Il a un drôle de rire communicatif, qui fait sourire Magnus et Marie. Marie pose la main sur son bras intact :

« Que vas-tu faire, maintenant, Svend ?

– Essayer de trouver un boulot, mais tu sais que c'est difficile, avec un seul bras. L'assistance sociale nous versera un peu d'argent. Du reste, Ingeborg a du travail, de temps en temps. J'écrirai peut-être le livre auquel je pense, sur les camarades et l'Espagne. Puisque la main avec laquelle j'écris se porte bien. »

Il libère son bras gauche de la main de Marie, le lève et explique, peut-être à Magnus :

« Je suis gaucher. C'est avec la main gauche que j'écris le mieux et que j'ai la plus belle écriture, mais je récoltais des calottes, à l'école, quand je n'écrivais pas de la main droite. Quand j'ai appris à écrire, j'avais un instituteur qui m'attachait le bras gauche dans le dos. C'est vraiment l'ironie du sort que la guerre m'ait pris ma bonne main, si je puis dire. Je pourrai toujours faire dactylographier mon bouquin. »

Il regarde d'abord sa main droite absente, puis son bras gauche qu'il pose sur la table, comme s'il ne savait qu'en faire.

« Je pourrais peut-être... » commence Marie. Mais il ne lui permet pas de terminer sa phrase.

« Non, ce n'est pas possible, dit Svend Poulsen en appuyant sur les mots, ce qui rend son dialecte plus distinct. Je me suis toujours débrouillé tout seul. Nous nous en sortirons bien. »

Marie a l'air blessée, la main qu'elle allait reposer sur celle de Poulsen reste en suspens. Magnus offre des cigarettes à la ronde et commande encore deux bières. Marie demande une eau minérale. Elle doit bientôt partir travailler.

Un jeune couple s'est assis dans un coin. Penchés l'un vers l'autre, ils joignent leurs mains. C'est elle qui parle. Le jeune homme a le visage pâle et, comme elle, il est maigre. Elle met ses mains sur son ventre, lui se recule un peu, et Magnus devine à son expression qu'il sait de quoi elle parle, mais qu'il refuse encore de la comprendre et fait appel à sa raison.

« Quelle formation avez-vous ? » s'enquiert Magnus après que le gros cafetier leur a servi leurs bières et une eau minérale au citron en emportant les deux canettes vides, la cafetière blanche, la tasse, le sucrier et le petit pot de crème.

« On ne pourrait pas se tutoyer ?

– Quelle est ta formation ?

– J'ai fait mon apprentissage à douze ans chez un tonnelier, mais quand je l'ai eu terminé, j'ai pris la mer. J'ai navigué jusqu'à ma vingt et unième année, ensuite, je me suis marié.

– Ce n'est sûrement pas tout ?

– Non. Je me suis inscrit très tôt au parti qui m'a formé de bien des façons. J'ai fini par apprendre à lire et à écrire correctement. J'ai appris à me servir de ma tête bien faite. Tout le monde me dit que j'ai de la chance de l'avoir toujours eue. J'ai suivi des cours à Copenhague pendant une année et fréquenté l'école du parti, à Moscou, pendant un peu plus d'un an.

– Tu as donc vécu en Russie ? »

Le visage intelligent de Poulsen s'illumine.

« Oui.

– Comment était-ce ?

– Comme une plongée dans l'avenir. La pauvreté est dure partout, pour les hommes, mais en Russie il y a de l'espoir, parce qu'ils construisent un pays tout neuf. Un espace tout neuf pour les humains. Ils œuvrent pour un avenir où la pauvreté et les injustices disparaîtront.

– Et tu y crois toujours ?

– Oui. J'y crois. Je crois au socialisme, naturellement.

– Malgré les procès à grand spectacle, les exécutions et les arrestations aléatoires à Moscou, en Espagne, sans oublier ta propre situation ?

– À quoi croirais-je si je ne croyais pas qu'il est possible de construire ensemble un monde différent et plus juste ? Ce serait le vide dans ma vie. À quoi crois-tu ?

– Je ne suis pas croyant, donc, je crois en moi.

– Pour moi, cela paraît vide.

– Pour moi, cela paraît rationnel.

– Tu as moins à perdre, naturellement. »

Le silence s'établit autour de la table. La conversation ne se déroule pas comme prévu. Il était entendu que Poulsen devait informer Magnus sur l'Espagne et sur la façon la plus facile de rencontrer Mads, mais tout est sens dessus dessous. Magnus est d'ailleurs plus affecté, et même plus irrité qu'il ne voulait l'admettre au début, par la liaison manifeste de Marie et de Svend. Ce n'est pas de l'amour. Il connaît sa sœur. Pour elle, c'est un calcul et certainement aussi un besoin physique. À la manière dont Svend la regarde, Magnus le sent captivé par sa beauté, mais aussi, inconsciemment, par sa classe. Il est furieux contre lui-même parce que le déroulement de la conversation lui échappe. Il est temps de la remettre sur les rails. Il n'est pas le gardien de Poulsen, même si les relations qui existent entre Marie et lui compliquent sa propre attitude et ses sentiments vis-à-vis de cet homme. Celui-ci, pour l'heure, est clairement désarçonné par la ruine du fondement de son existence et n'en a pas encore mesuré les conséquences.

Ils envoient Marie à son travail, prient le cafetier de surveiller le sac de voyage de Poulsen, descendent jusqu'au lac et continuent leur promenade en longeant la rivière.

Ils marchent côte à côte sous le soleil amical. Des vaches paissent toujours dans les prés et plus loin, un cheval est attelé à une herse. Ils entendent par à-coups les encouragements du paysan, apportés par les bourrasques. Les mouettes forment une nuée blanche derrière la machine. Les feuilles qui changent de couleur virent au gris-vert. Deux pies poursuivent un rapace blanc qui prend la fuite. La rivière dessine des méandres et le paysage est si idyllique que Magnus le compare à une carte postale.

La conversation est facile avec Poulsen, et Magnus se demande pourquoi, d'emblée, ils s'entendent si bien. Serait-ce parce que Magnus a fréquenté des ouvriers durant ces cinq dernières années tandis que Svend Poulsen, venu de la classe ouvrière, a acquis un bagage intellectuel ? Serait-ce à cause de la guerre ? La guerre transforme-t-elle les êtres humains ? Toujours est-il qu'ils discutent comme s'ils se connaissaient de longue date, alors qu'ils viennent à peine de se rencontrer.

Poulsen le questionne sur ses voyages et lui demande s'il connaît le milieu communiste américain. Magnus ne le connaît pas, il sait simplement que les communistes sont souvent pourchassés, en Amérique. Beaucoup considèrent que ce ne sont pas des citoyens patriotes, qu'ils sont à la solde de Staline. Meyer sait qu'il existe d'âpres luttes ouvrières et que la crise est douloureuse. Il a vu les *hobos* errants qui attaquent les trains de marchandises, tous les miséreux de New York et de Chicago, mais la situation s'améliore, selon lui. Le New Deal de Roosevelt, le nouveau président, a donné du travail à beaucoup d'ouvriers. On construit des routes et des ponts. Un nouvel optimisme se fait jour, en Amérique. C'est un pays qui se remettra certainement sur pied.

D'après Poulsen, seule la révolution mondiale pourra éliminer les injustices et l'exploitation des travailleurs, mais Magnus n'entre pas dans cette discussion. Il préfère raconter qu'en Argentine, où toute velléité d'agitation communiste est durement réprimée par la police et l'armée, la situation est entièrement différente.

Bientôt, en parlant de livres qu'ils ont lus tous les deux, ils s'aperçoivent qu'ils aiment les mêmes écrivains, qui sont pour la plupart américains. Magnus connaît peu d'écrivains danois. Svend lit aussi les auteurs danois, bien entendu, Martin Andersen Nexø et Hans Kirk, mais le premier de leur liste est Upton Sinclair, et ils lisent tous deux John Steinbeck. Magnus est le seul à apprécier Jack London, que Poulsen juge trop individualiste et bourgeois, même s'il est d'accord pour trouver qu'il écrit bien. L'un et l'autre sont très séduits par Ernest Hemingway, que Poulsen a non seulement lu, mais rencontré, il a même parlé avec lui, à Madrid.

C'était juste après la bataille de Jarama, lorsque la brigade avait bloqué l'avancée des fascistes. Hemingway lui a confié que cette bataille avait plus contribué à retarder une guerre européenne que tous les pacifistes ne l'avaient jamais fait. Il a félicité les volontaires en leur disant qu'ils faisaient toute la différence et qu'il était sûr que le gouvernement gagnerait la guerre. Le gouvernement doit gagner la guerre.

Poulsen continue :

« C'était bizarre de se trouver à Madrid, bon sang. On voit des ruines causées par les bombardements à pas mal d'endroits, surtout du côté du front, mais ailleurs, on ne voit presque rien. Au centre, à la Puerta del Sol et dans la calle Alcala, on voit une quantité de restaurants, des cafés, des hôtels et des magasins superbes. Des officiers distingués, en uniforme immaculé, qui dansent avec les plus charmantes *señoritas*. Nous, on arrivait directement du front, à quelques kilomètres de là. On puait littéralement, avec nos habits sales et déchirés. Quand on les a vus valser si bien vêtus, on s'est surpris à essayer de se coiffer, de laver les taches de nos habits, de nous nettoyer les ongles. C'était complètement irréel. Que faisaient ces officiers russes et espagnols si chics, qui n'avaient jamais vu un seul assaut ni entendu tomber les bombes larguées sur le front par les grands Junkers allemands ni cherché fébrilement à se creuser un abri. On n'a pas supporté ça, on est allés dans un faubourg ouvrier appelé Carabanchel, qui puait autant que nous. On a vu des tas d'enfants en haillons qui voulaient nous emmener tous au bordel, chez des putains qui étaient sûrement les plus moches du monde. C'était plein de cafés miteux et partout on voyait des affiches qui disaient : *No hay carne. No hay leche. No hay pan.* Ce qui signifie : il n'y a pas de viande, pas de lait, pas de pain…

– Je sais ce que ça signifie.

– Ah oui. C'est vrai. Je sais un peu d'espagnol, mais c'est l'espagnol du front que je parle, sûrement pas comme toi. Enfin. Mais ça m'a fait plaisir qu'un homme aussi distingué qu'Hemingway me tende sa petite bouteille de whisky et me dise sans façon : "Prends-en une lampée, camarade", en me regardant dans les yeux. »

Le regard de Poulsen se perd, puis il continue :

« La nuit, tout changeait à Madrid. L'artillerie se mettait à tirer, les avions arrivaient, ils survolaient la ville, larguaient leurs bombes et Madrid était comme une tombe. On savait que derrière beaucoup de fenêtres fermées et de portes cadenassées, les fascistes n'attendaient que l'arrivée de Franco. Dans les hôtels, on festoyait et on s'enivrait. Je n'ai pas aimé la capitale. J'ai détesté cette corruption, les officiers et tous ceux de la haute qui ne songent qu'à sauver leur peau, tous ces journalistes, ces espions, ces marchands d'armes, ces trafiquants du marché noir. Madrid est une pute. Cela peut paraître étrange, mais j'ai été content quand on nous a donné l'ordre de retourner au front. »

Ils se sont assis sur un arbre abattu jadis par une tempête, un banc naturel au bord de la rivière qui coule tranquillement devant eux. Magnus voit les remous que fait un saumon ou une truite en attrapant un insecte. Tout est calme et l'on perçoit les senteurs de la fin de l'été et du déclin d'un automne précoce. Un papillon blanc volette au-dessus de l'eau brune et disparaît entre deux sureaux.

Il pose une question :

« Comment se fait-il que la nouvelle de mon frère n'ait pas été censurée ?

– Elle n'est pas passée par la censure. C'est un camarade qui l'a apportée. Le typhus l'avait mis dans un tel état qu'on l'a renvoyé chez lui.

– Tu avais l'intention de l'imprimer ?

– Ce n'est pas possible. Personne ne voudra l'imprimer. »

Meyer lui offre une cigarette et ils fument jusqu'à ce qu'il pose une nouvelle question :

« Pourquoi l'as-tu montrée à Marie ?

– Je ne sais pas.

– En voilà une réponse !

– C'est la vérité. Je ne sais pas. J'avais reçu la lettre de Mads le matin même et lu l'histoire à plusieurs reprises. J'ai tout revécu. Marie est venue tard dans l'après-midi, comme elle le faisait souvent, et après avoir, tu sais...

– Fait l'amour ?

– On peut dire ça comme ça. Le mot "baisé" serait tout aussi juste, pardonne-moi de l'employer, mais c'est ainsi, n'est-ce pas ? »

Il regarde Magnus qui refuse de le délivrer de cette situation fausse dont il est seul responsable. Magnus détourne la tête, éteint sa cigarette et la jette dans l'eau. Poulsen aspire profondément la fumée, garde son mégot et reprend :

« Et à ce moment-là, j'ai pensé : il faut qu'elle sache comment c'est, je me suis levé et je lui ai donné l'histoire. Elle l'a lue et s'est mise à pleurer, puis elle m'a giflé et elle a pleuré encore plus fort. Et ensuite, elle a encore voulu baiser et elle a recommencé à pleurer. Je n'aurais probablement pas dû le faire. »

Magnus refuse toujours de l'aider. Il ne veut ni le consoler ni le juger. Il refuse de le délivrer du dilemme moral dont il le sent prisonnier. Il refuse de s'impliquer dans les relations compliquées de Marie et de Svend. C'est une liaison condamnée, en sursis dès le premier jour.

Poulsen se lève, se détourne à demi de Meyer et reprend :

« Je ne sais pas si j'aime ta sœur. De temps à autre, je crois que je l'aime, tout ce que je sais, c'est que je la désire plus que je n'ai jamais désiré aucune autre femme.

– C'est l'effet que Marie fait aux hommes, apparemment, réplique Magnus, tout aussi brutalement. Tu es quand même assez intelligent pour ne pas confondre le désir et l'amour.

– Pas toujours.

– Ça va te faire mal.

– Ça me fait déjà mal. On y va ? C'est mon tour de te payer une bière. » Il jette son mégot dans la rivière. Un remous du courant s'en empare, l'entraîne, l'abandonne, puis le reprend, le retourne et Magnus le perd de vue.

Ils prennent le chemin du retour en marchant silencieusement. Ce n'est que lorsqu'ils voient pointer le clocher de l'église que Poulsen reprend la parole. Il dit à Magnus qu'il ira à Aalborg où vivent sa femme et ses enfants. Magnus comprend que c'est sa façon à lui de dire qu'il ne faut pas prendre leur conversation précédente plus au sérieux qu'elle ne l'était. Magnus se demande s'il doit le croire sur parole. Poulsen est en ce moment un homme rejeté, entraîné par le courant comme un mégot. Il a perdu le nord et il doit s'en sortir seul, mais Magnus ne lui dit rien. Il l'écoute sans commentaires.

Poulsen a occupé deux pièces, au-dessus de la rédaction du journal. Quand il est rentré d'Espagne, le parti l'a envoyé ici parce qu'ils avaient besoin d'un rédacteur. De toute manière, ce ne devait être que provisoire, mais cela ne devait pas se terminer ainsi. Il a toujours séjourné là où le parti l'expédiait, que ce soit en Russie ou dans une ville de province où il était chargé d'organiser une section du parti ou de diriger les manifestations quotidiennes. Sa femme, Ingeborg, a l'habitude de ses fréquentes absences, comme si elle était l'épouse d'un marin.

Poulsen a des remords parce qu'il voit trop rarement ses enfants. Il admet que ses deux fils, de cinq et sept ans, ne connaissent pour ainsi dire pas leur père. Il ne parle guère d'Ingeborg. Ils se sont rencontrés à un bal auquel elle était venue avec un camarade du parti, sans en être membre elle-même. Leur liaison a commencé et quand elle s'est trouvée enceinte, il l'a épousée à la mairie. Le parti l'a aidé à trouver un appartement dans l'immeuble de la société immobilière. Elle a refusé de l'accompagner en Russie à cause des enfants. Son père est fondé de pouvoir dans une société portuaire d'Aalborg, sa mère ne travaille pas mais elle aide sa fille, si bien qu'Ingeborg reste là-bas.

Poulsen ne ment pas. Il n'aime pas sa femme, il n'est même pas sûr qu'elle l'aime encore. Ils sont bons amis, ils ont parlé de divorce, mais il tient à nourrir ses enfants. Il se rendra à Aalborg pour voir comment les choses vont tourner. D'ailleurs, il n'a plus de logement ici. Il ne croit pas que son couple tiendra. Il ne sait plus ce qu'il croit ou ne croit pas. Comme il l'a déjà dit, il a toujours obéi au parti : dis-moi où je dois aller et j'irai loyalement là-bas, que ce soit à Moscou ou à Aalborg.

« Ou en Espagne ? suggère Magnus.

– Ou en Espagne », rétorque Poulsen en tâtant son moignon de sa main gauche, et Meyer se surprend à éprouver pour lui une grande sympathie.

« Et maintenant, c'est toi qui vas y aller, Magnus. C'est un pays terrible. J'ai l'impression que les Espagnols sont amoureux de la mort. C'est sans doute pour ça qu'ils avaient les courses de taureaux. Le gouvernement les a interdites, mais elles existent toujours. Les Espagnols n'arrêtent pas de tourner en rond, d'écrire et de crier *viva la muerte*. Je peux le dire maintenant : ces massacres m'ont donné la nausée. Les nôtres assassinaient les prêtres, tous ceux qu'on croyait être des fascistes ou des transfuges. L'autre côté ne vaut pas mieux. Ils seraient pires, en fait, si on pouvait employer des superlatifs. Chez les combattants du gouvernement, l'ivresse du sang a cessé, elle a été stoppée après la sauvagerie des premières semaines, mais du côté des nationalistes, elle continue. Tous ceux qui leur inspirent le moindre soupçon, ils les fusillent. Ces gens-là adorent la mort. Par ailleurs, ils sont ignorants, Magnus. La moitié sont analphabètes. La pauvreté est telle qu'elle fait mal à voir. La saleté fait mal à voir. Fais bien attention, quand tu seras là-bas. S'ils pensent que tu es un espion, ils te fusilleront. »

Il prend le bras de Meyer, le regarde dans les yeux et lui confie d'une voix qui menace de vaciller :

« C'est pour ça que je veux que Mads revienne. Il est trop bon. C'est un poète qui peut devenir un grand écrivain. Il est beaucoup trop jeune et beaucoup trop bien pour mourir dans cette saloperie. Au début, j'ai voulu faire quelque chose parce que Marie me le demandait, mais ce n'est plus le cas. Maintenant, c'est autant pour moi que je le veux. Tu me comprends ?

– Oui, Svend, je te comprends. Tu espères et tu crois que si tu sauves Mads, tu sauveras aussi ton âme perdue, mais les choses se passent rarement ainsi. La vie n'est pas une équation dont la résolution révélerait la vérité. »

Deuxième partie
L'Espagne, automne et hiver 1937

« The Spanish Civil War was the happiest period of our lives. We were truly happy for when people died it seemed as though their death was justified and important. For they died for something that they believed in and that was going to happen. »

Ernest Hemingway,
dans la préface du livre de Gustav Regler, *Great Crusade*

« La guerre civile espagnole fut la période la plus heureuse de notre vie. Nous étions réellement heureux parce que la mort de ceux qui mouraient semblait justifiée et importante. Car ils mouraient pour une cause en laquelle ils croyaient et qui se réaliserait. »

9

Dans le train pour Paris, Magnus Meyer réfléchit aux informations fournies par Svend Poulsen, même si chaque heure de leur rencontre ne lui revient pas avec la même netteté. Ils ont déjeuné ensemble, bu de la bière et du schnaps et continué de boire dans divers cafés de la ville, puis fini la soirée dans un restaurant dansant, et Magnus s'est réveillé le matin dans un grand appartement du centre de la ville, à côté d'une femme dont il a oublié le nom. Il se rappelle que Svend avait disparu avec une autre femme, fascinée par sa blessure de guerre. Sa compagne à lui s'intéressait en premier lieu à ses cigarettes américaines et à sa bourse bien garnie, qui lui a permis de régler la chambre de Svend à l'hôtel durant les trois nuits suivantes, jusqu'à ce que Poulsen soit obligé de partir pour Aalborg. Magnus, pour sa part, a fait en sorte d'éviter une nouvelle rencontre avec cette femme anonyme. Pendant la journée, il interrogeait Svend pour s'informer et être mieux préparé à ce qui l'attendait en Espagne. La nuit, ils faisaient la noce pendant quelques heures, mais Magnus ne suivait plus aucune femme et Svend savait que Marie l'attendrait à l'hôtel.

Après le départ de Svend pour Aalborg, Magnus et Marie s'étaient comportés comme si Poulsen n'avait jamais été dans leur vie qu'une parenthèse particulière. Magnus voyait Marie le soir, dans le grand parc de l'établissement thermal. Debout sous le hêtre rouge, elle fumait cigarette sur cigarette. Le deuxième soir il pleuvait, mais elle était restée dehors. Elle ressemblait à une fée, à la fois sombre et lumineuse, sous ces grands arbres qui seraient bientôt dénudés.

Magnus avait fait le nécessaire pour ses billets et ses papiers, bouclé un sac de voyage de cuir brun et une sacoche et pris le train en direction du sud, pour l'Allemagne. Marie l'avait embrassé. Le médecin chef lui avait tendu cérémonieusement la main et serré fortement la sienne en lui disant :

« Dieu t'accompagne et vous ramène sains et saufs à la maison, Mads et toi. »

C'était la première fois que leur père nommait son fils cadet. Magnus l'avait regardé dans les yeux, il aurait voulu lui répondre, mais le courage lui avait manqué. Trop de non-dits l'empêchaient de jeter un pont, d'une seule phrase, par-dessus l'abîme de méfiance sur lequel se fondaient réellement leurs relations.

Il est donc dans le train qui traverse l'Allemagne et essaie vainement de se remémorer cette femme, dans le lit. Elle avait vingt et quelques années, était la fille d'un ramoneur d'Århus et travaillait à l'hôpital. Il ne réussit pas à se rappeler son visage. Il ne se souvient que de ses halètements passionnés et de l'odeur capiteuse de son sexe, avant qu'il la pénètre. Il se souvient sans problème, en revanche, de la figure blafarde du contrôleur allemand qui a examiné son passeport, l'a tamponné d'une main ferme et a complimenté Monsieur sur sa tenue avant de lui faire le salut militaire, mais il ne se souvient pas du visage de cette femme. Il essayera de l'oublier totalement. Elle figurera sur sa liste des rencontres érotiques anonymes.

À la frontière germano-danoise, il s'est inquiété un instant pour le revolver qu'il garde dans sa sacoche, mais il est extrêmement rare que l'on contrôle les bagages d'un passager de première classe. On ne dérange pas les gens comme il faut. D'ailleurs, quand il voyage, son revolver est démonté, le chargeur d'un côté, le reste de l'autre et les munitions à part. Il ne s'agit donc en rien d'une arme en état de marche.

Comme son ancien passeport était sur le point d'expirer, il s'en est procuré un nouveau, dans lequel il est spécifié, conformément aux exigences de la politique de non-intervention en vigueur depuis février 1937, que ce document n'est valable

« ni pour l'Espagne ni pour les possessions espagnoles. » Le médecin chef a profité de ses relations avec le commissaire de police pour faire annuler cette clause sans délai superflu, puisque Magnus était accrédité comme journaliste.

La campagne voilée par la pluie qui défile derrière la vitre est bel et bien tenue. Dans les petites villes où s'arrête le train, le drapeau orné de la croix gammée flotte sur des bâtiments officiels. Un jet de vapeur gris-blanc sort de la chaudière de la grosse locomotive noire, que l'on remplit d'eau et qui évoque pour lui un énorme animal qui pousserait un soupir après avoir abattu sa proie ou qui serait abattu lui-même et pousserait son dernier soupir.

Un petit homme affecté, qui se présente comme étant Gerd Müller, directeur, et se rend comme Magnus à Hambourg où l'appellent certaines affaires, vient lui tenir compagnie. Ils parlent un peu du temps qu'il fait, des tracas des voyages et de la bénédiction que représente la première classe, et Müller complimente Meyer pour sa maîtrise de l'allemand. Ils traversent la plaine du nord de l'Allemagne et dépassent, quelque part, une longue colonne de soldats qui attend à un passage à niveau.

« Nous pouvons recommencer à regarder le monde dans les yeux, déclare Müller. Grâce à notre Führer qui met un terme au complot judéo-bolchevique, l'Allemagne grandit de nouveau, n'est-ce pas, monsieur Meyer ? Car en tant que Danois, vous appartenez à la race aryenne.

– Très certainement », répond Magnus en allumant une cigarette. Müller toussote discrètement.

« Mon Führer pense que fumer est un vice nuisible, qui favorise la dégénérescence, il ne fume pas lui-même, c'est pour cela que j'ai arrêté.

– Dommage pour lui, rétorque Meyer en fumant avec un plaisir accru. Pour vous aussi, bien entendu. Une Allemagne pure ne me semble pas être un pays particulièrement amusant. Heine ne l'aurait guère trouvé agréable. »

Ils poursuivent leur voyage en silence et se séparent à Hambourg sans se serrer la main. Magnus trouve un hôtel à proximité de la gare. Il dîne au restaurant de l'hôtel d'une saucisse et de pommes de terre braisées arrosées d'un grand verre de bière. Il n'a pas envie de sortir. Partout ce sont des drapeaux ornés de la croix gammée, de même que des hommes en uniforme à bandoulière. Il lit sur une pancarte : *magasin non juif*. Au reste, il est fatigué, et ses beuveries avec Svend entraînent des séquelles dont les échos lointains ne sont pas agréables.

Il dort tout à fait bien, mais il est réveillé une fois par des cris dans la rue qu'il entend distinctement par la fenêtre laissée entrouverte, à son habitude. Il aperçoit, à travers la vitre, deux hommes en uniforme qui en traînent un autre vers une voiture noire. Le prisonnier leur échappe, il tombe et tente de se sauver à quatre pattes. Ils le bourrent de coups de pied, jurent, le rebourrent de coups de pied et finissent par le reprendre et le tirer vers la voiture. Ses pieds traînent sur l'asphalte.

L'homme tourne la tête un instant et Magnus aperçoit sa figure barbouillée d'un sang qui paraît noir, dans cette rue mal éclairée. Magnus s'assied au bord de son lit et fume une cigarette avant de se rendormir. Il rêve de l'Argentine et son rêve est optimiste : il se voit à cheval, à l'aube, entouré du gros bétail en train de paître tranquillement, il est en paix avec lui-même.

Le train express de Magnus quitte Hambourg de bonne heure le lendemain matin. En roulant vers Paris, il fait le bilan de sa situation. Il sait ce qu'il doit faire. Sa décision est prise, inutile d'y revenir. Par les journaux du matin qu'il a achetés à Hambourg, il a des nouvelles de Franco et des succès des nationalistes qui progressent sur presque tous les fronts. La chute de Madrid n'est plus qu'une question de temps. Il est tout aussi grave d'apprendre que l'Espagne républicaine risque très sérieusement d'être divisée en deux.

Malgré son accréditation, il sait qu'il ne traversera pas sans peine le territoire des insurgés pour passer d'un secteur républicain à l'autre. Svend lui a précisé que les journalistes ne couvrent qu'un des côtés du conflit. S'ils arrivent de l'autre côté, ils risquent d'être fusillés pour espionnage.

Les journaux allemands du matin sont très optimistes. Pourtant, Magnus ne croit pas que les choses seront si faciles pour les insurgés. Il est impressionné par les récits de Svend sur les Brigades internationales et les bataillons républicains ordinaires, ils se battent avec une ardeur et un courage qui semblent grandir à mesure qu'on leur inflige de plus mauvaises conditions et malgré leurs dissensions mutuelles. Dans le train qui traverse la plaine en direction de Paris après avoir franchi sans problème une frontière de plus, il croit entendre à nouveau la voix sympathique de Svend, aussi nettement que si son ami se trouvait en face de lui :

« Les poètes nous soutiennent. Nous entendons beaucoup parler d'eux, cela va de soi puisqu'ils maîtrisent la langue. Et ce sont les bons écrivains qui sont avec nous : Hemingway, Malraux, Anderson Nexø, le grand Ilja Ehrenbourg. Leur propagande est d'une très grande importance, même si elle n'a pas encore réussi à modifier la politique de non-intervention pratiquée par le Danemark et les grandes puissances occidentales. Nous avons besoin d'armes, d'armes modernes. On voit même des écrivains et des intellectuels se battre dans les tranchées, Magnus. Ton frère fait partie de ces gens bien, aucun doute à ça, mais ce sont des ouvriers européens et américains qui constituent l'essentiel des Brigades internationales, des ouvriers d'usine et des mineurs tout à fait ordinaires. Eux se font tuer, tandis que les écrivains se font remarquer. Nous vivons une crise mondiale, tu le sais, c'est terrible, mais en Espagne, la crise nous vaut de bons combattants. Les jeunes en ont marre d'être au chômage, ils préfèrent aller se battre sur le front en Espagne. »

Magnus a encore dans l'oreille sa voix tranquille et la richesse de son vocabulaire, qui jurent en un sens avec son physique, ses vêtements usés, sa casquette et la main qui lui reste, une main rude aux ongles larges. Ils n'ont pas beaucoup parlé de son exclusion, bien que Magnus ait senti qu'elle rongeait Svend. Il est comme un catholique pratiquant qui s'est vu excommunié à l'instar d'un méprisable hérétique. Magnus voit que son ancrage dans la vie manque à Svend, qui se demande souvent comment faire pour obtenir une audience auprès de la direction du parti afin de pouvoir se justifier. Svend défend mordicus les procès intentés par Staline à Moscou à tous les éléments nuisibles au parti, sans voir la contradiction entre cette opinion et sa propre situation. Magnus l'a taquiné en le traitant de communiste sans parti, de croyant sans Église. Svend a souri, mais il ne trouvait pas ça drôle.

Magnus éprouve une sympathie de plus en plus grande pour son ami manchot. Sans se l'expliquer, il a l'intuition qu'il peut lui faire confiance. D'ordinaire, il tient les gens à distance, mais là, aussi longtemps qu'il s'agit de l'état de l'Espagne pendant la guerre civile, il est prêt à écouter et à accepter presque aveuglément les analyses de Svend.

Peut-être est-ce parce que Svend constitue son seul lien direct avec Mads, ou parce que lui-même manque d'ami et de confident.

Magnus se souvient de la remarque de Svend près de la rivière, après qu'il lui a dit d'un ton dégagé qu'il avait joué, enfant, sur cette berge :

« Je ne me rappelle pas ce que jouer veut dire. J'avais sept ans quand j'ai commencé à travailler, et le pire, c'est que mes enfants feront la même chose. » Aucune amertume dans sa voix, rien qu'une acceptation résignée. Est-ce parce que son église l'a trahi ? Magnus tourne et retourne ces mots dans sa tête. Pourquoi s'intéresse-t-il autant au sort d'un ouvrier rencontré par hasard ? S'attacher de la sorte à d'autres êtres, c'est courir à la catastrophe. C'était ce qu'il pensait naguère, en tout cas. Il ne sait plus où il en est et il chasse ces idées quand elles l'assaillent, le matin, ou en ce moment d'oisiveté, dans un compartiment de chemin de fer.

Il préfère se remémorer ce que Svend lui a dit des ennemis terrifiants auxquels sont confrontés Mads et les autres.

Des soldats espagnols ordinaires, naturellement, mais dont beaucoup se battent sans conviction. Des conscrits, comme les propres conscrits des républicains, qui ont surtout envie de sauver leur peau. Ils pensent d'abord à retourner chez eux, dans leur village poussiéreux aux maisons de terre décrépites et à la pauvreté sans espoir. Les pires sont ceux qu'on appelle les *regulares*, des mercenaires professionnels marocains que Franco a fait venir de campements d'Afrique du Nord. Ils hurlent comme des possédés en attaquant et sont impitoyables envers les blessés. On les craint presque autant que les légionnaires espagnols, dont la cruauté égale celle des Marocains. La Légion étrangère espagnole est surtout constituée d'Espagnols, souvent d'anciens criminels et autres brutes du même genre, d'après Svend. Sans compter les Italiens des troupes auxiliaires de Franco, qui ne sont pas aussi courageuses qu'elles se l'imaginent, et enfin, les froides unités professionnelles allemandes, la légion Condor en particulier, dont les bombardiers épouvantent les volontaires les plus intrépides des brigades.

Face à eux, c'est le troupeau hétéroclite des forces divisées. L'armée régulière dont les conscrits constituent la base, les conseillers soviétiques qui s'efforcent de les discipliner, les nombreuses milices, les anarchistes et les syndicalistes, que la République combat à présent, sous la houlette de l'Union soviétique. La République consacre presque autant de forces à régler ses luttes intestines qu'à se battre contre ses ennemis. Ces dissensions sont à l'image de la division du mouvement socialiste tout entier, dont l'Union soviétique essaie de s'assurer la suprématie par le biais du Komintern. C'est une église divisée en son sein, comme Magnus l'a fait remarquer, et Svend a acquiescé de la tête, à contrecœur. Enfin, il y a les Brigades internationales, marquées elles aussi par la division, parce que les volontaires allemands exigent de la discipline alors que les autres voudraient conserver une force armée sans hiérarchie, composée de camarades et non d'officiers et de simples soldats.

Cela avait commencé comme un rêve, aux dires de Svend. Un rêve idéaliste auquel on ne laisse plus de place. Pour gagner la guerre, il faut une armée et de la discipline sur le plan politique. Svend l'admet malgré lui. Une chose qui l'étonne grandement – il l'a répété plusieurs fois –, c'est de ne pas voir de jeunes Russes s'enrôler dans les brigades. Il ne comprend pas la présence de conseillers soviétiques et l'absence de volontaires. Staline n'en veut pas et Svend ne le comprend pas, car ces volontaires pourraient peupler les bataillons de travailleurs motivés issus de la nouvelle nation socialiste.

Svend refuse d'écouter Magnus quand ce dernier lui parle du cynisme de la « *realpolitik* ». Il voit déjà arriver sur le front les troupes soviétiques marchant au pas en chantant *L'Internationale*, qui décideront une fois pour toutes du sort de la guerre.

La voix de Svend le poursuit, rythmée par le bruit des roues quand elles passent sur les raccords des rails français :

« C'est miracle que nous ayons tenu si longtemps quand nous manquons à ce point d'armes convenables. Le gouvernement espagnol a envoyé tout son or à Moscou pour pouvoir acheter des armes en France et en Grande-Bretagne. Nous recevons du matériel de ces deux pays, mais pas suffisamment à cause du blocus. On nous en envoie d'Union soviétique, Staline en soit remercié, mais ça ne suffit pas, et je ne cacherai pas que la qualité n'est pas la même que celle des armes expédiées par les Allemands.

– Qu'est-ce que cette histoire d'or espagnol ? » avait-il demandé, et Svend avait détourné la tête en répondant :

« On raconte un tas d'histoires. Il paraît qu'au début de la guerre, le gouvernement de Madrid aurait envoyé toute la réserve d'or des coffres de la Banque nationale de Madrid à Carthagène, le port le plus sûr des républicains. De là, on l'aurait acheminée à Odessa, puis à Moscou. Les faits dateraient de septembre de l'année dernière. On craignait que Franco soit sur le point de conquérir Madrid, mais on craignait aussi que les anarchistes n'attaquent la Banque nationale. Tout était chaotique.

– Combien y en avait-il ?

– On raconte tant de choses, Magnus. Des milliers et des milliers de caisses d'or et d'argent. C'est un sujet qu'on n'aborde pas volontiers. La propagande préfère présenter Staline sous les traits du défenseur désintéressé de la cause, comme un exemple de solidarité internationale.

– Des milliers de caisses ? Tant que ça ?

– C'est ce qu'on dit. Je n'en sais rien. La plus grande partie est à Moscou à présent. Il y a donc une certaine justice puisqu'elles sont arrivées dans un pays où les travailleurs détiennent le pouvoir. »

Dans son compartiment, Magnus réfléchit. Svend lui a dit lui-même que les choses sont rarement telles qu'elles se présentent à première vue. Elles ont toujours une face cachée, faite d'ambiguïté et de secrets. Il n'existe pas de vérité univoque. Chaque face à son contraire. La justice n'existe pas. Il repense à sa propre conviction ; selon lui, la vie est un enchaînement de hasards entre lesquels l'homme se trouve imbriqué. Il ne peut s'empêcher de sourire en constatant ses propres certitudes. N'avance-t-il pas des affirmations comme si c'étaient des preuves scientifiques ?

Il fait gris quand il arrive à la gare du Nord à Paris, où il se trouve assailli, à sa descente du train, par des porteurs qui tirent leur chariot à bras noir ; mais comme il n'a qu'un gros sac et une mallette, ils le laissent bientôt tranquille pour se précipiter sur d'autres passagers qui ont des montagnes de valises, de sacs et de fourre-tout. Il ne comprend pas le français quand il est parlé si vite. L'odeur de cette ville est celle d'un mélange de charbon, de tabac noir, de corps sales et de parfum bon marché. Il sursaute en entendant le sifflement de la vapeur qu'on libère de la locomotive. Après le froid précoce du Danemark, l'air doux et frais de Paris lui paraît presque chaud.

La foule est dense également devant la gare où une file de taxis noirs attend les clients. Il en prend un et donne l'adresse indiquée par Svend :

« Place du Combat, numéro 9. »

Le chauffeur, un type dont l'épaisse moustache empeste l'ail, lui répond rapidement en français, mais Magnus se contente de répéter sa phrase en secouant la tête et en lui montrant son argent français. Le taxi traverse la ville grise et pourtant lumineuse ; Magnus aperçoit la Seine et les beaux immeubles blancs aux sculptures et aux ornements impressionnants. Tous les clients lisent encore leur journal à la terrasse des cafés. Le doigt levé de la tour Eiffel est aussi majestueux qu'il l'avait imaginé.

La circulation est trépidante, les courants des automobiles et des piétons se croisent sans interruption. Telle qu'il la voit à travers la vitre, la ville lui rappelle un morceau de jazz, avec ses sautes de rythme et son mouvement éternellement changeant. L'envie le prend de descendre, de se mêler à la foule qui arpente ces boulevards bordés de superbes arbres, pour finir sa promenade dans un café, en compagnie d'une jolie femme. Ces rêves éveillés le font sourire et soudain, il se sent vraiment bien. Il sent qu'il est vivant, qu'il respire largement, il se sent bien dans son jeune corps, et heureux de se trouver précisément là où il est. Jamais il ne sera comme les autres. Aux autres citoyens de devenir des moutons sortant du lit chaque matin pour recommencer le même train-train fastidieux. Il veut être comme le jazz, imprévisible, il refuse de marcher au pas, au rythme de la musique prévisible et fixe de la société.

Il règle la course. Le numéro 9 est un bâtiment gris et massif qui abrite, comme le lui a dit Svend, le bureau de recrutement des brigades, dirigé par les gens du Komintern qui ne se chargent pas seulement des membres du parti communiste. Des sociaux-démocrates, des socialistes et des volontaires sans parti passent par ce bureau, qui vient aussi en aide aux journalistes désireux d'écrire des articles sur la juste cause, à condition, il est vrai, qu'ils présentent la recommandation d'un membre loyal du parti de leur pays. C'est de ce numéro 9, place du Combat, que Mads, en son temps, a été expédié vers son but. Magnus pense qu'ils doivent plus ou moins connaître l'endroit précis où se trouvent les volontaires en Espagne.

On fume et on tape à la machine à tous les étages, des jeunes gens de nombreux pays attendent dans les couloirs, assis sur des chaises dépareillées, en triturant nerveusement leur casquette. La dureté de la vie qui sévit un peu partout se reflète chez ces hommes. Malgré leur jeunesse, ils ont des visages étrangement vieillis, de larges mains à la peau dure dont les plis restent toujours noirs, même s'ils se savonnent longuement. Leurs vêtements sont corrects, mais usés, leurs yeux expriment à la fois l'angoisse et l'attente et l'on entend parler plusieurs langues. Les dactylos sont des femmes et le cliquetis rythmique des machines à écrire couvre presque la cacophonie des langues européennes. C'est l'allemand qui domine, ainsi que l'anglais et le français, mais il entend aussi parler le danois, le suédois et le finnois.

Il s'assied au bout du rang, observe la scène qui s'offre à lui et essaie de voir à qui il doit s'adresser. Les futurs volontaires sont appelés l'un après l'autre. On tâche de déterminer dans quelle langue ils peuvent converser avant de les emmener derrière des portes fermées, en passant par un long couloir qui semble se perdre dans ce grand immeuble. Il pense qu'on va les interroger et peut-être leur faire passer un examen médical. On lui a dit qu'ils reçoivent des tickets-repas, peut-être un peu d'argent et enfin des billets de train et des provisions pour la route jusqu'à la frontière franco-espagnole, qu'on leur fera traverser clandestinement.

Il sait qu'il tranche sur la majeure partie des autres hommes présents dans ce local, avec son beau costume kaki fait sur mesure et ses solides bottes de cuir. Il attend une demi-heure, puis un petit homme qui paraît chargé de répartir les tâches dans l'ensemble du système l'appelle à un comptoir provisoire.

« Nationalité, camarade ? » lui demande le petit homme en allemand. Il a la voix enrouée de quelqu'un qui a fumé trop de cigarettes de tabac noir.

« Danoise, répond Magnus.

– Un moment.

– Je parle très bien l'allemand.

– Un moment, camarade. »

Il fait signe à un homme encore jeune aux yeux très bleus et aux cheveux châtain clair coupés court, qui flotte dans ses vêtements comme s'il venait de perdre du poids et dont le regard reflète l'effroi d'un homme en danger. Sa petite voix ainsi que la précision et le brin de suavité de sa prononciation suggèrent à Magnus qu'il a fait des études de théologie.

« On me dit que tu es danois. Qui es-tu, comment t'appelles-tu et qui t'a envoyé ici ? As-tu apporté un nom de code ?

– Aage t'envoie le bonjour, réplique Magnus.

– C'est bien. Est-ce le parti qui t'envoie ou es-tu venu spontanément ?

– Je ne suis pas volontaire. D'abord, je suis journaliste, mais ensuite, personnellement, je cherche aussi à obtenir des renseignements sur un volontaire danois qui est mon frère cadet.

– Tout le monde peut dire ça.
– J'ai des papiers. J'aimerais trouver mon frère.
– Des papiers, tout le monde peut s'en procurer.
– Je dois aussi vous donner le bonjour de Svend.
– Svend ? C'est un nom très ordinaire.
– Svend n'a qu'un bras. »

On dirait que son interlocuteur refoule une phrase qui se formait dans sa tête et qu'il n'avait pas encore formulée. Un de ses yeux bleus est tiraillé par un tic, sa paupière vibre en cadence. Ce tic s'amplifie quand il réplique :

« Attends-moi ici. Je reviens. Je vais juste demander... Comment t'appelles-tu, déjà ? J'ai besoin de tes papiers. »

Magnus se présente en lui tendant son passeport et son accréditation. Il note que ces yeux étranges ont reconnu quelque chose et il se rassied pour attendre en fumant une cigarette. Cet homme encore jeune revient le chercher, conduit Magnus tout au bout du long couloir et l'introduit dans une grande pièce où un homme d'âge moyen siège derrière un bureau. Il téléphone en fumant un cigare, une tasse à café vide devant lui. Il parle l'allemand avec un accent danois, porte une chemise blanche et une cravate étroite, son pantalon noir est retenu par de larges bretelles et sa veste est posée sur le dossier de sa chaise. Dans ce bureau qui sent le renfermé et où il fait frais malgré tout, on a décoré un mur avec une photo de Staline, celui d'en face avec une affiche représentant un homme qui lève son fusil sous un drapeau rouge et proclame : *No pasarán*. Sur le bureau, à côté des papiers, d'un stylo et d'un cendrier plein, Meyer voit son passeport et son accréditation rédigée en danois, en allemand et en espagnol.

Un homme maigre, à la veste de cuir noir, au visage mince doté d'un curieux nez pointu, sous son pince-nez, est debout près du bureau. Il lui manque une oreille et il cherche vainement à cacher sa malformation d'une mèche de ses cheveux noirs. Il fume nerveusement une cigarette avec un fume-cigarette en ivoire jauni. L'homme assis au bureau pose le combiné et se met à parler en danois, avec un sourire qui éclaire son visage sillonné de petites rides :

« Monsieur Meyer. Soyez le bienvenu à Paris. Je connais votre frère et je l'admire. Je connais aussi Svend Poulsen, dont j'apprends qu'en ce moment, il a certains problèmes avec les camarades de Copenhague. Je ne connais pas les détails de l'histoire et je réserve mon jugement jusqu'à nouvel ordre. On doit se conformer à la discipline, s'entend, mais il n'est pas interdit de réfléchir. Svend a un courage formidable, alors, je suis sûr que ce malentendu sera dissipé par les organes compétents. Je m'appelle Karl Møller, je suis avocat dans le civil, mais je travaille ici en ce moment pour être sûr que nous n'envoyons pas à nos camarades en Espagne des espions de la cinquième colonne. »

En parlant, il se lève et tend la main à Meyer qui la serre et s'assied sur la chaise placée devant le bureau. Karl Møller parle d'une voix forte et bien modulée, comme s'il plaidait dans un tribunal :

« Nous devons trouver une solution. Nous avons besoin de tous les bons camarades ces temps-ci.

– Vous faites preuve d'une sympathie surprenante pour un homme tombé en disgrâce.

– Je suis un cœur tendre. De plus, j'aime bien Poulsen.

– Moi aussi. Je le considère presque comme un ami », dit Magnus, stupéfait de sa propre sincérité. Møller, de toute évidence, a le don de faire parler ses interlocuteurs. Il reste un peu penché en avant au-dessus du bureau, dans une position fort peu élégante.

« Je veux qu'on me fournisse davantage de preuves. Cela fait quelque temps que je ne vis plus au Danemark.

– Je croyais qu'on exigeait une obéissance inconditionnelle. »

Møller se rassied un peu péniblement :

« J'ai défendu une quantité de gens que la société qualifie

d'exclus. Même un criminel a un cœur. Comme je vous l'ai dit, j'attends pour me faire mon opinion. Svend Poulsen est un honnête homme. Il mérite ma patience et peut-être ma défense. C'est le moins que je puisse lui donner.

– Vous jouez avec le feu. Le virus de Moscou se transmet facilement, je crois. On n'écoute pas les arguments de la défense, là-bas.

– C'est possible, mais si vous ressemblez un tant soit peu à votre frère cadet, cela m'étonnerait que vous colportiez des ragots. »

L'homme silencieux comme une ombre, écrase sa cigarette, enlève le mégot de son fume-cigarette, en allume immédiatement une autre et tousse. Møller le désigne du revers de la main :

« Le camarade Berichkov, de Moscou. Ce cher Tovarich ne parle pas le danois, mais très bien l'allemand. Comme votre frère. Le parlez-vous aussi ? Parce que nous pourrions continuer dans cette langue ?

– D'accord », répond Magnus en allemand en sortant son étui à cigarettes pour en offrir une à Møller qui refuse d'un signe de tête. Son cigare éteint reste dans le cendrier. Magnus prend une cigarette et l'allume avec son briquet.

« Parfait. Très bien. Prenons le journal dont vous êtes le correspondant. Il n'a pas la réputation d'être spécialement progressiste, mais avec la recommandation de Svend et en pensant à votre frère, nous vous délivrerons volontiers une lettre d'acceptation. C'est un document important. Nombreux sont les fascistes qui essaient de nous infiltrer sous couvert d'être journalistes. Cette lettre vous permettra de prendre un billet d'avion pour l'Espagne, d'atterrir à Valence et de continuer de là sur Madrid, si vous le souhaitez. Vous pouvez aussi choisir d'aller voir Albacete, où nous recevons les nouveaux volontaires. Cela vaut toujours un reportage, me dit-on. J'espère que vous ferez de bons articles sur notre cause.

– Je voudrais essayer d'écrire la vérité », réplique Magnus en sentant que c'est la réponse qu'on attend des journalistes.

Møller se met à rire :

« La vérité exprimée par l'écriture est une illusion bourgeoise. La vérité n'est jamais simple. Ma vérité n'est pas la même que celle de mes ennemis.

– Ou de vos amis ?

– Ne nous lançons pas dans les sophismes.

– C'est vous qui le dites.

– C'est moi qui le dis, oui. De plus, c'est une vérité éprouvée de dire que la première victime de n'importe quelle guerre est la vérité. »

Il se penche au-dessus de son bureau :

« Vos articles de journal sont une chose. Notre combat pour la justice suscite un grand intérêt. Nous sommes reconnaissants que le monde entier soutienne la cause de la République et que vous choisissiez de partir de notre côté. Vous savez que bon nombre de journalistes bourgeois se promènent dans le luxe chez les fascistes. Mais pourquoi voulez-vous voir votre frère ?

– Est-ce vraiment étonnant ? Je n'ai pas vu mon frère cadet depuis plus de cinq ans.

– Tant que ça ?

– J'ai vécu à l'étranger.

– Où ?

– En Argentine.

– Alors, vous parlez l'espagnol ?

– Je me débrouille. »

Magnus sent que le Russe change de pied, il fait passer son poids d'un pied sur l'autre. Il part du principe que Berichkov est un agent soit du Komintern, soit des services secrets, soit des deux, vraisemblablement. Dehors, des nuages s'amoncellent et le bruit de la circulation pénètre jusqu'à eux par des fentes invisibles dans les boiseries.

« Vous vous débrouillez. Ça ne m'étonne pas. Je ne crois

pas qu'il soit possible de vous informer du lieu où se trouve votre frère. Il est important pour notre combat, et ce ne serait pas la première fois qu'un membre de la famille – comment dire – en convainque un autre d'abandonner la lutte et de rentrer chez lui.

– Mon frère est un homme indépendant. C'est de toutes les manières un idéaliste et, comme vous le savez, s'il est parti en Espagne, ce n'était pas pour obéir à un parti, mais parce que pour lui, c'était moralement nécessaire.

– C'est exact. L'idéalisme est très bien, mais c'est la discipline et la fermeté qui permettent de gagner la guerre.

– Mon frère est volontaire, vous le savez, et en tant que volontaire, je crois qu'en principe il pourrait rentrer chez lui s'il le veut.

– En principe, oui. Mais il lui faut une autorisation que nous appelons un sauf-conduit. Sans ce document, il serait un déserteur et les déserteurs sont fusillés. »

Magnus marque une pause avant d'affirmer, avec une sincérité telle que pendant une seconde, il est effrayé par la facilité avec laquelle il ment :

« Ce n'est pas mon projet de faire rentrer mon frère au Danemark. J'ai un bonjour à lui donner de la part de notre père et de notre sœur ; de plus, j'aimerais le revoir puisqu'il n'était qu'un adolescent quand j'ai quitté la maison et qu'il est devenu, apparemment, un homme qui inspire le respect.

– Certainement, monsieur Meyer. Votre frère inspire beaucoup de respect.

– Alors, vous pouvez m'aider ?

– Non. J'ai le regret de vous dire que ce n'est pas possible. Mads Meyer rend à notre cause des services sur lesquels je ne peux vous donner de précisions, personnellement, je n'en connais même pas les détails. Le camarade Berichkov m'a informé que ce serait dommageable à la fois pour la cause et pour Mads Meyer.

– Pourquoi aurais-je mis toutes mes cartes sur la table si

j'avais l'intention de convaincre Mads de rentrer à la maison ? Ne serait-ce pas stupide ? Je n'ai pas d'arrière-pensées. Je voudrais simplement voir mon frère.

– Je vous crois volontiers, mais la guerre rend les choses difficiles. La sincérité est une bonne chose, en principe, mais de temps à autre, il faut garder des secrets pour servir une cause supérieure. Cela économise des vies, et nous perdons beaucoup de vies, en Espagne.

– Vous ne voulez pas me dire où je pourrais le trouver ?

– Je ne peux pas le faire », réplique Møller, et il continue, d'une voix plus basse : « Et je voudrais insister très fortement sur le fait que ce n'est pas une bonne idée, monsieur Meyer, d'essayer de trouver votre frère. La République se bat pour survivre ; il n'y a pas de place pour la sentimentalité.

– Cela ressemble presque à une menace, Møller, rétorque Magnus en danois.

– Ce n'est qu'un bon conseil, Magnus », assure Karl Møller dans la même langue en se levant. Il lui tend la main pour prendre congé et pousse les papiers de Meyer devant lui.

« Bon voyage en Espagne. Prenez bien soin de vous, mon cher compatriote. L'Espagne est un sombre pays où la vie humaine ne compte pas beaucoup et où tous les chats sont gris. J'ai mis notre accréditation dans votre passeport. Au revoir. »

10

Magnus Meyer atterrit à Valence en fin d'après-midi, assourdi par le grondement de l'avion à hélices de fabrication allemande qui l'a amené de Paris en passant par Toulouse avant de survoler la Méditerranée. Comme les autres passagers, il a senti son cœur battre plus vite en survolant la mer le long de la côte espagnole, car chacun savait que l'aviation militaire des nationalistes est beaucoup plus forte que celle des républicains et qu'elle a abattu plusieurs avions civils. De toute façon, c'est une guerre qui n'a pas de règles.

Sur la mer bleue et attirante, deux navires de guerre gris escortaient cinq cargos qui faisaient route vers Carthagène. Il sait que cette ville, le port principal de la République sur cette côte, a été bombardée plusieurs fois par la légion Condor, mais qu'elle sert toujours de plaque tournante logistique. C'est là qu'arrivent la plupart des armes soviétiques envoyées par Staline au gouvernement légal aux abois, qui sera renversé sous peu par les insurgés de Franco.

C'est avec un grand soulagement qu'il a vu approcher Valence, d'abord le delta du fleuve, puis les toits jaunes et rouges et enfin, au-delà de la ville, l'immense plaine et ses montagnes voilées à l'arrière-plan. Il a vu des champs verdoyants, des sols sableux gris poussiéreux et des terres couleur de rouille. Le fleuve serpentait depuis l'intérieur des terres pour se jeter dans la mer. Ils ont survolé très bas une colonne militaire qui progressait lentement, les camions et l'artillerie hippomobile avançant au milieu de la route, les soldats marchant au pas de chaque côté.

Une excitation inexplicable et joyeuse s'est emparée de lui. Enfin il arrivait dans ce pays auquel il avait si souvent songé. Il était allé jusqu'en Argentine parce qu'il ne pouvait pas imaginer un pays plus éloigné de la maison paternelle, mais petit, il avait souvent rêvé de l'Espagne. Dans les récits qu'il lisait, l'Espagne lui semblait être l'inverse du Danemark, ce pays plat et ennuyeux. Dans ses rêves, l'Espagne devait être une cacophonie de couleurs et de senteurs, d'hommes forts et de femmes énigmatiques, de hautes montagnes et de fleuves impétueux, de fiers taureaux de combat et de vins rouges capiteux auxquels il n'avait jamais goûté avant de quitter sa ville provinciale.

Dans l'avion, il a repensé au garçon qu'il était dans son plus jeune âge, étonné par la naïveté et la simplicité pourtant complexe de son enfance, par la prévisibilité d'une vie dont on pensait qu'elle ne changerait jamais, mais à partir de là, l'image de son frère cadet s'est imposée à lui et une peur soudaine l'a saisi.

Malgré la saison, il fait encore chaud quand il sort de l'avion pour aller à l'aérogare en compagnie des autres passagers qui, comme lui, sont surtout des journalistes qui viennent de France et des États-Unis. Deux hommes, sur les douze passagers, restent sur leur quant-à-soi. Ils parlent espagnol et pour Magnus, ce sont des marchands d'armes dépêchés par les républicains pour acheter de l'armement au marché noir en France. Il est heureux d'entendre parler l'espagnol. Même s'ils ne le parlent pas comme en Argentine, il comprend sans problème ce que lui dit le préposé aux passeports.

Ce dernier, en uniforme négligé avec sa chemise au col ouvert et son pantalon taché, a glissé un pistolet dans sa ceinture. Il regarde le passeport de Meyer, son accréditation et ses cachets, et lui dit : « Bienvenue dans l'Espagne combattante. » Il pue la transpiration, l'ail et le tabac.

À côté de Magnus, un grand Américain large d'épaules, aux cheveux noirs lissés en arrière, a des rides sur le front qui lui donnent une expression de surprise permanente. Une moustache noire recouvre sa fine lèvre supérieure, et il est légèrement prognathe. Sa grosse tête carrée et ses puissantes épaules compensent un début de brioche. Il porte une chemise à col ouvert, un pantalon de toile noire et une veste que Magnus reconnaît : c'est celle des cow-boys de l'Ouest des États-Unis. Il a des bottes souples beiges et s'évente un moment avec son chapeau à larges bords, qu'il repose droit sur sa tête.

L'Américain ne parle pas espagnol. Le préposé prend son passeport et le tend à un petit homme en civil, à la joue olivâtre balafrée par une cicatrice blanche. Un autre agent en civil, debout derrière lui, bien proportionné, en complet veston clair et chemise à col ouvert, examine le passeport de l'Américain. Il le rend au petit homme en s'approchant de l'Américain. Magnus ne bouge pas.

Le petit homme interpelle l'Américain en espagnol :

« Vous voilà de retour, *señor* Mercer, soyez le bienvenu. Vous avez un cachet de Malaga. Qu'avez-vous fait, là-bas, de l'autre côté ? »

Mercer répond en anglais qu'il ne parle pas espagnol. L'homme en costume blanc répète sa question en allemand avec un fort accent slave. Du regard, Mercer sollicite l'aide de Marcus qui propose son assistance en expliquant en espagnol que ce gentleman américain ne parle ni espagnol ni allemand.

On l'accepte comme interprète et la situation se résout rapidement. Tout le monde est poli, mais Magnus, néanmoins, sent une méfiance sous-jacente qui pourrait à tout instant faire basculer cette ambiance amicale en inimitié. Mais l'Américain sort de sa sacoche une lettre en espagnol du comité américain qui collecte des fonds pour la cause républicaine. Son séjour chez les fascistes, à Malaga, sanctionné par les plus hautes autorités, est un maillon de la bataille menée par la propagande. Il possède une autre lettre, signée d'Hemingway, qui prie les personnes concernées de fournir à Joseph Mercer tout le soutien possible.

Le préposé aux passeports et le petit Espagnol se répandent en sourires et en amabilités, tandis que le Russe reste froid et professionnel. Il demande aussi à voir les papiers de Meyer et les examine soigneusement avant de les lui rendre.

« Merci. Et à qui ai-je eu l'honneur ? » s'enquiert Magnus en espagnol en reculant d'un pas sans quitter des yeux son interlocuteur. Les yeux du Russe sont très clairs, dans son visage mince.

« Camarade Stepanovitch, SIM.

– Du Komintern ?

– Appelle ça comme tu veux, camarade Meyer. Bienvenue en Espagne. J'espère que tu diras la vérité à tes lecteurs. »

L'Américain remet ses papiers dans la sacoche de toile qu'il porte sur l'épaule. Ils marchent côte à côte, l'Américain sourit et le remercie. Ses dents sont très blanches dans son visage carré.

« Joe Mercer, dit-il en tendant la main à Marcus.

– Marcus Meyer.

– Reporter du *Chicago Daily News*, poursuit Mercer.

– Alors, nous sommes collègues. Je suis un journaliste danois.

– Content de te rencontrer. Tu as un hôtel dans cette belle ville ?

– Non.

– Viens avec moi. Ce n'est pas facile de trouver une chambre, mais on m'en a recommandé une dans un appartement privé. Avec des dollars, nous serons bien logés. »

Il y a foule à Valence et des queues partout devant les boulangeries, les boucheries et autres magasins d'alimentation. Ce sont surtout des femmes en noir, aux visages las et creusés, qui attendent patiemment. Beaucoup d'hommes, dans les bars, boivent du vin rouge ou du muscat dans de petits verres, note Marcus en jetant un coup d'œil à travers les portes ouvertes. Partout des soldats arborent les nouveaux uniformes de la République, en tissu kaki grossier, engoncés, selon lui, dans leurs ceinture et bandoulière. Beaucoup portent leur musette de même que la gamelle, le gobelet et le couvert, accrochés à la ceinture à côté de deux gourdes. Ils ont soit des casques en acier, soit tous les bérets possibles et imaginables. Le plus populaire paraît être un béret basque plat, qu'on appelle aussi béret alpin, lui semble-t-il. Ces très jeunes soldats sont armés de vieux fusils russes ou de fusils tchèques. Il entend surtout parler espagnol, mais aussi allemand, français et anglais.

Joe Mercer a déniché une charrette tirée par une mule harassée qui traverse le fleuve pour les emmener au centre de la ville, contre une peseta. En chemin, ils regardent les grandes affiches qui glorifient la victoire prochaine et exhortent les passants à se méfier des espions et autres agents de la cinquième colonne. Les slogans de *Venceremos* et *No pasarán* (« Nous vaincrons » et « Ils ne passeront pas ») s'étalent en grandes lettres rouges sur les affiches aux couleurs vives grandeur nature. D'autres affiches font l'éloge de la Révolution et du grand avenir d'équité promis à la République.

« Des discours glorieux pour lesquels des hommes meurent tous les jours, commente tranquillement Mercer. C'est la même chose des deux côtés. Ce sont des mots qui tuent.

– Aussi nos mots à nous ?

– Nous disons qu'ils proclament une vérité, mais ils nourrissent le bûcher. Les fascistes de leur côté, affirment qu'ils mènent une croisade contre les païens et les communistes. Qu'y a-t-il derrière tous ces mots ? Rien.

– Tu considères l'existence avec beaucoup de cynisme. »

Mercer éclate de rire et répond en couvrant la voix du cocher qui pousse sa mule :

« C'est notre métier, Meyer. Tu es né du verbe, tu retourneras au verbe et tu ressusciteras par le verbe. »

L'appartement où se trouvent les chambres est situé sur la place centrale, appelée plaza Castelar. Une grande carte de l'Espagne placardée sur la place montre le territoire fasciste marqué en noir et celui des républicains en rouge. Le noir a gagné le Pays basque et le front se situe en ce moment devant Teruel, Saragosse et Huesca. Le noir, qui domine, semble pouvoir grandir encore et diviser la République en deux s'il perçait les fronts. Joe Mercer déclare qu'après la chute du Pays basque, on s'attend à des offensives sur le front de l'Aragón. Madrid est toujours assiégée. Les républicains sont acculés.

Une foule de gens, de chevaux, de charrettes à âne et de petits chariots à deux roues se croisent en tous sens en soulevant la poussière, devant les affiches qui parlent de victoire et d'avancées, de résistance et de lutte éternelle. Cette grande place a visiblement été bombardée. Dans un coin, on distingue une maison en ruine. L'entrée d'un bâtiment d'allure officielle est protégée par des sacs de sable. Deux canons de défense contre-avion, postés sur le toit plat, sont également protégés par des sacs de sable. Le drapeau des républicains flotte au-dessus de l'horloge du bâtiment. Les arbres de la plaza, comme s'ils reflétaient la ville, sont rabougris et couturés. Un jet d'eau est recouvert d'un monceau de sacs de sable.

Mercer allume une cigarette et désigne le bâtiment d'allure officielle en soulevant son petit sac de voyage :

« C'était le siège du gouvernement, mais il a filé à Barcelone. »

Deux hommes armés en uniforme noir à bandoulière passent devant eux et regardent fixement Meyer et Mercer, comme s'ils étaient des espions potentiels.

« *Guardia de Asalto*, explique Mercer avec son fort accent américain. Des troupes d'assaut communistes, des voyous à qui on donne les armes les plus récentes pour qu'ils dominent les anarchistes, les trotskistes et autres ennemis internes. Ils consacreront bientôt plus de forces à se combattre mutuellement qu'à se battre contre les fascistes. Mais méfie-toi de ces salauds. Il paraît qu'ils ont des camps de prisonniers en Catalogne, des cellules de torture et tout ce qui s'ensuit.

– Ce n'est pas ce qu'on lit dans la presse, et absolument pas dans celle qui soutient les républicains.

– C'est une vieille technique, Meyer, de dire que la vérité est la première victime de la guerre, surtout s'agissant d'une guerre civile. Nous ne devons pas perdre la bataille des cœurs, chez nous. Nous avons besoin de soutien.

– Nous ?

– Merde. Appelle-les comme tu voudras. Eux, les républicains, les bons, les justes. Appelle-les comme tu voudras, en tout cas les fascistes, ce n'est pas ma tasse de thé. C'est la tienne, peut-être ?

– Non, mais je ne me sens pas assez impliqué pour choisir mon camp. »

Magnus regarde Joe. Il ne situe pas très bien cet Américain qui a coutume d'accompagner ses déclarations d'un sourire ou d'un ricanement bref, comme s'il ne disait pas ce qu'il pense.

« Ici, que tu le veuilles ou non, tu seras impliqué. De plus, les meilleurs écrivains et la meilleure musique sont avec nous, alors que les meilleurs soldats, malheureusement, sont avec Franco. Cherchons notre chambre, il faudra la partager, mais on y arrivera. Tu peux déchiffrer cette adresse ? »

Joe Mercer lui tend un billet que Magnus montre à un passant vêtu d'un bel uniforme soigneusement repassé, qui lui désigne l'autre côté de la plaza et le salue en portant la main à son képi.

Le bureau des postes et télégraphes est gardé par quatre soldats postés derrière une batterie de mitraillettes entourée d'une barricade de sacs de sable. Plusieurs maisons portent des traces de balles. Aux terrasses des cafés, de nombreux clients boivent du café et du *brandy*. La fumée du tabac flotte au-dessus des tables tandis qu'un rythme de jazz lancinant s'échappe d'un dancing. Beaucoup d'hommes sont en uniforme, mais on aperçoit aussi des jeunes femmes et des hommes en civil, dont Mercer précise que ce sont des journalistes ou des commerçants du marché noir.

« La guerre n'a pas sa pareille pour activer les hormones », commente Joe Mercer avec son rire américain, pendant qu'ils traversent la plaza. « Quand on sait qu'on risque de mourir demain, on peut aussi bien baiser aujourd'hui. La guerre ne vaut rien pour la morale sexuelle.

– C'est peut-être le contraire », rétorque Magnus.

Joe Mercer se remet à rire et ajoute que Meyer est un chic type. Il empeste le whisky qu'il boit à une flasque, et il en offre une gorgée à Magnus, qui refuse.

Le temps coule comme du sable entre ses doigts, il passe beaucoup trop vite et Magnus, fugitivement, imagine Mads gisant sur un sable rouge que son sang rougit encore davantage. Le temps pèse si lourd sur sa poitrine que Meyer sent se vider ses poumons. Il faut qu'il trouve Mads le plus vite possible. Sans qu'il sache pourquoi, son inconscient lui répète que c'est sa dernière chance.

L'appartement est situé dans une rue adjacente, à trois maisons de la plaza. La propriétaire, toute de noir vêtue, a un visage mince et dévasté. On ne lui donne pas d'âge. Ils auront chacun une chambre parce qu'un gentleman français vient de partir pour Madrid. Magnus négocie un prix avec elle et aboutit à un montant qu'il trouve exorbitant pour un lit étroit, une table de toilette bancale et un pot de chambre sous le lit, mais tout est très propre et il n'y a pas de poux dans les draps et couvertures. Ils partageront une salle de bains avec trois autres locataires. Joe Mercer déclare que c'est parfaitement O.K.

La propriétaire fourre les pesetas de Mercer dans la poche de son tablier et leur dit que son mari est tombé sur le front du Pays basque. Il est évident qu'elle a déjà raconté son histoire, mais elle semble avoir besoin de la répéter tous les jours. Elle a deux fils, l'un se bat pour la République au nord du pays et l'autre, conscrit, fait partie des forces de Franco qui assiègent Madrid. C'est ce qu'on lui a dit, mais elle n'en est pas sûre. Ce n'est pas facile d'avoir des renseignements du camp opposé. Son fils a eu la malchance de se trouver à Malaga au moment où la ville est tombée et on l'a enrôlé immédiatement.

« Une guerre fratricide c'est comme ça, *señor* », poursuit-elle en fourrant aussi l'argent de Meyer dans la poche de son tablier avant de se signer rapidement. « Mes fils risquent de s'entretuer pour un douro par jour. On gagne cinq pesetas quand on tue son frère. Dieu les garde tous les deux. Dieu veuille qu'ils ne se rencontrent jamais au front et que la guerre finisse bientôt. »

Valence est une ville étrange. On trouve à manger et à boire dans les restaurants et les cafés, mais les queues s'allongent devant les boucheries et les boulangeries. Ce sont surtout des femmes qui attendent patiemment, avec leurs cartes de rationnement. Des soldats, des prostituées, des pickpockets créent une ambiance surexcitée qui fait place, tout à coup, à une peur collective quand les sirènes de la D.C.A. se mettent à rugir et vident les rues. On voit d'un côté des enfants étiques, de l'autre des officiers bien nourris et rasés de près, le pistolet à la ceinture, qui donnent le bras à des femmes parfumées et qui paraissent sûrs de la victoire. On boit toute la nuit. L'air est déchiré, de temps à autre, par des coups de feu dans le noir. On danse de très près sur des parquets glissants, dans des nuages de fumée. Dans les cabarets, les numéros des artistes combinent les allusions érotiques à une satire politique grossière dont les fascistes font les frais. Il se produit souvent des rixes qui finissent dans la rue. On se bat sans ménagement et le sang coule jusqu'à ce que la police militaire intervienne, remette les adversaires à leur place à coups de matraque et les emmène de force. Chaque jour, des soldats quittent la ville au pas cadencé pour rejoindre l'un des fronts. Des blessés arrivent dans l'autre sens, sur le pont de camions bringuebalants. La puanteur de la mort et de la pourriture oblige les gens à se boucher le nez et à détourner le regard des visages maigres, à la barbe hirsute et aux yeux vides. Les blessés jurent sans arrêt en lançant des malédictions et Magnus trouve à la fois incompréhensible et fascinant que les Espagnols connaissent autant de jurons basés sur les noms communs de « mère, lait, bite, con et couilles ».

Dans cette ville étrange, on peut tout obtenir avec de l'argent, pendant que d'autres sont dans la misère et que des enfants mendient devant les restaurants et les hôtels les plus chers. Magnus adore la cuisine espagnole et découvre constamment de nouveaux plats. Il change de l'argent et invite Joe Mercer à déjeuner de l'autre côté du fleuve, à proximité du port, où il a déniché un petit restaurant tenu par un homme, sa femme et leur fille unijambiste. Le patron, qui s'appelle Juan Carlos, a un fils pêcheur qui lui procure du poisson, un neveu agriculteur qui lui procure des légumes et du riz et un oncle, employé dans l'administration de la ville, qui s'arrange pour que son neveu ne soit pas inquiété.

Il n'y a qu'une dizaine de tables sans nappe, les couverts sont en fer-blanc et les plats sont cuisinés dans de grandes poêles noires, sur un gril ouvert chauffé au bois, mais ce qu'on y mange est divin. On leur sert d'abord une copieuse salade, puis un plat énorme que les gens du cru appellent *paella*. Le riz jauni par le safran est garni de coquillages et de poisson. Magnus estime que de toute sa vie, il n'a jamais rien mangé d'aussi bon. Il est heureux comme un gamin d'avoir trouvé ce restaurant et de voir Mercer partager le même plaisir à déguster ce repas. On leur sert aussi du pain frais, si difficile à trouver, mais la patronne le fait elle-même. Ils arrosent le tout d'un vin blanc doré au goût fruité.

Quatre hommes d'âge moyen, en costume civil bien coupé, accompagnés de quatre femmes très jeunes, prennent le même menu. Installés dans un coin discret de la cour ombragée, ils ignorent les deux étrangers. Il fait doux malgré la saison, le vent apporte une odeur salée et fait bruire doucement les grands palmiers de la cour.

« C'est fantastique, dit Joe Mercer, on peut aller déjeuner dans les restaurants les plus chics de Chicago ou de Paris, se faire servir par des maîtres d'hôtel snobs sur des nappes damassées empesées, disposer d'un bataillon de couverts en argent, mais quand on a vraiment faim, personne n'est capable de cuisiner un repas meilleur que celui-ci, si simple en réalité.

– On se croirait loin de la guerre.

– Elle n'est jamais loin, dans ce pays.

– Pourquoi es-tu revenu ?

– C'est mon job.

– C'est facile à dire.

– La guerre est comme la cocaïne, ou les femmes, ou l'alcool, quand on en a goûté, on en devient dépendant.

– Tu es donc un drogué de la guerre.

– Tu le deviendras toi aussi. À la guerre, on se sent formidablement en vie.

– Tant qu'on reste en vie.

– Justement. Au front, on a tellement la pétoche qu'on pourrait s'oublier dans son pantalon, alors, quand on en revient, on est mûr pour picoler et baiser toute la nuit. On a le sang qui bouillonne. On est si extraordinairement vivant et content de ne pas être l'un des cadavres qui sont restés là-bas, sur le front. Tu vas certainement connaître ça.

– Je ne crois pas. Je dois rentrer chez moi aussi vite que possible.

– O.K. Ça ne me regarde pas, mais quand tu voudras en parler, ne te gêne pas…

– Une autre fois, peut-être », répond Magnus en prenant

son verre pour le vider en deux longues gorgées. Il lève le bras pour commander une seconde bouteille.

« Tout à fait d'accord. C'est toi qui décides.

– Ces gens qu'on a vus à l'aéroport, Joe. Le SIM ? Qui était-ce ? »

Mercer vide aussi son verre avant de répondre :

« Le SIM est un nouveau service de renseignements militaires dominé par les communistes. Il a la réputation d'être efficace et d'employer des salauds qui ont pour mission d'arrêter ceux qu'ils appellent les gens de la cinquième colonne.

– C'est-à-dire ?

– Des espions, des transfuges, des saboteurs, des traîtres et des trotskistes… autrement dit, en gros, tous ceux qui ne sont pas communistes et autres agents du Komintern. »

Mercer rit, mais son regard est sérieux.

« Ce n'est pas rien.

– Non. La République dévore ses propres enfants. Le SIM a été créé assez récemment, il date du transfert du gouvernement Negrín de Valence à Barcelone. Barcelone est pleine de miliciens et d'autres anarchistes, par conséquent, il faut les combattre. Avec fermeté, comme ils disent. Ce sont le camarade Staline et Moscou qui tiennent la baguette, à présent.

– O.K. Que veulent dire ces initiales ?

– Je ne sais pas l'espagnol, mais c'est quelque chose comme le Service des renseignements militaires.

– SIM. *Servicio de Investigación Militar* ?

– Ça m'a l'air exact. Le SIM est un maillon de la centralisation de la résistance aux fascistes, mais aussi de celle du pouvoir. Où as-tu appris l'espagnol ? » poursuit Mercer sans motif, comme s'il trouvait ce premier sujet épuisé ou trop risqué pour en parler, même dans une cour en plein air à l'ombre de deux palmiers.

Magnus répond que c'est en Argentine, et il décrit un peu

la vie des gauchos dans les plaines, en omettant de préciser qu'il lui a fallu fuir le pays en toute hâte pour assurer sa propre survie, parce qu'il avait dû mettre fin à la vie de quelqu'un. Cet épisode-là, il l'a remisé très loin en lui et il ne le partagera avec personne.

Mercer raconte brièvement sa vie de reporter aux États-Unis et en Chine, où il est aussi allé. À vingt-huit ans, il a déjà été marié une fois. Quand il aura fini de courir par monts et par vaux comme journaliste, il écrira un roman sensationnel et deviendra très riche. Il raconte l'essentiel de son histoire en l'accompagnant de son grand rire, si bien que Magnus ne sait pas toujours ce qu'il pense réellement, mais il prend plaisir à la compagnie de cet Américain sans façons et accommodant.

Ils prennent du café et du cognac en fumant des cigarettes. À un moment donné, Joe devient sérieux, se penche en avant et Magnus pense à Svend Poulsen quand Joe lui confie :

« Écoute. Ce pays est obsédé par la mort. C'est normal que les Espagnols aient inventé les courses de taureaux, puisque c'est un jeu rituel avec la mort. On doit mourir en beauté, d'après eux. On doit mourir avec honneur. Mais c'est une idiotie. Les fascistes hurlent : Vive la mort ! Et ils attaquent. Les milices et les bataillons républicains hurlent : Mort aux fascistes ! Et ils se jettent sous le feu des mitraillettes. La plupart des fantassins ne savent ni lire ni écrire, mais ils savent crier "Vive la mort" comme si c'était la chose la plus attrayante au monde. Beaucoup d'entre eux n'ont absolument aucune instruction. Ils obéissent à leur instinct, c'est tout. Pour eux, l'honneur et la honte marchent la main dans la main. L'honneur, la honte et la grande faucheuse vont de pair, dans ce pays. Les premières semaines de l'été 1936, une folie sanguinaire s'est emparée d'eux. Ils ont tué des gardes civils, des propriétaires terriens, des curés et des religieuses. Brûlé des églises et des monastères. Je les comprends bien, en fait : les gens de la classe inférieure pouvaient enfin abattre les persécuteurs qui les avaient tenus sous leur coupe pendant si longtemps, mais c'était horrible à voir. Cette ivresse sanguinaire s'est tarie. Le gouvernement contrôle davantage, mais la danse des morts continue. Simplement, les fascistes sont beaucoup plus organisés. Comme tu le sais, je suis allé faire un tour à Malaga… »

Mercer fait une pause et allume encore une cigarette. Magnus fait un signal au patron qui fait office à la fois de cuisinier et de serveur et qui apporte la bouteille de cognac et remplit les verres. Magnus allume aussi une cigarette, il attend et Joe reprend son discours :

« Malaga est une belle ville côtière avec de beaux palmiers, des immeubles très élégants, de belles femmes et les plages les plus sélectes que tu puisses imaginer. Elle a aussi une arène pour les corridas, cela va de soi. Le gouverneur m'y a emmené. Nous étions dans la loge réservée aux gens de la haute. Il m'a dit que je devais voir que justice était faite, pour pouvoir rédiger mon rapport et faire comprendre au monde extérieur que les ennemis de la Croix étaient châtiés sans merci. Ils ont amené cent sept hommes dans l'arène. Les plus jeunes devaient avoir quinze à seize ans, les plus vieux peut-être soixante. Ils les ont fait mettre en rangs de dix face à dix soldats. Pan. Les soldats ne les ont pas tous touchés, et aucun mortellement, mais deux hommes se sont avancés pour les finir au couteau et à la baïonnette. On sait se servir d'un couteau, nom de Dieu, du côté des fascistes. D'après des rumeurs, un affreux massacre a eu lieu à Badajoz : armés de couteaux et de baïonnettes, les phalangistes se sont déchaînés, saisis d'une véritable ivresse sanguinaire. On parle de milliers de victimes, Magnus. C'est insupportable. *Well*, revenons à Malaga. C'était plutôt affreux. On remettait en rangs ceux qui n'étaient pas sérieusement touchés. Ils poussaient des cris et des hurlements, ça puait le sang et la merde. Certains ont crié longtemps : “Vive la liberté, salauds de fascistes sans couilles”, mais la plupart beuglaient d'angoisse. C'est comme ça, n'est-ce pas ? Le sable jaune de l'arène a rougi. Le gouverneur m'a dit qu'il y avait un couple d'homosexuels, comme Lorca, ce salaud de poète à qui on avait fait son affaire, à lui aussi. Ces deux-là, on les a couchés dans le sable et on leur a tiré dans le cul. Ils ont mis terriblement longtemps à mourir. Le gouverneur qui m'avait amené était très fier. La scène se reproduisait tous les jours à seize heures trente, m'a-t-il dit. Je serais le bienvenu le lendemain aussi. Mais ce n'était pas le pire. Le pire, tu sais ce que c'était ? »

Magnus secoue la tête.

« Putain, mon vieux. Le pire, c'était qu'en même temps, le gouverneur insistait pour savoir quel était le plus grand compositeur de tous les temps, Mozart ou Beethoven ? Il a aussi mentionné toute une série d'opéras en me demandant mon opinion. J'étais obligé de discuter de ça pendant qu'on perpétrait ces massacres, devant nous, sur le sable. Et le gouverneur me disait : "C'est de cela qu'il s'agit : du retour de la civilisation dans notre patrie." »

Mercer boit la moitié de son cognac et secoue la tête comme s'il avait du mal à comprendre sa propre histoire.

« Tu l'as écrite, cette histoire ?

– Naturellement. Mon froussard de rédacteur a ôté le nom du gouverneur et gommé mes adjectifs les plus sanglants, mais je crois que le tableau était assez clair.

– Tu as donc eu ce que tu étais allé chercher à Malaga ?

– Ce n'était pas exactement ça que j'allais chercher là-bas.

– O.K. Ça ne me regarde pas. »

Mercer le regarde :

« Tu es un brave type, Magnus. On est en train de devenir copains. Je te le dirai peut-être un jour, mais c'est sûrement trop tôt. Tu me diras peut-être ton but réel, un beau jour, et je te dirai le mien, mais c'est probablement encore trop tôt pour ouvrir nos cœurs, tu ne crois pas ? En tout cas, merci pour ce déjeuner.

– Tu as sûrement raison. Mais comment as-tu approché le gouverneur ? »

Mercer le considère de nouveau, de ses yeux indéchiffrables :

« Tu n'es pas aussi bête que n'importe quel journaleux, mais es-tu réellement journaliste, *amigo* ? Le gouverneur est une connaissance du propriétaire de mon journal, Jerome J. Jekyll the Third, qui appartient à l'une des familles les plus distinguées de Chicago. À les entendre, ils descendent directement des émigrants du *Mayflower.* Ce sont aussi les mécènes de l'orchestre symphonique de la ville. Le gouverneur venait écouter des concerts à Chicago. Il paraît que c'est un homme assez riche, propriétaire d'un grand élevage de taureaux. En fait, je l'ai rencontré une ou deux fois aux États-Unis. Je le prenais pour un homme aimable et civilisé, jusque-là. Savons-nous vraiment de quoi les hommes sont capables ? Pourquoi croyons-nous que quelqu'un qui aime Mozart ou Goethe ne peut pas être un triple idiot, hein, Magnus ?

– *¿ Quién sabe ?*

– Ces mots-là, je les connais bien. Oui, qui sait ? Je sais qu'il contemple ses massacres de l'après-midi avec la même nonchalance que quand il complimentait une cantatrice pour son exécution d'un air extraordinaire, à Chicago, pendant la réception qui suivait un opéra. Encore une fois, merci pour ce repas. C'était une merveille », répète Joe en regardant Magnus de ses yeux vifs, pleins de secrets.

Deux jours plus tard, Magnus accompagne Joe Mercer au bureau des Postes et Télégraphes. Ce bâtiment jaune-blanc ne date que de 1922, mais il est marqué par les combats qui ont sans doute eu lieu le 18 juillet 1936, au début de l'insurrection. L'horloge de la tour de la Poste s'est arrêtée et l'une des statues du toit est décapitée.

Meyer et Mercer passent devant les gardiens et entrent dans la pénombre fraîche où les fonctionnaires attendent derrière des lucarnes grillagées. Joe Mercer sait ce qu'il doit faire et Magnus fait comme s'il le savait aussi, en imitant Mercer, qui s'apprête à télégraphier un article à son journal de Chicago. Quatre hommes et deux femmes trônent derrière un comptoir. On lit le mot *English* sur une pancarte manuscrite placée devant les deux premiers agents, *Français* et *Russe* devant les deux autres et *Scandinave* devant les deux femmes. L'italien et l'allemand, on n'en a pas besoin. Magnus sait qu'il est impossible d'expédier des reportages sur la guerre provenant de ce côté-ci du conflit à ces deux nations où les fascistes détiennent le pouvoir.

Il regarde les femmes scandinaves tandis que Mercer tend à un homme deux pages dactylographiées. Les femmes nordiques, cheveux blond foncé et uniformes gris malséants, fument ensemble et il les entend parler norvégien, tout en essayant de suivre la discussion de Joe Mercer avec un agent de la censure exigeant, apparemment, qu'il supprime un paragraphe sur l'arrestation, par un groupe de la Guardia de Asalto, de trois miliciens venus de Barcelone parce qu'ils espéraient obtenir de l'aide pour survivre en Catalogne. Ils avaient décrit à Joe les luttes entre les fractions républicaines à Barcelone, et Joe avait vu qu'on les arrêtait.

Les femmes se retournent en entendant s'élever les voix, mais leur intérêt retombe vite et elles reprennent leur bavardage. Sans savoir pourquoi, Magnus n'a pas envie de se faire connaître. Ces femmes parlent d'un homme qu'elles connaissent apparemment toutes les deux et qu'elles qualifient de sale type. Elles ont quelque chose de fragile, comme si elles n'étaient pas assez nourries, et en même temps Magnus trouve leurs yeux durs et leur mimique répugnants. Elles s'aperçoivent qu'il les observe et l'une d'elles lui demande en norvégien :

« On peut t'aider, camarade ? »

Magnus écarte les bras, indique d'un signe de tête qu'il attend le grand Américain, et les femmes retournent à leur conversation.

« Je les emmerde tous », dit Joe en emportant ses papiers tamponnés à la caisse, où il paie avant de tendre ses deux feuillets, dont un paragraphe est barré de rouge, à un Espagnol qui prend ses pesetas, se retourne et se met à télégraphier le texte de Mercer. Pendant que Magnus attend, un journaliste britannique commence à discuter avec les censeurs. On rend ses feuillets à Mercer, avec un reçu dûment tamponné.

« Viens, Magnus. Je les emmerde, mais ils ne peuvent pas arrêter mes articles. J'en ai envoyé une version plus longue par la poste et j'espère qu'elle passera sans encombres. Allons manger, et après, on ira se saouler. »

C'est ce qu'ils font. Ils dégustent d'abord un gros pavé d'agneau avec des haricots blancs qui dégoulinent d'huile d'olive et boivent chacun une bouteille de vin rouge acide avant de faire la tournée des bars pour boire du cognac. Magnus ne se souvient pas très bien de quoi ils ont parlé sur la fin de la nuit, quand Joe Mercer est très ivre. L'Américain tient bien l'alcool, mais il boit vraiment trop, alors que Magnus se retient vite, même quand il se sent assez ivre, lui aussi. En tout cas, il n'oublie pas ce que Joe lui a dit à propos de l'or espagnol et comprend que c'est peut-être là que réside la véritable mission de Joe Mercer.

11

Magnus s'est aperçu que, malgré son poids, Joe ne supporte pas l'alcool aussi bien que lui et qu'il se laisse souvent aller à bavarder. Magnus sait déjà que Joe a grandi dans la sécurité, puisque son père était directeur de banque à Chicago, que sa première femme était une salope, et que Joe aimerait se remarier. Magnus, pour sa part, pense que ceux dont l'enfance a été insouciante ont beaucoup trop confiance en leurs semblables. La confiance est dangereuse, à son avis, elle entraîne trop souvent la traîtrise. Au début, enfant, il faisait confiance à ses parents, et qu'en est-il résulté ? Des punitions et des trahisons. On a confiance en une femme, elle vous trahit, et l'on reste seul à souffrir. On a un ami qu'on peut être obligé de tuer, parce que cet ami doit défendre l'honneur de sa sœur, même si, ce faisant, il trahit son ami. Magnus n'a confiance en personne, sauf peut-être en sa sœur Marie. Mads n'était qu'un grand garçon quand Magnus a fui la maison paternelle. Peut-être retrouveront-ils une fraternité.

Il écoute Joe Mercer qui lui raconte à voix basse, en nasillant un peu, une histoire cohérente malgré tout, dans cette *bodega* basse de plafond et enfumée, où ils sont entourés de jeunes gens en uniforme et de prostituées éreintées. Même l'éclairage tamisé ne réussit pas à jeter un voile charitable sur leurs traits tirés. Dehors, il pleut, c'est sa première rencontre avec la pluie en Espagne. Elle est tombée sans prévenir de nuages noirs qui arrivaient de la mer, et le tonnerre ressemble à de lointains roulements de canon qui couvrent le brouhaha du café.

L'histoire s'est passée pendant la première phase de la guerre, quand les troupes marocaines de Franco et sa Légion étrangère avançaient sur Madrid, fortes de leur expérience des combats, après les guerres coloniales d'Afrique du Nord. Les républicains luttaient pour mettre une défense sur pied, tandis que les généraux et les gardes civils s'insurgeaient dans toute l'Espagne, à partir du 18 juillet 1936. Le gouvernement n'avait pas eu d'autre ressource que d'armer les syndicats, les partis et les groupes d'extrême gauche. Des milices anarchistes avaient fait leur apparition et nationalisé les biens des propriétaires terriens et les fabriques des capitalistes. C'était la révolution. Qui s'emparerait de Madrid ? Seraient-ce les fascistes ? La capitale allait-elle tomber dans l'anarchie des milices qui étaient dans les rues, armées, et qui convoitaient le pouvoir ? C'était la grande question que se posait le gouvernement du Front populaire élu légalement, en ce début d'automne 1936. Les républicains avaient désespérément besoin d'armement, mais la France et la Grande-Bretagne n'acceptaient d'en livrer, à leur corps défendant, que contre de l'argent comptant. La France avait effectué quelques livraisons réglées par les Espagnols avec de l'or, mais la politique de non-intervention étant en cours d'élaboration, les exportations d'armes avaient pris fin. Pendant ce temps-là, les fascistes recevaient des hommes et des armes de l'Italie de Mussolini et de l'Allemagne de Hitler, tandis que l'Union soviétique de Staline restait seule à bien vouloir livrer des armes aux bataillons loyaux espagnols et aux brigades de volontaires qui commençaient à se former.

Or, Staline ne livrait pas gratuitement ses armes, son matériel et ses conseillers politiques et militaires, et le gouvernement espagnol dissimulait une fortune dans les sous-sols de la Banque nationale de Madrid, car c'était là que se trouvait l'or espagnol.

Magnus se souvient soudain que Svend Poulsen lui en a déjà parlé au Danemark. Il aurait dû mieux l'écouter.

Mercer continue en nasillant :

« Il y avait tellement d'or, Magnus, qu'on n'en croit pas ses oreilles. L'Espagne détenait la quatrième réserve d'or mondiale, l'or que les conquistadors avaient volé et pillé en Amérique latine pendant plusieurs siècles. Et quel or ! Rien à voir avec ce triste or en barres, c'étaient des objets de valeur de toute sorte : des monnaies, des ducats, des bijoux, des coupes, des vases, ce qu'on appelle des *sovereigns*, des pièces d'or et d'argent de toutes les tailles, d'énormes trésors aztèques et incas. Cette collection d'or n'était pas précieuse uniquement par sa valeur or, non, camarade, sa valeur était décuplée parce qu'elle représentait aussi des trésors artistiques. On comprend l'inquiétude du gouvernement espagnol. Si Franco volait ce trésor, le gouvernement n'avait plus qu'à plier bagage. Si les anarchistes s'emparaient de la Banque nationale, que feraient-ils de cet or ? Les anarchistes sont imprévisibles par nature. Même si les volontaires affluaient à Madrid, Franco était aux portes de la ville. Il les enfoncerait, disait-il, et c'était ce que craignait le gouvernement légal puisqu'un général de Franco avait déclaré : “Demain après-midi, je boirai mon café au Café Central.” Ça s'est passé autrement, comme tu sais. Le café du général a beaucoup refroidi, mais on ne pouvait pas le savoir, si bien qu'on a lancé l'opération “Vaisseau du désert”. »

Mercer vide son verre, regarde Magnus avec des yeux vitreux et reprend :

« En septembre 1936, comme il avait eu vent de rumeurs d'après lesquelles les anarchistes s'apprêtaient à attaquer la Banque nationale, le nouveau Premier ministre, Largo Caballero, a ordonné à son ministre des Finances de transférer les réserves d'or de la banque en un lieu plus sûr. L'opération a commencé quelques jours plus tard : dans le plus grand secret, les réserves d'or de l'Espagne ont été chargées sur des wagons de chemin de fer. Cela représentait un travail énorme. Ces réserves d'or et d'argent, emballées dans dix mille caisses, ont été expédiées vers la ville la plus sûre du parti républicain : Carthagène, au bord de la Méditerranée, où se trouve le quartier général de la flotte. Le transport était accompagné par des gardes espagnols armés et des agents du NKVD, les agents secrets de Staline.

L'homme qui a dirigé le transfert était russe, mais on l'avait muni de faux papiers selon lesquels il s'appelait M. Blackstone, de la Bank of America. Un quart de ces caisses ont été immédiatement transportées à bord d'un navire marchand qui est parti pour Marseille. Le 25 octobre, le reste de l'envoi (sept mille huit cents caisses au total), a été chargé sur un second navire marchand qui a pris la direction d'Odessa, en Ukraine. De là, les caisses ont été acheminées par le train jusqu'à Moscou où des représentants des gouvernements espagnol et soviétique les ont réceptionnées. Il s'agissait au total de cinq cent dix tonnes d'or et d'argent qui continuent de payer, depuis, les livraisons d'armes soviétiques. *End of the story.* Est-ce vrai ? Peut-être que oui, peut-être que non. »

Magnus observe Joe qui lui rend son regard, avec la mine d'un écolier pris de remords parce qu'il a raconté une histoire un peu trop fantaisiste, puisque les journaux progressistes danois et espagnols proclament que l'Union soviétique apporte une aide désintéressée aux Espagnols en lutte contre le fascisme. Magnus se demande s'il va poser à Joe l'une des nombreuses questions qui se pressent dans son esprit, mais il attend patiemment, sirote son *brandy* et voit que Joe fait de même avant de poursuivre :

« Mais il manquait quelque chose. Ce qui manquait, très précisément, c'étaient cinquante-deux kilos de monnaies d'or portugaises très rares, d'une valeur infiniment supérieure à celle de leur poids en or pur. Il s'agissait d'une partie des trois cent dix-huit kilos de pièces portugaises qu'on avait emballées à Madrid. Il manquait aussi une caisse de ducats en or d'environ cinquante kilos. Quand il est question, comme ici, d'un trésor de cinq cent dix tonnes, ce n'était peut-être pas grand-chose, mais crois-moi, Magnus, ces cent deux kilos représentent une sacrée fortune. Ce n'est qu'à Moscou qu'on a constaté leur absence. Les Russes ne s'en sont pas aperçus, mais les Espagnols ont vu clair. Ils ont décidé de tenir leur langue et de rédiger un rapport qu'ils ont envoyé en Espagne, afin qu'une enquête discrète soit menée sur cette affaire. Où se trouvait la fuite ? Les républicains, en mauvaise posture, tenaient à éviter un scandale et une plus grande division interne qu'il n'en existait déjà, alors...

– Où sont donc ces caisses ? s'enquiert Magnus qui sent son pouls s'accélérer.

– C'est justement ça, mon ami. Où sont-elles ?

– Tu le sais.

– Je le sais presque. Mais pas tout à fait quand même.

– C'est pour ça que tu es allé à Malaga. De l'autre côté, chez les fascistes ? »

Mercer se met à rire et détourne la tête, puis il regarde de nouveau Magnus dans les yeux. Les yeux de Mercer sont brouillés mais ils restent calculateurs, malgré son ivresse.

« Tu n'es pas bête, Magnus.

– Pourquoi me racontes-tu tout ça ?

– J'ai besoin d'aide. J'ai besoin de quelqu'un qui parle espagnol et sur qui je peux compter. Quelqu'un qui, comme moi, se moque éperdument de savoir qui va gagner cette guerre. J'ai besoin de quelqu'un qui ne pense avant tout qu'à s'en tirer.

– Et je ne pense qu'à m'en tirer ?

– Avant tout oui, à ce qu'il me semble, mais il y a aussi autre chose.

– Je suis venu ici pour trouver mon frère cadet et le ramener à la maison, reconnaît Magnus.

– C'est bien ce que je pensais. Tu veux l'aider à déserter. Et pour ça, on est fusillé.

– Mon frère est volontaire.

– Ils le fusilleront quand même, et toi aussi. » Mercer lève son verre et continue :

« Qu'en dis-tu ? Tu es d'accord ? Si c'est non, tu oublies toute cette histoire et tu la considères comme un radotage d'ivrogne.

– Je suis obligé de trouver mon frère. C'est une chose que je ne laisserai pas tomber.

– L'un n'empêche pas l'autre.

– Comment partagerons-nous ? »

Mercer se remet à rire.

« C'est bien ce que je pensais. Moitié-moitié. Ce n'est que justice. Il y a largement de quoi nous permettre de nous la couler douce pendant des années et des années. »

Magnus se cale contre son dossier et vide son verre. Cela bourdonne dans sa tête, mais il se sent plus excité que franchement ivre. L'adrénaline monte en lui comme un courant délectable.

« D'accord, dit-il. Qu'es-tu allé faire à Malaga ? De l'autre côté ? »

Mercer allume une nouvelle cigarette :

« On m'a parlé de cette affaire il y a quelques mois. J'ai aidé un pauvre Américano-Suédois du nom d'Olaf à écrire une dernière lettre à sa copine et à ses parents, aux États-Unis. La blessure de sa jambe s'était gangrenée, il avait de la fièvre et Dieu sait quoi, et il tremblait tellement qu'il ne pouvait pas tenir un crayon. Il délirait, mais j'ai compris qu'il avait été de service en même temps que deux Espagnols qui escortaient le transfert de l'or. Le premier, qu'il appelait Pedro, s'est sauvé et a été fusillé en essayant de passer de l'autre côté, cet abruti. Le deuxième, qui s'appelait Manuel, a raconté qu'on lui avait donné l'ordre, ainsi qu'à deux autres soldats, de charger deux caisses, prélevées dans le secteur en question du port, dans une voiture noire fermée conduite par un Russe et par un Espagnol en civil qui parlait anglais avec le Russe. Ils avaient prévenu les soldats que s'ils divulguaient quoi que ce soit, on les fusillerait. L'ami d'Olaf avait été terrifié en découvrant assassinés, deux jours plus tard, les deux soldats qui les avaient aidés. Ils avaient été étranglés et jetés dans le port de Carthagène. C'est alors que Pedro s'était sauvé, mais Manuel s'est enrôlé dans une

Brigade internationale où il espérait que les tueurs à gages ne le repéreraient pas. Ils l'ont trouvé, mais pas avant qu'il ait le temps de raconter l'histoire à Olaf, parce que Olaf était son commissaire politique et qu'il avait une allure de curé qui donnait envie de se confier à lui. Un peu comme toi. »

Mercer se penche vers Magnus. Il ne donne plus l'impression d'être aussi ivre qu'avant et Magnus se demande si toute cette histoire n'est pas une mise en scène, une lente entreprise de séduction. Si c'est le cas, Mercer a réussi, car Magnus est profondément remué par cette histoire dont Joe poursuit le récit :

« Olaf est mort, Dieu lui pardonne, et j'ai commencé à fureter un peu partout. C'est ma spécialité. Mon père et le propriétaire du journal ont une quantité de relations et ça m'est arrivé d'aider l'Oncle Sam, à l'occasion. Je peux mettre pas mal de gens à contribution, j'ai un oncle qui travaille au ministère de la Justice, aux États-Unis, et qui a de bons contacts avec les Espagnols. Il connaissait celui qu'on a chargé de l'enquête sur les deux caisses disparues. Les temps sont durs, ce qui fait que pour quelques dollars sonnants et trébuchants, il a accepté de m'aider. Les fonctionnaires espagnols qui parlent anglais n'étant pas très nombreux, il a pu me donner le nom des deux agents qui s'étaient occupés du transport. L'un était mort. Ça ressemble presque à une épidémie, hein ? L'autre avait filé à Malaga avec des papiers munis de cachets secrets, il comptait dessus comme sur une monnaie d'échange qui lui permettrait de vivre en paix à l'arrière. C'était donc un traître qu'on a condamné *in absentia*. Il comptait bien rester à Malaga jusqu'à la fin de la guerre pour aller chercher ensuite ses deux caisses d'or. Mais ça ne marche pas comme ça. Ses nouveaux amis ont voulu s'assurer qu'il ne les trompait pas, qu'il n'était pas un agent double, et pour plus de sûreté, ils lui ont fait subir un interrogatoire de troisième degré et son cœur a lâché.

– C'est le gouverneur qui te l'a dit ?

– Exactement. C'est un ami de mon père, il a été reçu chez nous, il m'a connu enfant. Sans me l'avouer directement, il m'a raconté que lorsque la guerre serait finie, une partie au moins de l'or espagnol que Staline a volé reviendrait dans sa patrie, parce que cet or n'avait jamais quitté l'Espagne et se trouvait toujours à Carthagène. Où précisément, il ne le savait pas. Malheureusement. C'est un porc sadique qui adore Mozart, mais il est sincère. Il a les moyens de l'être avec tout l'argent que possède sa famille.

– Carthagène est une ville plutôt vaste, autant que je sache.

– Avec ton espagnol, c'est un bon début.

– Dans quelle mesure espionnes-tu pour les États-Unis ?

– Comment ça ?

– Si nous le trouvons, y aura-t-il un tiers avec qui nous devrons partager ?

– Je suis *free lance.* Cette histoire n'a rien à voir avec l'Oncle Sam. C'est une affaire uniquement privée. Entre toi et moi.

– Entre deux malfrats ?

– Pourquoi aller raconter ce vol à la police, alors que l'objet du vol a déjà été volé et qu'il n'existe plus officiellement ? L'or est en Russie, en principe. Ceux qui savaient autre chose sont pratiquement tous morts. Grands dieux, il ne s'agit que de cent deux kilos sur cinq cent dix tonnes d'or. Autant dire rien, dans ce contexte.

– C'est toi qui le dis. Et tu as raison. À part toi, ils sont probablement tous morts, n'est-ce pas ?

– Et toi, Magnus, et toi.

– Parce que je l'ai lu dans un journal espagnol, Joe.

– Qu'est-ce que tu as lu ?

– Ce qui est arrivé au gouverneur, parce que c'est considéré comme une victoire des républicains. On l'a trouvé mort d'une balle dans la tête, il a été liquidé, tout simplement. Quand j'ai lu l'article, je n'y ai pas réfléchi, mais maintenant, on dirait que cela prend une signification différente, n'est-ce pas ? »

Les traits de Joe se durcissent, c'est comme si l'ivresse le quittait et une autre expression la remplace :

« Ça n'a rien à voir avec notre affaire, Meyer. Rien à voir. Tout ce que je voudrais savoir, c'est si tu en es ou non. »

Magnus ne le quitte pas des yeux. Restant un moment silencieux, ils s'efforcent de voir clair l'un en l'autre. Magnus est le premier à détourner les yeux, il prend son verre, le lève et déclare :

« Trinquons à notre collaboration.

– *Salud*, dit Joe en détournant les yeux.

– Mais je dois d'abord trouver mon frère.

– Si ce n'est pas possible autrement.

– Ça ne l'est pas. Je l'ai promis à ma sœur. »

Le lendemain, Magnus repasse toute la conversation dans sa tête pendant qu'il soigne sa gueule de bois avec de l'eau et une soupe froide à la tomate et aux légumes que les Espagnols appellent *gaspacho*, et qu'il trouve savoureuse. Il note sur son calepin les points principaux de sa conversation avec Joe. Cette histoire a un sens et pourtant, il n'a pas entièrement confiance en Joe. Sur un point précis, en particulier, il est convaincu que celui-ci a menti.

Il ne croit pas que Joe soit un agent *free lance* des services de renseignements des États-Unis. Pour Magnus, Joe travaille à plein temps comme agent secret, soit pour les Américains, soit peut-être pour les Français, avec qui les États-Unis cultivent une collaboration étroite. Joe ne parle pas espagnol, mais Magnus l'a entendu parler français couramment. Il est convaincu que le rôle d'espion de Joe est plus important qu'il n'a bien voulu le dire.

Magnus est aussi convaincu de l'existence de cet or, mais il n'est pas sûr que Joe lui ait dit la vérité sur la façon dont il en a eu connaissance. Magnus veut trouver son frère, mais il se sert aussi de lui comme d'une diversion. S'il continue ses recherches quelques jours de plus, cela lui fournira l'occasion d'étudier son nouveau partenaire, de découvrir l'identité réelle de cette nouvelle version de Joe Mercer, agent et journaliste.

12

Enfin, la chance sourit à Magnus Meyer. Deux jours plus tard, le hasard veut qu'il rencontre trois volontaires danois qui connaissent son frère et étaient avec lui récemment. Il a déjà croisé, à Valence, des volontaires danois des Brigades internationales, mais ils ignoraient tout de Mads. En fin d'après-midi, devant un petit bar de la calle Mayor, il entend ses trois compatriotes parler à voix haute en danois. Pris de boisson, ils se plaignent surtout de ce qu'on se moque d'eux en ne leur fournissant ni l'équipement ni l'assistance dont ils ont besoin. Ils se plaignent de leurs nouveaux commandants allemands et de la mauvaise qualité du ravitaillement des combattants. Après des semaines sur le terrain, ils viennent de toucher leur paie – cinq pesetas par jour – et veulent voir s'ils auront le temps d'en boire le plus gros et de claquer le reste au bordel avant qu'on les réexpédie au front.

Magnus se présente, il leur paie des tournées et apprend que, d'après eux, le camarade Mads est toujours à Albacete, d'où ils arrivent. Pour eux, Mads est un chic type, mais comment savoir s'il va rester là-bas ou être muté ailleurs ? Tout est toujours très imprévisible. Les brigades s'entraînent dans les villages alentour. Mads est un brave, on l'a transféré dans l'un des bataillons spéciaux. Il sera sûrement content de voir son frère, ils n'en doutent pas. On est toujours content d'avoir des nouvelles de sa famille, par la poste, c'est toujours bien, mais quand quelqu'un vous les apporte en personne, il n'y a rien de mieux, assure un des trois permissionnaires, un grand forgeron jutlandais de dix-neuf ans.

Magnus est à la fois heureux de constater qu'ils connaissent Mads et qu'ils sont contents de rencontrer son frère aîné. Quant à lui, il est soulagé de ne pas se heurter à une méfiance instinctive.

Joe Mercer est d'accord pour l'accompagner à Albacete,

il écrira un article sur les volontaires américains, lui dit-il, mais Magnus a l'impression que Joe tient à rester à proximité de son nouveau partenaire. Ils se cotisent pour louer une voiture avec un chauffeur. La guerre fait monter les prix, mais Magnus négocie un tarif raisonnable avec un homme d'âge moyen qui dispose d'une grande voiture, une belle Hispano-Suiza de 1921 qu'il a apparemment récupérée à Barcelone.

Cette voiture noire est équipée d'un large volant cerclé de bois, de sièges profonds en cuir gris et d'un solide moteur de huit cylindres. Les pneus ont l'air d'être en bon état, et quand le moteur se met en marche, après un tour de manivelle, il ronronne à la perfection. Une bonne roue de secours est fixée sur le côté. Cette voiture appartenait au propriétaire d'une fabrique de Barcelone qu'on a fusillé au troisième jour de la révolution, leur précise le chauffeur qui se nomme Juan Montero. Il semble soigner et bichonner scrupuleusement cette belle voiture, dont la capote est en bon état, mais après la pluie, l'air est redevenu sec et clair dans un ciel bleu sans nuages, et Juan Montero n'a pas besoin de lever la capote. Ce sont les journalistes qui le font vivre, leur dit-il. La guerre est une bonne affaire pour les putains et pour les chauffeurs, comme dit Joe.

Montero a pris soin d'emporter un bidon d'essence de réserve, qu'il fixe à l'arrière de la voiture. Magnus a acheté du pain, du saucisson, un fromage de chèvre qui empeste, quelques tomates, un peu d'huile d'olive, deux outres d'un vin rouge corsé et deux outres d'eau pure ainsi qu'un filet d'oranges.

Albacete est située a un peu moins de deux cents kilomètres de Valence et comme le voyage prendra toute la journée, ils partent dès l'aube, à l'heure où le soleil s'annonce à peine par une fine bordure lumineuse en dessous de l'horizon et où la fraîcheur matinale atteste qu'à présent, l'automne s'annonce très sérieusement. Montero roule droit vers le sud, quittant la triste pauvreté de Valence pour prendre le chemin d'Albacete, dans La Mancha, par la grand-route poussiéreuse.

Mercer est un compagnon agréable pour ce long voyage durant lequel la poussière s'infiltre partout. Ils ne parlent pas de leur nouveau partenariat, mais surtout de Mercer et de ses relations avec l'Espagne. Il s'est rendu plusieurs fois sur le front, où il a partagé la vie des soldats dans les tranchées. Est-il un agent du service des renseignements ? C'est possible, mais il attache une importance extrême à sa couverture de journaliste. Même s'il affirme que le sort des armes lui est indifférent, il ne peut dissimuler son inclination pour la cause républicaine.

Magnus lui donne raison. Il est du même avis, il ne veut pas s'impliquer, mais sa sympathie va aux républicains, entre autres parce que c'est sous leur bannière que se bat Mads. Il espère que malgré tout, Franco sera battu et le déclare même tout haut. Mercer est d'accord, mais il est pessimiste. Il craint que les divisions internes des républicains ne les mènent à leur perte. Il ajoute qu'il est loin d'être communiste, mais que ces derniers ont raison : sans discipline, on n'arrive à rien. Mercer n'aime guère les milices, leur pardessus bleu, leur écharpe rouge, leur béret crâne, leurs discours ampoulés et leur courage téméraire et indiscipliné.

Ils sont arrêtés deux fois par des barrages. Leurs papiers sont en règle et grâce à leurs documents, complétés par l'espagnol courant de Meyer, ils les franchissent sans encombres. Ils traversent d'abord des plantations de citrus. Les oranges luisent dans le vert des arbres. Au lever du jour, les femmes récoltent ici des oranges, là des citrons. Ils avancent lentement, parce que le chauffeur doit sans cesse veiller à ne pas heurter les voitures tirées par un âne ou un mulet lourdement chargées de ces agrumes. La grande voiture franchit sans difficulté une chaîne de montagnes basses et double une colonne de soldats qui marchent au pas cadencé et les saluent en levant un peu le bras droit et en serrant le poing.

L'autre versant de la montagne est plus stérile et quasiment mort. La campagne évoque un désert avec ses nœuds de rochers disséminés au milieu d'une rare végétation. Seuls circulent des transports militaires qui les croisent et font disparaître leur voiture dans un nuage de poussière blanchâtre. Ils boivent le vin et l'eau qui restent au frais dans les outres et Magnus jouit du vent devenu plus doux, qui le gifle quand ils passent dans des endroits où la poussière n'est pas gênante. Ils traversent de temps à autre des régions cultivées naguère, des plaines qui sont presque désertes maintenant. Les petits villages paraissent abandonnés et vidés de leurs habitants. Des maisons grises et basses émergent du néant, volets fermés et distantes. Où sont donc les hommes ? Ils en rencontrent un, armé d'un bâton, qui frappe un âne étique attelé à une charrette chargée d'herbe. Quand la voiture les dépasse, la pauvre bête ne bouge pas d'un pouce, elle se borne à tourner la tête pour la suivre des yeux jusqu'à ce qu'ils disparaissent dans un tournant pour gravir lentement la route en lacets.

Plus tard dans la journée, ils arrivent à Requena, où la circulation est totalement bloquée. La ville est située à un croisement de routes où les camions, l'artillerie hippomobile et des milliers de soldats qui marchent au pas ont généré un chaos total, que la police militaire dépassée tente vainement de réduire. L'odeur d'ail et de mauvais vin qui émane des bars et des restaurants se mêle à la puanteur du diesel et du crottin de cheval.

« Les républicains préparent une offensive », annonce Joe Mercer en s'éventant avec son chapeau. Le soleil est assez haut dans le ciel et la température augmente. « C'est l'armée espagnole régulière qu'on voit là. Je suis sûr qu'ils font route vers le nord. »

Magnus observe ce qui l'entoure, il écoute les commandements hurlés en espagnol. À un tournant de cette grande rue provinciale poussiéreuse, quatre tanks T26 neufs de fabrication soviétique accompagnent trois camions qui tirent chacun un canon. Un mulet est attelé à une petite voiture chargée d'une grosse mitrailleuse, russe, elle aussi. Les républicains seraient-ils en passe d'obtenir des armes plus modernes ?

Un hennissement de douleur se fait entendre : un cheval qui tirait une autre grosse mitrailleuse amarrée sur une charrette tombe sur les genoux en se tordant une jambe de devant. Le cocher saute à terre, dételle l'animal, recule d'un pas, arme son fusil et l'abat d'une balle dans la tête à bout portant. Le coup de feu résonne, et une légère angoisse semble se propager dans les rangs des soldats. Pourtant, ils ont l'air de continuer à marcher tout droit, chacun les yeux fixés sur le camarade qui le précède, quand ils ne jettent pas un coup d'œil inquiet vers le ciel bleu, de crainte de voir surgir les avions des fascistes, plus puissants que les leurs. Trois soldats sortent d'une cuisine roulante, sautent à terre et se mettent en devoir de découper le cheval mort sur place, au milieu de la route. Pendant un moment, l'odeur du sang et des entrailles du cheval couvre momentanément la puanteur de la sueur et des excréments humains.

Juan Montero manœuvre pour éviter les encombrements, il prend une rue transversale puis revient à la rue principale où une seule colonne de fantassins avance lentement, dans le sens opposé au leur. Deux cents mètres plus tard, ils doivent stopper de nouveau pour laisser passer une nouvelle colonne de camions. Ils sont à l'arrêt devant une petite place quand ils sont hélés par une voix de femme :

« Joe ! Hé Joe. Qu'est-ce que tu fais là ? »

La petite femme qui appelle est debout sur le trottoir, avec une sacoche à ses pieds, un appareil photo Leica au cou et un sac à bandoulière sur la hanche. Elle attrape la sacoche et accourt d'un pas léger pour se percher sur le marchepied de la voiture. Son aura sensuelle est extraordinaire et comme elle ne fait rien pour l'accentuer, l'effet en est d'autant plus puissant.

Joe se lève dans la voiture et ils s'embrassent sur la joue, comme des Espagnols :

« Irina, *darling*. Que fait ma petite bolchevique favorite dans un trou pareil ? »

Elle soulève son appareil photo.

« Mon boulot. Où allez-vous comme ça ?

– À Albacete.

– Quelle chance ! J'avais l'intention d'y aller. Ça te dirait de prendre une dame en stop ?

– Naturellement, ma belle. »

Magnus les regarde l'un après l'autre. L'anglais d'Irina est un peu lent, mais correct, teinté d'accent russe. Elle saute à terre pour permettre à Mercer d'ouvrir la portière, puis s'assied en lançant un *Hola compañero* à Montero, qui lui répond d'un grand mouvement de casquette. La voilà donc installée en face de Magnus et de Joe, sur la banquette opposée au sens de la marche.

Joe prend la parole :

« Puis-je te présenter mon collègue et ami, Magnus Meyer. Ma collègue, qui n'est encore que mon amie russe, hélas, et pas encore ma maîtresse : Irina Schiapatova, originaire du royaume du camarade Staline. Elle prend des photos de ce juste combat. »

Elle lui serre la main. Magnus plonge dans ses yeux bleu clair et note son sourire taquin. Il ne croit pas au coup de foudre, il ne s'explique donc pas l'attirance immédiate qu'il éprouve pour cette photographe soviétique. Quelque chose l'attire. Il se sent fort et faible à la fois et il est littéralement frappé de mutisme quand Montero réussit à se faufiler, à doubler un camion dont l'axe arrière est brisé, et à continuer son chemin sur la grand-route. Il aimerait embrasser cette bouche qui fume la cigarette que Mercer lui a allumée et a envie d'étreindre ce petit corps agile. Ce n'est pas dans ses habitudes de se sentir aussi gauche qu'un écolier parce qu'une femme séduisante s'est assise en face de lui.

Joe et Irina parlent de la guerre et de Madrid, qu'Irina a quittée deux jours plus tôt. Ils ont maintes connaissances communes, chose fréquente chez des journalistes qui couvrent la même histoire. Les noms d'écrivains célèbres fusent. Irina vient de photographier Nordahl Grieg pour un périodique littéraire russe. Elle a fait un reportage sur La Pasionaria, cette dirigeante et agitatrice communiste qu'ils connaissent tous les deux. Ils échangent des anecdotes concernant des bars, des hôtels et des restaurants, ils parlent des bombardements incessants. Tout cela est dit si légèrement, si élégamment que Magnus frissonne intérieurement d'une jalousie enfantine. Ce ton de flirt, entre eux, lui déplaît ; ils conversent sans effort et il est parfaitement évident qu'ils se connaissent beaucoup trop bien. L'anglais d'Irina sent un peu l'internat britannique ; elle s'empare de l'outre, boit du vin à la régalade en habituée et tend le récipient à Magnus qui l'imite en gaspillant quelques gouttes de vin.

Elle se moque de lui :

« Ce n'est pas aussi facile que ça en a l'air, monsieur Meyer.

– Appelez-moi seulement Magnus.

– Magnus ? Quel nom amusant ! Peut-on savoir d'où il vient ?

– Du Danemark.

– Du Danemark ? C'est un petit pays.

– Par la superficie, oui. Mais qui est très grand par l'importance qu'il s'attribue.

– Vraiment ?

– Oui. À mon avis. Vous parlez un anglais très chic. Où l'avez-vous appris ?

– À Londres. J'ai vécu à Londres pendant deux ans avec mes parents, quand j'étais adolescente. »

Mercer intervient :

« Le père d'Irina est un grand ponte, à Moscou. »

Irina l'interrompt :

« Il était diplomate. Maintenant, il est à Moscou où il sert autant que possible la révolution, Joe. Désormais, les classes sociales n'existent plus dans mon pays. Nous inventons une société nouvelle. Comme ils essaient de le faire ici. »

Magnus remarque qu'en prononçant ces mots, elle détourne les yeux, comme si une ombre, un souci, voilait l'éclat de son regard.

Mercer lui répond :

« Sûr, *baby*. On le sait bien. Qu'est-ce que tu feras à Albacete ?

– La même chose que vous. *L'Étoile rouge* voudrait une série de photos sur la vie quotidienne des volontaires des brigades là-bas, avant leur départ pour le front.

– Ces jeunes héros solidaires qui partent en guerre contre les fascistes en levant fièrement leur tête socialiste, qui ne sont jamais ivres et qui ne vont jamais au bordel.

– Inutile de te moquer, Joe. Nous avons tous un rôle à jouer.

– Certainement, *baby*, certainement. »

Montero a sorti la voiture des pires embouteillages et la route commence à monter. Magnus aperçoit des montagnes, dans le lointain, et ils entreprennent de les gravir. La route fait des lacets et, une fois de plus, le paysage change de caractère. Des sapins apparaissent, d'autres résineux, de temps à autre on voit de l'herbe verte, certains sites rappellent à Magnus les pâturages norvégiens. Mercer penche la tête en arrière et rabat son béret sur ses yeux. Magnus regarde Irina qui lui fait un petit sourire. En faisant un large geste, comme s'il avait en personne commandé ce beau spectacle, il s'exclame sans réfléchir en espagnol :

« J'admire ce paysage, la beauté de ce pays supplicié m'impressionne énormément. On dirait que le spectacle, comme la lumière, change constamment pour prendre un autre caractère. »

Pour son plus grand bonheur, Irina lui répond dans la même langue. Ils ont donc une langue commune que Mercer ne partage pas.

« Ce pays est beau et cruel. Brutal et amical à la fois. Les Espagnols sont des gens merveilleux, qui sont aussi capables de commettre des crimes inconcevables. Quand la révolution aura vaincu, ce sera un pays magnifique. Les gens apprendront à lire et à écrire, même les ouvriers et les enfants des paysans. Ce pays pourrait devenir tellement bien, quand la guerre sera finie, à l'avènement du socialisme. Il faudra construire une société entièrement nouvelle et équitable.

– Ce n'est certainement pas pour demain.

– Vous êtes aussi cynique que Joe ?

– Sûrement. Pas vous ?

– Si on tue l'espoir, on tue aussi sa propre humanité.

– Vous parlez bien l'espagnol.

– Je l'ai appris à Moscou, à l'université, et ensuite ici. Où avez-vous appris le vôtre ?

– En Argentine.

– En Argentine ! J'aimerais que vous m'en parliez. »

Magnus raconte avec joie l'Argentine pendant que la voiture gravit lentement la montagne. L'air était plus chaud dans la plaine, mais à mesure qu'ils grimpent, la température baisse peu à peu tandis que Magnus, comme un écolier ravi, brosse un tableau idyllique de la pampa, de l'élégance des femmes comme des hommes, à Buenos Aires, ainsi que des grands orages fabuleux et effrayants qu'il a vécus dans d'autres régions de cet immense pays.

Il se demande à part lui pourquoi il voudrait avec tant d'ardeur émouvoir cette femme russe, mais il s'emploie à y réussir en donnant une image de l'Argentine parée de belles couleurs impressionnistes. Elle est belle, c'est vrai, mais les belles femmes ne manquent pas en ce monde, d'ailleurs, elle n'est pas aussi exceptionnelle que ça, se dit-il, en tâchant de s'en convaincre lui-même.

Il la questionne sur sa vie en Russie et elle raconte qu'il neigera bientôt à Moscou, où son père a un grand appartement au centre de la ville, dans un grand immeuble neuf construit par le camarade Staline, juste au bord du fleuve, en face du Kremlin. Un exemple parmi d'autres de la façon dont le peuple est en train de bâtir une société entièrement nouvelle. Elle parle espagnol couramment, avec la prononciation du pays, et maîtrise cette langue infiniment mieux que l'anglais.

« Il se passe tant de grandes choses dans mon pays, Magnus. Je me sens tellement privilégiée de contribuer à l'édification du socialisme.

– Il se passe aussi d'autres choses, non ?

– Quoi ?

– J'ai lu des articles sur tous ces gens qu'on exécute.

– C'est de la propagande bourgeoise.

– C'est-à-dire qu'on n'exécute personne ?

– Rien que des trotskistes et autres traîtres. La révolution a beaucoup d'ennemis, il faut bien qu'elle se défende. »

De nouveau, l'éclat de ses yeux se voile et il regrette de s'être laissé glisser sur la pente de la politique. Il n'a rien à voir avec les affaires intérieures du pays d'Irina et se dépêche donc de demander banalement, en lui allumant une cigarette :

« Est-ce que la neige vous manque ? »

Elle se met à rire en rejetant la fumée par le nez. Quand elle rit, sa figure et ses yeux s'éclairent à nouveau. Sa lèvre inférieure est un peu plus charnue que sa lèvre supérieure, de sorte que sa bouche forme un cœur.

« Il y a aussi de la neige en Espagne, mais je crois savoir ce que vous voulez dire. Voilà plus d'un an que je ne suis pas retournée en Russie, Magnus. J'y étais au moment de l'élection, en février dernier, je veux dire en février de l'année dernière. Je n'ai fait qu'un saut chez nous en mai 1936, et je suis revenue ici. J'adore l'Espagne. J'adore la lumière de ce pays, ses changements perpétuels, le vin, les gens et le climat. J'espère pouvoir vivre ici, quand la guerre sera gagnée. Il y a tant de choses que j'aimerais prendre en photo et même peindre, peut-être. Des gens d'ici, des paysages, des petits villages. En Andalousie, les villages sont entièrement blancs. Vous devriez aller voir ça. »

Quel plaisir de la voir s'animer. Ses boucles auréolent son visage, ses yeux s'éclairent et son sourire lui plaît à tel point qu'il l'émeut sexuellement.

Elle ajoute en riant :

« Mais Moscou est très bien aussi en hiver, quand tout est couvert de neige et qu'on se promène, les joues rouges, en rêvant de partir en troïka avec son soupirant.

– Vous en avez un ?

– J'espère que j'en ai beaucoup, Magnus. À moins que vous me trouviez moche ? »

Il est horrifié quand il sent le rouge lui monter aux joues et encore plus horrifié de voir qu'elle le remarque et le taquine.

« Non, bien sûr que non.

– Je ne suis pas aussi bien que vos élégantes de Buenos Aires, n'est-ce pas ? Je n'ai pas ce genre de garde-robe.

– Vous êtes bien assez élégante. Ce n'est pas ce que je voulais dire.

– C'était quoi, alors ?

– Êtes-vous mariée ?

– Non.

– Fiancée ?

– On ne se fiance plus dans mon pays, Magnus. C'est de la vieille histoire. C'est dans les romans de Tolstoï que les comtes et les comtesses se fiançaient.

– Vous n'êtes donc pas fiancée ?

– Non, répond-elle en riant. J'ai beaucoup de soupirants, mais pas un que je préfère spécialement, vous pouvez donc prendre place dans la file d'attente. »

Il la regarde, stupéfait.

« Comment ça ?

– Vous verrez bien ça tout seul, si ça vous dit. »

Elle donne une bourrade à Joe et continue en anglais :

« On va chanter une chanson à Magnus. Allez Joe, réveille-toi !

– Je ne dors pas. Si tu crois qu'on peut dormir quand vous caquetez en espagnol comme deux gosses dans un jardin d'enfants ! O.K. Chantons à la gloire des brigades, camarade Irina. *¡Adelante!* »

Ils se mettent à chanter. Irina donne le ton, et même si Joe ne parle pas l'espagnol, il a visiblement appris les paroles de l'hymne populaire de la 15e brigade. Le joli contralto d'Irina s'accorde très bien avec le ténor classique de Joe, de sorte que l'espace d'un instant, Magnus se sent rabaissé au niveau de la chorale de sa ville natale, dont il faisait partie avant et après que sa voix avait mué. Marie chantait bien mais à contrecœur, alors que comme Mads, Magnus adorait chanter. Le médecin chef ne chantait pas, bien évidemment, mais à l'entendre, ils avaient hérité du talent de leur mère.

Après les deux premières strophes, Magnus se joint au simple refrain de ce chant guerrier aux vers répétitifs :

Luchamos contra los moros
Rumba la rumba la rumba la
Luchamos contra los moros
Rumba la rumba la rumba la
Mercenarios y fascistas
¡Ay Manuela! ¡Ay Manuela!
Mercenarios y fascistas
¡Ay Manuela! ¡Ay Manuela!

Même Juan Montero à son volant, entraîné par cette allégresse tandis que la voiture suit la route en lacets, se joint à eux au refrain.

Magnus est un excellent baryton et Irina et Joe ont plusieurs chants à leur répertoire. Mercer offre une tournée de sa petite fiole de whisky et ils en avalent une gorgée chaque fois qu'ils ont chanté deux chansons. Montero voudrait un peu de vin, mais pas de whisky. L'ambiance est semblable à celle d'une excursion en forêt. Même s'il s'en défend, Magnus n'arrive pas à quitter Irina des yeux. Peut-être est-ce pour cela qu'il ne se fait pas trop prier quand elle l'interpelle, après avoir chanté un dernier hymne révolutionnaire en frappant des mains en cadence :

« Quelle belle voix vous avez, Magnus ! Chantez-nous donc un tango ! Les tangos argentins, ils sont tellement beaux et nostalgiques.

– Et sensuels, ajoute Mercer.

– Et sensuels, Joe, c'est vrai. Tenez, allez-y, Magnus.

– Je ne suis pas sûr d'en savoir un.

– Bien sûr que si. Puisque vous chantez comme ça. Chantez-m'en un. »

Magnus rejette la tête en arrière et les yeux mi-clos, se met à chanter en se rappelant Inés, sa première maîtresse argentine, qui l'attendait nue sur son lit.

C'est elle, la première, qui lui a appris à chanter des *canciones* argentines, puis à danser le tango. Depuis lors, chaque fois qu'il est entré sur la piste avec d'autres femmes dans les bras, dans les cafés dansants, la vue du corps nu et sensuel d'Inés s'est imposée à lui, comme une image irrépressible, car ils dansaient souvent nus ensemble, heureux avant et après l'amour. Elle était d'une sensualité inouïe.

Il la revoit en pensée, mais quand il rouvre les yeux, le visage d'Inés disparaît et c'est le regard d'Irina qu'il rencontre. La cigarette aux lèvres, elle l'observe avec un sourire rêveur. Elle aspire la fumée, ferme les yeux et quand elle les rouvre, ils sont pleins de vie et de lumière, pendant qu'il chante ce tango à la gloire de sa Buenos Aires bien-aimée, en s'efforçant de faire comprendre à Irina qu'en chantant son amour pour cette ville, c'est le coup de foudre qu'il vient de vivre qu'il veut exprimer, par le biais des rythmes lents et érotiques du tango.

Quand il a fini, Joe et Irina applaudissent, enthousiastes, et l'espace d'un instant, elle pose sa main sur son genou. La fiole fait un nouveau tour, puis ils se recalent sur leur siège et se regardent les uns les autres avec satisfaction. Ils sont jeunes, bien vivants et en dépit des abominations qui les entourent, ils jouissent de la vie comme d'un conte merveilleux.

Quand le soleil est au zénith, ils font la sieste quelque part à la lisière de la plaine de La Mancha et partagent leur repas avec le chauffeur. Juan Montero ne parle guère, mais il accepte le pain, un morceau de saucisson et un peu de fromage, puis il s'éloigne pour manger rapidement, comme si la faim le tenaillait depuis longtemps, avant de s'allonger sous un olivier, le chapeau rabattu sur la figure.

Mercer a sorti un gros couteau de poche et veut couper le pain, mais Irina lui prend le couteau des mains et taille dans la croûte épaisse. Elle répand lentement un peu d'huile d'olive sur les deux tranches de pain, dispose sur la première des morceaux de tomate, du fromage et du saucisson, recouvre le tout avec la seconde et tend ce sandwich à Magnus avant d'en préparer deux autres, pour Joe et pour elle. Ils mangent avec un plaisir évident, en se regardant, comme émerveillés de trouver ce simple repas aussi bon, accompagné de ce vin frais et capiteux. Le fromage est aussi goûteux que le promettait son odeur et le pain est croustillant et bon, même s'il est un peu sec. Mercer mastique son sandwich et quand il ouvre la bouche, on aperçoit ses dents très blanches, au soleil. Irina refait des sandwiches et ils enseignent à Joe l'adage espagnol : « Quand on est affamé, le pain n'est jamais sec. »

« Du vin, du fromage et du pain, on n'a pas besoin de grand-chose d'autre », commente Irina en souriant de bonheur et en les regardant tour à tour.

Magnus est un peu tendu malgré tout. Beaucoup de choses se bousculent dans sa tête. À un moment donné, il entend le bourdonnement d'un avion, au loin. Montero se réveille et explore l'horizon où l'on distingue l'avion, comme un point dans le ciel. Il va chercher des jumelles dans la boîte à gants. Il a garé la voiture sous les arbres et l'a recouverte d'une bâche pour qu'elle soit plus difficile à repérer de là-haut.

« C'est un des nôtres, dit-il. En fait, ça s'entend. Les fascistes volent par trois, en général. C'est un des nôtres, *señor* Meyer, j'en suis sûr. Nous pouvons continuer à profiter tranquillement de notre sieste, Albacete ne risque pas de se sauver. »

Irina se retire dans un coin discret ; quand elle revient, Joe, qui s'est endormi, ronfle doucement, et Magnus est allongé sous un olivier, rassasié et somnolent. Irina se couche sur le dos à côté de lui, prend son sac en guise d'oreiller et soupire d'aise. Il contemple ses jolis seins, la peau délicate, sous ses petites oreilles, et sa poitrine qui se soulève régulièrement. Elle lui sourit et s'endort aussi soudainement qu'un bébé. Elle se tourne sur le côté et dans son sommeil – à ce qu'il croit – laisse tomber sa tête sur l'épaule de Magnus puis son bras sur sa poitrine. Le poids de la poitrine d'Irina lui fait battre le cœur, si fort qu'il ne bouge plus du tout en luttant contre le sommeil afin de conserver la sensation que lui cause la poitrine d'Irina contre la sienne, mais tout disparaît dans le noir.

Quand il se réveille, elle le regarde, appuyée sur son coude. Elle chasse la mèche de cheveux qui lui est tombée sur les yeux, comme d'habitude quand il dort, et lui dit en espagnol :

« Vous avez l'air d'un gamin, quand vous dormez. Vous le savez ? D'un gentil gamin innocent.

– Je ne suis pas un gamin, en tout cas.

– Ni innocent ?

– Qui est innocent ?

– Avez-vous donc beaucoup d'admiratrices ?

– Ce n'était pas moi qui devais vous faire la cour ?

– Je crois que vous êtes dangereux, Magnus. Vous avez bien dormi ?

– Oui, et vous ? »

Elle fait signe que oui en caressant brièvement d'abord sa courte moustache puis son menton.

« Votre barbe n'est pas très fournie, j'aime bien ça. Mais vous devriez raser cette petite moustache ridicule. Vous m'offrez une cigarette ? »

Il préférerait s'abstenir puisque cela signifie qu'il va devoir s'asseoir. Au lieu de lui répondre, il préférerait conserver la douceur de sa main sur son visage, mais évidemment il s'assied et allume leurs deux cigarettes.

« Qu'est-ce que vous écrivez, Magnus ? La vérité ?

– Quelle vérité ?

– Justement. C'est pourquoi je vous pose la question.

– Il y a sûrement plus d'une vérité, vous ne croyez pas ? »

Une ombre passe sur son visage quand elle répond :

« En fait, je ne crois pas aux mots. Je crois davantage aux images. Les images ne mentent pas. Autrefois, je voulais être écrivain, mais je n'en ai plus envie. Vous voulez être écrivain ?

– Non, c'est mon jeune frère qui voudrait l'être. Qui l'est déjà, je crois. C'est un très bon poète.

– Ah, un poète. C'est autre chose. La bonne poésie est belle, elle parle au cœur et non à l'esprit. Nous avons d'excellents poètes, en Russie, et nous les adorons. Votre jeune frère est au Danemark ?

– Il est ici, ou à Albacete, peut-être. Il fait partie des brigades.

– Votre frère est donc communiste ?

– Mon frère est idéaliste. Je ne crois pas qu'il soit membre d'aucun parti. Et vous ?

– Moi oui, naturellement. Sinon, je ne pourrais guère être ici.

– Pour prendre les photos que le parti vous ordonne de prendre ?

– Pas seulement.

– Les photos, ça se manipule comme tout le reste.

– Pas les miennes. Je sais que certains photographes font poser les gens. Qu'ils leur font faire certaines choses, qu'ils mettent des situations en scène. Ils s'excusent en disant que c'est au service de la cause, mais ils ont tort, moi, je ne le fais pas. On peut refuser mes photos, mais on ne peut pas les modifier, » répond-elle, mais il a l'impression qu'elle ne croit pas elle-même ce qu'elle dit et elle détourne les yeux. Il veut la ramener à lui :

« Et vous ? Avez-vous des frères et sœurs ?

– J'ai un grand frère officier dans l'armée. Cela va faire longtemps que je ne l'ai pas vu. » Elle a répondu d'une voix sourde qui vacille légèrement.

« Votre père est diplomate. Et votre mère ?

– Je l'ai perdue.

– Je suis désolé.

– Il y a plusieurs années de ça. Elle a eu la tuberculose.

– C'est une maladie terrible.

– C'est vrai.

– C'est tout ? Y a-t-il de grandes familles en Union soviétique ?

– Certains ont de grandes familles, mais pas moi. J'avais un oncle, mais je ne le vois plus. Ni ma tante non plus.

– Qu'est-ce que ça veut dire ?

– Vous êtes bien curieux, Magnus. Ils sont quelque part en Sibérie. Dans un camp, mais nous n'avons pas besoin d'en parler. Ce n'est pas si simple. »

Elle détourne les yeux, jette son mégot, se lève rapidement et donne un léger coup de pied à Mercer endormi.

« *Arriba*, paresseux. Il faut repartir. »

Ils reprennent la route et l'ambiance a un peu changé. On dirait qu'ils ne peuvent pas se réveiller vraiment ou que la récréation est finie, dès lors qu'ils se rapprochent du but de leur voyage. C'est le silence à bord de la voiture quand ils arrivent dans la plaine qui entoure Albacete, cette ville brûlée par le soleil dans un paysage tacheté de jaune. Montero, d'ailleurs, est plus nerveux, il n'aime pas les hauts plateaux de La Mancha où les avions des fascistes pourraient facilement les bombarder, lui et la belle voiture noire qu'il a récupérée.

Enfin, la ville émerge à l'horizon, comme un étrange amas de pierres, dans cette plaine aride où le vent du soir qui se lève fait danser la poussière. Ils passent devant deux villages qui paraissent abandonnés. Dans les champs, on voit çà et là des restes de paille ou des gerbes dressées laissées sur place. Des clochers d'église s'élèvent au-dessus de la cité grisâtre qui change de couleur, comme la plaine, quand ils atteignent les abords de la ville. La route est toute droite, comme tracée au cordeau et sans la moindre circulation. Ils roulent dans le soleil couchant, et Magnus a l'impression effrayante de rouler dans une mer de sang coagulé qui recouvre la terre entière.

13

Aux yeux de Magnus, Albacete est une ville provinciale malpropre et sans attrait, avec ses étroites rues pavées et ses maisonnettes d'argile gris-blanc repliées sur elles-mêmes. Les ruelles adjacentes poussiéreuses deviendront à coup sûr boueuses et glissantes dès la première pluie de l'hiver. Les maisons les mieux entretenues, qui vont du beige au gris, ont des volets foncés. Quant aux maisons bourgeoises du centre, assez grandes, elles sont ornées de beaux balcons galbés en fer forgé noir. Il a le sentiment que derrière les volets fermés, les bourgeois attendent impatiemment l'arrivée des fascistes pour fêter le retour à l'ordre naturel des choses. Mercer lui a raconté qu'Albacete, qui s'était d'abord rangée du côté de Franco, avait été prise par la milice ouvrière quand celle-ci s'était retrouvée armée.

Partout, on voit des vendeurs de couteaux et d'autres articles du même genre. Irina sait que l'industrie la plus avancée de la ville est la coutellerie, justement. Albacete paraît fermée et distante, malgré la foule des soldats qui sont partout. Le brouhaha des voix qui parlent dans une quantité de langues européennes différentes emplit l'espace. Les égouts à ciel ouvert empestent et les dommages causés par les bombardements aériens sautent aux yeux. Devant les rares boutiques de produits alimentaires, les gens font la queue. Joe et Magnus doivent chasser à coups de pied deux cabots galeux qui cherchent leur pitance dans les détritus. À un coin de rue, ils tombent sur le cadavre d'un chien déjà rongé par les vers.

Le taxi les a déposés, Irina et eux, non loin de la plaza del Altozano, où ils comptent se loger dans un des grands hôtels de la ville dont Mercer connaît le nom : Gran Hotel. Irina acquiesce sans faire de commentaires. On dirait qu'elle s'éloigne des deux hommes. Magnus sent grandir entre eux une distance aussi bien physique que mentale. Montero leur a confié qu'il connaît un hôtel meilleur marché où il pourra même garer sa voiture un peu à l'abri. Ils voudraient le garder encore quelques jours et de son côté, il acceptera, aussi longtemps qu'ils lui verseront une caution, ajoute-t-il en regardant le ciel avec une mine éloquente. Ils comprennent ce qu'il veut dire en découvrant les décombres et les ruines de maisons calcinées victimes des bombardements précédents. Les trous d'obus qui éventrent les rangées de maisons font naître dans l'esprit de Magnus l'image de dents arrachées au milieu d'une rangée de chicots.

Des flots de jurons, accompagnés par la puanteur du tabac noir, du vin bon marché et des corps mal lavés se déversent des bordels et des cafés. Les agents de la police militaire de la Guardia de Asalto patrouillent dans les rues par groupes de quatre. Une rixe oppose deux ivrognes qu'ils séparent à coups de matraque. Les deux hommes jurent en flamand en se plaignant de leurs brimades, mais on ne les emmène pas au poste.

Mercer secoue la tête et fait un détour pour éviter la police militaire. Tel un navire à vapeur, il fend la foule de passants comme s'ils étaient des vaguelettes sur la mer. Irina et Magnus lui emboîtent le pas sans se parler.

Il leur réserve des chambres dans le grand hôtel qui borde la plaza centrale. Ignorant les sacs de sable qui protègent un bâtiment d'allure officielle gardé par trois soldats vêtus de l'uniforme noir de la Guardia de Asalto, un café a sorti des tables et des chaises sur la plaza, et autour d'une table un groupe d'hommes en uniforme sirote du café. Au milieu de la place, quelques palmiers déplumés entourent un jet d'eau à sec dont le bassin est couvert de feuilles fanées qui remplacent l'eau d'autrefois.

L'hôtel est d'une beauté et d'une propreté stupéfiantes. La réservation d'Irina était déjà faite, ce qu'elle n'avait pas mentionné. La plupart des clients sont des officiers supérieurs espagnols et un petit groupe de conseillers russes à qui Irina explique qu'elle viendra se présenter plus tard. Magnus la regarde entrer dans sa chambre contiguë à la sienne et se sent étrangement vidé quand elle ferme sa porte et disparaît.

« Allons prendre un verre, Magnus », propose Joe en le regardant d'un œil que Magnus juge moqueur. La chambre de Joe est plus loin dans le couloir. Magnus n'a pas réellement envie d'un verre, et soudain ce grand Américain l'irrite au plus haut point, mais il se demande quand même brièvement s'il va accepter. L'alcool pourrait être le remède approprié pour calmer sa souffrance et combler le vide qui le ronge.

« Plus tard. Je veux prendre un bain. On nous a dit qu'il y avait de l'eau chaude, à la réception », répond-il au lieu d'accepter.

« À plus tard, alors.

– On ne risque pas de se manquer. »

L'eau chaude est merveilleuse et étrangement, sa douche se transforme en un bain d'érotisme, parce qu'il entend l'eau couler dans la salle de bains contiguë, qui est celle d'Irina. Cela coûte très cher d'avoir de l'eau chaude pendant deux heures pour prendre un bain dans sa chambre, mais cela vaut son prix, pense-t-il en se savonnant la tête. Ensuite, il se rase soigneusement, hésite un peu, se savonne aussi la moustache et l'enlève en deux larges coups de rasoir. De nouveau, il reste un moment immobile, perdu dans la contemplation de son visage nu.

Il croit entendre Irina chanter, sans savoir si c'est une illusion de sa part. Il se secoue et en tenue d'Adam va se poster devant la fenêtre entrouverte pour profiter du vent frais en contemplant la plaza quand il entend quelqu'un frapper à la porte d'Irina. Elle répond « un instant », en espagnol, puis il entend une voix dure qui s'adresse à elle en russe, et Irina qui répond dans la même langue.

Magnus revêt son costume clair, prend une chemise plus

foncée mais pas la cravate, qui paraît bannie du côté des républicains, et il chausse ses bottes confortables. Il fait un tas de son linge sale pour le donner à la femme de chambre. Pendant qu'il s'habille, il entend qu'on parle haut dans la chambre d'à côté. En fait, les parois sont assez épaisses, mais les voix s'entendent parce qu'elles passent par la fenêtre d'Irina, entrouverte comme la sienne. Il voudrait comprendre de quoi ils parlent. Cela lui paraît sérieux. Il entend surtout les deux voix graves masculines et celle d'Irina, qui essaie de se défendre, semble-t-il. Sa voix monte d'une octave et il en déduit qu'elle est en colère. Il comprend l'un des mots qu'elle répète en russe : *Njet*. Le mot part, aussi sec qu'une gifle : *Njet*, et les hommes s'en vont en claquant la porte.

Magnus sort dans le couloir désert. Il s'arrête devant la porte d'Irina, tend l'oreille, mais il n'entend rien. Il frappe et elle répond en russe. Cela semble étrange. Il frappe de nouveau et commence en espagnol :

« Irina. C'est Magnus. Tout va bien ?

– Magnus. Ce n'est pas vraiment le moment.

– Je veux être sûr que tout va bien.

– Ça va.

– Alors, ouvrez la porte, Irina.

– Allez-vous-en, Magnus.

– Si vous n'ouvrez pas, je vous chante une sérénade.

– Allez-vous-en, crétin. »

Il se met à chanter un tango argentin, et au bout de quatre strophes, elle ouvre la porte.

« Magnus, arrêtez de faire l'enfant. »

Elle a les yeux mouillés, comme les cheveux frisés qui encadrent son visage, et paraît jeune et fragile dans la pénombre diffusée par la grande fenêtre de la chambre. Elle l'observe et glisse un doigt sur la lèvre supérieure de Magnus, c'est une sorte de caresse ou plutôt le geste d'une infirmière qui examine un patient. Touché avant tout par l'érotisme de son mouvement, il passe devant elle pour cacher son embarras et entrer dans la chambre, qui est semblable à la sienne mais inversée, meublée d'un grand lit, d'une coiffeuse dotée d'un miroir, d'un bureau avec une chaise à haut dossier et d'un fauteuil. Sur le sol, un tapis aux motifs sombres est assorti à la couleur des murs. Les deux lampes de la pièce sont allumées et il retrouve l'humidité de la vapeur qui s'échappe de la salle de bains.

« Ne vous gênez pas, camarade, dit Irina. À part ça, cela vous va bien. D'avoir supprimé votre moustache, je veux dire.

– Merci. »

Il se retourne et lui pose la question :

« Qui étaient ces messieurs russes ? Je les ai assez bien entendus.

– Des connaissances. Vous avez une cigarette, Magnus ? »

Il sort son paquet. Son stock est presque épuisé, il lui faudra bientôt avoir recours au marché noir. Il allume leurs deux cigarettes. Elle va à la fenêtre et lui tourne le dos. Elle s'est changée : elle a mis un chemisier de couleur claire et son pantalon propre est plus moulant que son gros pantalon de voyage. Elle se tient très droite et il note qu'elle a un beau derrière. En Espagne, bon nombre de femmes n'ont pas le derrière qu'il faudrait pour le pantalon qu'elles portent, se dit-il sur sa lancée, en contemplant sa taille svelte et la fine ceinture qui retient son pantalon. Ses petits pieds nus sont ceux d'une adolescente, et l'envie lui vient de la serrer contre lui et de la protéger contre tous les dangers du monde.

Elle écarte les bras et dit à la cantonade, comme pour sortir de l'embarras de la situation :

« C'est à cause d'un de mes appareils photo qui est en panne. Je n'arrive pas à l'ouvrir. C'est mon meilleur appareil.

– Je peux voir ?

– Seriez-vous aussi réparateur d'appareils photo, en plus d'être journaliste et cow-boy ?

– Ça se pourrait. Je peux voir ? »

Elle se retourne et lui montre le bureau. Le Leica noir est posé à côté d'un appareil photo russe qu'il ne connaît pas. Il prend le Leica et le tourne et le retourne à la lumière.

« Il y a une pellicule dedans ?

– Oui, elle n'est pas finie. Je n'ai pas osé continuer.

– C'est l'obturateur qui est bloqué. Je vais le réparer. »

Il sort son couteau de poche rouge et soulève la petite lame qui fait office de tournevis. Une vis minuscule s'est légèrement tordue et empêche l'obturateur de s'ouvrir, à moins de forcer. Il la dévisse délicatement tout en maintenant l'obturateur fermé.

« Vous pouvez l'ouvrir, maintenant, mais il vaudrait mieux…

– Le faire dans le sac qui me sert de chambre noire ? Bien sûr. Mais alors, vous êtes vraiment réparateur d'appareils photo ! »

Elle sort un sachet noir de son sac, y glisse l'appareil, referme le sac, dégage la pellicule en habituée et lui tend l'appareil. Il resserre la vis et rajuste aussi le crochet de la bride qui doit avoir reçu un petit coup. Il ouvre et ferme une ou deux fois l'appareil, le lui tend et referme son couteau de poche.

« Merci. Il est chouette, ce couteau. Je peux le voir ? »

Il en détaille les différentes fonctions : deux lames ordinaires, un tournevis, une petite lime, un ouvre-boîtes, une paire de petits ciseaux, tout en admirant la vivacité du visage intéressé d'Irina qui, elle, admire son couteau. Comme elle sait qu'il la regarde, elle rougit légèrement.

« Il est vraiment chouette. Où l'avez-vous acheté ?

– C'est un Suisse à qui j'avais rendu un service qui me l'a donné à New York. En Suisse, on le distribue aux recrues qui entrent dans l'armée. Il est rouge pour pouvoir facilement le retrouver s'ils le laissent tomber dans la neige. »

Comme un enfant qui essaie un nouveau jouet, elle ferme lentement, l'une après l'autre, les différentes lames du couteau de poche avant de le lui rendre en disant :

« Chouette. Comment puis-je vous remercier ?

– En acceptant de dîner avec moi.

– Je ne sais pas…

– Allons, Irina. C'est comme ça que vous me remerciez ?

– En acceptant une invitation ?

– Exactement.

– Alors, accordez-moi cinq minutes. »

Il accepte en pensant qu'il lui accorderait tout le temps qu'elle voudrait si elle le lui demandait.

Ils dînent dans un petit restaurant situé derrière l'hôtel, qui leur a été recommandé à la réception par un homme stylé, en costume noir. Peut-être que ce restaurant est tenu par quelqu'un de sa famille car les plats – une soupe de légumes assez claire suivie d'un gros morceau d'épaule d'agneau accompagné de haricots blancs – n'ont pas beaucoup de goût. Mais ils ont faim, le vin est fort et ils en boivent beaucoup. Irina surtout ne se retient pas, sans que cela l'enivre notablement, mais son espagnol révèle que le vin fait son effet. Ils parlent d'abord de la guerre, le sujet qui est sur toutes les lèvres, mais il lui repose la question :

« Qui étaient ces deux hommes, Irina ? »

Elle le regarde de ses yeux légèrement rougis, sourit et accepte la cigarette qu'il lui tend :

« Oh, Magnus, Magnus, Magnus. Vous êtes un homme dangereux. Comme ces prêtres catholiques à qui on raconte toute sa vie, à qui on ne cache rien. Vous avez de si bonnes manières et, pourtant, vous êtes dangereux, Magnus.

– Qui était-ce ?

– Que savez-vous de mon pays ? De l'Union des républiques socialistes soviétiques ? Le premier pays socialiste de la planète où nous construisons le socialisme, où nous créons le communisme. Qu'en savez-vous ?

– Ce que vous en dites. Et je sais que Joseph Staline règne durement sur son pays.

– Le camarade Staline est le plus grand chef depuis Lénine.

– Et le plus brutal.

– On ne fend pas du bois sans faire des copeaux.

– C'est vous qui le dites.

– Nous sommes entourés d'ennemis. Il faut de la force et du courage pour mener à bien ce que Staline mène à bien. Nous ne pouvons pas hésiter. C'est comme ici, en Espagne. Si nous hésitons, les fascistes gagneront. Il faut être vigilant pour contrer les gens de la cinquième colonne, les agitateurs et les trotskistes, les fascistes qui se cachent et d'autres encore, qui veulent détruire la révolution, n'est-ce pas, Magnus ? Vous ne le comprenez pas ? C'est indispensable.

– Vous tâchez surtout de vous convaincre vous-même, n'est-ce pas ? »

Elle vide son verre et Magnus le remplit de nouveau en faisant un signe au patron pour qu'il apporte encore une bouteille. Dans un coin, trois officiers espagnols conversent à voix basse. Ils jettent de temps à autre un coup d'œil à leur table, mais c'est surtout la beauté d'Irina qu'ils remarquent, pense Magnus. Dans un autre coin, deux Espagnols spécialisés dans le marché noir boivent sec après leur repas.

Irina s'exprime intensément, mais elle parle sans élever la voix, comme si elle avait l'habitude de parler bas.

« Nous devons être vigilants. C'est pour cela que nous avons créé les Organes, n'est-ce pas ?

– Les Organes ?

– Les services de sécurité, naturellement. Le NKVD. La nouvelle Tchéka, le glaive et le bouclier du parti, comme ils disent à la Loubianka. »

Irina concentre son regard sur sa cigarette, comme si elle la découvrait à l'instant même. Elle aspire la fumée et la rejette lentement avant de se pencher vers lui et d'ajouter :

« Je ne sais pas pourquoi je vous dis cela. Je suis sûrement restée trop longtemps loin de ma patrie. Je me sens certainement protégée par mon père et par mon idéalisme, parce que je veux croire à la révolution et au socialisme. Je le veux. Sinon, rien n'aurait de sens. Ce n'est pas comme ma grand-mère. Elle avait sa foi en Dieu. J'adorais ma grand-mère, ma bonne babouchka, mais comme beaucoup de grands-mères, elle parlait trop librement, cela pouvait être dangereux pour mon père. Ma babouchka traitait les bolcheviques d'Antéchrist parce qu'ils fermaient les églises. Elle disait qu'elle m'avait fait baptiser. Vous imaginez, Magnus ? Moi ! Moi qui refuse de croire en Dieu. Mais je l'aimais. Je la revois encore quand elle était à la datcha de mes parents, dans la forêt au bord du fleuve, non loin de Moscou. Une jolie petite maison de bois avec un grand jardin, où ma mère et ma grand-mère cultivaient des légumes et des fruits et faisaient du sirop pour les enfants, quand elles étaient encore là. Pour moi, en été, le soleil n'arrêtait pas de briller et l'hiver était si beau, avec la neige, le ciel clair et le gel. Ma babouchka portait toujours une jupe longue, un corsage, un châle et un foulard à fleurs sur ses cheveux gris. Elle nous racontait un tas d'histoires de lutins et de trolls, de drôles de créatures et de fées au dos creux. Elle nous parlait du Père Gel, de la petite Vierge des neiges qui gelait si terriblement. La famille de ma grand-mère venait du Nord, de la Carélie. Elle adorait l'heure du thé, elle se régalait de confiture et de gâteaux saupoudrés de sucre. Même quand elle n'avait presque plus de dents, elle adorait un gâteau très dur confectionné par ma mère. N'est-ce pas curieux ? Je la revois encore en train de mâcher, presque de sucer le gâteau qu'elle trempait dans son thé, avec de la confiture rouge faite maison. Mon père et ma mère étaient contents, presque toujours contents. Et mon frère aussi, il est fort et intrépide, il taquine sa petite sœur, mais il respecte notre grand-mère. Et je revois ce soleil. Le soleil qui réchauffe le bois de bouleaux et le fleuve, bleu comme les yeux les plus bleus. »

Il la laisse rêver tranquillement. La voilà partie sur la grand-route de ses souvenirs, comme il est tenté de le faire quand il ne se surveille pas. Elle secoue la tête en faisant virevolter ses boucles, le regarde de ses yeux bleu clair, sourit un peu tristement, boit une gorgée de vin et continue :

« Elle savait beaucoup d'histoires, ma grand-mère. Le héros d'une de ses histoires est un petit bonhomme du nom d'Ossip. Vous aimez les contes, Magnus ? Vous voulez que je vous la raconte ? »

Il acquiesce de la tête, elle reprend du vin et ses yeux redeviennent lointains quand elle commence :

« Il était une fois un petit troll qui s'appelait Ossip. Il vivait avec sa famille dans le pays qui leur appartient et qu'il nomme le pays des trolls. Il est situé quelque part, loin dans la forêt, là où la lune se lève et où le soleil se couche. Ossip possédait des dons que les autres trolls n'avaient pas et parce qu'il était à part, on le taquinait et on le regardait de travers. Ossip, en effet, composait des chants d'une telle beauté que les animaux de la forêt ne pouvaient s'empêcher de danser quand ils l'entendaient jouer de la jolie petite flûte qu'il taillait dans du bois de sureau. Les oiseaux chantaient tout de suite avec lui et le loup lui-même hurlait de si belle façon, au-delà de la neige glacée, que l'ours et le cerf s'arrêtaient pour écouter la musique d'Ossip.

« Certains autres trolls aimaient la musique d'Ossip quand ils l'avaient entendu chanter plusieurs fois, car ses chants étaient étranges, certes, mais parfois si gais qu'ils donnaient envie de danser pendant les nuits de pleine lune. D'autres fois, ils étaient si tristes qu'on ne pouvait retenir ses larmes, mais celles-ci se révélaient bienfaisantes, elles purifiaient l'âme, si bien qu'après coup, on se sentait régénéré.

« Pourtant, la musique d'Ossip déplaisait à la plupart des trolls de la forêt qui la trouvaient trop moderne et différente de leur musique particulière qui n'avait pas changé, de mémoire de troll convenable. Ils voulaient qu'on interdise la musique d'Ossip au pays des trolls, mais le Conseil des Sages, parmi les trolls qui dirigeaient le pays, refusait de s'associer à l'interdiction de la musique d'Ossip, même s'ils la trouvaient à part et peut-être pas tout à fait aussi convenable que celle dont ils avaient l'habitude. Selon eux, il devait y avoir de la place pour toutes sortes de musiques, y compris pour celle d'Ossip.

« Ossip vécut donc heureux pendant plusieurs hivers et étés, en jouant gaiement de sa flûte de sureau quand il était de bonne humeur et tristement quand son humeur changeait. On ne pouvait pas savoir avant la fin de la journée, comme disait Ossip. L'humeur était comme le temps qu'il fait. Pas plus prévisible que l'amour d'une jeune troll. Pourtant, les vieux trolls racornis n'abandonnèrent pas la partie. Ils se mirent à dire, tout doucement d'abord, et derrière le dos des gens, puis plus tard beaucoup plus fort, que les chants d'Ossip étaient presque tout à fait humains, ce qui était la pire des injures.

« Deux trolls, en particulier, étaient prêts à tout pour faire cesser la musique d'Ossip. Le premier s'appelait Baba, le second Bouba. Baba et Bouba étaient petits, courts sur pattes et avaient le visage constellé de tant de petites verrues qu'ils avaient remporté plusieurs concours de beauté dans toute la forêt. Leur éternel refrain était celui-ci : “On ne doit faire de la musique que chez soi, la musique ne doit pas déranger l'ordre public. Toute autre musique que la musique convenable des trolls doit être interdite sur-le-champ. Par ailleurs, d'après nous, la musique d'Ossip est trop humaine pour des trolls convenables.” Ils demandaient aussi, l'air de ne pas y toucher, aux autres trolls qu'ils rencontraient, s'ils n'avaient pas remarqué qu'Ossip avait peu de verrues sur la figure et qu'elles étaient dispersées, ce qui lui donnait un visage laid et de mauvais augure, capable de faire penser à un être humain, pour n'importe quel troll convenable. Baba et Bouba s'inquiétaient de plus en plus, en effet, au nom de la communauté, bien entendu, en voyant qu'un nombre croissant de trolls aimait danser et s'amuser aux sons de la flûte d'Ossip.

« Baba et Bouba savaient bien qu'il fallait une accusation spéciale pour convaincre le Conseil des Sages de faire taire la musique d'Ossip. Ils se mirent donc à murmurer et à chuchoter, et comme cela ne les menait à rien, ils imaginèrent un troll qu'ils appelèrent Bibou. Bibou avait pour spécialité de parcourir le monde et de noter tout ce qui se passait au royaume des hommes. Ce troll secret, qui vivait dans l'ombre et auquel rien n'échappait, rapporta que les hommes dansaient en écoutant la musique d'Ossip. Baba et Bouba allèrent répéter la nouvelle aux Sages qui furent très choqués, au point qu'ils ne demandèrent même pas à interroger directement Bibou. Ils prirent ces mensonges pour des vérités telles qu'ils interdirent à Ossip de jouer de sa flûte. Aucun autre troll n'osa se mêler de l'affaire, personne ne témoigna donc en faveur d'Ossip, pas même ceux qui adoraient sa musique, parce que aucun troll n'aurait voulu risquer d'être qualifié d'humain.

« Ossip, les larmes aux yeux, fut contraint de voir sa flûte brisée. Il s'en tailla une nouvelle, mais ils la piétinèrent et l'écrasèrent. Quand il s'en tailla une troisième, la patience des autres trolls devant sa folie des hommes était à bout et il fut banni du royaume des trolls, ce qui est le pire des châtiments, car chacun savait que les gnomes ne peuvent que végéter et sombrer dans la tristesse, quand ils vivent hors de la communauté. D'ailleurs, c'en fut trop pour Ossip, qui tailla sa dernière flûte dans le bois d'un grand sureau très droit avant de creuser un trou dans la glace du fleuve pour se laisser emporter par l'eau glacée. Voilà l'histoire d'Ossip. »

De nouveau, elle a les larmes aux yeux. Magnus prend sa main et elle lui permet de la garder deux minutes, puis elle la retire et se laisse encore offrir une cigarette. Il reste muet aussi et elle semble goûter toute la durée de leur silence.

« Babouchka disait que quand la glace chante, quand il gèle très fort, ce sont les plaintes de la flûte d'Ossip qu'on entend, et que la sève blanche qui coule sur les doigts quand on coupe une branche de sureau, ce sont les larmes d'Ossip.

– C'est une belle histoire tragique, comme celle de votre pays.

– Comme celle de ma patrie, oui.

– On ne vous l'a pas racontée quand vous étiez petite, n'est-ce pas ?

– Non. Babouchka me l'a racontée plus tard. Elle m'a dit avant de mourir qu'elle voulait me faire cadeau d'un dernier conte avant que je parte en voyage. »

Irina fait une pause, puis elle reprend :

« Les deux hommes qui sont venus dans ma chambre viennent des Organes. Ils ont pour mission de démasquer et de punir les ennemis de la révolution, qui sont nombreux, mais je n'en fais pas partie.

– Que vous veut le NKVD ?

– Ils veulent que je sois un Bibou, mais je m'y refuse. Je préférerais rentrer dans mon pays.

– Ce n'est pas une bonne idée.

– Peut-être, mais au bout du compte, ce n'est pas moi qui décide.

– Je viens seulement de vous rencontrer. »

Elle sourit vraiment et finit par rire sans réserve.

« Magnus, ne vous emballez pas. Nous sommes des adultes.

– La vie est trop courte pour être raisonnable.

– Je refuse d'être un Bibou, c'est tout. Je m'y refuse, tant pis, ils pourront crier, tempêter et menacer autant qu'ils le voudront.

– Qui est Ossip dans la vraie vie ?

– Je ne vous le dirai pas, mais c'est quelqu'un pour qui j'ai beaucoup d'estime. Je ne médirai pas de lui auprès des Organes. Je ne l'accuserai pas. Il n'est ni trotskiste ni fasciste. Ce n'est un agent ni de Franco ni des Américains. Il aime le camarade Staline et la révolution. Ce dont ils l'accusent, ce ne sont que des rumeurs. Ce sont Baba et Bouba qui murmurent et qui chuchotent, mais comme on se plaît à le dire aujourd'hui à Moscou, il n'y a pas de fumée sans feu, n'est-ce pas, Magnus ?

– En tout cas, ils se plaisent à passer aux aveux à la chaîne, quand on les amène devant le tribunal.

– Merci pour ce repas, Magnus. Et parce que vous m'avez écoutée. Comme l'a dit le camarade Staline, on ne fait pas d'omelette sans casser des œufs. Je vais écrire à mon père qui connaît personnellement le grand chef. Cela remonte à avant la révolution. Quand Staline saura ce qu'il en est, le malentendu sera éclairci, et nous pourrons tous avancer. »

14

Le lendemain matin de bonne heure, Magnus et Joe partent à la recherche du quartier général des Brigades internationales. C'est une matinée maussade, de gros nuages noirs s'amoncellent sur la plaine, se rapprochent et assombrissent le ciel. La brise fraîche qui glisse sur la lèvre supérieure rasée de Magnus lui procure une sensation nouvelle. En se rasant ce matin, il est resté encore un moment sans bouger, à observer son visage nu et vulnérable. Il connaît très bien la raison de son geste, même s'il le considère d'abord comme un exorcisme superstitieux.

Mercer l'étudie de ses yeux légèrement rougis.

« Ça te va, mon vieux. Tu as l'air un peu plus jeune, c'est tout, mais c'est mieux que la petite virgule blonde que tu étais capable de produire.

– Ta gueule, Joe », rétorque Magnus sans élever la voix.

Il sent encore sur sa peau l'index d'Irina. Ce matin, quand ils se sont rencontrés devant sa porte pour le petit déjeuner, preste comme une illusionniste, elle lui a une fois de plus caressé d'un doigt la lèvre supérieure en répétant en espagnol que ça lui allait bien. Deux Russes, au restaurant, la fixaient d'un œil qui, d'après lui, exprimait le déplaisir. Meyer a reconnu le premier des deux, Stepanovitch, qu'il a rencontré à l'aéroport de Valence. Le second, plus fort, porte la même veste que l'autre : mi-longue, en cuir noir, et il est coiffé d'une casquette Lénine.

Il pense à Irina qu'il a ramenée à l'hôtel et qui l'a embrassé chastement sur la joue, devant la porte de sa chambre. Il pense à son air benêt, sur le moment, celle d'un écolier autorisé par sa bien-aimée à la reconduire chez elle, après le bal de fin d'année au siège de la Société des Industriels.

Il est perdu dans ses pensées quand Joe Mercer lui redit, en élevant la voix :

« D'accord, mon ami. Je serai muet comme une carpe et

ta moustache aura sûrement repoussé l'année prochaine à pareille époque. » Il jauge, de la main, sa propre moustache bien fournie.

« Très drôle. On va les chercher, ces types des brigades ?

– On y va. » Mercer jette un coup d'œil derrière lui. « Je voulais juste voir si tes tchekistes allaient nous suivre aujourd'hui.

– Tu les as vus au petit déjeuner ?

– Je les ai entendus demander après toi, hier.

– Dans quelle langue ?

– Dans une langue que je comprends, Magnus.

– Quels salauds !

– C'est sûr, alors, méfie-toi, et demandons notre chemin pour trouver nos frères combattants. »

Un vendeur de couteaux à qui il manque une jambe les induit d'abord en erreur. Il porte son imposante sélection de couteaux sur le ventre. Son tablier de cuir qui présente de nombreuses poches fait penser à un petit plateau. Cet homme, comme ses collègues, est pauvre et usé, avec sa figure lasse et poilue, sa veste légère et son large pantalon. Une légère espadrille de toile à semelle de corde chausse son pied. S'appuyant sur une paire de béquilles, il vend aussi des cigarettes au marché noir, et tous deux lui en achètent quelques paquets.

Joe et Magnus se retrouvent devant les arènes de la ville où un grand nombre de jeunes gens fument en groupe, leur paquetage ou des valises râpées à leurs pieds. La peinture jaune de ce bâtiment circulaire situé à la limite du centre de la ville s'écaille en plusieurs endroits. Magnus admire malgré tout les ciselures délicates, les portails rouges et les finitions soignées du mur supérieur, traité comme les créneaux d'un vieux château féodal.

Ils doivent attendre que soit passé, par le portail principal, un groupe d'environ quarante recrues qui sortent au pas, en chantant *L'Internationale* en plusieurs langues. Ils chantent mieux qu'ils ne marchent. On dirait que certains perdent constamment la cadence. Sur le mur, deux affiches qui datent d'avant la déclaration de guerre annoncent des corridas. Elles ont souffert des intempéries mais Magnus parvient à lire que « six beaux taureaux courageux seront tués dimanche, à 17 heures, si Dieu et le temps le permettent. » Les noms des toreros ne lui disent rien.

« Dieu sait où sont ces beaux taureaux à l'heure qu'il est ? » se demande-t-il tout haut à part lui, et Mercer réplique :

« On les a mangés, tous autant qu'ils sont », et il continue en s'immobilisant pour regarder les affiches : « Les corridas se sont arrêtées au début de la guerre. Et en outre, comme par hasard, les meilleurs toreros sont presque tous des fascistes.

– Ça n'a rien de très étonnant puisque ce sont de grands propriétaires terriens, ou qu'ils dépendent de ceux qui possèdent la majeure partie des terres, en Espagne. Cette guerre est aussi une guerre pour la terre.

– Ça alors, Magnus. Voilà que tu parles comme un vrai communiste, ma parole.

– C'est la même chose en Argentine. Quelques-uns sont propriétaires pendant qu'une quantité de gens sont contraints de trimer du lever au coucher du soleil pour gagner quelques sous : *De sol a sol y pagan un duro*, comme on dit là-bas. »

Malgré ses couleurs déteintes, l'affiche éclaire ce jour gris et Mercer tente de l'arracher du mur.

« C'est de la publicité mensongère. Entrons », dit-il en allumant une cigarette. Un homme sorti de l'arène ordonne à ceux qui attendent, d'abord en allemand, puis en anglais, de commencer à se regrouper pour entrer dans le bâtiment.

À l'intérieur des arènes, un énorme tas de vêtements se dresse sur le sable gris-jaune. Les gradins des spectateurs sont vides, mais un vieillard qui n'a plus qu'un bras leur explique que ce sont les vêtements des volontaires arrivés aujourd'hui par le train. Ils ont passé une visite médicale et on les a enrôlés. Ce sont eux que nous venons de voir sortir, comme s'ils étaient passés maîtres dans l'art de toréer, *el arte de torear*. Magnus remercie ce vieil homme à la mâchoire inférieure édentée et lui offre une cigarette. Il l'allume avec une allumette qu'il craque sur la semelle de ses souliers plats, attend que Magnus lui en redonne une et la coince derrière son oreille. Magnus lui en offre une pour l'autre oreille et le vieux lui dit que le quartier général n'est pas ici, si c'est ce qu'il cherche, et il désigne la ville de la main.

« À l'ancienne caserne de la garde civile, *compañeros*. C'est là-bas que vous trouverez les étrangers. Mais méfiez-vous ! La caserne est hantée, il y a assez de sang pour tout le monde. » Il crache de sa bouche édentée et fait les cornes du diable de sa main droite dans leur direction, si bien que Magnus en a froid dans le dos.

« Qu'est-ce qu'il voulait dire ? » demande-t-il à Joe en traduisant l'exclamation du vieux.

Mercer secoue la tête :

« C'est bourré de fous, dans ce pays. Avant la guerre, la garde civile logeait dans ces bâtiments carrés. Comme dans la plupart des villes, la garde civile d'Albacete s'est soulevée, elle aussi, contre le gouvernement légalement élu, mais après de durs combats, fin juillet 1936, la milice des ouvriers a pris le dessus. Les gardes civils survivants se sont rendus, mais il y avait du sang dans l'air, si bien que la milice a tiré sur le drapeau blanc et abattu tout le monde, y compris femmes et enfants. Tu ne le sais peut-être pas, mais en Espagne, les casernes de la garde civile sont comme de petites villes où les gardes vivent avec leur famille. Comme il y avait du sang partout, personne n'avait envie d'utiliser les bâtiments, mais il y a un an, des communistes allemands efficaces ont fait le ménage et agencé les lieux de façon à en faire le quartier général des Brigades internationales. La place ne manquait pas, il y avait des téléphones qui marchaient et des locaux pour les bureaux et les logements. Tout ce qu'il y avait à faire, c'était le ménage à fond. »

Vu de l'extérieur, la caserne donne l'impression d'être un grand immeuble locatif, mais plusieurs bâtiments entourent une vaste cour, comme si c'était un fort américain. On n'y entre que par un seul portail sur lequel est inscrit le mot d'ordre de la garde civile : *Por la Patria*, mais ces mots sont déteints et criblés d'impacts de balles.

Pour la patrie, pense Magnus. Mais pour quelle patrie, et quelle est la définition de la patrie ? Est-ce le lieu où l'on est né ou celui où l'on se sent chez soi ? Magnus a du mal à accepter la rhétorique ampoulée des gens qui parlent de la patrie et de leur devoir envers la nation. Pour lui, ces discours finissent toujours dans des flots de sang. Certains s'estiment meilleurs que les autres, les autres doivent donc mourir. Il pense à Irina et à sa patrie socialiste, qui est encore autre chose. Autrefois, on parlait de la Russie, mais aujourd'hui, c'est un pays tout différent. Auquel des deux voue-t-elle son amour pour la patrie ? À la vieille Russie dont elle est issue ou à la nouvelle Union soviétique en laquelle elle croit, à présent ? Car il voit bien qu'elle ferme les yeux sur les monstruosités qui ont lieu en Union soviétique, si l'on en croit les articles de quelques journalistes et de quelques écrivains qui ne sont pas tous, malgré tout, des agents à la solde du capitalisme. Que dire des poètes de la vieille Russie, qui font l'éloge de cette Russie-là, justement, de celle que rejette la nouvelle Union soviétique ? Peut-on aimer une idée plus qu'un pays ou n'est-ce que l'idée d'un pays que l'on aime ?

Les Allemands prononcent presque religieusement le mot *Heimat* pour désigner leur patrie. Il revoit le regard fervent de sa bonne d'enfants allemande quand elle racontait la vie dans son village, là-bas, dans le sud de l'Allemagne ; peut-être rêvait-elle d'une vie qui n'avait jamais existé ? Quand Magnus pense à son enfance, il a surtout envie de crier pour donner libre cours à sa souffrance ou de mettre le feu à toute la ville. Et pourtant, chaque jour, des êtres humains meurent parce qu'ils croient en un pays ou en une idée.

En réalité, il y avait davantage d'honneur et de raison dans la manière dont la mafia new-yorkaise gouvernait son territoire. Chez elle, tout tournait autour d'un centre unique : le noyau familial et ses alliés, pense Magnus, sans pouvoir aller jusqu'au bout d'une réflexion qu'il s'efforce de repousser, parce qu'il se rappelle qu'à New York, si les intérêts de la famille étaient menacés, on passait aussi sans problème de la négociation à la violence. Il n'y a aucune différence. Serait-il capable de tuer pour son pays ? Si on lui posait la question ici, en Espagne, il répondrait sans hésiter par un non.

Il secoue la tête et Mercer lui adresse un coup d'œil interrogateur sans que Magnus lui donne la moindre explication.

Mercer veut trouver des représentants de la 15e brigade, où servent beaucoup de citoyens américains, tandis que Magnus s'enquiert du lieu où se trouve la section scandinave. Ils se donnent rendez-vous plus tard, au café situé en face de leur hôtel.

Magnus n'en parle pas, mais il espère trouver Irina à l'hôtel et l'inviter avec eux. Il ne supporte pas l'idée qu'elle soit livrée à elle-même en ce moment, mais d'un autre côté, il ne voit pas non plus en quoi lui et Joe peuvent l'intéresser. Pourtant, après leur dîner ensemble, il espère qu'Irina et lui ont un peu plus de choses en commun. Il essaie de refouler l'évidence : d'après leurs conversations, Joe et Irina ont certainement dîné ensemble à plusieurs reprises. Leur ton de camaraderie légère est celui des journalistes entre eux. Magnus peut tout aussi bien admettre qu'en son for intérieur, il espère qu'elle tombera amoureuse de lui. Il sent qu'il lui plaît – beaucoup même – mais de là à tomber amoureuse ? Il la désire violemment, mais c'est la même chose quasiment chaque fois qu'il rencontre une femme à peu près attrayante. Cette fois, il y a quelque chose en plus. Elle a des secrets aussi mystérieux que son grand pays énigmatique. L'idée qu'elle pourrait disparaître de sa vie lui est insupportable. Il revoit son beau visage si vivant, si peu russe, en fait, par sa vivacité, et se sent aussi bête qu'un écolier qui essaie d'imaginer un moyen d'entrer en relation avec l'élue de son cœur, assise au premier rang dans la classe.

Les gens se bousculent dans les longs couloirs et il perçoit le cliquetis des machines à écrire, derrière les portes entrouvertes. Les femmes sont plus nombreuses qu'il ne l'imaginait. Là, huit d'entre elles sont occupées à trier du courrier et des colis dans une grande salle basse de plafond. Il sait que c'est à Albacete que les volontaires sont enrôlés, qu'ils passent un examen médical et qu'ils sont rafistolés dans les infirmeries et les hôpitaux. Il se souvient aussi que l'adresse indiquée par Mads dans ses lettres était Albacete et part donc du principe que c'est ici que le courrier est d'abord trié, puis censuré, avant d'être remis à la Croix-Rouge.

Les lettres, entassées sur une longue table, sont réparties et soigneusement empilées. Avant de placer chaque lettre sur une pile, ces femmes consultent de gros classeurs alignés contre le mur. Sur d'autres tables, on aperçoit des timbres de nombreux pays sur des paquets de différentes tailles. Les employées ne lui prêtent pas attention, mais comme il sourit, une femme maigre, en jupe d'uniforme gris clair et chemisier foncé vient à lui. Il trouve qu'à première vue, elle approche plutôt de la quarantaine que de la trentaine, mais il ne tarde pas à comprendre qu'il est injuste. C'est la fatigue qui la vieillit.

« Je peux faire quelque chose pour vous ? » s'enquiert-elle assez aimablement, dans un espagnol hésitant, mais elle a les yeux las.

« La section scandinave. Où puis-je la trouver ?

– Vous êtes danois, ou peut-être suédois ? lui répond-elle en danois.

– Danois. Magnus Meyer. Journaliste. Bonjour. » Il lui tend la main et elle la serre, mollement et brièvement.

« Tove Hansen. Ancienne employée de bureau. Embauchée actuellement à la section de la censure et de la poste. Vous n'auriez pas de quoi fumer ? »

Il lui offre une cigarette et l'allume avec son briquet, que Tove Hansen examine d'un air de convoitise ou d'envie.

« Vous venez d'arriver, peut-être ? lui demande-t-elle.

– Il n'y a pas très longtemps. Et vous ?

– Ici, on se tutoie, tu sais. Je suis ici depuis un bon moment. » Ses yeux se voilent comme si elle se retirait en un lieu intime et secret. Elle fume lentement, les yeux mi-clos, avant de poursuivre :

« Merci pour la cigarette. Traverse la cour de la caserne et entre par la porte marquée du chiffre dix en caractère romain. C'est là que se tiennent les Scandinaves. La plupart font partie de la section Thaelmann. »

Il la remercie et lui offre le reste du paquet de cigarettes. Les yeux de la jeune femme brillent un instant, pendant qu'elle glisse le paquet dans la poche de sa jupe.

« Merci. Ce ne serait pas si mal d'avoir des nouvelles du pays.

– On se reverra peut-être plus tard ?

– *¿ Quién sabe ?* Comme ils disent ici. »

Elle sourit et paraît plus jeune, bien qu'il lui manque une dent à la mâchoire inférieure. Elle a un visage étroit, maigre comme elle, on dirait qu'elle ne mange pas à sa faim.

« Demain, il fera jour, ajoute-t-elle.

– *Mañana será mejor* », conclut-il en touchant le bord d'un chapeau imaginaire.

« Si tu viens d'arriver, comme tu le dis, Meyer, tu n'as pas mis longtemps à comprendre que demain, tout ira mieux. Traverse la cour. Le numéro dix en chiffre romain. Tu ne peux pas te tromper. »

Magnus ne se trompe pas, mais ça ne l'avance guère.

Au contraire, l'homme qu'il rencontre et qui se présente comme étant Gerhardt Pandrup, commissaire politique de la section Thaelmann, l'accueille avec réserve et inimitié.

Les murs du petit bureau de Pandrup sont blancs et nus. Derrière sa table de travail, on voit la trace laissée sur le mur par un crucifix, l'ombre d'une croix, comme un stigmate oublié sur ce mur blanchi à la chaux. Magnus imagine qu'autrefois, cette pièce était le bureau du second du commandant de la garde civile. Un téléphone noir, sur la table, voisine avec une petite hampe sur laquelle flotte un drapeau républicain. Gerhardt Pandrup, la trentaine, se tient très droit. Bien qu'il soit rasé de près, une ombre affleure sur son menton puissant. Il porte un uniforme gris-vert, un ceinturon et une bandoulière, l'étui fermé d'un pistolet est fixé à sa ceinture. Une longue veste usée en cuir marron foncé est posée sur le dossier de sa chaise. Debout derrière son bureau, Pandrup ne prie pas Magnus de s'asseoir. Il s'adresse à lui poliment, mais sur un ton froid et distant.

« Il est tout à fait exclu que je vous fournisse ces informations », répète-t-il après avoir étudié le passeport et l'accréditation de Magnus, ainsi que la lettre qui précise qu'il est le frère aîné de Mads et qu'il doit lui transmettre des nouvelles personnelles de caractère entièrement privé.

Pandrup tend ses papiers à Magnus qui les replace dans le sac au fond duquel il garde aussi son revolver, dans une poche fermée.

« C'est de mon frère qu'il s'agit.

– Je ne le nie pas. Écrivez à votre frère, et nous ferons en sorte qu'il ait votre lettre.

– Qui sera lue par je ne sais combien de gens.

– Une précaution nécessaire pour éviter que l'ennemi ne se procure des informations.

– C'est un message entièrement privé.

– Je vous crois volontiers, mais votre frère effectue une

mission importante pour la République. Il ne m'est pas permis de vous révéler laquelle ni où il la remplit. Vous devez le comprendre.

– Vous connaissez donc mon frère ?

– Je connais, naturellement, le camarade Meyer. C'est un soldat courageux et intrépide, dont l'attitude envers notre combat est saine et politiquement correcte.

– Je voudrais lui parler.

– Ce n'est pas possible. Pour l'instant en tout cas.

– Ne pourriez-vous au moins faire savoir à mon frère que je suis en Espagne ?

– Peut-être, mais je ne peux pas vous le promettre.

– Pourquoi pas ?

– Votre frère se bat pour une cause plus élevée que les problèmes familiaux. Il le sait, sinon il ne se serait pas engagé de son plein gré pour faire ce qu'il fait en ce moment, n'est-ce pas ?

– Dites-lui seulement que je suis arrivé en Espagne.

– Nous verrons. Et j'ai d'autres affaires plus importantes à régler. Je vous raccompagne à la porte.

– Ne vous dérangez pas.

– Très bien. Et si vous désirez écrire un article sur le bataillon, nous vous viendrons volontiers en aide, moi et d'autres personnes. La guerre que nous devons mener sur le front de la propagande est importante. Nous le comprenons.

– Je m'en souviendrai. »

Magnus sort sans lui serrer la main.

Debout dans la cour de la caserne, il sent l'odeur qui émane d'écuries situées dans une aile du bâtiment. Il entend le bruit sympathique des sabots sur la paille et respire la bonne odeur du foin et des chevaux. Soudain, l'envie le prend de remonter à cheval. Il revoit les matinées, en Argentine, les sorties à cheval au lever du soleil et les fines empreintes dessinées par leurs sabots sur la rosée matinale.

Deux hommes qui arrivent en traînant chacun une balle de foin lui font un signe de tête. Un soleil pâle apparaît au-dessus des bâtiments blancs, jetant sur les toits une lumière fantomatique. Il entend le cri d'un oiseau, très loin un chien aboie, bientôt suivi de plusieurs autres. Il allume une cigarette et traverse la vieille cour de la caserne, tout en sentant dans son dos les yeux du commissaire Pandrup, mais quand il se retourne, la porte marquée du chiffre romain est toujours fermée.

La lumière est allumée dans la salle du courrier où il ne reste plus que quatre femmes, dont Tove Hansen. De nouveau, il jette un coup d'œil derrière lui. Personne. Un homme en uniforme le dépasse sans le saluer. Magnus se racle la gorge et Tove Hansen sourit en lui faisant signe d'entrer.

« J'ai presque fini. Vous me paierez peut-être une tasse de café ? J'en connais un très bon. » Magnus croyait qu'ils se tutoyaient. L'a-t-elle oublié ? Lui remémorerait-il, peut-être, les convenances danoises ?

« S'il faut boire un verre ensemble pour qu'on se tutoie, je t'invite à déjeuner.

– Ça ne se refuse pas. Je ne risque pas de dire non quand on m'offre un repas.

– Tu connais vraiment un bon endroit, dans ce trou ? »

Elle rit comme une gamine.

« Mais oui, Magnus Meyer.

– Alors, j'attends.

– Oh, je peux bien partir tout de suite », déclare-t-elle avant de hausser la voix pour lancer en espagnol à ses trois collègues : « Au revoir, camarades. » Des yeux, elles quittent leurs monceaux de lettres, lui disent *adiós* et retournent tout de suite à leur tri, ralenti par le fait qu'elles sont sans cesse obligées de consulter des papiers militaires dans leurs gros classeurs.

Magnus et Tove Hansen marchent de concert vers le

centre de la ville. On entend, dans une église, de grosses voix d'hommes qui discutent, apparemment, de ce qu'ils feront ce soir. Des nuages noirs pèsent sur la ville, on dirait qu'ils se poussent sur le haut plateau. Il y a la queue devant une boucherie et une queue encore plus longue devant une boulangerie, où des gens attendent calmement, les yeux rivés au sol. Une affiche enjoint les passants de se méfier des espions et autres fascistes. Une autre proclame que « la victoire nous appartient » et une troisième, superbement colorée de rouge, affirme que les fascistes ne passeront jamais.

Tove Hansen s'est mis un peu de rouge sur les lèvres et a passé un peigne dans ses cheveux, mais elle n'en paraît pas moins lasse et négligée, et Magnus a soudain pitié d'elle. Pourtant, elle marche d'un bon pas en lui racontant sa vie, dans son lent parler du Jutland. Elle lui explique pourquoi elle a atterri ici, en même temps que, sans cesser de bavarder, en habituée, elle chasse un vendeur de couteaux. Elle n'a que vingt-sept ans.

Elle lui raconte une partie de son histoire pendant le trajet et le reste pendant le déjeuner.

Elle rêvait d'aventures et s'était inscrite au parti communiste parce que son fiancé y était et l'avait entraînée aux premières réunions. Quelqu'un était venu d'Espagne pour les inciter à s'engager, à soutenir le gouvernement élu légalement. Il parlait si bien de la cause, avec une telle chaleur. Les paroles ne suffisaient plus, il fallait agir, sinon le fascisme remporterait la victoire, d'abord en Espagne et ensuite au Danemark peut-être. C'était un sentiment si naturel. Il y avait tant d'hypocrisie dans les bavardages des politiciens à propos du respect de la loi. Il fallait stopper le fascisme sur-le-champ, avant qu'il ne déferle sur toute l'Europe. Poul – ainsi s'appelait son fiancé – était de nouveau au chômage et vivait chichement comme journalier. Rien, en d'autres termes, ne les retenait à Randers, alors, ils étaient partis, avaient franchi les Pyrénées avec d'autres volontaires et achevé leur périple à Barcelone.

Tove avait même réussi à acquérir un peu d'entraînement militaire. Équipée d'un vieux fusil tchèque, elle avait passé trois semaines sur le front de l'Aragón, sans participer à de vraies batailles. Elle avait eu le temps de tirer trois coups de feu, sans avoir touché personne, croyait-elle. Elle se souvient surtout de son épaule endolorie, à cause du recul de son arme. Sans bien réfléchir, puisqu'ils faisaient partie d'un front populaire, elle et Poul s'étaient ralliés à une milice ouvrière catalane de tendance anarchique qui n'avait pas tardé à se brouiller avec le Komintern et le parti. Poul avait donc décidé de s'enrôler dans les brigades.

Le parti communiste était partisan d'un front populaire, cela va sans dire, mais ses dirigeants préféraient que les membres du parti s'enrôlent dans les Brigades internationales plutôt que dans les milices, les jugeant indisciplinées, avec une tendance à se diviser et à nourrir des opinions dévoyées qui les menaient au trotskisme. Comme le gouvernement avait, en même temps, interdit aux femmes de porter des armes et de se battre avec les hommes, elle était venue avec Poul à Albacete, et on lui avait attribué un job à la censure et comme employée à tout faire à la direction administrative des Brigades internationales, ceci parce qu'elle avait appris un peu d'allemand au Danemark et, qu'en plus des langues scandinaves, elle savait un peu d'espagnol courant.

« Poul est tombé devant Madrid, ajoute-t-elle d'une voix atone. Ils disent qu'il a été touché à la tête et qu'il est mort sur le coup. Ici, ce n'est pas si mal que ça, même si la vie est un peu chère. »

Ce petit restaurant est situé dans la calle de Feria. Le garçon, un petit homme au visage tout rond orné d'une moustache, a mis un torchon en guise de tablier. Il lui manque trois doigts à la main gauche. Son restaurant compte une bonne dizaine de tables et comme ils sont en avance, ils sont les premiers clients.

Pas de nappes sur les tables au bois rayé mais propre. Sur le mur, de vieilles photos en noir et blanc représentent des scènes de tauromachie. Deux *banderillas* garnies de rubans de soie à la couleur presque déteinte sont accrochées en croix sur le mur du fond, au-dessus d'un instantané. Le photographe a capté l'instant où le *banderillero*, les deux *banderillas* au bout de ses bras tendus, saute élégamment par-dessus le taureau qui s'avance sous lui. Magnus croit reconnaître les traits du garçon de café dans cette silhouette jadis mince, saisie pour l'éternité comme un ange de lumière flottant au-dessus de l'animal noir et puissant.

Ils s'asseyent à une table où le couvert est mis pour deux et le patron leur apporte une bouteille de vin rouge sans étiquette ainsi qu'une bouteille d'eau en annonçant :

« J'ai de la *sopa de fideos*, du poulet et des haricots. Je n'ai pas de pain, mais il y a du pudding pour le dessert, et j'ai du café.

– D'accord », dit Magnus, et il remplit les verres en écoutant l'histoire de Tove et celle de Poul. Elle lui donne d'autres détails sur leur brève vie commune en Espagne et sur les difficultés de leur quotidien au Danemark. Elle répète à plusieurs reprises, comme pour s'en pénétrer, qu'il est tombé devant le Jarama et qu'il n'a pas souffert.

La soupe arrive presque tout de suite. C'est un bouillon de poulet clarifié, appétissant et assez gras, et le cuisinier n'a pas été avare des vermicelles qui donnent leur nom à cette soupe. Puis vient le tour d'un demi-poulet grillé, plutôt sec, qui ressemble davantage à une poule qu'à un poulet, accompagné de haricots blancs. Magnus laisse la moitié de son poulet et vide plus de la moitié de la bouteille de vin. Quant à Tove, elle prend l'assiette de Magnus pour se régaler de ses restes sans faire preuve de la moindre gêne, comme s'ils étaient des amis intimes. Mais Magnus se rend compte que, comme tant d'autres, elle doit souvent se mettre au lit avec la faim. Elle dévore les deux parts de pudding, mais refuse de s'apitoyer sur son sort, dit-elle à Magnus en fumant une de ses cigarettes pendant qu'on leur sert un café fort et un verre de *brandy*.

Elle lui sourit en ajoutant :

« Je crois toujours à la victoire. J'y crois. Tous les matins en me réveillant, je me dis que je veux y croire. Je ne veux pas que Poul soit mort pour rien. Mais ce n'est pas toujours facile de croire à la victoire des bons. C'est un des inconvénients de mon lieu de travail. Je sais beaucoup trop bien ce qui se passe.

– Et les choses ne vont pas dans le bon sens ? »

Elle détourne les yeux :

« Je ne dois pas parler de ce que je sais à la légère. Nous devons nous méfier des espions.

– Tu crois que je suis un espion ?

– Non. Pas du tout. Merci pour ce repas, Magnus. Je me suis régalée. Tu es vraiment chic.

– Pas de quoi.

– Si, si, il y a de quoi. »

Il commence :

« Écoute Tove, je me demandais. Puisque tu travailles au courrier et que nous sommes compatriotes, tu t'occupes peut-être du courrier de mon frère ? Il s'appelle Mads de son prénom.

– Mads Meyer ? J'étais presque sûre que c'était ton frère. Meyer n'est pas un nom tellement ordinaire, du reste. C'est drôle que le monde soit si petit. La censure nous a renvoyé aujourd'hui deux lettres adressées à ton frère, que je lui ai fait suivre. C'est quand même amusant que tu sois ici et qu'il soit là où il est, alors qu'il pourrait être à tant d'autres endroits très éloignés d'ici ?

– Où est-il ?

– À Madrigueras, un petit village, à environ trente kilomètres au nord d'Albacete. C'est là qu'on entraîne les internationaux avant de les envoyer au front. On va d'abord là-bas avant d'être envoyé ailleurs.

– Tu en es sûre ?

– Naturellement. C'est un camarade suédois qui a emporté ses lettres à ton frère. Les postières en savent plus long que la plupart des généraux sur la position géographique des gens. Notre travail est très confidentiel. Nous acheminons les lettres et les paquets partout, sur tous les fronts, dans les hôpitaux, les camps d'entraînement, à l'adresse de tous les hommes, quel que soit leur rang. C'est extrêmement important pour le moral des combattants qu'ils aient des nouvelles de chez eux. Nous prenons cela très au sérieux. Cela nous fait beaucoup de peine quand on nous accuse de voler le tabac ou le chocolat. Cela nous chagrine. Nous faisons de notre mieux. On y va ? Je dois retourner travailler. »

15

Deux jours plus tard, Magnus part pour Madrigueras, un village étrange qui semble abandonné par la plupart de ses habitants d'autrefois. Mis à part le boulanger, le boucher et le forgeron, seuls sont restés les hommes et les femmes qui servent les recrues dans les bars et les cafés où des jeunes gens venus de tous les horizons boivent, discutent et viennent chercher des femmes, quand ils ne sont pas à l'entraînement. Ils sont logés dans les maisons abandonnées ou dans des granges, à l'ouest de Madrigueras.

Dans d'autres villages des environs, des jeunes gens s'entraînent dans des compagnies créées récemment pour compléter les Brigades internationales avec des citoyens espagnols, de façon à en faire des unités militaires régulières au lieu de compagnies peuplées de volontaires idéalistes, courageux, mais sans entraînement. Magnus se dit que l'on est en train de systématiser la folie, ce qui est sûrement nécessaire, mais sans doute trop tard.

Les rues de Madrigueras sont étroites et les maisons basses ont des grilles noires devant les fenêtres et des volets fermés. Une brise soulève une poussière sèche dans les rues de terre battue. Une église de pierre jaune pâle au toit rouge, noire de suie d'un côté, s'élève en diagonale par rapport au café. Quand Magnus sort de la grande voiture de Juan Montero pour aller au café, il est accueilli par une bonne odeur de cuisine grasse qui s'exhale de la nef. Derrière le lourd portail de l'église, elle vient à la rencontre de Magnus, car l'église sert de cuisine de campagne et de salle de réunion. C'est là que les commissaires politiques, tous les soirs, rabâchent aux recrues quelles sont les raisons de leur combat en martelant qui est leur ennemi. On attise constamment la guerre sur le front idéologique, il le sait.

Joe Mercer l'a autorisé à se servir de la voiture, à la condition qu'il ne l'abandonne pas à Albacete. D'ailleurs, ils doivent bientôt aller à Carthagène, lui a dit Mercer, qui devait partir pour deux jours à Madrid pour rencontrer « quelqu'un ». Ils repartiront dès son retour à Albacete. Joe, qui paraissait fatigué et stressé et avait les yeux rougis, a refusé de révéler avec qui il avait parlé et n'a pas précisé s'il avait reçu une lettre ou un télégramme, mais il avait l'air terriblement nerveux, pendant leur conversation de ce matin, pense Magnus.

Avant Madrigueras, la route a traversé une plaine monotone, stérile et desséchée par le soleil, où il a aperçu quelques maisons de granit, effondrées et abandonnées. On dirait que la terre a été un peu cultivée autrefois, mais c'est sans doute très ancien. Au loin se profilaient des montagnes basses et voilées. La température rappelle sérieusement celle d'un véritable automne ou d'un hiver précoce, même s'il ne fait sans doute jamais vraiment froid. Montero ayant laissé la capote ouverte, l'air frais et vif, mais très agréable, a fouetté Magnus, qui a mis sa veste de cavalier, ses bottes argentines et caché son revolver dans le sac dont la bandoulière lui barre la poitrine.

Pendant le trajet en voiture, il a pensé à Mads et en particulier à Irina, en se demandant ce qu'il allait faire vis-à-vis d'elle. D'après ce qu'elle lui a dit et devant l'angoisse qu'il a devinée dans ses beaux yeux clairs, qui passent de la gaieté à la tristesse aussi vite que si l'on soufflait une bougie, il a amplement de quoi se faire du souci. Son histoire était terrifiante. Si le puissant NKVD a décidé qu'elle devait être indicatrice, elle aura du mal à se défendre. Si on l'accusait d'être une ennemie du peuple, même son père ne pourrait guère la sauver. Et son père, est-il en sûreté ? Existe-t-il quelqu'un en ce monde, à part le grand Staline, qui soit certain d'échapper à l'accusation, à la torture et à la condamnation après l'aveu rituel ?

Magnus ne croit pas à tout ce qui s'écrit sur les procès de Moscou, mais il croit que dès l'instant où l'on représente un obstacle pour le rouleau compresseur de Staline, on est immanquablement écrasé. Rien à voir avec la justice, c'est uniquement une question de chance. Que se passe-t-il, en fait, dans la Russie d'Irina ? Il ne peut pas le savoir. Et elle, le peut-elle ? Elle lui cache quelque chose. Il a essayé de savoir quoi, mais elle a refusé de lui répondre. Elle avait une foule de raisons de ne pas être de trop bonne humeur, lui disait-elle. Il n'écoutait donc pas les dépêches ? Sur la plupart des fronts, les républicains reculaient. S'ils ne lançaient pas bientôt une offensive, ils étaient condamnés. Il lui avait donné raison, bien entendu, sans penser que c'était la cause de sa dépression et de l'angoisse qu'elle essayait de toutes ses forces de combattre et de lui cacher.

Il s'est perdu en conjectures désordonnées pendant que la voiture conduite par Montero traversait la plaine déserte, jusqu'au moment où le village est apparu, à trente kilomètres seulement d'Albacete, comme un étrange tas de pierres et de tuiles jaunies dans la poussière, qui semblait à première vue tout à fait inhabité.

Il a entendu le bruit de l'entraînement, plus fort que le ronronnement tranquille du moteur, avant que Montero n'arrête la voiture devant un grand champ de manœuvres où plusieurs centaines de jeunes hommes se faisaient injurier en espagnol. Ils marchaient, tournaient, tombaient, présentaient les armes, retombaient dans la poussière et se relevaient sans interruption. Plus loin, du côté des hauteurs tachetées de vert, on entendait tirer des salves régulières, comme si elles provenaient d'un champ de tir.

Il est sorti de la voiture et a fumé deux cigarettes jusqu'à ce qu'il entende le mot « repos » suivi de l'ordre de faire une pause. Les soldats se sont assis dans la poussière et ont sorti leur tabac. Magnus a demandé à voix haute, en danois, s'il n'y avait pas des compatriotes parmi eux, et un garçon tout jeune, taché de son, vêtu d'une veste beaucoup trop grande pour lui et coiffé d'une casquette noire, est venu à lui et a accepté une cigarette. Il lui a dit qu'il trouverait peut-être son frère au café de Pedro, où se tiennent souvent des Scandinaves. C'est le café qui fait face à l'église, en diagonale. Le cas échéant, il peut aussi trouver Mads à l'église, bien que son frère soit généralement chez Pedro, quand il est au camp d'entraînement. Mads n'est pas une recrue, il a des missions spéciales et ne participe pas aux exercices ordinaires.

« Il fait partie des agents secrets de Pozo Rubio », lui a confié le jeune Danois avec un sourire en coin. Mais il connaît Mads, pour sûr. Mads leur a lu des poèmes, l'autre jour, lors d'une soirée culturelle entre camarades, des poèmes de lui et d'autres auteurs. Une soirée très intense. Mads est un type bien. Tout le monde s'accorde à le dire, quel que soit le parti auquel ils appartiennent.

Il n'a pas senti l'ombre d'une animosité ou d'un soupçon chez ce gamin, qui a ajouté qu'il s'appelait Kaj et qu'il était originaire de Randers. Il arborait des galons de caporal sur sa veste d'uniforme et a volontiers répondu aux questions de Magnus, sans même demander à voir des papiers, comme si leur langue commune était un mot de passe suffisant.

Debout sur le pas de la porte, Magnus regarde l'intérieur du café où se trouvent peut-être une dizaine de tables, dont la moitié sont occupées par des buveurs. Quatre hommes sont assis à l'arrière du local noirci par la fumée, autour d'une bouteille de vin presque vide. Magnus entre dans la salle et fait un pas sur la gauche, mais personne ne semble lui prêter attention, dans les vagues de cette lumière bleue. Il peut se permettre de s'attarder un moment à contempler son cadet qui parle fort, en allemand, avec les modulations familières de leur bonne d'enfants.

Magnus observe Mads et tâche de retrouver l'adolescent de quinze ans qu'il a quitté cinq ans plus tôt dans cet homme jeune et maigre, mais aussi dur et mûr, assis face à la porte et qui paraît souligner son opinion d'un geste de la main droite. Les traits de Mads sont d'une finesse quasi féminine, il a des cheveux blond foncé et souples qui tombent naturellement sur son front haut et régulier, exactement semblable à celui de leur père. Il a les yeux bleu-vert les plus purs, de longs cils et le sourire facile. Il est resté presque imberbe. Ses oreilles bien ourlées se plaquent contre sa tête allongée. Il semble avoir toujours une demi-tête de moins que Magnus, mais il a forci.

C'est lui et ce n'est pas lui. Son corps maigre ressemble à un ressort tendu, uniquement composé de muscles et de tendons. Sa chemise kaki a les manches roulées jusqu'au milieu des biceps, les deux boutons d'en haut sont ouverts et un foulard rouge est vaguement noué autour de son cou. Une veste noire est posée sur le dossier de sa chaise, et comme Mads a légèrement reculé son siège, Magnus aperçoit la crosse d'un pistolet qui dépasse sous son large ceinturon. Ce n'est pas si facile de se procurer des pistolets ou des revolvers, en principe, on ne les attribue qu'aux commissaires politiques, ce qui veut dire que Mads doit faire partie des huiles, à moins que son pistolet ne soit un butin de guerre.

Ce café est très bruyant, mais Magnus entend malgré tout des phrases décousues, les mots de victoire, de socialisme, de liberté, de combat juste, que son frère semble répéter inlassablement. Un grand homme osseux, assis à la gauche de Mads, tient un verre qui disparaît dans sa main, il fume et branle du chef avec indulgence. Le troisième homme n'a pas l'air de comprendre ce que dit Mads tandis que le quatrième lui répète que la discipline est cruciale. Magnus entend que c'est un Allemand, l'un des nombreux communistes ou sociaux-démocrates allemands qui ont fui l'Allemagne d'Hitler et se battent dans le bataillon Thaelmann.

Il contemple son cadet et cela lui réchauffe le cœur. Si seulement Marie était là, ou s'il pouvait fixer l'image de Mads et la transporter dans les airs jusqu'à la maison de leur enfance. Comme il aimerait qu'existe une méthode pour lui permettre de prendre une photo et de l'envoyer à sa sœur pour qu'elle voie qu'en cet instant précis son petit frère se porte bien et qu'il est incroyablement présent, dans ce café espagnol primitif.

Il attend patiemment. On dirait que progressivement Mads sent que quelqu'un le regarde ou qu'on a les yeux fixés sur lui. Il lève la tête, rencontre le regard de Magnus et sa cigarette reste en suspens ; on croirait une nature morte peinte par un artiste, pendant la seconde qui précède le retour du vacarme et puis, Mads recule sa chaise tout contre le mur et se lève.

Magnus fait un pas en avant et attend. Mads fait le tour de la table et vient à lui tandis que le grand type osseux observe la scène, étonné. Peut-être voit-il leur ressemblance, car malgré leur différence, tous deux se ressemblent, comme cela arrive chez des frères, même si Mads possède une légèreté et une grâce que Magnus n'a pas héritées de leur mère.

Mads s'arrête devant lui, ils restent un instant immobiles, puis il ouvre les bras, attire son grand frère contre lui et l'étreint. Il est fort, Magnus le sent. Ils restent embrassés un moment et puis Mads le lâche, il fait un pas en arrière et lui dit doucement, mais d'une voix basse et masculine tout à fait différente de la voix de l'adolescent dont se souvient Magnus :

« Ça alors, Magnus ! J'ai cru voir un revenant.

– Non. Je suis bien là, petit frère.

– Sûr, mais tout de même… Qu'est-ce que tu fais là, bon Dieu ?

– Tu es un homme, maintenant.

– Ça fait pas mal de temps que tu as mis les bouts. »

On dirait que Mads regrette la dureté de sa phrase, car il poursuit sans attendre :

« Tu es toujours le même. Tu n'as pas changé. C'est absolument irréel de te voir, mais ça fait du bien, naturellement.

Tu n'as pas écrit, hein ? Si ? Qu'est-ce que tu fais ? Tu t'es porté volontaire ? C'est ça ?

– Non. J'ai à te donner un grand bonjour de la part de Marie. Tu lui manques énormément.

– Tu es allé à la maison ?

– Oui.

– Tu m'apportes aussi le bonjour de papa ?

– Oui. Le bonjour de Dieu et de papa.

– C'est la même chose, mais en sens inverse. »

Ils se mettent à rire tous les deux et ne peuvent pas s'empêcher de s'embrasser une fois de plus et de se taper dans le dos comme deux joyeux écoliers qui se rencontrent après des grandes vacances très prolongées.

Mads attire Magnus à la table et lui présente les trois hommes. Il ne retient le nom ni de l'Allemand ni du troisième homme, qui est belge apparemment, mais le grand type osseux se lève pour lui serrer la main en répétant son prénom : Bertil. Il est suédois, originaire de Kiruna. Magnus se souvient de lui à cause de la nouvelle de Mads, qu'il a l'impression d'avoir lue il y a un siècle. Ils veulent faire de la place à Magnus à leur table, mais il refuse en disant qu'il doit parler à son frère.

« Ça ne va pas à la maison ? Il s'agit de Marie ? » questionne Mads qui remarque son air sérieux.

« Non, non. Elle m'a dit de te donner je ne sais combien de bonjours. Elle va bien. Tout ce qu'elle veut, c'est que tu rentres à la maison. Que tu n'ailles pas plus loin. »

Mads le regarde et lui dit :

« Ça ne m'étonne pas. Tu fais le commissionnaire.

– On ne pourrait pas aller parler ailleurs ?

– Allons faire un tour. D'ailleurs, j'ai besoin d'un peu d'air frais », dit Mads en prenant sa veste avant de faire un signe de tête à la tablée. Le Suédois affirme qu'il réglera la note.

Ils traversent le village où sont blotties les maisons, dans l'air frais et sec, entrent dans un pré et font un bon bout de chemin en direction d'une rivière qui serpente derrière le village, dans une petite gorge. À part le tintement des clochettes des chèvres, tout est silencieux. Les recrues font une pause, apparemment, dans le champ de tir. Trois faucons noirs planent dans les airs. À l'horizon, des nuages gris moutonnent au-dessus des montagnes. Ils voient la poussière soulevée par une colonne de camions remplis de soldats quelque part, là-bas. Magnus remarque que Mads inspecte instinctivement et systématiquement le ciel pour repérer des avions.

Ils répètent machinalement que c'est merveilleux de se revoir, mais ce n'est plus aussi vrai qu'au moment où ils se sont rencontrés au café. Magnus lui donne le bonjour de Svend Poulsen. Mads le remercie en lui faisant un sourire qui le rajeunit beaucoup, il demande des nouvelles de Svend et veut savoir comment il s'en sort avec un seul bras. Magnus lui raconte que Svend l'a aidé et qu'il est officiellement en Espagne en tant que journaliste, mais que c'est exact que Marie lui a demandé de le trouver et de le ramener à la maison. Mads ne lui répond pas, mais son jeune visage s'assombrit. Les deux frères sont en butte à des non-dits et par des propos coléreux.

Mads lui pose des questions sur son séjour en Argentine et aux États-Unis et Magnus débite ses histoires habituelles, à moitié vraies. Peut-être qu'un jour viendra où il racontera à Mads ce qui s'est réellement passé à l'époque, mais leur enjouement est trop factice, pendant la marche assez longue qu'ils font côte à côte, au bord de la rivière.

Quand Magnus parle de la guerre et mentionne qu'il a lu la nouvelle de Mads, ce dernier parle d'autre chose et réduit l'affaire à une bagatelle. Il s'exprime comme un journal de propagande et détourne les yeux en reprenant les clichés qui affirment que les brigades vaincront parce qu'elles se battent pour une cause qui les dépasse. Ils sont presque comme un couple qui s'est rendu compte qu'il est en crise et qui n'a pas le courage d'affronter son problème. Magnus répète à Mads qu'il manque à Marie et qu'elle veut qu'il le ramène à la maison, mais Mads ne lui répond pas.

Ils arrivent à un rocher qui forme une sorte de banc naturel, sur lequel Mads s'assied en allumant une cigarette.

« Je viens ici de temps en temps, quand je rentre de Pozo Rubio et que j'ai besoin d'un peu de tranquillité, dit-il. J'espère aussi pouvoir recommencer à écrire un poème, mais les idées ne viennent pas, quand je suis tout seul ici. »

Magnus pense à la conversation qu'il a eue avec Svend Poulsen, quand ils étaient assis sur un tronc renversé. Deux rivières. Deux pays. Deux situations totalement différentes et pourtant liées. Sans Poulsen, Mads ne serait sûrement pas ici, et sans Mads, jamais Magnus ne serait venu en Espagne. Le destin tisse des fils privés de sens et de direction. Tout repose sur le hasard, impossible de détecter un but ou une trame dans ce qui se passe, pense-t-il, lorsque Mads déclare :

« Je ne rentrerai pas à la maison avec toi.

– On ne pourrait pas en parler ?

– Je serais fusillé comme déserteur.

– Tu es volontaire.

– Nous fusillons tous les jours des déserteurs. Il me faudrait un sauf-conduit pour partir, et jamais je n'en obtiendrai un. Tu crois que c'est pour rire, tout ça, Magnus ? C'est ce que tu crois ?

– Non.

– Il est exclu qu'ils me lâchent, même si je le souhaitais. Et tu voudrais que j'abandonne mes camarades ? Tu veux que je trahisse Bertil ?

– Tu brises le cœur de Marie. Elle meurt d'inquiétude. »

Mads se lève, se tourne vers Magnus et le regarde de haut :

« Ne te sers pas de Marie contre moi.

– Je lui ai promis de te ramener à la maison. »

Mads a un rire méprisant :

« Tu lui as promis ! En quoi est-ce que ça te regarde ? Que me font tes promesses ? Tu crois que je suis toujours le gamin que j'étais autrefois ? Toi qui n'as pas vécu à la maison pendant des années. J'adore ma sœur. Je sais que je lui ferais plaisir en quittant tout ici, mais ce n'est pas possible. Je ne suis pas comme toi.

– Comment ça ? Tu dis que je n'aime pas notre sœur, c'est ça ?

– Pourquoi crois-tu que je suis comme toi ? Tu crois que je suis un lâche qui abandonne ses camarades ? C'est ton habitude de te défiler quand ça va mal, je le sais, mais je ne suis pas comme ça.

– Qu'est-ce que tu veux dire par là, bon Dieu ? »

Magnus se lève, il sent grandir sa colère. Ils se font face, à moins de cinquante centimètres l'un de l'autre. Il ne voit pas que son frère est devenu un homme. Le sang lui monte à la tête et il voit clairement grandir l'agressivité de son cadet. C'est Mads qui baisse les yeux le premier, il fait un pas en arrière, tourne le dos à Magnus et lui dit en contemplant la rivière :

« J'ai souvent pensé au jour où tu as quitté la maison. Il faisait froid, le vent soufflait, il y avait des averses sur les lacs de temps à autre, comme si Dieu y jetait des milliers de pièces d'argent. Je vous entendais, toi et papa. C'étaient des hurlements, comme d'habitude, vous vous traitiez de tous les noms. Je sais bien pourquoi vous vous disputiez. C'était à cause de moi, bien entendu. Papa m'avait défendu de sortir, comme d'habitude, et tu lui avais dit que j'avais fait ma confirmation et qu'il fallait qu'il arrête. J'avais dit que ça ne faisait rien. J'avais l'habitude d'être seul dans ma chambre. C'est grâce à ma solitude que je suis devenu poète. Je l'ignorais à l'époque mais aujourd'hui, je le vois. Tu répétais de plus en plus fort que cette fois, ça suffisait. Que cette tyrannie devait cesser. J'étais derrière la porte, je me demandais ce qu'il fallait faire pour vous arrêter. Tu te rappelles que Marie n'était pas à la maison. Elle était à l'école. J'aurais voulu entrer pour vous séparer, mais je n'ai pas osé. Et puis, ça a presque été le silence. Vos voix avaient changé. C'était toujours la colère, mais une colère mauvaise, infiniment plus effrayante que vos vociférations.

« Je n'entendais plus ce que vous disiez. Soudain, une claque a retenti, c'était papa qui te frappait, ce qu'il n'avait pas fait depuis plusieurs années, parce que tu étais un adulte. À la place, il te punissait par sa froideur et son silence, mais soudain, il te frappait. J'ai entendu plusieurs coups, j'ai surmonté mon angoisse et j'ai ouvert la porte. Papa était par terre, il avait la figure en sang. Tu lui avais cassé le nez, tu le sais ? Et causé sa cicatrice près de l'œil. Tu le dominais, tu brandissais le tisonnier pour le frapper. Tu étais prêt à lui fracasser la tête. Tu allais le tuer. Je le voyais. J'ai crié ton nom plusieurs fois, mais ma voix ne t'atteignait pas. La figure sanglante de papa était crispée par la terreur. Tu t'es tourné vers moi et tu m'as dit de foutre le camp. Tu m'as terrifié, Magnus. Que devais-je faire ? J'avais quinze ans, j'étais petit et mince. J'avais pour toi une admiration sans borne. Je voyais tes yeux, tu étais ailleurs, dans un monde que j'ignorais à l'époque et que je connais beaucoup trop bien aujourd'hui. Un monde où l'on assassine, où l'on profane sans réfléchir. J'ai vu tant de saloperies, ici, et pourtant, je revois ce jour-là plus clairement que tellement d'autres choses. Tu as voulu me frapper avec le tisonnier, t'en souviens-tu ? J'ai évité le coup et tu as recommencé, et soudain, j'ai vu dans tes yeux combien tu souffrais. Tu t'es retourné et tu as lancé le tisonnier sur les jambes de papa. Il a toujours une cicatrice sur le tibia. Il a crié de douleur et tu es passé devant moi sans dire un mot.

« Je t'ai revu pour la première fois ici, il y a une heure. Tu arrives ici, tout à trac, et tu veux que je t'obéisse. Tu nous as abandonnés, Marie et moi. Tu as filé sans nous dire un mot. J'ai pensé à toi presque chaque jour, écartelé entre deux sentiments contradictoires, Magnus. Je t'aimais passionnément et je te haïssais profondément parce que tu étais un poltron, qui prenait la fuite quand cela faisait vraiment mal. Tu as pensé à toi avant tout. Quand maman est morte, il me restait et toi et Marie. Vous étiez mes points d'ancrage dans la vie. J'avais toujours Marie, bien entendu, mais sans toi, j'étais comme un unijambiste. »

Magnus sent sa gorge se nouer. Il revoit trop nettement la scène. Il voudrait faire taire son cadet parce que son récit le torture, dans sa sobriété. Sans reconnaître sa propre voix, il lui dit :

« Je n'ai pas osé rester…

– Tu ne nous as pas dit adieu. Tu étais le pivot de ma vie depuis la mort de maman.

– Je n'ai pas osé rester, Mads. Je ne me faisais plus confiance. Si j'étais resté au Danemark, je l'aurais tué. »

Mads se retourne et réplique :

« Je comprends, Magnus, mais ça ne t'excuse pas.

– Tu ne réfléchis jamais au fait que tu es tout aussi égoïste, Mads ?

– Qu'est-ce que tu veux dire ?

– C'était pour survivre que je suis parti. Si j'étais resté au Danemark, ou je serais devenu parricide ou je me serais suicidé. Si je suis parti, c'était pour t'éviter d'avoir un frère aîné en prison… ou dans la tombe.

– Tu raisonnes a posteriori. Tu as mis les bouts, Magnus. Tu aurais pu nous dire adieu. Tu aurais pu nous parler, à moi ou à Marie, nom de Dieu.

– Et toi ? De nous deux, c'est toi le bon, hein ? Le dernier idéaliste de la planète. Tu penses plus à te sacrifier pour des idées stupides qu'à ta grande sœur qui se ronge les sangs tous les jours parce qu'elle a peur pour son petit frère.

– Je t'ai déjà dit de ne pas te servir de Marie contre moi.

– Tu retournes contre elle ta colère envers moi. » Magnus fait un pas vers son cadet qui serre les paupières et a les yeux durs, mais il ne le voit pas.

« Tu sais quoi, Mads ? Toi aussi, tu fuis ta responsabilité. Ta responsabilité envers tes proches. Comme je l'ai peut-être fait.

– Il n'y a aucune comparaison.

– Non ? Pourquoi es-tu ici ? Pour lutter contre le fascisme ? Pour aider les républicains ? C'est pour ça ? Non. Tu es ici parce que c'est ta manière à toi de fuir. C'est ta façon à toi de me punir, même si la punition est encore plus dure pour Marie.

– Tu vas trop loin, Magnus.

– Mais j'ai raison, n'est-ce pas ?

– Si tu t'entendais, espèce de crétin égoïste. Tu n'as pas dit une seule fois que je devrais trahir notre cause, ici, parce que ça te rendrait heureux. Tu te sers de Marie contre moi. Si tu t'entendais ! Tu ne penses qu'à toi. Tu t'achètes des indulgences tout simplement, parce que tu t'es défilé autrefois, quand ça faisait mal. Tu es un lâche, Magnus. Tu te caches derrière les jupes d'une femme.

– Tu vas boucler ta sale gueule ? » crie Magnus en lui décochant un coup de poing sur l'épaule, il n'a pas frappé très fort, mais le coup surprend Mads, qui fait deux pas en arrière. Il reprend très vite son équilibre et saute sur Magnus, si bien qu'ils tombent tous les deux.

Magnus sent que la colère s'empare de lui, la colère qu'il a ressentie à New York, quand il a failli tuer un des autres hommes de main de Don Giacomo, parce qu'il l'avait offensé en le traitant de pédale. Il connaît bien sa colère, elle est tempétueuse et agressive tout en restant froide et calculatrice. C'est comme si deux hommes l'habitaient : le premier analyse sobrement les méthodes nécessaires pour infliger autant de souffrance que possible à son adversaire. Le second est l'instrument de sa violence qui l'agresse sans humanité ni morale, sans réfléchir aux conséquences, dans une sorte d'ivresse sanguinaire.

Mads est fort, souple et rapide. Il se libère et tente de

se relever, mais Magnus l'attrape par la cheville et le fait retomber sur la berge. Magnus, le plus lourd des deux, tâche de se servir de son poids pour prendre l'avantage. Mads lui assène deux coups violents sur les reins et Magnus se tord de douleur mais attrape son frère par le bras. Ils font un tonneau ensemble dans un nuage de poussière.

Mads se libère et se lève, la figure livide et crispée. De son gauche, il frappe Magnus à la joue. Magnus essaie de l'atteindre à la mâchoire de son droit, mais il est bloqué par Mads qui tape de nouveau de son gauche. Magnus change de position, et de son droit, il assène un coup à la poitrine de Mads, qui fait deux pas en arrière pour retrouver son équilibre. Il cherche l'étui de son pistolet, Magnus lui donne un coup de pied aussi fort que s'il tapait dans un ballon de football et ils tombent tous les deux dans la rivière.

Elle ne fait guère qu'un demi-mètre de profondeur, mais cela suffit pour qu'ils se lâchent et roulent chacun de son côté en essayant de se relever. Mads a sorti son pistolet et il vise Magnus qui sent fondre sa colère et son agressivité en se relevant tout à fait.

Il regarde son frère cadet qui semble être dans un autre monde. L'eau qui coule de sa figure crispée et de ses cheveux collés dégoutte sur ses vêtements. Magnus voit, comme au ralenti, que Mads déverrouille son pistolet et le relève encore un peu pour le pointer sur son cœur. Un sentiment de vide l'envahit et il ne comprend plus la colère qui menaçait de le dévorer quelques secondes plus tôt.

Il s'assied avec un plouf dans l'eau peu profonde et dit, d'une voix étonnamment calme :

« Sacré nom de Dieu, frérot. Restons-en là. J'abandonne. »

Mads se rassied aussi dans l'eau, le pistolet plaqué contre sa cuisse. Assis, ils se mesurent sans mot dire. Ils n'entendent que le cri d'un oiseau et leur propre respiration, pénible et oppressée.

16

Assis côte à côte sur le banc de pierre, les deux frères sont à bout de forces. Le vent qui s'est levé plaque sur eux leurs vêtements trempés. Ils évitent de se regarder. Magnus a trouvé dans son sac un paquet de cigarettes sèches et il en allume une pour lui et une pour Mads sans que leurs yeux se rencontrent. Ils fument en silence, l'eau goutte sur le sol desséché et dans l'herbe raide et brûlée. On dirait qu'ils ne sentent pas que leur pantalon trempé leur colle au corps. Ils restent d'abord sans bouger, à attendre, à se tenir à distance l'un de l'autre. Ils écoutent le vent souffler dans les arbres, le cri d'un corbeau, le ruissellement rapide de la rivière et leurs respirations, qu'ils s'efforcent de contrôler. Ils ne peuvent ni ne veulent trouver des mots pour commenter ce qui vient de se passer.

Est-ce vraiment ainsi qu'on se parle ? pense Magnus. Il se lève pour aller chercher son sac et se rassied. Il sort son revolver et le tend à Mads, la crosse en avant. Mads lui tend son pistolet, un Luger allemand à crosse brune. Ils tournent et retournent les armes et les étudient sous toutes les coutures en évitant de se regarder.

« C'est un Parabellum », dit Mads en aspirant profondément la fumée. « De calibre 7.65. Huit coups dans le barillet. Un modèle de sûreté. C'est une marque allemande, tu sais. »

Il parle d'une voix neutre et ferme, et Magnus devine que son petit frère n'est pas un simple soldat, mais un instructeur en armement.

« Oui. Tu connais le mien ? Un Smith & Wesson, de calibre 38, comme ils disent aux États-Unis. À six coups. Le modèle que la fabrique a développé et rénové en 1905.

– Un six coups. Je vois.

– Les premiers remontent à 1899. C'est un modèle 10, très célèbre aux États-Unis. Et en Amérique du Sud, dans des pays comme le Mexique, et comme l'Argentine, du reste.

– Je vois.

– Mais tu préfères le Luger ?

– C'était celui qu'avait l'Allemand.

– Celui à qui tu l'as pris ?

– En fait, c'est Bertil qui l'a pris, mais peu importe. Cet Allemand était mort.

– O.K.

– Drôle de mot, cet O.K. Mais O.K. Il y a deux mois de ça. Je ne sais pas... »

Mads détourne les yeux et regarde le revolver noir à crosse grise, il le lève et vise en l'air, du côté opposé de la rivière, au-dessus de la plaine déserte. Sur la rive d'en face, les feuilles grises de poussière de quelques arbres bruissent légèrement au vent. Il parle à voix basse, mais distinctement.

« Il n'est pas chargé. Tu veux l'essayer ? propose Magnus en aspirant la fumée, si fort que sa cigarette grésille.

– Il y a deux mois de ça, comme je te l'ai dit. Ça s'est passé derrière les lignes. Un détachement d'assistance allemand était tombé en panne, un de leurs nouveaux tanks avait une panne de moteur. Un type de l'équipe farfouillait dedans. L'infanterie ne s'était pas arrêtée, apparemment, parce qu'ils étaient sur leur territoire, tu comprends. Le tireur et son assistant dormaient à l'ombre du tank. Ce n'est absolument pas réglementaire, mais ils étaient derrière leurs propres lignes, n'est-ce pas, alors... ? Enfin. Ça n'a pas été difficile. Leur lieutenant regardait le mécanicien, il nous tournait le dos, alors Bertil s'est occupé de lui pendant que je lançais une grenade sur ceux qui dormaient et que Michel tirait dans le dos du mécanicien. Comme Bertil a déjà un Beretta, il m'a donné le Luger.

– O.K.

– Nous disons *All right*, ici.

– Et après ?

– Après ? Après, on a fait sauter le tank, comme on le fait d'habitude et on a retraversé les lignes pour rentrer. Mission accomplie.

– De quelle mission parles-tu ?

– Qu'importe, on ne s'en souvient pas toujours. »

Meyer se tourne vers son frère cadet qui a gardé le revolver noir et qui vise avec. Il plisse un œil, mais c'est peut-être à cause de la fumée de sa cigarette qui monte du mégot resté à la commissure de ses lèvres.

« Qu'est-ce que tu fais exactement, Mads ? Où es-tu affecté ?

– Je ne sais pas si je suis autorisé à le dire. J'aimerais essayer ton revolver. Et tu peux essayer mon Luger. Il est armé. En Espagne, il vaut mieux avoir une arme chargée, Magnus. »

Il tire une dernière bouffée de son mégot et le lance dans la rivière. Il ne regarde toujours pas son frère aîné. Magnus prend son sac et en sort une boîte de carton gris qui renferme des cartouches. Il en compte six et les tend sur la paume de sa main à Mads qui trouve la détente, fait basculer le barillet, glisse les munitions dedans, l'une après l'autre, et repousse le barillet à sa place.

« Il y a un cran d'arrêt ? questionne-t-il. Je n'ai jamais tiré avec un revolver à barillet.

– Non. Quand il n'est pas armé, la détente exige une certaine pression. Quand il est armé, il suffit de presque rien. Une légère pression suffit.

– Ça n'est pas dangereux à transporter ?

– Dans ce cas, on ne met pas de cartouche dans le premier logement.

– O.K. », réplique Mads en souriant pour la première fois. Il se lève, le revolver plaqué le long de sa cuisse, au bout de son bras tendu. Des auréoles d'humidité se dessinent sur son pantalon et son dos. Magnus se lève aussi, le Luger à la main. Mads regarde autour de lui et repère une boîte en fer-blanc. Magnus s'avise alors qu'au milieu des cailloux, dans un trou qui ressemble à une mini-poubelle, on distingue des boîtes en fer-blanc et des papiers. D'évidence, les soldats de Madrigueras s'amusent à pique-niquer ici. Mads pose la boîte sur un rocher, à un peu moins de dix mètres d'eux, revient en arrière, tend le chien du revolver, allonge les deux bras et tire. Le coup fait un bruit d'enfer ; de l'autre côté de la rivière, deux cailles sortent du fourré et s'envolent lourdement. À la poussière qui jaillit à côté de la boîte, ils voient que le projectile a raté la cible d'un centimètre sur la gauche.

« Il n'a pas tant de recul que ça, remarque Mads. À ton tour. »

Il tend la main, déverrouille le pistolet allemand et le reverrouille pour permettre à Magnus de le déverrouiller tout seul.

Magnus se met en position de tir, les jambes légèrement écartées, il tient le pistolet des deux mains, à la mode classique, vise le long du canon et tire doucement, comme son instructeur le lui a enseigné, en son temps. Cette fois-ci, le bruit fait s'envoler très haut deux corbeaux. Ils ne voient pas où se trouve l'impact de la balle, mais il est plus loin que le rocher. Mads revient se mettre en position et tire. Quand il tire pour la troisième fois, la boîte s'envole. Magnus va la chercher. Il marche lentement, en tournant le dos à Mads qui tient le revolver chargé au bout du bras, le long de sa jambe droite. Magnus remet la boîte debout et revient à Mads. Il se met en position de tir et cette fois, fait tomber des débris de la roche gris-jaune, ce n'est qu'au quatrième essai que la boîte, qui a contenu du corned-beef, fait un bond sur la droite. Magnus rend le Luger à Mads après l'avoir verrouillé.

« On ferait mieux d'économiser nos munitions », lui dit-il.

Mads lui montre le revolver et demande calmement :

« Et toi, grand frère ? Si tu ne tirais pas sur une boîte de conserve, tu tirerais sur un homme ?

– Qui te dit que je ne l'ai pas fait ?

– Tu l'as fait ? »

Magnus détourne les yeux et réplique à voix basse :

« J'ai tué un homme en Argentine, avec ce revolver. C'était lui ou moi. Il était venu me chercher pour me tuer, à l'aube, parce que j'avais couché avec sa sœur. Je croyais qu'il était mon ami, mais j'ai découvert qu'il me détestait cordialement, parce que son père m'aimait beaucoup. Je ne m'étais pas aperçu qu'il croyait que Don Pedro m'aimait plus que son propre fils. Je savais qu'il viendrait, alors je l'attendais dans la pénombre de ma chambre. Je l'ai attendu toute la nuit. À quoi je pensais, je ne m'en souviens plus. J'attendais, c'est tout, avec mon revolver. Jusqu'à ce jour-là, je ne m'en étais servi que pour tuer des serpents et des rats. Il est entré par la porte et il a tiré sur mon lit, mais je n'y étais pas. Il a vidé les deux canons de son fusil de chasse. Je suis resté dans un coin de la pièce. Il était debout, très net, comme une masse noire dans l'embrasure de la porte, ça n'a donc pas été difficile. J'ai tiré trois balles dans sa poitrine. C'est tout.

– Ça s'est borné à ça ?

– Sur le moment, oui. Je n'ai rien senti. C'est venu après, j'ai commencé à rêver de lui. Maintenant encore, je rêve de lui.

– Les morts ne te quittent jamais. Ils te demandent toujours des comptes quand tu ne contrôles pas ta conscience.

– Tu es à la guerre, Mads. Ce n'est pas pareil.

– Va dire ça aux morts quand ils viennent la nuit, avec leurs figures hurlantes et accusatrices. Essaie de leur dire, ils ne t'écouteront pas. Je les repousse loin de moi, mais ils ne répondent pas. Tout ce que je sais, c'est que si nous n'arrêtons pas le fascisme en ce moment, des millions de morts vont marcher au pas dans toute l'Europe. J'ai besoin d'y croire.

– Pour toi, c'est autre chose, Mads. »

Mads tend le revolver à Magnus, puis il lui demande :

« Alors, c'est pour ça que tu as fui l'Argentine ? »

Magnus prend le revolver, fait basculer le barillet et le vide de ses cartouches. Son pantalon, sa chemise et sa veste sont trempés, ils lui collent au dos et en même temps, il a une sueur froide.

Il jette les cartouches vides dans la rivière.

« Oui, Mads. C'est pour ça que je me suis sauvé. Je me

suis sauvé à New York, où j'ai travaillé pendant quelques mois pour un gangster du nom de Don Giacomo. J'étais chauffeur, garde du corps et homme à tout faire. Ce n'est pas une période dont je suis fier. Comme tous les autres gangsters américains, Giacomo est un mufle brutal, j'ai donc mené à New York une vie sale et brutale, mais extrêmement bien payée. Là-bas, ils disent que j'étais un *made man*, et c'est un honneur. J'ai été heureux de recevoir la lettre de Marie, parce qu'elle m'a fourni une excuse pour rentrer au Danemark. Ça commençait à sentir le roussi, si tu veux le savoir. Alors…

– Alors, tu as filé.

– Je suis rentré pour aider notre sœur. Si tu appelles ça une fuite, libre à toi. Je ne veux pas me disputer avec toi, Mads. Tu es mon petit frère et je t'aime, mais tu es un homme à présent. Si je croyais en Dieu, je lui demanderais de veiller sur toi et de te protéger. Excuse-moi de t'avoir demandé de trahir ta cause. C'était pour Marie et pour moi. Nous ne voulons pas te perdre. Nous aurions pu nous entretuer, Mads. Ça aurait pu arriver, nom de Dieu. C'est tellement affreux d'y penser. »

Mads tend le bras vers lui. Ils sont tout près l'un de l'autre et Magnus sent les larmes lui monter aux yeux. Il voudrait ne pas pleurer mais il ne peut pas s'en empêcher. Il pleure en silence, les larmes coulent sur ses joues et il tremble de tout son corps.

Mads reste tout à fait calme, Magnus sent son haleine sur son cou et quand Mads le serre très fort contre lui, comme s'il ne voulait plus jamais le lâcher, il sent une sorte de paix couler lentement en lui, le baigner tout entier. C'est une impression merveilleuse, qui le vexe en même temps, puisque c'est lui l'aîné. Pourquoi n'est-ce pas lui qui possède la faculté de consoler et de pardonner ?

17

Assis côte à côte sur le rocher, ils contemplent la rivière dont le friselis est aussi calme et apaisant qu'un petit morceau de musique. Le soleil a repris le dessus, il fait doux et leurs vêtements sèchent peu à peu. Ils ont ôté leur veste pour la poser sur les pierres avec les chaussettes et les chemises et exposé leurs chaussures au soleil.

Mads est maigre, mais noueux et fort. Il a le torse blanc et les bras bronzés, comme les ouvriers dans les champs de betteraves, au Danemark. Ils balancent leurs pieds nus, fument et parlent de leur enfance, en s'en tenant quand même aux bons moments des découvertes et des jeux partagés. Ils évoquent de préférence des histoires et des bribes de souvenirs centrées sur Marie ou sur leur mère, en se racontant une fois de plus une anecdote ou un épisode plaisant susceptible de les faire rire. La scène pourrait presque avoir lieu au bord de la rivière de chez eux, un jour où le soleil brille ; ils se prépareraient à partir en canot pour aller planter leur tente quelque part, rien qu'eux deux. L'ambiance est si libre d'obligations, en ce moment, que les blessures empoisonnées du passé se réduisent en un clin d'œil et guérissent, sous le baume des bons souvenirs qu'ils se remémorent à tour de rôle.

Cette courte récréation est vite remplacée par l'Espagne en guerre, quand Mads parle de son rôle, dans cette guerre civile dont il nie tout à fait clairement qu'il est impossible de la gagner. Cela devient évident pour Magnus lorsque Mads, avec le plus grand naturel, passe des souvenirs innocents de son enfance à la situation présente, comme si l'on pouvait décrire une époque et des événements dramatiques sans changer de vocabulaire et sur le même ton agréable.

La voix de Mads est devenue basse et mélodieuse, durant les cinq années où Magnus ne l'a pas entendue. Son frère a de la chance que sa voix d'homme mûr soit aussi harmonieuse et musicale. Il doit s'en servir comme d'un instrument sensible, en lisant ses poèmes à ses camarades. Magnus voudrait entendre Mads lire de la poésie. Son frère pourrait certainement être engagé à la radio, qui a pris tellement d'importance, si seulement il voulait rentrer au Danemark, mais Magnus n'a plus envie d'essayer de le convaincre. Est-ce le courage qui lui manque ? Il ne reste plus qu'à laisser faire et il doit penser à ce qu'il écrira à Marie.

Il se penche en arrière, s'appuie sur ses paumes et plisse les yeux sous le soleil en écoutant la voix de Mads.

« Tu te rappelles Magnus, quand on était petits ? On jouait beaucoup aux soldats de plomb, comme les autres garçons, mais ça nous amusait surtout aux environs du nouvel an, quand on réussissait à trouver de la poudre. Tu étais plus vieux que moi et, pourtant, toujours prêt à jouer avec moi, tu étais le meilleur des grands frères. Tu me défendais. Tu t'interposais entre les grands garçons et moi, dans la cour de l'école. Tu me prenais toujours au sérieux. Jamais tu ne t'es moqué de mes rêves insensés, même des plus délirants. Tu avais de l'imagination. On jouait à la guerre, aux explorateurs dans le bois et près des lacs. On partait sur la rivière pour aller camper, on dormait sous la tente ou dans des cabanes que l'on construisait tout seuls. On pêchait. En hiver, on était des explorateurs arctiques, avec des skis et des raquettes que tu me fabriquais. Tu t'en souviens ? Et nos villes, tu te les rappelles ? On bâtissait des petites villes avec des branchages et des feuilles. Des maisons qui ressemblaient à des tipis indiens, d'autres à de petits immeubles. On en bâtissait aussi avec le Meccano. Nous étions très minutieux, nous construisions des routes, un mur d'enceinte, un pont qui franchissait un petit cours d'eau de notre invention. On créait des boutiques, une vraie société en miniature, on la peuplait avec nos soldats de plomb et les petits personnages qu'on fabriquait avec les cure-pipes de papa, des pinces à linge et d'autres objets, avec l'aide de Marie. Ils étaient à nous, nous les installions dans notre ville. Ce jeu-là durait quelques jours, nous savions que notre ville ne durerait pas longtemps. Le mieux, c'était quand il neigeait, la ville devenait toute blanche et magnifique. On la bâtissait au fond du jardin. Tu te rappelles ? C'était en contrebas, près des grands hêtres, derrière la statue du fondateur de l'établissement.

– Je m'en souviens bien », dit Magnus en se redressant. La rugosité de la roche lui irrite les paumes.

« À partir du moment où tu t'étais procuré la poudre du nouvel an chez le marchand de vélos, on se préparait à tout faire sauter. C'était une grosse affaire qui demandait de la précision. C'était passionnant, hein ? De relier les tirs des différents canons, d'évaluer leur puissance, de tâcher de décider dans quel ordre ils allaient tirer. Ça nous prenait toute une journée. Quand le soir tombait, on allumait la mèche. Pendant des années, c'est toi qui l'as fait et finalement, tu m'as permis de le faire. Après, on faisait tout sauter. Marie ne comprenait pas notre plaisir. Une année, elle s'est mise en colère en voyant qu'un de nos soldats de plomb avait perdu une jambe. On se souvient des choses les plus curieuses, tu ne trouves pas ?

– Pourquoi me racontes-tu ça ici, Mads ?

– Parce que mon boulot, en Espagne, c'est ça. Je fais exploser des choses et parfois des gens. Nous passons derrière les lignes des fascistes, Bertil et moi, pour faire sauter leurs ponts et d'autres équipements. Le nom de mon unité est *Servicio Especial*. Ce qui veut dire…

– Service spécial. Je parle espagnol, Mads.

– C'est vrai. Beaucoup mieux que moi, ce qui ne veut rien dire.

– En d'autres termes, tu es devenu partisan ou saboteur, que sais-je, parce que je t'ai appris à faire sauter des soldats de plomb quand on était petits ? »

Mads éclate de rire et Magnus a chaud au cœur. Ce rire franc lui rappelle leur enfance, la façon dont le rire heureux de Mads allégeait une atmosphère pesante. Même bébé, Mads n'était qu'un grand sourire. Il avait à la fois le rire et la larme faciles. Quelquefois, il riait et pleurait presque en même temps, si bien qu'on ne savait pas à quoi s'en tenir.

« Non, Magnus. C'est Bertil qui me l'a appris. Il manipule de la dynamite et des explosifs depuis qu'il a quinze ans. Comme son père avant lui. Avant de venir ici, Bertil a creusé des tunnels en Norvège et des galeries de mine à Kiruna avec des explosifs.

– Ce doit être un vrai héros, ton Bertil.

– Ne sois pas si sarcastique. Bertil est un bon camarade et un vrai révolutionnaire.

– Ça ne m'étonne pas. Un vrai saint.

– Arrête, bon sang », l'interrompt Mads d'une voix de plus en plus irritée. « Je peux compter sur lui sans réserve. Il est fort et il est drôle.

– C'est un des enfants de Staline, non ?

– Oui. Qu'est-ce que ça fait ?

– Tu es communiste, Mads ?

– Non. Je ne suis pas communiste, mais Staline en fait plus que beaucoup d'autres. Il soutient ceux qui se battent en Espagne pendant que la France et l'Angleterre et notre minuscule pays nous tournent le dos en se réclamant de la politique de non-intervention, alors que Hitler et Mussolini envoient ouvertement des troupes et du matériel en Espagne. Staline nous aide.

– Il se fait largement payer.

– Comment ça ?

– Puisqu'il a l'or espagnol. Qui finance les tanks et les avions de l'oncle Staline. »

À sa grande surprise, Mads se met à rire en secouant la tête avec indulgence :

« Tu parles comme Bertil. C'est un de ses côtés vraiment

incompréhensibles pour moi. Lui aussi parle toujours de l'or espagnol. Il dit que le plus gros est arrivé en Russie, mais qu'il en reste ici, en Espagne. Il dit qu'il sait où il est. Il plaisante en disant que si nous ne remportons pas la victoire – mais c'est sûr qu'on la remportera – on ira le chercher pour se sauver avec. Parfois, Bertil se laisse emporter par son imagination, bien qu'il se considère comme un ouvrier suédois bien trempé. »

Marcus sent sa gorge se serrer, il s'éclaircit la voix une ou deux fois avant de s'enquérir :

« D'où est-ce qu'il tient ça ?

– Tu ne t'es pas laissé avoir par ce bobard, toi aussi ? Si ? Les réserves d'or espagnoles sont comme la Sainte Vierge. Tout le monde l'a vue, mais personne ne sait exactement où. C'est Moby Dick, Magnus. Une grosse baleine blanche que personne n'a vue et dont tout le monde parle. Elle est ici, elle est là. C'est un mirage qui sert à maintenir le moral des troupes dans les tranchées.

– D'où tient-il ça, Mads. Et où est-ce ?

– Mais tu prends ça au sérieux, ma parole ! Il ne m'a pas dit où est cet or, ou alors, je l'ai oublié. Tu ne peux pas prendre cette histoire au sérieux ? Ce n'est pas possible ? Bertil l'a entendu dire par un Américano-Suédois avec qui il a beaucoup parlé avant la mort de ce pauvre type. Il avait une terrible blessure à la jambe, qui s'est gangrenée.

– Et si je te disais que c'est une histoire vraie, Mads ?

– Arrête, Magnus. Tous les volontaires sans exception parlent de ce sacré magot. Il y a plus de fables là-dessus que sur le moyen d'arriver à baiser en Espagne, et crois-moi, ce n'est pas rien. »

Mads attrape leurs chaussettes et leurs chaussures qui sont toujours humides, mais machinalement Magnus suit son exemple et remet ses chaussettes en insistant :

« Mads. C'est vrai. C'est une histoire vraie. Cet or a été transporté en Russie au début de la guerre, mais il en est resté ici.

– Alors, toi aussi, tu es à la recherche des trésors de l'empire des Incas ? C'est un maillon de la propagande fasciste, Magnus. Ils veulent empêcher que le monde entier sache que Staline et la grande Union soviétique nous aident à lutter contre le fascisme, alors que tous les autres nous tournent lâchement le dos. J'ai bien essayé de le dire à Bertil, mais là, j'ai touché un point aveugle, bon Dieu. C'est réellement étrange, parce que, par ailleurs, il suit à la lettre toutes les consignes du parti, sans remettre en question un seul mot qui nous arrive de Moscou.

– Écoute-moi, Mads…

– J'aime mieux qu'on arrête d'en parler. Ce sont des histoires à dormir debout. J'ai d'autres soucis.

– O.K. Si c'est ce que tu veux, alors, O.K. »

Ils restent un moment silencieux. Cela leur fait du bien d'allumer quelques cigarettes et de contempler le paysage qui s'offre à eux au-delà de la rivière et les montagnes voilées, à l'horizon.

Magnus prend la parole :

« Ce que vous faites tous les deux, toi et Bertil, ça m'a l'air très dangereux. Tu ne l'as pas écrit à Marie ?

– Non. Et je te demande aussi de t'abstenir de lui en parler. Ça ne sert à rien, n'est-ce pas ? J'aurais mieux fait de ne rien te dire du tout. Ce que nous faisons est secret. Je suis sergent, en fait, mais tu ne vois pas mes galons, hein ?

– Non. Mais je sais comment on considère les saboteurs, Mads. On les fusille sur-le-champ. Ils sont traités comme de vulgaires assassins ou comme des espions. Sur-le-champ. Pan.

– Comme dit Bertil, il s'agit de ne pas se laisser prendre.

– Mads, bon sang…

– C'est une chose dont je n'ai pas le droit de parler, mais tu es mon frère, alors… »

Mads se lève, ramasse une branche, la lance dans la rivière qui coule paresseusement et la suit des yeux. La branche tourne lentement sur elle-même.

Et en tournant son mince dos nu à Magnus, il ajoute :

« Nous partons demain, Bertil et moi, avec notre groupe. Vers le nord. On nous indiquera la cible quand on sera là-bas, mais c'est sûrement un pont ou un dépôt de munitions situé derrière les lignes fascistes. Les républicains préparent une grande offensive dans le nord, aux alentours de Teruel, où le front n'a pas bougé, dans l'ensemble, depuis le début de la guerre. On est début décembre. C'est un secret, bien entendu, mais tout le monde parle d'une offensive pour Noël. C'est comme si c'était écrit, en un sens. D'ailleurs, cela réduira la pression sur Madrid, après la chute du Pays basque. »

Il se retourne :

« C'est comme ça, Magnus. Il n'y a rien à y faire.

– Mais je viens de te retrouver, Mads. Je croyais que nous aurions au moins deux ou trois jours ensemble avant que tu…

– Que je ne sois tué, peut-être ? Bertil dit que c'est du temps perdu d'y penser. S'il existe une balle qui porte ton nom, elle te tuera. C'est comme ça, c'est tout.

– Quelle bêtise !

– Qu'en sais-tu ? Je m'en remets à Bertil. Jusqu'ici, ça m'a permis de rester en vie. Du reste, j'ai plus peur d'être invalide que de mourir, de perdre une jambe ou un bras comme Svend ou d'être défiguré, ou qu'une balle me tranche les couilles ou la queue. Et maintenant, j'ai envie de pisser. »

Mads lui tourne le dos et s'en va du côté du fourré de buissons poussiéreux qui borde la rivière. Magnus se lève, irrité par sa jalousie envers ce Bertil qui est le modèle et la figure tutélaire de son cadet. Il se poste aux côtés de Mads pour pisser avec lui et fait un effort pour plaisanter afin de cacher son désespoir :

« J'espère quand même que tu ne vas pas partir te faire tuer avant qu'elle t'ait servi à autre chose qu'à pisser, petit.

– Non, non. Ne te fais pas de souci. Je m'en servais déjà quand j'étais au Danemark, répond Mads, en partant de son rire communicatif.

– Tiens, tiens. Par exemple.

– Tu la connais bien. C'est celle qui t'a dépucelé, à ce qu'elle m'a dit.

– Non. Pas possible. Pas elle !

– Si. Else, de la teinturerie. C'est elle qui m'a aidé à me débarrasser de ma virginité, comme elle l'a fait pour tant d'autres. »

Magnus éclate de rire en se déboutonnant :

« On devrait lui décerner une médaille du mérite, hein ! Mais quand même… »

Mads réplique, plus sérieusement :

« Il y avait une fille, au lycée, dont j'étais très amoureux, je la courtisais, je la tenais par la main, je l'embrassais, mais elle ne voulait pas aller plus loin. Ça a engendré une quantité de poèmes dans lesquels le mot cœur rimait avec douleur. Heureusement, j'ai rencontré en même temps une autre fille, une ouvrière des fabriques Kohl. Elle n'était pas très forte en poésie, mais elle en savait long sur le reste, ce qui m'a permis de réunir l'esprit et la chair.

– Tu es vraiment un homme, mon petit.

– On grandit, en cinq ans. Il y a aussi eu une putain, à Barcelone, si tu veux le savoir. Mais c'était de la merde. Je me sentais mal après. Comme si je ne réussissais pas à me laver de cette saleté. Et toi ?

– Il y en a trop eu pour que je m'en souvienne », admet Magnus, un peu gêné par la sincérité directe de son frère sur ces sujets tabous.

« Et une femme pour qui tu as tué quelqu'un.

– Je crois que c'était surtout pour sauver ma peau. Puisque c'est ma nature, d'après toi.

– Allons, ne te fais pas de reproches, mon vieux. Retournons là-bas. J'ai faim. »

Mads va chercher sa chemise et sa veste sur le rocher et il part en se rhabillant, si vite que Magnus doit courir pour le rattraper en tâchant de s'habiller en même temps.

« Je peux t'offrir à déjeuner quelque part ? demande-t-il à Mads, dans son dos.

– À Madrigueras ? Je ne crois pas. Ils disent que c'est du bœuf, mais quand on a de la chance, c'est du cheval, parce que en général c'est de la bidoche dure qui vient d'un âne mort de vieillesse. Les camarades de l'église nous donneront des lentilles avec deux bouts de viande et un peu de vin. Peut-être qu'il y aura du pain aujourd'hui. Bertil sait s'y prendre pour organiser ces choses-là, d'ordinaire. Comme je suis gradé dans les troupes spéciales, on me verse 10 pesetas par jour, mais je n'ai rien à acheter, à part de l'alcool et des cigarettes au marché noir…

– Je prendrai ce qu'on me donnera. »

Mads tourne son jeune visage vers lui et ajoute :

« Alors, c'est d'accord. Mais Dieu sait que ça me manque de bien manger. Même si je supporte mieux que la plupart la bouffe espagnole. Il m'arrive d'avoir les visions les plus affreuses en même temps que les plus merveilleuses en pensant à un rôti de bœuf, à un carrelet à la sauce persillée, à des croquettes de viande accompagnées de chou à la vapeur, à du pain noir avec du hareng, des oignons et de la salade au curry, ou à du pâté de foie avec des betteraves rouges sur du pain noir qui sort du four, ou à une assiettée de bouillon de poulet suivie de poulet à la sauce au raifort. Ou encore…

– Arrête, Mads, nom de nom. C'est trop. Tu me coupes l'appétit.

– Tu te souviens du rôti de porc de Signe, notre cuisinière, de la couenne salée et grillée, du chou rouge fait maison, des pommes de terre blanches cuites à point, des pommes de terre caramélisées avec sa bonne sauce brune, Magnus, si épaisse que la cuiller tenait presque debout dedans !

– Ta gueule, Mads », dit Magnus en riant et en lui allongeant une bourrade. Mads le prend par les épaules, ils marchent en riant et jouent à qui des deux décrira des plats de plus en plus appétissants surgis du pays disparu de leur enfance.

18

L'église de Madrigueras est le plus grand édifice du village, cela va de soi. Comme dans les autres villages démunis, elle se dresse, telle une riche et puissante bastille, au-dessus des maisons basses de la place centrale où se trouve aussi le puits. C'est de la place de l'église que les rues poussiéreuses partent dans tous les sens. L'église projette les longues ombres de l'après-midi sur de pauvres masures restées sans entretien depuis des années, semble-t-il.

C'est l'un des innombrables villages pauvres de l'Espagne, où l'on a toujours travaillé pour un maigre salaire de l'aube au coucher du soleil et où seuls savaient lire et écrire l'instituteur, le curé, le propriétaire terrien et quelques rares habitants. Chaque matin les hommes du village arrivaient sur la place au point du jour. Le chef d'équipe du propriétaire sélectionnait les chanceux qui rapporteraient ce jour-là un maigre salaire à la maison après avoir plié l'échine dans les champs pendant douze heures. La faim s'invitait chez eux chaque jour, de leur naissance à leur mort ; le manque d'un espoir en l'avenir accompagnait la plupart des habitants pendant toute leur vie de misère. Pour beaucoup, l'église catholique, sa Vierge, tous ses saints et ses anges gardiens représentaient une consolation et un espoir. Pourtant, la Vierge écoutait beaucoup trop rarement toutes les prières qui montaient vers le ciel, lorsque les enfants criaient la faim. On voyait bien trop souvent mourir son enfant avant la fin de sa première année. Les chanceux qui survivaient commençaient à gagner leur vie à cinq ans. Les villageois espagnols comprennent sans difficulté le but de la guerre, pour quoi et pour qui l'on se bat. Ce sont les pauvres, les opprimés et les marginaux qui veulent la justice et qui rêvent d'une société meilleure pour tous, d'une société où tous les hommes sont égaux et ont le même accès aux biens merveilleux de la terre.

C'est Mads qui décrit cette situation, pendant leur retour au village. Magnus se sent animé d'un curieux mélange de soulagement et de désespoir en écoutant le récit si éloquent de son cadet. Il admire son engagement et son idéalisme tout en le trouvant naïf et irréaliste. Il aimerait, comme Mads, croire en la bonté humaine, mais il n'a rien vu, dans la vie, qui prouve qu'elle existe. Au contraire, son expérience lui affirme que l'homme est un animal égoïste et violent. Sa propre misanthropie lui vaut souvent du dégoût, mais il ne la prend pas pour du cynisme. Il considère cette attitude raisonnable parce qu'elle est basée sur l'expérience vécue. Ce qui ne l'empêche pas d'envier Mads qui a foi en quelque chose. Cela se voit à son attitude que sa vie a un sens, malgré les horreurs auxquelles il est confronté.

Mads est jeune comme le monde. Magnus n'a que cinq ans de plus que lui, mais de temps à autre, il a l'impression d'avoir l'esprit d'un vieillard. Il aimerait cheminer dans la vie du même pas léger que Mads, mais il craint, en même temps, que cette légèreté ne mène son cadet à sa perte, avec l'utopie à laquelle il se cramponne. De surcroît, il est au désespoir parce qu'il sait qu'il va perdre Mads à nouveau. Il est soulagé de l'avoir trouvé et obnubilé par la certitude que cela ne durera pas.

L'église n'en est plus une depuis que les ouvriers agricoles ont chassé le propriétaire, la garde civile et le curé, en juillet 1936, en se soulevant contre leurs oppresseurs, comme dit Mads quand ils arrivent devant l'édifice. Les oppresseurs soutenaient Franco, bien entendu, mais ils n'avaient compté ni sur la colère du peuple ni sur son besoin et sa volonté de rendre les coups. La plupart des villageois se sont réfugiés à Albacete. Ils ont peur que le village ne soit la cible de bombardements aériens, affirme Mads. Magnus, pour sa part, suppose qu'ils craignent la vengeance des fascistes quand ceux-ci reprendront le village, sachant que le sang coulera parce que les volontaires venus de l'étranger s'y sont abrités.

Le soleil est plus bas et l'air plus frais, ils le sentent à cause de leurs habits encore humides. Un petit groupe en blouse bleue est assis devant le puits, le long d'un mur brûlé par le soleil ; ils fument et une gourde de vin passe de main en main. Ils font signe à Mads qui leur répond en faisant le salut militaire.

« Vous avez vu Bertil, camarades ? s'enquiert-il en allemand.

– Il est dans l'église. Il a demandé après toi il y a un moment », répond un petit homme râblé à la figure ronde et à la barbe taillée de près, coiffé d'un béret basque noir. Il a le nez très rouge et les veines gonflées.

« Amène ton camarade, Mads. Il y a beaucoup de bouffe aujourd'hui. »

La nef de l'église est vaste et une lumière vive entre par les vitres haut placées. On a enlevé les bancs pour les remplacer par plusieurs groupes de tables et de chaises. Dans un coin se dresse une tribune. Une cinquantaine d'hommes, autour des tables, mangent dans des assiettes en fer-blanc, une cuiller dans une main, et dans l'autre un quignon de pain blanc qui sert à saucer l'assiette. Tout le monde bavarde, fume et mastique. Magnus repère Bertil, debout sur ce qui doit avoir été l'autel. De grosses traverses de fer ont été posées sur une rangée de pierres de taille. Un feu vif brûle sous trois grandes marmites posées sur ces traverses, d'où s'échappent une vapeur blanche appétissante ainsi qu'une odeur d'huile, d'ail et de viande de mouton. On a pratiqué un trou, dans le toit de l'église, pour permettre l'évacuation à la fois de la fumée et des odeurs de cuisine.

Bertil aperçoit Mads et Magnus et leur fait signe d'approcher.

Il annonce, dans son parler du nord de la Suède :

« On a de quoi manger, Mads. Figure-toi qu'on a tué un mouton, on a ajouté des carottes, du persil, du rutabaga et des lentilles, il y a même du pain par-dessus le marché ! C'est Manuel qui a fait la cuisine. Qu'en dis-tu ?

– Je dis que Manuel et toi, vous êtes de vrais héros révolutionnaires.

– Ton frère est aussi le bienvenu.

– Il vous remercie, dit Magnus.

– Que fait ton frère, déjà ?

– Il est journaliste, Bertil.

– Pas dans la presse bourgeoise, j'espère ?

– C'est mon frère, Bertil.

– Bien sûr. C'est pour ça qu'il est le bienvenu, mais tu sais ce que je pense des journalistes bourgeois et des tire-au-flanc qui refusent de se battre.

– On a faim, Bertil. »

Mads a une assiette en fer-blanc, une cuiller et un gobelet dans sa musette, et Magnus emprunte l'attirail de Bertil qui a déjà mangé, apparemment. Le Suédois osseux et noueux a une tête de plus que les deux frères. Il a les yeux rouges, il pue l'alcool et l'ail et boit du cognac dans un verre ordinaire à moitié plein.

Le ragoût sent bon, ils se régalent d'avance en voyant les perles de graisse briller à la surface du mélange qui bouillonne, appétissant. De gros morceaux de viande frémissent au milieu de haricots blancs, de carottes et de persil grossièrement coupés et taillés, d'oignons hachés et de petits morceaux de rutabaga.

Magnus a l'eau à la bouche et son estomac gargouille quand il sent l'odeur de l'ail et d'autres épices qu'il ne reconnaît pas. Bertil les sert avec une grosse louche et leur donne à chacun une tranche de pain garnie d'une épaisse croûte dorée, en leur indiquant une table libre où trône une bouteille de vin sans étiquette.

Le vin est frais, mais il plaît à Magnus, comme le ragoût de mouton. Il a l'impression de n'avoir rien mangé, depuis longtemps, d'aussi bon que ce plat gras et fortifiant. Ils mangent en silence, lèvent la tête pour se regarder et boivent après avoir trinqué avec leurs gobelets en fer-blanc. Les deux hommes avec lesquels se trouvait Mads au café, à la table d'à côté, s'occupent de leurs affaires. Ils ont saucé soigneusement leur assiette avec le reste de leur pain. La graisse dégouline de leur menton. Mads va leur chercher une seconde portion de ragoût, et ils se remettent à manger en silence. Bertil vient s'asseoir, allume une cigarette et les regarde manger d'un air satisfait.

« Mangez, dit-il dans son suédois traînant. Pour une fois, il y en a assez pour tout le monde. Quand de bons camarades nous expédient et des carottes et un mouton entier, ça veut dire qu'ils vont bientôt mourir. Mais c'est comme ça. Tu as raconté à ton frère l'histoire de l'église et du puits du village ?

– Non, pas encore », réplique Mads la bouche pleine. Avec ses jeunes dents solides, il a attaqué un morceau de viande tendineuse qu'il sort de sa bouche et regarde avec surprise avant de se remettre à le ronger.

« Alors, à moi de le faire, poursuit Bertil, satisfait. Ça vous distraira pendant que vous mangez. Même un journaliste bourgeois pourra peut-être écrire cette histoire dans son journal. Ils ne doivent pas imprimer que des mensonges. Vois-tu Magnus, il est possible que, pour certains, cette église soit un édifice chrétien, mais pour moi et mes bons camarades, la religion n'est que de la superstition et de l'opium pour le peuple. Si ces malheureux ne se plaignent pas de leur vie misérable sur terre, c'est parce que l'idée de l'éternité les fait vivre. Toutes les religions sont ainsi, inventées par les détenteurs du pouvoir pour que les autres restent dans l'ignorance. L'église est le symbole classique de cette oppression séculaire. En Espagne, l'Église catholique est celle des potentats. Franco et ses fascistes proclament qu'ils mènent une croisade contre nous, les Rouges, et l'Église bénit leurs canons parce qu'elle a intérêt à retrouver son pouvoir, c'est-à-dire tout son argent et ses autres possessions. »

Avec sa cigarette, Bertil montre les marmites posées sur les traverses et les pierres de taille :

« Quand les premières brigades sont arrivées ici, elles ont transformé l'église en salle de réunion et en réfectoire. Elle était parfaite pour les soirées de camaraderie, comme cuisine et comme cantine. Les camarades ont sorti l'autel et rapproché le foyer du mur extérieur. Pendant quelque temps, ça a bien marché, jusqu'au jour où tout s'est effondré. En dessous, ils ont découvert une chambre secrète avec une rigole soigneusement creusée dans le granit où de l'eau coulait. C'était par là que passait la source naturelle la plus pure, qui s'est avérée être reliée au puits de la place. Depuis cette chambre secrète, on pouvait arrêter le débit de la source à l'aide d'un bouchon en bois. De temps à autre, le curé bouchait la source et le puits s'asséchait. Cela se passait en général pendant les mois les plus chauds, quand on ne peut pas se passer d'eau. Le curé conseillait alors aux habitants de prier et de faire de grosses offrandes à sainte Marguerite, l'ange gardien de la source : de l'argent, des moutons, des porcs, du blé, du maïs, des biens de toute sorte. Les paysans misérables et les journaliers superstitieux s'exécutaient, et quand le curé et son gros évêque d'Albacete étaient satisfaits de leur butin, ils ouvraient lentement le bouchon, l'eau de la source ruisselait à nouveau dans le puits et tout le monde se réunissait ici, à l'église, pour une messe d'action de grâces au Seigneur qui avait exaucé les prières du peuple. Que dis-tu de cette histoire, Magnus ?

– Les hommes veulent être trompés.

– Oui. C'est pour ça qu'il faut changer le monde.

– C'est toi qui le dis.

– Je ne me contente pas de le dire, je le fais. Comme ton frère.

– Qu'est-ce qu'il fait ?

– Il change le monde. Il se bat pour une société nouvelle où il n'y a pas de place pour des Églises et autres potentats sanguinaires. Où ceux qui travaillent décident de leur propre vie. Et toi, que fais-tu ?

– Je me régale de ton ragoût. » Magnus prend le reste de son pain et sauce son assiette pour ne pas laisser perdre une goutte de bouillon.

« Pour qui d'autres ont bossé.

– C'est toi qui m'as invité, mais je te paierai volontiers, réplique Magnus en mâchant lentement son pain.

– Tu crois qu'il s'agit d'argent ? Vraiment ? » Le grand Suédois boit un peu de cognac dans son verre qui est presque vide. Magnus voit que Mads lui jette un coup d'œil avant de regarder Magnus et de secouer presque imperceptiblement la tête.

« Je n'ai pas envie de me disputer avec toi », intervient Magnus d'une voix pas très claire, parce qu'il est en train d'avaler sa dernière bouchée de pain.

« Se disputer ? Qui parle de se disputer ? On discute comme de bons camarades. C'est à ta conscience que je m'adresse.

– Tu n'es pas mon curé.

– Qu'est-ce que ça veut dire, le Danois ?

– Je ne te dois pas de confession.

– Tu me dois une réponse ! Que te dit ta conscience quand tu vois ton petit frère se battre pendant que tu te contentes de regarder le monde brûler sous tes yeux, comme un parasite.

– Tu as l'air de croire que je n'ai pas de conscience.

– Tu es le frère de Mads, tu dois en avoir une.

– Qui sait ? Du reste, je ne vois pas en quoi ça te regarde. Tu vas vite en besogne pour juger les gens, tu sais tout sur eux du premier coup d'œil. Ça ne te regarde pas, Bertil. Fiche-moi la paix.

– Tu es chez les camarades, ici. Tout me regarde, ici.

– D'accord, mais je viens seulement voir mon frère.

– C'est le plus facile, pas vrai ? Venir en visite. De rester en dehors du conflit. Tu crois qu'on peut être neutre ? Ce n'est pas possible. Tu ne choisis pas ton camp, mais tu le choisis quand même.

– C'est toi qui le dis.

– Tu crois que tu pourras t'en tirer. Tu ne le pourras pas, le Danois.

– Tu as trop bu. Fiche-moi la paix. Et merci pour le repas. »

Il jette un coup d'œil à Mads qui sauce son assiette avec son quignon de pain, la tête basse. Magnus a déjà vécu cette scène dans d'autres pays. C'est partout la même chose, quand des hommes ont bu. Sans raison ou sans motif particulier, une ambiance joviale devient tout à coup agressive et violente. Une violence indissolublement liée aux bistrots, or, cette église est devenue un bistrot. Il mesure le grand Suédois et il sait que s'il devait se battre loyalement avec cet homme, il n'aurait aucune chance.

Mads baisse les yeux, tandis que les deux hommes du café observent Bertil avec inquiétude. Magnus regarde le pistolet de Bertil, dans l'étui de sa ceinture, car il craint que cela ne tourne mal s'il ne dénoue pas la situation, dont il comprend soudain la cause : Bertil craint qu'il ne soit venu lui enlever Mads. Le sac de Magnus est posé au pied de sa chaise, mais son revolver n'est pas chargé. Que lui avait dit Mads ? Qu'en Espagne, il est sage de garder son arme chargée. Il se promet qu'à l'avenir, il aura cinq cartouches dans le barillet de façon à pouvoir tirer d'un seul coup de pouce sur la détente.

Bertil a dit quelque chose que Magnus n'a pas entendu. C'est peut-être ce qu'il lui répète en ce moment :

« Pourquoi crois-tu que je suis ivre ? Tu crois que je ne supporte pas le cognac ? »

Mads relève la tête :

« Bertil », dit-il simplement à voix basse, mais Bertil semble être seul dans son univers d'ivresse sanglante. Il se lève et la chaise bascule en arrière. Les gens des tables voisines lèvent la tête. Bertil se redresse de toute sa taille et lève la voix :

« Qu'est-ce que tu fais réellement ici, sacredieu ?

– Je viens voir mon frère.

– Que tu dis, mais qui nous dit que tu n'es pas un espion fasciste ? Tu prétends que tu es journaliste, mais est-ce que tu l'es vraiment ? Et si tu étais un espion ?

– Bertil, intervient Mads, plus fort cette fois.

– La cinquième colonne. Des salauds. Je supporte encore un pique-assiette, mais pas un espion fasciste.

– Allons Bertil, ça suffit », répète Mads.

Bertil tend la main vers l'étui de son revolver. Magnus repousse sa chaise et du même geste, lance le reste de son vin à la tête du Suédois qui fait deux pas en arrière en rugissant, si bien que tous dans l'église redressent la tête ou commencent à se lever.

« Magnus, va-t'en. Ça va mal tourner tout ça, intervient Mads en recourant à son frère.

– Alors, tu pourrais m'aider, non ? »

Bertil fait le tour de la table et, comme un taureau borné, se jette droit sur Magnus qui saisit la bouteille presque vide et le frappe sur le côté de la tête. Le Suédois chancelle et secoue la tête, mais de deux choses l'une, ou il a un crâne inconcevablement solide, ou il est trop ivre pour sentir quoi que ce soit. Comme il lève les mains pour se mettre en position de boxeur, Magnus lui donne un bon coup de pied dans les parties, et quand Bertil, instinctivement, baisse les mains sur ses couilles douloureuses, Magnus le frappe une nouvelle fois à la tête avec la bouteille. Le grand Suédois tombe alors à genoux, et ses yeux se brouillent.

Magnus repose sur la table la bouteille qui, heureusement, ne s'est pas brisée. Il a le souffle rapide, presque haletant. Il surveille du coin de l'œil les deux camarades qui se sont levés et qui s'approchent. Mads, livide, s'est levé, lui aussi, et leur fait signe de se tenir à distance.

Magnus prend son sac et fait un pas en arrière. Bertil lève la tête et essaie de se lever. Mads lui saisit le bras pour l'aider à se redresser et Magnus ressent une douleur si grande et si paralysante qu'il a envie de s'asseoir par terre. Bertil est presque debout, bien qu'il vacille et que du sang coule de son crâne.

Il siffle :

« Fous-moi le camp. On n'a pas besoin de pique-assiette

comme toi, ici. Fous-moi le camp ou je te tue. Si tu n'es pas mort, c'est uniquement parce que tu es le frère de Mads. »

Magnus sent plus qu'il ne voit que l'assemblée se dresse contre lui. Il y a de la violence dans l'air et personne ne le soutient. Il sent que, progressivement, les hommes se sont levés et qu'ils font bloc contre lui. Bertil est, de toute évidence, à la fois respecté et craint et bien entendu, tous se rangent de son côté contre le nouveau venu qui vient de l'extérieur. Il a vraiment peur et sent que son pouls s'emballe.

« Mads ? » demande-t-il d'une voix plus suppliante qu'il ne le voudrait.

« Il vaut sûrement mieux que tu t'en ailles, Magnus, dit Mads à voix basse en détournant la tête.

– Tu te ranges du côté de ce sale Suédois ?

– Je crois qu'il vaut mieux que tu t'en ailles.

– Tu es mon frère, nom de Dieu.

– Va-t'en, Magnus. Tu ne pourrais pas disparaître, tout simplement ? Tu n'aurais pas dû venir. Ça ne servait à rien.

– Merde, Mads ! Tu es mon frère. Qu'est-ce que tu fais ? »

Ses larmes le trahissent, mais Mads détourne les yeux, puis le regarde à nouveau d'un air suppliant. Magnus tourne les talons et sort de l'église presque en courant. Il croise le jeune Kaj qui entre et qui le regarde, stupéfait, quand Magnus le heurte de l'épaule et le pousse pour qu'il le laisse passer. Derrière lui s'élèvent des rires méprisants, et Bertil lui crie d'une voix qui tremble encore un peu, mais que l'on entend très bien malgré tout, claire et nette :

« Sauve-toi, poltron. Défile-toi. C'est tout ce que tu sais faire. Tu te défiles quand ça va mal. Cours te mettre à l'abri au Danemark et laisse l'Espagne aux braves. N'importe comment, tu n'es qu'une pauvre tapette. »

19

Deux jours plus tard, en début d'après-midi, Magnus est au bar du Gran Hotel. Il est toujours triste et passablement contrarié et énervé, parce que Joe Mercer n'est pas encore revenu de Madrid et que, de surcroît, Irena est partie pour Valence, d'après le réceptionniste. Elle a conservé sa chambre, heureusement, il pense donc qu'elle va revenir, mais il enrage en pensant qu'elle aurait pu lui laisser un message. Pourquoi l'aurait-elle fait, en réalité ? A-t-elle une dette envers lui ? Ils ont eu une bonne conversation juste avant son départ pour Madrigueras, et elle fait clairement preuve de sympathie, peut-être même de chaleur envers lui, quand ils sont tous les deux. Ils rient bien ensemble, mais de là à tomber amoureuse de lui, il y a tout de même un pas à franchir. Un mot d'elle aurait été un signe favorable, une chose qui l'aurait un peu remonté.

Cela l'irrite aussi de constater que tous ses essais pour écrire à Marie au sujet de Mads restent infructueux. Il ne parvient pas à trouver des mots, à se forcer à lui relater sa défaite. Il écrit *Ma chère Marie*, regarde droit devant lui pendant un moment, puis il froisse le papier à lettres de l'hôtel et le jette dans la corbeille à papier. Rien d'étonnant à ce qu'il soit désolé puisqu'il a trahi Marie, puisqu'il a trahi Mads, mais surtout, puisque Mads l'a trahi. Magnus déborde à la fois de pitié envers lui-même et de mépris de soi parce qu'il est confronté à ses propres limites.

Il soigne un début de gueule de bois en avalant lentement une deuxième tasse de café. L'hôtel ayant profité d'un arrivage de café, il peut en boire à volonté. Il est installé au bar dans le local presque vide, assombri par ses gros meubles d'acajou, devant un comptoir de zinc long et large et un barman mélancolique qu'il voit pour la première fois et qui semble rivé au sol. Le barman, les yeux vagues comme après l'explosion d'une grenade, porte une chemise blanche, un gilet noir et un pantalon noir dont le fond brille autant que les verres qu'il astique machinalement.

En buvant son café, Magnus a lu les journaux en tentant de découvrir la vérité derrière les circonlocutions des rapports censurés sur la progression de la guerre. Il a décidé de prendre une bière et tâchera une fois de plus d'écrire à Marie, en s'efforçant de ne pas penser à ce que fait Mads en ce moment précis. Ce qui n'est pas facile car son inquiétude pour son frère cadet, dont il ne sait plus où il est, le rend quasiment malade.

Il a renvoyé Juan Montero et la voiture à Valence. Il n'y avait aucune raison de continuer à le payer. Il a dépensé la plus grande partie de son argent pour ce chauffeur, mais on lui a remis des pesetas sans problème grâce à la lettre de crédit délivrée par la banque. L'inflation est dure pour les républicains, s'est-il dit en retirant son gros paquet de coupures dans une banque surveillée par quatre Guardias de Asalto.

Un léger changement d'atmosphère l'incite à se retourner et il voit deux hommes entrer dans la pièce. L'un d'eux est Gerhardt Pandrup, du quartier général des brigades, qu'il a vu dans l'ancienne caserne des gardes civils. Vêtu de son uniforme gris-vert de commissaire, il porte sa bandoulière en biais, son pistolet dans l'étui de sa ceinture, des demi-bottes marron foncé et une casquette d'officier noire.

D'abord, Magnus a de la peine à situer son compagnon puis il se souvient de lui. C'est le Russe de l'aéroport de Valence pour lequel il a été l'interprète de Mercer. Cette fois-ci, il n'est plus en costume d'été blanc, mais en pantalon sombre, et sa chemise d'uniforme est boutonnée jusqu'au cou, sous un court manteau de cuir ouvert. Il porte son pistolet sur la hanche, dans un étui fermé, et un béret sombre sur la tête. Il s'appelle Stepanovitch, c'est ça, et il travaille pour le nouveau service de sécurité communiste. Il lui avait parlé en espagnol, à l'aéroport de Valence, Pandrup le parlerait-il aussi ?

Magnus sent, dans son dos, son propre revolver qu'il a glissé dans la ceinture de son pantalon, sous sa veste. Il ne se laissera plus surprendre sans une arme chargée, pense-t-il avec satisfaction en voyant les deux hommes venir lentement à lui.

« Bonjour, Pandrup », salue-t-il en danois.

Gerhardt Pandrup, qui doit avoir la trentaine, a la figure vieillie par la fatigue. Il fume une grosse cigarette espagnole roulée à la main avec du tabac noir amer.

« Bonjour, monsieur Meyer, répond Pandrup en allemand. Puis-je vous présenter mon collègue, Dimitri Stepanovitch, de…

– Du SIM. Nous nous sommes rencontrés. Mais je ne pensais pas que vous travailliez pour le service de sécurité.

– Comment ça ? réplique Pandrup en passant au danois.

– Vous l'avez qualifié de collègue.

– C'est une façon de parler. C'est un camarade de la grande Union soviétique qui nous vient en aide dans notre combat pour la justice. »

Magnus tend d'abord la main à Stepanovitch, puis à Pandrup.

« Puis-je offrir quelque chose à ces messieurs ? » propose-t-il en allemand.

Ils préfèrent un *brandy* et il se commande une bière. Les trois hommes s'attablent dans un coin, Magnus s'assied dos au mur, face à la pièce et à la porte. Le pistolet dur qu'il sent contre son dos le rassure. Ils attendent que le barman muet leur ait apporté les commandes et le regardent repartir astiquer ses verres derrière le bar, comme s'ils voulaient s'assurer qu'il est hors de portée de leurs voix. Stepanovitch prend une gorgée de *brandy* et repose délicatement le verre sur la table en regardant Magnus dans les yeux. Celui-ci se demande quel âge peut avoir ce Russe, il lui donne environ trente-cinq ans.

« Que puis-je faire pour ces messieurs ?

– Peut-être penser à rentrer chez vous ? » rétorque brutalement Stepanovitch. Magnus se souvient de ses yeux pâles sur son visage mince ; vus de près, ils sont encore plus pâles, comme si l'on en avait extrait toute la couleur. Comme pour tant d'autres yeux qu'il a vus en Espagne, la vie quotidienne les a injectés de rouge. Pandrup se cale un peu sur son siège, les yeux fixés sur Meyer.

« Et pourquoi faudrait-il que je rentre ?

– Parce que vous semblez n'avoir rien à écrire. Vous n'avez pas encore envoyé un seul article au Danemark, en tout cas.

– Peut-être n'ai-je pas trouvé quelque chose qui vaille la peine d'être décrit.

– Ou peut-être qu'en réalité, vous n'êtes pas journaliste.

– Mais je suis bien journaliste. Vous avez vu mes papiers.

– Des papiers ? À quoi servent des papiers ? On peut se torcher avec. Les vrais journalistes font des rapports. Ils écrivent. Ils sont en relation avec leurs rédacteurs. Que faites-vous, Magnus Meyer ?

– Je bois une bière. »

Stepanovitch se cale contre sa chaise en faisant un petit geste :

« Tu joues avec le feu. Tu crois que cette guerre est pour rire. Je te donne un conseil d'ami et tu plaisantes comme si nous étions des enfants.

– Vous parlez bien l'allemand. Où l'avez-vous appris ?

– Cela ne vous regarde pas.

– À Berlin, je crois. Vous avez un accent russe de Berlin. J'ai rencontré pas mal d'Allemands en Argentine.

– Monsieur Meyer. Rendez-nous le service de rentrer au Danemark. Sinon…

– Sinon quoi ?

– Sinon, nous ne pouvons pas garantir que nous ne vous soumettrons pas à une enquête plus serrée. Autrement dit, que nous vous ferons subir un interrogatoire. Ce n'est pas toujours très agréable. Nous sommes inébranlables dans notre combat contre les saboteurs et les espions de la cinquième colonne. Nous ne pouvons nous permettre ni de faire preuve du moindre laxisme ni de baisser notre garde.

– Nous nous vouvoyons à présent.

– Oui. Et c'est tout ce que je peux faire pour vous. Vous êtes prévenu. Nous vous surveillons. Merci pour la tournée. Tu viens, Gerhardt ? »

Ils finissent leur verre et se lèvent. Pandrup se retourne à demi pour ajouter en danois :

« Vous n'auriez pas dû aller voir votre frère. Je vous l'avais interdit. De quoi avez-vous parlé ?

– D'affaires privées.

– Je l'espère. De toute façon, je vous conseille de n'en parler à personne. Vous n'auriez pas dû aller le voir. C'était une erreur.

– C'est mon frère.

– Maintenant, vous êtes prévenu, Meyer. Suivez le conseil de mon camarade russe. Rentrez au Danemark. Vous n'avez rien à faire ici. La bonne réputation de votre frère ne vous protégera que jusqu'à un certain point. Vous pouvez vous féliciter de l'avoir, sinon, vous ne seriez peut-être pas ici, installé tranquillement devant une bière.

– Très subtil, Gerhardt.

– Rentrez au Danemark, Magnus Meyer. Laissez la guerre à des hommes dignes de ce nom. »

Magnus les regarde partir. Il est calme, en apparence, mais il doit se dominer pour ne pas respirer trop vite. Il doit bien s'avouer qu'ils lui font peur. De plus, il est furieux contre eux et sa colère le fortifie. Ils ne lui dicteront pas sa conduite. Il ne comprend pas vraiment pourquoi ils voudraient qu'il disparaisse, mais leur intervention doit avoir un rapport avec Mads et ses missions secrètes. Ils doivent s'inquiéter en se demandant si Mads lui a révélé des secrets. Ce qu'il a fait, du reste. Cela vaudrait de l'or, pour les fascistes, de savoir que les républicains préparent une offensive dans le nord. Savoir qu'un groupe de partisans traversera les lignes pour effectuer des opérations de sabotage, cela doit valoir soit pas mal d'argent, soit une balle dans la peau.

Soudain, l'inquiétude le saisit. Seraient-ils allés voir Mads ? Et s'il les avait, sans le vouloir, amenés à soupçonner Mads ? Du côté des républicains, chaque individu a contracté la maladie de la peur de ces saboteurs et de ces espions qui peuplent les prisons et les camps. Et cette peur persistera si les fronts n'avancent pas à brève échéance. Tout le monde a besoin de boucs émissaires.

Il reste un moment sans bouger, à boire sa bière, puis il porte son verre vide au bar pour en commander une deuxième quand il entend la voix de Joe Mercer :

« Tu me paies un verre, mon pote ? »

Le grand Américain est poussiéreux et fatigué. Son menton n'est pas rasé, sous sa grosse moustache, mais il est tout sourires. Il ôte son chapeau d'une main et de l'autre serre celle de Magnus.

« Ça me fait du bien de te voir », fait Magnus en faisant signe au barman qui leur sert deux bières.

« À moi aussi.

– Comment as-tu trouvé Madrid ?

– Constructrice et profitable. Il y a de l'eau chaude aujourd'hui ? Je suis revenu ce matin en profitant d'un transport de troupes.

– Bien.

– Très bien. »

Il vide la moitié de son verre et enchaîne :

« Tu es prêt à partir ?

– Quand ?

– Demain matin. On a rendez-vous à Carthagène avec un gangster, mais il est à vendre.

– Il n'y a rien qui me retienne ici.

– Et ton frère ?
– Plus rien n'exige ma présence, Joe.
– O.K., mais tu emportes un pistolet, hein ? Parce qu'on va entrer en territoire indien. »

*

Carthagène apparaît le lendemain, avec derrière elle le tapis bleu de la Méditerranée. D'ordinaire, la vue de la mer ragaillardit Magnus, mais il est en proie à une fébrilité étrange, il voudrait être n'importe où plutôt que là. Tout se bouscule dans sa tête : Mads et ce qu'il pense de Mads, son dégoût de lui-même parce qu'il ne réussit pas à écrire à Marie, Irina et son petit corps souple, dont il rêve comme un adolescent à la fois sentimental et très libertin.

La descente vers la mer par le train, depuis la gare basse et grise d'Albacete, a été ennuyeuse et chaotique. D'ailleurs, le train était en retard à cause de l'arrivée d'un nouveau groupe de volontaires qu'il a fallu en faire descendre, mettre en rangs et diriger vers les arènes, avant de retourner la locomotive à vapeur et de renvoyer le train vers la côte, où se trouve le quartier général de la flotte des républicains.

Mercer et Meyer ont sommeillé pendant presque tout le trajet. Joe a demandé deux fois des nouvelles de Mads, mais il n'a pas tardé à accepter que Magnus refuse d'en parler. Par contre, Mercer refuse catégoriquement la version selon laquelle l'or espagnol ne serait qu'une fable qui circule parmi des soldats harassés ou qui fait partie de la propagande habituelle des fascistes visant à discréditer Staline. Mercer donne des signes de colère et le sang afflue à sa figure, si bien que Magnus se hâte de battre en retraite. Un personnage plus violent se dissimulerait-il derrière le physique un peu indolent et le comportement conciliant de Joe ?

Le plus gros de leurs bagages est resté à l'hôtel d'Albacete. Sans le dire, Magnus veut y retourner en espérant qu'à ce moment-là, Irina y sera. Mercer a dit qu'il avait rendez-vous, dans deux jours, avec trois collègues américains. D'ailleurs, les liaisons ferroviaires avec Valence et Albacete sont excellentes au départ de Carthagène, parce que cette ville est très fière d'être la quatrième d'Espagne à avoir été dotée d'une voie ferrée. Ce qui explique, entre autres, que les brigades y aient installé leur quartier général.

Joe est une mine d'informations pour le moins curieuses, pense Magnus en saisissant son sac de voyage jaune usé dans lequel il a rangé son revolver chargé. Il sait que Mercer est armé, lui aussi. Il lui a montré son Colt, qu'il porte dans un étui d'épaule cousu sous sa large veste par un tailleur. C'est un 9 mm à sept coups.

Magnus est déprimé quand il découvre Carthagène. Partout, les ruines et les bâtiments détruits témoignent des bombardements répétés des Allemands de la légion Condor. Quel triste spectacle que ces grands immeubles d'habitations dont la façade a entièrement disparu, permettant de découvrir l'intérieur des pièces abandonnées, les cuisines démolies et les baignoires corrodées. Ils ressemblent à des maisons de poupées géantes, habitées naguère par de vrais êtres humains. Carthagène, le port principal des républicains, a été bombardée beaucoup trop souvent, et les bombes ont touché la ville autant que le port.

On voit beaucoup de femmes et d'enfants maigres et dépenaillés dans les queues qui s'allongent devant les rares magasins de produits alimentaires. Les prix maximums fixés par le gouvernement pour les denrées de base, qui figurent sur des pancartes, ne sont probablement pas respectés en réalité. Ailleurs, des affiches proclament que le marché noir et le stockage des denrées sont passibles de la peine de mort. On voit également de nombreux soldats vêtus de différents uniformes, mais la plupart, malgré tout, portent le costume bleu de la marine. Des chiens fouillent dans des tas de détritus, et la puanteur de l'urine et des excréments, qui règne partout, se mêle à l'odeur salée de la mer et à un relent un peu fade d'algues pourries. De gros rats filent dans tous les sens à travers les ruines.

Ils trouvent un petit hôtel sur la calle Mayor, près d'un restaurant nommé Columbus, où ils réussissent à obtenir, pour un prix exorbitant, deux œufs au plat chacun et des haricots blancs à la sauce tomate. Joe Mercer connaît visiblement cet endroit, mais il ne donne pas d'explication.

Le café a un plancher marron, des tables de marbre blanc aux pieds galbés en fer forgé et des murs ornés de photos en noir et blanc des grands toreros d'époques révolues. Sur le mur du fond, une grosse tête de taureau a été montée sur une plaque de bois brun dotée d'une petite plaque en laiton. Le taureau, qui s'appelait Barbudo, a été tué le dimanche 24 juin 1923. Une photo encadrée, en noir et blanc, accrochée sous la tête massive du taureau perpétue cet événement. Le matador est carrément au-dessus de la corne du taureau et son épée plonge à moitié dans la gorge sanglante de Barbudo. Le torero, qui a décollé, flotte comme un ange élégant, dans son costume blanc, immortalisé dans ce triomphe de la mort.

Au petit bar du café, deux hommes en uniforme de la marine prennent de l'anis à l'eau et se querellent à voix basse. Les pantalons noirs, chemises blanches et gilets noirs des garçons sont luisants d'usure et malpropres. La salle empeste le tabac noir et la transpiration masculine, mais Magnus et Joe restent là, à boire de la bière. Il y a autant de garçons que de clients.

Quand le garçon leur apporte une nouvelle bière, Magnus fait la remarque qu'il y a peu de clients. Le serveur les mesure en plissant les yeux. Il a une cicatrice en dents de scie sur la joue gauche. Ses cheveux rares, gominés et lissés en arrière rappellent à Magnus les sillons parallèles d'un champ soigneusement sarclé.

Il a la voix basse et enrouée :

« C'est la guerre, messieurs. Les gens n'ont pas d'argent. La seule chose à faire, ici, c'est rester chez soi, écouter la radio et attendre la fin de la guerre. À condition d'avoir toujours un chez-soi… »

Joe regarde constamment sa montre. L'horloge ronde et blanche du café, avec ses chiffres romains et ses aiguilles noires, fixée au-dessus du bar, s'est arrêtée sur 4 heures 23. Dehors, la nuit est tombée.

À vingt heures, un jeune homme fait son entrée. Il est petit, très maigre, avec un soupçon de barbe noire et des cheveux assez longs, son pardessus bleu est serré à la taille par une fine ceinture. Aux pieds, il a les espadrilles habituelles. Comme il a un œil fermé par une ophtalmie purulente, c'est de l'autre qu'il inspecte la salle, il fait mine de sourire en découvrant Joe et Magnus. Il lui manque quatre dents de devant et sa mâchoire inférieure se réduit à des chicots noircis. Il s'approche en avançant en crabe, tire une chaise et s'assied.

« L'un de vous deux est le Yankee ? » s'enquiert-il en espagnol. Joe Mercer regarde Magnus qui désigne Joe de la tête en répondant :

« C'est le *señor* Mercer, mais il ne parle pas l'espagnol, alors, je l'aide.

– *Muy bien, señor.* Demandez-lui l'argent d'abord, s'il vous plaît.

– Il demande de l'argent, Joe.

– Demande à ce salaud s'il m'apporte un message.

– Mon camarade veut savoir si vous lui apportez un message.

– Oui.

– Et alors ?

– L'argent d'abord. »

Joe a visiblement compris. Il sort une grosse enveloppe de sa poche intérieure et l'entrouvre pour montrer au jeune maigre, qui n'en mène pas large, toutes les coupures que contient l'enveloppe, puis il la referme et fait semblant de la remettre dans sa poche.

« Don Irribarne rencontrera le Yankee demain au sommet de la colline, à neuf heures précises. Il faudra qu'il vienne seul. »

Magnus traduit et Joe questionne :

« Et demain, il aura ce dont j'ai besoin ?

– Dites à votre camarade, *señor*, que les renseignements ont été obtenus et que c'est le prix convenu », répond-il après avoir entendu la question traduite par Meyer.

Joe tend l'enveloppe au jeune homme. Il la prend avidement, se lève prestement et file comme un petit rongeur agile.

« Ça te dirait de m'expliquer, Joe ? demande Magnus tranquillement en prenant une gorgée de bière.

– Tu n'as pas besoin de savoir certaines choses. Tu fais l'interprète. Pour le reste, tu peux faire confiance à l'oncle Joe. »

Magnus se penche en avant. Les questions et le doute se pressent dans sa tête, mais avant qu'il ait le temps d'ouvrir la bouche, le silence est déchiré par le hurlement modulé d'une sirène d'alerte aérienne qui sort du haut-parleur installé au coin de la rue, non loin de la porte du café, là où un petit groupe attend l'ouverture de la boulangerie. Le son de la sirène fait sursauter un garçon qui laisse tomber le grand verre à bière qu'il était en train d'essuyer, le verre heurte le rebord du zinc, tombe par terre et se casse peut-être, mais ils n'entendent rien. Le hululement de la sirène domine tous les bruits.

« Mieux vaut descendre aux abris, messieurs », annonce le serveur. La figure ruisselante de sueur, il leur dit d'une voix volontairement calme, mais surtout résignée :

« De toute façon, nous fermons. »

Magnus jette quelques billets sur la table, son cœur bat plus vite. Joe aussi est debout. Ils sortent en courant et emboîtent le pas à deux des jeunes garçons du café qui partent sans hésiter dans l'obscurité. Les autres sont vraisemblablement restés pour fermer le café. Quelque part, deux fillettes en haillons âgées d'environ dix ans, debout sous un petit pont de pierre, regardent le ciel éclairé par la lune, pétrifiées par la peur. Le garçon prend une des fillettes par la main et Magnus prend la main de l'autre, une main qui transpire et qui se glace à la fois, mais l'enfant se libère, court avec la deuxième fillette dans la direction opposée et disparaît dans le noir. Sont-elles vagabondes, tout simplement incapables de s'orienter dans cette ville sinistre, ou ont-elles peur de ce que pourraient leur vouloir les grandes personnes ?

Le rugissement des sirènes, venant de plusieurs directions, couvre le galop des pieds et leur bruit étrange sur les pavés. Les gens qui courent tous dans le même sens, penchés en avant le long des façades, sont comme des ombres entre les maisons gris-blanc. Une vieille femme trébuche, mais personne ne s'arrête pour l'aider, bien qu'elle se plaigne à voix haute. Lorsqu'ils atteignent l'entrée de l'abri creusé dans la colline qui domine la ville quand on se dirige vers le port, on n'a encore entendu bourdonner aucun bombardier.

À l'intérieur de l'abri, cela sent la peur, la sueur et le tabac noir. Des bougies vacillantes sont allumées dans les chambres grossièrement creusées. Les roches nues des longs corridors qui constituent l'abri sont humides. Il y a exactement autant de gens que le craignait Magnus, mais Joe et lui trouvent une place sur le banc de bois voisin de l'entrée, où pénètre un peu plus d'air frais. Des familles aux visages inexpressifs restent ensemble, les enfants qui se serrent contre leur mère sont pour la plupart plutôt maigres et misérablement vêtus. Les hommes fument, et dans un coin, on se passe discrètement une bouteille. L'abri semble s'enfoncer indéfiniment dans la montagne. Des ombres dansent sur le grossier plafond rocheux, dont les teintes vont du noir au jaune pâle. Des hommes en veste noire et brassard rouge inspectent les grottes, deux par deux, en faisant passer le faisceau de leurs grosses lampes torches sur les visages pâles et épuisés. Le pire, c'est l'odeur, d'après Magnus, cette odeur de décrépitude, de mort, de peur et de défaite.

« Quelle horreur », s'exclame-t-il en danois. Joe Mercer souffle aussi en répondant :

« Je ne sais pas ce que tu dis, mais je crois que je comprends. »

Il tend une cigarette à Magnus, la lui allume et reprend :

« Le monde a appris ce qui s'est passé à Guernica, au Pays basque, mais Carthagène est la première ville de l'histoire mondiale à avoir subi un bombardement aérien massif. Ici, en novembre 1936, un terrible bombardement a fait des quantités de morts. Toute une vague de ces satanés Heinkel est arrivée, chargée de bombes ordinaires et de bombes incendiaires, que le commandement suprême allemand voulait expérimenter : essayons cette saloperie et voyons quels sont ses effets sur la population. C'est ainsi qu'ils raisonnent, ces salauds. Les abris n'existaient pas encore : personne ne croyait qu'on bombarderait une ville tout à fait ordinaire. Un tas de gens se sont sauvés et ne sont pas revenus. C'est une ville où règne la peur, une ville de revenants qui errent dans les ruelles et se cachent dans les ruines. »

Magnus découvre la colère et l'amertume de Mercer, à la lueur vacillante des bougies, quand il parle des enfants et de leurs yeux effrayés, perdus, de la faim qui s'invite dans de nombreuses familles. Ils vivent d'un pain médiocre, peu nourrissant, de viande d'âne et de haricots blancs ou de lentilles. Mais comme Carthagène est la ligne de sauvetage par laquelle arrivent les fournitures envoyées par l'Union soviétique aux républicains aux abois, il faut faire en sorte qu'elle fonctionne.

« Mais c'est une nouvelle forme de guerre, Magnus, qu'on n'avait encore jamais vue. Des avions contre des civils désarmés. Ils viennent de s'apercevoir à quel point c'est cruel, mais efficace. Si la grande guerre se déclare un jour, avant notre mort, tu verras que des villes brûleront comme si le diable en personne y avait mis le feu. Ce ne sont pas des soldats qui se battent, c'est une guerre contre des mères et des enfants. Ça me dégoûte.

– Je te comprends, Joe. Je ne te savais pas aussi compatissant envers tes semblables.

– Bon Dieu non. À quoi bon, d'ailleurs ? Que peut-on faire ? Tu as raison. C'est du temps perdu, mais on voit tellement de choses, nom de Dieu. »

Pourtant il poursuit :

« Parce que ces démons d'Allemands ne se contentent pas du port, Magnus. Ils bombardent tout. Il paraît qu'il y a eu au moins quarante attaques. Ils se servent de nouveaux bombardiers allemands He 111, des Junkers qui larguent des bombes incendiaires et de Stuka, leurs bombardiers hurleurs. Les Allemands ont monté des sifflets sur la carlingue, ils hurlent comme des loups quand ils descendent en piqué sur les villes ou les soldats. Ils ont des bombes qui pèsent jusqu'à cinq cents kilos, bon sang. Je les ai entendus à distance, devant Madrid. Des avions vachement effrayants qui ne sont pas encore tellement courants, mais ça viendra. Tu sais ce que c'est que les bombardements de nuit ? On fait la guerre quand il fait jour, putain de merde, mais eux, ils arrivent de préférence par une nuit comme celle-ci, au clair de lune. Et le pire, tu sais ce que c'est ? Ça ne m'étonne pas. C'est que j'ai oublié ma sale fiole de fine à l'hôtel. »

Magnus sourit, mais il ne répond pas. Ils fument un moment en silence.

Dans la grotte s'élèvent un murmure et des soupirs collectifs, des corps, des jambes remuent un peu, agités, comme s'ils appartenaient à un immense organisme. La rapidité avec laquelle on se fait à l'odeur de la décrépitude et de la mort est stupéfiante. Les sirènes se sont tues, ils entendent le tir des batteries antiaériennes, au-dessus de la ville, même si l'on n'entend ni avions ni explosions. Peut-être tirent-ils simplement pour avoir l'illusion d'une certaine sécurité et le sentiment de faire quelque chose.

Les premières explosions sont comme des grondements caverneux qui ébranlent un peu la colline. Pendant quelques minutes, plus régulières, elles se répercutent dans la montagne mais surtout dans la foule qui vibre, chaque fois qu'un nouveau grondement s'élève dans le lointain, qui pourtant est si proche. Magnus s'imagine ce qu'ils pensent : est-ce ma maison qui est touchée ou celle de mon voisin ?

Le silence se fait. Magnus appuie sa tête contre la roche et essaie de réfléchir, mais l'angoisse le domine. On entend des enfants pleurer, une femme sangloter, sinon, les gens s'unissent dans le même silence. Lentement, ils se remettent à parler, un murmure se propage et devient peu à peu une tapisserie sonore sécurisante, autour des corps raidis.

Joe allume deux cigarettes et en tend une à Magnus en déclarant :

« Tu crois qu'ici, il s'agit de héros et de canailles, de liberté et de tyrannie, de socialisme ou de communisme ou de ce sale fascisme. Pas du tout. L'homme est un être cupide qui pensera toujours à soi avant tout. Les idéologies vont et viennent, Magnus, et depuis la nuit des temps, une seule chose survit, la criminalité.

– Où veux-tu en venir, Joe ?

– Ferme-la, Magnus, et écoute bien ce que je te dis. Qui a commis le premier crime du monde ? Est-ce Ève, qui a tenté Adam avec la pomme ? Ou Caïn, qui a tué son frère ? Qui fait toujours tourner la machine, à ton avis, même pendant la guerre ? Les criminels. L'argent parle. Crois-tu réellement qu'il suffise qu'on soit en pleine guerre civile pour que la pègre disparaisse ? Qui a commis un crime en commettra d'autres. Notre ami de ce soir vient de ce milieu-là et c'est quelqu'un de plus important que celui qui l'envoie. Tu connais le système, n'est-ce pas ? Tu es un initié, toi aussi. Tu as travaillé pour Don Giacomo. J'ai besoin d'un criminel, pas d'un saint politique. C'est pour ça que je me sers de toi. Tu sais la boucler, tu connais la règle de l'*omertà* et tu sais ce qui arrive à ceux qui enfreignent la loi du silence. »

Magnus s'éloigne un peu de lui pour l'observer avec un mélange d'étonnement et d'exécration, parce qu'une série de souvenirs l'assaillent malgré lui. Il entend sa propre voix qui a un son étrange quand il lui demande :

« Notre rencontre à l'aéroport de Valence n'était donc pas un hasard ?

– Oui et non, mon pote. Je t'avais vu dans l'avion, je t'ai entendu parler espagnol et j'ai tout de suite pensé : voilà mon homme, l'interprète dont j'ai besoin. C'était comme si j'avais tiré, au poker, l'as qui me manquait dans un *flush* exceptionnel. Ça arrive au mieux une fois dans la vie, mais quand la chance est là, on la saisit.

– Je ne t'avais jamais vu.

– Toi non, mais moi si. Tu étais le garde du corps de Giacomo, un jour où il avait un rendez-vous avec mon patron. Ça se passait dans un restaurant italien de Chicago. Tu te souviens de l'endroit ? Derrière le bar, il y avait un grand miroir, un miroir à double face. »

Magnus acquiesce de la tête.

Il se souvient de ce rendez-vous. Giacomo et ses proches avaient beaucoup parlé du risque qu'ils couraient en allant à Chicago pour ces négociations, mais avaient, apparemment, reçu des garanties satisfaisantes. Magnus, resté debout dans un coin du restaurant dont ils étaient les seuls clients, avait été autorisé à garder son arme, tandis qu'un garde du corps du groupe de Chicago était debout à l'opposé. Ils avaient par-dessus le marché échangé des otages qui se trouvaient à des adresses sûres, respectivement à New York et à Chicago. On n'avait informé Magnus ni du sujet des négociations ni de l'identité de l'homme de Chicago. Ils parlaient à voix basse autour de la table, il n'entendait ni ne comprenait ce qu'ils disaient et ne voulait pas le savoir. C'était trop dangereux et cela ne le regardait pas. C'était toujours une bonne règle de ne pas en savoir plus que le strict nécessaire. On lui demandait d'être prêt à mourir pour Giacomo, tout simplement, ou avant tout d'avoir l'air d'être prêt à le faire, de façon à ce que personne n'ait envie d'agir sans réfléchir.

Joe le regarde, fait une pause pour le laisser revivre le passé, puis il continue :

« Mon boss était très parano. À juste titre, puisque son propre frère l'a étranglé avec une corde de piano, mais c'est une autre histoire. Comme tous les autres, il avait fait fortune à l'époque de la prohibition. C'était le bon temps, avant que ce con de Roosevelt y mette fin. Je te regardais et je me demandais qui tu étais. Tu avais l'air d'être un dur, cool, mais tu ne ressemblais pas aux métèques. Tu étais blond. Les spaghettis n'embauchaient pas des masses de garçons cool et blonds, pas vrai, Magnus ?

– Si. C'est probablement vrai. Et qui était ton boss, Joe ? Je ne m'en souviens pas.

– Ça n'a pas d'importance. Il est mort, je te l'ai dit, mais nous opérions en dehors de Chicago et nous avions des intérêts au Kansas. Nous n'avions pas de contentieux avec vous, c'était une affaire, sans plus. Aujourd'hui, c'est sans importance.

– Pas s'ils font partie de notre affaire. Je t'ai déjà posé la question. Y en a-t-il d'autres avec qui il faudra partager ?

– Non, Magnus. Il n'y en a pas. Cette époque est révolue.

– Cette époque n'est jamais révolue.

– Celle-là, si.

– Et comment es-tu entré en relations avec cette *famille*, ici, en Espagne ?

– J'ai mes relations. Fais-moi donc confiance, *partner*.

– Ce n'est pas toujours facile, hein ? Qu'est-ce qui est vrai et qu'est-ce qui est juste ?

– La vérité, c'est le mensonge dont tu fais une vérité. Qu'est-ce que c'est que cette question, bon Dieu ?

– Arrête ces conneries, Joe. Qui es-tu, en fait ? Alors, cette histoire sur ton père, une des huiles de Chicago, et sur ses relations avec des gens de la haute en Espagne ?

– Merde, Magnus. Ta famille est comme tu la veux. J'ai un peu embelli l'histoire. C'est un camarade, à l'école, qui avait un père comme ça, mais le gouverneur, je l'ai rencontré. C'est la vérité. J'étais reporter. Je suis un bon journaliste, en fait, même si j'avais d'abord envisagé ça comme une couverture bien trouvée. Un jour, j'écrirai un bon roman. Ce ne sont pas des paroles en l'air. Avec de l'argent en poche, j'irai m'installer dans une maison au bord du Pacifique et j'écrirai un roman du tonnerre. Sois-en sûr, *partner*. Bon, j'ai obtenu une interview du gouverneur et comme on s'est bien entendu, je l'ai introduit auprès de quelques-unes des meilleures putains de la ville. Il aimait bien en avoir deux à la fois et, à Chicago, on a tout ce qu'on veut quand on paie. J'ai pris une ou deux photos de leurs séances, et c'est depuis qu'on a été copains.

– Jusqu'à sa mort.

– C'est exact. Jusqu'à sa mort.

– Dans des circonstances louches ?

– Les aléas de la guerre. »

Magnus secoue la tête :

« Ça veut dire que tu es une ordure, Joe, mais dans un sens, j'ai plus confiance en toi maintenant qu'avant, quand tu me jouais je ne sais quelle comédie à la con. Ça n'a pas de sens, mais je suis comme ça. Alors, s'il n'était pas une huile à Chicago, qu'est-ce qu'il faisait, ton père ? »

Joe glousse et tape sur sa poche.

« Je boirais bien un verre, tiens. Mon père ? Ma mère n'était pas très sûre. Elle avait été la reine de la nuit pendant quelques bonnes années. Jusqu'à ce que l'alcool l'enlaidisse, elle était très demandée par les *gentlemen* qui payaient bien pour se faire accompagner par une dame, mais quand elle avait bu, elle disait toujours que mon père était un joueur incapable.

Il opérait sur un des derniers rafiots qui naviguaient dans les eaux troubles du Mississippi. Il s'appelait Billy Joe Blackjack, que son âme pourrisse en enfer. Il est mort de trois coups de feu dans le ventre le jour où il a sorti un as de trop. Comme il était devenu un peu trop copain avec le Jack Daniels, il n'avait plus la main aussi sûre en battant les cartes. Apparemment, c'était un fumier, mais quand elle parlait de lui, ma mère avait presque toujours les larmes aux yeux. Bon, tu sais tout maintenant. Ceux qui le savent ne sont pas légion. Tu es pire qu'un curé, nom d'un chien.

– Comment s'appelait ta mère, Joe ?

– Ma mère ? Elle s'appelait Dolly. Je crois qu'autrefois, toute jeune, elle avait été une sorte de starlette, rayon variétés. Ils disent qu'elle était très belle, mais je ne l'ai jamais vu.

– Je crois que si. Ça m'a l'air d'être une dame.

– Tu trouves ? Peut-être. Il y a pire en tout cas. Je crois que ça s'est arrêté, dehors. On va pouvoir sortir de ce trou pour aller boire un verre.

– Et demain ? Ils sont de la famille ?

– De Billy Blackjack ? Putain. Ça m'étonnerait.

– Non. De l'autre famille, celle au service de laquelle on a bossé aux États-Unis.

– Dans le même genre. Pas tout à fait, mais ça y ressemble.

– Comment les connais-tu, Joe ?

– Écoute. C'est la fin de l'alerte. Tu entends ? Je ne crois pas que ça ait été très violent cette nuit. Filons. Tout va sûrement s'éclaircir pour toi, le moment venu.

– Je peux compter dessus ?

– Tu peux toujours compter sur l'oncle Joe », rétorque-t-il, en donnant à Magnus une tape exagérée sur l'épaule tandis qu'il se lève et pousse les gens pour gagner la sortie. On entend les sirènes signaler la fin de l'alerte, provoquant un soulagement collectif qui se propage à travers la foule entassée dans l'abri de Carthagène.

20

Ils boivent quelques verres au Columbus, mais Magnus ne réussit pas à en savoir davantage. Le café est bourré d'hommes accompagnés d'une ou deux femmes qui ont besoin de se calmer les nerfs, elles aussi, et ont les moyens de payer, bien que ce soient des officiers en uniforme qui règlent la note.

La ville sent la poudre. De la poussière de tuiles flotte dans l'air, pourtant il semblerait que la plupart des bombes allemandes soient tombées dans la mer et à la périphérie de la ville. On sent aussi la fumée de quelques incendies allumés par des restes des grenades ardentes tirées par les batteries de défense antiaérienne, mais le garçon leur dit que cette fois-ci Carthagène s'en est tirée à bon compte. D'après Joe, durant le bombardement de cette nuit, pas plus de trois ou quatre avions allemands ont tenté d'attaquer en formation, et ils n'ont lâché aucune de ces épouvantables bombes incendiaires qui surgissent comme des étoiles filantes argentées et explosent en répandant une nappe de phosphore.

« L'Espagne est un immense et immonde champ d'expérimentation de la guerre », répète-t-il en jurant chaque fois qu'il écluse un verre de plus.

Magnus s'en tient à la bière, mais Joe boit du gin sans y ajouter beaucoup de tonic. Il maudit à plusieurs reprises les forces aériennes des républicains qui ne sont jamais là quand on a besoin d'elles, alors qu'il existe une base aérienne à quelques kilomètres de Carthagène et que les Russes ont établi deux bases de ravitaillement. Que font-elles, nom de Dieu ? Il parle fort, et d'une voix de plus en plus alcoolisée, ce qui attire un peu l'attention des autres clients, mais le désespoir visible de Mercer est si banal, à l'évidence, dans cette ville lasse de la guerre, que personne ne prend sa conduite spécialement au sérieux.

Magnus renonce à tirer quelque chose de ce grand Américain d'humeur massacrante qui se montre bientôt passablement ivre, et ils se séparent.

Le lendemain, il fait un temps presque estival et Joe Mercer est de bien meilleure humeur, comme si ce soleil béni et une forte odeur d'eau salée avaient fait fondre sa tristesse et sa bile. Ils prennent un café trop léger en mangeant un œuf au plat hors de prix accompagné de haricots blancs à la sauce tomate et Joe reste avare de renseignements, mais il consent tout de même à révéler que celui qu'ils doivent rencontrer s'appelle Ramón Irribarne et à raconter une bribe de son histoire.

Ils partent en direction de la colline.

Joe fond de plus en plus au soleil et il vide son sac. Si Ramón leur fournit les précisions nécessaires concernant le lieu où se trouvent les deux caisses d'or, il lui versera immédiatement mille dollars qu'il a dans sa sacoche et qu'il est allé chercher à Madrid. Ensuite, dix mille dollars seront virés depuis les États-Unis sur un compte en banque à Paris, sur la foi d'une lettre de crédit certifiée. Irribarne n'a pas l'ombre d'une chance de faire sortir cet or de la partie républicaine de l'Espagne, tout ce qu'il lui faut, c'est un capital de départ pour recommencer à zéro en France ou aux États-Unis. C'est une fortune pour lui, vu le cours de la peseta espagnole, qui est incroyablement bas et qui diminue régulièrement.

« Il vit à crédit, raconte Mercer. Il est recherché à Barcelone pour l'assassinat d'un gardien du port. C'est un peu ridicule qu'il chute à cause de ce crime particulier, quand on pense à ce qu'il a sur la conscience en tant que chef de bande, ici à Carthagène. Cependant ses hommes sont décimés et une autre "famille" a repris le contrôle du port. Il a perdu la bataille du pouvoir mais c'était un type de sa bande qui avait chargé l'or, ce type n'est plus de ce monde, du reste. L'or espagnol a tendance à tuer les gens. »

Ramón Irribarne n'a plus les moyens de verser des pots-de-vin pour échapper à une arrestation, c'est pourquoi il veut disparaître avec deux de ses proches. Irribarne est obligé de compter sur Mercer et, d'après Joe, quand il s'agit de survivre, l'honneur des voleurs est le plus sûr qui existe. Joe voudrait éviter de se mettre à dos le parent d'Irribarne aux États-Unis. Cela n'a pas été gratuit de se procurer tous ces renseignements sur Irribarne, mais Joe est certain qu'ils en valaient leur prix. Ramón Irribarne parle un peu anglais et le comprend sûrement encore mieux ; bien entendu, il préfère parler sa propre langue.

C'est pendant leur ascension que Joe donne ces renseignements à Magnus. La colline s'appelle Conception et Magnus fait rire Joe en lui expliquant la signification de ce mot et en ajoutant qu'elle est immaculée, dans l'acception que lui donne l'Église.

« Je parierais qu'à présent, elle s'appelle colline de Lénine ou de ce sacré Staline », ricane Joe en soufflant.

Ils montent en empruntant un étroit sentier d'où ils aperçoivent les batteries de la DCA, au sommet des collines, sur la rive opposée du golfe tranquille qui constitue le port naturel de Carthagène. Des projecteurs ont été montés sur les quatre cuirassés gris ancrés dans la baie. Même si de gros nuages noirs à l'horizon, du côté de la mer, annoncent un changement de temps et de la pluie, il fait nettement plus doux ici qu'à l'intérieur du pays. La première neige est tombée depuis longtemps dans les montagnes du nord. Le froid s'est installé. C'est peut-être là que se trouve Mads, et comment va-t-il ? Magnus s'efforce de refouler cette pensée insupportable.

Ils surplombent l'abri aménagé dans la colline où ils se sont réfugiés la veille au soir. Mercer est passablement essoufflé quand ils atteignent le sommet, d'où la vue s'étend sur le port, la mer et sur une église jaune qui semble être à moitié en ruine, au nord de la ville, comme si une des bombes des avions fascistes l'avait touchée. L'église est presque adossée à la colline de la Conception et la toiture trouée de son clocher carré rappelle plutôt le donjon d'une forteresse médiévale. De gros corbeaux volettent en criant autour du trou. Comme dans d'autres régions républicaines, l'église est désaffectée. On dirait qu'elle se trouve à Carthagène depuis des siècles et qu'elle en a peut-être été la première cathédrale.

Devant l'une des petites maisons basses blotties autour de l'ancienne cathédrale, Magnus distingue une femme qui frotte du linge dans une bassine en le frappant de temps à autre avec un gros battoir. Elle a conservé un derrière imposant, mais ses vêtements flottent étrangement autour d'elle, comme si elle ne mangeait plus à sa faim depuis longtemps. Un homme au visage plat et à la moustache noire regarde la lavandière sans mot dire en fumant une petite pipe.

Dans le secteur du port, des hommes sont occupés à décharger un cargo soviétique, surveillés par huit membres armés de la Guardia de Asalto, postés à quelques mètres les uns des autres. Une grosse grue soulève lentement un tank au-dessus du bastingage et le descend sur le quai pendant que les dockers emportent les petites caisses et chargent les grosses sur des tombereaux à grandes roues de bois tirés par des mulets. Quand les bêtes mettent les chariots en marche, Meyer a l'impression d'entendre le claquement du fouet sur leurs dos noirs tendus par l'effort. Un officier de l'armée régulière de la République surveille toute l'opération.

Magnus et Joe aperçoivent en même temps leur homme.

Debout devant une fragile barrière, il est grand et maigre et son uniforme kaki paraît être fait maison, mais il porte sur sa hanche droite un pistolet dans son étui, et une bandoulière lui barre la poitrine. Ses longues bottes noires brillent au soleil. Sa figure marquée par la petite vérole est sympathique, en fait, avec son nez droit, son front haut sous des cheveux frisés noirs et ses pommettes saillantes. Ses yeux sont étonnamment verts. On distingue, chez cet homme, une sorte de noblesse ibérique mâtinée d'une brutalité aux aguets, qui fait que Magnus est heureux de sentir son propre revolver, qu'il a glissé dans son dos, sous sa ceinture. Il est assez difficile de deviner l'âge d'Irribarne, mais Magnus lui donne trente-cinq ans. Il les porte bien et quand il vient à eux, la main tendue, on voit qu'il a la souplesse d'un boxeur.

Mercer a raconté à Magnus qu'Irribarne a fait ses premiers pas dans la délinquance à l'âge de treize ans, qu'il a commis son premier crime à quinze et pris le pouvoir juste après sa vingtième année, à la suite de l'assassinat du chef de famille. Un groupe descendu de Valence avait tenté de s'approprier une part du marché concernant la protection des habitants de Carthagène.

« Ramón est un dur de dur », comme Joe le lui a dit à plusieurs reprises.

Magnus le croit volontiers quand il plonge le regard pour la première fois dans ses yeux d'un vert glacial. Il se demande où se trouve le garde du corps d'Irribarne, car ce dernier n'est assurément pas homme à se rendre seul à un rendez-vous fixé au faîte de la colline, ni l'un ni l'autre ne sont en mesure de cacher des hommes de main. Car de vastes espaces les entourent. Mais il se pourrait qu'il vienne seul, justement, ne voulant partager le plan de son voyage avec personne d'autre qu'avec sa famille la plus proche, qu'elle soit de son sang ou non. La guerre bouleverse presque tout, et rien ne se passe comme de coutume. Du reste, Magnus ne tarde pas à apercevoir son acolyte qui reste en retrait derrière deux gros buissons, sous un palmier rabougri, un petit homme carré mal vêtu, comme un soldat de la milice républicaine, en pardessus bleu retenu par une étroite ceinture. Du fait de la guerre, il a son pistolet dans un étui sur la hanche ; il est aussi armé d'une carabine qui repose au creux de son épaule.

« Tu as amené ton artillerie, Don Ramón », dit Joe en anglais.

Avant que Magnus ait le temps de traduire, l'Espagnol lui répond en parlant rapidement, dans un espagnol dont on remarque l'accent chez certains Andalous et qui ressemble un peu à celui de l'Amérique du Sud, familier à Magnus. C'est la langue des conquistadors, celle qu'ils ont emportée avec eux, s'avise-t-il, ces hommes durs de l'Estremadura ou des plaines recuites par le soleil de l'Andalousie. Des hommes dont la peau et l'âme sont de cuir.

« Il faut s'assurer, ces temps-ci, Don Mercer. Qui est ton ami ? » Magnus lui tend la main et note qu'il a la peau dure. Cet homme qui marche comme un boxeur a des poings de boxeur.

« Don Ramón Irribarne. Je m'appelle Magnus Meyer. Je suis le partenaire et l'ami de Joe Mercer et je parle votre langue. J'ai l'honneur de vous aider, de manière à éviter tout genre de malentendus. »

Ramón lâche sa main. Ses petits yeux étonnamment verts et tranquilles soutiennent son regard sans problème quand il lui répond :

« Vous parlez même un excellent espagnol, mais votre accent vient de l'autre côté de l'océan, ce qui n'est pas tellement habituel chez un… étranger, dirons-nous.

– Un *gringo* ?

– *Gringo ?* Pourquoi pas ? Le mot est très bien choisi.

– J'ai appris l'espagnol en Argentine.

– Tout s'explique. »

Il fait une pause puis il se tourne à moitié vers Joe pour s'adresser à lui, tandis que Magnus traduit à mesure, aussi bien que possible :

« Je te remercie pour notre collaboration. Le temps presse. Je dois quitter cette ville très rapidement et si possible aussi ce malheureux pays torturé où j'ai la malchance d'être né. Je vends la marchandise à bas prix, mais c'est quand même un prix convenable quand on pense que les temps sont durs et que cette maudite guerre sabote toute possibilité de mener des affaires dans des conditions normales. Je sais que Don Mercer est un homme d'honneur, mais je dois le prier de me montrer l'avance et la lettre de crédit avant de lui faire voir la marchandise, que je ne l'aiderai pas à emporter. »

Joe fait glisser sa sacoche sur son ventre et défait les courroies de cuir. Magnus voit Ramón se raidir un peu. Sous sa cuirasse impassible se cache un homme très nerveux, la sueur perle sur son visage, malgré la fraîcheur pourtant douce de la brise marine. Son jeune acolyte a fait un pas en avant, mais Magnus remarque qu'il a l'air de veiller tout autant à ce que personne ne gravisse la colline de la Conception. Il assure leurs flancs. Une fois de plus, Magnus se sent rassuré par la présence de son revolver, dans son dos.

Joe a ouvert sa sacoche et en expose le contenu à Ramón, des liasses de billets de dix et de vingt dollars américains, en l'invitant à les contrôler, d'un signe de tête. Ramón prend une liasse au hasard et la feuillette pour s'assurer que les billets sont bien réels et non en papier glacé. Il fait un petit sourire en retournant la liasse.

Joe sort de sa sacoche une épaisse enveloppe élégante d'où il tire une lettre, également rédigée sur un beau vélin fait à la main, à en-tête de la *Bank of America*, accompagné d'une adresse. Le texte, en anglais et en espagnol, assure que le porteur aura droit à un retrait de dix mille dollars des États-Unis. Un numéro de compte et un code permettront, le cas échéant, de transférer ce montant ou de le transformer en crédit. Le document, estampillé à New York, porte la signature de quelqu'un qui se qualifie de « *vicedirector* » ainsi que celle de deux avocats appartenant à une société new-yorkaise ayant plusieurs patronymes, et enfin de Joe Mercer, journaliste. C'est sans doute ce papier que Joe est allé chercher à Madrid, sûrement à l'ambassade des États-Unis.

Ramón le lit soigneusement, il le tourne et le retourne pour s'assurer de son authenticité. Ce n'est visiblement pas la première fois qu'il a entre les mains un titre de crédit international.

Il le replie soigneusement et le remet dans la sacoche.

« Ça me paraît très bien, et conformément à notre accord, l'Eurobanque n'est pas impliquée.

– Nous n'allons pas impliquer cette banque d'obédience communiste, c'est clair.

– Tout me semble correct, Don Mercer.

– Nous sommes des hommes d'honneur, Don Ramón », dit Joe en passant la sacoche par-dessus son épaule pour la tendre à Ramón qui ferme soigneusement les courroies avant de la passer sur sa propre épaule. Puis il tend le pouce en direction de son garde du corps.

« C'est loin d'ici ? » demande Joe, mais avant que Magnus ait eu le temps de traduire, Ramón Irribarne réplique, en anglais, avec un fort accent :

« *You are looking at it, kid* (Vous le voyez d'ici, mon petit). »

D'un geste, il fait venir son garde du corps. Joe se met à rire, sort ses cigarettes et en offre à la ronde, là, sur le sommet ensoleillé de la colline de la Conception, et l'ambiance est si bonne que, pendant une seconde, la guerre paraît très loin et les possibilités infinies, sur l'autre rive de cette vaste mer bleue.

Ils descendent de la colline, Ramón Irribarne ouvre la marche, suivi de Joe, puis de Magnus et derrière lui de ce jeune homme qui n'a pratiquement pas d'âge, comme tant d'autres dans cette Espagne en guerre. Il est maigre, mais musclé et nerveux, et son visage carré reste inexpressif sous son béret basque noir. Un semblant de moustache ombre sa lèvre supérieure, on dirait qu'il s'est mal rasé ou qu'il ne s'est pas rasé du tout ce matin, son nez semble avoir été cassé, autrefois, et il a la mâchoire inférieure édentée, comme Meyer l'a noté en lui donnant du feu. Cet homme, qui reste muet et qu'Irribarne présente en le nommant simplement Francisco, est armé d'une carabine russe moderne que l'on fournit exclusivement aux gens triés sur le volet.

C'est un peu plus facile de descendre que de monter. Ils

arrivent à l'église en ruine, au pied de la colline. La moitié du portail, encore accrochée à ses gonds, paraît se demander s'il vaut la peine de rester à sa place ou si elle ferait mieux d'abandonner la lutte. La haute nef obscure dégage une odeur étrange d'angoisse, de sueur et de merde. Les bancs ont disparu, remplacés par des tas d'ordures où l'on voit filer des rats, comme des ombres rapides. L'autel et ses ornements ont également disparu, seule subsiste la dalle de pierre qui lui servait de fondement. Des vestiges de décor chrétien qui ornent les murs nus voisinent avec des graffitis récents proclamant la victoire prochaine de la révolution. L'un accuse les communistes d'être les suppôts du diable, un autre traite la Vierge Marie de chaude lapine. Des traces de balles constellent les murs et la plupart des hauts vitraux sont brisés. Au-dessus de l'autel absent, un Christ en croix souffrant, les jambes coupées, est resté accroché sous un étroit vitrail qui laisse filtrer un peu de lumière à travers ses verres cassés.

Des chapelles latérales s'ajoutent à cette vaste nef dont la voûte élevée disparaît presque dans la pénombre. Magnus remarque qu'aussi bien Mercer qu'Irribarne se signent discrètement devant la croix, même si quelque inconnu a mutilé Jésus. Les ombres jouent sur le visage étroit du crucifié, crispé par la douleur. Un rat file le long du mur et disparaît dans un trou du plancher.

« Bienvenue, *señores*, dans la *catedral* de Santa-María-la-Vieja », dit Ramón en contournant l'autel pour aller à une petite porte si basse qu'ils doivent tous se baisser pour passer.

Ils pénètrent dans une pièce étroite et sombre, empuantie par une forte odeur d'urine et d'excréments. Dans le bas d'une encoignure s'ouvre un trou irrégulier qui semble avoir été taillé dans les vieilles pierres de l'église, et à côté du trou, des débris de blocs de granit, qui pourraient provenir de l'autel d'une chapelle latérale, ou plutôt d'un sarcophage utilisé pour cacher le trou.

C'est bien un sarcophage, constate Magnus en s'en approchant. Dans les débris de son couvercle massif, il aperçoit les traits de celui qu'on y avait sans doute placé. Un guerrier ? Un chevalier ? Un saint ? Comment le savoir ? Nulle trace ne subsiste de son squelette ni des linges dans lesquels il a été enveloppé, voici plusieurs siècles. On a peut-être ouvert le sarcophage dans l'espoir d'y trouver des objets précieux.

Ramón doit se mettre à genoux pour passer par le trou qui laisse apparaître une lueur clignotante, un moment plus tard. Le jeune homme, qui a attaché sa courte carabine sur son dos, se penche et disparaît à son tour. Joe regarde Magnus, secoue un peu la tête et doit batailler pour faire passer son grand corps par le trou sans accrocher ses vêtements.

Magnus entre le dernier, en rampant, et il n'est pas qu'un peu étonné de pouvoir se redresser de toute sa hauteur en suivant un long couloir en pente taillé dans le roc. Ramón, qui a allumé deux lampes à pétrole, s'engage le premier, suivi de Francisco, dans cette galerie aménagée par l'homme, puisqu'elle est pavée de gros blocs bien taillés, disposés avec soin et précision, comme Magnus peut le constater à la lumière clignotante des deux lampes. Deux gros rats courent le long du mur et Joe leur donne des coups de pied coléreux. Magnus, qui a l'habitude des rats, ne s'en soucie pas ; s'ils l'ennuient, il tire sur eux, sinon il les laisse courir, mais Joe bougonne :

« Sacrées sales bêtes. Les rats s'engraissent toujours en temps de guerre.

– Tu as peur des rats, Joe ?

– Je t'ai déjà dit que je n'avais peur de rien, mon vieux, mais je déteste ces sales bêtes. »

Ils entrent dans une salle assez vaste, elle semble faite d'un côté de gradins qui s'élèvent comme dans un théâtre ou dans des arènes. Les places assises, en terrasses, sont éboulées d'un côté, alors que, de l'autre, le théâtre est relativement bien conservé. Ramón les leur fait contourner pour entrer à droite dans une nouvelle pièce où il allume deux autres lampes à pétrole. Accrochées au mur, elles projettent une lumière jaune tremblotante sur les parois grossièrement taillées, mais belles malgré tout. À intervalles réguliers, des bancs de pierre ont été logés dans des renfoncements creusés dans le mur. L'ensemble de cette construction manuelle est d'une grande beauté.

Ramón Irribarne prend la parole :

« Nous sommes dans un ancien théâtre romain situé sous l'église. Il y a eu des bains, ici, autrefois, alors faites attention, il y a un puits profond, là, dans ce coin.

– Qu'est-ce qu'il dit ? » La voix de Mercer résonne étrangement et éveille un écho caverneux. Magnus traduit tout en faisant quelques pas en avant.

Ramón les arrête des deux mains, et Magnus et Joe en comprennent la raison. Dans le coin de cette salle rectangulaire s'ouvre un trou profond d'à peine deux mètres de diamètre. Joe se baisse pour ramasser un petit caillou, le jette dans le trou noir, et il leur semble avoir attendu longtemps avant d'entendre le faible son de la pierre qui touche le fond.

« *Pozo romano*, commente Ramón Irribarne.

– Une source ou un puits romains », traduit Magnus en poursuivant :

« Tu te rends compte à quel point c'est extraordinaire, ce qu'on voit là ? Ça doit avoir deux mille ans. De quand date l'église ? De mille ans peut-être ? Ils l'ont tout simplement bâtie sur le temple des impies ou je ne sais quoi, et il est tombé dans l'oubli. Tu ne trouves pas ça fantastique ?

– C'est un tas de vieilles pierres, Magnus, je m'en fous complètement. Dans mon pays, quand quelque chose date de cinquante ans, on trouve que c'est vieux, on démolit et on va de l'avant. Ça me convient très bien. Ces vieilles cochonneries, je les laisse aux archéologues. Demande plutôt à notre ami où il a caché l'or. »

Magnus secoue la tête et demande à la place :

« Qu'est-ce que cet endroit, Don Irribarne ? Et comment l'avez-vous trouvé ?

– Je vois que vous appréciez l'histoire et ce que nos ancêtres nous ont légué. Ce sont des ruines romaines, naturellement, comme tant d'autres dans mon pays. Qu'est-ce que ça pourrait être d'autre ? Je ne suis peut-être pas cultivé, mais j'apprécie la qualité. Les Romains bâtissaient pour la durée. Avec précision. Pour moi, c'est le mot qui convient. Personne ne savait que ces ruines se trouvaient sous la cathédrale. Il semblerait qu'on a utilisé des pierres de l'ancien théâtre romain pour bâtir les fondations de la cathédrale, on a construit des maisons, des murs tout autour et ceux qui connaissaient le passé romain sont morts sans rien laisser d'écrit. Comme je vous l'ai dit, je ne suis ni cultivé ni instruit, *señor*, mais quand je suis ici, j'ai la chair de poule, je sens le souffle de l'Histoire. Et quand je pense que peu de gens connaissent cet endroit, mon sang coule plus vite dans mes veines. »

Magnus n'a pas le courage de traduire pour Joe qui s'impatiente, il demande à Ramón comment il a découvert ces ruines.

« Ce n'est pas moi, c'est Francisco, ici présent. Quand les officiers de Franco se sont soulevés, on s'est aussi battu à Carthagène, naturellement. Une partie de la cathédrale a été détruite, puis fermée après la répression de la révolte par les républicains. Pendant quelques mois, les nouvelles autorités de la ville en ont fait une prison pour les opposants politiques : les sympathisants de Franco, les curés, les moines et les autres, tous ceux qu'ils considéraient comme une menace pour la révolution. On les a emprisonnés et torturés ici. Francisco en était, c'est là qu'il a perdu ses dents, pendant un interrogatoire. Un vieux moine à moitié fou lui a raconté qu'il y avait, sous la cathédrale, une ancienne construction romaine peuplée par des fantômes du passé, qu'elle se trouvait derrière le sarcophage de saint André, mais que tous ceux qui essayaient d'y entrer auraient une mort douloureuse et brûleraient éternellement au purgatoire. »

Ramón se signe avant de continuer :

« Le moine lui a raconté qu'on entendait, la nuit, les cris des gladiateurs mourants et la jubilation de la foule, quand les esclaves étaient massacrés ou déchirés et dévorés par les lions ou autres animaux sauvages, que les Romains importaient de leurs possessions africaines. Francisco est prosaïque. Pour lui, ce n'étaient pas les cris des Romains, mais ceux des gens trop vivants interrogés par les Russes et par leurs bourreaux. Ce moine est mort dans la cathédrale, son cœur a lâché quand il a subi les méthodes de persuasion du chef de l'interrogatoire – qu'ils moisissent tous en enfer et que le lait de leurs mères et de leurs sœurs soit empoisonné pendant des générations !

– Comment Francisco a-t-il pu se sauver pour te raconter cette histoire ?

– La cathédrale a été touchée pendant un bombardement aérien. Dans le désordre qui s'est ensuivi, Francisco a pris la fuite avec d'autres prisonniers. Certains sont morts, d'autres ont été rattrapés, mais on n'avait plus le courage de s'en occuper. Durant les premiers mois, tout était sens dessus dessous. Quand je l'ai pris dans ma famille, Francisco m'a raconté l'histoire du moine et j'y ai repensé quand il m'a fallu décider où j'allais cacher deux caisses qui avaient une certaine valeur.

– Il est bientôt fini, votre cours d'histoire ? demande Joe, irrité. Où sont l'or et l'argent, nom de Dieu ? »

Magnus ne comprend pas très bien pourquoi il est si nerveux, puisque tout se passe comme prévu, bien qu'ils n'aient pas conçu de plan pour emporter les caisses. Si sa mémoire est bonne, chacune d'elles pèse environ cinquante kilos, peut-être un peu plus. Ils pourront les tirer, mais de toute évidence, il leur faudra attendre la nuit pour que le couvre-feu leur permette de transporter leur butin dans les rues obscures sans prendre trop de risques. Mercer n'aurait-il pas vraiment confiance en l'Espagnol ? Il est nerveux, en tout cas.

Ramón Irribarne doit assez bien comprendre l'anglais, pense-t-il encore, car l'Espagnol répond avec un sourire :

« Retourne-toi, *Americano*, tu vois tes nouvelles richesses ? »

Magnus traduit et Joe fait volte-face.

Derrière eux, à la lueur vacillante des lampes, ils découvrent deux objets rectangulaires recouverts d'un tissu clair, poussiéreux, grâce auquel ils se confondent avec les pierres du renfoncement où ils sont placés. Joe voudrait ôter l'étoffe, mais il hésite un instant car un autre rat monte le long du mur et disparaît dans un trou, à un mètre cinquante de hauteur. Joe se reprend, retire rapidement le linge poussiéreux et découvre deux caissons de la taille des caisses de pommes d'autrefois, munis de solides ferrures. Ils ont apparemment été fermés, pendant le transport, par des cadenas qui sont ouverts maintenant. En l'absence des clés, ils ont été sectionnés.

Les pièces d'or luisent sous la lampe, étincelantes, enchanteresses. Joe les caresse et y enfonce délicatement les mains. Les pièces ne tintent pas particulièrement fort, mais le son qui sort de la caisse est riche et chaleureux.

« Merde alors », dit simplement Joe Mercer en enfonçant avec délectation ses doigts entre les grosses pièces d'or.

Ce doit être la caisse qui renferme les cinquante-deux kilos de pièces d'or portugaises dont un capitaine espagnol quelconque s'est emparé au profit de famille royale, il y a plusieurs siècles. Irribarne et Francisco contemplent la scène. Distingue-t-on, dans leurs yeux, le regret de s'être vendus trop bon marché ? Magnus n'en sait rien. Joe soulève le couvercle de la seconde cassette. Ce sont encore des pièces d'or, mais d'autres pièces ressemblent à de l'argent.

De nouveau, Joe les caresse comme s'il caressait une belle femme, en glissant lentement les doigts, les yeux brillants d'envie et de concupiscence. Magnus contemple les ducats d'or et les pièces d'argent avec des sentiments mitigés, divisé entre un désir presque sensuel de posséder le trésor et l'intuition étrange que cette affaire va mal finir.

Magnus refuse de penser que sa vie demeure réglée par des scrupules bourgeois. Il n'a pas été mis au monde pour être le gardien de son frère mais pour se ménager à lui seul une vie riche et passionnante. Je suis ce que je suis et nul autre que moi ne me dirigera vers mon objectif, s'est-il souvent répété. Mais dans ces antiques ruines romaines, devant la plus grosse fortune qu'il ait jamais vue de sa vie, un doute étrange le saisit. Est-il juste et raisonnable que Joe et lui dérobent la fortune de la nation espagnole en guerre, même si ce n'est qu'une infime partie de sa totalité ?

« Je croyais que tu disais que tu te foutais de ces vieilleries, Joe », lui dit-il sans reconnaître sa propre voix assourdie, tremblante comme celle d'un vieillard.

« Ta gueule, mon vieux. Touche-moi ça. Tu as déjà vu quelque chose comme ça ? » La voix grave de Joe dépasse d'une octave au moins son registre ordinaire.

Le doute de Magnus ne dure pas, bien qu'il ait été palpable avant qu'il ne touche d'abord les pièces d'or portugaises, puis les ducats et les pièces d'argent. Malgré la fraîcheur de cette ancienne construction romaine souterraine, les pièces sont tièdes au toucher, comme si leur valeur se manifestait sous la forme d'une chaleur qui se propage du bout de ses doigts dans ses bras et pénètre jusqu'aux tréfonds de sa conscience, là où se loge la cupidité, et ce sentiment est si puissant que tous ses scrupules disparaissent comme le rat dans son trou.

« Nom de Dieu. C'est quelque chose », dit-il en se penchant très bas au-dessus des caisses, comme s'il voulait s'imprégner du parfum de cet or. Il ne s'aperçoit donc pas que Joe Mercer a dû faire un pas de côté et glisser sa main sous son blouson de cuir blond, car c'est avec surprise qu'il entend le sifflement du coup de feu tiré par Joe. Le coup fait un bruit énorme, dans cette pièce fermée, et la poudre qui pue lui pique instantanément les yeux.

Magnus se retourne et voit tomber Francisco qui a l'air étonné, mais dont les yeux se ternissent très vite. Il a un petit trou au milieu du front et un plus grand dans la nuque, là où la balle de 9 mm a quitté son cerveau éclaté. Joe tourne prestement le pistolet qu'il tient des deux mains, sûr de lui et bien entraîné. Cela va très vite mais, pour Magnus, c'est un film qui n'en finit plus, comme s'il parcourait un long tunnel.

Joe tire deux fois. Le premier projectile traverse le cou d'Irribarne et le sang de sa veine jugulaire jaillit dans la pièce. Le second le touche à l'œil gauche et il s'effondre sur les dalles poussiéreuses. Une fois de plus, Magnus est sonné par ce bruit retentissant. La fumée de la poudre lui pique la gorge et les yeux. Joe souffle fortement, mais ses mains ne tremblent pas et il a les yeux mats.

Magnus sent son pouls s'emballer et il hurle :

« Putain, Joe, qu'est-ce qui te prend ? Qu'est-ce que tu fabriques, nom de Dieu ? »

À son grand soulagement, Joe baisse légèrement son pistolet en l'éloignant de Magnus.

« Pourquoi partager avec ces salauds ? Personne ne les regrettera, mais mes dix mille dollars, je les regretterais. C'est tout ce que je possède. Et ce n'est pas tout. J'ai même dû emprunter des sous. Pourquoi donner tout ce que je possède à deux petits malfrats espagnols ? Tu peux me le dire, Magnus ?

– Tu les as tués, nom de Dieu.

– À la guerre, on s'en sort facilement, hein, Magnus ?

– Et la famille d'Irribarne aux États-Unis ? Ils vont nous rechercher…

– Ils ne sauront pas que c'est moi. Je viens de te le dire.

La guerre fait des morts tous les jours. Il y aura bientôt plus de cadavres que de vivants dans ce pays, alors, deux de plus ou de moins, ça ne se verra pas. Tu ne comprends pas ça ? Ils disparaissent, voilà tout. Les gens disparaissent tous les jours dans des fosses communes. »

Magnus s'aperçoit que les yeux de Joe ont changé. Ils sont plus noirs, se plissent et le canon du pistolet est pointé sur la poitrine de Magnus.

D'une voix basse, mais dure, Joe lui pose la question :

« Tu ne te dégonfles pas, hein, Magnus ? Tu ne vas pas me lâcher, pas vrai ? Tu auras toujours ta part dans cette affaire. Il en restera toujours un tas pour toi, même quand je me serai remboursé de mes frais. »

Magnus est glacé par la peur, il se rend compte que quoi qu'il fasse, il n'a pas la plus petite chance de s'en tirer. Joe le tuera, aucun doute à ça, quand Magnus l'aura aidé à transporter les caisses. Joe a sûrement concocté un plan dont il n'a soufflé mot à son soi-disant partenaire. Plus tard, quand Magnus ne lui servira plus à rien, Mercer le fera disparaître, aussi froidement qu'il a liquidé Ramón et Francisco dont le sang noircit la poussière.

Il perçoit plus qu'il n'entend un petit bruit derrière son oreille droite, il le devine à travers le tintement et le sifflement provoqués par les coups de feu. Il tend la main et saisit par le bas du corps le rat qui se défend sans réussir à lui mordre sérieusement la main et, prestement, il le jette sur la poitrine de Joe. Le coup qui part du pistolet de Joe fait voler des pierres en éclats, Magnus sent le souffle de la balle qui le frôle et son oreille gauche se met à saigner.

Il met le genou gauche à terre, tire son revolver de sa veste, arme le chien et tire d'un mouvement glissant. Bien que Joe soit tout près, il ne l'atteint pas. Joe se débat, paniqué, avec sa main armée tout en essayant, de l'autre, de se débarrasser du rat qui s'accroche à sa chemise avec ses griffes. Le rat finit par tomber et par filer d'un trait dans le noir.

« Putain de merde, Joe », crie Magnus. Il prend son pistolet des deux mains et tire deux coups à bout portant en visant la poitrine de Joe. Il sent le recul de son arme, mais n'éprouve que vide et froideur quand il voit Joe Mercer tomber à la renverse, sa tête claquer sur le sol pavé et son sang noircir la poussière jaunâtre.

Magnus s'accroupit, le dos au mur, haletant. Les mains tremblantes, il fouille dans sa poche pour en sortir une cigarette. Après trois essais infructueux, il réussit à l'allumer, aspire profondément la fumée et la garde le plus longtemps possible dans ses poumons. Ses yeux picotent, il sent monter l'acidité dans son estomac. Il touche son oreille qui saigne très peu, se concentre sur sa cigarette, et lentement son cœur se calme et sa respiration reprend son rythme normal.

Il agit comme un automate, mais systématiquement et avec sang-froid. Il referme les couvercles, remet les cadenas à leur place, même s'ils ne ferment plus, et recouvre les caisses du linge poussiéreux.

Il commence par Francisco, le plus léger des trois, qui vraisemblablement a faim depuis longtemps. Il le traîne jusqu'au puits et le laisse tomber dedans. Il écoute, entend que le corps touche le fond et jette le fusil de Francisco derrière lui. Puis il tire la bandoulière de la sacoche d'Irribarne par-dessus sa tête blessée, traîne péniblement son corps jusqu'au bord du trou et le laisse aussi tomber dans le noir.

Joe est le plus lourd. Ses yeux ouverts reflètent la peur, peut-être la stupéfaction. Sans savoir pourquoi, Magnus lui ferme les yeux. Quand il le tire péniblement jusqu'au puits romain, le sang qui sourd de la poitrine de Joe lui tache les mains et couvre la morsure du rat. Magnus, haletant, s'arrête au bord du trou. Incapable de faire tomber Joe la tête la première et malgré la difficulté que représente son poids, il le tourne jusqu'à ce qu'il ait les jambes ballantes au-dessus du trou noir. Il ne lui reste plus qu'à le pousser une dernière fois. Il reste un peu indécis, comme s'il vivait un cauchemar dont il pourrait se réveiller d'un instant à l'autre, mais la réalité s'impose à lui. Il a terriblement soif.

« Quelle connerie, Joe », dit-il à mi-voix et sa voix l'effraie, dans cette pièce vide où la lueur des lampes dessine des ombres difformes sur les murs bruts. Il se met à genoux, pousse les épaules des deux mains, et le grand Américain disparaît dans le noir. Magnus l'entend tomber et regarde autour de lui. Il prend son revolver, en sort les trois douilles vides et les jette dans le puits avant de recharger son arme. Apercevant par terre le béret basque noir de Francisco, il le jette aussi dans le puits. Il ne reste plus rien, ni hommes, ni armes. Il ne reste que l'or, qui doit rester ici.

Magnus prend une lampe à pétrole, glisse sur son épaule la courroie de la sacoche contenant les dollars et la lettre de crédit, fourre son revolver dedans et s'engage dans la galerie pour revenir en arrière. Il laisse les autres lampes éclairées en supposant qu'elles s'éteindront bientôt d'elles-mêmes. Il n'est pas vraisemblable que personne trouve les ruines romaines sous la cathédrale, pas tout de suite en tout cas. Quant à Magnus, il sera sous peu très loin de Carthagène.

Arrivé dans la chapelle latérale, il éteint la lampe avant de jeter un coup d'œil dans la nef de l'église. Il n'y a personne en vue, sauf deux rats qui ont trouvé de quoi manger dans un coin. Il retourne sur ses pas et entreprend de porter des pierres devant le trou irrégulier pratiqué dans le mur, un travail pénible qui fait saigner ses mains, de sorte que son sang se mêle à celui de Joe. Sa tâche accomplie, il est couvert de poussière et très sale, mais un tas de pierres bouche désormais le trou dans le mur. Une ruine dans la ruine, comme tant d'autres dans Carthagène détruite par les bombardements.

Quand il sort de l'église, le soleil a disparu. Il a essayé de s'épousseter tant bien que mal, mais il se rend compte qu'il n'est désormais plus qu'un citoyen ordinaire, en guenilles et malpropre, dans cette ville malade, dont les habitants errent en tous sens, à la recherche de quelque aliment.

Quand il descend sur la plage, personne ne prend garde à lui. Il se met à pleuvoir, c'est comme une rivière qui descend lentement. La plage est déserte, la mer est grise, des mouettes chassent en criant un banc de poissons trop près de la côte. Il jette un coup d'œil circulaire avant d'ôter tous ses vêtements excepté son caleçon, puis il plonge, les yeux ouverts, dans le néant gris. L'eau est glaciale, mais elle ne réussit pas à calmer la chaleur ardente qui semble grandir en lui et menace de brûler son âme.

21

Magnus Meyer est au bar et il pense à Joe Mercer, mais surtout à Mads, parce qu'il se demande où est son frère et ce qu'il doit faire pour le joindre. Magnus ne se sent pas bien. Physiquement, son malaise s'explique et se comprend puisqu'il a la gueule de bois après la soirée de la veille, encore trop arrosée, comme si la boisson pouvait lui faire oublier ce qu'il a vécu sous la cathédrale de Carthagène. Mentalement, il est tout bonnement perdu et déboussolé. Les premiers jours, il regardait derrière lui, de peur d'être recherché par la police ou par le SIM ou par Dieu sait qui, dans ce putain de pays. Mais que signifient trois morts de plus, en Espagne, quand le pays baigne dans le sang ?

C'est l'après-midi et le bar est à moitié plein, il y a des officiers et ces types du marché noir qui peuplent Albacete. Chaque fois que la porte s'ouvre, ils font entrer une mauvaise odeur de moisissure et de pluie.

Magnus avait pris le train pour Valence et passé la nuit dans un petit hôtel avant de prendre celui du matin pour Albacete. Joe faisait partie de la presse et les journalistes vont et viennent, ils sont partout, on ne les tient pas en laisse ; par conséquent, lorsqu'un collègue demandait à Magnus où pouvait bien être Joe, Magnus répondait froidement, sur un ton très convaincant, qu'il croyait que Joe était parti pour Madrid, mais qu'il avait aussi parlé de Barcelone. *¿ Quién sabe ?*

Mentalement, Magnus n'a jamais été aussi peu sûr de lui de toute sa vie d'adulte. Il ne sait pas ce qu'il veut : rentrer au Danemark ou peut-être à New York, ou rester à Albacete en attendant encore Irina, comme un collégien, en espérant qu'elle sera à lui. Il est désespérément amoureux d'elle. Jusqu'où peut aller la bêtise humaine ?

Ils ont déjeuné deux fois ensemble depuis qu'il est revenu

de Carthagène. Une fois où ils avaient beaucoup bu et où elle l'a embrassé passionnément, il a cru qu'elle consentirait à l'accompagner mais soudain son visage s'est assombri et elle s'est libérée pour rentrer dans sa chambre. Il avait senti si nettement qu'elle le désirait… À quoi ou à qui a-t-elle pensé, tout à coup ? Le lendemain matin, elle était repartie en reportage avec un journaliste russe. Une fois de plus, il l'attendait. Dehors, il fait froid et la pluie tombe à verse d'un ciel merdique, noir comme un four. Les rues ruissellent de pisse d'âne mêlée à l'eau des égouts.

Même s'il ne supporte pas de penser à Mads, il pense à lui la plupart du temps. Car il ne peut pas partir, n'est-ce pas ? Comment pourrait-il jamais regarder Marie dans les yeux ? C'est le pire, cette incertitude. Où est Mads ? Quand Magnus le demande officiellement, on refuse de lui dire où sert son frère. Ses camarades danois ne savent rien. De plus, ils sont presque tous partis, soit vers le nord pour participer à l'assaut donné autour de Teruel, soit sur le front de Madrid. Il ne réussit pas à joindre Pandrup. Il a revu Stepanovitch, mais ce dernier n'a pas accepté de le rencontrer. Tove, au centre de tri postal, ne sait rien ou ne veut ni n'est autorisée à rien dire. Elle se montre très nerveuse quand il commence à parler de Mads.

Il l'a invitée à dîner et, dans une crise de désespoir, l'a emmenée chez lui et a baisé son corps maigre. Il ne l'a pas regretté, pourquoi le devrait-il ? Ils sont majeurs tous les deux, et Magnus refuse le regret, mais son acte lui a laissé un goût amer dans la bouche. Ils ont fait l'amour ardemment, désespérément, comme s'ils étaient en manque depuis longtemps, l'un et l'autre, comme s'ils avaient peur que la mort les surprenne avant qu'une autre occasion ne s'offre encore à eux. Pourtant, la joie n'était pas au rendez-vous et il a eu du mal à s'assouvir. Ensuite, il a surtout eu envie de la mettre à la porte, mais il ne pousse quand même pas la goujaterie jusque-là. Elle paraissait si heureuse et satisfaite, là, souriante, en fumant et en bavardant dans son lit.

Il lui a refait l'amour le matin, mais depuis, il a tout fait pour l'éviter. Comme il y aura bientôt plus d'une semaine de cela, il se dit qu'elle a dû comprendre que cette nuit serait la seule. En réalité, il a pitié d'elle, mais il ne veut plus avoir de rapports avec elle. Malheureusement, puisqu'elle est peut-être la seule à pouvoir, le cas échéant, lui fournir des informations sur Mads. Mais malgré leur nuit et le désarroi intime dont elle a fait preuve tout de suite après, elle est restée inflexible. Elle ne sait rien. Mads fait partie des agents secrets à propos desquels il est trop dangereux de poser des questions.

Il finit sa bière, écrase sa cigarette dans le cendrier plein de mégots et commande de nouveau une grande bière. Il boit trop. Tout le monde boit trop à Albacete, mais ce n'est tout de même pas une excuse pour ne pas se reprendre, nom de Dieu. Il a toujours proclamé qu'on a le devoir de contrôler sa vie et que la mentalité de victime qu'adoptent si aisément certaines personnes n'est pas virile.

Un autre souci le ronge. Il a l'impression que par deux fois, au cours de ces quatre ou cinq derniers jours, sa chambre a été visitée. Ce n'est pas la femme de chambre, il connaît sa façon de faire le ménage. Des détails infimes révèlent que des professionnels ont examiné ses affaires pour trouver des documents, ou autres choses recherchées par les agents du SIM. Il se sent observé, ce qui l'effraie et le stimule physiquement, comme si on lui versait de la glace dans le dos. Comme d'autres habitants d'Albacete, il sait que les coups de feu qui claquent, tôt le matin, dans la cour lointaine de la garde civile, sont les salves du peloton d'exécution. On abat encore un traître ou un espion supposé, amené devant le mur pour subir son châtiment.

Mais ce sont les cauchemars sur Joe qui font grandir en lui sa pitié pour lui-même, en lui inspirant tant de mépris. Il a peur de ses rêves et s'efforce en vain de les tenir à distance en buvant avant de s'endormir.

C'est chaque fois la même chose, avec quelques variantes infimes. Joe vient à sa rencontre, un bouquet de fleurs à la main, dans un paysage étrangement jaune. On dirait qu'il fait chaud, mais ils ne transpirent pas. Joe sourit de toutes ses dents, il ne porte qu'une chemisette et un étrange short long. Il a l'air terriblement gentil, mais Magnus est pris d'une peur panique. Il sait que Joe vient le tuer et que ses fleurs ne sont qu'un prétexte. Il voudrait crier : « Arrière, Joe ! » mais il a la gorge nouée. Il voudrait sortir le revolver de sa ceinture, mais il est hors d'état de remuer sa main, qui saigne parce que ses mains sont liées avec du fil de fer barbelé. Joe change de visage. Sa figure devient affreuse et rouge, du pus jaune-rouge sort de ses yeux. Son bouquet devient une hache déjà couverte de sang. Joe lève sa hache, sa figure est pleine de vers grouillants et baveux. Heureusement, d'ordinaire, à ce stade de son rêve, Magnus se réveille. Une ou deux fois, il ne s'est pas réveillé avant que la figure de Joe, couverte de ces grosses larves couleur de pus, se penche sur la sienne pour lui donner son dernier baiser.

Magnus se maudit et il boit une longue gorgée de bière avant d'allumer une énième cigarette. Il est à sa place habituelle, à l'extrémité de ce long comptoir où l'on s'affaire aujourd'hui, à cause de la pluie qui se déverse sur une ville lasse de la guerre. Albacete lui est devenue beaucoup trop familière, depuis ces quinze derniers jours, c'est un paradis pour charlatans, spécialistes du marché noir, espions, déserteurs et marchands d'armes qui peuplent toutes les petites auberges et les tripots. Il s'est trop frotté aux âmes perdues de cette ville, et c'est une fuite, il le sait. Il en va de même pour les trois articles qu'il a écrits. Il a fui la décision de partir parce qu'il a fauté. Il a fui devant l'amour sans espoir, enfantin, que lui inspire Irina.

Il a écrit ses articles comme si c'étaient de longues lettres.

Dans la première, il a décrit Albacete. Il suppose que Brodersen, le rédacteur du quotidien de sa ville natale, corrigera ses détails graveleux sur les putains et les voleurs à la tire. D'autre part, il se peut que la culpabilité et l'absence de morale qu'il a décrites s'accordent très bien avec la vision du quartier général des Brigades internationales que peut avoir un rédacteur bourgeois.

Il a aussi écrit un article dans lequel il a soupesé les chances de gagner la guerre dont disposent les républicains. Il a fait l'éloge du courage des brigades sans leur accorder beaucoup de possibilités de succès.

Enfin, avec la bénédiction de Tove, il a relaté son histoire et lui a permis de la lire. Comme il l'expédiait en passant par la censure de la poste, il a bien fallu qu'elle la lise. Elle a été émue, reconnaissante et confuse à l'idée que ses compatriotes liraient son histoire, elle allait devenir une quasi-célébrité. Il l'avait donc invitée à dîner et ils avaient fait l'amour. Il a envoyé ses deux premiers articles par l'intermédiaire d'un reporter danois qu'il avait rencontré tard le soir, n'étant pas sûr que la censure les laisserait passer sans les modifier.

Meyer a même reçu une réponse du rédacteur Brodersen. Un télégramme adressé à Magnus Meyer, Gran Hotel, plaza del Altozano, Albacete :

MERCI POUR BONS ARTICLES – STOP – CORRECTIONS JOURNALISTIQUES SEULES NÉCESSAIRES – STOP – UN CIGARE EST EN ROUTE – STOP – BRODERSEN

Il n'a pas compris ce que signifiait cette histoire de cigare avant qu'un autre journaliste danois le lui ait expliqué. C'est une formule spécifique dans la presse danoise. Quand un journaliste pondait un article particulièrement bon, il arrivait que le rédacteur en chef le convoque dans son bureau et le récompense en lui offrant un cigare. L'expression était utilisée au sens propre comme au sens figuré.

Magnus en a éprouvé une joie enfantine. Sans ces compliments, jamais il ne se serait vanté d'être un collègue quand ce journaliste d'un quotidien de la capitale danoise, venu en Espagne pour la première fois, l'a pompé pour obtenir des tuyaux sur les dessous de la guerre, en lui payant des verres et du tabac. Magnus, qui se sentait dans la peau d'un reporter chevronné, n'a pas détrompé ce petit journaliste prudent. C'était donc une escroquerie, comme tant d'autres choses dans cette maudite ville. Il admet pourtant à part lui qu'il a éprouvé un plaisir surprenant à écrire. Les mots lui sont venus facilement, et il a été stupéfait de constater la satisfaction qu'il éprouvait à exprimer ses pensées dans des phrases qui généraient un sens et des images.

Mais ces articles ont été une échappatoire, il peut tout aussi bien l'admettre – il a fui les réflexions qui le martyrisaient, à propos de Joe d'une part et de Mads de l'autre. Le télégramme de Brodersen lui a donné une idée et il a télégraphié à Marie ce qui suit :

AI RENCONTRÉ MADS – STOP – NE RENTRERAI PAS TOUT DE SUITE – STOP – NOUVEL ESSAI PRÉVU – STOP – NE RENONCE PAS À ESPÉRER – STOP – JOYEUX NOËL – STOP – MAGNUS

Il a eu l'impression d'être un beau salaud, mais maintenant, c'est fait. Il tend la main pour prendre sa bière quand il entend la voix d'Irina qui, comme un écho, lui pose la même question que Joe Mercer, à une époque qui lui semble remonter à des siècles en arrière.

« Tu me paies un verre, Magnus ? »

Elle a un drôle de bonnet de fourrure à la main au lieu de son chapeau à large bord habituel, son Leica pendu autour du cou, elle est en vêtements de travail : chemise kaki et pull noir sur son pantalon clair, une étroite ceinture autour de sa taille fine. Ses boucles virevoltent autour de sa tête et Magnus n'a jamais rien vu au monde de plus charmant que cette vision-là. Sur le bras, elle porte un gros manteau de tissu militaire garni d'un col de fourrure noire.

« *You are a sight for sore eyes*, s'écrie-t-il.

– Qu'est-ce que ça veut dire ? » réplique-t-elle en espagnol. Il s'est aperçu que, malgré son séjour à Londres, l'anglais d'Irina est très scolaire et insuffisant pour suivre une conversation trop rapide quand Joe et lui parlaient américain ensemble.

« Ça veut dire que tu es très jolie et que je te paie volontiers à boire.

– Je ne te crois pas, mais peu importe. Je suis sale et dégoûtante et j'ai besoin d'un bain, mais j'ai envie de boire une bière avant. »

Elle s'approche de lui, se met sur la pointe des pieds et l'embrasse brièvement sur les deux joues, puis, après une pause presque imperceptible, lui donne aussi un baiser sur la bouche. Elle a pointé sa langue contre la sienne mais elle la retire très vite quand il veut lui rendre la pareille. Elle est si proche de lui qu'il sent les seins d'Irina contre sa chemise et que la chaleur l'envahit, comme pendant la puberté, quand il sent son membre gonfler.

« Joe est aussi ici ?

– Non. Il devait aller à Madrid. Tu le connais », répond-il d'une voix neutre.

« Oui, Joe, c'est Joe. Ça ne fait rien. Tu es là. C'est beaucoup plus important.

– D'où viens-tu ? » questionne-t-il en faisant signe au barman qui sert une bière à Irina. « D'abord de Valence », répond-elle, et elle lui parle d'une série de photos qu'elle a faites d'un pilote soviétique connu pour avoir abattu trois bombardiers allemands de la légion Condor.

« L'agence Tass adore mes photos », poursuit-elle, toute heureuse, et elle boit avidement sans se soucier de la moustache blanche que lui laisse la mousse de sa bière. Meyer tend la main et l'essuie délicatement de l'index, en guise de caresse. Elle détourne les yeux et recule à peine la tête, mais attend qu'il ait essuyé toute la mousse. Il suce son doigt en tâchant de la regarder toujours dans les yeux.

« J'en suis bien content pour toi », lui dit-il d'une étrange voix sourde. Elle regarde ailleurs et enchaîne :

« Mais je viens directement de Teruel. J'y étais avec Ilya. Il fait si froid, là-bas, que je me suis crue de retour en Russie. C'est fou ce qu'il neigeait. On a failli ne pas pouvoir repartir. Mais n'est-ce pas fantastique de voir comment ça se passe ?

– Ça se passe bien ? Je croyais l'offensive en panne. »

Le 15 décembre, les troupes de la République avaient entamé l'assaut de Teruel, la capitale provinciale que les nationalistes de Franco contrôlaient depuis le début de la guerre. Magnus a lu les articles triomphants sur l'offensive avec une bonne dose de scepticisme et remarqué que ces derniers jours les descriptions des territoires conquis étaient absentes des rapports sur le front parus dans la presse républicaine.

« C'est à cause de la météo. Je n'ai pas vu autant de neige depuis Moscou. Les républicains ont encerclé Teruel en un seul jour, Magnus. Nous avons poussé jusqu'à San Blas. Je suis sûre que quand la tempête de neige s'arrêtera, le front des fascistes sautera et que nous le percerons. Ilya aussi était très optimiste et c'est un connaisseur en matière de stratégie. Nous assiégeons Teruel à présent. Ce n'est qu'une question de temps. Les fascistes se terrent dans les caves comme des rats. Et c'est une victoire fabuleuse pour la propagande, tu ne vois pas ça ? On a assisté à des duels aériens fabuleux jusqu'à ce que le temps se gâte vraiment. Les nouveaux pilotes entraînés dans mon pays sont fabuleux. Les fascistes allemands et les pilotes italiens n'ont aucune chance. Nous avons abattu plusieurs de leurs Savoia-Marchetti, c'est le nom de leurs bombardiers…

– Je sais, Irina. » Il ne peut pas s'empêcher de rire.

« De quoi ris-tu ? Mais voyons, c'est fabuleux ce retournement ! Que ce soient enfin les républicains qui mènent l'offensive.

– Je ris parce que je suis heureux de te voir. *A sight for sore eyes*, comme je te l'ai dit. Ta voix est de la musique pour moi, Irina.

– Tu vas arrêter, Magnus ? Est-ce que tous les Danois sont des idiots sentimentaux comme toi ? » se défend-elle, mais il voit qu'elle est heureuse.

Il lui allume une cigarette et la laisse bavarder. Il trouve que c'est terrible qu'elle se soit aussi entichée du mot *fabulosa*. Elle ferait mieux de se l'appliquer à elle-même. Parce qu'il trouve que c'est exactement ce qu'elle est : *fabulosa*. Fabuleuse, avec ces mains vivantes, parlantes, ce beau visage ardent, ce petit nez, ces petites oreilles et ces cheveux courts et frisés qui moussent autour de sa jolie tête, et enfin cette bouche qu'il brûle d'embrasser et de caresser, comme il brûle de l'embrasser et de la caresser tout entière. Le désir le fait frémir et il voit qu'elle s'en aperçoit, car elle se tait avant de lui dire à voix basse :

« Arrête de me regarder comme ça. Ça me gêne, que vont penser les gens ? Raconte-moi plutôt ce que tu as fait, Magnus. Excuse-moi de te le dire, mais tu as l'air plutôt fatigué et négligé. »

Avant d'avoir le temps de réfléchir, il commence à lui raconter sa journée avec Mads à Madrigueras, et c'est un gros soulagement de pouvoir le faire franchement, même s'il ne comprend pas vraiment pourquoi il s'ouvre autant. Il est quand même assez raisonnable pour éviter de mentionner Carthagène, mais il parle de Mads et de son unité. Il admet qu'il se sent coupable d'avoir failli à sa mission, mais avoue qu'il a été blessé par la façon dont son jeune frère a pris congé de lui.

Irina le regarde et l'écoute sans l'interrompre, en buvant sa bière à petites gorgées. Il y a de la compassion et de la chaleur dans ses yeux clairs, et de nouveau il a envie de l'embrasser sur la bouche, mais il n'ose pas s'y risquer. Il continue de bavarder comme un écolier que sa mère doit consoler.

« *Pobrecito.* Pauvre petit Magnus, dit Irina. Je comprends que tu souffres, mais je comprends aussi ton frère. Il t'aime, mais ce Suédois est son camarade de guerre, c'est son bouclier contre le monde. Je sais, nous parlons sans cesse de notre juste combat, nous disons que nous nous battons pour la liberté et le socialisme, mais après avoir interviewé tant de soldats, je sais qu'au fond, chacun d'eux se bat pour le camarade qui est à ses côtés dans la tranchée. Pendant une bataille, les choses ne sont plus abstraites ni idéologiques. Dans l'ardeur de la lutte, tu te bats pour ton camarade et pas pour la cause. Tu ne pourrais pas essayer de comprendre ton frère ?

– J'essaie, mais ça ne m'empêche pas d'être blessé. Il faut croire que c'est trop difficile pour moi. »

Elle lui prend la main.

« Je ne dis pas que c'est facile, mais qu'il ne faut pas te laisser ronger par ta déception. Vous allez sûrement vous réconcilier. Il faut attendre.

– S'il s'en sort vivant.

– Nous en sommes tous là, Magnus », dit-elle d'un air grave, mais on dirait qu'elle ne veut pas s'abandonner à la tristesse, elle se force à sourire et dit avec une gaieté factice :

« Tu sais quoi ? Les officiers donnent un bal, ce soir, dans la grande salle de l'ancien hôtel de ville, en face de l'hôtel. Une sorte de bal de Noël, même si Noël est officiellement supprimé. Qu'est-ce que tu dirais de servir de cavalier à une dame à ce bal ?

– Tu viens d'arriver et tu sais déjà ça ! Comment as-tu fait ?

– Ces choses-là, je les sais. Je suis une femme, n'est-ce pas ? Et je suis journaliste, n'est-ce pas ? Il existe peut-être des hommes que ça intéresse de m'apprendre qu'on va danser ce soir. Qui m'ont adressé des invitations dès mon arrivée. Ce serait peut-être une possibilité, hein, Magnus ?

– Tu connais l'histoire du *Titanic*, ce superbe paquebot qui ne pouvait pas sombrer ? On raconte que l'orchestre a joué jusqu'au bout, pendant que le bateau s'enfonçait. Est-ce ainsi que nous fêterons la chute de la République ? En dansant jusqu'à la fin de la nuit ?

– Merde, arrête d'être aussi pessimiste. Ça ne te va pas, camarade. Quand je pense que j'ai déjà plusieurs propositions et que j'ai la bêtise d'inviter un type aussi ennuyeux que toi. Grands dieux ! Pardonne-moi d'avoir insisté. Je trouverai un autre cavalier.

– Tu es vraiment d'excellente humeur, Irina, réplique-t-il en se mettant à rire.

– C'est peut-être parce que je suis contente de te voir. Je t'ai dit que j'ai déjà été invitée, et même par plusieurs personnes, si tu veux le savoir. Alors, qu'en dis-tu ? Veux-tu m'escorter ou non à ce bal de gala ?

– Avec grand plaisir. J'en serai très honoré, *señorita* », répond-il en lui prenant la main et en faisant mine de la baiser, ce qui la fait rire.

« As-tu un costume plus habillé que celui-ci ? Je t'ai dit que c'était un gala.

– Je croyais qu'on avait interdit la cravate et les beaux costumes ?

– Pas pour les galas, si je comprends bien. Nous ne sommes pas des anarchistes, n'est-ce pas ? Il y aura un ministre qui vient de Barcelone avec deux généraux. Alors, as-tu un costume habillé ?

– Ça ira, et toi, tu as vraiment une robe ? Ça m'étonne d'une révolutionnaire comme toi.

– Attends un peu, tu verras, camarade. Tu sais que je suis allée à Valence, alors tu verras. Rendez-vous ici à vingt heures », ajoute-t-elle en lui donnant un petit baiser sur la bouche avant de s'en aller d'un pied léger, en le laissant contempler, muet, ses hanches souples et les rondeurs de son derrière, dans son pantalon collant.

« C'est rare de voir quelque chose d'aussi beau, *caballero*, commente le vieux barman en lui donnant par inadvertance ce titre, comme autrefois.

– Oui, *señor*. C'est très beau.

– Cela vous rappelle une autre époque.

– Oui, *señor*. Vous avez bien raison, mais ce monde-là ne reviendra jamais.

– Reprendriez-vous une bière ?

– Pourquoi pas ?

– Tout juste, *señor*. Pourquoi pas ? »

22

Ils ont rendez-vous dans le hall. Magnus l'attend, et quand il la voit descendre l'escalier, il est stupéfait. Elle descend lentement sur le large tapis rouge usé par la guerre, élégamment, à pas comptés sur ses hauts talons, consciente de l'effet qu'elle produit, pas seulement sur Magnus, puisque tous les hommes présents dans le hall majestueux de l'hôtel ont les yeux rivés sur elle.

Avec tant de gens de qualité en ville et à l'hôtel, il y avait de l'eau chaude pour tout le monde. Plusieurs généraux et un ministre ne vont pas au bal sans faire leur toilette et ils ne se lavent pas à l'eau froide, quelqu'un avait donc fait le nécessaire et apporté du charbon en quantité suffisante pour la grande chaudière de l'hôtel, car l'eau chaude coulait librement et en grande quantité. L'odeur de la guerre et de la décrépitude est donc miraculeusement remplacée par le parfum du savon, d'une eau de toilette espagnole capiteuse pour les hommes et des essences coûteuses pour les dames.

Magnus a pris un bain prolongé, puis une douche. Il s'est rasé soigneusement, et la femme de chambre au nom biblique de María Inmaculada (qui lui a confié à voix basse, embarrassée, qu'elle avait été baptisée dans la lointaine Estremadura) a scrupuleusement nettoyé et repassé son costume italien, lavé et repassé sa seule chemise blanche, et ciré ses chaussures.

Elle a rougi de reconnaissance quand il l'a embrassée sur la joue en lui donnant une bonne liasse de pesetas dévaluées. Elle n'a sûrement pas plus de vingt-cinq ans, et sa mère lui a peut-être donné ce nom dans l'espoir qu'elle aurait un destin meilleur avec la Vierge Marie pour ange gardien dès sa naissance, mais la vie ne s'est pas gênée pour lui imposer toutes les souillures de la pauvreté.

Pourtant, elle l'a préparé pour la fête comme s'il était

son *novio* personnel, et pour finir, satisfaite, elle lui a brossé le dos, de sa main amaigrie, sans oublier le plus petit grain de poussière. Avec une cravate bleu-rouge et un mouchoir assorti dans sa poche-poitrine, il a pu hocher la tête avec satisfaction devant le grand miroir de la garde-robe de sa chambre, comme s'il était de retour à New York, avant de descendre dans le hall pour son rendez-vous.

Irina lui sourit, et la chaleur l'envahit de la tête aux pieds. Elle porte une robe collante rouge décolletée juste au-dessus de sa belle poitrine et fendue sur le côté, ce qui lui permet de bouger et d'arborer une cuisse mince gainée d'un fin bas de soie. Autour du cou, elle porte une fine chaîne d'argent et une petite ancre. Elle a les bras nus, et ses légers bas de soie disparaissent dans des escarpins pointus. Magnus se souvient que son joli petit chapeau était à la dernière mode, quand il vivait à Manhattan. À ses yeux, elle ne marche pas, elle plane, portée par les regards admiratifs des hommes et envieux des femmes.

Quand elle vient à lui et lui permet de l'embrasser sur les deux joues, il est fier comme Artaban et ne cherche pas à le cacher. Elle n'est presque pas maquillée, mais cela suffit : du noir pour les yeux, un peu de rose sur les joues et du rouge à lèvres soulignent la délicatesse de sa peau sans défauts. Son parfum est exotique et séduisant.

« Je n'en crois pas mes yeux.

– Merci, *caballero*. Ça m'a quand même pris du temps. »

Il éclate de rire :

« C'est une chose qu'on admet, quand on est une femme ?

– Ce soir, j'ai peut-être l'air d'être une belle dame, mais ne t'y trompe pas, je suis toujours Irina, de l'État des ouvriers et des paysans, et je me réjouis déjà de remettre mon pantalon. Mais puisque c'est la fête, faisons la fête. Monsieur veut-il me donner le bras ?

– Avec plaisir, *señorita*. Vous m'en voyez très honoré. »

Avec les autres clients de l'hôtel, ils traverseront la plaza à pied pour se rendre dans le beau bâtiment d'allure officielle situé en face. Une armée de domestiques de l'hôtel les attend devant la porte avec des parapluies, mais la pluie a cessé de tomber. Il fait froid, pour les femmes, mais elles l'endurent dignement. Magnus note que ce sont les troupes d'assaut vêtues de noir de la Guardia de Asalto qui surveillent l'hôtel et tiennent les curieux à distance. Les photographes s'en donnent à cœur joie. Les explosions stridentes des ampoules-flash circulaires ressemblent à de petits coups de fusil, dans la clarté nocturne.

Cela fera partie de la propagande, pense-t-il. Ces photos ne seront sans doute pas représentatives de la société qui a supprimé les classes, mais elles montreront une société où la guerre se passe si bien que les gens ont la place et le temps de faire la fête. Il a remarqué que, dernièrement, le gouvernement s'efforçait de se distancer verbalement des révolutionnaires et des communistes afin de complaire aux pouvoirs occidentaux. Les vertus bourgeoises se faufilent dans la propagande des journaux, la cravate et autres formes de cérémonial reviennent en force, de même que les nouveaux galons pour les officiers, jusque dans les Brigades internationales et les milices. C'est un curieux amalgame. Les communistes consolident leur pouvoir et s'emploient à discipliner les républicains à leur image, en même temps que l'on réintroduit l'ordre et les coutumes de l'Ancien Régime. Les communistes bourgeois n'ont que faire des grands mots et du manque de prévoyance des anarchistes. La guerre dont Magnus est témoin se joue sur de nombreux fronts.

Un officier qui fume un gros cigare et qui donne le bras à une grande et forte femme en longue robe de soie, regarde le ciel, étoilé maintenant. Magnus l'entend dire d'une voix qui tranche sur les bavardages des autres invités :

« Tu dis qu'il fait un temps magnifique, mon ange, mais j'aurais préféré une bonne pluie castillane. Cette éclaircie est propice à l'aviation, autrement dit aux bombardements, ma chérie. »

Elle fait le geste de s'en moquer, de sa main gantée, non sans jeter un coup d'œil anxieux sur le ciel noir piqueté d'étoiles scintillantes, très nettes au-dessus de la ville obscurcie par le couvre-feu.

Mais il règne au sein du groupe une ambiance de gaieté impatiente. À travers les effluves des parfums et de l'eau de Cologne, Magnus aperçoit des journalistes en smoking et en queue-de-pie qu'il reconnaît, d'autres sont en complet veston comme lui. Des officiers de l'armée permanente de la République, des fonctionnaires et des politiciens sont venus de Barcelone où siège le gouvernement, ainsi que de Valence. Les médailles et les décorations qui brillent sur les uniformes rivalisent avec les bijoux des femmes.

On a placé des tables le long des murs dans une vaste salle ainsi que dans trois pièces attenantes où les attend aussi un grand buffet – on ne s'est tout de même pas lancé dans un grand dîner de gala. Partout les gens bavardent et fument en buvant du champagne espagnol. Il fait déjà chaud, les bras nus des femmes rougissent, il y a foule au buffet où l'on sert une profusion de tapas, de vin et de bière. Cela sent bon, mais Magnus n'a pas faim, pas plus qu'Irina, par contre elle a envie de boire du champagne. Le ministre accompagné de deux généraux est debout près de la scène où l'orchestre se met déjà à jouer, et Magnus, à sa grande surprise, reconnaît une musique indéniablement argentine. Ce n'est pas encore de la musique de danse, c'est une introduction destinée aux officiers et à leurs très jeunes femmes ou plutôt à leurs maîtresses, plus vraisemblablement. Les voix montent jusqu'au plafond, c'est une cacophonie de caquetages superficiels, et Magnus ne peut s'empêcher de penser que pendant qu'ici, on fait la fête, les autres meurent sur tous les fronts.

Son estomac se contracte et cette réflexion soudaine est

un choc qui réveille sa mauvaise conscience. Tout à coup, étrangement, la voix sarcastique de Joe Mercer lui manque pour décrire ce bal de gala brillant et insouciant, en plein enfer de la guerre, comme il lui a raconté les fêtes et les débordements des boîtes de nuit de Madrid. Il chasse ces idées et joue des coudes pour se procurer du champagne.

En revenant, il aperçoit Irina dans la foule, elle attire tous les regards. Une femme la regarde avec haine, sans qu'Irina se laisse intimider. Cette petite femme dont le physique évoque l'image d'un sablier et qui s'est maquillé vulgairement les lèvres, est apparemment accompagnée d'un homme aux cheveux noirs et aux grands yeux bruns, sous des sourcils broussailleux.

On note une sorte d'intensité chez cet homme qui a une cigarette à la commissure des lèvres et un verre à la main. Il n'est pas très grand et Magnus, en s'approchant, l'entend parler un curieux mélange d'anglais, de français et d'espagnol. Il n'arrête pas de parler, ce qui irrite fortement Magnus, car il doit admettre que d'emblée, cet homme donne l'impression, comme le font certaines personnes, d'être à la fois amusant et plein de charme. Le problème, c'est que, de toute évidence, lui et Irina se connaissent, et qu'ils se connaissent beaucoup trop bien. Ce qui explique la colère de sa compagne, car cet homme ignore cette dame et se concentre sur Irina, provoquant aussi la colère de Magnus.

Il est tout à fait clair qu'Irina est contente de voir cet homme, bien qu'elle se soit dérobée quand il a voulu l'embrasser autrement, après les baisers traditionnels sur les deux joues. Elle se tourne vers Magnus qui lui tend son verre :

« Puis-je te présenter un collègue et un bon copain, André Renault. Journaliste envoyé par *L'Humanité*, le quotidien communiste français et par le périodique *Vu*. Magnus Meyer, un collègue danois. »

Ils se serrent la main, mais André détourne ostensiblement la tête pour reprendre sa conversation avec Irina. Ils parlent d'un ami commun et font l'éloge du siège de Teruel. Magnus sent la jalousie monter lentement en lui. Irina est apparemment sous le charme de la verve du petit Français.

Elle lui sourit, lisse ses cheveux et tire de longues bouffées de sa cigarette. André touche plusieurs fois ses bras nus. Magnus est sauvé par la femme grassouillette qui réclame en français un deuxième verre de champagne. André est visiblement irrité, mais il ne peut pas refuser d'aller au bar en emportant le verre vide de la femme.

« Où l'as-tu rencontré ? » demande Magnus d'une voix plus dure qu'il ne l'aurait voulu.

« Ici, là, partout. Nous sommes collègues, dit Irina en cherchant André des yeux.

– Vous êtes plus que ça !

– Comment ça ?

– Je crois que tu le sais bien.

– Arrête d'être si bourgeois, Magnus. Tu es jaloux ?

– Et si je l'étais ?

– Alors, rien, monsieur l'observateur », dit-elle en riant et en se levant sur la pointe des pieds pour lui donner un petit baiser sur la bouche. « André est un prince qui passe d'un lit à l'autre, il est amusant, cela n'a pas tiré à conséquence, et c'est déjà de l'histoire ancienne. Tu n'as pas besoin de t'en faire. »

Magnus entend encore la voix de Joe : « En temps de guerre, on fait l'amour avec n'importe qui et n'importe où », n'était-ce pas ce qu'il disait ? Il se sent jaloux et surtout grognon à cause de son impuissance et de sa propre colère enfantine, quand il voit qu'elle prend la chose si calmement, en considérant pour acquis ses sentiments à lui. Ce qui le rend heureux en même temps.

Il ne sait que faire ni que dire, mais il est sauvé par le ministre qui est monté sur la scène et à qui on a donné le microphone de la chanteuse. D'une voix forte et mélodieuse, il salue de la part du Premier ministre Negrín et transmet à l'assemblée de nombreuses salutations de la part de l'armée victorieuse, qui aura très bientôt conquis Teruel et effectué une forte percée dans le front des fascistes. Il salue de la part de Madrid, la ville héroïque, et transmet également des salutations spéciales de la part du grand Staline et du peuple soviétique qui aide l'Espagne démocratique, de façon si désintéressée, dans sa lutte contre le fascisme.

« Mesdames et messieurs, camarades, crie-t-il comme s'il dirigeait une réunion électorale. Soyez les bienvenus à ce bal qui prouve que les républicains savent à la fois faire la fête et se battre. Nous remercions Albacete pour son invitation et nous sommes heureux d'être dans cette ville, quartier général de nos amis et alliés des Brigades internationales. »

Il lève son verre, crie *salud* et les gens applaudissent. Ce petit homme obèse vêtu d'un complet noir, d'un gilet et d'une chemise blanche empesée, transpire et s'essuie le front avec le mouchoir de sa poche-poitrine, qu'il remet maladroitement à sa place. Pour Magnus, cet homme semble déplacé, il ressemble à un banquier de sa ville natale, qui saurait qu'il n'a pas assez d'argent en caisse et que sa faillite est certaine. On s'apercevra de ses malversations, ce n'est qu'une question de temps.

L'orchestre se met en branle et la piste de danse se remplit, tandis que la fumée et les caquetages montent jusqu'aux grands lustres du plafond. Les heures qui suivent se confondent entre la conversation, les tours de danse avec Irina et une seule danse avec l'amie d'André, qui ne parle que le français. André gagne à être connu. Il flirte avec Irina, mais il est évident qu'il flirte avec toutes les femmes, et qu'Irina l'éconduit en riant. Ils dansent une seule fois ensemble, mais il est visiblement plus doué pour discourir que pour danser.

André et Magnus s'offrent le plaisir de montrer du doigt les différents requins du marché noir et autres charlatans d'Albacete, qu'ils connaissent chacun de son côté, et André peut allonger la liste en indiquant des marchands et des trafiquants d'armes de passage. Les grands contrebandiers aisés qui viennent de plusieurs pays et sont à même de fournir tout ce dont manquent les républicains sont ici aussi, de même que les briseurs de blocus audacieux et les officiers bedonnants qui ont acheté leurs galons au lieu de les gagner sur le champ de bataille. L'idée ne leur viendrait pas, aux dires d'André, de se rapprocher d'un lieu où leur volumineux arrière-train risquerait d'être touché.

À un moment donné, il semble à Magnus qu'il aperçoit Tove, mais ce n'est qu'une femme qui lui ressemble. Il ne peut d'ailleurs imaginer qu'elle soit suffisamment haut placée pour avoir été invitée. Il a essayé de la contacter la veille pour lui demander des nouvelles de Mads, mais il ne l'a pas trouvée. Les Russes sont peu nombreux, mais Magnus repère Stepanovitch et s'approche rapidement de lui avant de le voir disparaître dans la foule. Magnus se poste devant lui et lui barre la route.

Le Russe, sans sourire, essaie de le contourner mais Magnus fait ostensiblement un pas sur le côté. Stepanovitch est en complet veston clair, celui qu'il portait, sans doute, lors de sa première rencontre avec Magnus, à l'aéroport de Valence, mais on dirait que ce costume froissé et flasque n'a pas été repassé depuis longtemps, ou que son propriétaire a maigri. Stepanovitch a mis une mince cravate noire nouée de travers, ses chaussures noires sont poussiéreuses, il a les yeux pâles fatigués, le visage émacié et les cheveux ternes. Il donne l'impression d'avoir beaucoup de problèmes.

« Vous avez vraiment fait des frais de toilette, camarade Stepanovitch, commence Magnus.

– Je vois que vous n'êtes pas encore parti comme nous vous l'avions conseillé, *señor* Meyer, réplique-t-il dans son espagnol trop correct.

– Mais j'ai écrit un article.

– Et même plusieurs à ce que je vois.

– Ah, vous le savez ?

– C'est mon travail de savoir, afin de protéger aussi bien que possible la République légale contre les rebelles et les nombreux autres ennemis qui menacent la démocratie.

– Il est certain que le SIM est une organisation superbe. Tout le monde le sait. Vous pourrez peut-être me dire où trouver le commissaire Pandrup ?

– Non, je ne le peux pas.

– Vous ne le voulez ou ne le pouvez pas ?

– C'est sans importance. Pandrup effectue une mission pour l'État.

– Où ?

– Je ne peux pas vous en informer. Mais vous pourrez peut-être me dire où trouver votre ami Joe Mercer ? »

Magnus a peur que ses yeux papillotent.

« Non, je ne le peux pas, dit-il d'une voix heureusement calme.

– Il me semble pourtant que vous étiez ensemble à Valence. Et à Carthagène, je crois ?

– Oui. Vous êtes très bien informé.

– C'est mon job. Que s'est-il passé après ça ?

– Nous nous sommes séparés. Je suis revenu ici. Joe voulait aller à Madrid, ou peut-être à Barcelone. Je ne suis pas son gardien, commissaire Stepanovitch.

– Sans doute pas, mais vous êtes son ami, n'est-ce pas ?

– C'est bien ainsi que je le considère.

– Mais vous ne savez pas où il est ?

– Non. Que lui voulez-vous ? »

Magnus pense qu'il est plus sage de prendre l'offensive. Il sent la sueur perler sous son aisselle droite.

« Cela ne vous regarde pas, répond le Russe.

– J'apprécie beaucoup votre caractère aimable et votre charme, camarade Stepanovitch.

– J'apprécie beaucoup vos sarcasmes danois, mais si vous découvrez où se trouve Joe Mercer, faites-le-moi savoir. Vous êtes le dernier à avoir parlé avec lui.

– Cela m'étonnerait.

– Il a disparu, apparemment.

– L'Espagne est un pays dangereux.

– Vous avez tout à fait raison, Meyer. Vous devriez y réfléchir vous-même. »

Il s'agit de reprendre l'offensive :

« Et mon frère ? Qu'en est-il de Mads ? »

Il regarde intensément le Russe et il lui semble voir un changement, un manque d'assurance, dans ces yeux étrangement pâles. Magnus voudrait retenir son regard, mais cette fois, Stepanovitch détourne les yeux.

« Votre frère est là où il est, et où l'on a besoin de lui.

– Vous savez donc où ?

– Je n'ai rien dit dans ce sens. Et maintenant, je dois partir. »

Magnus le prend par le bras, les yeux du Russe changent, et son regard se fait si menaçant que, malgré lui, Magnus le lâche et s'efface.

« Vous savez où est mon frère. Je le vois sur vous, poursuit-il sur un ton beaucoup trop suppliant. Vous ne pouvez pas me dire s'il va bien ? Vous ne pouvez pas le saluer de ma part, simplement ? Je voudrais savoir qu'il va bien.

– Retournez chez vous, *señor* Meyer. Vous n'êtes pas des nôtres. Retournez dans votre paisible et gentil petit pays. »

Magnus le suit des yeux, furieux et frustré. Il s'en veut d'être impuissant en face du SIM et de tout autre pouvoir. Il se dirige vers le long comptoir du bar, se fraie un chemin dans la foule et commande un double cognac qu'il avale en trois gorgées. Il sent l'alcool le brûler jusqu'au ventre, mais il jouit de cette brûlure et de ses effets. Il regarde autour de lui. Maintenant, il faut que quelque chose se passe, il faut qu'il chasse ses mauvaises pensées.

La fête se transforme rapidement en un brouhaha intense et ce que voit Magnus, c'est une danse des morts désespérée, un dernier effort inutile pour imaginer que tout finira bien parce que les danseurs ont la justice de leur côté.

Il secoue ces maudites idées noires et se force à s'amuser. Ce n'est pas si difficile : l'alcool coule à flots et l'orchestre, un solide orchestre de danse en veston rouge et pantalon noir dont le chef vient de Buenos Aires, crée une ambiance déchaînée et endiablée qui gagne tous les recoins de la salle de bal surchauffée. Le chef d'orchestre est un homme concentré qui transpire et qui dirige son orchestre comme si c'était la dernière occasion qu'il lui était donnée de jouer en ce bas monde. La chanteuse, une Madrilène à la voix de contralto nette et profonde, tire le meilleur parti du vaste répertoire espagnol et latino-américain.

Profitant d'une courte pause, Magnus va bavarder avec le chef d'orchestre qui se nomme Lucius Domingo. Ils échangent quelques souvenirs sur Buenos Aires, où Domingo n'est pas allé depuis dix ans. Au bout d'un instant, ils conversent comme de vieux amis. Irina se joint à eux et raconte, en exagérant un peu, que Magnus chante aussi bien les *zarzuelas* que les chansons argentines les plus populaires, ce qui fait monter l'ambiance de plusieurs accords.

Irena a sans doute réussi à l'encourager à chanter un tango de Buenos Aires puisque, tout à coup, Magnus se retrouve sur la scène, à chanter en duo avec la chanteuse : *El día que me quieras* : le jour où tu m'aimeras, fredonne-t-il en contemplant Irina qui le regarde, les yeux brillants et avec un grand sourire, comme si Magnus était sa création personnelle.

Les applaudissements enthousiastes crépitent lorsque les derniers accords se taisent, mais Magnus se dit que ces gens applaudiraient à peu près n'importe quoi. Pour le récompenser, la chanteuse l'embrasse sur la joue, et Irina qui boit du champagne comme si c'était de l'eau gazeuse lui donne un profond baiser sur la bouche. Est-elle ivre ? À la dérobée, elle glisse furtivement la main sous ses bourses et les caresse doucement. Avant qu'il ait eu le temps de réagir, elle le lâche et s'élance sur la piste de danse avec un officier en uniforme repassé de frais, qui arbore plus de décorations qu'il n'a connu de batailles où les gagner. Comme le petit chapeau si chic d'Irina a disparu pendant le bal, ses boucles virevoltent librement.

André lui tape sur l'épaule et lui dit qu'il est un homme comme il les aime. Il est sûr que Magnus a du sang gaulois dans les veines, puisque sa conduite n'a rien à voir avec celle des Vikings ordinaires, ces ivrognes cafardeux qui viennent des froids pays du Nord.

L'ambiance atteint son paroxysme, et les rythmes font bouillir le sang des danseurs et des buveurs qui souhaiteraient que la fête ne s'arrête jamais. Magnus ne peut pas garder Irina pour lui tout seul, cela va sans dire. Elle connaît trop de monde, et ceux qui veulent danser avec elle sont trop nombreux. Elle aime danser et rougit gracieusement quand on la conduit sur la piste.

Magnus et André, debout côte à côte, la suivent des yeux pendant qu'elle danse avec un correspondant britannique qui a de la peine à suivre les pas rapides de sa cavalière, puisque l'orchestre hispano-argentin s'est lancé dans la version espagnole d'un fox-trot. Les deux hommes ont tous les deux un verre de cognac à la main. André tire une longue bouffée de sa cigarette et confie à Magnus, dans son improbable mélange d'espagnol, de français et d'anglais :

« C'est une femme fabuleuse, et d'un courage insensé. Je l'ai vue au front. Une merveille, mon ami. Et pleine d'humour au milieu de l'enfer de la guerre. Nous étions devant Madrid. Soudain, un Junkers 88 allemand arrive sur nous, je me jette dans une tranchée où se trouvent déjà un homme et une femme, Irina. Je ne les connais ni l'un ni l'autre. Je me présente en disant que je suis photographe. L'homme répond qu'il est prêtre catholique et vient de Bilbao. Irina se borne à nous observer en notant que, dans cette situation précise, ces deux professions n'ont pas beaucoup d'utilité. Merde alors. C'est tout ce que cette folle trouve à dire quand les bombes éclatent autour de nous. Pas étonnant que je sois tombé amoureux d'elle sur-le-champ. »

Il éclate d'un rire exagéré et continue dans son curieux idiome, mais sur un ton plus sérieux :

« Elle prend aussi des photos fabuleuses, elle capte le vrai visage de la guerre. Ils ne peuvent pas toutes les montrer dans son pays, *you know*. Pas assez d'héroïsme. Mais j'en ai fait publier quelques-unes dans mon périodique français, et si elle pouvait publier chez eux, *Life Magazine* l'adorerait, mais ce n'est pas possible.

– Pourquoi pas ?

– L'oncle Staline n'aime pas ce genre de photos. Même dans des journaux américains.

– Je te croyais communiste, André.

– Ça ne m'empêche pas de regretter que la propagande et l'idiotie mettent des bâtons dans les roues des artistes, non ?

– Tu as fait ton choix.

– Vraiment ? Est-ce toujours un choix, mon ami ?

– Je n'en sais rien. »

André allume une des grosses cigarettes françaises qu'il a l'habitude de garder à la commissure gauche de ses lèvres pour pouvoir fumer et parler en même temps. C'est peut-être pour cette raison qu'il a l'habitude un peu curieuse de cligner d'un œil. Il enchaîne :

« Je sais ce que tu penses. Je suis communiste, donc, pour moi, Staline est un héros, pour ne pas dire un dieu. Tu te trompes, mon ami. Les communistes doivent être critiques. Ils doivent avoir ça dans le sang. Or, que se passe-t-il ? La critique équivaut à la mort. Ici, en Espagne ? C'est la même chose. Si tu critiques Negrín, tu es un traître, non ? Et de bons camarades meurent à Moscou. Ces procès de la terreur intentés à des soi-disant ennemis du peuple sont une farce. Irina doit donc être prudente, n'est-ce pas ? Compte tenu de la situation de son père, n'est-ce pas ?

– Je ne sais pas ce que fait son père en ce moment. Irina dit qu'il est diplomate. Ce n'est pas vrai ?

– Non. Il est colonel du NKVD, la police secrète de Staline. C'est un excellent espion qui a été envoyé à Londres sous le couvert de la diplomatie. Tu es reporter. Tu connais la chanson. Aujourd'hui, son père est un grand homme très important, mais ce n'est pas une garantie, c'est plutôt le contraire. Le camarade Staline n'aime pas les rivaux, il les élimine. Un jour, tu es le bourreau, le lendemain, c'est un nouveau bourreau qui te tire une balle dans la nuque. C'est la vie. Et c'est dégueulasse, mon ami.

– Je ne vois pas pourquoi tu me racontes ça. »

Il fait un geste théâtral, exagérément français :

« Moi non plus, mon ami. C'est peut-être parce que j'ai un peu trop bu un peu trop vite. Ou parce que mon père était un salaud de jésuite et que j'ai hérité de son besoin de contestation. Ou parce que tu m'es sympathique, que je te parle comme à un ami, *no* ? »

Il hésite, doit-il s'arrêter ou continuer à parler ? Finalement, il enchaîne :

« J'ai un ami. J'avais un ami. Un camarade russe. J'ai appris hier qu'il avait été exécuté à Moscou, il y a dix jours, sous prétexte qu'il était un ennemi du peuple. Igor, ennemi du peuple ! Merde alors ! C'était un bon camarade du parti. Si Igor était un ennemi du peuple, j'en suis un aussi. Qu'est-ce que c'est que ces gens-là ? Le NKVD arrête un homme et on fait croire à cet innocent qu'il est coupable. L'innocent finit par s'agenouiller et être reconnaissant qu'on lui tire une balle dans la nuque dans un sous-sol à Moscou. C'est aussi diabolique que la nuit en plein jour.

– Alors, Irina et son père ? C'est ça que tu essaies de me dire ?

– Fais-en ce que tu veux. Je ne sais pas pourquoi je te raconte ça.

– Je pense que tu devrais adhérer à un autre parti.

– Non, les autres sont encore pires. Sur les idées communistes, il n'y a rien à dire, ce sont les hommes qui sont des salopards. Je crois plutôt que je dois me battre pour faire changer mon parti. Tu ne crois pas ?

– Je n'en sais rien. »

Il change de nouveau d'expression et son bon sourire réapparaît :

« Peu importe. Profite d'Irina pendant que tu peux. Elle est là, et tout d'un coup elle peut disparaître. Comme un papillon emporté par un courant d'air. Pffuitt. On ne peut pas la retenir. »

Irina revient. Elle sourit aimablement au Britannique qui s'incline à la manière des pensionnaires d'Oxford et jette un coup d'œil un peu interrogateur à André et à Magnus, comme si elle sentait que quelque chose s'est passé entre eux. Elle tourne la tête vers la porte et s'en va en laissant les trois hommes la suivre des yeux, interloqués.

L'Anglais se présente : Winston Ruttgers. Magnus lui demande s'il a jamais rencontré un jeune volontaire danois du nom de Mads Meyer. Ce n'est pas le cas, bien qu'il ait écrit plusieurs articles sur les volontaires, mais il y en a plusieurs milliers, vous savez. Les musiciens font une pause, les danseurs applaudissent très fort, puis l'orchestre entame un nouveau morceau, et André explique :

« J'étais en train de parler à Magnus du courage d'Irina.

– Oui, c'est une femme stupéfiante. Quel dommage qu'elle travaille pour les bolcheviques de Moscou. Elle pourrait aller loin. Il n'y a que quelques jours, nous étions ensemble devant Teruel. Il faisait tellement froid qu'on en avait les couilles gelées. On était un petit groupe de journalistes, entre autres Irina, à vouloir monter au front. Ils ont encerclé la ville proprement dite, mais les nationalistes se sont barricadés dans le centre. L'artillerie et les tanks faisaient un bruit d'enfer, et quand le brouillard s'est levé, les avions sont arrivés sur nous. Nous nous cachions derrière un bloc de ciment, Irina, un photographe français et votre serviteur, quand un char d'assaut fasciste est arrivé sous le feu des nôtres, à deux cents mètres devant nous. Il a voulu faire demi-tour et se réfugier dans Teruel, mais il a pris feu, et un membre de l'équipage a réussi à sauter dans la neige, le suivant est resté coincé dans l'ouverture. Irina s'est précipitée comme si le diable était à ses trousses, pour courir vers le char d'assaut avec son maudit appareil photo. La voilà qui saute dans un trou de tirailleur et qui y reste pendant que les balles sifflent à ses oreilles. Puis elle sort la tête et prend des photos. Elle a fait ça deux fois. Parce que les nationalistes l'avaient repérée, n'est-ce pas ? Une bonne demi-heure a passé, nous pensions l'avoir perdue, mais les républicains font encore reculer les nationalistes et Irina sort de son trou en agitant son appareil comme si elle avait gagné une médaille aux Jeux olympiques d'Hitler, et elle nous crie : “Quand on n'est pas assez près, on ne voit pas leurs yeux.” Elle est dingue. La guerre, c'est sa drogue. »

André dit quelque chose en français, et Ruttgers traduit sa phrase parce que Magnus ne l'a pas comprise.

« C'est une maladie contagieuse qu'on attrape en Espagne. La guerre est comme une drogue. La montée de l'adrénaline fait l'effet d'une drogue. On finit par ne plus pouvoir s'en passer et, à la fin, elle te tue.

– Joe disait toujours ça », commente étourdiment Meyer.

Winston Ruttgers ajoute à la cantonade :

« C'est vrai, ce vieux Joe. Où peut-il bien être, en fait ? Je ne l'ai pas vu depuis longtemps. Ça ne ressemble pas à Joe de rater une fête comme celle-ci. Normalement, il la flairerait à des kilomètres de distance. De l'alcool gratuit et des dizaines de femmes. Joe ne raterait ça pour aucun empire. »

Magnus détourne les yeux, secoue la tête et répète son mensonge : on lui a dit que Joe voulait aller à Madrid, ou peut-être à Barcelone. Personne ne sait rien, mais il n'aime pas entendre prononcer le nom de Joe, ce n'est pas qu'il craigne d'être découvert, il craint plutôt que sa mauvaise conscience ne refasse surface, car cela ne le console pas de penser qu'il a agi en état de légitime défense.

Vers minuit, ils se remettent enfin à danser. C'est une valse lente, Irina s'appuie sur lui, pose sa tête sur son épaule, et il sent le parfum de ses cheveux.

« Est-ce que la guerre t'enivre, Irina ? »

Elle ronronne comme un chat repu :

« Et toi ? Tu danses tellement bien, Magnus. C'est vrai.

– Est-ce que le danger est une drogue pour toi et qu'il t'en faut toujours plus pour que ça marche ?

– Non, ce n'est pas ça.

– Mais cela t'enivre, n'est-ce pas ? On a ça dans le sang, quand on vit dangereusement. »

Elle relève la tête pour le regarder dans les yeux :

« Quand on voit la mort de si près, on se sent incroyablement vivant, après coup. Tu ne comprends pas ça ? Tu le comprendrais si tu avais essayé.

– C'est un plaisir chèrement payé.

– Ce n'est pas non plus ce que je veux. Danse avec moi, ça suffit. Ne parle pas tant. Tu parles trop.

– Et tu es ivre.

– Tu peux t'en féliciter.

– Pourquoi ?

– Parce que j'ose te dire que maintenant, tu vas m'emmener dans ton lit. Je m'étais promis de ne pas retomber amoureuse, cela fait beaucoup trop mal, mais tu m'as fait manquer à ma promesse. »

23

« Tu es merveilleuse. Je crois que je t'aime. »

Magnus se surprend à parler tout haut, il parle sans réfléchir parce que physiquement, il nage dans la félicité. L'alcool, l'assouvissement profond de son corps tout entier, toute la situation, le désarment et ouvrent les vannes. À l'instant même où il dit son amour, il se rappelle que la dernière fois qu'il a dit la même chose, c'était à Dolores, en Argentine. Alors qu'Irina, pour toute réponse, ronronne comme une chatte, il se rappelle que Dolores s'était mise à pleurer, à couvrir son visage de baisers et de larmes en lui répétant, entre chaque baiser : « Moi aussi, mon chéri, moi aussi, je t'aime. »

Irina est sur lui, il est tout près de son visage et toujours en elle. Un peu de sueur perle au-dessus des sourcils blonds d'Irina et ses lèvres naturellement rouges sont légèrement gonflées. Il glisse lentement les mains sur sa peau lisse et délicate, tout le long du dos, pour caresser ses fesses nues. Il fait chaud dans la chambre, éclairée par la lumière tamisée de la lampe du bureau qu'elle a laissée allumée.

Ils ont fini par aller dans la chambre d'Irina, où le lit était plus grand, selon elle. Elle l'a attiré à lui et embrassé passionnément. Ils n'ont pas pu attendre. La première fois, il l'a prise contre le mur, encore à moitié habillée, en lui mettant la main sur la bouche pour qu'on ne l'entende pas, et il a éjaculé avec une telle violence qu'il ne voyait plus rien.

Ensuite, dans le lit, ils ont fait l'amour plus lentement et plus longtemps, et il ne se souvient pas d'avoir jamais ressenti une telle béatitude. Le monde a disparu quand il a aimé son corps blanc et souple, et il s'est senti reconnaissant d'être à ce point en vie, présent précisément à ce moment-là, dans ce lit, dans cette chambre tiède qui ne laisse pas entrer la guerre, en compagnie de cette femme qu'il possède maintenant. Il ne trouve pas les mots justes pour exprimer ses sentiments. Ces mots sont là, en lui, mais il ne prononce que des banalités. Il lui redit donc banalement qu'il l'aime.

« Mmmmmmm... ronronne-t-elle.

– Et toi ?

– Comment ça ?

– Tu ne m'aimes pas ?

– Ces choses-là ne se demandent pas. Je ne viens pas de te le prouver ?

– Si.

– Et je te le reprouverai, n'est-ce pas, mon chéri ?

– Cette fois, tu me l'as dit.

– Non. Ce n'est pas vrai. D'ailleurs, tu as dit que tu croyais m'aimer, n'est-ce pas ? Tu crois que tu m'aimes. Tu es amoureux de moi, et moi de toi. Je le sais. La première fois que je t'ai vu, j'ai su que j'allais sûrement tomber amoureuse de toi. Ta façon de sourire. Ta façon de te comporter, de marcher, de fumer. Je savais que tu serais un bon amant. Que nous serions parfaitement assortis. Mais il y a autre chose, n'est-ce pas ? Qu'est-ce que cela signifie, aimer quelqu'un ? C'est un peu difficile à comprendre quand on le dit et qu'on l'entend en espagnol. En russe, c'est différent et c'est beaucoup mieux. »

Elle lui dit une phrase rapide dans sa propre langue. Il ne comprend pas, mais la musicalité de sa prononciation lui plaît. Le russe a un son exotique et différent, c'est comme un chant profond qui émane de montagnes noires et de fleuves gelés.

Elle revient à l'espagnol :

« J'aimais ma mère comme on aime en Russie, et j'ai eu beaucoup de chagrin quand la tuberculose l'a emportée, mais j'aime surtout mon père, même si ça ne se dit pas. Mon papa est le meilleur père du monde. Si intelligent et si fort. Quand j'étais enfant et adolescente, mes meilleurs moments étaient quand papa avait le temps de jouer avec moi dans notre datcha. Les datchas sont des maisons de campagne que les Russes adorent. Cela me suffisait qu'il soit avec moi pour me raconter des histoires d'ours et de trolls qui vivaient dans la forêt, pendant que maman faisait la cuisine, cela suffisait à mon bonheur. Mais papa a toujours été très occupé. La révolution est jeune, elle exige beaucoup des cadres les plus en vue du parti. Tu sais ce que c'est qu'un cadre, n'est-ce pas ? »

Il acquiesce sans mot dire, parce qu'il ne veut pas qu'elle s'arrête de parler. Il voudrait lui demander des détails sur son père, sur son travail pour les bourreaux du NKVD, mais il ne veut pas ruiner cette bonne ambiance. Il lui demande donc, à la place, où elle vivait à Moscou. N'était-ce pas dans une grande maison située au bord du fleuve ? Il adore sa voix mélodieuse, sa prononciation de l'espagnol est tout à fait spéciale, elle le parle comme personne d'autre de sa connaissance.

Elle se détache de lui, se place sur le côté et s'appuie sur son coude pour le regarder. Il sent la chaleur de son sein contre son bras. Elle fait un dessin sur sa poitrine presque imberbe et commence d'une voix un peu différente et plus grave :

« C'est un grand, très grand immeuble bâti au bord du fleuve, à Moscou, avec la vue sur le Kremlin. Un grand immeuble qui comprend une quantité d'appartements. De grands appartements magnifiques où sont logés les hommes les plus importants du parti et les meilleurs artistes du pays, des écrivains, des compositeurs. L'attribution d'un appartement dans cet immeuble est un grand privilège. Nous avons huit pièces dont le mobilier nous a été livré par le Kremlin. Il y a une petite cuisine et deux salles de bains. De l'eau chaude pendant toute l'année, pas seulement en hiver comme dans la plupart des immeubles de Moscou. D'un côté on découvre le fleuve et le Kremlin, et de l'autre une des cours intérieures. Cet appartement est si grand qu'il y a toujours une chambre de libre pour moi et mon frère. Il y a aussi de la place pour la gouvernante de mon père, envoyée par le parti. Cet immeuble du bord du fleuve est le modèle de tous ceux que l'on doit construire dans toute la ville. Ce doit être l'avenir, disent-ils, parce que cet immeuble est comme une cité en miniature. Il y a un théâtre, un cinéma, un *gastronom*, c'est-à-dire un magasin d'alimentation, il y a des jardins d'enfants, une banque et un bureau de poste. J'aimerais que tu voies ça, un jour.

– Je n'en doute pas. Quelle terrible patriote tu fais, ma belle », répond-il.

Elle lui donne une tape sur les fesses pour rire, se penche sur lui pour l'embrasser et poursuit :

« C'est vrai, j'adore ma patrie, mon pays qui s'appelle l'URSS maintenant. Ce n'est pas mal, d'ailleurs, mais quand je dis que j'aime ma patrie, c'est à la Russie que je pense. Aux paysages, au soleil, aux étés torrides, aux bons hivers avec de la neige à profusion. À la langue russe, aux beaux poèmes de Pouchkine, aux pièces de théâtre de Gorki, si fabuleuses. Il est mort l'année dernière, malheureusement. Et toi, tu n'aimes pas ta patrie, Magnus ?

– Le Danemark ? Non. Pas vraiment. Le Danemark ne m'a jamais rien donné de spécial. Si je dois employer le mot aimer, j'aime mieux l'Argentine. Je pourrais vivre et mourir en Argentine, ou peut-être en Espagne, si la paix y revient un jour.

– C'est un peu dommage pour toi, à mon avis. Tu dois être déraciné, et il faut avoir des racines pour pouvoir bouger, comme le dit toujours papa. Pour moi, c'est peut-être différent, on m'a appris depuis toute petite à aimer la Russie et le grand Staline qui fait tant pour nous.

– Ça, c'est autre chose.

– Peut-être. Mais il le faut.

– Aimer Staline ?

– Naturellement. Tout le monde l'aime. Je ne parle pas de sa personne, bien entendu, parce que en fait je le trouve laid.

– Tu l'as rencontré ?

– Une fois. Mon père est un homme important pour la révolution, il connaît personnellement Staline. Ils ont combattu ensemble dans la clandestinité, contre le tsar et sa police secrète. Une fois, mon père a même vu Lénine en personne. C'était à Petrograd, mais il ne l'a pas connu aussi bien qu'il connaît Staline. Quand j'avais quinze ans, papa m'a emmenée avec lui pour que je le rencontre.

– Alors comment est-il, ton grand chef ?

– Laid, comme je te l'ai dit. Petit, avec une figure couverte d'acné, il a un drôle de bras desséché et il pue la vieille pipe. J'ai failli avoir peur de lui, pourtant, il a été gentil, il m'a pincé la joue en disant que j'étais une jolie petite fille.

– À juste titre.

– Quoi ? Tu crois que j'étais jolie ? J'étais une gamine efflanquée, sans poitrine, avec un sourire gêné. Je me sentais si gauche que je ne regardais jamais les gens en face.

– Ce n'est pas à ça que je pensais », lui dit-il en lui caressant la joue avant de croiser les mains derrière la nuque pour la regarder.

« Je sais. Tu veux dire que j'avais raison d'avoir peur ? On ne parle pas de ça. Mais enfin, O.K. C'est bien vrai. Tout le monde a peur de lui, même en l'aimant, naturellement, mais ce n'est pas pour ça que j'ai eu peur. Je n'ai pas eu peur puisqu'il est notre guide, il est donc à la fois aimé et craint. J'ai eu un peu peur parce qu'il était si laid, qu'il avait l'odeur d'un vieux et que mon père lui témoignait beaucoup de respect. Staline sentait le vieillard. Tu ne répéteras pas que je t'ai dit ça, hein ? »

Il éclate de rire :

« Parole d'honneur. Si je rencontre le *señor* Staline, je te promets de ne pas lui dire qu'il est aussi laid qu'un vieux vendeur de couteaux d'Albacete.

– Arrête de plaisanter. C'est typique d'un étranger de dire des choses pareilles. Touche mes bras. J'ai la chair de poule rien qu'en prononçant son nom. Dans ma patrie, on ne se contente pas de dire son nom tout seul. Ça ne se fait pas, tout simplement. N'oublie pas que j'ai appris à aimer le camarade Staline à la manière russe, et maintenant aime-moi dans tes langues à toi, si ta façon de m'aimer est une langue pour toi, et je te prouverai qu'en ce moment, tu es ce qu'il y a de mieux pour moi dans le monde entier. »

Plus tard, de nouveau allongés côte à côte, ils respirent et sommeillent de concert. Elle s'assied en tournant vers lui son dos nu, qu'il caresse du haut en bas avant de remonter sur son ventre, jusqu'à ses seins qui durcissent sous ses mains. Elle se penche en avant pour jouir de ses caresses pendant un moment, puis elle se retourne, et quand il veut de nouveau l'attirer à lui, elle prend le paquet de cigarettes, en sort deux qu'elle allume, lui en met une dans la bouche, ôte un brin de tabac de sa lèvre et avale avidement la fumée en lui disant :

« Veux-tu que je te raconte une histoire triste, mais très belle, que j'ai entendue en Aragón. Là-bas, ils l'appellent l'histoire des Amants de Teruel.

– Et après, tu referas l'amour avec moi ?

– Tu n'es jamais fatigué ? On ne va jamais dormir ?

– Jamais je ne me fatiguerai de toi, on dormira quand on sera vieux.

– Si nous devenons vieux.

– Nous le deviendrons. Nous viendrons vieillir ensemble ici, en Espagne, quand la guerre sera gagnée. Tu aimerais vivre en Espagne, n'est-ce pas ?

– Tiens, tiens, voilà du nouveau ! Ce n'est plus *si* on gagne la guerre, mais *quand* la guerre sera gagnée, hein ?

– Tu vois bien l'effet que tu me fais.

– Tais-toi donc et écoute-moi, même si c'est une histoire triste. »

Elle s'appuie sur une main, souffle de la fumée au plafond et raconte, de sa voix basse et sensuelle :

« Il était une fois, à Teruel, il y a des siècles de cela, une belle fille qui s'appelait Isabel Segura. Fille d'une famille noble et riche, elle eut une enfance heureuse.

« Son meilleur camarade de jeux qui s'appelait Diego Marcilla, était le fils de la deuxième famille la plus noble et riche de Teruel. Ils grandirent ensemble, ils étaient inséparables, ils tombèrent très amoureux l'un de l'autre et voulurent se marier quand ils atteignirent l'âge de le faire. Mais la famille de Diego, qui avait fait de mauvaises affaires, était devenue très pauvre, et par conséquent le père d'Isabel, l'homme le plus riche de Teruel, refusa de leur donner son consentement. Diego pria et supplia qu'on lui permette de se rendre digne de demander la main d'Isabel, et ses prières furent entendues. Le père d'Isabel accepta et Diego put quitter Teruel pendant cinq ans pour essayer de tenter sa chance. S'il devenait riche au cours de ces cinq années, il obtiendrait la main d'Isabel. »

Irina éteint sa cigarette, se tourne vers lui et continue, le regard lointain et les yeux humides :

« Diego partit, et pendant ces cinq années, le père d'Isabel ne cessa de la presser d'épouser l'un des nombreux prétendants qui se bousculaient chez eux. Isabel refusait. Elle se défendait en disant que Dieu souhaitait qu'elle reste vierge jusqu'à sa vingtième année, et qu'avant de se marier les femmes doivent apprendre à diriger une maison. Parce qu'elle n'aimait que Diego. Son père qui adorait sa fille acceptait, mais comme on était resté sans nouvelles de Diego pendant ces cinq années, son père maria Isabel à Don Pedro, qui était riche. Le mariage eut lieu exactement le jour où les cinq années prenaient fin. Juste après que le curé les eut déclarés mari et femme, un terrible remue-ménage se fit entendre à l'une des portes de Teruel. Diego était de retour, chargé de richesses, il venait épouser sa chère Isabel. Il était trop tard. Affreusement malheureux, Diego se glisse, pendant la nuit de noces, dans la chambre d'Isabel et de Don Pedro, il réveille doucement Isabel et lui dit : “Embrasse-moi, sinon je mourrai.”

« Isabel refuse en lui disant : “Dieu ne permet pas que je trahisse mon mari. Je te demande, au nom de Dieu, de trouver une autre femme et de m’oublier. Car si notre amour ne réjouit pas notre Seigneur, il ne me réjouit pas non plus.”

« Diego insiste de nouveau et la conjure de lui donner un dernier baiser, mais elle persiste dans son refus. Diego, le cœur brisé de chagrin, pousse alors un dernier soupir et tombe mort aux pieds de sa chère Isabel.

– C’est très triste, ma chérie, dit Magnus en se moquant du ton sérieux de sa voix.

– Tais-toi. Ce n’est pas tout. Quand Isabel s’aperçoit que celui qu’elle aime est mort, elle est prise de tremblements. Elle réveille son mari en lui disant que ses ronflements lui font peur. Qu’elle n’a encore jamais dormi près d’un homme. Car vous ronflez tous, n’est-ce pas ? Elle demande à Don Pedro de lui raconter une histoire pour la calmer. Il obéit et lui demande de lui en raconter une en retour. Alors, Isabel lui parle de Diego qui est mort, à présent, à côté de leur lit. “Oh, terrible femme ! Pourquoi ne l’as-tu donc pas embrassé ?” s’écrie son mari, désespéré. “Je n’ai pas voulu trahir mon mari”, répond Isabel.

« Don Pedro a peur qu’on l’accuse d’avoir causé la mort de Diego, c’est pourquoi ils décident de l’inhumer en secret dans une petite église locale. Le lendemain, pendant les obsèques du pauvre Diego Marcilla, Isabel apparaît, vêtue de sa robe de mariée. Elle s’avance jusqu’au cercueil ouvert pour donner à son bien-aimé le baiser qu’elle lui a refusé la nuit dernière, mais lorsqu’elle l’embrasse, elle tombe morte sur Diego qui peut enfin étreindre celle qu’il aime.

– C’est très triste. Je te l’accorde.

– Oui, n’est-ce pas ? » Irina se penche sur lui et lui donne un long baiser, mais quand il essaie de l’attirer à lui, elle se libère, s’assied et lui dit gravement, avec une mélancolie qui fait un peu peur à Magnus.

« Tous les habitants de Teruel sont touchés par cette histoire triste et romanesque. Ils veulent que les deux amants à qui l'on a refusé de s'unir dans la vie soient inhumés côte à côte pour être réunis dans la mort. D'abord, l'Église s'y oppose puisque Isabel et Diego n'étaient pas mariés, mais cette sévère Église finit par s'incliner devant l'amour et les souhaits du peuple, et les amants de Teruel, ensevelis ensemble, sont réunis depuis ce jour-là. Bientôt, tu pourras aller voir leur tombe, quand Teruel sera libérée.

– Amen », conclut-il, mais la figure d'Irina se contracte.

« Arrête de me taquiner. » Sa voix est étrangement neutre.

Il s'assied.

« Aurais-tu tiré une autre morale de cette histoire ?

– Peut-être. Ça ne t'est jamais arrivé ? Soudain, quand on a fait si bien l'amour, on a un accès de tristesse. On vit quelque chose d'aussi intense qu'un bombardement, et puis c'est fini, presque avant que ça ait commencé.

– Qu'est-ce que tu racontes ? Pour moi, tu penses à autre chose qui a rapport à nous.

– Peut-être.

– Quoi ?

– Qu'il faut saisir l'instant et jouir de ce qu'on a sans penser à l'avenir.

– L'Ouest est l'Ouest et l'Est est l'Est, ce sont deux entités qui peuvent se rencontrer en ce moment, mais ils ne doivent pas imaginer un avenir ensemble. C'est ça ?

– Quelque chose comme ça.

– André m'a dit que tu n'étais pas faite pour ceux qui s'attachent.

– Je ne te vois pas non plus comme quelqu'un qui s'enracine et qui fait son nid.

– Je serai peut-être prêt à tenter la chance quand la femme de ma vie apparaîtra.

– Donne-moi une cigarette.

– C'est à cause de ton père, n'est-ce pas ? Je sais ce qu'il fait.

– Ne mêle pas mon père à ça.

– C'est un peu difficile quand il est colonel du NKVD, n'est-ce pas ? Que fait-on là-dedans ? Tu le sais très bien, Irina. Ton père chevauche un tigre, et tu le sais très bien toi aussi. Tu lis les journaux. Tu es au courant des purges, des exécutions et des déportations qui ont lieu à Moscou.

– Ne mêle pas mon père à ça, je te dis. Comme si mon père était un ennemi du peuple ! Comment peux-tu croire à ça ? Papa connaît Staline, bon sang. Il se bat contre les ennemis du peuple. Et maintenant, je pense que tu devrais regagner ta chambre.

– Merde alors, Irina. Qu'est-ce qui se passe ?

– Tu m'as entendu ? Fiche-moi le camp.

– Qu'est-ce qui t'arrive ?

– Toute cette merde, l'amour. L'amour fait mal, bon sang. Tu baises bien, est-il nécessaire d'en rajouter ? Demain, tu trouveras un autre lit. Que veux-tu d'autre ?

– Tu le sais bien.

– Allez, va-t'en ! »

Mais c'est elle qui se lève. Magnus voit des larmes dans ses yeux, et il y lit une telle souffrance qu'il se demande si ce sont vraiment des larmes de colère ou si elle pleure sur autre chose. Son changement d'humeur est incroyablement rapide et stupéfiant, elle est passée du parfait bien-être après l'amour à cette crise de colère chagrine. Debout au milieu de la chambre, la figure contractée, elle tape du pied comme une gamine hystérique.

Il se lève et fait deux pas dans sa direction, mais elle le devance, se jette sur lui, lui donne un bon coup de poing sur la joue et réussit à lui donner encore deux coups avant qu'il la prenne par les bras et qu'il la garde prisonnière. Elle sanglote maintenant, toute son assurance apparente a disparu et il ne sait comment la consoler.

Elle est forte, mais elle ne peut se libérer. Elle lui crache à la figure, mais il ne lui lâche pas les bras avant de sentir qu'elle cesse de se défendre. Son visage est devenu un vilain masque contracté, elle a les yeux rouges et gonflés. Lui sent que sa peau cuit sous son œil gauche, à l'endroit où elle lui a décoché son premier coup de poing.

Quand il la lâche, elle le surprend de nouveau en se laissant tomber comme une chiffe molle, comme un ballon de baudruche. Elle s'effondre en tournant sur elle-même et puis elle reste accroupie, elle pleure en silence en se serrant dans ses bras.

Il ne sait que faire. Jamais de sa vie il n'a vu quelqu'un s'écrouler d'une façon aussi irréelle et devenir aussi vulnérable. Est-ce à cause des traumatismes de la guerre ? Si seulement il le savait. Il ignore ce qu'elle a vu sur le champ de bataille. Est-ce à cause de ce qu'il a dit ? Mais oui, c'est cela. C'est ce qu'il a dit sur son père qui a tout déclenché, mais est-ce la seule explication ? Il ne comprend pas que la femme qu'il voit là soit celle qui vient de s'abandonner tout entière, il y a quelques minutes, dans une extase passionnée. Il regarde ce corps nu, qui tremble, la tendresse l'envahit et domine la colère qui, comme d'habitude, a été sa réaction immédiate. Parce que c'est une petite fille qui est devant lui.

Il se penche sur elle, l'attire délicatement pour pouvoir passer les bras sous ses jambes et ses épaules, et la porte vers le lit. Elle ne se défend plus, sa tête commence par ballotter puis elle la pose sur l'épaule de Magnus. Il sent qu'elle pleure en silence. Il l'allonge sur le lit, tire le drap et la couverture sur elle, se glisse à ses côtés et la prend dans ses bras pour la serrer tendrement contre lui. Ils restent ainsi longtemps, pendant une éternité pense Magnus, parce qu'il ne comprend pas ce qui s'est passé. D'abord, elle tremble de tout son corps et transpire, bien qu'il la sente glacée. Puis elle se réchauffe lentement, ses yeux sont fermés, et comme elle reste parfaitement immobile, il croit qu'elle s'est endormie. Mais elle se met à parler, presque en chuchotant, au creux de l'épaule de Magnus, sans lever la tête ni ouvrir les yeux :

« C'est à cause de mon frère. De Sacha. J'ai reçu une lettre de lui, il y a une semaine. Mon grand frère est capitaine dans l'armée rouge, tu t'en souviens peut-être. Il est en poste à Rostov où il y a une base aérienne. C'est un de ses camarades qui vient d'être envoyé en Espagne pour nous aider qui m'a apporté une lettre. Une lettre terrible, Magnus. Sacha est patriote et membre du parti. Il est fidèle au grand Staline, mais sachant que sa lettre ne sera pas censurée, il m'écrit les choses les plus affreuses. Ses camarades officiers disparaissent. Ils sont arrêtés et fusillés le lendemain. On les accuse d'être des ennemis du peuple, et cela suffit. Cela équivaut à une condamnation à mort. Qu'en est-il de nos idéaux socialistes concernant la sécurité publique ? S'il m'écrit maintenant, c'est parce que Lochia, son meilleur ami, est mort. Je connaissais Lochia. Nous avons grandi ensemble. C'était un grand patriote soviétique, il était si fier, oh, si fier, quand il est devenu officier. Ils sont venus chercher Lochia un matin pour l'emmener à Moscou. Trois jours plus tard, il avait avoué qu'il avait planifié une mutinerie dans sa compagnie et un attentat contre Staline. C'est totalement absurde. Jamais Lochia n'aurait fait ça. Il a été exécuté dans le sous-sol de la Loubianka, c'est le quartier général du NKVD, si tu ne le sais pas. Lochia est mort. Je ne comprends pas. C'est inconcevable et insupportable. Sacha est allé voir mon père. Il voulait témoigner en faveur de Lochia, mais mon père lui a dit que ce n'était pas une bonne idée. Ils se sont disputés, m'écrit mon frère. Papa était pâle et renfermé et abject, m'écrit Sacha. Comme s'il avait vu le diable en personne. Comme si même lui n'était plus en sécurité. La nuit, les voitures noires aux vitres opaques arrivent devant l'immeuble du bord du fleuve et emmènent des gens qu'on ne revoit jamais. Personne ne fait rien. La lumière est allumée dans les appartements mais ils ne sont plus habités. Ceux qui restent ne bougent pas, ils n'osent rien dire ni rien faire. Sacha m'écrit que c'est sûrement la dernière fois que j'ai de ses nouvelles. Il pense que bientôt, une voiture noire viendra le chercher et que ce sera la fin. Ah quelle merde, Magnus. C'est affreux. »

Elle se remet à pleurer. Magnus ne dit rien, il se contente de la serrer dans ses bras et la laisse pleurer tout son soûl. Peu à peu, ses larmes et ses tremblements diminuent, et quand elle est enfin calmée, il lui demande à voix basse :

« Depuis combien de temps sais-tu ça, Irina ?

– Il y a longtemps que j'ai des doutes, en fait. Mais je les ai refoulés. C'est plus facile.

– On ne peut pas garder ça sans en parler à personne. Ça grossit en toi comme une tumeur.

– Dans mon pays, il y a des millions de gens qui n'en parlent à personne, parce que nous refusons de croire à ces histoires. Nous inventons une infinité d'excuses. C'est de la propagande bourgeoise. C'est exagéré. Ils ont mérité ce juste châtiment. Cela ne durera pas, selon nous. Staline ne sait pas ce qui se fait en son nom, c'est ce que nous nous disons les uns aux autres. Nous jouons tous la comédie. Tu n'as qu'à me regarder : je suis la vive, l'intrépide Irina qui n'a pas peur de la mort. Je bois, je danse, je baise, je réponds du tac au tac, mais tout ça est superficiel. Au fond de moi, il y a constamment une petite fille qui pleure et qui a peur parce qu'elle sait que cela tourne terriblement mal. Elle ne peut plus croire à rien, elle ne croit plus au socialisme, à rien de ce qu'on lui a appris à croire. Cela fait extrêmement mal. Mon frère m'a dit un jour qu'il était absurde de faire la révolution en se conformant à des règles. Il faut faire le ménage, parce que la révolution a beaucoup d'ennemis, n'est-ce pas ? Nous lisons dans la *Pravda* qu'un nouvel ennemi du peuple a été exécuté, et nous applaudissons des deux mains parce que nous lisons qu'il a avoué ses crimes envers l'État, alors que nous tremblons de peur au fond de nous. En ce moment, on ne parle que de complots fomentés à l'étranger contre la révolution. On dirait que les agents étrangers et les provocateurs fourmillent dans ma patrie. Personne n'ose rien dire ni rien faire, pas même papa. C'est ce que m'écrit Sacha. Dans les trolleybus de Moscou, il y a des pancartes sur les vitres qui nous disent : Ne te penche pas au-dehors. C'est le symbole de notre comportement sous le régime de Staline : N'avancez pas la tête, sinon, on vous la coupera. C'est sans espoir, Magnus. »

Il comprend mieux la conduite d'Irina ces tout derniers jours, depuis son retour de Carthagène. Sous la bravade apparente cultivée par tous les journalistes, parce que la profession veut qu'ils donnent l'image de durs, comme s'ils portaient un uniforme invisible, la peur était là, souterraine.

Du reste, elle était plus excitée que de coutume et buvait beaucoup plus. Elle supporte bien l'alcool, mais il y avait du désespoir dans cet excès, réfléchit-il en se souvenant de son exaltation fiévreuse, pendant la soirée de gala.

« Tu peux rester avec moi, lui offre-t-il.

– Je ne peux pas laisser tomber papa, tu ne comprends pas ça ?

– Si, mais ça ne t'empêche pas de rester avec moi. Je veillerai sur toi.

– Je le sais. C'est pour ça que c'est sans espoir. Je sais que tu m'aimes. Je le vois. Dans une autre vie, nous pourrions nous marier, mais dans celle-ci, ce n'est pas possible. Je ne peux pas épouser un étranger, papa serait jeté en prison. On nous accordera nos instants d'amour, mais c'est tout ce dont nous pouvons rêver. L'amour fait tellement mal. Je m'étais promis de ne plus retomber sérieusement amoureuse, mais je n'ai pas pu m'en empêcher, et ça fait tellement mal, Magnus. C'est comme si on me déchirait intérieurement.

– Je ne te lâcherai pas.

– Je le sais bien, mon chéri. Mais pourtant tu seras obligé de le faire. Nous devons profiter du temps qu'on nous accorde en espérant que cela durera longtemps. Ça m'étonnerait, nous vivons à crédit, et c'est tout ce que nous pouvons exiger qu'on nous accorde dans cette vie. »

24

Pour Magnus, les jours suivants se confondent, parce qu'ils sont ensemble presque constamment. Ils mangent, font l'amour et ils discutent. Il leur arrive de baiser avec désespoir, mais la plupart du temps leurs rapports sont tendres, intimes et passionnés. Ils parlent beaucoup, comme pour rattraper un temps perdu dont ils ignorent tout. Chaque matin, heureux de se réveiller ensemble, ils se découvrent mutuellement. Il n'est pas tout à fait sûr de ce qu'elle éprouve, mais pour sa part, il n'a jamais connu un tel bonheur. Car cela ne se borne pas à leur bonheur physique, ce sont aussi leurs conversations et le sentiment de leur entente profonde qui lui apportent cette joie et cette satisfaction intenses.

Il peut lui parler de Mads et de Marie, de sa terrible enfance angoissée avec une franchise toute neuve. Jamais, de toute sa vie, il n'a parlé aussi ouvertement avec personne. Et elle lui parle de ses craintes pour l'avenir de son père et de son frère, dans la lointaine Moscou, et de sa merveilleuse enfance, dont elle se souvient comme d'une longue journée ensoleillée, qu'il fasse chaud ou qu'il neige. En réfléchissant sur leur passé, il ne peut s'empêcher de s'étonner de la différence paradoxale qui sépare les comportements respectifs de leurs pères. Son père, un médecin reconnu et respecté qui guérissait des malades physiques et mentaux, maltraitait ses enfants physiquement et mentalement. Le père d'Irina, au contraire, officier des services secrets, avait assurément beaucoup de sang sur les mains puisqu'il luttait contre les ennemis de la révolution, mais ces mêmes mains caressaient tendrement ses enfants quand il rentrait des bureaux, et peut-être même de la chambre de torture.

Magnus n'ose pas exprimer ce qu'il pense à voix haute. Le père d'Irina et sa situation sont environnés d'une telle précarité qu'il craint de la voir exploser en les évoquant trop précisément. Quand il est question du colonel du NKVD, elle choisit ses mots et ce qu'elle dit manque parfois de clarté et de logique. C'est ainsi, tout simplement, il doit l'admettre et accepter qu'ils aient l'un et l'autre des secrets qu'ils ont enfouis au fond de leur cœur et qu'ils ne sont pas encore prêts à se confier mutuellement.

Elle lui dit comment elle a surmonté sa peur en travaillant comme reporter de guerre, en se forçant à être plus courageuse et intrépide que ses collègues masculins. Son père lui a toujours répété qu'un vrai communiste ne se plaint jamais et ne montre jamais qu'il a peur. Elle a eu si peur qu'elle a cru mourir, pas à cause des balles, mais de sa peur. Elle ne l'a probablement jamais montré ni ne l'a jamais reconnu. Sa dureté apparente est son bouclier. Elle se love contre lui et jouit de sa vulnérabilité et de la sensibilité qu'elle s'autorise à montrer quand ils sont ensemble.

Ils ne pensent plus à la guerre. Ils s'en moquent. Ils vivent dans leur cocon à une époque glaciale, et les récits venant du front se fanent et disparaissent. Ils ne pensent qu'à eux et à être ensemble. Le tabou principal, entre eux, est la certitude que le temps leur est compté. Magnus refuse d'accepter que leur liaison repose sur ce fondement, sachant aussi qu'elle admet, de son côté, que c'est précisément la contrepartie inévitable de leur bonheur passionné.

Il ne lui parle pas de Joe Mercer ni du secret des ruines romaines de Carthagène. Quelque chose le retient, est-ce sa mauvaise conscience, l'intuition que ces détails la rendront malheureuse ? Il est à deux doigts, une ou deux fois, d'ouvrir cette fosse gluante de vers, mais il s'arrête à temps et elle ne s'aperçoit de rien.

Ils ne quittent le lit, en général, que pour manger et prendre un peu l'air dans cette triste ville. Un froid hivernal s'est abattu sur la péninsule ibérique et a posé une main humide sur Albacete, mais ils s'en moquent, dans leur caverne de l'hôtel où María Inmaculada et Alfonso, le réceptionniste, leur adressent des sourires de connivence. Ils leur font monter de quoi manger et boire quand ils n'ont pas envie d'aller au restaurant, et s'arrangent pour qu'il y ait de l'eau chaude dans leurs robinets et de la chaleur dans leurs radiateurs. C'est comme si leur amour semait la joie et les sourires au milieu de la grisaille de cet hiver de guerre. La largesse de ses pourboires n'y est pas pour rien, elle leur assure et le service et leur vie privée. Chaque fois qu'il utilise l'argent de Joe, sa mauvaise conscience se réveille et il a un petit pincement au cœur. Pourtant, il s'en sert.

Ils célèbrent la Saint-Sylvestre sans quitter l'hôtel où on leur sert un dîner relativement bon qui coûte une fortune, parce que les matières premières proviennent du marché noir. Dans la salle à manger, on a mis des tables de différentes tailles. On leur en octroie une petite pour eux deux. D'autres tables, dans cette grande salle à moitié vide, sont occupées par des officiers, des trafiquants du marché noir et des politiciens qui parlent par allusions des intrigues de Valence et de Barcelone et de la situation précaire de Madrid, en ignorant souvent leurs femmes. Tout le monde semble s'accorder pour admettre qu'autour de toutes les villes, Albacete y compris, des milliers d'Espagnols ne font qu'attendre pour acclamer le retour de Franco. Ces traîtres constituent une dangereuse cinquième colonne au sein des républicains, et l'on se doit de les trouver et les liquider. Les premiers signes prudents d'un accord de cessez-le-feu, agités par les diplomates, avec la distanciation rituelle s'entend, pourraient être une possibilité. Car la victoire est pour demain, n'est-ce pas ? Et pourtant ? Faudrait-il commencer à voir l'avenir en envisageant deux issues à la guerre ? L'ambiance est un peu molle, malgré l'alcool qui coule à flots. D'ailleurs, il fait presque froid dans cette salle de bal haute de plafond.

Magnus cherche Pandrup et demande où il est à un commissaire suédois, mais on se borne à lui dire que Pandrup est de retour à Albacete, et qu'il n'est pas visible en ce moment. Tove est là, elle aussi. Ils se saluent poliment, mais le coup d'œil qu'elle lance à Irina est plus qu'éloquent et ils ne se reparlent pas, bien qu'il ait une envie folle de lui demander des nouvelles de Mads, et si elle sait oui ou non où il se trouve. Tove accompagne un volontaire norvégien qui est totalement ivre dès vingt-deux heures.

On danse en fin de soirée au son d'un petit orchestre qui ne se prend pas très au sérieux, mais Magnus et Irina dansent quand même, ils tournent lentement sur la piste, sans arrêt, alors que minuit approche et que tout le monde trinque en buvant du champagne. Irina en boit trop, elle trébuche presque en montant dans la chambre se coucher, et ils font l'amour dans l'ivresse, tandis que le tapage augmente sous la fenêtre.

Des bagarres éclatent à propos de bagatelles entre des hommes de nationalités différentes pris de boisson et entre les volontaires et les troupes d'assaut de la Guardia de Asalto. Les nouvelles du front ne sont pas bonnes, quand on sait lire entre les lignes. Il semble que l'offensive de Teruel ait été stoppée par le froid glacial. Il y a quelques mois seulement, les soldats maudissaient le soleil ardent de la Castille qui les grillait sans merci et voilà qu'ils meurent de froid sur les fronts de l'Aragón ou qu'ils se retrouvent à l'hôpital avec des engelures. À Albacete, on a fait la queue devant tous les magasins d'alimentation, et les trafiquants du marché noir ont fait des affaires en or. Malgré l'interdiction de tirer, l'année 1938 est saluée à coups de fusil visant le ciel froid et gris.

Mais c'est quelques jours plus tard, en janvier, que le ciel explose pour de bon au-dessus de la ville. Le ciel plombé se dégage et l'aviation des nationalistes engage une attaque aérienne à l'heure du déjeuner, c'est-à-dire au moment précis où ils ne sont pas ensemble.

Magnus est sorti pour acheter des cigarettes au marché noir chez son fournisseur attitré, le vendeur de couteaux unijambiste, quand les sirènes déchirent l'air de leur hululement strident et que les premières batteries de la défense antiaérienne postées devant la gare ouvrent le feu contre les avions qui arrivent de l'ouest en formation de bombardement.

Irina a refusé de l'accompagner, ce qui l'a un peu surpris. D'ordinaire, elle apprécie leur promenade à pied à travers la ville, mais depuis quelques jours, il la trouve étrangement agitée, elle est entrée dans la salle de bains sans lui donner de baiser d'adieu, en murmurant quelque chose sur des soucis de femme qui ne le regardent pas. De son côté, il voulait à tout prix aller chercher des cigarettes, sinon ils en manqueraient, ce qui la rendrait irritable.

Magnus a conclu son marché devant l'arène et fourré ses paquets de cigarettes dans sa sacoche quand arrivent les avions allemands, de nouveaux bombardiers lourds Junkers 52 de la légion Condor. Il peut imaginer qu'en descendant au-dessus des plaines castillanes, les pilotes ont très bien distingué la flèche de la cathédrale, les maisons basses, la gare, les immeubles du centre et les petits artisanats disséminés alentour. Les chasseurs qui les protègent survolent les bombardiers, mais comme d'habitude les avions des républicains brillent par leur absence, bien qu'il y ait des chasseurs stationnés à la base aérienne de Los Llanos, à quelques kilomètres au sud d'Albacete. Il faut dire, cependant, que la plupart ont sûrement été envoyés en Aragón pour soutenir l'offensive de Teruel.

Magnus part en courant, il a peur et pour lui et pour Irina qu'il regrette maintenant d'avoir laissée à l'hôtel, au moment où les premières bombes explosent devant lui et où tout disparaît au milieu d'un nuage de fumée, de poussière et de gaz qui lui picotent la gorge, en faisant un bruit infernal qu'il n'aurait pas cru supportable pour l'oreille humaine. Une colonne de fumée nauséabonde jaune soufre s'élève au-dessus de la ville, le sol tremble sous ses pieds et il tombe dans la poussière. À quelques mètres de lui, une canalisation éclate et un jet d'eau s'élance vers le ciel. Un homme aux jambes sectionnées est aplati contre le mur d'une maison dont le toit s'est envolé. Sa mule, chargée de couverts en provenance d'une petite fabrique de la ville, et tombée à côté de lui, n'arrête pas de braire, les entrailles à moitié sorties de la panse.

Il se met sur les genoux, ses oreilles sifflent, et il a de la peine à s'orienter. Il se relève carrément, tousse violemment à cause de la poussière et de la fumée d'un bâtiment qui brûle, un peu plus bas dans la rue où gisent plusieurs cadavres et où l'on entend les appels à l'aide désespérés des blessés. C'est alors que le chargement suivant explose, à bonne distance devant lui. Les avions allemands bombardent à l'aveuglette, sans prétendre toucher des objectifs militaires. Ils arrivent en formation, directement l'un après l'autre, et lâchent des bombes de calibres différents, qui tournent en spirale et semblent affreusement lentes à tomber inéluctablement.

Il se jette derrière un tas de gravats et sent la pression de l'air, au-dessus de sa tête. Pourvu qu'Irina soit descendue à l'abri de la plaza del Altozano, mais il sait qu'il est plus vraisemblable qu'elle soit partie avec son appareil photo pour prendre des clichés des destructions. Il est si inquiet pour elle que son angoisse est plus forte que sa peur de mourir et d'être blessé. Les bombardements précédents d'Albacete sont des bagatelles à côté de celui-ci, puisqu'il continue d'entendre, au-dessus du vacarme, le ronronnement persistant de plusieurs avions qui tournent au-dessus de la ville. Ils bombardent à très haute altitude, sans se soucier de cibles données.

Il se relève de nouveau, presque aveuglé par la poussière et la fumée. Les gens circulent sans rien voir, sous le choc des explosions. Une mère, avec deux enfants en bas âge qu'elle a essayé de protéger, gît morte à ses pieds. Il le voit aux yeux ouverts de ses enfants hébétés. La mère n'a plus qu'une jambe, l'autre a été arrachée à l'aine. Ailleurs, il reconnaît son fournisseur de cigarettes unijambiste, dont la tête n'est plus qu'une masse sanglante et à qui il manque aussi un bras maintenant, projeté à quelques mètres de lui. La pression de l'air a enfoncé dans sa poitrine le plateau sur lequel il avait ses couteaux et autres ustensiles, et le spectacle soulève le cœur de Magnus et lui donne envie de vomir.

Il entend les sirènes de la défense antiaérienne et les premiers véhicules des pompiers. Il se dirige à l'aveuglette, palpe son revolver resté dans la poche de sa veste, parce que l'impression d'être armé le console et le tranquillise, même si c'est peut-être idiot. Il heurte un deuxième cadavre de femme, se met à courir et sort de la fumée que le vent emporte loin de lui.

Il entend encore exploser plusieurs bombes, mais plus loin, près de la gare ou peut-être de la caserne de la garde civile. Il est obligé de descendre dans une petite rue qu'il ne connaît pas car sa route est totalement bloquée par la moitié d'une rangée de maisons en partie écroulées. Miraculeusement, des gens sortent vivants malgré tout des immeubles bombardés. Ils serrent leurs bras blessés, sautillent sur leurs jambes déchirées, essaient d'étancher le sang de leur figure fracassée en pleurant silencieusement. Certains paraissent désorientés bien qu'apparemment ils soient indemnes, ils sont sous le choc ou paralysés par les explosions. Quelques-uns ont les oreilles qui saignent, la poussière dont tous sont couverts fait d'eux des fantômes sortis du royaume des morts. Un père qui porte son petit garçon dont la tête roule dans tous les sens, avance avec insouciance, comme en transe, à travers les nuages de poussière.

Magnus, qui descend dans une rue qu'il ne connaît pas, manque de tomber sur un chien mort, couché à côté d'un vieillard aux yeux ouverts, stupéfaits, dont il ne reste que le torse.

Un peu plus loin, il arrive dans une avenue qu'il connaît.

Le grondement des explosions augmente et fait trembler le sol, et il rencontre davantage de gens qui, comme lui, tentent de se sauver, mais où ? Peut-être dans l'abri le plus proche, mais les abris sont beaucoup trop rares, et où sont-ils, en fait ? Il l'ignore, il ne les a jamais cherchés. De plus, il veut regagner l'hôtel pour trouver Irina. Il retourne dans la fumée. Les gens courent dans tous les sens comme des fourmis dérangées dont on aurait éventré la fourmilière avec un gros bâton. Deux hommes veulent l'arrêter, il n'entend pas ce qu'ils disent, avec ce bruit, mais comme ils ont l'air à la fois effrayés et menaçants et qu'ils veulent l'attraper ou lui prendre sa sacoche, il sort son pistolet, le brandit et ils le laissent passer. Il ne sait pas s'ils lui voulaient du mal, mais il ne veut prendre aucun risque. Il entend des avions au-dessus de lui et regarde le ciel.

Les grenades de la défense antiaérienne explosent sans toucher deux avions noirs qui poursuivent leur chemin au-dessus des nuages gris-blanc des explosions et lâchent leur cargaison. Une multitude de petites gaines argentées descendent en tournoyant, comme de petits êtres vivants, et explosent en formant des boules de feu qui se propagent, comme des cercles dans l'eau quand on a lancé une grosse pierre.

La panique et l'horreur grandissent quand le phosphore prend feu en se collant aux vêtements et à la peau des gens. Un mulet noir galope en hurlant sous sa charge de branchages qui brûle, en traînant derrière lui son maître, un vieux dont les habits sont en feu. Magnus n'en croit pas ses yeux, jamais il n'aurait cru possible de voir surgir cet ouragan de feu digne du Jugement dernier dans les rues misérables d'Albacete.

Des gens noirs de suie sortent des ruines en titubant, aveuglés par le feu, la fumée et la poussière, pendant que des pompiers essaient d'éteindre les flammes qui menacent de se propager d'une maison à l'autre. Courant pour échapper à cet enfer, il aperçoit deux hommes qui brûlent à même le sol, dans l'une des maisons bombardées. Il court dans une direction qui l'éloigne d'Irina, mais les visions d'horreur, les cris des animaux, les appels désespérés des parents qui cherchent leurs enfants sont tout près de le rendre fou.

Les avions allemands disparaissent au-dessus de la plaine en laissant un sillage de mort dans la ville où se précipitent les pompiers, les secouristes et les volontaires des Brigades internationales, pour tenter de limiter les dégâts. La Guardia de Asalto et des agents de police ordinaires s'efforcent de rétablir un semblant d'ordre. Bientôt des coups de feu retentissent, on abat probablement ceux qui veulent profiter du chaos pour commencer le pillage. Magnus tâte son revolver et garde la main dessus dans la poche de sa veste.

Une femme dont la figure est un masque sanglant lui tend la main, et Magnus recule d'un bond comme devant le diable en personne. Elle lui parle, mais il ne comprend pas l'espagnol qui sort de cette bouche fracassée. Il contourne cette pauvre blessée puis, pris de remords, revient sur ses pas et la prend par le bras pour la conduire jusqu'au coin d'une rue où il a repéré plusieurs civières, un homme en blouse blanche et deux femmes en uniforme bleu d'infirmière.

Sans comprendre un mot de ce que dit la blessée, il l'assied délicatement par terre, mais elle s'accroche à son bras et, pour se libérer, il est obligé de tordre ses doigts maigres, l'un après l'autre. Malgré le froid, il transpire. Il tire une infirmière par la manche. Livide de peur, elle a du sang sur une joue et le regarde méchamment. Il se contente de lui montrer du doigt la femme au visage fracassé. L'infirmière, surmenée, fait un signe de tête, et il se hâte de quitter les lieux.

L'attaque aérienne n'a duré que douze minutes en tout, mais en faisant un grand tour pour rejoindre la plaza del Altozano et le Gran Hotel, il est furieux et accablé de découvrir toutes les destructions, tous les incendies, les morts et les blessés causés par ce bombardement.

Le plus étrange, c'est que Dieu, dont on croyait qu'Il avait pour toujours quitté Albacete, est de retour puisque Magnus rencontre plus d'une fois des gens à genoux, les mains jointes. Officiellement, il n'y a plus de prêtres ici, mais il est clair que même si les églises ont été fermées ou incendiées, pas mal de gens ont conservé un chapelet et un crucifix dans leur tiroir, on les voit s'agenouiller pour prier, seuls ou en petits groupes, les yeux fermés, devant les maisons détruites. Dans d'autres ruines, des habitants sont déjà en train de chercher leurs proches, déplaçant à mains nues les débris de murs.

Les membres de la Guardia de Asalto et d'autres agents en uniforme patrouillent à présent en faisant preuve de plus de discipline ; les secouristes organisés arrivent à leur tour. Ils ont l'habitude. Le travail des pompiers est entravé par le fait qu'apparemment, une bombe a touché l'une des principales canalisations d'eau. Partout règne une odeur de fumée, d'urine, d'excréments et de chair brûlée. Le crépitement des flammes est couvert par le hululement des sirènes qui annoncent la fin du bombardement – pour cette fois-ci.

Presque sourd et aveugle aux cris des blessés et aux accusations muettes des morts, Magnus traverse comme un zombie les quartiers dévastés. Il est pareil à ceux qu'il rencontre sur sa route, gris-noir de poussière et de cendres, ses oreilles tintent et bourdonnent. C'est un miracle qu'il soit indemne. Il est épuisé comme s'il sortait d'un combat de boxe, mais il s'en tire avec quelques écorchures superficielles à la main gauche et une coupure sans gravité au-dessus de l'œil droit. Cela saigne un peu, mais ceci mis à part, il n'a rien, et comme il n'en revient pas d'avoir eu tant de chance, il se tâte pour s'assurer qu'il ne se trompe pas.

Il arrive à la plaza de Altozano en fin d'après-midi. Les gens commencent à sortir de l'abri du centre de la place, mais naturellement, Irina n'est pas parmi eux. Jetant des regards craintifs autour d'eux, ils découvrent et sentent la fumée qui monte de la ville. Excepté un bâtiment dont la façade a été soufflée, dans l'angle le plus éloigné, la place est intacte.

Alfonso, qui attend à la réception à sa place habituelle et semble impassible, comme si c'était un jour de travail tout à fait ordinaire, lui tend sa clé en lui disant quand même :

« Je suis heureux que vous soyez indemne. Vous en avez l'air, en tout cas, sous la suie.

– Merci. Je m'en suis tiré à bon compte, mais il y a beaucoup de blessés et de morts.

– Pas étonnant. Ces maudits avions. Ce n'est pas la première fois, vous le savez, mais cette fois, on me dit que ça a été mauvais.

– Je vous le confirme.

– Ce genre de guerre, c'est de la saloperie. Ça n'a pas d'honneur.

– Non. La *señorita* Irina serait-elle dans sa chambre, par hasard ?

– Non. Elle a quitté l'hôtel il y a plusieurs heures. Juste après vous, en fait.

– Emportait-elle ses appareils photo ? » s'enquiert-il, ne comprenant pas la raison de sa sortie. Si elle avait couru comme une folle en entendant le bombardement, cela ne l'aurait pas surpris, mais pourquoi est-elle partie juste après son départ. Que devait-elle faire ?

« Elle les avait, oui. Vous savez bien que la *señorita* ne sort jamais nulle part sans son appareil photo.

– C'est vrai. »

Ils marquent une pause. Magnus a l'impression qu'Alfonso lui cache quelque chose. Sa figure burinée est chagrine, on ne sait quel âge lui donner, entre quarante et soixante ans, mais il doit avoir environ cinquante ans. Il est en costume noir, chemise blanche et cravate sombre, comme d'habitude. Ses yeux qui voient tout sont insondables, assez ternes. Ce sont surtout les bords usés du col de sa chemise et les coudes luisants de sa veste qui révèlent que les temps sont durs. Irina doit être encore dehors parce que, comme les autres, elle est restée coincée par le bombardement et qu'elle s'est mise à travailler. À la nuit tombante, elle reviendra à l'hôtel. Quand elle ne trouve personne pour emporter ses pellicules au laboratoire de Valence, elle utilise la salle de bains pour développer ses photos.

Magnus regarde Alfonso qui lui rend tranquillement son regard, sans pouvoir se défaire de l'idée que ces yeux sombres lui cachent quelque chose. Alfonso accepte son argent pour lui donner des renseignements ou pour se taire. D'autres le paient peut-être aussi pour les deux.

« À quelle heure m'avez-vous dit que Mlle Irina est partie ?

– Je ne vous l'ai pas dit, mais c'était à environ neuf heures et demie ce matin. »

Magnus a quitté l'hôtel à la même heure. Après lui avoir donné leur dernier paquet de cigarettes entier et en avoir gardé un à moitié entamé pour lui, il est entré dans un bistrot pour lire les journaux en prenant un café, et cela lui a pris deux heures pour trouver son vendeur de couteaux unijambiste. Le bombardement a commencé vers midi. Il est à peu près dix-sept heures et le jour baisse rapidement, en cette saison hivernale. Elle ne va pas tarder à rentrer. C'est une grande fille, capable de faire face à des situations difficiles. Il boira un verre en prenant un bain et l'attendra pour qu'ils puissent manger ensemble.

« J'aimerais bien avoir la clé.

– Je viens de vous la donner.

– La clé de la chambre de mademoiselle. »

Alfonso regarde le pigeonnier qui est derrière lui et répond :

« Mademoiselle doit l'avoir emportée avec elle, vous devrez donc rester dans votre chambre jusqu'à son retour.

– Très bien. Il y a de l'eau chaude ?

– Étrangement, oui. Tout le reste est sens dessus dessous, mais nous en avons. Je m'en suis occupé. »

Magnus hoche la tête en poussant sur le comptoir quelques billets de banque qu'Alfonso, en expert, fourre dans la poche de son veston. Que lui cache-t-il donc et pourquoi y a-t-il de la peur, dans ses yeux noirs ?

Arrivé dans sa chambre, Magnus se sert un grand *aguardiente* espagnol, ouvre le robinet d'eau chaude et regarde autour de lui. Il n'a guère occupé cette chambre dernièrement, pense-t-il. Irina lui manque. Debout devant le grand miroir de la porte de la garde-robe, il reconnaît à peine sa figure malpropre et les yeux rougis qui le dévisagent. Il a aussi quelques écorchures aux genoux et à un coude ainsi que plusieurs bleus ici et là. Son pouls bat toujours assez vite, mais son taux d'adrénaline baisse peu à peu et lentement il se calme. Il est aussi épuisé que s'il avait couru un marathon.

Il entend les sirènes et les cris, au-dehors, mais il se sent en sûreté dans la chaleur de sa chambre. Sans aucune raison, car il est arrivé que les Allemands reviennent effectuer un nouveau bombardement, mais il ne croit pas que ce sera le cas cette fois-ci. Il ne sait pas pourquoi, mais c'est ainsi. L'obscurité est une sécurité trompeuse, ils bombardent aussi la nuit, les incendies leur servent de repères, mais peu lui importe. Il est trop fatigué.

Il se laisse glisser dans un bain dont l'eau est aussi chaude que possible, prend encore une gorgée de cette eau-de-vie amère, ferme les yeux et s'endort quelques minutes plus tard.

C'est le froid qui le réveille. L'eau est glacée, il a le torticolis et se sent aussi épuisé que s'il s'était réellement battu en encaissant tous les coups. Il vide son verre d'alcool et se lève. La bouche sèche, il boit de l'eau à la bouteille posée sur la table de nuit.

Il a fait un rêve étrange. Il volait au-dessus d'une plaine

aride, parsemée de petits cadavres d'enfants qu'Irina photographiait. Vêtue d'une robe d'un jaune criard et de longues bottes noires, elle riait sans cesse immodérément. Comment pouvait-il voler ? Il n'en sait rien, mais il volait. Il voulait l'appeler, mais pas un son ne sortait de sa bouche. Il s'est réveillé terrifié, en comprenant qu'il tombait et que tous ces petits morts ressemblaient à Mads, quand son frère avait huit ans.

Troublé et très fatigué, il prend la bouteille d'*aguardiente* et boit une bonne lampée d'alcool au goulot. Il a l'impression d'avoir la tête bourrée d'ouate et de sable. Il sent qu'il devrait faire quelque chose sans réussir à trouver quoi. Ses mains tremblent et bientôt il vibre de la tête aux pieds. Il prend encore une gorgée d'alcool. Malgré la chaleur de la chambre, il a froid. Il se met au lit, tire la couverture jusqu'au menton et, bien qu'il tremble, il s'endort instantanément.

Il est réveillé par des coups sur la porte, au milieu d'un autre cauchemar. Dans ce rêve, Irina, debout sur un gros tronc d'arbre avec son appareil photo, lui fait un grand sourire. Il doit avoir fait ce cauchemar juste avant cette vision-là, mais il l'a oublié. Dans la vie réelle, on frappe à la porte, ce doit être Irina qui est rentrée, même si l'on frappe plus fort qu'elle ne peut le faire normalement.

« Un instant, chérie », crie-t-il en sortant du lit et en passant la robe de chambre bleu foncé de l'hôtel.

Il va beaucoup mieux. Il a soif et faim, mais c'est sans doute bon signe. Il vide le verre d'eau posé sur le bureau. La pièce est obscure à cause des rideaux de la défense passive, mais un rai de lumière vient de la salle de bains. Il allume le plafonnier et regarde sa montre. On frappe plus fort. Ce n'est pas la façon de frapper d'Irina. Il regarde de nouveau sa montre qu'il a posée sur la table de nuit. Il est cinq heures du matin. Il a donc dormi pendant dix ou onze heures. Qu'est devenue Irina ? Elle n'est pas rentrée puisqu'elle ne l'a pas réveillé. Ce n'est pas elle, en tout cas, qui frappe de cette manière.

Il ouvre la porte.

Et se trouve en face de Gerhardt Pandrup, sa longue veste de commissaire, déboutonnée, découvre la bandoulière qui barre sa chemise et l'étui du pistolet à sa ceinture. Le bas de son pantalon militaire vert est serré dans des bottes noires. Il sent la fumée et la suie, et il a les yeux rouges et fatigués. Deux agents de la Guardia de Asalto attendent derrière lui.

« Bonjour, Magnus Meyer, dit Pandrup en danois.

– Que me voulez-vous, bon sang ?

– Te parler.

– À cette heure-ci ?

– Tu ne me croiras pas, mais je viens te rendre un service, et peut-être te sauver la vie. D'ailleurs, tu as demandé à me voir, je crois ? »

Magnus sent son cœur se serrer.

« C'est à propos d'Irina ? Ou de Mads ? C'est ça ?

– Je peux rentrer ?

– C'est ça ? Que s'est-il passé, nom de Dieu, pour que tu viennes ici en pleine nuit ? »

Il a dû parler sur un ton agressif et menaçant, car les deux gardes du corps de la Guardia de Asalto font un pas en avant. Pandrup lève la main pour les retenir et Magnus s'efface pour le laisser passer. D'un second signe de la main, Pandrup signifie à ses deux gardes-chiourmes d'attendre dans le couloir. Magnus sort ses cigarettes, en offre une à Pandrup et la lui allume. Il s'assied sur le lit, se verse un peu d'eau-de-vie et tend la bouteille à Pandrup qui refuse en secouant la tête.

« Je t'écoute, lui dit Magnus, résigné.

– Je suis venu te demander, non t'ordonner de quitter Albacete et l'Espagne.

– Ça n'a donc rien à voir avec Irina ? C'est quand même un soulagement, Pandrup, et tutoyons-nous donc, même si tu refuses de boire avec moi.

– Tes sarcasmes ne servent plus à rien, Meyer.

– Et pourquoi faudrait-il que je parte cette fois-ci ?

– Parce que aujourd'hui même, ou demain au plus tard, on t'arrêtera et on t'interrogera à propos de la disparition de Joe Mercer et d'un criminel réputé du nom d'Irribarne. »

Magnus vide son verre. Il est comme paralysé. Tout à coup, la chambre est glaciale. Il se lève pour aller pisser en tâchant de contrôler ses pensées et sa mimique. Quand il revient, Pandrup s'est assis et il s'est quand même versé un doigt d'eau-de-vie dans un verre à dents.

« En quoi est-ce que ça me concerne ? demande Magnus calmement et sans s'asseoir.

– Les interrogatoires le diront, mais on t'a vu avec eux à Carthagène. Il semblerait que tu sois le dernier à avoir été en compagnie de ces deux messieurs. Personne ne les a vus, en tout cas, depuis ta conversation avec eux sur la colline de la Conception.

– Je ne sais pas de quoi tu parles », réplique Magnus à qui cela ne plaît guère qu'on lui précise où il a rencontré Joe et Irribarne. De toute évidence, le SIM a de longues oreilles et un bon réseau d'informateurs.

« Non ? La mémoire peut flancher, mais mon collègue Stepanovitch est très fort pour convaincre les gens. »

Il sent monter sa terreur, la vision détestable de Joe et d'Irribarne lui traverse l'esprit, et il ne déteste pas moins les idées et les images suscitées par l'allusion aux méthodes de Stepanovitch.

« J'ignore ce que j'ai fait à Stepanovitch.

– C'est un camarade scrupuleux.

– Oui, et moi, je suis le général Franco. »

Pandrup soupire et prend une goutte d'alcool.

« Écoute-moi. Je te rends un service. Stepanovitch est convaincu que tu es un espion des fascistes. Il veut t'arrêter et t'interroger en faisant appel à des méthodes énergiques. Il n'a aucune preuve contre toi, et cela ne vaut rien pour la réputation des républicains de mettre les journalistes à l'ombre, mais tu t'es mis toi-même la corde au cou en ayant des relations avec Joe Mercer et Irribarne, qui est – ou qui était peut-être – un criminel très connu. On peut donc t'arrêter en te soupçonnant de… de quoi, en fait ? De faire du marché noir ? D'être un assassin ? Où sont Joe Mercer et Irribarne ? Stepanovitch et moi avons cherché partout, et nous avons mis de bons agents sur l'affaire. Ces deux types se sont volatilisés. Et tu es la dernière personne à les avoir vus. Cela suffit. Stepanovitch va venir te chercher, et tu connais la suite, n'est-ce pas ? Alors, déguerpis. Va-t'en avant qu'il ne soit trop tard.

– Pourquoi fais-tu ça ?

– Tu es mon compatriote.

– Il y a anguille sous roche, Pandrup. Où est Irina ? Tu le sais ? »

Pandrup regarde ostensiblement sa montre et il lâche sa bombe aussi calmement et froidement que tout ce qu'il vient de lui livrer, mais quand elle éclate, Magnus, pris de vertige, doit s'asseoir sur le bord du lit.

« Je crois qu'en ce moment, Irina est à Valence et qu'elle sera bientôt à bord d'un avion russe à destination de Moscou. Mais il est plus vraisemblable qu'elle soit déjà partie depuis belle lurette. »

Il ne peut pas le croire. Il ne veut pas croire les phrases plates et atones qui sortent de la petite bouche du commissaire. Elle ne lui a pas dit au revoir. Ils ne se sont pas même donné un vrai baiser ce matin. Ce dernier matin. Il y a un siècle de cela. Jamais elle ne l'abandonnerait d'une façon aussi minable. Leurs jours étaient comptés, sans doute, mais l'abandonner ainsi, sans un mot, sans l'avoir prévenu en rien, sans une caresse, c'est incompatible avec sa passion et ses déclarations d'amour des derniers jours.

Pandrup sort une enveloppe ouverte de la poche intérieure de sa veste de cuir et la tend à Meyer.

« Elle est en espagnol, je ne peux donc pas la lire, mais je connais les grandes lignes de ce qu'elle écrit. »

Magnus prend l'enveloppe. Elle contient un seul feuillet rempli de son écriture qui semble un peu enfantine parce qu'elle écrit les lettres latines en caractères d'imprimerie, mais il a pu apprécier l'élégance et la maturité de son écriture lorsqu'elle écrit en cyrillique.

Il relit cette lettre deux fois, bien qu'il l'ait comprise sans problème dès la première fois :

Mon cher Magnus,

Les jours et les nuits que j'ai passés avec toi font partie des plus heureux de ma vie. Ils auront toujours un éclat particulier, égal à la lumière chaleureuse qui baigne toujours mes souvenirs d'enfance. Je ne t'oublierai jamais mais je te demande de m'oublier et de continuer à vivre ta vie. Je n'ai pas le courage de te dire adieu. J'aimerais tant t'embrasser et faire l'amour avec toi une dernière fois. Te toucher, entendre ta voix, sentir la force de tes bras, me moquer de tes remarques stupides, mais je me mettrais à pleurer et ton dernier souvenir de moi serait la vision d'une face enlaidie par les larmes. Je ne veux pas t'imposer cela, mon chéri.

Le camarade Stepanovitch m'a ordonné de rentrer à Moscou. Mon frère et mon père sont arrêtés en tant qu'ennemis du peuple, accusés de haute trahison. C'est une fausse accusation, cela va sans dire, et j'espère que je pourrai en démêler les fils. J'ai l'intention de m'adresser directement au camarade Staline. Quand il sera informé de ce malentendu, tout s'arrangera, j'en suis sûre.

On m'avait prévenue hier au soir. Cela ne m'a pas été facile de garder ce secret et de jouer la comédie devant toi, mais je n'ai pas eu le courage de te dire que je devais partir et que je ne reviendrais certainement jamais en Espagne.

Le camarade Stepanovitch va m'accompagner au train de Valence. Il m'a envoyée dans ma chambre pour faire mes bagages, je t'écris donc à la hâte. Gerhardt Pandrup, ton compatriote, a eu la bonté de me promettre de te donner cette lettre, malgré la résistance du camarade Stepanovitch. Ils se sont disputés en allemand, que je ne comprends pas, mais Pandrup l'a emporté à cause de ton frère cadet, cela, je l'ai compris en tout cas.

Prends bien soin de toi, mon amour. Je ne t'oublierai jamais. Les Russes sont des sentimentaux qui aiment les beaux poèmes longs et tragiques. Peut-être qu'un beau jour, un troubadour composera une chanson sur nous deux qu'il intitulera « Les Amants d'Albacete », car c'est ce que nous avons été, quand nous étions jeunes et libres, ensemble en Espagne.

Avec ma reconnaissance éternelle,
ton Irina

Il sent monter ses larmes, sa colère, son désespoir et une profonde frustration qui risque de l'étouffer. Pourquoi fait-elle cela ? Elle retourne dans son pays où l'attend une mort certaine. Elle doit pourtant le savoir. Aucun des accusés des procès de Moscou ne s'en sort sans condamnation. Son père et son frère l'entraîneront dans leur chute. De plus, il est déçu. Le choix d'Irina est délibéré, entre son père et lui, elle a choisi son père. La seule chose qui empêche Magnus de la haïr est le choix de ses mots. Elle écrit que Stepanovitch lui ordonne de retourner chez elle, et cet homme-là, il n'a aucun mal à le haïr si profondément que c'est une chance que le Russe ne soit pas devant lui en cet instant.

Comme si Pandrup lisait ses pensées, il lui dit :

« Irina n'a pas eu le choix. Ou elle rentrait de son plein gré, ou elle était arrêtée comme ennemie du peuple. Stepanovitch lui a dit que soit elle coopérait, soit il intégrait dans son dossier sa liaison avec toi (un espion impérialiste aussi célèbre que toi !) et qu'elle et sa famille seraient définitivement perdues.

– De toute façon, elle l'est déjà. Elle sera sûrement accusée, elle aussi.

– Pour l'instant, on la rappelle à Moscou pour témoigner. Elle a reçu de son frère, paraît-il, une lettre antisoviétique.

On aimerait que le procès soit public, parce que son père est un personnage important. Cela doit servir d'exemple. Chacun est soumis à la loi, quel que soit son rang ou sa position sociale.

– Ils sont condamnés d'avance. Tu le sais bien. C'est une farce.

– La révolution n'a pas les moyens de faire preuve de pitié envers les traîtres et les ennemis du peuple.

– Ne dis pas de bêtises, Pandrup, ferme-la.

– Allons, décampe. Dès que Stepanovitch sera de retour de Valence, il viendra t'arrêter avec trois agents du SIM.

– Comment l'as-tu convaincu de me donner cette lettre ?

– Bien qu'il soit russe, je suis son supérieur.

– Quel est ton rang ?

– C'est un secret d'État.

– Grands Dieux ! »

Pandrup ajoute, avec un très léger sourire :

« Quand tu rentreras chez toi, tu pourras aussi remercier Svend Poulsen. Je lui ai promis de veiller sur toi.

– Je croyais que Svend était répudié.

– Svend est mon ami.

– D'accord, mais je te pose encore une fois la question. Pourquoi m'aides-tu ? Qu'en est-il de Mads ? Sais-tu où il est ? Où puis-je le trouver ? »

Magnus lutte pour conserver un calme apparent, mais il écume intérieurement et il a la tête qui tourne.

Pandrup prend une de ses propres cigarettes, une drôle de cigarette épaisse fichée dans un tuyau de carton, dont Magnus sait que c'est la cigarette préférée des Russes. Quand Pandrup l'allume avant de reprendre la parole, le tabac noir amer dont elle est bourrée picote les narines de Magnus.

« J'ai promis à Irina de te venir en aide. J'aimais beaucoup Irina. Elle m'a fait promettre de te prévenir, parce qu'elle m'a juré que tu n'étais pas un espion. Elle me l'a juré sur le nom du camarade Staline. Je la crois et je te rends ce service parce que je suis quelqu'un qui tient ses promesses.

– Où est Mads ?

– Je n'en sais rien, Magnus. C'est la vérité. Mais si je t'aide, c'est aussi parce que je le dois à ton frère, c'était un homme que j'avais en très haute estime et que je respectais… Il n'était pas membre du parti, mais… »

Quelques secondes s'écoulent avant que l'emploi de l'imparfait ne frappe Magnus et qu'il comprenne ce que dit Pandrup :

« Que dis-tu ? Que dis-tu, bon Dieu ? Que tu *l'avais* en haute estime ? Mads est mort, ou quoi ?

– Je n'en sais rien.

– Mais enfin, qu'est-ce que tu dis, nom de Dieu ! Dis-le donc sans tourner autour du pot. »

Magnus a l'impression que Pandrup se demande ce qu'il doit dire. Il aspire longuement la fumée de sa cigarette et répond à voix basse, d'une voix plus humaine cette fois-ci :

« Je n'en sais rien, Magnus. J'aimerais le savoir, mais je l'ignore. Si je le savais, je te le dirais, je te le jure. Il m'est absolument interdit de te parler comme je le fais, mais je le dois à ton frère. Ton frère t'idolâtrait. Tu le savais ? Il te le cachait peut-être, mais il t'adorait, il ne comprenait pas pourquoi tu l'avais lâché et abandonné.

– Qu'est-il arrivé à Mads, Gerhardt ? Tu ne peux pas me le dire sans détour ? »

Magnus entend que son désespoir et sa défaite sont audibles dans sa voix, et la réponse de Pandrup lui arrive comme à travers une épaisseur d'ouate qui filtre ses paroles sans empêcher que son message soit beaucoup trop clair et net :

« Mads faisait partie de nos unités spéciales. Il a été envoyé avec son groupe en Aragón, derrière les lignes ennemies, deux jours avant le début de l'offensive de Teruel. Tu sais que cela remonte à la mi-décembre. C'était une mission importante. Quelque chose a mal tourné pour eux, même s'ils ont rempli leur mission, apparemment. En partie, en tout cas.

– Il s'agissait de quelle mission ?

– C'est sans importance, en fait, mais c'était un sabotage à l'explosif.

– Comment, sans importance ? Ça lui a coûté la vie. »

Pandrup continue sans se laisser démonter :

« Nous n'avons pas de nouvelles de ce groupe. J'ignore ce qui leur est arrivé. On les a déclarés disparus, mais nous devons partir du principe qu'ils sont tous morts. La Croix-Rouge ne nous a pas informés qu'ils étaient prisonniers de guerre. Ce n'est pas vraisemblable non plus.

– Pourquoi pas ?

– Parce que les fascistes considèrent les saboteurs comme des espions et que, quand ils les capturent, ils les fusillent sur-le-champ.

– Après les avoir torturés, hein ?

– Souvent, oui. J'en suis navré. Cela me peine réellement.

– Je te crois. Je vois que tu dis vrai. Pourquoi ? Un commissaire politique dur comme toi ? Des gens meurent tous les jours dans cette guerre. Que signifie un homme de plus ou de moins, pour toi ?

– Je ne suis pas un monstre. Même si je fais mon devoir, j'ai des sentiments comme tout le monde.

– Tu as envoyé Mads à la mort, n'est-ce pas ? C'est ça qui te ronge, n'est-ce pas ?

– J'ai envoyé Mads et son groupe exécuter cette mission. C'est vrai. C'est mon travail. C'est mon devoir.

– Tu l'as donc envoyé à la mort et maintenant, ta conscience te le reproche ?

– Si tu veux. »

Magnus se lève, entièrement vidé. C'est comme s'il était l'acteur d'une pièce de théâtre ou s'il faisait un cauchemar. Il espère que dans un instant il se réveillera et entendra la voix d'Irina. Il espère absurdement, pendant une seconde ridicule et douloureuse, qu'elle arrivera avec Mads. Il secoue la tête, incapable de réfléchir, et entend Pandrup lui dire :

« Habille-toi donc, Magnus. Tu dois retourner au Danemark. J'ai un avion, à Los Llanos, qui va décoller au lever du soleil à destination de Marseille, avec deux personnages importants à bord. J'ai fait en sorte qu'il y ait une place pour toi. Ma voiture nous attend en bas, dans la rue. Il n'y a aucune raison pour que tu y laisses ta peau, toi aussi. Pars donc librement. Sinon, je t'embarque de force avec l'aide de la Guardia de Asalto. Il faut que tu disparaisses. C'est compris ?

– C'est compris, Pandrup. Pourquoi resterais-je ici, d'ailleurs ? Je restais dans ce maudit pays pour deux raisons qui n'existent plus. Alors, peux-tu me dire pourquoi je devrais rester en Espagne, sacré bon Dieu de merde ? »

La voix de Magnus se brise, il pleure, et ça lui est égal que Pandrup le voie pleurer, parce que en ce moment précis il a surtout envie de prendre son revolver et d'en finir avec tout cela, mais si l'occasion s'en présentait, il préférerait quand même tirer sur Stepanovitch. Alors, il s'habille et, sans cesser de pleurer, fait sa valise en vitesse tandis que Pandrup regarde discrètement ailleurs.

25

Je m'appelle Bertil Johansson. Je suis né à Kiruna, en Suède, en 1911, c'est là que je travaille dans les mines, comme je l'ai fait pendant presque toute ma vie, sauf durant les périodes de chômage, de travail en Norvège, et les années où je me suis battu en Espagne pour la liberté et le socialisme, contre les fascistes de Franco. Je suis marié, j'ai deux grands enfants et je vis tranquillement dans ma ville natale. J'ai raconté mon histoire à Magnus Meyer, un Danois, parce qu'il est le frère d'un de mes meilleurs camarades de combat, sur la terre aride de l'Espagne dont la couleur rouge ne vient pas seulement des caprices de la nature mais aussi, largement, du sang de nos bons camarades. Le socialisme a été trahi en Espagne, et je ne crois plus au communisme, alors qu'il donnait beaucoup de sens, à l'époque, à un combat pour une cause qui nous dépassait. Si j'ai décidé de raconter mon histoire, c'est pour honorer la mémoire de Mads Meyer.

Physiquement, ce combat m'a laissé des cicatrices. La plupart des gens ont vite oublié l'Espagne, mais je n'ai rien oublié, même si je n'ai jamais rien raconté de ce que j'ai vécu ni à ma femme ni à mes enfants.

J'écris ce récit spontanément. Je suis sain de corps et d'esprit et les honoraires importants que m'offre M. Meyer seront intégralement versés au Fonds de soutien des mineurs de Kiruna. Je me souviens de tout comme si c'était hier, et quand j'y repense, je suis au bord des larmes, même si pleurer n'a jamais ni changé le monde ni été une arme efficace dans la lutte pour la justice menée dans notre jeunesse, quand le monde était encore neuf et plein de promesses.

Bertil Johansson, Kiruna, le 10 juin 1958

L'histoire de Mads Meyer, racontée par Bertil

Quand nous nous sommes mis en route pour cette mission dont nous savions d'avance qu'elle était suicidaire, il faisait un vent glacial, porteur de flocons de neige piquants qui venaient du nord. Mais l'idée ne nous serait pas venue de nous plaindre, puisque c'était pour ça qu'on nous avait créés, nous, les *Especiales*.

C'était le commissaire politique danois Pandrup qui nous envoyait. Sinon, les brigades n'auraient pas dû être impliquées dans la grande offensive prévue sur Teruel, qui devait briser le marasme et permettre aux républicains de reprendre l'initiative, mais on avait besoin des partisans, comme d'habitude. Pandrup et le Russe Stepanovitch étaient les commissaires politiques de notre unité spéciale. Le fait qu'on nous ait affecté un Russe attestait notre importance. D'ordinaire, c'était Pandrup qui tenait le crachoir tandis que Stepanovitch, un drôle de type, restait à l'arrière-plan.

Teruel, la capitale provinciale de l'Aragón, était une ville passablement triste et misérable, mais les républicains voulaient en chasser les fascistes et percer le front de l'Aragón, ce qui diminuerait en même temps la pression sur Madrid. L'armée républicaine espagnole réorganisée, équipée d'armes russes neuves, devait faire de Teruel la première capitale provinciale conquise par les républicains, tandis que les Brigades internationales devaient rester à l'arrière en réserve. Du reste, certains parmi nous croyaient (et d'autres l'espéraient) qu'une offensive réussie permettrait d'engager des négociations en vue de l'armistice.

Je ne sais pas d'où leur venait cet espoir.

Pandrup nous a servi son grand laïus habituel sur la solidarité internationale et notre juste combat pour la démocratie et le socialisme, mais on avait comme l'impression qu'en fait, il n'y croyait plus. Du reste, il s'est surtout concentré sur l'importance stratégique qu'avait notre mission pour la guerre. Nous devions passer derrière les lignes des fascistes pour faire sauter un tunnel, de façon à empêcher Franco d'amener des renforts venant du nord. Pandrup s'inquiétait surtout de l'arrivée des chars d'assaut allemands, une fois l'offensive engagée.

Les espions de la République affirmaient qu'un important contingent de soldats nationalistes était rassemblé près de Saragosse. Nous n'avions que quelques jours pour agir. La date du début de l'offensive était tenue secrète, cela va de soi, mais nous comprenions sans peine qu'elle était prévue pour la mi-décembre. D'après les rumeurs, elle devait être lancée sans bombardement préalable de l'artillerie pour que la surprise soit totale pour les fascistes.

D'abord, Pandrup et les autres stratèges auraient voulu nous envoyer faire sauter un pont, mais les ponts sur les rivières et dans les montagnes étaient beaucoup trop bien gardés. C'était Mads qui avait eu l'idée de saboter un tunnel. Ce serait tout aussi efficace. Cela prendrait des jours, sinon davantage, de le déblayer et le transport ferroviaire serait complètement bloqué.

C'était typique de Mads d'avoir ce genre de révélation, il lui avait suffi d'étudier une carte géographique pendant quelques heures. Personne d'autre n'y avait pensé. Nous formions une bonne équipe, tous les deux. Mads et moi étions très forts pour nous faufiler loin à l'intérieur des lignes ennemies et faire sauter des objectifs avant de disparaître dans la nature, comme des chats gris pendant la nuit.

Je l'avais rencontré dès son arrivée comme volontaire à Albacete. Ensemble, nous avions été au feu pendant une offensive et avions suivi les cours de sabotage. Il n'était pas fort physiquement, mais il avait un courage du tonnerre et du talent pour le métier de soldat. Autrement dit, ce petit poète danois aux yeux traîtreusement doux était très doué pour tuer.

Pour cette mission en Aragón, on nous a donné des renforts.

Nous étions en décembre et Teruel était digne de sa réputation de ville la plus froide d'Espagne. Pour moi, cela importait peu, j'étais habitué au froid du nord de la Suède, mais nos deux Espagnols supportaient mal le gel et le vent mordant, bien que les Russes nous aient fourni des équipements d'hiver. Ces Catalans originaires du petit port de pêche tempéré de Sitges préféraient le soleil à la neige. Ils s'appelaient Frederico et Vincente, et on aurait presque dit des frères. Ils avaient tous les deux vingt-cinq ans, ils étaient petits, avec de grands bras solides. Mads et moi avions choisi comme auxiliaires Henri et Karl Heinz, avec qui nous avions déjà travaillé. Henri, un mitrailleur belge, était un garçon fort et calme, aux cheveux d'un roux étrange et aux yeux bleu-vert dont l'un paraissait plus grand que l'autre. Karl Heinz était un volontaire allemand, membre du parti communiste, qui avait fui le nazisme d'Hitler après avoir travaillé en Allemagne dans la clandestinité. Quand nous parlions des gens comme lui, nous disions que c'étaient des morts en permission. Ils n'avaient pas de patrie où retourner, en tout cas.

Karl Heinz était un bon grimpeur, il avait fait des randonnées dans les Alpes et beaucoup de ski. C'était aussi un bon tireur, et donc un bon assistant. Il avait plus de trente ans, Mads et lui étaient devenus très bons amis, ils conversaient en allemand, une langue que Mads maîtrisait à la perfection. Sinon, nous devions nous débrouiller avec quelques bribes d'espagnol et de français, que les Catalans parlaient un peu et qu'Henri parlait couramment, même s'il était flamand. Ceux qui discutaient le plus ensemble étaient Mads et Karl Heinz, ils parlaient surtout d'art et de littérature, c'est Mads qui me l'a dit. Du reste, ce n'était pas de mots que nous avions surtout besoin. Chaque homme connaissait sa mission.

Mads avait l'air d'avoir retrouvé sa forme, dans la nuit tombante de cet après-midi d'hiver. Il avait paru un peu déprimé et découragé, depuis sa rencontre avec son frère à Madrigueras, où nous étions restés quelques jours après le camp d'entraînement de Pozo Rubio. Leur rencontre ne s'était pas bien passée, comme souvent dans ces cas-là. Les civils avaient le chic pour détruire le bel équilibre du groupe. Leur visite vous rappelait qu'il existe une autre vie hors de l'enfer dans lequel nous vivions, en réalité. Nous croyions naturellement que nous nous battions pour une idée qui nous dépassait, mais à dire vrai, quand tout brûlait, nous nous battions uniquement pour notre voisin, notre ami, notre camarade. Nous avions une peur bleue de mourir ou d'être blessé, parce que nous savions que pour nous en tirer, c'était sur notre voisin que nous devions compter.

Je m'étais très mal conduit dans l'église de Madrigueras, en me disputant avec son frère. J'avais sûrement bu trop de cognac, mais je devais m'avouer à moi-même que j'avais été grossier et insolent, parce que je craignais que Magnus Meyer ne persuade son frère cadet de rentrer au Danemark.

Je m'étais dit qu'il fallait que j'empêche ça, parce que jamais les chefs de la brigade n'auraient autorisé Mads à partir. Il aurait été fusillé pour trahison ou désertion. En outre, je n'avais pas envie qu'il s'en aille. Je n'avais que quelques années de plus que lui, mais j'avais souvent l'impression d'être comme un père ou un aîné chargé de veiller sur lui. Il était assez dur, en fait, malgré sa finesse et la beauté de ses traits presque féminins, il suffisait qu'il fasse un clin d'œil pour que les femmes lui tombent dans les bras.

J'avais bien vu que la façon dont il avait pris congé de son frère à Madrigueras le faisait souffrir. Depuis que nous nous connaissions, il avait souvent parlé de sa sœur aînée, mais pas de son frère. Ces adieux abrupts le rongeaient, c'est certain, mais nous n'en parlions pas, et quand le camion nous a déposés avec notre matériel dans la nuit noire de l'Aragón, au bord de la ligne du front, Mads paraissait être redevenu lui-même et avoir retrouvé son sang-froid professionnel. Il avait la capacité de se concentrer sur sa mission en refoulant toutes les autres idées qui auraient pu entraver sa survie au-delà des lignes ennemies.

Le camion nous avait amenés vers le nord, le long de la longue ligne du front peu occupée, en direction des collines, après que Pandrup s'était arrangé pour qu'on nous donne un repas consistant la veille au soir. Un de ces festins vraiment rares. Ils nous avaient préparé un ragoût de queue de taureau, avec beaucoup de gros morceaux de queue et des légumes. Où ils avaient trouvé le bœuf ou le taureau en question, je l'ignore, mais ce plat savoureux fleurait l'ail et était suffisamment copieux. Le pain ne manquait pas non plus et nous devions emporter tout ce qui en resterait. Pandrup avait mangé avec nous en disant que nous n'avions qu'à nous servir largement de ce bon plat campagnard aragonais pour avoir de quoi résister au froid. Ensuite, il y avait eu du vrai café, avec tout le sucre dont nous avions envie.

Nous avions mangé à nous faire éclater l'estomac. En partant, nous avons senti combien nous étions privilégiés en apercevant une de ces grosses cuisines roulantes où bouillaient les lentilles ou les haricots blancs habituels, que les chevaux tiraient vers le front. Nous étions jeunes et forts, mais nous aurions peut-être dû nous aviser que si on nous avait nourris comme des cochons à abattre, c'était parce qu'on nous destinait à subir le sort de ces animaux.

Nous étions très chargés quand nous sommes partis à pied. Les petits Catalans noueux qu'on avait recrutés pour nous servir de bêtes de somme portaient la dynamite, les dispositifs d'allumage et certains des appareils destinés au tunnel dans deux grands sacs à dos blancs, en plus de leur fusil russe. Henri portait une nouvelle mitraillette capturée aux Allemands, des munitions et des grenades à main dans son sac à dos, tandis que Mads et moi emportions des provisions, des munitions pour nos carabines, des cordes et autre matériel d'escalade en montagne, de façon à pouvoir descendre par la corde raide sur la voie du chemin de fer. Nous avions tous des couvertures et d'épais sacs de couchage, également fournis par les Russes.

D'ordinaire, c'étaient des vieilles guenilles qu'on donnait aux gars de la République, mais les *Especiales*, on les soignait bien. Stepanovitch nous avait apporté ces équipements d'hiver dans un camion italien dont on s'était emparé. Nous étions très chargés, mais mobiles malgré tout. Nous n'avions pas besoin d'eau parce qu'il y avait une quantité de rivières de montagne, là où nous allions, ce qui faisait beaucoup de kilos en moins à porter. Nous pouvions nous contenter d'une gourde chacun pour commencer.

Le guide qui devait nous faire traverser les montagnes était un petit homme sec de plus de quarante ans peut-être, mais qui semblait capable de marcher pendant des heures. Quel âge avait-il, je n'en sais rien, mais il était clairement un peu plus vieux que nous.

Le guide nous a serré la main en ajoutant qu'il s'appelait Rafael. Sa vareuse était si vieille que, même à moi, elle n'aurait pas suffi, et cependant, c'était comme si ce berger aragonais endurci ne sentait pas le froid. Ses bottes paraissaient solides et fourrées malgré tout. Il était à moitié catalan et parlait dans leur langue avec Vincente et Frederico. Ils nous ont raconté plus tard, pendant une pause, que sa femme et deux de ses fils avaient été fusillés par les fascistes dans l'arène de Burgos, pendant la première période de la guerre.

Il emportait pour tout bagage un petit sac à dos usé contenant du pain, du saucisson et des oignons, du fromage de chèvre et deux petites outres, l'une pleine d'eau, l'autre de vin rouge. Il n'avait qu'une arme, un fusil de chasse ancien à double canon dont la crosse brillait d'usure après des années de service. Nous lui avons donné un survêtement blanc de façon à camoufler ses habits noirs de berger et à lui tenir chaud.

Quand nous avons traversé les lignes des fascistes, dans le noir, il faisait un froid de loup. Les gardes étaient peu nombreux et les sentinelles se pelotonnaient dans les tranchées pour se protéger du vent violent et des fins cristaux de neige qui couvraient déjà le sol d'un léger manteau blanc. Cela nous convenait très bien puisque nous portions ces uniformes d'hiver coupe-vent que Staline avait commandés pendant le rude hiver russe. Nous avions enveloppé nos armes dans des linges pour qu'elles ne fassent pas de bruit. Le vent hurlait à travers les arbres nus, et quand nous avons franchi l'un des champs qui leur servait de latrines, où nous savions qu'ils n'auraient pas creusé de tranchées, nous avons senti la fumée des feux de l'ennemi et la puanteur de leurs excréments.

Nous nous sommes bouché le nez avec nos cache-nez pour traverser dans le noir, à la queue leu leu, les lignes ennemies sans être arrêtés. Nous sommes montés dans les montagnes et avons fait halte juste avant l'aube dans une caverne que des éclaireurs nous avaient montrée sur la carte et jusqu'où Rafael nous a conduits sans s'écarter une seule fois de son chemin. Il avait l'air de connaître chaque lacet et chaque pierre de l'étroit sentier qui grimpait sûrement et tranquillement vers les hauteurs. Il faisait très sombre, mais grâce à la fine couche de neige et aux étoiles qui apparaissaient quand les nuages se dispersaient, nous pouvions nous orienter un peu malgré tout.

Dans une guerre où tout tourne souvent mal, cette première nuit s'est passée absolument sans heurts. La caverne se trouvait à l'endroit indiqué. Miraculeusement, elle était orientée comme il le fallait pour que le vent n'y entre pas directement. Elle était heureusement sèche et propre.

J'ai regardé si mes camarades avaient des engelures, mais ils semblaient tous en bon état. Je leur ai permis de fumer. Il n'y avait pas de hiérarchie dans les unités spéciales, mais c'était moi qui commandais. C'était ainsi, voilà tout.

Nous sommes allés chercher de l'eau à un torrent dont les berges commençaient déjà à geler, nous avons mangé le pain avec du mouton froid et des olives, partagé un peu du fromage de chèvre de Rafael en buvant un gobelet de vin et bu chacun une lampée de cognac à la bouteille que j'avais apportée à l'insu de Pandrup. Ensuite, j'ai dit à Vincente de prendre la première garde pendant que nous nous roulions dans nos sacs de couchage et nos couvertures en nous serrant les uns contre les autres pour essayer de dormir un peu. À quinze kilomètres à l'intérieur des lignes ennemies, nous n'osions quand même pas faire du feu. Étant tous complètement épuisés, nous n'avons pas tardé à nous endormir sur le sol dur de la caverne.

Nous y avons passé la journée en nous relayant pour monter la garde et en économisant nos cigarettes. Au milieu de la journée, il s'est mis à neiger pour de bon en même temps que le temps se radoucissait. Les gros flocons blancs dansaient dans la grisaille et recouvraient le sol en effaçant la trace de nos pas, quand nous étions obligés de nous isoler un moment. Une fois, nous avons aperçu dans la vallée un petit convoi de camions ennemis qui avançait lentement sur la route. Nous n'entendions pas d'avions. Ils ne pouvaient sans doute pas décoller à cause du temps.

La nuit est tombée rapidement et, en même temps, il a cessé de neiger. Nous avons mangé à nouveau et repris notre pénible ascension dans les montagnes. Nous étions trop fatigués pour parler, chacun ne pensait qu'à mettre un pied devant l'autre pour suivre le camarade qui le précédait, guidé par Rafael qui continuait de paraître infaillible. Comme il était impossible de planter nos explosifs dans le noir, nous avions projeté d'arriver au tunnel ferroviaire au lever du jour.

Le sentier sur lequel nous guidait Rafael surplombait le chemin de gravier qui grimpait en lacets au-dessous de nous. J'ai dû par deux fois donner l'ordre de faire halte pour nous plaquer tout contre la paroi rocheuse. Avant de voir les camions, nous les entendions changer bruyamment de vitesse dans la vallée. Nous supposions qu'ils transportaient les troupes qui prendraient la relève des soldats postés au front. Les hommes étaient sous des bâches qu'ils avaient fermées hermétiquement. Ils roulaient avec les phares en veilleuse pour éviter d'attirer nos chasseurs de nuit. Le premier convoi comprenait six camions, le deuxième quatre.

On a vu l'haleine de Mads dans l'air gelé quand il a murmuré :

« Est-ce que quelqu'un leur aurait signalé l'offensive, ils transportent des troupes de nuit… ? »

J'ai reniflé fortement l'air ambiant, comme je le faisais toujours en Suède, pour savoir s'il allait neiger ou non, et je lui ai répondu :

« C'est peut-être parce qu'il va tomber beaucoup de neige et que la route sera fermée. Alors, ils roulent maintenant, sans attendre qu'il fasse jour.

– C'est possible, mais ça ne me plaît pas. »

À un moment donné, nous avons aussi vu la voie ferrée qui courait au-dessous de nous. Pendant une de nos pauses, Rafael avait expliqué aux Catalans que le sentier que nous empruntions était un ancien chemin de contrebandiers et qu'il se divisait en une quantité de petits embranchements pour finir aux Pyrénées et au col qui conduisait en France. Il menait directement au tunnel qui constituait notre objectif.

Nous parlions en chuchotant, même si ce n'était guère nécessaire. Nous avons cassé la croûte et bu encore un peu de vin. J'ai examiné les figures des hommes en allumant une lampe de poche pendant que Mads tenait une couverture levée pour en cacher la lumière. Personne n'avait encore d'engelures, on nous avait donné un bon équipement. Quand j'ai voulu examiner Rafael, il m'a regardé avec mépris et a détourné ostensiblement la tête. J'ai autorisé tout le monde à fumer pendant que nous nous relayions pour tenir la couverture.

Au passage d'un train qui roulait en direction du front, nous avons fait halte une fois de plus, même si personne ne pouvait nous voir. Il y avait quatre pièces d'artillerie sur des *trucks* et quatre wagons de marchandises fermés contenant peut-être des munitions. Nous avons senti la fumée grasse du charbon qui sortait par bouffées de la cheminée. La dernière voiture était un wagon ouvert où une troupe de nationalistes se serrait autour d'une grosse mitrailleuse, mais ils baissaient la tête très bas sous le vent et n'auraient pas eu l'idée de lever les yeux pour nous regarder, à travers la neige fine qui tombait, alors que nous étions à peine à une dizaine de mètres au-dessus d'eux.

Mads a presque souri en faisant le geste de laisser tomber deux grenades sur le train. Ce n'était rien, mais j'ai senti que ça lui remontait le moral. Le froid augmentait. La fatigue se faisait sentir. Après le passage du train, j'ai fait circuler la bouteille de cognac en faisant signe à Rafael de continuer. Cela m'impressionnait de voir cet homme âgé maintenir un rythme aussi régulier et assuré.

Nous sommes arrivés au tunnel. J'ai donné l'ordre à l'équipe de s'arrêter à deux cents mètres de là et nous nous sommes enroulés dans nos couvertures. Il faisait nuit, mais la neige créait une douce lumière qui nous permettait de voir les rails du chemin de fer, à trois ou quatre mètres en contrebas. Quand la grisaille de l'aube est apparue, comme une lueur étrange accompagnée d'un léger brouillard, j'ai envoyé en reconnaissance d'abord Mads accompagné de Rafael. Un quart d'heure plus tard, après avoir reçu trois signaux rapides de sa lampe de poche, nous sommes descendus prudemment sur le sentier étroit et traître qui menait au tunnel ferroviaire, que l'on avait creusé à l'explosif au-dessus de la route en lacets dont les longues épingles à cheveux se succédaient sur la pente. La lumière est apparue au-dessus de la vallée déserte, mouchetée de blanc, et le silence était tel qu'on eût cru que nous étions seuls au monde.

Karl Heinz a accroché la corde et nous nous sommes laissés glisser, Mads et moi, devant l'entrée du tunnel. J'avais chargé Karl Heinz et Henri d'occuper des positions défensives à chaque bout du tunnel, pour qu'ils puissent tirer sans difficulté sur la voie et sur la route, qui n'était qu'un chemin de gravier étroit et gelé. Vincente et Frederico ont descendu leur sac à dos sur la voie avant de prendre des positions défensives, eux aussi, puisqu'il nous était facile, à Mads et à moi, de placer les charges tout seuls. J'avais commencé à travailler dans les mines à treize ans et suivi mon premier cours d'explosifs à seize ans, j'avais donc manipulé la dynamite pendant la moitié de mon existence.

Il n'entrait qu'un peu de lumière dans le tunnel, mais c'était suffisant pour me permettre de trouver, grâce à ma lampe de poche, quatre points où j'ai repéré une faiblesse dans la structure de la paroi. À un endroit donné, on avait même dû renforcer la voûte du tunnel, cela allait donc de soi d'y placer une partie de la dynamite, même s'il fallait un peu travailler pour grimper jusque là-haut. Il s'agissait surtout de placer les barres de dynamite et les dispositifs d'allumage afin que les explosions aient lieu successivement pour entraîner l'éboulement des parois. Un moment plus tard, j'étais sûr de mon fait, les meilleurs endroits étaient au nombre de quatre à un bout et de deux à l'autre bout du tunnel. Faute de temps, j'ai décidé de me concentrer sur les quatre endroits voisins de la lézarde où l'on avait dû renforcer la voûte du tunnel. D'ailleurs, la perceuse nécessaire ne faisait pas partie de notre équipement.

J'ai montré les endroits en question à Mads et nous nous sommes mis au travail. Nous savions ce qu'il fallait faire, mais le froid sec nous retardait parce qu'il fallait sans cesse remettre nos gants pour nous réchauffer les doigts.

Nous enfoncions d'abord les crampons qui servent à l'escalade, en montagne, pour grimper le long de la paroi, puis des crampons d'acier dans des crevasses pour les élargir et les approfondir afin de les bourrer de dynamite. J'ai essayé de me représenter les séquences des explosions et de visualiser les effets qu'aurait la vague de la pression sur la structure de la montagne, de façon qu'avec de la chance et grâce à ma connaissance du métier, la voûte s'effondre sur la voie.

Pandrup avait dit, il est vrai, qu'une simple interruption de deux jours du trafic ferroviaire pouvait être décisive pour l'offensive, mais Mads et moi voulions provoquer autant de dommages que possible. Cela nous a donc pris un peu de temps, et j'ai vu que Mads commençait à s'inquiéter en se demandant si un train n'arriverait pas bientôt, mais il continuait à travailler régulièrement et parfaitement, en profitant de la lumière du jour qui créait une atmosphère crépusculaire et en allumant les lampes de poche pour le travail de précision. Nos camarades veillaient sur nous et je connaissais suffisamment Henri et Karl Heinz pour savoir qu'ils avaient assuré et camouflé leur poste de manière à ne pas être vus de la route.

C'est pourquoi les coups de feu ont été une surprise. Nous avons reconnu le son, nouveau pour nous, des mitraillettes allemandes modernes qui nous parvenait par l'extrémité la plus lointaine du tunnel, ainsi que l'explosion de deux grenades à main. Que se passait-il donc ? Mads s'accrochait d'une main à une corde qu'il avait tendue entre deux crampons pendant qu'il bourrait de dynamite une fente qu'il avait élargie. D'autres coups de feu ont retenti d'en haut, à l'extrémité du tunnel la plus proche de nous. C'était l'aboiement du fusil russe de Vincente. Frederico a ouvert le feu, lui aussi. Il était évident que l'ennemi arrivait des deux côtés. La fusillade augmentait, mais tout à coup, les coups de fusil venant d'en haut se sont arrêtés, comme si Frederico et Vincente avaient été touchés.

Mads a sauté par terre et saisi son fusil. Je faisais de même quand nous avons vu Karl Heinz atterrir souplement tout au bout du tunnel, où sa silhouette se découpait sur la lumière du jour. Il a d'abord couru dans notre direction en faisant des zigzags et en se baissant, puis il s'est relevé pour galoper jusqu'à nous aussi vite que possible. Il avait sa carabine à la main. Nous entendions la mitraillette d'Henri qui, bien discipliné, tirait de courtes salves.

« Qu'est-ce qui se passe, bordel de merde ? » a crié Mads en allemand, et Karl Heinz, pâle et essoufflé, a donné un tas d'explications auxquelles je n'ai presque rien compris.

« C'est Rafael, m'a dit Mads en danois (j'avais appris à comprendre sa langue), il a disparu. Il nous a dénoncés. Ils nous ont attendus toute la nuit. Les gars de la Légion étrangère. Vincente et Frederico sont tombés, d'après Karl Heinz. »

Nous avions peur des légionnaires de Franco. Ce n'étaient pas des recrues ordinaires mais des brutes payées pour se battre et qui ne faisaient pas de quartier. La Légion comprenait plusieurs nationalités, mais la plupart étaient des Espagnols, souvent d'anciens criminels. Les légionnaires et les troupes auxiliaires marocaines du bataillon africain avaient accompagné Franco depuis la révolte de juillet 1936, et même si nous les détestions comme le diable en personne, nous devions reconnaître que c'étaient d'excellents soldats qui n'avaient peur de rien.

D'après Karl Heinz, il était clair qu'il s'agissait d'un guet-apens. Ils tiraient sur une de nos positions depuis un piton rocheux, au-dessus de nous. Les tireurs embusqués avaient tué les Catalans. Les légionnaires avançaient à chaque bout du tunnel, en longeant la voie ferrée. En bas, sur la route, quatre camions attendaient avec d'autres soldats qui se préparaient à tirer avec un mortier de fabrication allemande. Tout avait été planifié. Qui nous avait trahis ? Quelqu'un du quartier général ou Rafael seul ? Peu importait, nous étions perdus.

La fusillade s'amplifiait. Mads m'a regardé. J'ai regardé les barres de dynamite déjà en place. Elles ne suffiraient pas à faire s'effondrer le tunnel, mais elles retarderaient l'avance des légionnaires d'un côté. J'ai raccordé les fils aussi vite que possible pendant que Mads et Karl Heinz se rapprochaient de l'entrée du tunnel en tirant contre les fascistes qui avançaient. Henri devait tenir à l'autre bout. Les coups de feu retentissaient dans le tunnel pendant que je posais de la dynamite le long des voies et entre les joints, pour la relier aux barres déjà posées sur les parois. Nous n'avions pas eu le temps de fixer les barres importantes sur la voûte, mais la voie allait sauter, en tout cas.

J'ai mis les amorces, préparé une mèche qui brûlerait en moins de deux minutes et je l'ai allumée avec mon briquet. J'entendais que l'attaque de la position d'Henri s'intensifiait, mais c'était une drôle d'impression d'être dans ce tunnel, sans qu'il soit possible de voir ce qui se passait au-dessus. Karl Heinz et Mads tiraient aussi.

C'était typique des légionnaires. Ils auraient pu nous assiéger ou attendre que l'artillerie soit en place, mais ils attaquaient toujours hardiment. Ils avaient le culte de la mort ; chez eux, le sang et l'honneur primaient sur tout. Fidèles à leur devise : « Vive la mort », ils punissaient promptement les poltrons et rejetaient ou abattaient sans attendre ceux qui ne prenaient pas plaisir à tuer. Rien d'étonnant à ce que notre cœur batte la chamade, comme d'habitude. Tout le monde a peur, en temps de guerre, mais là, nous qui savions mieux que d'autres contrôler notre peur et étions réputés courageux, nous étions tous morts de trouille, aussi bien les uns que les autres.

J'ai hurlé pour prévenir Mads et Karl Heinz, qui s'est redressé de toute sa hauteur pour lancer une grenade sur la voie ferrée. Les légionnaires devaient être tout près. Mads aussi a lancé une grenade avant de détaler derrière Karl Heinz.

Comme ils couraient dans ma direction, j'ai fait demi-tour pour me lancer vers l'autre orifice du tunnel dont on voyait le jour à quelques centaines de mètres de nous. Arrivé là, je me suis mis à genoux d'un côté pour regarder dehors. Mads et Karl Heinz ont pris position de l'autre côté. En me bouchant les oreilles, je me suis aplati contre la paroi froide et rocailleuse. La dynamite a sauté et nous avons senti le souffle de l'explosion, dont la majeure partie s'est produite à l'autre extrémité du tunnel. Quels dommages elle avait causés, je l'ignorais, mais j'espérais qu'elle avait propulsé en enfer quelques légionnaires, entrés avant la déflagration. Le tunnel, derrière nous, s'est rempli de fumée et de poussière de roches, même les légionnaires n'essayeraient donc pas de passer par ce chemin-là.

J'ai regardé au-dehors. Cela s'annonçait mal. Henri tenait sans doute les légionnaires en respect avec sa mitraillette, mais il serait bientôt à court de munitions, ce n'était qu'une question de temps. Trois légionnaires gisaient morts sur la voie, devant nous, dans leur uniforme vert. Les cordes qui nous avaient servi pour descendre pendaient sur le côté, mais tenter de monter vers Henri aurait été suicidaire. Il fallait qu'il descende, mais comment ? Il aurait fallu tirer sans arrêt pour couvrir sa descente, et comment aurais-je pu lui dire de nous rejoindre en bas ? Il apparut vite que c'était sans importance.

Le mortier s'est mis à déverser des grenades sur le plateau. Instinctivement, en entendant le tintamarre des explosions, nous nous sommes rabattus dans le tunnel. Des débris de roches, de la terre, des cailloux pleuvaient sur la voie, devant nous. Nous avons vu le corps déchiqueté d'Henri projeté par-dessus la voie, jusque sur la route. Le lanceur de grenades a encore tiré trois fois, et puis le silence s'est fait. Vu la précision du tir, nous en avons déduit que c'étaient sûrement des renforts allemands qui utilisaient cette pièce d'artillerie nouvelle et efficace. Comme après chaque attaque, nos oreilles tintaient et nous n'entendions plus rien d'autre.

C'est Karl Heinz qui a pris la décision. D'une voix basse et insistante, il parlait à Mads qui n'arrêtait pas de secouer la tête. Finalement, Karl Heinz a pris Mads par le collet et l'a plaqué contre le mur pour insister davantage, sa figure toute proche de celle de Mads qui avait l'air farouche mais avait des larmes dans les yeux, peut-être à cause de la fumée et de la poussière des explosions. Finalement, Mads a accepté, Karl Heinz l'a lâché et, d'un signe de tête, il a indiqué l'intérieur du tunnel, c'est là que j'ai compris ce qu'il avait dit à Mads en allemand. Nous ne pouvions pas nous rendre. Si la chance nous souriait, on nous fusillerait sur-le-champ, mais le risque qu'on nous torture avant était trop grand et nous terrifiait littéralement.

Le plan de Karl Heinz était le seul possible : nous allions reparcourir le tunnel démoli en espérant et en calculant que les légionnaires étaient redescendus sur la route et passés de l'autre côté du tunnel pour participer à l'assaut qu'on allait lancer contre nous. Il aurait été idiot de leur part de se mettre à traverser la fumée et la poussière en sachant que nous étions comme des rats pris au piège à l'autre bout du tunnel. Ils mettraient peut-être quelques hommes devant la sortie, mais certainement pas toute une division. Mads et moi devions avancer les premiers, Karl Heinz prendrait la majeure partie de nos munitions et de nos grenades pour faire croire que nous étions plus d'un à défendre la position, ce qui nous donnerait du temps. Ensuite, il nous rejoindrait. Ni Mads ni moi n'y croyions, mais nous n'en avons rien dit.

« La sortie est peut-être bloquée, la voûte s'est peut-être effondrée, protestait Mads.

– Alors, vous n'aurez qu'à revenir, continuait Karl Heinz, le monde a besoin de poètes, et toi tu as besoin de Bertil pour te débrouiller. Allez, grouille-toi. »

Il parlait calmement et il avait tout son sang-froid quand il nous a tendu la main, d'abord à Mads, puis à moi. Comme pour prévenir toute discussion, il s'est retourné, a versé ses grenades à main par terre derrière lui, s'est agenouillé et a tiré une salve de sa carabine sur les légionnaires qui recommençaient à avancer en rampant, depuis le léger tournant que faisait la voie ferrée jusqu'à la pente douce qui conduisait à l'entrée du tunnel. Ils ont reculé en laissant sur le carreau un homme qui s'est mis à gémir.

J'ai pris Mads par l'épaule de sa veste et je l'ai tiré. Il s'est retourné une seule fois pour regarder son ami et je l'ai tiré plus fort, mais quelques mètres plus loin, on ne voyait déjà plus rien devant nous à cause de la poussière et de la fumée. Nous avons tiré notre cache-nez sur notre visage et avancé. Je marchais devant, Mads me tenait par la ceinture comme un enfant qui s'accroche à son père dans une gare pleine à craquer. Le sol était encombré de débris de roches mais apparemment la voûte avait tenu, c'était mauvais pour les républicains, mais bon pour nous.

Des coups de feu et le bruit sourd des grenades qui explosaient retentissaient derrière nous. En approchant de la sortie, nous avons constaté que les rails, tordus et abîmés, avaient sauté en tout cas.

Mads a lâché ma ceinture, fixé sa carabine sur son dos et tiré son pistolet. J'ai déverrouillé mon fusil et nous avons marché lentement vers la bouche du tunnel qui émergeait comme une tache vaguement claire dans la poussière tourbillonnante. En longeant les murs, nous nous sommes mis à avancer en rampant.

Il n'y avait que trois hommes qui fumaient des cigarettes. Deux regardaient la route, le troisième regardait à moitié de notre côté, mais il se tournait constamment pour bavarder avec ses camarades. Ils tenaient leurs armes négligemment. Les camions restés à l'arrêt sur la route étaient partis vers l'autre côté. Les légionnaires se préparaient à donner l'assaut.

Mads a levé deux doigts pour montrer qu'il se chargeait de deux des trois hommes.

Nous nous sommes levés en même temps en entendant la fusillade augmenter de l'autre côté. Avec la crosse de mon fusil, j'ai asséné un coup sur la tête du légionnaire qui nous tournait à moitié le dos. Comme il n'avait qu'un calot sur la tête, la crosse lui a enfoncé le crâne et j'ai économisé une balle. Le légionnaire qui surveillait le tunnel a d'abord eu l'air éberlué en voyant surgir deux démons poussiéreux dans la lumière jaune et vacillante. Mads, qui tenait calmement son pistolet des deux mains, l'a tué d'une balle dans l'œil à deux mètres de distance. Il a touché l'autre au milieu du front et à la poitrine et ils sont tombés tous les deux.

Je suis sorti dans la grisaille hivernale. Il n'y avait personne en vue. La route, au-dessous de nous, était également déserte. J'entendais le mortier qui tirait plus loin, mais les artilleurs surveillaient l'autre bout du tunnel. En essayant d'éviter de penser à Karl Heinz, je me suis mis à courir sur le flanc de la montagne, avec Mads derrière moi, dans le tintamarre des salves de tir et de l'explosion des grenades. L'instinct de survie nous donnait des forces. Tout ce que j'espérais, c'était que Karl Heinz se mette à courir dans le tunnel pour nous rejoindre, mais je n'y croyais pas moi-même. Il avait peut-être décidé de se sacrifier parce qu'il était apatride.

Nous avons fait cinq cents mètres en courant jusqu'à un petit éperon rocheux contourné par la voie ferrée. Nous étions hors d'haleine, mais je commençais à croire que nous allions peut-être nous en tirer si seulement nous trouvions un moyen de nous éloigner de la voie et de monter sur les hauteurs. Juste après le lacet, nous sommes tombés sur Rafael. Il nous a dévisagés, visiblement stupéfait malgré son visage impénétrable. On aurait dit qu'il sortait d'une tranquille partie de chasse au lièvre, avec son fusil de chasse désarmé sous l'aisselle.

Rapide comme l'éclair, Mads s'est jeté sur lui et lui a d'abord donné un coup en pleine figure de son droit ganté, si bien que Rafael s'est affalé contre la paroi rocheuse. Son crâne a fait un bruit sourd en tapant contre un rocher pointu mais Mads continuait, il a ôté son gant et l'a frappé en pleine figure, sans s'arrêter, de son poing nu et fermé. Rafael avait les sourcils fendus et le nez cassé. En le tenant debout de la main gauche, Mads a tiré son pistolet de la main droite.

Voulait-il s'en servir comme matraque ou l'abattre de sang-froid, comme le traître qu'il était, je n'en sais rien, mais à cet instant-là, quatre légionnaires en uniforme gris-vert se sont laissés glisser sur nous, de l'éperon rocheux qui nous surplombait. J'ai essayé d'armer ma carabine, mais j'ai reçu un coup de crosse dans le ventre et je suis tombé. Quand il s'est mis à me donner des coups de pied, je me suis recroquevillé sur moi-même, mais je les ai quand même vus asséner à Mads un coup sur les reins et un sur la nuque. Il est tombé comme une poupée de son à côté de Rafael qui glissait lentement le long de la pente, les yeux vitreux. Ils commençaient aussi à donner des coups de pied à Mads quand un sous-officier leur a crié de s'écarter en espagnol, il a tiré son Luger et visait Mads, mais une autre voix basse et gutturale a hurlé quelque chose en allemand.

En levant les yeux, j'ai vu un grand homme blond coiffé du casque caractéristique des Allemands, il avait une épaisse veste verte d'officier et de beaux gants en cuir. Lui aussi avait un Luger qu'il pointait sur les légionnaires. De nouveau, il a mugi quelque chose, c'était un ordre, et j'ai à peu près compris qu'il disait à ces idiots de légionnaires qu'on ne tue ni les saboteurs ni les espions avant d'avoir eu la possibilité de les interroger, sacré nom de Dieu. On ne pouvait pas s'y tromper, même en sachant aussi peu d'allemand que moi.

« Maudits idiots ! » répétait-il, alors que malgré mes douleurs, je ne pouvais m'empêcher de penser qu'il aurait mieux valu qu'il permette aux légionnaires de nous tuer sur place. Il est pourtant vrai que, même dans les situations les plus désespérées, les galériens se raccrochent toujours à la vie.

Nous savions ce qui nous attendait. Ils nous ont lié les

mains derrière le dos, nous ont jetés à l'arrière d'un camion et sont descendus de la montagne avec nous. Il faisait un froid de canard et je mourais de soif. Chaque fois que nous essayions de parler ensemble, un légionnaire nous donnait un coup de botte. L'officier allemand était assis à l'avant. Mads a repris connaissance, mais il semblait souffrir d'une commotion cérébrale. Il parlait confusément en gémissant, ce qui lui a valu de nouveaux coups de pied sur le corps et à la figure.

Le camion a roulé longtemps en cahotant, mais quand il s'est arrêté, il faisait encore à moitié jour. La bâche a été tirée de côté, on nous a soulevés et jetés sur le sol gelé. Nous étions dans une ville, dans la cour d'un couvent. On nous avait conduits à Teruel, où les fascistes avaient transformé un ancien cloître du sud de la ville en un centre de commandement doublé d'une prison. Deux soldats nationalistes ordinaires nous ont relevés pour nous conduire, du bout de leur fusil, dans un bâtiment bas. Après un tournant, nous sommes arrivés dans un long couloir fermé de chaque côté par de grosses planches brunes. Ils ont délié les mains de Mads, qui étaient blanches et vides de sang, lui ont ôté sa veste molletonnée, ont ouvert une porte et l'ont poussé dans une cellule.

Ils m'ont traité comme lui. Quand le sang a reflué, mes mains ont commencé tout de suite à me faire mal. Si la cellule de Mads était la même que la mienne, elle faisait à peu près cinq mètres carrés et comprenait une étroite couchette avec une mince couverture et un seau dans le coin. Les murs étaient de briques nues et le jour n'entrait que par une petite lucarne, trop haute pour qu'on puisse l'atteindre. De toute évidence, les anciennes cellules des moines servaient maintenant de cachots. J'avais très soif et mes côtes me faisaient souffrir. La cellule était sombre, elle est vite devenue très noire, mais ils nous ont laissé mariner pendant quelques heures.

La nuit était avancée quand trois hommes sont entrés dans ma cellule, armés de matraques et chaussés de lourdes bottes. Trois voyous espagnols qui m'ont tabassé consciencieusement et se sont bornés à grogner de fatigue quand ils m'ont laissé, gisant dans mon sang et mes vomissures. Puis ils ont traversé le couloir pour faire subir le même traitement à Mads. J'ai entendu ses cris de douleur, qui se sont mués en hurlements, comme il avait dû entendre les miens, car ils savaient faire souffrir si habilement qu'on ne perdait pas conscience.

Au cours de la nuit, je suis passé tour à tour de la conscience à l'inconscience. J'ai su que la journée avait commencé quand une faible lueur est entrée par la lucarne. Je me suis pelotonné dans un coin quand la porte s'est ouverte. Un gros homme à petite moustache a posé par terre, sans mot dire, un quignon de pain sur une assiette en fer-blanc et un gobelet d'eau boueuse.

Une heure plus tard, les trois voyous sont venus me chercher. J'ai eu de la peine à me lever, mais ils m'ont pris par les bras pour me traîner littéralement le long du couloir, me faire traverser la cour et entrer dans ce qui avait dû être la résidence de l'ancien prieur. Il faisait toujours très froid et j'ai senti venir la neige. Je croyais que cette matinée serait la dernière de ma vie et j'ai ressenti une nostalgie absurde et beaucoup de chagrin en pensant que plus jamais je ne reverrais une vraie chute de neige.

C'était un grand local nu, avec un haut plafond et des poutres apparentes, où se trouvait un large bureau ancien éclairé par une lampe verte devant lequel on avait chevillé au sol une chaise à haut dossier. L'officier allemand assis derrière le bureau avait probablement environ trente ans, des cheveux blonds coupés court et un menton pointu qui semblait tirer vers le bas un visage déjà allongé. Il portait un uniforme noir, ce que je n'avais pas encore vu, et son Luger à la ceinture. Deux soldats en uniforme ordinaire se tenaient debout derrière lui et les trois voyous sont restés derrière moi, debout devant la porte.

« Vous parlez allemand ? m'a-t-il demandé dans cette langue.

– Très peu. » Ma voix m'a paru étrange, comme si elle sortait d'un trou profond.

« Espagnol ?

– Très peu.

– Anglais alors ?

– Pas du tout. »

Il m'a regardé de ses yeux bleus, enfoncés et a poursuivi en allemand, en parlant lentement :

« Tu es donc un idiot. Ton nom et ta nationalité, espion.

– Bertil Johansson. Suédois. Soldat dans le bataillon Thaelmann, quatrième compagnie.

– Tu me prends pour un idiot, moi aussi ? Tu es un espion et un saboteur et tu seras fusillé. »

Il a dit en espagnol quelques mots que je n'ai pas compris. Un des voyous lui a répondu. L'officier a posé son crayon, passé sa main sur sa figure avec lassitude et déclaré lentement :

« On me dit que ton camarade parle allemand. Il a juré en allemand, tu comprends ? »

Je n'ai pas répondu.

« Tu es un idiot. Je te parlerai plus tard. »

Il a reparlé en espagnol et j'ai compris qu'il donnait l'ordre aux voyous d'aller chercher l'autre espion, mais de faire en sorte, auparavant, que ce con d'idiot comprenne la gravité de la situation. Ensuite, on trouverait si possible quelqu'un qui parlait les langues scandinaves parmi les légionnaires étrangers.

Ils m'ont ramené dans ma cellule et m'ont tabassé encore une fois avant de me laisser par terre, gisant dans mon sang, mes vomissures et mes excréments, mais je suis sûr que ce qui m'a sauvé la vie, c'est mon incapacité à parler correctement d'autres langues que le suédois du nord de mon pays, ce qui n'allège pas ma conscience puisque je m'étais promis de veiller sur Mads et que je l'ai abandonné, incapable de le sauver.

J'ai entendu qu'ils venaient le chercher et aussi entendu qu'ils le ramenaient. Ses pieds traînaient par terre, mais je ne l'ai pas vu. Ils m'ont laissé tranquille.

On m'a apporté un deuxième gobelet d'eau et de la soupe claire. Rien d'autre. La nuit est tombée, j'étais réveillé, je dormais, les heures passaient lentement, péniblement. L'aube est revenue. Le gros gardien m'a redonné un gobelet d'eau, sans pain cette fois-ci. J'ai entendu qu'ils venaient rechercher Mads et j'étais désespéré, furieux et impuissant.

Une heure plus tard, tout a éclaté.

J'ai compris par la suite que le 15 décembre 1937, les républicains avaient lancé une offensive contre Teruel. Malgré la torture, Mads ne peut avoir dévoilé quoi que ce soit, parce que Franco a été entièrement pris par surprise. Plus de cent mille soldats républicains réorganisés ont mené l'attaque, encerclé Teruel au cours de la journée en s'assurant le contrôle de la colline appelée la Muela de Teruel, d'où ils pouvaient tirer sur la ville. Les fascistes, piégés, ont dû se retirer de leurs positions extérieures pour se réfugier dans Teruel, que les avions bombardaient quand le temps le permettait et qui subissait les tirs constants de l'artillerie.

Je m'étais assoupi dans mes souffrances quand le bâtiment, au milieu de la journée, a été ébranlé par une déflagration gigantesque dont le souffle a fait s'écrouler le mur derrière moi et s'ouvrir la porte du cachot.

Je me suis mis sur mes jambes, étourdi, mais prêt à saisir cette occasion. Trois autres détenus sortaient aussi dans le couloir, l'un d'eux avait les oreilles qui saignaient. Devant moi, le gros gardien gémissait. Il avait un pistolet dans un étui, je l'ai déverrouillé pour lui tirer une balle dans la tête et j'ai fait signe aux trois autres. Celui dont les oreilles saignaient, qui paraissait tout à fait égaré, est parti dans la mauvaise direction, mais les deux autres m'ont compris. J'ai pris le trousseau de clés du gros gardien et je l'ai lancé au premier de mes codétenus. Comme la mienne, sa figure était lacérée de blessures anciennes et récentes, mais il a ouvert les portes des cellules. Six ou sept hommes sont sortis, désorientés. La porte de la cellule de Mads était ouverte, mais le cachot était vide. La vue du sang, des vomissures et des excréments m'a fait mal au cœur, mais il fallait essayer de survivre.

En courant à travers la fumée et la poussière, nous sommes sortis dans la cour jonchée de cadavres et de blessés. La grenade, ou plutôt la bombe, avait dû exploser en plein milieu. J'entendais les moteurs des avions qui nous survolaient et une autre bombe a explosé à proximité. Plus loin, j'ai entendu le fracas de l'artillerie, des coups de feu et les salves des mitraillettes.

Le toit du vieux couvent était en flammes. Un de mes codétenus s'est emparé d'un fusil abandonné à côté du cadavre d'un soldat qui avait une jambe déchiquetée. Les appels et les hurlements s'entremêlaient. C'était un chaos total et l'on voyait à peine devant soi, à cause de la fumée et de la poussière des gravats. En rampant sur le côté, un soldat nationaliste blessé qui se rapprochait de son fusil, s'est fait abattre par un de mes codétenus.

J'ai couru comme je pouvais jusqu'à la porte de la salle des interrogatoires qui ballottait à moitié sur ses gonds. En entrant, j'ai découvert deux de mes bourreaux gisant sur le plancher, l'un gémissait à voix haute. L'officier allemand, debout derrière son bureau, paraissait troublé et déconcerté, comme s'il revenait à lui après une syncope. Le toit s'était effondré et on eût dit qu'une petite poutre l'avait touché.

J'ai levé le pistolet, il a fait le geste de se défendre, mais ses mains n'ont pas suffi pour arrêter les deux balles que j'ai tirées sur lui, l'une dans la poitrine, l'autre dans la figure.

J'ai fait deux pas en avant et, pour plus de sûreté, j'ai abattu les deux hommes accroupis à côté de Mads, qui geignaient de douleur. J'ai jeté le pistolet italien pour prendre le Luger de l'Allemand avant de me retourner et d'essayer de défaire les cordes qui liaient Mads à la chaise.

Il n'y avait rien à faire.

Son visage était méconnaissable. Il n'avait plus de dents, des chicots sortaient de ses gencives sanglantes, ses yeux étaient fermés, il n'avait plus d'ongles et ils avaient dû lui casser les deux bras parce qu'ils pendaient en faisant des angles affreux. Il était nu et constellé des brûlures de cigarette infligées par ses bourreaux.

J'ai fourré le Luger sous la ceinture de mon pantalon. Mes mains tremblaient, je n'arrivais pas à dénouer ses liens. Je jurais et je pleurais à la fois sans réussir à les défaire. Les nœuds étaient trop serrés. J'ai tiré fortement sur les cordes et pleuré encore plus fort en voyant la corde s'enfoncer dans ses bras martyrisés.

Une main s'est posée sur mon bras, je me suis retourné en levant la main pour frapper, mais c'était un autre prisonnier républicain.

« *Muerto*, m'a-t-il dit à voix basse. *Tu compañero está muerto. Vamos, hombre.* »

Ces mots ont résonné dans ma tête vide pendant toutes les terribles journées qui ont suivi. Mort. Ton camarade est mort. Allons-nous-en, mon vieux.

Ce n'est pas moi qui suis le héros de cette histoire, il ne me reste donc plus grand-chose à raconter.

Nous nous sommes échappés en profitant du tumulte et nous sommes sortis dans les rues de Teruel, puis descendus dans les caves. La ville était encerclée et assiégée, mais les fascistes ne se rendaient pas. Nous nous cachions et des gens nous ont aidés parce que c'était le mauvais sort qui les avait coincés à Teruel alors que leur cœur battait pour les républicains. La famine sévissait et, de mémoire d'homme, ces quelques jours ont été les plus froids à Teruel. J'ai perdu deux orteils parce que j'ai eu les pieds gelés.

Une tempête de neige qui a sévi pendant quatre jours a stoppé la progression des deux armées. Dans Teruel même, les fascistes se sont battus comme des démons, de maison en maison, jusqu'à ce qu'ils n'aient plus ni munitions ni nourriture. Le 29 décembre, la tempête de neige s'est calmée et, après un bombardement serré de l'artillerie et de l'aviation, Franco a lancé sa contre-offensive. Nous n'en savions rien, dans les caves glaciales de Teruel, mais nous entendions le vacarme de la bataille et tâchions de survivre en mangeant du rat. Il ne restait plus un chien ni un chat dans toute la ville. Ce n'est que le 8 janvier 1938 que les derniers nationalistes se sont rendus et que le commandant et l'évêque de la ville ont été faits prisonniers.

On aurait dû les exécuter, mais on les a emprisonnés. Nous autres, les survivants, avons émergé des ruines comme des rats aveugles. J'avais la dysenterie, mais j'ai quand même exigé de retourner au couvent qui n'était plus qu'une ruine. Toute la ville n'était que ruines, seuls des monceaux de pierres subsistaient. Je m'appuyais sur le camarade espagnol que j'avais rencontré dans une cave, sous une ruine. Nous nous étions soutenus et aidés pendant les journées effroyables et interminables du siège jusqu'à ce qu'enfin, arrive la libération. Il s'appelait Manuel et était maçon de son état. C'est tout ce que je sais de lui. Je ne l'ai jamais revu et j'ignore quel a été son destin.

Devant le monastère en ruine, j'ai dit dans mon mauvais espagnol :

« *Mi hermano está muerto.* »

J'ai répété la phrase par deux fois : mon frère est mort. Comme pour dire une prière, mais je n'ai jamais cru en Dieu. Cela m'a fait du bien de le dire, c'est tout. Je n'ai jamais revu Mads, j'ignore ce qu'ils ont fait de sa dépouille, mais il a dû finir dans une des nombreuses fosses communes espagnoles, à moins qu'il ne soit resté enseveli sous les ruines du couvent. Pour ma part, j'ai été évacué dans un train-hôpital surpeuplé et placé dans un hôpital de campagne à Tarragone avant d'être renvoyé en Suède, quand j'ai été assez fort pour pouvoir circuler en boitant, à l'aide de deux béquilles. Mes blessures physiques guérissaient bien, mais psychiquement, je suis devenu renfermé.

J'étais dans ma salle d'hôpital de Tarragone quand le commencement de la fin s'est accéléré pour les républicains. Leur retraite longue et sanglante, d'Aragón et de Teruel, s'est achevée par l'avancée des nationalistes et de Franco qui ont gagné la côte méditerranéenne et divisé en deux le territoire de la République. Ainsi, l'offensive qui m'avait sauvé et qui avait coûté la vie à Mads a été la dernière victoire des républicains, et elle fut de courte durée.

En novembre 1938, les Brigades internationales ont été dissoutes et renvoyées dans leurs pays après une revue d'adieux à Barcelone. J'ai vu un court-métrage en noir et blanc de cette revue dans un cinéma de Kiruna. Heureusement pour moi, et grâce à l'obscurité de la salle, j'ai pu cacher aux autres spectateurs et à ma fiancée de fraîche date qu'un grand gaillard de mineur qui avait presque récupéré toute sa force physique, pleurait en silence sur l'injustice et l'absurdité de la vie.

Troisième partie
La Russie, hiver et printemps 1938

Le fleuve de l'histoire ne connaît ni le doute
ni les scrupules,
irrésistible et infaillible, il court vers son but.
Chaque fois qu'il fait un méandre, il laisse derrière lui
la boue qu'il a entraînée et les cadavres des noyés.

Arthur Koestler,
Le Zéro et l'Infini

26

Dans l'express russe cahotant qui roule dans la nuit, au cours de son long voyage de Berlin à Moscou, Magnus Meyer ne dort pas. Le ronflement de Svend Poulsen couvre les grincements du train et, sous l'éclairage de la veilleuse, Magnus distingue le moignon du bras de Svend, sur la couverture de l'étroite couchette de leur compartiment pour deux. Ils sont quelque part en Russie, après un passage de la frontière sans histoire. Personne n'a examiné leurs bagages, on n'a donc pas découvert son revolver démonté, au fond de son vieux sac de voyage. Après la longue et monotone traversée de la Russie blanche, ils se rapprochent de Moscou.

Ils ont changé de train à la frontière qui sépare la Pologne de la Russie ; Sven lui a expliqué que l'écartement des voies ferrées russes est supérieur à celui des voies polonaises. Ils roulent en ce moment dans un beau train ancien. Le style prérévolutionnaire de leur compartiment est tout à fait victorien, avec ses banquettes recouvertes de peluche rouge qui servent aussi de couchettes, sa cuvette en laiton et ses rideaux blancs au crochet que l'on tire devant les vitres, pendant la nuit. Dans le wagon-restaurant et les couloirs, il y a toujours de la place. Seuls les citoyens soviétiques les plus privilégiés ou les étrangers aisés détenteurs de devises fortes ont les moyens de prendre le plus bel express de la célèbre ligne qui relie Berlin à Moscou en passant par Varsovie.

Dehors, tout est blanc, un grand silence semble envelopper le paysage gelé. Magnus pense que c'est la nuit mais que le matin viendra, tranquillement et régulièrement, que Moscou est de plus en plus proche et qu'à chaque coup sourd transmis par les roues à chaque raccord des rails, il se rapproche inéluctablement d'Irina et de sa grande incertitude quant à la manière dont elle le recevra.

Les gens sont gris et noirs, engoncés dans leurs habits

informes. Les hommes sont coiffés soit d'une casquette, avec un cache-nez noué sur le menton pour se protéger les oreilles, soit de ces grosses toques de fourrure que Svend appelle des chapkas. Magnus est heureux d'avoir suivi les conseils de Svend en s'achetant des vêtements chauds à Berlin. Il y faisait aussi terriblement froid, mais rien de comparable au froid profond de la Russie.

Les femmes russes paraissent encore plus engoncées et informes que les hommes, avec leurs longues bottes noires et leur fichu noir ou brun. Elles marchent péniblement dans la neige épaisse mais se retournent pour contempler ce long train qui ressemble à un serpent noir étranger, dans tout ce blanc.

Jamais il n'a rencontré nulle part un froid aussi mordant, et il a eu pitié de son ami et de son amertume, quand Svend a découvert la misère noire qu'ils observent à la campagne. Bien qu'on l'ait exclu du parti communiste danois, comme tous les excommuniés, Svend se raccroche à la pureté de sa foi et ce qu'il voit lui fait de la peine.

Ses yeux n'ont pas changé, mais il ne voit plus la même chose, comme il l'a confié avec tristesse à Magnus pendant qu'ils dînaient dans le train en regardant, sur le quai, un adolescent dont le nez coulait sans répit et qui contemplait leur repas, dans ce wagon-restaurant chauffé et bien éclairé. Son envie et l'acceptation apathique de son triste sort leur ont fait perdre l'appétit à tous les deux. Ce garçon les a fixés pendant tout l'arrêt du train dans cette gare, et ils ont été grandement soulagés, quand le conducteur a sifflé, de voir les grosses bouffées de fumée crachées par la locomotive et de poursuivre leur voyage vers l'est, à travers la plaine blanche interminable, tachetée de noir par les bouleaux dénudés et les bosquets de résineux.

Magnus ne trouve pas le sommeil.

Depuis l'Espagne, les insomnies l'ont fidèlement accompagné, il tourne et retourne dans le noir ses souvenirs de ces événements chaotiques. Quand il ferme les yeux, il voit aussi nettement que si c'était hier les morts et les blessés du bombardement d'Albacete.

Il se demande souvent follement s'il aurait pu retenir Irina, s'il n'était pas sorti pour acheter des cigarettes, s'il n'avait pas bu son café et lu des journaux avant de se mettre à chercher le vendeur de couteaux unijambiste, si le bombardement ne l'avait pas empêché de retourner au Gran Hotel. S'il avait été plus attentif et déchiffré ses signaux, s'il avait fait pression sur Alfonso en rentrant à l'hôtel. Puisqu'il avait eu l'impression qu'Alfonso lui cachait quelque chose – qu'il lui cachait qu'Irina avait quitté l'hôtel avec ses bagages, en compagnie de Stepanovitch. Et s'il avait suffi de délier la langue d'Alfonso avec de l'argent ? À condition, bien entendu, qu'on ne l'ait pas menacé pour le faire taire. Magnus tombe sans cesse sur plus de questions que de réponses.

Cela tourne en rond dans sa tête.

Il essaie souvent d'arrêter le cours de ses pensées, mais réussit rarement à contrôler son esprit. Irina n'aurait eu que très peu de temps pour disparaître, s'il était revenu tout de suite. N'aurait-il pas eu la possibilité de la rattraper ? Peut-être n'aurait-elle pas eu le courage de partir s'il avait été présent et s'il l'avait prise dans ses bras.

Magnus s'efforce d'éviter de réfléchir. Il a mauvaise conscience. Il voudrait avoir agi différemment, sans savoir ce qu'il aurait dû faire. Il revoit les yeux tristes de Marie, dans lesquels il lit son chagrin et son désespoir, mais qu'aurait-il pu faire ? Il a fait une place à Mads dans un recoin de son cœur, où son frère vivra toujours, en acceptant tacitement qu'il ne saura jamais, peut-être, comment Mads a fini sa vie.

Si la paix revient un jour en Espagne, il a promis à Marie qu'il chercherait ce qui est arrivé à Mads et qu'il trouverait sa tombe, même si c'est une fosse commune, pour qu'ils puissent aller la voir, ce qui leur permettra à lui de se racheter, à elle de pleurer cette vie gaspillée.

Il ne l'a pas vue pleurer quand il lui a répété les révélations de Pandrup à propos de Mads et de sa mission, mais il connaît sa sœur, et il sait que de retour dans sa chambre d'hôtel, elle a pleuré sur Mads et sur tout ce qu'il n'avait pas eu le temps d'accomplir. C'est Marie qui est convaincue que Mads était un poète de très grand talent. Marie est quelqu'un qui ne se concentre pas uniquement sur son propre deuil, elle se désole en pensant que le monde a perdu un brave homme et un grand poète et que les hommes seront privés de beaucoup de beauté, parce que Mads a été tué quelque part en Espagne.

Elle l'a dit d'une voix étrangement atone et vide :

« Ce qui est tragique, c'est qu'il est mort sans avoir pu réellement donner sa mesure, alors que des gens plus ordinaires, comme nous, deviendront sûrement centenaires. »

Sans faire de commentaires, il s'est contenté de l'étreindre en attendant qu'elle pleure, mais les larmes ne sont pas venues.

Il pense au temps révolu et à ce qui l'attend, il est à la fois plein d'espoir et inquiet et désespéré. Il est heureux d'avoir pris la décision d'aller voir Irina, parce qu'il refuse de renoncer à elle et qu'il sait qu'elle est en vie.

Le procès contre son père et son frère aîné va commencer sous peu à Moscou, eux aussi sont donc en vie. Pour le moment. Il va essayer d'empêcher qu'elle soit entraînée dans leur chute inévitable et leur mort certaine, ou en tout cas leur déportation en Sibérie, cette province lointaine et inhospitalière, où l'on dit que les gens disparaissent dans des camps immenses où on les fait mourir à la peine.

Magnus est reconnaissant envers Brodersen de l'aide qu'il lui a encore prodiguée. Il l'a accrédité comme journaliste aux procès de Moscou, lui a fourni les lettres et les documents d'introduction nécessaires et leur a procuré des chambres à l'hôtel National, cet hôtel distingué situé en face de la place Rouge, à proximité de l'immeuble où les procès ont lieu tous les jours.

Brodersen est venu à Copenhague pour le voir, en lui disant que cela ne le dérangeait pas, qu'il avait d'autres choses à y faire, mais Magnus n'est pas sûr que ce soit vrai.

Svend Poulsen est accrédité en tant qu'assistant et interprète du rédacteur Meyer. Magnus sait très bien que Svend a aussi un autre objectif : il veut tenter de se faire réhabiliter par le Komintern, qui a le pouvoir de résilier son exclusion du parti communiste danois, ce qui n'empêche pas Magnus de lui être profondément reconnaissant d'avoir accepté de partir avec lui et de l'aider.

Svend n'a pas hésité une seconde :

« Tu es mon ami, je vais t'aider, naturellement. Je le dois aussi à Mads », lui a-t-il dit. Magnus rétribue Svend en lui donnant la plus grande partie de l'argent de Joe Mercer, ce qui permet à Svend de nourrir sa famille pendant son absence. Le reste contribuera à régler la note de l'hôtel. L'argent continue de ne pas être un problème.

Il s'efforce aussi d'éviter de trop réfléchir à la fin violente de Joe. Il y a beaucoup de choses qu'il doit tâcher de refouler, mais dont il sait qu'il devra les redigérer, plus tard. De temps à autre, il pense à l'or, à la fortune qu'il représente. Pour lui, ce n'est pas un souci primordial, d'ailleurs, d'autres ont pu découvrir ce trésor depuis belle lurette, mais il y revient de temps en temps, en se demandant s'il pourrait le récupérer.

Il n'a eu ni l'envie ni plutôt le courage de retourner dans sa ville natale danoise.

De Marseille, il a pris l'avion pour Paris, et de là, le train pour Berlin. De Berlin, il a télégraphié à Marie, et après deux journées au cours desquelles il a arpenté la ville afin de se fatiguer suffisamment pour pouvoir dormir, il a aussi alerté Svend Poulsen. Ils se sont rencontrés tous les trois quelques jours plus tard à Copenhague, une rencontre tendue, marquée par le fait que Marie avait peine à dissimuler la déception que lui causait sa défaillance. La tension entre Marie et Svend était palpable, pourtant, il avait eu l'impression que Marie avait rejoint Svend dans sa chambre, après leur dîner en ville.

Magnus a parlé ouvertement de ce qui s'est passé, sans tenter d'embellir ses propres actions. Sans rien omettre, il a raconté sobrement sa rencontre avec Mads, à l'église de Madrigueras. Marie a promis de répéter son récit au médecin chef. Elle pense qu'il ne se remettra jamais de cette perte, qu'il se retirera simplement encore plus dans sa coquille. Elle craint sérieusement pour la santé mentale de leur père et s'est mise en colère contre Magnus quand il a ostensiblement ignoré tout ce qu'elle lui disait sur le médecin chef. Ces journées dans la capitale ont été pénibles et sentimentalement épuisantes.

À présent, février est bien avancé et, pour Magnus, le train avance à la fois trop lentement et trop vite, parce qu'il ignore tout de ce qui l'attend à Moscou.

Les journaux allemands posés sur le siège, à côté de lui, annoncent en première page qu'en Espagne, les nationalistes sont enfin entrés dans la dernière phase de la contre-offensive de Teruel et qu'ils s'apprêtent à percer les lignes des républicains. Ce n'est qu'une question de temps puisqu'ils ont lancé dans la bataille le plus grand nombre de tanks, de pièces d'artillerie et de forces aériennes que le monde ait jamais connus pendant cette campagne espagnole, et l'ambiance est à la victoire dans ces journaux achetés à Berlin, qui en parlent sur un ton triomphant et hâbleur.

Ils ont aussi lu des reportages sur les nouveaux procès contre les ennemis du peuple à Moscou. Les noms du père et du frère aîné d'Irina sont mentionnés : le colonel Nikolaï Sergeïevitch Schiapatovo est accusé de haute trahison, d'espionnage, de tentative de mutinerie et de complot contre le gouvernement soviétique.

Le colonel Schiapatovo est, paraît-il, le cinquième parmi les plus haut placés du service de la Sûreté soviétique. Dans un journal, le procureur exprime sa grande satisfaction de voir dévoiler les projets minables fomentés contre le camarade Staline, le grand dirigeant du pays. Cette affaire apporte la preuve que grâce à une vigilance constante et à un maintien sans faille des lignes de conduite édictées par le grand Lénine et le grand Staline, justice sera entièrement faite.

Il y a d'autres articles du même genre, que Magnus lit avec un étonnement et un dégoût croissants. La presse allemande consacre nettement plus de place aux procès de Moscou que les journaux de la capitale danoise qu'il a lus à Copenhague. Svend a tendance à en réfuter la plus grande partie, sous prétexte que c'est de la propagande bourgeoise ou nazie, mais il ne semble plus aussi sûr qu'autrefois de lui-même et de sa cause.

C'est intéressant, pense Magnus, que Svend soit devenu d'instinct un communiste révolutionnaire, et non pas à cause de son passé de prolétaire. Le parti, qui n'a pas tardé à découvrir ses capacités, l'a formé et instruit de façon à lui fournir une connaissance théorique des principes auxquels il avait abouti instinctivement au départ. Sa propre intelligence s'est révélée et il a continué son éducation dans les livres. C'est un lecteur boulimique dont l'intelligence éveillée, tout à fait développée et exercée, est en train de détruire le ballast dont le parti l'a doté avec tant d'efforts. Les mots d'ordre du parti sont devenus trop tranchés pour lui. Le doute qu'engendrent ses connaissances croissantes commence à le ronger, comme un ver intellectuel sans vergogne qui ruine lentement sa vision du monde. Il doit au parti son accès au monde des livres, mais le parti a ouvert une boîte de Pandore de questions pour lesquelles il n'a plus toutes les réponses.

Au début de leur voyage, ils ont parlé de la grande

collectivisation de l'agriculture soviétique dont Brodersen affirme qu'elle a coûté la vie à des millions de gens et entraîné des famines catastrophiques en Ukraine et en Russie blanche, de même qu'en Russie proprement dite. Lors de leur rencontre à Copenhague, Brodersen lui a parlé d'une famine organisée, destinée à faire plier les paysans. Des cadres du parti, des soldats et des malfrats de la police secrète exproprient les céréales et autres cultures pour assurer l'alimentation des citadins. Les habitants des régions pauvres affluent donc dans les villes pour chercher du travail et il faut nourrir ces nouveaux prolétaires. Du point de vue idéologique, ce sont les ouvriers qui constituent la bonne classe dirigeante, alors que les paysans représentent la classe retardataire et réactionnaire. On les appelle des koulaks.

Brodersen avait tiré une bouffée de son cigare en ajoutant : « C'est une sorte de darwinisme à l'envers, Meyer. Staline et ses bandits ont éliminé les paysans les plus intelligents, les meilleurs et les plus habiles, en épargnant les faibles et les plus soumis. On les réunit au sein de grands collectifs d'État où ils vivent comme des esclaves et des fonctionnaires salariés. Je suis persuadé que cette destruction massive de toute une classe sociale et de toute une profession aura des conséquences graves et profondes pour l'Union soviétique pendant des décennies. Jamais elle ne s'en remettra. Le paysan russe est le symbole de l'âme russe, de la Russie éternelle, de l'Église orthodoxe. Il représente tout ce qui est russe et authentique. Staline savait que s'il brisait les moujiks, il écraserait l'histoire de la Russie, la tradition et les coutumes russes et que, par conséquent, il frayerait la voie à un homme neuf : l'*homo sovieticus*. Il n'avait donc pas à se soucier des morts innombrables causées par cette expérience. »

Brodersen et lui avaient déjeuné dans un restaurant de la place de Kongens Nytorv, et le rédacteur avait pris son temps pour renseigner Magnus sur le pays mystérieux où il devait se rendre, un pays que connaît intimement ce petit homme efféminé et qu'il semble à la fois aimer et haïr avec un masochisme singulier.

Magnus rapporte les opinions de Brodersen à Svend Poulsen, qui les réfute comme étant extrêmement exagérées et relevant de la propagande bourgeoise, mais Magnus décèle un manque d'enthousiasme dans les arguments de son ami. Il parle comme un prêtre, qui sait sa théologie parce qu'il l'a apprise, mais qui a perdu la foi et ne fait plus que répéter rituellement les mêmes clichés défraîchis.

Il pense souvent qu'un intellectuel se dissimule derrière la façade d'ouvrier, les vêtements grossiers et la casquette usée de son ami. Svend Poulsen a de la noblesse d'âme malgré ses mains rudes, ou plus exactement : la main rude qui lui reste. Issu d'une autre classe sociale, il se serait à coup sûr déjà distingué comme un universitaire en vue, parce qu'il serait allé de soi qu'il fasse des études supérieures.

Magnus aurait pu profiter de toutes ces possibilités. Le médecin chef aurait volontiers financé ses études, mais apparemment, ce n'était pas son destin. Marie, elle aussi, était intelligente, mais comme c'était une fille, il suffisait qu'elle soit infirmière, conformément aux principes du médecin chef. Ainsi, elle aurait de quoi s'occuper jusqu'à son mariage. Mads aurait peut-être repris ses études littéraires s'il avait vécu, mais qui sait ? Peut-être aurait-il écrit des livres sur ce qu'il pouvait et savait faire. Personnellement, Magnus n'a jamais été attiré par le milieu universitaire en raison de son tempérament bien trop impatient et brouillon.

Svend n'a jamais eu cette chance parce qu'il est né dans la chambrette d'une fille de ferme. Magnus maudit l'injustice de ce monde. Il n'a aucune peine à admettre que même s'il se considère comme quelqu'un d'assez déluré, il est un cancre comparé à Svend.

Il se couche et croise les doigts derrière sa nuque. Dehors, derrière les rideaux blancs crochetés, il fait nuit noire. Le ronflement de Svend s'arrête, il gémit et se rendort. Magnus se met à compter les raccords des rails et finit par s'endormir d'un sommeil agité, que Svend interrompt en posant un verre de thé bouillant devant lui, sur la petite table abattante accrochée entre les deux couchettes. Avant de prendre sa première gorgée de thé, Svend souffle sur son verre qu'il est allé chercher au samovar installé au bout du wagon. Magnus espère que le thé sera fort et sucré, et ses souhaits sont exaucés. Svend le laisse en boire un peu sans le déranger.

« Tu as pu dormir ?

– Un peu.

– Tu as l'air complètement rétamé.

– Parce que je le suis, Svend. Tu ne t'y trompes pas.

– Il faut arranger ça avant ta rencontre avec ton Irina chérie.

– Tu te moques de moi ? »

Svend lui met la main sur le genou :

« Loin de moi cette idée, Magnus. J'ai le plus profond respect pour l'amour, parce que c'est compliqué. Mais voilà, Moscou est un autre monde, et Irina pourrait bien être une autre femme que celle que tu as connue en Espagne.

– Tu parles d'expérience, n'est-ce pas ? Tu penses à Marie ? »

Svend acquiesce sans mot dire. Magnus regarde les yeux verts étrangement vifs et le grand front régulier de son compagnon de voyage, dont les cheveux sont toujours d'un noir de jais. D'ordinaire, la manche de sa veste qui recouvre son bras droit, amputé au coude, est repliée et retenue par des épingles à nourrice, mais pour le moment, il est en tricot de corps, et Magnus voit les veines de l'extrémité de son moignon et la longue cicatrice blanche qui s'enfonce profondément dans les muscles de son bras. Il s'est habitué depuis longtemps à la vue de cette blessure de guerre et Svend, de son côté, l'exhibe sans la moindre pudeur et ne se laisse pas limiter par son handicap. Il sort une cigarette de son paquet en le tapant de la main gauche, dont il se sert également pour l'allumer ainsi que celle de Magnus et réplique :

« Sans doute. Elle n'est pas facile à aimer.

– Et tu l'aimes ?

– Qu'en sais-je ? Je suis assez fou d'elle, mais qu'est-ce que ça signifie, aimer un autre être ? Est-ce désirer l'avoir, le posséder ? Ce n'est pas le cas. Ce n'est pas de cette façon-là que j'aime Marie. Jamais nous ne pourrions former un couple. Nous sommes beaucoup trop différents. Nous finirions sûrement par essayer de nous tuer l'un l'autre. De plus, j'ai la responsabilité de ma femme et de mes enfants. Je serais ignoble si je divorçais, par les temps qui courent. Je saisis les instants volés, le plaisir et le temps que m'attribue Marie. Ta sœur n'est pas faite pour ceux qui s'accrochent.

– Un homme, à Albacete, m'a dit la même chose à propos d'Irina, en employant les mêmes mots.

– Tu vois bien. Mais tu seras peut-être en paix quand tu la retrouveras. Ça te permettra d'en sortir.

– Et tu pourras peut-être retourner à ton parti ? Cela te rapportera au moins ça.

– Si je le veux.

– Je croyais que c'était ton but.

– C'est possible que ça le soit, mais c'est compliqué, et en fait, je n'ai pas le courage d'en discuter avec toi. Les conversations politiques ne sont pas ton rayon, mais en deux mots, je trouve que le mouvement se fourvoie. J'ai commencé à m'en douter en Espagne, et mes doutes se renforcent devant la politique du Komintern et de Staline là-bas, et ici en Union soviétique. Les procès ont pris le dessus.

– Staline ? Mais il est intouchable d'après votre bible. Comment peux-tu douter de lui ?

– C'est bien ça. On a fait un dieu de Staline. Ni Marx ni Lénine n'opéraient avec des dieux infaillibles. Staline est un homme. Les camarades du parti du monde entier ont l'air de l'oublier. Les hommes commettent des erreurs, et il faut corriger ces erreurs en discutant avec les camarades.

– Là, tu commences à m'ennuyer, Svend. Oublie donc ce parti s'il ne veut pas de toi. Pense plutôt par toi-même. Cela ne fait pas souffrir.

– C'est bien ce que je fais, non ? Je réfléchis beaucoup trop, en réalité. Je suis comme quand j'étais petit. Je fréquentais une de ces petites écoles de village et, un jour, on nous a emmenés en voyage scolaire dans la grande ville, à Aalborg. Tout d'un coup, je me suis retrouvé tout seul. Je ne voyais plus ni mon instituteur ni mes camarades de classe, j'avais probablement dix à onze ans. Quand ils m'ont retrouvé, ils m'ont grondé, naturellement, et Karlsen, l'instituteur, m'a allongé une gifle magistrale. Mais ce qui m'a le plus blessé, c'est qu'ils prétendaient que je m'étais perdu. Je ne m'étais pas perdu, c'étaient les autres qui avaient disparu.

– *Du bist ein guter Mensch, mein Freund* (Tu es un homme bon, mon ami), commente Magnus en riant. Allons prendre notre petit déjeuner au wagon-restaurant et tu m'en diras un peu plus sur Moscou, ton ancienne Mecque. Tu pourrais tout aussi bien m'apprendre un peu de russe. Rien qu'un peu, pour que je puisse me débrouiller. Bonjour, adieu, et je t'aime.

– C'est bon, Magnus. Tu as l'air d'aller beaucoup mieux quand tu souris. »

27

L'hôtel National est un solide bâtiment qui donne sur la place Rouge, comme l'avait dit Brodersen, mais il est évident que cet édifice classique défraîchi a connu des temps meilleurs. La peinture de son imposante façade s'écaille par endroits, et Magnus est gagné par la mélancolie devant l'impression de gloire éphémère qui se dégage de l'édifice. Il distingue les tours du Kremlin surmontées de leur étoile rouge, la longue muraille rouge, et derrière, les bâtiments jaunes au toit vert-de-gris et les étranges coupoles en forme d'oignon des églises encloses au milieu de ce centre impénétrable du pouvoir.

La première impression qu'il a de Moscou est écrasante, pendant un instant, il se sent perdu et, malgré le plan qu'il a concocté, il n'est plus sûr de ce qu'il est venu faire au juste en Union soviétique.

Son projet est d'être présent lors du procès fictif intenté contre le père et le frère d'Irina – systématiquement appelé « le procès » par Brodersen – qui commencera dans deux jours, s'il faut en croire les journaux allemands. C'est de là qu'il tient ce qu'il sait. Il a envisagé d'aller voir Irina dans la maison du bord du fleuve, mais il n'a pas son adresse exacte, et comme il a la quasi-certitude qu'elle sera présente lors du procès, il la rencontrera à ce moment-là. D'après Svend, elle sera convoquée comme témoin, mais Magnus est mieux renseigné que lui parce qu'il a épluché les journaux allemands. Svend promet d'acheter des journaux russes et de s'informer un peu auprès de ses anciens camarades, s'ils acceptent toujours de parler avec lui. Il sait que des camarades du parti scandinave logent dans un hôtel du nom de Lux.

Leur propre hôtel, grandiose, est noyé dans la légère brume de neige qui n'a pas quitté Svend et Magnus depuis la gare de la Russie blanche où est arrivé le Nord-Express.

Il y avait foule sur le quai, sous la voûte où la grande locomotive noire souffle après son long voyage, comme un vieux cheval harassé. Le conducteur, penché au-dehors, fume une de ces grosses cigarettes noires à embout de carton dont Magnus se souvient pour les avoir vues en Espagne et que Svend veut se procurer. Debout entre la locomotive et le tendeur, deux chauffeurs à la tête plus noire que la locomotive fument aussi en contemplant les voyageurs dont le flot pressé se dirige vers la gare, un grand bâtiment peint en vert doté d'une quantité de tours, de flèches et autres ornements, qui resplendit, tout neuf, dans la neige.

Sur un quai parallèle au leur, des gens montent dans un long train qui se prépare à partir. La locomotive, sur l'avant, arbore une grosse étoile rouge, la faucille et le marteau. Des bouffées de fumée noire sortent de sa cheminée, comme si la machine avait hâte de se mettre en route. Fugitivement, Magnus a envie de grimper à bord et de repartir vers l'Ouest, tant sa mission lui paraît improbable et impossible.

Un porteur qui pousse une charrette à deux grandes roues leur fait des avances et ils lui permettent de prendre leurs bagages. L'air qui sent le charbon a un goût particulier de froid glacial. Magnus ignore d'où vient cette odeur, mais elle imprègne Moscou et on l'a sur la langue. Le ciel est plombé et les nuages semblent prêts à s'abattre sur les rues et les rangées de maisons pour tout étouffer.

Ils prennent un taxi noir pour se rendre à l'hôtel. Les rues sont très larges et la circulation sporadique, mais malgré le mauvais temps, les trottoirs fourmillent de piétons engoncés dans de grands manteaux, avec sur la tête des châles et des toques de fourrure de plusieurs tailles aux coloris gris, noir et beige. Il doit avoir beaucoup neigé récemment, car des femmes sont partout en train de déblayer les trottoirs et les chaussées à l'aide de grosses pioches, de pelles et de curieux petits balais de raphia, avec lesquels elles font disparaître les derniers flocons de neige fine. Ces femmes sont informes, avec leurs manteaux épais et leurs grosses bottes de feutre qui montent jusqu'au genou. La tête enveloppée de cache-nez et de bonnets, elles travaillent dur, surveillées par des hommes en manteau noir coiffés de toques de fourrure.

On dirait que les clients se pressent dans les rares cafés et restaurants qu'ils aperçoivent au passage. Devant deux magasins, des gens font la queue, mais Magnus ne peut pas voir ce qu'on y vend. Les maisons sont massives et fermées, de gros glaçons pendent sous les avant-toits. Les tramways grincent en passant sur les raccords des voies et des étincelles éclairent la neige lorsque les perches croisent les nœuds des fils électriques. Les wattmans sont surtout des femmes, coiffées de grands châles ou de bonnets tricotés. On voit aussi des femmes au volant des trolleybus qui progressent péniblement dans la neige, les vitres bouchées par le gel.

Ils quittent l'avenue de Leningrad et prennent un large boulevard bordé de boutiques, de restaurants, de cafés et de magasins d'allure officielle. Svend dit à Magnus qu'ils sont dans la rue Gorki, l'une des plus importantes de Moscou. Les maisons sont, du reste, plus imposantes qu'ailleurs, avec des encorbellements ouvragés et de hautes fenêtres qui permettent d'apercevoir les plafonds décorés de stucs.

Svend montre du doigt un grand immeuble, c'est le siège du Komintern et des camarades du parti, explique-t-il d'une voix qui semble empreinte de la nostalgie d'une époque révolue, où la vie était moins compliquée.

« Et voilà l'hôtel Lux, il n'a rien de luxueux, mais il est plaisant. Les chambres sont assez grandes, il y a dans chaque couloir une salle de bains et une cuisine commune, sans parler d'un grand restaurant où l'on sert des repas bon marché. C'est là que j'ai logé pendant mes études à l'école Lénine. J'y ai passé beaucoup de bons moments. »

Magnus le regarde en s'attendant à ce qu'il en dise plus, mais Svend détourne la tête. L'hôtel Lux est un grand immeuble orné de colonnes et dehors, dans la neige, Magnus voit quelqu'un qui ressemble à un gardien. Des gens se pressent devant le portail d'entrée.

Toutes les cinq minutes, leur chauffeur s'arrête pour sortir de la voiture glaciale et chasser la neige de la vitre avant, qui n'est probablement pas dotée d'essuie-glaces. Magnus se félicite d'avoir ses gants et sa casquette fourrée, qui n'empêchent pas le froid mordant de lui geler les oreilles. Il faudra qu'il se procure une de ces chapkas que tout le monde porte ici. Svend en a coiffé une ancienne qu'il a posée toute droite sur sa tête, sans baisser les oreillettes.

À l'hôtel, heureusement, il fait chaud.

Meyer et Poulsen se font enregistrer sans difficulté. Poulsen se charge de parler, Meyer de régler la note. Ils doivent remettre à la réception leur passeport et leurs visas pour le contrôle de police, mais on leur assure qu'on les leur rendra dans deux jours au plus tard. Au cas où les autorités souhaiteraient les contrôler, ces messieurs présenteront la carte de leur chambre en guise de pièce d'identité.

On leur attribue deux belles chambres contiguës avec vue sur le Kremlin, parce que Magnus paie la note avec des devises étrangères. Comme il y a de l'eau chaude, ils décident de prendre un bain et se donnent rendez-vous dans une heure pour déjeuner au restaurant.

Magnus a apporté une coquette somme de nouveaux Reichsmark qu'il aimerait convertir en roubles. Outre ses dollars, il dispose aussi des chèques de voyage en livres, que Brodersen lui a recommandés pour l'Union soviétique. Il pourra faire le change dans le hall de l'hôtel, lui dit Svend, qui paraît un peu embarrassé par le luxe de leur logement.

Cet hôtel défraîchi, mais opulent, a conservé un escalier monumental qui conduit au premier étage où se trouvent des restaurants et des bars. Les grandes chambres du sixième étage ont des meubles massifs, d'épais rideaux de velours rouge et une quantité de dorures. Pourtant, tout paraît déteint, comme si l'on n'avait pas vraiment les moyens d'entretenir ces lieux fastueux qui se délabrent autour des clients et du personnel. L'hôtel fait penser à une noble femme aisée qui a connu des jours meilleurs et qui fait tout pour garder la face, même si cela devient de plus en plus difficile.

Il en est de même au restaurant ; on leur donne une table dans une petite salle sombre et renfermée qui sent le chou, malgré la hauteur du plafond. Dans un coin, impassibles, les musiciens en complet veston noir d'un petit orchestre jouent de la musique classique russe ainsi que d'Europe centrale.

Lorsque Svend Poulsen passe la commande, Magnus constate qu'il parle russe sans difficulté. Ils prendront de la soupe aux betteraves rouges, que Svend appelle *bortch*, un peu du célèbre caviar russe accompagné de crêpes au sarrasin, et pour finir du poulet, un des deux seuls plats chauds qui sont au menu du jour, quoique la carte soit longue d'une aune.

Les tables les plus proches sont occupées par bon nombre de journalistes qui parlent du futur procès. Magnus les entend parler en français, en allemand et en anglais, ils sont en costume, avec cravate et chemise blanche. Svend et Magnus se sont changés, eux aussi, mais Svend a omis la cravate. Brodersen savait sans aucun doute que les journalistes étrangers logent à l'hôtel National.

Il a apprécié les articles envoyés d'Espagne par Meyer et espère qu'il lui en écrira aussi à Moscou.

« On doit cultiver sa couverture, a-t-il répété. Je vous envie de partir là-bas. La Russie est un pays étonnant qui n'a pas son pareil, où la brutalité et une grande culture vont main dans la main, un pays où l'on se sent vivre, tant qu'on vous le permet. Alors, prenez soin de vous, Magnus Meyer, et surtout écrivez. Vous avez une bonne plume. »

Svend commande aussi une carafe de vodka en expliquant qu'en Russie, on la commande en grammes. Il paraît content d'être de retour en URSS, bien qu'il manque un peu d'assurance et que sa nouvelle situation l'angoisse.

À l'issue de toutes ces journées passées à voyager ensemble, leurs rapports sont calmes et détendus. Ils se trouvent bien tous les deux, malgré la différence considérable de leurs passés respectifs. Ayant en commun l'Espagne et la guerre, ils ont beaucoup discuté de la guerre civile et de leurs expériences personnelles en Espagne, bien qu'elles ne soient pas les mêmes.

Svend a été plutôt surpris d'apprendre que Mads avait été saboteur, mais c'est la nouvelle de sa mort qui l'a le plus touché. Il prononce le mot sans hésiter. En Espagne, on ne disparaît pas sur le champ de bataille, surtout pas quand on est partisan, on est soit blessé dans un hôpital, soit mort. Ceux qui font le boulot qu'avait Mads ne finissent pas dans des camps de prisonniers de guerre. Magnus refuse d'abandonner tout espoir, même s'il sait qu'en réalité, Mads a disparu et disparu pour toujours.

Svend remplit les verres et lui dit :

« À ta santé, Magnus, bienvenue dans le premier État ouvrier et paysan du monde.

– À la tienne, souhaitons que nous arriverons tous les deux à nos fins.

– D'accord.

– Tu es content d'être revenu ?

– Je crois que oui, mais je n'en sais rien. Je verrai comment ça ira. Je verrai comment vont les gens. Puisque tout est nouveau. Tu sais que cette ville est peuplée d'une première et d'une deuxième génération de paysans, n'est-ce pas ? La révolution n'a que vingt ans, ce n'est rien. Il y a beaucoup d'espoir ici, et sûrement aussi beaucoup de désespoir. »

La vodka est à la fois forte et âpre. Magnus boit à petites gorgées, mais Svend vide son verre comme si c'était de l'eau-de-vie danoise, même si les verres d'ici sont plus grands. Magnus l'imite et se sent réchauffé de la tête aux pieds.

« L'eau-de-vie russe est bonne, ajoute-t-il.

– La vodka a le goût de la Russie. Dès le premier verre, je sais où je suis. La vodka fait du bien, elle tient en respect le froid de l'hiver. »

Pour Magnus, tout est singulier ici, le pays et le climat, cet étrange sentiment d'être arrivé dans un autre monde. La cuisine aussi est très différente, mais bonne. La soupe de betteraves relevée de morceaux de viande est très goûteuse et il adore la saveur délicate du caviar noir sur les crêpes que Svend appelle des *blinis*.

Magnus Meyer mange du caviar pour la première fois, mais il l'aimera sa vie durant. Le parfum salé de ces petits œufs qui craquent sous la dent lui apporte un délicieux bien-être. Il n'en dit rien, mais Svend se rend compte qu'il a mis dans le mille en commandant du caviar qu'il déguste, lui aussi, avec le plus grand plaisir. Il est fier comme Artaban, comme si c'était lui qui avait pêché l'esturgeon et prélevé les œufs.

Il est important pour lui que sa patrie socialiste fasse bonne impression, mais Magnus s'abstient de taquiner son compagnon de voyage, car Svend semble trop inquiet et agité pour qu'il ait le cœur de le bousculer. Le poulet est sec et filandreux, mais cent grammes de vodka l'aident à descendre et font agréablement bourdonner de la tête aux pieds.

Quand ils quittent l'hôtel, dans leur manteau chaud, bien chaussés et gantés, Svend coiffé de sa chapka et Magnus de sa casquette fourrée, la neige a cessé de tomber. Magnus ne peut pas attendre, il n'a de cesse de voir la maison où vit Irina, de plus, il n'a pas la patience de rester à l'hôtel sans rien faire, puisqu'il ne peut lire ni les journaux ni les livres qu'il a vus sur les rayons de la petite bibliothèque.

Il fait froid, mais c'est supportable car le vent ne souffle plus. Pourtant, jamais de sa vie il n'a senti un froid aussi vif qu'à Moscou. Il se sent déjà gelé et ne comprend pas que les Moscovites circulent comme si la température était tout à fait normale. Plus haut dans leur rue, il découvre le théâtre Bolchoï et, tout à côté, un beau bâtiment dont Svend lui dit que c'est là que seront jugés le père et le frère d'Irina. C'est un superbe édifice de trois hauts étages, peint en vert pastel, dont l'entrée principale est décorée de quatre fines colonnes blanches. Il est surmonté de ce qui paraît être une petite coupole. On l'appelle, d'après Svend, la Maison des syndicats, et c'est sous cette coupole qu'on a placé Lénine sur son lit de parade.

Ils traversent une grande place où de nombreuses petites voitures noires et une foule de piétons se dirigent vers la place Rouge, que Svend veut montrer à Magnus. Il aimerait jouer au guide touristique alors que Magnus n'a qu'un désir : être confronté à Irina pour l'entendre dire elle-même qu'elle rompt avec lui et qu'elle refuse de le suivre. Qu'elle a réellement fait ce choix librement. Ce n'est donc que d'une oreille qu'il écoute Svend à leur arrivée sur cette place impressionnante. Ils sont loin d'être les seuls : un grand nombre de visiteurs attend patiemment le long du mur du Kremlin et jusqu'à la place Rouge.

Les pavés sont glissants sous une fine couche de neige. Ils se dirigent vers une église aux coupoles bariolées entièrement décrépite. À l'arrière-plan de l'édifice, assez loin de là, des bouffées de fumée noire sortent de trois grosses cheminées d'usine. Magnus a les cuisses mordues par le froid et les joues qui picotent. Des gens en grands manteaux entrent et sortent d'un vaste bâtiment gris situé sur la gauche, c'est le Goum, le plus grand des grands magasins de la capitale, toujours très fréquenté, surtout par les clients russes venant de provinces lointaines faire des courses à Moscou.

Sur la droite, devant le mur du Kremlin, un bâtiment bas rectangulaire permet de voir, à l'arrière, le sommet des bâtiments jaunes du gouvernement. Une longue queue qui aboutit là avance lentement en serpentant et disparaît au coin de la rue. Les gens en manteaux d'hiver ne progressent pas vite, mais ils finissent par entrer dans le bâtiment de granit rouge d'où on les voit ressortir par-derrière. On doit avoir terriblement froid quand on fait la queue. Les gens tapent des pieds pour se réchauffer, mais Magnus ne les entend pas dire un mot. Même les grands enfants qui ressemblent à des paquets informes, avec leurs manteaux et leurs bonnets, se taisent. Les gens de la file d'attente font penser à une longue chaîne de petites marionnettes soumises à la discipline d'un montreur expérimenté.

Deux soldats congelés, en uniforme gris, forment une garde d'honneur devant une porte à deux battants métalliques incrustée dans le marbre rouge, qui se referme à cet instant précis, tandis que trois agents en uniforme arrêtent d'un seul geste les premières personnes de la queue. Les soldats restent stoïquement immobiles dans le froid, la figure blanchie par le gel. Ils regardent droit devant eux, comme s'ils s'étaient retirés en eux-mêmes pour y rester jusqu'à la fin de leur garde.

Svend ôte son bonnet de fourrure, incline brièvement la tête et s'explique :

« Le tombeau de Lénine. C'est ici que repose le corps embaumé du père du socialisme et du fondateur de l'État. Je l'ai vu une fois, c'est très imposant de se trouver face à face avec un aussi grand homme, même mort.

– Je le crois sans peine. C'est un vrai pharaon. Ou un dieu païen, peut-être ? » rétorque Magnus sèchement, Svend remet donc sa toque de fourrure et lui dit en regardant ailleurs :

« Tu ne veux donc pas voir le grand Lénine ? En tant qu'étranger, tu serais exempté de faire la queue.

– Non merci. Pas question. Lénine n'est pas mon saint. »

Svend veut répliquer, mais il se ravise.

La queue est totalement immobilisée. À l'instant où l'on entend sonner l'heure à l'horloge de la tour qui leur fait face, trois soldats sortent de la tour d'angle et descendent lentement, au pas de l'oie, le long de la muraille du Kremlin. Un officier ouvre la marche, suivi de deux soldats qui tiennent leur fusil serré contre l'épaule, comme pour l'exercice. Poulsen et Meyer assistent donc à l'étrange ballet rituel de la relève de la garde, au balancement simultané des fusils et au claquement cadencé des longues bottes sur les pavés, tandis que les ordres brefs de l'officier résonnent à travers la place silencieuse et glacée. Ce n'est qu'après avoir vu les deux soldats congelés entrer dans la chaleur de la salle de garde et leurs deux remplaçants se poster face à face devant la porte, imperturbables, pour se regarder l'un l'autre sans se voir, que Magnus et Svend reprennent leur marche.

« Voilà comment on honore Lénine, dit Svend. Staline a décidé que Lénine reposerait ici pour l'éternité. Ce n'était pas la volonté de Lénine, mais des milliers de gens ont écrit à Staline et l'ont supplié de conserver le grand Lénine pour permettre aux générations futures de le voir. Un jour, dans très longtemps je l'espère, Staline reposera à côté de Lénine. Ainsi, ces géants de l'histoire de l'humanité demeureront toujours parmi nous.

– Par moments, tu parles comme un prêtre catholique, Svend », rétorque Magnus en pressant le pas. Svend le regarde comme s'il voulait discuter, mais il y renonce et montre le fleuve en contrebas, au bout d'une descente en pente douce.

La Moskova est couverte d'une glace gris-blanc dont les plaques s'amassent çà et là en formations étranges. Un pont mène sur l'autre rive et, plus bas, un autre pont est en construction. Quelques voitures noires, deux ou trois charrettes à cheval et un flot dense de piétons passent sur le pont, mais Svend tourne à droite et longe la muraille du Kremlin, laissant le fleuve gelé sur sa gauche. Trois hommes, assis sur la glace épaisse, pêchent chacun devant son trou. La berge du fleuve est bordée de larges blocs de pierre sur lesquels monte la glace. Plus loin, on distingue encore un pont et, derrière, les grues du chantier d'un gratte-ciel dont se dressent déjà quatre à cinq étages. Les chevrons d'acier sont comme ciselés dans ce voile de gel et, malgré le froid, ils voient que des hommes rampent sur cet échafaudage.

Svend monte par un escalier et débouche au milieu du pont où il fait halte pour indiquer, sur l'autre rive, un énorme immeuble massif de couleur grise sis à côté d'une usine d'où la fumée se déverse par deux grandes cheminées. Tout près, deux immeubles plus petits se serrent avec une étrange modestie. Des enfants jouent dans la neige, devant les maisons. Dans le grand immeuble, plusieurs fenêtres sont éclairées, Magnus reconnaît des lettres qui sembleraient signifier « théâtre », et on dirait qu'un magasin est ouvert au bout de ce complexe qui donne sur le fleuve, tourné en biais vers le Kremlin. L'ensemble fait penser à une sorte de forteresse moderne, avec ses quatre tours carrées de douze étages chacune, reliées par des immeubles de six étages encadrant une cour. Le complexe doit être énorme.

« Cela s'appelle, ou on l'appelle, la Maison du gouvernement, dit Svend d'une voix lasse. L'ensemble comprend des centaines et des centaines d'appartements ; Irina se trouve peut-être dans l'un d'entre eux.

– Mais où ? » demande Magnus en sentant qu'il se réchauffe intérieurement, malgré ses pieds gelés d'où monte un froid qui est en train de le transformer en glaçon.

« Je n'en sais rien. Je n'y suis jamais allé. Je ne suis pas assez haut placé. C'est là que les cadres les plus en vue du parti et les plus grands artistes du pays sont autorisés à se loger. On trouve tout dans ce bâtiment, qui est tout à fait extraordinaire. C'est une victoire du socialisme. Tu vois qu'il est gigantesque.

– On peut y aller ?

– Si tu veux.

– Ça ne te dit rien ?

– Il est absolument certain qu'il y a des gardes à l'extérieur et que les ascenseurs sont contrôlés. Nous ne pourrons pas entrer dans la cour, et absolument pas dans le bâtiment sans avoir une raison officielle de le faire. De plus, nous sommes surveillés. C'est la quatrième fois que je vois deux types qui nous suivent depuis que nous avons quitté l'hôtel. Ne tourne pas la tête, il y en a un derrière nous et un deuxième attend devant nous de l'autre côté du fleuve. Il est probablement passé par l'autre pont, du côté de la place Rouge. »

Magnus regarde devant lui. Un homme qui se tient au bout du pont, sur la rive d'en face, fait mine de regarder ailleurs, mais Magnus a eu le temps de voir qu'il les observe. Il regrette de ne pas avoir emporté son revolver, mais il n'a pas osé le faire, dans cette ville étrangère. Son arme est toujours dans son sac, en pièces détachées enveloppées dans une chemise.

« Qui sont-ils, à ton avis ?

– Des agents du NKVD. Tu es un nouveau journaliste, ici, ils veulent s'assurer que tu l'es vraiment. Que tu n'es pas un espion impérialiste.

– Dis-moi, Svend, est-ce que ton État d'ouvriers et de paysans ne souffrirait pas du délire de persécution ?

– L'Union soviétique a beaucoup d'ennemis. C'est la procédure ordinaire.

– Qu'est-ce qu'on fait ? » questionne Magnus en baissant la voix, bien qu'il se demande qui pourrait bien comprendre leur danois. La voix de Svend tremble légèrement, mais Magnus n'arrive pas à savoir si c'est de peur, ou d'inquiétude, ou à cause du froid.

« On fait demi-tour. Je passerai à l'hôtel Lux pour essayer de trouver d'anciens camarades. Tu te débrouilleras alors tout seul.

– Je suis un grand garçon.

– D'accord. Du coup, on ne se reverra peut-être pas avant demain. J'essaierai de trouver une solution. Et il vaut mieux que je le fasse seul. Tu es trop voyant, Magnus. »

Magnus regarde une fois de plus, longuement, la Maison du gouvernement. Irina est si près et pourtant si loin et si inaccessible. Sans l'intervention de Svend, il aurait très certainement tenté de la trouver, mais il faut qu'il soit patient. C'est affreux d'être si près, de savoir qu'elle est dans cette ville, dans cette maison peut-être, sans pouvoir la tenir dans ses bras et lui faire l'amour.

Il se console, le soir, en allant au bar où il se met à boire avec trois journalistes harassés qui crèvent d'ennui. Il leur paie quelques verres, et ils sont prêts à lui raconter ce qu'ils ont déjà appris et à lui faire part de leurs théories sur le futur procès ainsi que sur les affaires récentes qu'ils ont couvertes pour leurs journaux. À son tour, il leur parle de l'Espagne où ils doivent se rendre tous les trois après la fin du procès. La presse soviétique l'a surnommé « Le complot de Schiapatovo » et a publié de longs articles sur les prétendus crimes des deux hommes. Les journaux datés d'aujourd'hui annoncent triomphalement qu'ils sont passés à des aveux complets.

Un journaliste se présente comme étant Ian Fleming, de l'agence Reuter. Grand et mince, cheveux noirs et fin visage aristocratique, il fume des cigarettes à la chaîne avec un long fume-cigarette en ivoire jauni. Son anglais à la diction pointue, *british*, évoque à Magnus des images d'internats et d'universités triés sur le volet, mais l'homme est assez sympathique, d'une manière un peu arrogante, et il affiche une attitude distraite et détachée envers l'existence en général et Moscou en particulier.

Il a pris place sur un canapé élimé, à côté d'un des Américains dont Magnus n'a pas retenu le nom. D'ailleurs, cet homme parle peu mais boit beaucoup, tranquillement, ses verres de vodka et de martini, des cocktails non secoués mais mélangés, tels que Fleming les préfère, lui aussi, tandis que le second Américain et Magnus s'en tiennent au bourbon que propose également ce bar bien achalandé. Celui situé au premier étage est peuplé de journalistes et de femmes russes très fardées dont les buts ne sont pas très clairs.

L'Américain, qui se nomme Paul Keenan, est journaliste au *New York Times*. Il a couvert plusieurs procès de la terreur au cours de ces deux dernières années et il parle russe, apparemment, c'est donc surtout lui qui tient le crachoir :

« Je vous préviens, Meyer. C'est un cirque bien rodé, et ils sont experts en la matière, dans cette ville. Les dés sont pipés. Ils ne font aucun effort pour faire semblant de soutenir un procès équitable. Alors, pourquoi ne pas les fusiller de suite, tout simplement ? Tout le monde s'y retrouverait. D'ailleurs c'est ce qu'on fait pour la plupart des accusés. On leur tire une balle dans la nuque au sous-sol de la Loubianka, le quartier général du NKVD. Un gros cube, pas tellement loin d'ici. Tu ne peux pas le manquer. Jusqu'à la révolution, c'était le quartier général d'une compagnie d'assurances. Maintenant, c'est celui d'un des services de sécurité les plus brutaux et efficaces que le monde ait jamais connus. Et secret ! À un point ! Les familles ne sauront jamais pourquoi leurs êtres chers ont été exécutés ni dans quelle fosse commune on les a jetés. C'est un secret d'État. De temps à autre, on décide de faire un procès fictif comme celui auquel tu vas bientôt assister. On convoque les journalistes de l'étranger pour qu'ils voient la justice communiste s'exercer dans toute sa splendeur. Parfois, Staline veut qu'un procès ait lieu, pour l'exemple. Le père et le fils Schiapatovo sont de bons exemples, n'est-ce pas, puisque le père était un colonel du NKVD. Le camarade Staline fait une purge et sème la peur. Le colonel Schiapatovo était peut-être devenu une menace pour le principal bourreau de Staline, Nikolaï Yeziov, commissaire du peuple et chef du NKVD. C'est un nom qui donne la colique à n'importe quel camarade, même quand il est murmuré, dans ce pays torturé. Ne l'oublie pas. »

Keenan jette un coup d'œil circulaire sur son public

et boit un peu. Il s'écoute visiblement parler et jouit de l'attention dont le gratifie Magnus, en tout cas. Il hoche la tête une ou deux fois avant de reprendre :

« Le fiston est capitaine dans l'armée Rouge, où Staline est en train de purger de nombreux éléments du corps des officiers, qu'il considère comme des bonapartistes, qui auraient soi-disant pour objectif de voler la révolution, comme ce bon vieux Napoléon a volé la Révolution française. Le capitaine Schiapatovo n'est ni une huile ni quelqu'un de haut placé, mais son père l'est. En ce moment, tous ceux qui ont un jour été en contact avec ce brave capitaine doivent trembler de peur, parce que le seul fait de l'avoir connu suffira à les faire arrêter, interroger et fusiller. C'est le pouvoir qui est en jeu, Meyer, un point c'est tout. Staline est devenu un dictateur, il veut reléguer ses derniers rivaux et leurs soutiens aussi loin que possible, il veut les éliminer. Il m'arrive de croire qu'avant d'être le dernier survivant, dans toute cette saloperie d'Union soviétique, jamais le bon guide Staline ne sera tout à fait sûr que personne ne conspire contre lui. »

Keenan reprend une bonne gorgée de son whisky, il se délecte des rires des gais lurons qui l'entourent et regarde à la dérobée les deux hommes assis dans un coin, qui boivent très lentement des verres de vodka pure.

« Ce sont deux gars du NKVD qui font semblant de ne pas comprendre un mot d'anglais. Vous n'avez qu'à les ignorer. Ils n'osent pas mettre à l'ombre des *gentlemen-of-the-press*, mais quand il s'agit de leurs camarades de parti du Komintern, ils ne prennent pas de gants. Ceux-là aussi disparaissent dans le grand néant blanc. On entend dire qu'il existe d'immenses camps de prisonniers à l'est de la Sibérie, mais nous ne sommes pas autorisés à aller là-bas. On entend aussi dire qu'on impose les travaux forcés à des milliers de gens qui creusent des canaux jusqu'à se faire sauter les veines. Ce superbe métro tout neuf que Staline construit à Moscou en un temps record, ce sont aussi des forçats qui le creusent. Les travaux avancent vite, ça n'a rien d'étonnant puisqu'il importe peu que les malheureux qui y travaillent meurent comme des mouches. Ce qui compte, c'est de boucler le dernier plan quinquennal. Que signifie un quidam tout compte fait ? Ce ne sont pas les hommes qui manquent. Staline l'a dit l'autre jour : l'homme n'est qu'un petit écrou dans la grande roue de la révolution. »

Paul Keenan est mince et preste, il a les traits et la diction typiques des Juifs new-yorkais et un costume négligé. Il parle à voix basse, mais intensément, et souligne ses assertions en agitant son cigare. Magnus le trouve cynique et désillusionné, comme bon nombre des autres reporters américains qu'il a rencontrés, mais il est intelligent et d'esprit indépendant.

Il prend son temps avant de lui poser la question :

« J'ai lu quelque chose là-dessus dans les journaux allemands, mais je n'ai peut-être pas tout à fait compris de quoi sont accusés exactement les Schiapatovo.

– C'est à cause de l'article 58, répond Keenan, introduit en 1927. Le camarade Staline l'a remis à jour l'an dernier. C'est une sorte d'article flexible qui permet de condamner à mort, ou aux travaux forcés et à l'exil, les gens qu'on arrête pour actes terroristes envers les membres du gouvernement soviétique ou de l'Union soviétique en tant que telle. Alors, qu'est-ce qu'on peut bien leur reprocher, Meyer ? »

Le petit Américain répond lui-même à sa question en comptant sur ses doigts pendant qu'il énumère :

« L'article 58 comprend quatorze alinéas. Tu en veux quelques-uns ? La haute trahison. Les projets de révolte armée. L'espionnage. Le sabotage. La propagande antirévolutionnaire, il est tout à fait bien, celui-là, de quoi s'agit-il en effet ? C'est un alinéa parfait, qui peut toujours servir. On accuse des types comme toi et moi, par exemple, d'avoir des relations avec des organisations antirévolutionnaires, après quoi, ne crois pas que tu trouveras facilement des gens qui accepteront de parler avec toi. Enfin, on peut être condamné simplement parce qu'on est soupçonné d'espionnage. Dès l'instant où tu te trouves sur le banc des accusés à la Maison des syndicats, en vertu de l'article 58, le jugement est acquis d'avance : tu es coupable. La condamnation peut varier : l'exécution immédiate, le camp de travail ou l'interdiction de séjour. L'interdiction de séjour est un bon vieux procédé, dans ce pays.

– Ils n'ont donc aucune chance, à ce que tu dis ?

– Ils n'en ont aucune, c'est ce que je dis. Dès que tu es arrêté, tu es perdu. Tu peux aussi bien avouer tout de suite, cela économisera énormément de temps et énormément de souffrance. C'est donc ce que font beaucoup d'entre eux.

– Comment peuvent-ils avouer s'ils n'ont rien fait ?

– Parce qu'on les torture, naturellement. Parce qu'on avoue tout sous la torture. Ensuite, ces malheureux sont maquillés aussi bien que possible pour ne pas être trop affreux à voir quand on les amène sur le banc des accusés. Et le procès repose sur des aveux. Le criminel avoue son péché, il se présentera devant son créateur avec la conscience tranquille.

– Je vois », dit Magnus qui éprouve une sorte de malaise. Il doit boire une grosse lampée avant de se remettre à écouter Keenan qui continue :

« Il y a aussi le lavage de cerveau. Tu dois bien comprendre, Meyer, que Staline s'attaque aux membres du parti qui l'admirent, qui le respectent comme un dieu. Ils finissent par croire qu'ils ont commis le crime dont leurs bourreaux affirment l'existence, nom de Dieu. J'ai vu un membre éminent du parti, l'an dernier, qui avouait être un criminel tout en niant avoir commis les crimes spécifiques dont on l'accusait. Ils l'ont fusillé ce matin-là. Nous sommes dans un pays où chaque jour, au petit déjeuner, Staline prend le temps de signer au moins une centaine de condamnations à mort avant d'aller au bureau. Saloperie de pays.

– Et assez dangereux, ajoute Ian Fleming de sa voix sèche de Britannique. Ayez la sagesse de regarder derrière vous, monsieur Meyer. De vous faire accompagner par quelqu'un qui peut surveiller vos arrières. C'est la loi du plus fort qui règne ici, et les possibilités de faire appel sont très limitées.

– Cela ne vaut tout de même pas pour nous ?

– N'en soyez pas trop sûr. Les tueurs à gages secrets de Staline sont efficaces et n'ont pas plus de scrupules que les bandes organisées et les familles du New York de M. Keenan. On n'est pas à l'abri d'un accident. Je me dis souvent qu'ici, un romancier trouverait une montagne de matériaux à exploiter. Ces messieurs permettront-ils que je leur offre la prochaine tournée ? »

Pendant la nuit, Magnus réfléchit à ce qu'ils ont dit. Il se sent mal à l'aise à Moscou, dans ce monde menaçant et inconnu dont il ne comprend ni la langue ni les codes. Un monde aussi brutal et sanguinaire que l'Espagne qu'il vient de fuir en catastrophe, mais où les méthodes sont différentes, tout simplement. Il comprend pourquoi Irina aurait aimé vivre en Espagne, rien que pour le soleil et la nourriture, pourvu que la paix y revienne, un beau jour. Ils pourraient y être heureux si elle parvenait à s'échapper du carcan qui l'attache à la Russie.

Il se tourne et se retourne dans son lit, finit par s'endormir d'un sommeil agité et rêve d'Irina. Un rêve étrange où il se voit essayant de l'attraper sur la Moskova gelée, à travers des amas de glace difformes et sinistres de plusieurs mètres de haut. Elle disparaît sans arrêt derrière de nouveaux monceaux de glace tout en l'invitant à la suivre, avec un sourire séducteur. Il peut à peine avancer, il lève péniblement ses pieds lourds qui collent à la glace. Il veut crier, mais pas un son ne sort de sa bouche. Ses cordes vocales sont gelées et couvertes de glace. Joe Mercer apparaît. Il pêche devant un trou dans la glace, mais il se lève, il a la bouche peinte comme un clown dans un cirque. Il éclate de rire bruyamment et sort de l'eau noire une tête qui pend au bout d'un grand croc de boucher. C'est la tête de Magnus, grimaçante, qui rit ou qui hurle, une tête vivante, même si le sang dégouline de son cou tranché.

Il se réveille baigné de sueur, saisi de la tête aux pieds d'un tremblement irrépressible. Il attend un moment que son cœur s'arrête de cogner, puis se lève pour boire un peu d'eau.

Il écarte le rideau. Tout est noir. Une haute voiture fermée aux phares baissés passe sur la place, devant l'hôtel. Quel est le nom, déjà, que ses collègues du bar ont donné, en russe, à ce genre de voitures ? Ah oui, des *voronka*. Ce qui veut dire « corbeau », parce qu'elles sont noires et qu'elles parcourent la ville de nuit ou très tôt le matin, pour aller chercher les gens dans leur appartement. On frappe à la porte, et si vous avez de la chance, vous êtes autorisé à dire un bref adieu et à remplir un sac minuscule avant d'être emmené dans la voiture par des hommes muets en civil. Ceux que l'on arrête seront contraints de rester debout dans d'étroites cages de fil de fer où ils ne peuvent pas bouger et d'où ils ne voient presque rien. Les premiers restent des heures debout dans leur cage, pendant que le « corbeau » effectue sa ronde nocturne redoutée.

Dans l'obscurité des appartements, les gens ne dorment pas, ils attendent et écoutent les ascenseurs. À quel étage s'arrêtera-t-il cette fois-ci ? Quand les pas, dans le couloir, s'interrompent devant la porte du voisin, c'est un soulagement. Parce que c'est chacun pour soi. À Moscou, chacun est une île. Le malheur de ton voisin fait ton bonheur et ce bonheur pourrait être de courte durée, car le « corbeau » vole toutes les nuits et nul ne sait où il se posera.

Ceux que l'on arrête ont l'interdiction de converser, des hommes muets en longs manteaux les conduisent dans la cour de la Loubianka. Puis c'est la cellule de la prison, l'incertitude, la torture inévitable dans la salle des interrogatoires du sous-sol et les derniers pas vers cette mort si assurée, la balle dans la nuque tirée par le geôlier quand on lui tourne le dos, agenouillé sur le sol.

La description lui a fait froid dans le dos, dans ce bar chaud et sympathique de l'hôtel. On eût dit que l'hiver du dehors avait transpercé les rideaux épais tirés devant les doubles fenêtres. Il voudrait pouvoir parler avec Svend Poulsen, dont la vie lui paraît en danger, tout à coup, mais son ami n'est pas revenu. Sa clé était à sa place à la réception, tard dans la nuit, quand lui-même s'était mis au lit, en chancelant.

Il distingue deux silhouettes noires, à l'avant de la *voronka* qui fait un virage et disparaît, mal éclairée par les rares réverbères qui répandent une lueur blême sur l'asphalte gelé et la ville obscure et fermée.

Il frissonne et retourne se coucher en tremblant de tout son corps. Ce n'est pas le froid qui cause ce tremblement irrépressible, il le sait, car il fait chaud dans sa chambre. Il tremble d'effroi. Sans savoir pourquoi, il sent que ce qui l'attend sera sinistre et affreux. Il essaie de chasser ces idées noires en pensant à Irina et à sa beauté, vainement parce que ses pensées destructrices refoulent les images bienfaisantes et qu'il est tout près de céder à la peur.

28

Svend Poulsen ne revient pas à l'hôtel avant le lendemain, tard dans la matinée. Arrivé au restaurant, il s'assied devant Magnus et se sert un verre de thé noir avant de remplir la théière de son ami avec l'eau bouillante du samovar placé sur la table. Il prie le garçon de lui apporter plus de thé, du pain, du saucisson, un œuf dur, et à la mode russe il sucre avec un peu de confiture son grand verre de thé brun foncé placé dans un porte-verre argenté à anse, puis il brasse distraitement son breuvage avec une cuiller en fer-blanc.

Les traits creusés comme s'il n'avait pas beaucoup dormi, il semble presque ravagé, et il pue la vodka. Magnus n'est pas brillant non plus. Il a la gorge sèche, un mal de tête commençant qui menace d'empirer, et il souffre toujours des séquelles de sa gueule de bois. Le pain, le thé très fort, toute l'eau qu'il a bue lui ont fait du bien et il en reste dans la carafe, devant lui. Il espère, grâce à ces remèdes, réduire ses maux de tête et sa soif carabinée.

« D'où viens-tu, bon sang ? Tu n'es pas beau à voir.

– De-ci, de-là, de nulle part, j'ai surtout vu d'anciens camarades du parti.

– Et vous avez fêté ça, ça se voit et ça se sent.

– Il n'y a rien à fêter, Magnus, absolument rien. »

Magnus observe son ami. Il a trop bu, c'est un fait, mais en outre, il est contrarié et profondément tourmenté, littéralement désorienté car, politiquement, il a perdu le nord. Il est abattu et choqué, cela s'entend quand il fait à voix basse le récit de ses rencontres.

Svend est monté jusqu'à l'hôtel Lux par la rue Gorki et il a pu passer sans être vu devant la sentinelle qui reste en permanence devant l'hôtel, vêtu de l'uniforme réglementaire des gardes du parti : le complet veston bleu avec cravate sous le gros manteau noir. S'il a pu entrer, c'est grâce à une vieille amie rencontrée dans la rue. Elle était pâle et inquiète et pas très décidée à le faire entrer avec elle, mais les liens tissés par l'amour et l'érotisme étant solides malgré tout, il avait réussi à la convaincre en arborant sa blessure de guerre comme une médaille de courage. Puisqu'il avait donné son bras pour la cause, elle se devait de le voir, de l'accepter, et même de l'admirer, si elle se rappelait les heures de bonheur qu'ils avaient vécues ensemble. Elle ne les avait pas oubliées : il l'avait vue rougir gracieusement et elle n'avait pas pu s'empêcher de toucher son bras valide.

Il est donc entré et elle l'a fait passer avec sa propre *propusk*. Magnus sait déjà que ce mot russe signifie carte d'entrée, et il a déjà constaté que Svend est très doué pour persuader le sexe faible et obtenir ce qu'il veut. Il est capable de faire du charme à volonté.

L'hôtel Lux, dont Svend se souvenait comme d'un endroit gai et bourdonnant où l'on discutait, où l'on enseignait dans toutes les langues du monde, où l'on buvait de temps en temps, où l'on faisait la fête et l'amour, s'est mué en un lugubre mausolée peuplé de gens angoissés qui n'ont pas voulu parler des motifs de la peur qui les faisait trembler. Même s'ils ont tout fait pour dissimuler leur malaise, ils n'ont pas pu le cacher ni à lui ni à eux-mêmes. Ils ont refusé d'en parler, car visiblement, c'était un sujet trop insupportable ou trop dangereux. Il valait mieux faire comme si les visites nocturnes et les chambres vides et mises sous scellés n'existaient pas.

Svend les a quand même vues, rien qu'en circulant dans l'hôtel pour retrouver d'anciens camarades ou des connaissances de nombreuses nations différentes, des compagnons de jeux et d'études qui remontent à quelques années au plus. Sur beaucoup trop de portes, il a découvert le sceau sombre qui signifie que la chambre était celle de quelqu'un qu'on a arrêté et emprisonné en tant que traître ou ennemi du peuple.

Ce sceau noir du NKVD, qui porte la marque de la police secrète, apparaît sur les portes où ont vécu des camarades du parti, qu'ils soient citoyens soviétiques ou camarades étrangers. Parce que c'est à l'hôtel Lux que le Komintern logeait les communistes venant de toutes les branches mondiales du parti, l'élite qui formulait les théories sur le Front populaire, et en compagnie des forces progressistes luttant contre le fascisme ils élaboraient la stratégie de l'aide à l'Espagne et de la propagation du socialisme dans le monde entier. C'est là que se sont côtoyés des agents secrets communistes, des transporteurs de fonds, des agitateurs, des écrivains et des professeurs de l'école Lénine. À l'hôtel Lux, tout le monde était fier d'appartenir à l'élite combattante qui se préparait et travaillait pour une cause plus haute que chacun d'entre eux.

À présent, l'hôtel est devenu une coquille dans laquelle des sceaux noirs sont apparus sur beaucoup trop de portes fermées. Les voix se sont tues, le malaise s'est propagé de la cave au grenier dans ce qui avait été, autrefois, le beau vieil hôtel d'une clientèle de marchands, de gens de la noblesse et de voyageurs de commerce, avant de devenir le foyer du Komintern pour l'avant-garde internationale de la révolution.

Svend a arpenté les grands couloirs, pendant la soirée, et ressenti un petit choc chaque fois qu'il a trouvé une porte scellée et noté le grand silence qui règne dans les couloirs vides. L'angoisse n'est pas bruyante, mais l'angoisse invisible a une mauvaise odeur de renfermé. Aucun bruit, et pourtant, des cris muets résonnaient dans sa tête. Plus de cuisine commune et plus de salle de bains dans le couloir. Finis les parfums des épices s'exhalant des plats frais qui reflétaient la gastronomie des nations et des cultures différentes, dans les cuisines communes des étages. Svend a senti son cœur se serrer au souvenir d'une soirée durant laquelle il avait préparé, en compagnie d'une Danoise, un merveilleux repas composé d'un poulet à la casserole, d'une sauce à la crème, de pommes de terre et de salade de concombres. Ils s'étaient même procuré une bouteille de vin et avaient invité un couple d'Allemands avec qui ils discutaient souvent, en cette claire soirée de printemps dans la capitale soviétique. Ainsi, les bonnes odeurs disparaissent aussi avec les gens.

Plus de bas de soie en train de sécher pour faire joyeusement rêver les révolutionnaires à de belles jambes et à des parties de plaisir. Dans le grand restaurant, on sert des plats bon marché à quelques cadres que l'on doit nourrir pour leur permettre de continuer leur lutte pour la justice. Les tables ne sont pas rapprochées parce que les camarades ne le sont pas non plus.

Les agents anonymes du NKVD surgissent de nuit avec leurs ordres et conduisent ceux qu'ils arrêtent à la Loubianka ou à la Boutirka, une prison située sur la route principale qui part de Moscou en direction du nord. Svend connaît cette prison : lors de son premier séjour à Moscou, il est allé voir comment les révolutionnaires incarcéraient les coupables de crimes antisoviétiques. Cette prison qui date de 1879, glaciale en hiver et brûlante en été, abrite vingt mille détenus à présent, bien qu'elle ait été construite pour en loger quelques centaines. Autrefois, on y incarcérait les coupables de crimes contre le régime tsariste et les opposants politiques. Aujourd'hui, on emprisonne de bons camarades du parti dans de petites cellules sinistres. Comment est-ce possible ? Pourquoi la révolution s'est-elle mise à dévorer ses propres enfants ? Il ne le comprend pas.

Nul ne proteste parce qu'on sait que la discipline et l'obéissance priment tout, parce qu'on sait que le parti, dans sa sagesse, est infaillible et que le NKVD est peuplé d'enquêteurs habiles et intègres, dont la mission essentielle est de défendre le socialisme. Quand ils arrêtent des gens que l'on croyait être de bons et loyaux camarades du parti, il doit y avoir une raison.

Svend branle du chef, allume une cigarette et la repose tout de suite dans le cendrier pour avaler un morceau de pain blanc, du saucisson et un œuf dur qu'il fait descendre avec un deuxième verre de thé, puis il reprend sa cigarette et la fume avec avidité.

Magnus se tient coi, il boit son thé en observant son ami qu'il laisse parler à son rythme. Svend est comme un croyant saisi par le doute devant son confesseur. Cela lui fait du bien de tout dire, d'exprimer verbalement son impuissance et son désespoir.

Svend avait trouvé très étrange, au Danemark, que ses camarades, qu'il croyait bien connaître, refusent de parler avec lui. Ils étaient au courant de son exclusion, bien entendu, mais ils savaient aussi que son affaire était toujours à l'étude. Or, ils le fuyaient tous comme la peste ou pire encore, comme s'il était l'envoyé personnel de Trotski, l'expatrié.

L'hôtel Lux ressemblait à une chambre funéraire, une grotte glacée où régnait l'angoisse, où personne n'a voulu le regarder dans les yeux, comme si le sceau noir du NKVD sur les portes des chambres de ces âmes mortes rappelait sans cesse à ses camarades que leur vie était en sursis. Puisque n'importe lequel d'entre eux risquait, la nuit suivante, d'entendre frapper à sa porte et de voir que l'envoyé du NKVD l'attend avec l'ordre de l'arrêter, froidement dactylographié sur le document officiel qui charge le NKVD d'aller chercher un nouvel ennemi du peuple et un trotskiste pour lui faire subir un interrogatoire. Le glaive et le bouclier du parti ne connaissent pas le sommeil.

« Je ne comprends pas, Magnus. Que se passe-t-il ? » et Svend enchaîne sans attendre de réponse, tandis que Magnus éprouve de la pitié pour lui devant son regard intelligent et douloureux.

« Au Danemark, il y a un grand camarade du parti qui se nomme Arne Munch-Petersen, je le connais de longue date. C'était un de ceux sur qui je comptais pour plaider ma cause. Il est membre du Comité central et de la direction du parti danois, il connaît très bien Aksel Larsen, cela va de soi. Larsen est notre président, tu ne le sais sûrement pas, puisque tu vis à l'étranger. Bon, Arne est un grand agitateur, un enseignant, et nous avons passé beaucoup de bonnes heures ensemble. Il est très intelligent et m'a beaucoup appris sur les aspects théoriques du marxisme-léninisme et l'importance de la pensée stalinienne. Il occupait, avec sa femme, la chambre 241 au deuxième étage. Bon nombre des locataires du Lux avaient des pseudonymes, même la femme d'Arne en avait un, parce qu'ils étaient impliqués dans le travail illégal. Je suis monté jusqu'à la chambre d'Arne, comme si souvent auparavant, et je l'ai trouvée scellée. Le NKVD était passé et Arne a été arrêté. Cela m'a pris un peu de temps pour savoir ce qui s'est passé. Il s'avère qu'Arne a déjà été arrêté en juillet de l'an dernier, la veille de son retour au Danemark. Personne n'a eu de ses nouvelles depuis, et nul ne sait où il est. Je crois qu'au moment où cela s'est passé, sa femme était en mission pour le parti en Espagne. Je ne crois pas qu'on l'ait jugé. Soit il est mort, soit il pourrit à la Boutirka. Quelle merde. Arne est un brave type, Magnus, ce n'est pas un ennemi du peuple.

– Sûrement pas, mais cela n'a rien à voir avec notre affaire.

– Tu en parles à ton aise.

– Dans ce contexte, oui. Mais de là à conclure que tout le reste va bien, ce serait une assez grave erreur, mon vieux. »

Ils se taisent un moment et Svend continue :

« Cela m'ennuie de t'abandonner, mais je crois qu'il vaut mieux que je quitte Moscou. Je ne me sens pas en sûreté.

– C'est peut-être ta chance que tu sois exclu ?

– Peut-être.

– Tu es accrédité comme étant mon assistant, ton visa en fait foi. S'ils t'arrêtent, ce sera une affaire entre le Danemark et l'Union soviétique. D'ailleurs, tu ne peux pas commettre d'actes nuisibles au parti puisque tu es exclu de l'assemblée des fidèles.

– Espionnage, sabotage économique, encouragement à la révolte. Ce ne sont pas les motifs qui manquent dans l'article 58. L'activité antisoviétique et l'agitation, tout cela nuit aux intérêts de l'Union soviétique. Ils trouveront sans peine quelque chose, c'est moi qui te le dis.

– Qui donc a fait peur à Svend Poulsen cette nuit, à l'hôtel Lux ?

– Le lieu d'abord, mais aussi un ancien camarade avec qui j'ai partagé une bouteille de vodka. Ça lui a délié la langue. Il est allemand. Je l'ai aidé à quitter l'Allemagne en 1935, quand les nazis le recherchaient. J'étais descendu à Hanovre sous un faux nom pour apporter de faux passeports, à lui et à sa famille, et je les ai ramenés au Danemark. J'ai fait sortir d'Allemagne sa femme et deux enfants en bas âge. Ce n'était pas tout à fait sans danger, c'est probablement pourquoi il pense qu'il me doit quelque chose. Il m'a parlé d'Arne et d'autres connaissances communes. J'avais déjà lu quelque chose à ce sujet dans les journaux danois, mais je ne crois pas ce qu'écrivent les journaux bourgeois ou sociaux-démocrates. Le *Journal des Ouvriers* a traité ces informations d'idiotie et de propagande bourgeoise. D'après lui, Arne était en mission pour le Komintern ou pour le parti, et Aksel Larsen l'a confirmé. Un point c'était tout. Mais cela ne s'est pas passé ainsi. Ils ont aussi commencé à s'en prendre aux vétérans de la guerre d'Espagne. Le NKVD est un État dans l'État. Personne n'est en sûreté. Tu n'as qu'à voir le père d'Irina. Un salaud de colonel du NKVD, et ça n'empêche pas qu'il va passer en justice. Cela signifie que personne n'est en sûreté.

– Staline l'est peut-être.

– Même pas lui, qui sait ? Le camarade Staline ignore peut-être ce qui se passe.

– Et si Staline était derrière tout ça ?

– Je ne peux pas le croire, mais je ne sais plus où j'en suis. Plus rien n'est sûr. Tout dégringole. C'est intenable, c'est comme si la lumière disparaissait en plein jour.

– En quoi cela te concerne-t-il directement ? » demande Meyer en pensant qu'André, en Espagne, a employé presque les mêmes mots.

« J'ai demandé nos papiers à mon retour, ce matin. Les tiens sont prêts, il suffit que tu ailles les chercher à la réception, mais les autorités compétentes n'ont pas encore renvoyé les miens. Ça ne me plaît pas.

– À moi non plus.

– Mon copain allemand m'a confié que j'étais surveillé et que le NKVD réfléchit à ce qu'il faut faire de mon cas. Je l'admire d'avoir osé me le dire, parce que ça peut lui coûter la vie, mais il l'a fait. Pour lui, c'est doublement grave, n'est-ce pas ? Il n'a de refuge nulle part. S'il repart dans son pays, il sera immédiatement arrêté et torturé par la Gestapo. Il n'a pas le choix, il doit rester à Moscou en espérant que cela se passera bien. C'est admirable qu'il m'ait confié cela : que le NKVD est convaincu que je suis revenu en URSS uniquement pour espionner, que je suis passé de l'autre côté, que j'ai vendu mon âme aux capitalistes. Les espions, on a le droit de les arrêter, n'est-ce pas ? Cela se fait dans le monde entier, c'est ainsi, Magnus. Tous les pays ont des espions et tous les pays ont des lois qui interdisent l'espionnage. Je suis coincé, nom de Dieu.

– Au fait, pourquoi t'ont-ils accordé un visa ?

– J'y ai aussi réfléchi. Pour mettre la main sur moi, peut-être. Tu as simplement été une bonne occasion, Magnus. Sinon, ils auraient pu m'inviter ici pour une entrevue entre camarades. Ils veulent peut-être se servir de moi contre Arne. Je crois que s'ils m'arrêtent, ce sera pour ça, en réalité. Si Arne est accusé d'activités nuisibles à l'Union soviétique, ou d'antisoviétisme ou de trotskisme, le fait qu'il me connaisse, et même qu'on nous considère comme amis sera une lourde charge contre lui. Même s'il n'est guère plus vieux que moi, je l'admirais étant jeune. Arne est né en 1904, mais il est fils de professeur, et ça se sent. Il sait parler. Nous étions des alliés et souvent d'accord quand nous discutions. Même à propos de l'Espagne et de l'importance du maintien de la stratégie du Front populaire. Et Arne s'est heurté plusieurs fois à Aksel Larsen, au Danemark. Aksel n'apprécie pas la critique, que ce soit de sa propre politique ou de celle de Staline. Je vais tout droit dans la gueule du loup. Tu ne le vois pas ?

– Si. Malheureusement. Allons à l'ambassade du Danemark. Il faut qu'on te fasse sortir avant qu'il ne soit trop tard. L'ambassade doit pouvoir te délivrer de nouveaux papiers. Ce n'est pas l'argent qui me manque, comme tu sais.

– Tu ne connais pas ce pays, Magnus. Le mot qu'il faut apprendre avant tous les autres, en russe, c'est celui de *propusk*, qui signifie "autorisation". En Union soviétique, il faut avoir une *propusk* pour être autorisé à habiter quelque part, à faire des achats à un endroit donné, à voyager dans le compartiment donné d'un train donné, à entrer dans notre hôtel, à déménager, à se marier, à changer de travail, à se faire soigner dans un sanatorium, à avoir un passeport, un appartement, à prendre des vacances, que sais-je encore ? Et avant toute chose, il faut avoir l'autorisation d'entrer en Union soviétique et d'en sortir. L'ambassade du Danemark peut me donner un nouveau passeport, mais pas une *propusk* pour quitter l'URSS.

– Je donne raison au NKVD, Svend. À t'entendre, tu es de plus en plus antisoviétique.

– Ne plaisante pas avec ça, Magnus. Ce n'est pas drôle du tout. Toi non plus en fait, ne te sens pas trop en sécurité.

– Que veux-tu dire ? Mes papiers ont été contrôlés, non ?

– Si. Tu as un passeport. Et un visa, mais ça ne t'assure pas automatiquement une *propusk* de sortie. Ça viendra plus tard, si ça vient. Le cachet devra figurer dans ton passeport et ne sera apposé que si le NKVD est d'accord. J'ignore ce que tu as fait en Espagne, mais mon camarade allemand m'a dit que le NKVD s'intéresse aussi à mon compagnon de voyage et rédacteur. N'a-t-il pas quitté l'Espagne républicaine juste avant qu'on l'arrête comme espion des fascistes ?

– Ce n'est que maintenant que tu me le dis ? »

Svend le regarde d'abord sans répondre, puis il lui pose la question, et Magnus lit le doute dans les yeux verts qui le regardent par-dessus son verre de thé :

« Est-ce vrai ?

– Non. Je ne te mens pas. Je t'ai raconté ce qui s'est passé en Espagne. C'était personnel. Il s'agissait de Mads et d'Irina. Tu le sais.

– C'est toi qui le dis, et si je ne pouvais pas compter sur toi, je ne sais pas qui me resterait.

– Tu peux compter sur moi, mais c'est stupéfiant que ton ancien camarade du parti en sache aussi long », murmure Meyer. La nervosité de Svend est contagieuse, son mal de tête qui s'estompait revient au galop.

« À moins qu'il n'ait été chargé de nous prévenir ? ajoute Svend comme si l'idée venait tout juste de l'effleurer.

– Tu crois ?

– Je ne sais que croire. Je ne sais plus qui sont mes amis ou mes ennemis ou s'ils sont tout simplement terrorisés.

– Pourquoi Svend ? Qu'est-ce qui se passe ?

– C'est leur manière de nous tenir sur le gril. Je n'ai pas de passeport. Tu as un passeport et notre autorisation d'entrée au procès demain. Ils nous maintiennent dans un état permanent d'incertitude et d'angoisse. C'est peut-être leur objectif. Ils espèrent peut-être que nous ferons une idiotie quelconque qui leur fournira un prétexte pour nous arrêter sans que la légation danoise ait son mot à dire.

– Alors, qu'est-ce qu'on fait ?

– Ce qu'on fait dans ce pays. On attend. J'ai l'impression que dans tout ça, il y a anguille sous roche. Quelque chose qui cloche. En dehors de l'aspect politique, qui me concerne en premier lieu. Parce que je ne comprends pas qu'on nous ait accordé un visa, à toi comme à moi. Pourquoi voulaient-ils nous faire entrer ? Ou plus précisément, qui a voulu nous faire entrer ? Et lequel de nous deux est celui qui a fait entrer l'autre, puisque nous avons demandé un visa ensemble. Y as-tu pensé ? Qui est l'appât de qui ? Ça me tourmente, parce que je n'arrive ni à comprendre ni à voir à quoi ça rime. Nous serons peut-être fixés dans les jours qui viennent, mais charge ton revolver. J'ai bien peur que tu en aies besoin. »

29

Quand on l'introduit, avec Svend Poulsen et les autres journalistes, dans la salle où doit se tenir le procès contre les ennemis du peuple, Magnus Meyer est un peu surpris. Il s'imaginait un local sinistre et bas de plafond, alors que le tribunal va siéger dans la salle des colonnades de la Maison des syndicats, à côté du Bolchoï. Placardée sur la façade du théâtre, une grande affiche annonce que par les temps qui courent, la scène nationale mise sur les œuvres sûres et innocentes et, qu'une fois de plus, on dansera *Le Lac des Cygnes*.

Debout à côté de Svend, Magnus est en admiration et Svend lui raconte qu'il est déjà venu ici pour un concert, il y a quelques années, en compagnie d'une foule de jeunes pionniers. Paul Keenan, à côté d'eux, fait un grand geste circulaire pour présenter cette superbe salle, comme s'il l'avait créée en personne.

La veille, pendant que Svend dormait pour soigner sa gueule de bois avant de redisparaître dans cette ville mystérieuse qui l'attire et l'effraie à la fois, Magnus a passé le plus clair de la journée avec Paul Keenan. Pendant presque tout l'après-midi, il a joué au poker avec Keenan, Fleming et deux autres correspondants britanniques, et ensuite, Keenan et lui sont sortis pour faire un tour dans la ville blanche et glacée et ils ont fini par dîner ensemble.

Keenan est une relation intéressante de par sa connaissance intime de la Russie, qu'il ne doit pas uniquement à sa carrière journalistique, puisque depuis trois générations, sa famille pratique le négoce de la fourrure et du caviar avec les Russes, de sorte qu'enfant et très jeune garçon, Paul Keenan a vécu en Russie avec sa famille, qui a dû s'enfuir devant l'armée Rouge au moment de la guerre civile.

Keenan est le premier à avoir quitté la firme familiale pour devenir journaliste, mais son frère aîné continue d'importer des zibelines par l'intermédiaire du ministère du Commerce soviétique, devenu une institution d'État. Les dollars sont les dollars, professe-t-il. Bien que sa famille ne veuille ni ne puisse plus vivre dans ce pays, il n'a pas de problèmes quand il s'agit de faire des affaires avec les bolcheviques, qui sont en mesure de livrer les fourrures que réclament les femmes fortunées du monde entier. La section du caviar marche aussi comme sur des roulettes, sa famille se charge de l'exporter et de le livrer directement aux meilleurs restaurants de New York, de Boston et de Chicago. Il se peut qu'il y ait une crise mondiale, mais il existe toujours beaucoup de gens riches qui souhaitent faire porter des fourrures russes à leur femme avant de l'emmener goûter ces savoureux œufs d'esturgeon dans un restaurant raffiné.

Keenan connaît parfaitement la famille Brodersen, du Danemark, qui participait également au commerce des fourrures et avait, en outre, des intérêts dans la compagnie Store Nordiske Telegraf, à qui l'on doit l'installation du câble télégraphique à travers la Russie. Le petit Danemark a connu de bonnes années dans la grande Russie pour l'excellente raison qu'il avait livré une épouse au tsar. Bien que Magnus soit danois, Keenan en sait beaucoup plus long que lui sur les relations russo-danoises.

Il raconte à Magnus qu'avant 1917, le grand-père et l'oncle du rédacteur Brodersen étaient souvent invités à la cour du tsar. Comme Magnus s'étonnait surtout de constater qu'ils connaissaient le même homme au Danemark, Keenan s'est borné à lui dire :

« Tu t'apercevras que le monde russe est très limité, Meyer. Les russophiles non communistes comme moi formons un très petit groupe. Brodersen en fait partie, sa famille a participé à l'histoire d'autrefois, avant que le monde ne se détraque. Du reste, j'ai reçu un télégramme de lui aujourd'hui. Il me prie de saluer son reporter et ajoute que tu es un jeune homme talentueux en me demandant de t'aider si je le peux. De toutes les manières. »

Sur quoi il a adressé à Magnus un coup d'œil ironique en tirant une bouffée de son cigare cubain.

Magnus réfléchit à ces informations en regardant autour de lui. Le haut plafond de la salle où ils sont entrés est superbement orné de stucs, quatre fines colonnes doriques rehaussent le fond de la salle, et une rangée de ces mêmes colonnes blanches et fines s'élance devant chacun des autres murs. Ceux-ci, d'un élégant pastel bleu pâle, semblent repeints à neuf. Environ trois cents personnes sont assises sur des sièges disparates disposés de part et d'autre d'une allée centrale, comme pour une représentation théâtrale.

Devant le mur du fond et ses quatre colonnes, on a dressé sur une estrade une longue table haute derrière laquelle se trouvent des sièges vides qui attendent les juges. Des chaises vides attendent également derrière deux longues tables sombres recouvertes de nappes rouge foncé, disposées transversalement, sur le devant. Toutes les tables sont équipées de lampes et de microphones. Sur la table des juges trône un buste de Lénine. Derrière une petite table, une place a été ménagée pour les accusés et leurs défenseurs.

« D'ordinaire, ils installent le tribunal dans la salle d'Octobre, explique Paul Keenan dans son anglais d'Amérique à l'accent traînant. Cette fois-ci, ils ont choisi la salle des fêtes pour pouvoir accueillir en grand nombre des citoyens soviétiques indignés qui sont en service commandé, en plus de tous les journalistes comme nous. Tu n'as qu'à voir M. Fleming et les pauvres journalistes des agences de presse. »

Meyer, Poulsen et Keenan ainsi que les autres représentants de la presse, occupent deux rangées de sièges sur la droite tandis que les nombreux journalistes soviétiques qui suivent l'affaire sont placés de l'autre côté de l'allée centrale. Les places qui leur sont réservées sont nettement marquées. Les reporters sont prêts, ils ont sorti leurs blocs-notes et leurs crayons, et bon nombre des journalistes étrangers sont accompagnés de quelqu'un qui pourrait être leur interprète.

« Pourquoi "pauvres" ? » s'enquiert Magnus.

Keenan lui adresse un coup d'œil surpris :

« Tu es journaliste, n'est-ce pas ? Tu dois donc bien savoir que les reporters des agences de presse se battent pour arriver les premiers. Et ce n'est pas facile. Ils doivent d'abord remettre leur télégramme en deux exemplaires au censeur dont le bureau est dans ce bâtiment, en espérant que cet homme fasse partie des fonctionnaires aimables, qu'il soit de bonne humeur aujourd'hui et qu'il tamponnera leur copie sans exiger trop de corrections. Parce que sans son cachet, ils ne pourront pas l'expédier. Ensuite, il faudra qu'ils se précipitent au bureau des Postes et Télégraphes de la rue Gorki où de jeunes dames les attendent, prêtes à enregistrer leur prose inspirée, mais comme il n'existe qu'une seule ligne de télégraphe, c'est chacun son tour, mon ami. Il s'agit d'arriver le premier et d'être bien vu, ce qui signifie que ces dames reçoivent pas mal de chocolats et de parfums de la part des reporters reconnaissants, qui espèrent être parmi les premiers dans la queue grâce à leurs cadeaux et à leurs flatteries. Le tout dans l'intérêt des lecteurs, naturellement, mais aussi pour décrocher la gloire et les honneurs que nous pourchassons tous, n'est-ce pas ? Les censeurs n'ont pas coutume d'aller au lit le ventre vide, eux non plus. Nous attendrons donc tranquillement, toi et moi, pour expédier notre chef-d'œuvre, quand la mêlée se sera dispersée.

– Je croyais que les pourboires n'étaient pas autorisés au royaume de Staline, s'étonne Magnus en appuyant sur le mot pourboire.

– Tu peux appeler ça des pourboires. Personnellement, j'emploie un autre mot. L'argent est roi dans le monde entier, ici comme ailleurs. Ce qu'il faut, c'est connaître les gens influents, le prix qu'ils coûtent, et tout est à vendre. Comment t'en sortiras-tu pour la langue ? Tu as un interprète pour t'aider pendant le procès ? »

Magnus hoche affirmativement la tête et présente Svend à Keenan qui serre maladroitement de sa main droite la main gauche de Svend. Svend ne parle ni ne comprend l'anglais, mais sachant le russe tous les deux, ils se lancent bientôt à voix basse dans une conversation animée que Magnus est incapable de suivre. Ils s'asseyent et poursuivent leur conversation.

Magnus reste debout pour regarder autour de lui. Il ne voit pas Irina, mais quelques places encore vides restent sur le devant. Les autres spectateurs, assis, observent un silence total. Certains regardent du coin de l'œil les places réservées à la presse, mais dès qu'ils s'aperçoivent que Magnus les observe, ils détournent craintivement les yeux. Il sait maintenant qu'à Moscou, regarder les étrangers dans les yeux est une chose que l'on évite.

Mais où est Irina ?

Lui qui était si sûr de la voir apparaître au procès intenté à son frère et à son père. Pourtant il ne la voit pas, même en regardant attentivement, sans se lasser, les rangées de citoyens soviétiques qui attendent, endimanchés, et qui, de toute évidence, sont triés sur le volet puisqu'ils ont obtenu une *propusk* pour le procès.

L'atmosphère est inquiète, faite d'impatience et d'excitation, elle rappelle plutôt l'ambiance d'un concours sportif que celle d'un procès. Il y a des spectateurs de tous les âges, jeunes et vieux, mais la plupart sont des hommes vêtus soit d'un complet sombre avec gilet et cravate, soit de l'uniforme habituel, kaki foncé, boutonné jusqu'au menton et dont le col relevé cache presque toute la gorge. Tous ces représentants de l'État soviétique ont apparemment reçu des vêtements plus présentables et nettoyés de fraîche date, de manière à donner une image convenable du régime pour les reportages des journaux et les informations hebdomadaires des cinémas. Deux grosses caméras sont prêtes à filmer l'événement pour l'éternité. Les cameramen et leurs assistants attendent sans bouger, patiemment et sans regarder autour d'eux. Magnus a remarqué que la coupe, la qualité et l'odeur de leurs manteaux, au vestiaire, témoignent d'un peu plus de pauvreté que celles des gens en représentation dans cette belle salle.

On dirait une chorégraphie réglée jusque dans ses moindres détails et Magnus retient presque son souffle quand il voit entrer Irina, par une porte encastrée dans le mur, en haut sur la gauche. Elle est accompagnée d'une grande femme mince, en civil mais qu'on croirait en uniforme, et d'un homme fort, en complet bleu, chemise blanche et cravate nouée très serrée. Il n'est pas simplement fort, c'est une force de la nature comme le sont les haltérophiles, les lutteurs ou les forts des cirques. Ses biceps et ses cuisses sont si développés qu'il se dandine en marchant et écarte légèrement les bras. Ses épaules tirent au maximum sur sa veste, et les trois boutons qui la ferment sur son ventre considérable menacent de lâcher s'il fait des mouvements trop brusques. Il a une figure ronde et il est entièrement chauve.

Il ressemble à un Mongol, selon Magnus, avec sa grosse moustache en broussaille comme celle qu'affectionnent les forts du cirque justement, parce qu'elle fait partie de leur image.

Irina paraît fragile, petite et délicate, privée de l'aura et de l'allant qui la caractérisaient en Espagne. Son chapeau rond ridicule, qui se voudrait mutin parce que penché sur le côté, ne cache pas que ses cheveux blonds sont ternes et presque défrisés. Elle a maigri, il le voit malgré la jupe seyante, la veste assortie et le foulard discret qu'elle porte autour du cou.

Ce n'est qu'un pâle reflet de la femme intrépide en chemise et pantalon qui crânait, une cigarette entre ses lèvres rouges. Rien ne reste de son bronzage espagnol. Elle a la pâleur de la dernière neige de Moscou et son Leica n'est plus là. C'est tout naturel, mais cela ne l'est pas de la voir sans lui. Cela lui fait encore plus mal de la voir privée de cet appareil qui était un bijou pour elle, un bien inaliénable dont elle ne se séparait jamais, parce que c'était son identité et son titre de noblesse.

Son cœur pleure pour elle. Il ne sait que faire pour attirer son regard. Il voit à quel point elle va mal, que son éclat érotique n'est plus qu'une faible lueur qui ne tardera pas à s'éteindre tout à fait. Elle a tellement changé, durant ces quelques semaines. Elle souffre physiquement, il le voit, et la découvrir dans cet état fait si mal à Magnus qu'il ne se souvient pas, au cours de ses vingt-cinq années d'existence, d'avoir jamais autant souffert mentalement. Il a un tel besoin d'elle et se sent tellement impuissant devant le martyre de la femme qu'il aime qu'il craint de tomber réellement malade.

« Irina, c'est moi », l'appelle-t-il en espagnol. Tout le monde se retourne, mais il s'en moque et il réitère son appel. Le regard d'Irina capte le sien, mais elle ne sourit pas. Elle secoue presque imperceptiblement la tête, serre son poing droit sur sa bouche et le quitte des yeux. Elle vacille légèrement et baisse les yeux quand la femme la prend par l'épaule pour l'asseoir sur une chaise. Ses deux gardiens s'asseyent à ses côtés, elle ne regarde pas dans la direction de Magnus.

Svend se lève et Magnus la désigne de la tête.

« C'est elle ?

– Oui Svend, c'est elle.

– Elle est jolie, mais elle n'a pas l'air très en forme.

– Non, elle a perdu son ardeur. Ce n'est plus elle.

– Je fais quelque chose ? Puisque je parle le russe…

– Impossible. On est obligés d'attendre pour voir ce qui va se passer. Mais il ne faudra pas qu'elle nous échappe. Promets-le moi. Il ne faut pas qu'elle m'échappe. »

Les gens élèvent la voix derrière eux. Tous deux doivent

s'asseoir. Magnus le fait à regret, même s'il peut toujours la voir distinctement. Comment entrera-t-il en contact avec elle s'ils la font ressortir par la même porte ? Est-elle arrêtée, se demande-t-il, ou n'est-elle qu'un témoin ? Ou qu'une spectatrice ordinaire ? La protègent-ils simplement contre la colère du public ?

Elle doit sentir l'animosité ambiante, car au moment où l'on a vu entrer cette femme qui fait partie de la famille des accusés, une agitation immédiate, sauvage et menaçante a émergé dans la salle. On eût dit que tous s'étonnaient de la voir faire figure de spectatrice et non d'accusée, comme ses traîtres de père et de frère aîné.

Une minute plus tard, ce sont eux que l'on fait entrer et, étonnamment, le public soviétique se met à hurler et à taper des pieds. Keenan regarde Meyer et sourit ironiquement. Il s'attendait à ces cris qui jurent avec la passivité stoïque qui caractérise d'ordinaire les citoyens soviétiques. Magnus veut savoir ce qu'ils crient. Svend se penche vers lui pour traduire et lui souffle à l'oreille :

« Traîtres, cochons, misérables, détestables scélérats, laquais de l'impérialisme. Fusillez-les comme les chiens galeux qu'ils sont ! Ces destructeurs de la paix soviétique et de la propriété du peuple ! »

Magnus comprend qu'Irina pâlisse encore plus, même si cela semble impossible, en entendant ces cris haineux.

Comme les autres reporters, Svend a sorti un bloc-notes et tient un crayon de sa main gauche. Magnus se refuse à tenter de jouer ce rôle, bien qu'il sache qu'il le devrait. Svend prend rapidement des notes en sténographie – qu'il maîtrise donc aussi – en avançant l'épaule droite pour tenir son bloc-notes avec son moignon.

Magnus s'était attendu au pire, mais quand il voit les deux accusés, il a un choc.

Le père d'Irina a visiblement été fort et musclé naguère, mais pour l'heure, il flotte dans son costume brun et sa cravate n'est pas serrée. Il a le visage marqué, ses cheveux gris coupés court ont dû être blonds et ses sourcils broussailleux sont blancs. Magnus ne peut que deviner la force et l'arrogance qui se dissimulent quelque part, chez cet homme brisé, car ce qu'il voit, c'est une marionnette qui reste les mains jointes sur ses genoux, à fixer devant lui la nappe rouge foncé. Ses yeux sont sans vie, sa peau grise a des sueurs froides, et l'on imagine sans peine les blessures et les cicatrices corporelles que couvrent ses vêtements repassés de frais.

Le fils est une réplique de son père en plus jeune. Magnus voit aussi Irina en lui, bien qu'il ait les cheveux plus foncés. Il a les mêmes pommettes slaves, marquées et légèrement gonflées, mais la charpente trapue de son père. Il porte aussi un complet brun, la même cravate grisâtre insignifiante, et lui aussi a des yeux sans éclat et résignés.

C'est presque le pire, pour Magnus, de deviner la force qu'avaient autrefois ces deux hommes, dont il ne reste qu'une ombre dans leur corps brisé. On croit voir deux morts vivants. Quand le père, avec lenteur, lève la main pour se gratter la joue, chacun voit que sa main tremble. Il se hâte de joindre à nouveau les mains.

Le pire est de voir Irina refouler ses larmes, les yeux écarquillés par l'horreur. Ah, s'il pouvait la prendre dans ses bras, la consoler, lui dire qu'il l'aime et qu'il l'emmènera loin d'ici. Ce doit être la première fois qu'elle voit sa famille depuis des mois, puisqu'elle était en Espagne et que de retour, elle n'a pas été autorisée à aller les voir en prison, d'après ce que lui a dit Keenan.

Tout le monde se lève bruyamment à l'entrée du juge qui prend place derrière la table, accompagné de quatre hommes en uniforme. Tous portent le même uniforme brun, barré en diagonale sur la poitrine par une courroie de cuir, et leur col, boutonné jusqu'au cou, ce qui paraît être réglementaire, est orné des insignes rouges du NKVD. Ils prennent place deux par deux de chaque côté du juge suprême, qui pose devant lui une petite pile de documents.

Tout le monde se rassied, et enfin, le silence se fait dans la salle.

Le juge, un homme entre deux âges, a une petite moustache, un front haut, la tête allongée et chauve, et il porte une cape sombre. Chaussant une paire de lunettes étroites, il prend une feuille de papier et se met à lire d'une voix monotone. Svend traduit à voix basse, tout près de l'oreille gauche de Magnus. Le juge lit la réglementation du procès et les conditions de la justice soviétique, puis il donne la parole au procureur qui prononcera l'acte d'accusation. Le procureur est un homme agile et rond, en complet gris foncé, avec gilet et cravate. Il a des lunettes rondes et les cheveux divisés par une raie rectiligne. Il a une voix claire et forte, de sorte que les microphones sont presque inutiles.

Svend sténographie tout en traduisant.

« Les deux hommes sont accusés en vertu de l'article 58. Nikolaï Sergeïevitch Schiapatovo, ancien colonel du Commissariat du peuple pour les affaires internes, le NKVD, est accusé d'avoir conspiré dans le but de créer une cellule trotskiste dans les rangs mêmes des tchekistes. Ce misérable avait été recruté par les services secrets des impérialistes britanniques alors qu'il était en poste à l'ambassade soviétique de Londres. Le colonel projetait de renverser d'abord le commissaire du peuple Yeziov, dont chacun sait qu'il est le défenseur infatigable et désintéressé de la révolution, et par la suite, quand le traître se serait assuré le pouvoir au sein du NKVD, l'organe révolutionnaire qui remplace la Tcheka, d'assassiner le camarade Staline, le plus grand génie de l'humanité, notre père et notre maître, le grand chef du peuple soviétique. Tel était le projet de ce misérable. C'est grâce à l'extrême vigilance du NKVD qu'il a été possible d'empêcher ce complot. »

Le procureur lève les yeux et attend que les applaudissements aient cessé. Ces salves surprennent Magnus mais elles ne paraissent affecter ni Svend ni Keenan.

Le procureur baisse les yeux sur son papier et quand

les applaudissements s'arrêtent, comme sur commande, il reprend :

« Le capitaine Anatoli Nikolaïevitch Schiapatovo est le fils de ce misérable qui a tout reçu de la sueur du peuple et qui se tenait en personne aux côtés de notre grand timonier, le camarade Staline, tout en conservant sans cesse en son cœur le flambeau brûlant de la trahison, nourri par ce chien galeux de Trotski et une haine inextinguible pour le peuple soviétique. »

On entend éclater des cris de colère et des poings se lèvent, menaçants. Le procureur arbore à nouveau son petit sourire carnassier, lève la tête et attend patiemment que s'apaisent le mécontentement de l'assistance et les grognements qui semblent monter simultanément dans toutes les gorges, puis il continue :

« Cet ancien capitaine de notre glorieuse armée a été le principal meneur d'un complot dans sa compagnie, son régiment et sa division, un complot dont l'objectif était de renverser par la force notre société soviétique modèle. Nourri par le vautour Trotski – dont la bile sanglante dégoutte de la bouche – le capitaine, en collaboration avec son père, avait pour but de déraciner, par le sabotage, la belle fleur de notre jeunesse socialiste et de réintroduire le capitalisme vaincu par le camarade Lénine et le camarade Staline. Le NKVD a démasqué ces traîtres et ces ennemis du peuple. Le peuple les a accusés. Que la volonté du peuple soit faite. Laissons la parole à notre équitable juridiction soviétique. »

Derechef, le public s'agite et profère des cris de haine.

Le procureur lève les yeux, comme un orateur politique qui a toute la salle pour lui. Il revient à son papier et lit une série de paragraphes et d'alinéas.

Magnus cherche Irina des yeux, elle est comme pétrifiée et se ronge les poings. Il essaie d'attirer son regard en l'interpellant mentalement, mais elle refuse de le regarder. Voyant qu'ils n'intéressent pas Magnus, Svend renonce à traduire les textes juridiques qu'énumère le procureur, il ne cesse de prendre des notes et Keenan fait de même. Le procureur consacre également du temps à relater des réunions secrètes que les deux traîtres auraient eues sous le couvert de rencontres familiales, dont il va de soi qu'il s'agissait de réunions de conspiration préparatoires, en vue de l'extension de leur cellule de traîtres à d'autres ennemis du peuple. Chose que le NKVD a heureusement empêchée grâce à la rapidité de son intervention.

De nouveaux applaudissements crépitent dans la salle. Autant que Magnus le comprenne, il n'existe pas la moindre preuve de quoi que ce soit à l'appui de ces accusations, même pas des indices. Si l'on a arrêté d'autres personnes ayant participé à ce vaste complot, le procureur n'en dit rien, ce qui signifie qu'il n'y en a sans doute pas. En revanche, cette affaire pourra certainement servir à l'avenir, quand on voudra trouver d'autres boucs émissaires, futures victimes du délire de persécution dont souffre clairement Staline.

Les deux accusés, les mains jointes sur les genoux, essaient d'éviter de se regarder. Ils ont apparemment chacun son défenseur, deux hommes entre deux âges en costume mal coupé qui paraissent s'ennuyer mortellement et attendre impatiemment que le procès soit terminé. Ils ne se mêlent de rien, en tout cas.

Le procureur va jusqu'à la table des juges, il doit se lever sur la pointe des pieds pour y déposer son papier. Le juge le prend et fait ostensiblement semblant de le relire avant de lever les yeux et de demander :

« Citoyen Anatoli Nikolaïevitch Schiapatovo, avez-vous entendu et compris ces accusations ? »

Le frère d'Irina reste assis. Magnus le soupçonne de ne pas être capable de se lever sans vaciller et chanceler. Quand ils sont entrés, soutenus de chaque côté par deux gardiens, son père et lui marchaient lentement, comme s'ils étaient très vieux.

Paul Keenan lui chuchote :

« Ça y est, Magnus. Tu vas voir le joyau de la juridiction soviétique : l'aveu. Ça économise un temps fou. »

Le frère d'Irina fait un signe affirmatif, mais le juge répète sa question et Anatoli répond oui d'une voix basse, mais distincte. Il transpire à tel point que son visage est entièrement couvert de sueur. Le juge hoche la tête, adresse à ses collègues un coup d'œil entendu et demande :

« Que dites-vous de ces accusations, citoyen Schiapatovo ? Quelle est votre réponse à ce sujet ?

– J'avoue mes forfaits et j'en demande pardon au peuple. »

Sa voix est forte et d'une étrange fermeté, et pour la première fois, il regarde son père qui, de son côté, continue de fixer ses mains jointes. Anatoli regarde aussi sa jeune sœur qui baisse les yeux sur ses mains serrées sur ses genoux.

Le juge hoche à nouveau la tête avec importance et questionne :

« Cet aveu, qui figure aussi dans les rapports d'interrogatoire remis au tribunal par le procureur sous forme de pièces jointes, a-t-il été volontaire et obtenu sans contrainte physique ?

– Oui. J'avoue de mon plein gré tous les crimes que j'ai commis en tant qu'ennemi du peuple et trotskiste. Les officiers du Commissariat du peuple pour les affaires internes qui m'ont interrogé ont eu une conduite irréprochable et respecté les convenances socialistes. J'ai signé volontairement le protocole de l'interrogatoire. »

Svend traduit les questions et réponses d'une voix neutre, sans émotion, comme les élèves le faisaient autrefois à l'école en récitant des vers appris par cœur, sans savoir ce que signifiait ce qu'ils disaient. D'ailleurs, c'était sans importance, il suffisait de les répéter sans faute. Magnus aimerait faire un commentaire en profitant d'une pause dans la traduction ininterrompue de Svend, mais ce dernier lève son moignon pour le prévenir qu'il n'a aucune envie d'entendre son avis sur ce procès-spectacle.

Le juge hoche à nouveau la tête avec importance. Il tamponne le document à l'aide de trois cachets différents, les dépose soigneusement l'un à côté de l'autre, avec une méticulosité quasi féminine, et prend un nouveau document qu'il fait semblant d'étudier avant de demander au père d'Irina s'il a compris l'acte d'accusation. Ce à quoi ce dernier répond affirmativement, à voix haute et distincte. Il a une voix grave et mélodieuse, c'est peut-être de cette belle voix de basse qu'Irina a hérité sa musicalité.

Magnus se rappelle tout à coup le bonheur qu'ils ont éprouvé Irina, Joe et lui, à chanter dans la voiture qui les emmenait à Albacete le refrain des Brigades internationales, quand ses compagnons l'ont poussé à chanter un tango argentin, il y a un siècle de cela, lui semble-t-il. Meyer revoit la chevelure d'Irina dans la douce brise espagnole, sa bouche souriante et son regard qui passait alternativement de Joe à lui, consciente qu'elle était de son pouvoir de séduction. Quand il n'imaginait pas que le malheur les attendait au prochain tournant.

Le juge prend un nouveau document, le soulève et commence, en regardant par-dessus ses lunettes :

« Citoyen Nikolaï Sergeïevitch Schiapatovo. Quelle est votre réponse à ces accusations ?

– Je suis d'accord avec elles. J'avoue mes crimes. J'avoue avoir été recruté par les services d'espionnage impérialistes à Londres. J'avoue avoir conspiré contre le camarade Staline. J'avoue qu'inspiré par ce monstre de Trotski, j'ai médit de notre patrie socialiste et critiqué les dispositions de notre camarade Staline, notre grand chef infaillible. J'avoue avoir enfreint l'article 58.

– Votre aveu est-il volontaire ou obtenu sous la contrainte ?

– J'avoue volontairement et non sous la contrainte. Les vigilants et excellents agents du NKVD, que j'ai servi moi-même jusqu'à ce que Trotski et ses suiveurs crypto-fascistes m'aient fait quitter le droit chemin, se sont comportés avec discipline et politesse, avec les convenances requises par notre système juridique soviétique.

– Citoyen Schiapatovo, avez-vous dénoncé vos complices de cet abominable complot ?

– Non. Il n'y a aucun complice dans notre pays. La rapidité de l'intervention des tchekistes m'a empêché de recruter d'autres personnes en vue de mes projets de coup d'État trotskiste.

– Très bien », dit le juge en attendant la suite, comme s'il avait cru que le citoyen avait encore quelque chose à dire.

Magnus n'a jamais vu deux êtres humains aussi intégralement brisés que ce père et ce fils. Quand on les voit de loin, on pourrait croire que ce sont des hommes, mais ils n'ont plus aucune volonté. Ce sont deux enveloppes de chair et d'os auxquelles on a appris à proférer quelques mots avant que la mort les délivre de leur supplice.

Irina ne peut plus retenir ses larmes, mais elle pleure en silence. La grande femme maussade et le colosse qui l'accompagnent regardent droit devant eux. Dans la grande salle, le silence est presque total, on entend donc le moindre bruit, quelqu'un qui tousse, qui s'éclaircit la voix, des pieds qui raclent le plancher, un éternuement réprimé. C'est une attente patiente et nerveuse malgré tout, que le juge rompt enfin :

« Avez-vous quelque chose à ajouter, citoyen Nikolaï Sergeïevitch ? »

Le père d'Irina lève les yeux, désorienté semble-t-il pendant un instant. Il jette autour de lui un regard vacillant, et Magnus voit qu'il aperçoit Irina et que son visage cireux pâlit encore davantage. Une étincelle passe dans son regard, s'éteint, il baisse à nouveau les yeux et répond, de la même voix neutre, comme s'il récitait un texte appris par cœur :

« Camarade juge, camarade procureur, camarades présents dans la salle, honorés étrangers invités par notre ville, je sais que je ne suis plus digne de vous appeler camarades, car j'ai manqué à mes devoirs envers vous et le camarade Staline, le plus grand génie de l'humanité et le bienfaiteur du peuple soviétique. Si je le fais, c'est par respect pour vous. Je ne mérite ni votre grâce ni votre pardon, mais je vous prie de me les accorder malgré tout. Ce n'est pas tant pour moi que pour mon fils, que j'ai entraîné dans ce gâchis et introduit auprès de Trotski et de ses suiveurs, sur le chemin haineux qu'ont suivi ces gredins de Boukharine, Rykov et Rakovski. Accordez la grâce à mon fils si vous ne me l'accordez pas à moi-même. Permettez-nous de racheter notre culpabilité et de payer notre dette envers la patrie en travaillant dur pour elle. Envoyez-nous sans pitié à l'endroit le plus dur et le plus sévère. Ce sera juste et mérité. Ce sont mes derniers mots. J'ai une confiance entière et inconditionnelle en la justice soviétique du tribunal du peuple. »

La salle s'agite. Les spectateurs se regardent, incertains et désorientés. Ils ne s'attendaient pas à ce que l'accusé soit autorisé à demander grâce sans que le procureur ou le juge interviennent.

« Que se passe-t-il ? » demande Magnus, mais Sven se borne à branler du chef. Keenan se penche en avant pour leur dire quelque chose en russe et Svend traduit :

« Paul dit que ça ne se passe pas comme prévu. Ils ont conclu un marché. Peut-être parce que le colonel connaît personnellement Staline, malgré tout, même si cela n'en a pas sauvé d'autres. Il ne s'explique pas ce qui se passe. Sauf que le tribunal dispose maintenant d'une porte de sortie, si par hasard il ne les condamnait pas, comme tout le monde s'y attend, à une exécution immédiate. D'après lui, c'est tout à fait singulier. »

Le juge donne un ou deux coups de marteau et le calme se rétablit dans l'assistance qui, de toute évidence, ne décrypte pas les signaux. Le juge donne la parole aux défenseurs qui se lèvent l'un après l'autre pour lire leur plaidoirie écrite sur une feuille de papier.

Leurs textes sont identiques : ils demandent au tribunal d'accorder la grâce aux deux accusés, parce que ces misérables prévenus ont malgré tout collaboré avec les autorités compétentes et qu'ils regrettent leurs crimes. Qu'ils paient leur dette envers le peuple soviétique en effectuant un dur travail physique au profit de la patrie dans de lointaines provinces sibériennes. Ce dur travail physique leur rappellera quotidiennement qu'ils s'étaient trompés et que le tribunal du peuple soviétique n'est pas guidé par la vengeance, mais qu'il ne pense qu'à rendre la justice.

De nouveau, cet étrange courant souterrain d'inquiétude se fait jour dans l'assistance, comme si la représentation théâtrale n'était pas conforme au manuscrit convenu. Nul n'applaudit, alors que l'on devait s'y attendre. Le juge paraît un peu consterné lui aussi, mais en l'absence des salves d'applaudissements, il redonne la parole au procureur.

Le petit homme se lève et le public respire, soulagé, en l'entendant débiter une bordée d'injures. Sa voix gagne progressivement en force et intensité quand il exige la mort pour ces criminels qui tentent de dissimuler au peuple leurs dents féroces et leurs griffes de vautour. « La mort pour ces représentants du bloc de la droite trotskiste, ces charognes puantes, ces maudits malfaiteurs, ces valets de l'impérialisme. Ce ne sont que des chiens enragés, un croisement répugnant de cochons et de rats. La seule solution possible est d'éliminer ce genre d'animaux nuisibles afin que leur haine maladive pour notre patrie socialiste et notre grand chef, le camarade Staline, notre père et notre guide, disparaisse pour l'éternité du sol de notre mère patrie bien-aimée. Ces mauvaises herbes, on doit les arracher par la racine pour qu'il n'en reste rien dans notre terre. »

Le procureur fait un pas en avant pour lancer, d'une voix si forte qu'elle en devient suraiguë :

« Le seul moyen de vous rendre utile, misérables traîtres, sera de servir d'engrais pour notre terre soviétique. »

Des acclamations fusent çà et là, mais elles sont étouffées lorsque toute l'assistance, à l'exception des journalistes étrangers, se met à applaudir à tout rompre. Les salves s'élèvent vers le procureur qui fait penser au directeur d'un petit théâtre de province ayant enfin un succès qui rapporte. Il ne salue quand même pas mais se contente de sourire, comme le juge qui hoche la tête en direction des autres juges qui hochent la tête en retour. Le père et le fils ne bougent pas, ils demeurent tête baissée.

Ian Fleming et les autres journalistes des agences de presse se lèvent pour sortir et envoyer leurs dépêches. Deux journalistes soviétiques se lèvent aussi mais se rasseyent lorsque le juge réclame le silence d'un ou deux coups de marteau. Il annonce que les juges voteront scrupuleusement et que le jugement sera prononcé demain à dix heures. Il se lève, s'enveloppe dans sa cape et descend l'escalier situé derrière la table des juges pour sortir par une porte de droite.

Magnus essaie de ne pas quitter Irina des yeux, mais il ne la voit plus. Il veut aller jusqu'à elle, mais les huit gardiens en uniforme postés de chaque côté de la table des juges tout au long du procès, l'empêchent d'avancer.

« Irina, crie-t-il, Irina, où es-tu ? »

Il ne la voit pas. Il tente de se frayer un chemin mais les gardes du NKVD se regroupent, l'un d'eux met la main sur la crosse de son pistolet et un autre sort à moitié sa matraque noire de la boucle de sa large ceinture.

« Arrête, lui dit Svend. Ça ne sert à rien, Magnus. Ici, l'homme a toujours le dessous, arrête. »

Magnus regarde son ami dont la figure est terreuse et le regard douloureux. De son bras valide, il attrape Magnus par le coude droit, le serre un peu, puis le desserre quand Magnus sent que quelque chose se passe derrière lui, en voyant les pupilles de Svend s'élargir. Magnus se retourne. Le gros garde du corps d'Irina traverse la foule comme un rhinocéros pour venir jusqu'à eux. Sa large face olivâtre est presque ronde, il a les yeux étroits et bridés, un nez camus et une petite bouche. Il chuchote un message à l'oreille d'un garde du NKVD qui s'écarte. Le colosse aux traits de Mongol ou d'Asiatique tend à Magnus un billet plié en ajoutant quelque chose en russe. Magnus secoue la tête en montrant Svend, qui fait un pas en avant. Le géant répète son message en s'adressant à Svend, cette fois-ci, tourne les talons et repart comme un gros autobus à travers la foule, qui se divise pour le laisser passer.

« Qu'est-ce qu'il a dit, Svend ? » demande Magnus en ouvrant le billet qu'il passe à Svend. Les caractères cyrilliques sont illisibles pour lui, mais il a entrevu quelques chiffres. Cela ressemble à une adresse.

Svend lit le billet et lui dit :

« Il a dit que si tu veux rencontrer Irina, ce sera possible ce soir à dix-neuf heures. À cette adresse, dans la grande Maison du gouvernement, au bord du fleuve, où elle vit toujours, apparemment. C'est un peu étrange, mais c'est cette adresse. Il a ajouté quelque chose que je ne comprends pas tout à fait, Magnus. Il a dit que c'est un service que te rend une de tes connaissances en Espagne. Un agent soviétique du SIM, que tu as rencontré.

– Stepanovitch ?

– Il n'a pas dit de nom. À toi de le deviner. Mais c'est quelqu'un que tu connais.

– Ça ne peut être personne d'autre, mais il ne me doit rien.

– Ce n'est pas son avis, apparemment. Mais, Magnus…

– S'agirait-il encore de Mads ? Ça a peut-être rapport à lui. Qui sait ?

– Je n'en sais rien. Mais écoute.

– Oui.

– On te demande d'y aller seul. Que tu te rendes à ce rendez-vous, et que tu t'y rendes seul, sera décisif pour le destin d'Irina et de sa famille, a-t-il dit.

– Alors, j'irai.

– J'aimerais bien t'accompagner.

– Pas question. Nous respecterons leurs conditions.

– Je pensais bien que tu répondrais dans ce sens, mais emporte ton revolver.

– Pour un rendez-vous, Svend ? » rétorque Magnus, étrangement ragaillardi, au milieu de tous ces malheurs.

« Quand on va à un rendez-vous en Russie, mieux vaut être prêt à toutes les éventualités. Pourquoi crois-tu qu'on parle de roulette russe, quand quelqu'un joue avec la mort ? » réplique Svend Poulsen en esquissant un sourire qui reste de surface.

30

Quand il quitte l'hôtel National et tourne à droite pour longer, sur la gauche, la place du Manège et le mur ouest du Kremlin, Magnus Meyer devine qu'il y a encore de la neige dans l'air. Il sort de la foule des piétons qui se hâtent dans l'obscurité glacée de l'hiver, la figure picotée par les petits flocons de neige qui tourbillonnent déjà autour d'eux. Ayant acheté, la veille, un épais manteau noir et une chapka gris foncé, Magnus se fond parmi les ombres, dans cette ville mal éclairée. Il était gelé à en claquer des dents, dans son manteau berlinois, quand il s'est promené avec Keenan.

Dans le grand magasin Goum, dont les tristes commerces n'offrent que des rayons à moitié vides, Keenan a repéré une petite boutique d'angle, située au dernier étage, où il y a un peu plus de choix, des articles de bien meilleure qualité et même de solides bottes d'hiver, des gants fourrés et de grosses chaussettes.

Avec sa toque de fourrure tirée sur les oreilles, Magnus n'a pas froid, quand il se fraie un chemin au milieu des passants muets qui regardent par terre pour éviter de trébucher sur le trottoir inégal. Il a chaud au cœur parce qu'il va revoir Irina, mais son attente est teintée d'angoisse et d'incertitude.

Avant de sortir, il a soigneusement nettoyé son revolver et l'a chargé. Le poids de son arme, dans la poche de sa veste, lui procure un certain sentiment de sécurité.

Il marche vite.

Il passe devant l'université, sur sa droite, et le grand bâtiment des expositions sur sa gauche. Des voitures noires traversent la place et les petits flocons de neige dansent dans la lueur jaune des phares. Les bâtiments du Kremlin sont illuminés, au loin il aperçoit la tour Spasski, dont l'étoile rouge se dessine au milieu d'un essaim de flocons de neige plus épais. Quant au parc Alexandre, il est vide et plongé dans l'obscurité.

Aucun magasin sur son chemin et les passants sont rares, en cette soirée glaciale, dans les petites rues qui mènent au vieux quartier de l'Arbat, que Keenan lui a montré la veille. Faut-il croire que Moscou est devenue une ville où personne ne se risque dehors après la tombée de la nuit ? Où seuls sortent les corbeaux pour rapporter leur récolte nocturne, de manière à assurer le succès du plan quinquennal adopté, dont l'objectif est d'éliminer les ennemis du peuple ?

L'Arbat est un enchevêtrement de petites rues et de ruelles dominé par de vieilles maisons basses en bois, dont certaines ont bénéficié d'une mince couche d'enduit. Autrefois, les grands appartements de ce quartier étaient ceux de nombreux marchands, de grands artistes et d'aristocrates. Ils ont été divisés, après la révolution, en une quantité de petits logements dont les occupants partagent une cuisine et une salle de bains. Keenan lui a appris qu'on les appelle des *Kommunalka*, autrement dit des Collectifs. Il fallait faire de la place aux millions de paysans qui déferlaient dans les villes. Cette vie collective leur est imposée et, néanmoins, Keenan a ajouté qu'elle est très russe et que des écrivains remarquables ont déjà dépeint l'existence dramatique de ces gens qui vivent à l'étroit, entourés par des étrangers.

« Que feraient les êtres humains sans la littérature qui les enrichit et les console ? Il y a toujours des poètes et des peintres de premier ordre, ici, ils vivent leur vie, malgré Staline et ses hommes de main. C'est cette joie de vivre au milieu de la tragédie qui fait que j'aime les Russes. Malgré tout », a-t-il poursuivi en offrant à Magnus un de ses cigares cubains.

L'arôme de ce bon tabac s'est mêlé aux odeurs du chou, du porc, du charbon et de la fumée du bois de chauffage qui émanaient des maisons. La puanteur des nombreuses latrines, qui ressemblaient à des guérites, dans la neige piétinée des petites cours intérieures, couvrait souvent les odeurs fortes provenant des cages d'escalier, et l'on entendait des émissions de radio, des gens qui se disputaient, et quelque part, le son d'un accordéon sortant d'une petite lucarne ouverte sous l'auvent d'un toit.

Keenan s'est contenté de sourire et de faire un large geste, comme pour montrer à Magnus qu'il n'est pas si facile de saisir la vie à Moscou, dans toute sa diversité.

Magnus pense à la Russie, il voit des passants se hâter dans le froid, si peu nombreux que c'est incompréhensible, dans une ville de plusieurs millions d'habitants. Un silence général règne sur cette ville glacée, entrecoupé de grondements quand l'un des nouveaux métros se rapproche de la surface du sol. D'ordinaire, on creuse les tunnels en profondeur afin qu'ils puissent servir d'abris quand se déclarera la guerre à laquelle tout le monde s'attend, parce que la nouvelle révolution des citoyens soviétiques est environnée d'ennemis. Que fait-il donc dans cette ville inhospitalière, distante et apeurée ? Il veut la quitter. Irina lui manque, il la désire, c'est la seule et unique raison pour laquelle il n'est pas encore allé chercher son visa de sortie auprès des autorités compétentes.

Il contourne le Kremlin, prend le pont qui enjambe la Moskova gelée et fait une courte halte pour contempler le grand complexe locatif qui s'élève sur la rive opposée. Les flocons de neige virevoltent comme des insectes autour d'un réverbère allumé. Il comprend alors qu'il y a de la glace prise de part et d'autre de ces bâtiments, qui rappellent un grand navire marchand échoué au milieu d'une mer de glace. Bon nombre de fenêtres sont éclairées, mais on en voit autant rester obscures et fermées. Un parfum sucré de chocolat se dégage d'une grande usine rouge bâtie à côté de l'énorme complexe gris massif où Irina l'attend, quelque part derrière toutes ces fenêtres.

Il tâte son revolver pour s'assurer qu'il l'a dans sa poche, reprend sa marche sur le pont et descend jusqu'au portail de l'immeuble. Dans un magasin encore éclairé, sur sa gauche, il aperçoit des acheteurs. Il semble qu'on y vend des produits alimentaires, mais on ne voit pas grand-chose sur les rayons.

Il n'y a pas de gardien, mais on lui a dit qu'à chaque escalier, un garde contrôle l'accès aux ascenseurs. C'est à lui qu'il doit présenter le billet remis par le gros garde du corps, dans la salle des colonnades, pour être autorisé à prendre l'ascenseur jusqu'au sixième étage.

Il entre dans une cour.

Sur la droite, il découvre un grand théâtre. Il est incapable de déchiffrer le nom du spectacle qui est à l'affiche et le théâtre est plongé dans le noir. Il continue son chemin. Un courant d'air glacial venant du fleuve lui picote les joues et l'intérieur des cuisses, comme s'il était armé d'épingles. Deux voitures noires garées là sont recouvertes de neige. Il semble qu'il y ait des bureaux officiels dans une deuxième cour qui fait suite à la première, mais ils sont fermés, une porte est même bloquée par un gros cadenas. Dans cette cour, on n'entend plus les bruits de la ville. Les arbres qu'on y a plantés sont encore jeunes et dénudés par l'hiver. Quoique ces cours soient assez vastes, il s'y sent enfermé, Magnus a l'impression que ces hauts murs, avec toutes ces fenêtres obscures, se penchent sur lui et voudraient l'écraser.

L'ensemble de ce complexe lui rappelle en même temps une forteresse moyenâgeuse, avec ses tours d'angle et sa succession de cours intérieures, entre chacun des bâtiments. Il imagine qu'en été, les gens doivent s'y rencontrer gaiement, pour pique-niquer, prendre un verre de vodka ou une bière ou tout simplement bavarder, en regardant jouer les enfants sous un ciel bleu.

En hiver, il ne reste que des nuances de noir. Quelques lampes diffusent une faible lumière jaune, mais tous les coins sont dans l'obscurité. Des ombres dansent et n'importe quoi pourrait se dissimuler dans ces trous noirs. Il se retourne précipitamment parce qu'il a senti quelque chose émerger, derrière lui, mais il n'y a rien. Pas même un chat ni un rat. Il tâte de nouveau sa poche pour sentir son pistolet. Il a beaucoup trop chaud dans son nouveau manteau d'hiver, mais il sait que ce n'est pas à cause de son manteau qu'il transpire.

Il doit trouver l'appartement 637, Korpus 4.

Il va trop loin et doit revenir sur ses pas. Il voit le numéro sur l'angle du premier bâtiment. La grosse porte dont la peinture s'écaille s'ouvre quand même sans difficulté. Il entre dans un grand hall et tape des pieds pour faire tomber la neige de ses bottes. Un homme âgé attend dans une petite loge, à gauche en entrant. Le guichet est ouvert et la radio du gardien diffuse un morceau de musique classique, interrompu par une voix d'homme parlant très fort, suivie d'une chorale qui entonne un chant aux accents patriotiques.

Le gardien lève les yeux. Il porte un manteau vert, a une barbe de plusieurs jours, les yeux un peu rougis et son haleine pue la vodka. Il fume une grosse cigarette et, à côté de lui, Magnus voit une tasse de thé vide et un petit verre. Le gardien ne dit mot. Magnus sort son billet, le lui tend et, toujours sans mot dire, le gardien le regarde et lui montre les deux ascenseurs situés le long du mur.

L'ascenseur que choisit Magnus sent l'urine et n'est pas particulièrement grand. Revêtu de bois, il est fermé par une porte intérieure qu'il pousse pour entrer. Il met ses gants dans sa poche, appuie sur le six et l'ascenseur monte lentement, en grognant et en grinçant, et le pouls de Magnus bat trop vite. Il déboutonne son manteau, ôte sa toque de fourrure et passe sa main dans ses cheveux. Il a mis son costume gris, mais pas de cravate. Quoiqu'il ait très peu de barbe, il s'est rasé de très près. Il essaie de se moquer de lui-même, mais il n'y a pas vraiment de quoi rire. En fait, il est mal à l'aise et il n'a pas la moindre idée de ce qui l'attend.

Sur le palier, il ne trouve que deux appartements. Toutes les portes sont identiques, brunes, solides, en bois sculpté. Le parquet est en beau bois épais. Les murs beiges, élégants, sont éclairés par deux beaux lustres de cristal. Si le bas de l'escalier était sordide, on entre dans un autre monde quand on sort de l'ascenseur.

Sur la porte numéro 635, un sceau attaché par un fin fil de fer est fixé au-dessus de la porte. La poignée de la porte est bloquée de telle façon qu'il est impossible de la baisser sans briser les scellés. Magnus étudie ce sceau qui est de la taille d'une pièce de monnaie, en se remémorant les histoires de Keenan et de Svend à propos de la police secrète et des voitures-cellules noires qui viennent de nuit chercher les gens. Le sceau, plus ou moins gris foncé, d'un gris plus soutenu au milieu, semble représenter un bouclier surmonté d'un glaive à poignée ornementée avec, au-dessus du glaive, les symboles de la faucille et du marteau. Il essaie de se souvenir de ce qu'il a entendu dire sur cet organisme redouté, le glaive et le bouclier du parti. Il se penche pour tâcher de déchiffrer les lettres cyrilliques, qui ne peuvent être que NKVD.

Il regarde à gauche, puis à droite.

Un large escalier descend à l'étage du dessous et remonte ensuite. Cet escalier de bois est si récent que les marches ne sont pas encore creusées au milieu par des années d'usage. Magnus se poste devant le numéro 637, respire profondément et frappe trois fois avec le marteau. Le son se propage dans toute la cage d'escalier de cette maison silencieuse, de même que dans l'appartement situé derrière cette grosse porte. Il n'entend arriver personne, pourtant la clé tourne soudain dans la serrure comme si elle l'avait attendu, prête, derrière la porte qui s'ouvre vers l'intérieur. Il sent son cœur battre et sa gorge se serrer en constatant la fragilité, la pâleur, les lèvres rouges et les yeux absents de l'être qu'il a devant lui et qui s'efforce de sourire. Sa toque de fourrure à la main, il ne sait que faire ni que dire.

Irina reste muette, elle tend la main pour prendre sa chapka et l'invite à entrer, d'un signe de tête imperceptible.

Il pénètre dans une antichambre haute de plafond et agréable, au parquet superbe, dotée d'un grand miroir et de patères où sont accrochés un manteau de fourrure et deux manteaux qui semblent appartenir à des hommes. Elle tend une main qui tremble un peu, et il ôte son manteau pour le lui donner. Elle le pose sur un cintre et quand elle lui tourne le dos, il peut mesurer combien elle a maigri. Elle porte un pantalon noir trop large pour elle. Il fait chaud dans cette entrée, les deux boutons du haut de son chemisier sont ouverts et il devine le haut de sa poitrine, quand elle se retourne pour lui faire face, les yeux baissés comme si la honte la submergeait, et il sent à nouveau que son cœur est tout près de se briser.

Il fait un pas en avant et l'attire contre lui. Elle pose délicatement sa tête sur son épaule, soupire, et il a la sensation d'avoir un petit chat dans les bras. Ses cheveux sentent le shampoing, sinon, elle a l'odeur d'un enfant. Elle ferme les yeux. D'abord, elle garde les bras ballants, puis un moment plus tard, elle lui enlace la taille, se serre contre lui et se met à pleurer sans bruit.

Ils restent ainsi longtemps, dans cette entrée silencieuse, puis elle le lâche, s'essuie les yeux et lui dit en espagnol :

« Sois le bienvenu, Magnus. Il faut bien que je te le dise, n'est-ce pas, mais cela ne signifie pas que je le pense. Jamais je n'aurais cru te revoir, ce n'était pas prévu, d'ailleurs. Tu n'aurais pas dû venir. Que viens-tu faire ici ?

– T'emmener loin d'ici.

– Magnus, Magnus, Magnus. Tu ne comprends rien. Tu ne me comprends pas. Et tu ne comprends pas mon pays.

– Mais si. J'en ai vu plus qu'assez pendant le peu de temps que j'ai passé ici.

– Que sais-tu de ces choses-là ? Tu viens d'un petit pays sans souci. Tu ne sais rien. Tu n'aurais pas dû venir.

– C'est toi qui m'as dit de venir, non ? »

Elle attend un moment. Cela sonne faux entre eux deux.

« Si, c'est vrai. Je te l'ai dit. Entre. Entre dans ce qui était autrefois une maison heureuse, mais il faut d'abord que tu te déchausses. C'est ce qu'on fait en Russie. Il y a des chaussons là, dans la corbeille, tu as le choix entre plusieurs paires. Autrefois, nous avions beaucoup de visites, aujourd'hui, plus personne ne vient, alors, tu as le choix. »

Soudain, elle parle comme une femme d'affaires, avec un reste de l'allant de l'Irina d'autrefois. Il prend une paire de chaussons de feutre du même genre que ceux qu'elle porte, des chaussons chauds et confortables, mais étranges. Il pose soigneusement ses bottes à côté de la corbeille.

Elle lui tourne le dos et entre dans l'appartement d'un pas résolu.

Il la suit. Cet appartement, qui doit être immense et pourrait faire trois cents mètres carrés, est situé dans l'une des tours qui donnent sur le fleuve et sur le Kremlin. De l'entrée, on aperçoit deux couloirs latéraux et les portes de plusieurs pièces. Le haut plafond est décoré de beaux ornements en stuc, et l'ensemble est éclairé par la lumière douce et distinguée de beaux lustres de cristal. Ils entrent dans la première des trois pièces en suite dont les hautes fenêtres donnent sur le fleuve, et l'on voit, sur l'autre rive, les tours illuminées du Kremlin et la muraille rouge, les bâtiments jaunes du gouvernement et les coupoles dorées des églises désaffectées. On aperçoit aussi le grand chantier, plus haut, et les grues noires éclairées par les projecteurs. Les ouvriers qui travaillent dans le noir ressemblent à de petits insectes. Dans la rue qui longe le fleuve, on distingue un de ces hauts fourgons noirs qui avance, seul dans la neige.

« Veux-tu prendre un verre, Magnus ? Je n'ai rien à t'offrir de solide. Je ne mange pas beaucoup. »

Elle rit comme une gamine, d'un rire forcé.

« Peu importe, Irina. Un verre fera l'affaire. Qu'est-ce que tu me proposes ?

– De la vodka, naturellement. La “petite eau” que boivent les Russes quand ils ont besoin de se consoler ou d’oublier. »

Sa voix est sans vie. L’espagnol est émotionnel. Malgré son accent bien distinct, elle maîtrisait son rythme montant et descendant. Aujourd’hui, on dirait une élève qui a appris sa leçon par cœur. Elle parle correctement, mais sa langue est privée du sentiment ou du nerf voulus.

Elle prend une bouteille posée sur une table devant la fenêtre, remplit deux petits verres de vodka et lui en tend un. Il y en a un troisième sur la table. Elle lève son verre et y trempe les lèvres tandis qu’il avale d’un seul coup le liquide transparent qui le brûle jusqu’à l’estomac. Il lui tend son verre, elle le remplit derechef, et cette fois, il n’en boit que la moitié en regardant autour de lui pour trouver quelque chose à dire qui dissiperait l’ambiance étrange et funeste qui les tient à distance l’un de l’autre.

Cette vaste pièce est meublée d’une table de salle à manger en acajou et de sièges à haut dossier rembourrés. Le long d’un mur, une vitrine renferme de la porcelaine fine à motif floral et des verres à vin et à bière. À travers les larges arcades qui divisent les pièces, on aperçoit des tables basses entourées de fauteuils confortables, un poste de radio et un phonographe, des bibliothèques contenant des livres reliés bien alignés, derrière des vitres qui auraient besoin d’être nettoyées. Sur un mur de la salle à manger, un tableau représente un paysage d’hiver russe avec des bouleaux et des sapins. Le mur opposé est dominé par une immense peinture à l’huile représentant un Staline embelli, au regard sévère au-dessus de sa grosse moustache, fixant un point situé hors du tableau. Vêtu d’une chemise blanche sans col comme celle des paysans russes, il a une petite pipe à la main.

Magnus reprend un peu de vodka.

Elle le suit des yeux. Il se demande si elle est devenue folle en cherchant en son for intérieur ce qu’il pourrait lui dire. Il vide son verre, le pose sur la table à côté de la bouteille, s'approche de la grande table et glisse la main sur sa surface lisse. Au milieu trône une coupe de verre, sur un napperon blanc au crochet. Le bout de ses doigts s'arrête sur une aspérité de la table. Il se penche et devine qu'il s'agit de lettres cyrilliques gravées.

« Qu'est-ce qui est écrit, Irina ? » questionne-t-il, et sa voix rend un son étrange, dans ces pièces désertes.

« Appartient au Kremlin.

– Quoi ?

– Il est écrit que cette table appartient au Kremlin. Tout le mobilier de cet appartement appartient au Kremlin. Nous ne possédons rien. Nous sommes des communistes, Magnus. Le Kremlin donne et le Kremlin reprend. Tout, ici, appartient au Kremlin et à celui qui est là, sur le mur. Notre table, mon lit et mon âme. Tout dépend de sa grâce et sa grâce ne répand plus sa lumière sur notre famille. Tu l'as vu toi-même aujourd'hui.

– Irina…

– Il n'y a rien à faire, Magnus. Tu n'aurais jamais dû venir en Russie.

– Il y a toujours quelque chose à faire.

– Retourne chez toi, Magnus. Tu ne comprends pas mon pays.

– Il y a toujours une issue. Il ne faut pas renoncer. Tu parles comme une religieuse, crois-tu en Dieu, à présent ? Est-ce lui qui va nous sauver ? La grâce ! Staline et la grâce ne s'accordent guère. »

Il essaie de parler gaiement, mais cela sonne faux. Il aimerait tant recréer le ton libre, plein d'humour, de leurs conversations en Espagne. Il aimerait tant briser sa cuirasse, que tout soit un mauvais rêve dont ils se réveilleraient bientôt ensemble, dans son lit du Gran Hotel d'Albacete, et ils riraient de tout et s'aimeraient lentement jusqu'à l'aube.

Elle le regarde de ses yeux étrangement absents et lui répond d'une voix atone :

« Je ne crois pas en Dieu. C'est interdit. Ma grand-mère y croyait. Les babouchkas ont beaucoup d'importance dans les familles russes. Mon père essayait en vain de l'empêcher de parler de Dieu. Même si c'est interdit, je pense quand même à Lui, parce que je pense beaucoup à Babouchka. Parfois, la seule chose d'elle qui me revienne, c'est son châle à fleurs. Un châle rouge qui sentait si délicieusement bon l'herbe ensoleillée et le miel. Je ne sais pas très bien… »

Elle s'interrompt pour le regarder, désorientée.

« Quand as-tu perdu ta grand-mère ?

– J'ai l'impression que c'est très vieux. J'étais en Espagne. Elle était tombée malade et était très âgée, sa mort a donc été une délivrance, sans doute. Pourtant, j'ai eu beaucoup de chagrin. Elle me pardonnerait, je crois. Je l'espère. Je crois qu'elle pardonnerait à Bibou et qu'elle dirait que ce n'est pas de ma faute. Je crois… »

De nouveau, cette pause maladroite. Elle le regarde comme si elle devait réfléchir pour savoir qui il est et ce que cet étranger fait chez elle, tandis que la neige tombe, dehors, et étend un voile blanc sur le Kremlin.

« Viens avec moi, Irina. Je t'aime. Épouse-moi. Je peux t'emmener loin de ce cauchemar qu'est ta vie. Je peux te libérer de cette prison. Je t'aime, Irina. Viens donc avec moi. Ici, il ne reste rien pour toi. »

Elle le regarde, les yeux brillants. Elle lève sa main fermée et se mord le poing, une vilaine habitude qu'elle a contractée. On voit des traces de morsure sur sa main droite, les ongles de sa main gauche sont rongés jusqu'à la racine et ses articulations sont rouges et enflées.

Sans répondre, elle se poste devant la fenêtre et lui tourne le dos, un dos fragile et sans défense comme celui d'un petit oiseau. Il la suit, lui prend la main et caresse ses articulations blessées. Elle ne la retire pas, mais ne serre pas non plus celle de Magnus, sa main reste passive et froide.

Soudain, elle s'écrie :

« Cela se passera mal, évidemment. C'était joué d'avance.

– Je ne sais pas de quoi tu parles.

– Nous sommes très superstitieux, en Russie. Celui qui est sur le mur n'a pas encore supprimé ça. Le soir de la Saint-Sylvestre, les femmes non mariées regardent dans un bol d'eau claire pour y apercevoir leur prochain époux. S'il t'apparaît à minuit, cela veut dire que tu te marieras au cours de la nouvelle année. Avec de l'attention et si tu n'as pas trop bu, tu peux avoir la chance de l'apercevoir pendant une seconde, alors, tu sais qui tu devras chercher.

– Tu aurais dû me voir.

– Je n'ai pas regardé.

– Pourtant, ç'aurait été…

– J'étais en Espagne. Tu l'as oublié ? Nous avons dansé toute la nuit et puis, nous avons fait l'amour. Tu l'as déjà oublié ?

– Non, bien sûr que non, Irina. »

Il tient toujours la main d'Irina dans la sienne, et elle ne réagit toujours pas quand il la serre doucement, mais fermement. Elle fixe des yeux le chantier et les petites silhouettes qui rampent sur les échafaudages. Il contemple son profil, son œil brillant, son beau nez droit et ses hautes pommettes. Elle n'est pas maquillée et, de nouveau, sa fragilité et sa délicatesse le surprennent. Il remarque une fine veine bleue sous son œil, il cherche ses mots en maudissant son incapacité à faire face à la situation.

Irina continuerait-elle à parler ainsi pour l'empêcher d'aborder les choses sérieuses ? Serait-elle devenue folle, chercherait-elle, par ce bavardage, à tenir à distance les démons qui la poursuivent ?

Elle lève le bras pour indiquer le chantier :

« Il y avait une église, à cet endroit-là, m'a dit ma grand-mère. Une cathédrale immense, la cathédrale de Notre-Sauveur. Papa a invité sa mère, naturellement, quand celui qui est sur le mur nous a attribué ce magnifique appartement. Il voulait vraiment s'en vanter. On nous a donné l'un des premiers appartements de ce bâtiment qu'on appelait à l'époque le Commissariat du deuxième soviet. On se souvient vraiment des choses les plus étranges, n'est-ce pas ? Babouchka n'a pas été le moins du monde impressionnée. Elle est venue se poster ici, devant cette fenêtre, elle a fait un signe de croix et murmuré : "L'Antéchrist est arrivé. L'Antéchrist nous portera malheur. L'Antéchrist finira par brûler en enfer." Et de la main droite, elle a fait le signe du diable comme pour chasser les mauvais esprits.

– De quand cela date-t-il ?

– Quoi ?

– Quand il y avait encore une cathédrale.

– Cela doit dater d'avant 1931. Parce que nous avons emménagé en 1932 et qu'à ce moment-là, le nouveau chantier que tu vois, là-bas, était commencé. Ma grand-mère racontait que des mineurs de l'armée Rouge avaient fait sauter l'église. L'homme du portrait, sur le mur, détestait la vue des coupoles de l'église, qu'il avait de son bureau. On a aussi démoli toutes les églises possibles et imaginables, fermé des monastères. La religion avait été abolie, il fallait donc bien liquider la cathédrale de Notre-Sauveur. Boum ! Adieu la cathédrale ! Ma grand-mère racontait qu'un groupe de popes avait refusé de quitter l'église, alors, adieu les popes aussi ! L'homme du portrait avait dit que s'ils refusaient de sortir, c'était à leurs risques et périls. Que cela permettrait d'économiser les frais de leur enterrement.

– Qu'est-ce qu'ils construisent maintenant, Irina ? » s'enquiert-il, pour la forcer à continuer de parler, parce qu'il a l'impression malgré tout que parler la dénoue quelque peu, intérieurement.

« Maintenant ? Un nouveau Soviet suprême. Ce sera le plus haut bâtiment du monde, d'après papa, plus haut que l'Empire State Building de New York. Il aura plus de quatre cents mètres de haut. Au sommet, on mettra une statue de

Lénine de cent mètres de haut, selon papa. Son bras tendu aura trente mètres de long, tu t'imagines ? Trente mètres ! Rien que son pouce sera de six mètres, paraît-il. Quel doigt, hein ? Babouchka se moquait de tout ça. Elle disait que ça ne se ferait jamais, que ça ne serait jamais fini, que Dieu ne le permettrait pas. C'est vrai qu'il y a eu beaucoup de problèmes. Le chantier dure depuis sept ans, mais l'eau du fleuve ne cesse de l'inonder, et il faut recommencer à zéro. C'est la punition divine, disait Babouchka. Mais l'homme du portrait ne renonce jamais. Elle n'avait pas compté avec lui. Même si ça prenait un siècle, il continuerait à bâtir. Moi, je pense surtout à quelque chose de tout différent : ces pauvres gens qui nagent tous les étés dans le fleuve, ils nageront dans l'ombre, quand Lénine sera à sa place. »

Magnus la fait lentement tourner sur elle-même. Elle a le regard lointain, mais elle détourne quand même les yeux. En tenant toujours sa main, il prend son verre vide pour le poser sur le rebord de la fenêtre. Puis il lui prend doucement le menton pour la forcer à le regarder dans les yeux. Il veut pénétrer ses pensées et comprendre son âme douloureuse. Elle ne résiste pas, le laisse faire passivement, et tout à coup, en une seconde, le ciel lui tombe sur la tête quand elle lui demande, d'une voix atone et neutre :

« Pourquoi ne pas dire tout simplement où il est, Magnus ? Pourquoi ne pas dire tout simplement où est cet or, pour qu'on puisse tous rentrer chez nous ? Ce serait beaucoup plus simple.

– Que dis-tu, Irina ? Qu'est-ce que tu veux dire ? Qu'est-ce que tu en sais ?

– Comment ça ?

– L'or espagnol. Nous n'en avons jamais parlé en Espagne.

– Vraiment ? Il me semblait bien, pourtant. Étiez-vous vraiment les seuls à en parler, Joe et toi ? Et qu'est devenu Joe, en fait ? Tout à coup, il a disparu. »

Magnus n'en revient pas. Sa stupéfaction est totale.

Impossible d'imaginer que Joe Mercer ait parlé à Irina, à aucun moment, de leur maudit projet commun. Joe n'est pas oublié, il l'a enfoui dans les tréfonds de sa conscience, là où se trouve Mads, et souvent, maintenant, il réussit à oublier pendant plusieurs jours ce grand Américain, mort sous les ruines romaines de Carthagène. Il répond, avec plus de dureté dans la voix :

« Nom de Dieu, mais qu'est-ce que tu veux dire, Irina ? Que faut-il que je dise, et à qui ? » Il doit se dominer pour ne pas la pincer et lui lâche le menton.

« Ce serait plus facile, n'est-ce pas, Magnus ? Si seulement tu me disais où tu as caché cet or, on pourrait tous rentrer chez nous et personne ne souffrirait plus. Cela résoudrait beaucoup de choses. C'est certain. »

Il secoue la tête :

« Je ne sais pas de quoi tu parles.

– Alors, tu ne sais pas où est cet or ?

– Non, je ne le sais pas

– Si tu le savais, tu me le dirais ?

– Oui, Irina, je te le dirais. Je te dirais où il est, si je savais où il est caché, mais je n'en sais rien », ment-il en se maudissant pour sa facilité à mentir alors qu'il ne peut ni prévoir ni calculer les conséquences de son acte, mais comment pourrait-il ouvrir une telle boîte de Pandore ? Il a assez à faire, en ce moment, pour digérer l'annonce qu'elle se trouve impliquée dans cette épouvantable histoire.

« Ça n'a certainement pas d'importance, d'ailleurs. C'est sûrement trop tard. Il n'y a probablement rien à faire, puisque le cygne est mort.

– Je ne sais pas de quoi tu parles. Tu t'exprimes sans cesse par énigmes.

– C'est très simple. Si un cygne blanc meurt, la nuit de la Saint-Sylvestre, c'est un très mauvais présage. C'est l'annonce des malheurs. Comme le disait Babouchka. C'est un très mauvais présage. Et justement, un cygne blanc est mort pendant la nuit de la Saint-Sylvestre. Il est mort au zoo, deux minutes après minuit, au tout début de notre nouvelle année 1938. Tout le monde le sait, même s'ils ne l'ont pas dit à la radio ni écrit dans le journal, mais chacun reste les bras croisés.

– Irina, ma chérie. Je ne sais que dire ni que faire. Je ne te comprends pas. Je ne sais pas comment t'aider. J'ignore ce dont tu souffres et ce que tu veux que je fasse ou que je dise. »

« Alors, c'est tant mieux que je le sache, n'est-ce pas, *señor* Meyer ? Parce que moi, je le sais. Je sais exactement ce que tu dois dire, et si tu veux mon avis, tu devrais le dire tout de suite ! »

La voix qui parle en espagnol vient de la pièce attenante. Magnus reconnaît son accent, mais cela ne l'empêche pas d'être pétrifié quand il voit, sous l'arcade qui sépare les deux grandes pièces, surgir Stepanovitch, un sourire sarcastique aux lèvres et un gros pistolet à la main.

31

Magnus lâche la main d'Irina, plus que stupéfait de découvrir que Stepanovitch est dans l'appartement. D'emblée, sa colère se tourne contre Irina, puisque l'arrivée de ce Russe qui surgit comme un fantôme ne paraît pas la surprendre le moins du monde. Elle savait donc dès le début que cet homme était dans l'appartement. Magnus a été attiré dans un piège.

« Ma petite Irina, tu trouveras un revolver dans la poche droite de la veste du *señor* Meyer. La coupe de son veston s'en ressent. Prends-le et éloigne-toi de ton Meyer chéri. Ce serait dommage qu'il se passe quelque chose si un coup partait. »

Stepanovitch agite lentement son pistolet.

Magnus observe Irina.

Elle a toujours les yeux absents, un peu brillants, on dirait qu'elle est abrutie par une drogue quelconque. Voilà bien l'humiliation suprême : Stepanovitch compte sur elle sans réserve. Elle tient d'une main sûre le revolver qu'elle sort de la poche de sa veste, on voit qu'elle a déjà eu des armes à la main. Refusant toujours de le regarder dans les yeux, elle s'écarte et s'éloigne de lui.

Le colosse de la salle des colonnades entre derrière elle, émergeant d'un coin de cet immense appartement. Lui aussi est certainement là depuis le début. Il porte le même costume qui lui va mal et qui bride sa large poitrine et ses épaules de taureau. Debout dans l'embrasure de la porte, il montre par sa seule présence qu'il n'y aura pas d'issue de ce côté-là.

Irina jette un coup d'œil derrière elle et traverse la pièce pour se rapprocher de Stepanovitch qui lui adresse un sourire qu'elle ne lui rend pas, parce qu'elle garde la tête baissée. Le revolver pend toujours au bout de son bras ballant. Stepanovitch tend la main, saisit le Smith & Wesson et sort le barillet en habitué, s'assure qu'il n'y a pas de munition dans le premier logement et glisse l'arme dans son dos, sous son ceinturon. Puis, chose surprenante, il met la sécurité de son propre pistolet et le rentre dans son étui d'épaule, sous sa veste.

« Celui-là, je n'en ai pas besoin, Meyer. On pourrait le considérer comme un accessoire de théâtre, il faisait partie intégrante du début du spectacle, en un sens. Jamais tu ne pourras sortir par la porte gardée par mon copain. Il s'appelle Torokoul, c'est un ancien champion de catch kirghiz, catégorie poids lourds. Le catch kirghiz diffère de celui des JO en ceci que tous les coups sont permis et qu'on ne s'arrête pas avant qu'un des adversaires ne se relève plus. J'ai déniché Torokoul au cirque d'État de Moscou, j'ai tout de suite été conquis par sa force, mais tout particulièrement par le plaisir réellement exceptionnel qu'il prend à faire souffrir autrui. Je me sers de lui quand je dois faire vraiment peur aux gens. Cela leur suffit de le voir, en général. Sinon, un ou deux coups de ces poings-là leur délient la langue. Tu peux parler librement. Torokoul ne comprend pas un mot d'espagnol, il parle même à peine le russe. »

Magnus ne comprend pas pourquoi Stepanovitch lui parle poliment, comme s'ils conversaient lors d'une réception ou d'une rencontre fortuite, dans un bar. Mais le regard des yeux pâles de son interlocuteur est glacial. Il note aussi qu'ils se tutoient, à présent.

« Si nous passions à côté, ce serait plus confortable », ajoute-t-il en prenant Irina par le coude.

Il l'assied sur une chaise à haut dossier et indique la chaise d'à côté à Magnus qui lui obéit et s'assied, en s'efforçant de contrôler les sentiments contradictoires qui se bousculent dans sa tête : l'impuissance, la colère, la déception, le trouble, l'incrédulité, le chagrin, presque. Tout se heurte dans son esprit, il est incapable de réfléchir clairement.

Cette pièce, vaste elle aussi, comporte deux groupes distincts de fauteuils et de tables basses. Haute de plafond, elle est éclairée par la douce lumière de quatre lampes élancées au pied en métal noir, placées dans chaque encoignure.

La neige tourbillonne derrière les hautes fenêtres aux vitres si épaisses qu'aucun bruit extérieur ne filtre dans la pièce.

Stepanovitch prend place en face d'Irina et de Magnus.

Le grand Kirghize apporte la bouteille de vodka, les trois verres et les pose sur la table basse et étroite qui les sépare, puis il fait quelques pas en arrière, de façon que sa carrure énorme se trouve au milieu de l'arcade qui sépare les deux pièces. Un soupçon de sourire effleure le visage mince de Stepanovitch. Il remplit les trois verres de vodka, tend le premier à Irina, qui le prend machinalement, et le second à Magnus.

Il lève son verre :

« À la bonne et heureuse conclusion d'une affaire commune. Puis-je me présenter ? Lieutenant-colonel Dimitri Yevgenievitch Kaverin, officier de la Guépéou, la branche militaire du NKVD. Agent et officier du Komintern depuis plusieurs années. C'était mon rôle quand nous nous sommes rencontrés en Espagne. Mon chef suprême ici présent, est sur le mur de la salle à manger, mais mon chef le plus proche figure juste à ta droite, Meyer. »

Magnus tourne la tête et découvre, accrochée au mur, la photo en noir et blanc, relativement petite, finement encadrée d'argent, d'un homme d'environ quarante ans, aux traits accusés sous une casquette d'officier à calotte relevée. Il a des lèvres larges et des yeux noirs enfoncés. L'étoile à cinq branches orne le col de son uniforme et sa casquette. L'homme semble retenir un léger sourire. Il a un visage sinistre et pourtant attirant.

« Nikolaï Yeziov, le chef actuel du NKVD. Nommé il y a deux ans, lorsque son prédécesseur est mort subitement parce que le patron n'avait plus confiance en lui. Mais nous nous connaissons depuis pas mal d'années, le camarade Yeziov et moi, nous avons travaillé côte à côte à Leningrad. Yeziov n'est pas très grand, il ne mesure probablement pas plus d'un mètre cinquante et il boite, ce qui a entraîné pas mal de camarades à le sous-estimer en le traitant de nain et en ajoutant souvent un ou deux adjectifs peu flatteurs : le nain venimeux ou le nain sanguinaire, par exemple. La plupart ne sont plus de ce monde à présent. Pour ma part, ayant toujours admiré son courage et son absence de scrupules, je ne l'ai jamais sous-estimé. J'avais vu de quoi il était capable quand il s'est chargé, vice-ministre de l'Agriculture, de faire comprendre aux koulaks réticents que la collectivisation était une réforme qui devait être appliquée. Et elle l'a été. Cela a coûté quelques millions, mais aujourd'hui, notre agriculture socialiste est devenue une réalité, par conséquent le jeu en valait la chandelle. Pourquoi tout ce sentimentalisme ? Chaque année, des millions de gens périssent à la suite des épidémies et des catastrophes naturelles. Nul ne s'en soucie. Quand nous liquidons des parasites parce que cela constitue une étape dans l'avancée d'une révolution mondialement historique, une expérience magistrale, cela fait pleurnicher les cœurs tendres. La nature n'est ni mesquine ni molle. Pourquoi le serions-nous, nous autres humains, lorsque nous agissons au service d'une grande cause ? Cette dialectique, les camarades Staline et Yeziov la comprennent. Yeziov est mon chef, mais il est aussi mon partenaire. Trinquons, voulez-vous ? »

Celui qui se nomme à présent Dimitri Kaverin vide son verre et Magnus l'imite à contrecœur, mais il a besoin de boire. La brûlure de l'alcool lui fait du bien, il lui semble qu'elle réveille ses esprits et qu'elle l'aide à réfléchir de façon plus constructive, à moins que ce ne soit le choc qui commence à se résorber.

Irina boit du bout des lèvres et garde ensuite son verre sur ses genoux. Magnus n'arrive pas à comprendre ce qui est arrivé à la femme séduisante et sûre d'elle qu'il a connue en Espagne. Que lui ont-ils fait ? Ce grand Kirghize l'a-t-il maltraitée ? Elle ne porte pas de traces de mauvais traitements et se meut normalement.

« Pourquoi est-ce que je te raconte tout ça ? Pour deux

raisons : la première, c'est que je veux que tu saisisses parfaitement qu'il serait idiot de nous sous-estimer, moi et mon chef. Nous détenons le pouvoir, dans ce pays. La seconde est que je vais t'expliquer de quoi il retourne, pour que tu comprennes qu'il est absolument décisif que tu me fournisses les renseignements que je souhaite. J'espère que nous n'aurons pas besoin des offices de Torokoul pour te convaincre. Sache que les appartements contigus sont vides et sous scellés. C'est également le cas de ceux du dessus et du dessous. Personne ne peut nous entendre. J'ai moi-même l'intention de m'installer dans cette belle maison dans le courant de l'été, quand le patron m'y autorisera. Ma chère épouse lorgne depuis longtemps cet immeuble. Il y a un choix suffisant parmi les appartements, sept cents ennemis du peuple ont été condamnés seulement dans cette maison, des camarades du parti, des officiers et des soi-disant artistes qui se sont révélés être des laquais du capitalisme. Qui sous-estimaient le NKVD et notamment la fidélité à ses principes du camarade Yeziov quand il s'agit de défendre la révolution. Comme l'ont fait ton père et ton frère, n'est-il pas vrai, Irina ?

– Si, Dimitri. C'est sûrement vrai », répond-elle sans lever les yeux.

Meyer dissimule sa fureur quand ce maigrichon de Russe se penche par-dessus la table pour tapoter paternellement la main d'Irina avant de poursuivre :

« En 1936, on m'a confié la responsabilité du transfert de l'or espagnol à Moscou. *I speak English as well, but let us stick to Spanish* (Je parle aussi anglais, mais restons-en à l'espagnol) », ajoute-t-il en anglais, avec un accent qui pourrait passer pour celui d'un homme qui a émigré en Amérique étant enfant, ou très jeune.

Il enchaîne en espagnol, et Magnus se remémore qu'au moment où il s'est présenté pour être l'interprète de Joe Mercer, à l'aéroport de Valence, son interlocuteur a caché non seulement qu'il comprenait l'anglais, mais qu'il le parlait.

« Au moment où l'opération a été mise en œuvre, je m'appelais Robert Jackson et je représentais la Banque nationale américaine. Il importait de ne révéler ni à des personnes extérieures au gouvernement ni aux gouvernements de pays étrangers et à leurs agents que l'Union soviétique était seule responsable du transfert de cet or, mais ce n'était que l'une des nombreuses campagnes de désinformation qui ont été menées dans le contexte de ce transport. J'ignore dans quelle mesure Joe Mercer t'en a parlé. »

Ses yeux pâles considèrent Magnus, qui s'efforce de contrôler sa respiration mais qui sursaute en entendant le nom de Joe. Où Kaverin et Joe se sont-ils rencontrés ? Kaverin ne peut rien savoir de la fin de Joe. C'est impossible puisque les seules personnes qui se trouvaient dans les ruines romaines, sous la crypte de l'église, étaient lui-même, Irribarne, Francisco – le second Espagnol – et Joe, et qu'ils sont morts tous les trois.

Magnus transpire. Il fait chaud dans l'appartement, mais ce n'est pas seulement pour cela qu'il transpire, il en est douloureusement conscient. Il gagne un peu de temps en sortant son étui à cigarettes en argent. Il l'ouvre, offre une cigarette à Irina, qui la prend machinalement, puis à Kaverin qui prend aussi l'une de ces cigarettes de Virginie que Magnus a achetées à Berlin. Kaverin les allume toutes les trois et pose l'allumette dans le grand cendrier qui trône au centre de la table. Il aspire profondément la fumée en y prenant visiblement un grand plaisir, la fait ressortir par les narines et reprend :

« O.K. Nous verrons plus tard quel rôle a joué Joe Mercer dans cette affaire précise, et comment elle concerne ton frère Mads, que j'ai eu le privilège de connaître et d'avoir sous mon commandement.

– Comment ? Qu'est-ce que mon frère Mads vient faire dans cette histoire ? »

Magnus n'essaie pas de cacher sa colère, ce serait impossible, du reste. Il pousse un cri et se lève à moitié tandis que le Russe le regarde avec un petit sourire en coin. Une paire de mains puissantes se pose sur ses épaules et le plaque brutalement sur sa chaise, d'un coup qui se répercute jusqu'au bas de sa colonne vertébrale. Les mains de Torokoul sont en béton et Magnus a humé la sueur du colosse, il est soulagé quand ses mains le lâchent et quand il devine que le grand Kirghize s'éloigne de quelques pas, même s'il reste encore trop près de lui à son goût.

« Chaque chose en son temps, Meyer, chaque chose en son temps, réplique Kaverin. Si tu cessais de t'exclamer, cela nous permettrait de continuer comme des gens civilisés, des *gentlemen, and a lady, of course.* »

Magnus acquiesce de la tête, s'oblige à rester calme et Kaverin poursuit, toujours sur le même ton de conversation banale, comme s'il parlait du temps qu'il fait ou du dernier opéra un peu ennuyeux auquel il a assisté au Bolchoï.

« Comme je te l'ai dit, j'ignore ce que Joe Mercer t'a raconté, mais voici brièvement l'histoire, la vérité sur cette histoire. Beaucoup de rumeurs courent à propos de l'or espagnol, parce qu'il y en avait une assez grande quantité. C'était la quatrième réserve d'or du monde, on te l'a peut-être dit. Le fruit des rapines des braves conquistadors en Amérique latine. C'est le 13 septembre 1936 que le ministre des Finances de l'époque, Juan Negrín, m'a confié cette mission, après s'être entendu avec Staline et Molotov, le ministre des Affaires étrangères. Je devais évacuer l'or espagnol vers l'Union soviétique pour permettre aux Espagnols de financer leur armement. Madrid pouvait tomber n'importe quand aux mains des fascistes ou des anarchistes. Une occasion s'est présentée quand j'ai vu les papiers du transport et l'inventaire du contenu des caisses. Yeziov et moi nous étions dit que la vie sur les sommets, en Union soviétique, pouvait être risquée et que ce serait peut-être une bonne idée d'assurer nos arrières financièrement, pour le cas où les temps deviendraient défavorables. Le patron n'est pas toujours très facile à comprendre. Et tu sais qu'en tant que communistes, nous ne possédons rien. Tout appartient à l'État et au parti qui ne font que nous prêter nos appartements, nos voitures, les faveurs dont nous disposons en matière d'achats et autres privilèges. Yeziov a vu cette occasion, lui aussi, et il avait déjà l'oreille du patron concernant Yagoda, qui commençait déjà à fatiguer Staline. Yagoda dirigeait le NKVD, mais en 1934, Staline y avait nommé le camarade Yeziov, de manière à limiter le pouvoir de Yagoda. Il y avait réussi, et le 16 septembre, Yeziov a piégé Yagoda et s'en est occupé personnellement à la Loubianka avant de le faire fusiller. Le 26 septembre, Staline l'a nommé à la direction du NKVD, si bien que nous contrôlons cet organisme, de même que son administration. Comprends-tu où je veux en venir ?

– Je commence à comprendre. Vous avez planifié un vol.

– C'est un mot grossier. Nous avons conçu un projet apte à nous réserver une prime d'assurance, un fonds de pension, pour le cas où les temps changeraient. Je suis donc en Espagne, mais mes relations sont toujours à Moscou. Le 15 septembre, je surveille le départ de l'or pour la gare d'Atocha, à Madrid, et son chargement sur un train spécial. Les soldats ne savent pas ce qu'ils surveillent, seuls quelques-uns connaissent le contenu de ces nombreuses caisses en bois. Officiellement, il s'agit simplement de documents gouvernementaux, mais il était indispensable de mettre au parfum quelques personnes de confiance que j'avais sélectionnées personnellement. C'est une opération de grande envergure puisqu'il s'agit de plus de dix mille caisses d'or et d'argent, plus de six cents tonnes en tout. Le voyage par le train s'est effectué sans problème. Arrivés à Carthagène, que tu connais si bien, nous avons transféré la plupart de ces caisses dans une grande caverne, tandis qu'une partie était immédiatement chargée sur un navire marchand à destination de Marseille. De là, on l'a expédiée à Paris. Le reste – environ cinq cent dix tonnes ou presque – nous l'avons expédié par bateau le 25 octobre à Odessa et de là à Moscou, par le train. La majeure partie de cet or se trouve actuellement dans les caves du Kremlin, pour régler les frais des armes que nous livrons à nos camarades combattants. Les documents de la Banque nationale espagnole correspondent parfaitement à la valeur de l'or dont on a accusé réception à Moscou. Au gramme près. Nous avons d'excellents falsificateurs au NKVD. Il est vrai qu'il y en a un de moins. Nous ne pouvions pas laisser en vie ce camarade qui en savait trop. Au bout d'une ou deux heures passées avec Torokoul, il a avoué ses opinions trotskistes et ses tendances conspiratoires et a été fusillé le matin même. »

Le Russe affiche une mine satisfaite :

« Tu me suis, Meyer ?

– Je te suis. Un vol bien organisé.

– Pas tout à fait. Nous n'avions pas la cupidité des criminels ordinaires. Nous avons partagé le butin en deux, la majeure partie pour la patrie, la plus petite pour nous. L'or arrivé à Paris, nous l'avons placé à la Banque commerciale pour l'Europe du Nord, appelée familièrement Eurobank, un beau nom bien français. En réalité, c'est la propriété du NKVD, notre façade, pour ainsi dire. Notre petite banque privée, au cœur du capitalisme. L'or et l'argent du trésor ont été convertis en devises fortes, nous en avons envoyé la majeure partie à nos amis républicains espagnols et en avons placé une part sur un compte en Suisse auquel Yeziov et moi avons accès, à condition de nous présenter ensemble et d'apporter chacun de son côté la moitié du numéro de notre compte. Malin, n'est-ce pas ?

– Très malin. Je connais des gens, à New York, avec qui vous avez pas mal de choses en commun.

– Je vois que tu retrouves tes sarcasmes habituels. Fort bien. Peu importe. J'ai besoin que tu sois malin. »

Kaverin l'observe attentivement. Magnus détourne les yeux. Il sait que son regard révélerait qu'il est terrorisé, parce qu'il sait qu'il ne ressortira pas vivant d'ici. Kaverin en dit beaucoup trop, à moins qu'il n'aime se vanter, ce qu'on pourrait soupçonner. Il aime donner en spectacle son habile roublardise : Regarde-moi, semble-t-il dire, je suis plus intelligent que toi et je t'ai fauché ta copine.

Kaverin vide son verre, mais Meyer ne touche pas au sien. Irina n'a pas bougé, elle tient toujours son verre sur ses genoux. Elle baisse les yeux, et Magnus se demande réellement si elle écoute ou non la conversation.

Kaverin écrase son mégot et continue :

« Mais ce n'est pas tout. Je ne vais pas entrer dans les détails, mais j'ai fait en sorte qu'une partie des réserves d'or de l'Espagne – peu de chose comparé à tout le reste, mais quelque chose quand même, il faut le dire – disparaisse de la grotte de Carthagène et que cela corresponde au reçu de la banque. Nous ne pouvions plus utiliser notre banque à Paris, c'eût été trop risqué, parce que les pouvoirs occidentaux s'apprêtaient à mettre en œuvre leur maudite politique de non-intervention. Il était donc inutile d'accumuler des réserves de devises à Paris puisque les Britanniques et les Français refuseraient de vendre des armes aux républicains. C'est là que ton ami Joe Mercer entre en scène. Il a de bonnes relations aux États-Unis et à Buenos Aires. D'ailleurs, l'Argentine est un pays ami, s'agissant de secrets bancaires et les dépôts y sont très sûrs. Joe a accepté de nous aider, contre rétribution, naturellement.

– Où l'avais-tu rencontré ?

– Où je l'avais rencontré ? C'est intéressant que tu emploies un temps du passé. Où est ce bon Joe, en effet ? Je l'ai beaucoup cherché avant de devoir partir pour Moscou. Je dispose de beaucoup de moyens, mais on dirait qu'il s'est volatilisé. Étrange, n'est-ce pas ? Parce que nous avions conclu un marché. Joe Mercer est un malfrat prêt à tout pour de l'argent. J'ai fait des affaires avec lui, autrefois, quand j'étais un agent du Komintern et qu'il me fallait une couverture, ou une carte d'introduction dans la société américaine.

Peu importe. Aucun rapport avec notre affaire. Joe a de très bons contacts avec le syndicat américain des gangsters qu'il appelle Cosa nostra.

– C'était donc de la pure comédie, à Valence ?

– Pas tout à fait. J'attendais Joe, et il m'a fait signe de prétendre que nous ne nous connaissions pas. Plus tard, j'ai compris que c'était à cause de toi, parce que tu pouvais lui être utile. N'est-ce pas exact ? Il pouvait se servir de toi.

– Peut-être.

– Peut-être, oui. Mais Joe n'a pas livré la marchandise. Où est donc cet or ?

– Joe n'en savait rien. Je devais l'aider à trouver où il était. Je devais être son traducteur. Il savait que je suis ce qu'on appelle "*a made man*" aux États-Unis. On pouvait compter sur moi. Je savais me taire et je savais l'espagnol, à l'inverse de Joe. Je me trompe ?

– Non. Joe ne le connaissait pas l'espagnol. Et oui, j'ai commis une erreur. J'ai fait disparaître tous ceux qui avaient eu à faire avec notre or. Pour moi, c'était trop dangereux de conserver dans mon entourage des ennemis potentiels. Je suis au service d'un patron vindicatif et les éliminations étaient faciles en Espagne, où les gens meurent comme des mouches. Malheureusement, le seul qui restait et qui connaissait la cachette, a été victime d'un bombardement, alors, j'ai embauché Joe pour trouver cet or. Je ne pouvais pas le faire moi-même. Pandrup, ton concitoyen, était plutôt soupçonneux, il est terriblement idéaliste. En outre, à mesure que la guerre allait de plus en plus mal, j'accomplissais de nombreuses missions pour la République. Je n'ai pas osé te faire parler en Espagne, il fallait que je te fasse venir à Moscou pour te rencontrer chez moi, où j'ai les mains libres. Je me suis servi d'Irina. Tu étais un clown amoureux, je savais que tu allais accourir la langue pendante, comme un chien en chaleur.

– Tu t'es servi de son père et de son frère.

– C'est Yeziov qui s'en est occupé. Il a compris mon plan.

Du reste, le colonel Schiapatovo commençait à prendre de grands airs, il avait besoin qu'on lui rabaisse le caquet. Yeziov a un quota d'officiers, de gens du NKVD, de fonctionnaires du parti et de gens ordinaires qu'il doit aller chercher toutes les nuits. À chaque jour ses ennemis du peuple. C'est purement mathématique. Tant de personnes par jour. C'est un système qui plaît au patron : rien ne vaut la peur froide pour réprimer les velléités de révolte, alors, un ou deux hommes de plus ou de moins, cela ne fait aucune différence. »

Soudain, étonnamment, Irina réagit. Elle lance le contenu de son verre à la figure de Kaverin qui réagit tout aussi vite et, bien que la vodka ait touché un de ses yeux, du dos de la main droite, il lui décoche une gifle magistrale. Magnus, qui s'est levé, va enjamber la table quand un coup paralysant sur l'épaule le projette à terre. Il se lève à moitié, mais un coup de poing sur le côté lui coupe la respiration. Une côte enfoncée se met à lui faire vraiment mal et il s'effondre, haletant.

Irina gémit sur sa chaise, les bras croisés sur sa poitrine et la joue très rouge, tandis que Kaverin lui parle très durement en russe. Elle secoue la tête en se mordant le poing, si fort que le sang commence à couler.

Sans effort, Tarakoul relève sa victime et la jette sur le fauteuil. Magnus essaie de respirer normalement, en serrant sa côte douloureuse. Kaverin tend la main, sort l'étui à cigarettes de Meyer de sa poche, en prend une, referme l'étui et le remet nonchalamment dans la poche intérieure de Meyer, puis il allume la cigarette, éteint l'allumette et se cale dans son fauteuil :

« Si tu pouvais cesser d'être aussi théâtral. Cela ne mène à rien, tu ne fais que retarder l'inévitable. »

Il fume en contemplant Magnus de ses yeux lointains et attend patiemment que celui-ci respire assez normalement pour que sa voix ne soit pas flûtée. Magnus se redresse, sort son étui et essaie de l'ouvrir, mais ses doigts tremblent trop. Kaverin se penche en avant, il le lui ouvre et lui offre une cigarette. Magnus ravale sa honte et sa fureur, il se sert, laisse Kaverin lui allumer sa cigarette et se renfonce avec précaution sur sa chaise en le fixant d'un œil torve.

« Je sais, commente Kaverin de sa voix basse et atone. Si tu pouvais me fusiller des yeux, tu aurais le dessus. Mais ce n'est pas possible, par contre, cela m'est facile, sans parler de Torokoul. Par conséquent, finissons-en. Je veux savoir où est cet or.

– Qu'est-ce que ça me rapportera ?

– Voilà qui est mieux. C'est un aspect commercial de l'affaire. Eh bien, tu pourras partir et emmener notre amie commune. De toute façon, j'en ai assez d'elle. Elle n'est plus aussi vive au lit. C'était amusant au début. Je suis sûr que tu t'en souviens. Je préfère les femmes fraîches et jeunes et surtout nouvelles. Elles deviennent vite ennuyeuses et prévisibles, quand il s'agit de coucher, tu ne trouves pas ? »

Magnus serre son poing droit aussi fort que possible en tâchant d'effacer les images du film qui repasse inlassablement dans sa tête. Il aspire si fort la fumée que sa cigarette prend feu et que le tabac devient amer.

« Pourquoi as-tu fait ça, Irina ? » demande-t-il en se tournant vers elle.

Elle serre toujours son poing sur sa bouche. Il lui prend doucement la main pour la reposer sur ses genoux, à côté de l'autre. Tout de suite, elle joint les mains.

« Pourquoi, Irina ?

– Pour papa, naturellement. Et pour Nikolaï. Quoi d'autre ? Et tu sais que je t'ai dit de ne pas venir en Russie. Tu sais que je te l'ai dit. C'était surtout pour papa. C'est surtout pour lui que je l'ai fait.

– Comment ? En baisant avec ce type-là ? »

Irina ne répond pas, une fois de plus, elle lève son poing fermé à sa bouche et c'est Kaverin qui explique la chose.

« C'est très simple, Meyer. Si elle pouvait te faire parler, ou si tu parles toi-même ici, le colonel et son fils ne seront pas exécutés demain, immédiatement après que la sentence aura été prononcée. Pour le moment, ils risquent vingt-cinq ans de camp de travail à Kolyma, sous un régime sévère, naturellement, mais ils conserveraient leur triste vie. Par contre, si j'appelle le juge ce soir en lui conseillant de faire preuve de sévérité, ils seront condamnés à mort, emmenés et exécutés séance tenante. Irina le sait. Voilà, maintenant, tu le sais. Leur sort est entre vos mains.

– Et nous devons le croire ?

– Vous n'avez pas le choix.

– Et si je ne sais pas où se trouve cet or ?

– Meyer ! Je n'ai pas envie de te menacer. Selon mon plan, notre petit trésor commun ici présent devait réussir à te faire parler, mais son état mental n'est pas des plus stable, c'est le moins qu'on puisse dire.

– Non. Que lui as-tu fait ? »

Kaverin se penche en avant, et Magnus voit nettement à présent qu'il jouit de la situation, qu'il jouit de les voir, lui et Irina, sans défense et entièrement à sa merci.

« Je ne lui ai rien fait physiquement, rien d'autre que la satisfaire, n'est-ce pas ? Mais je l'ai emmenée à la Loubianka pour qu'elle voie le traitement que nous infligeons aux ennemis du peuple et aux traîtres. La première nuit, elle a assisté au traitement de son frère. La deuxième, c'est son père qui a fourni le spectacle. Ils ont des techniques très variées, dans les sous-sols de la Loubianka, alors, elle a bien compris.

– Quelle bête enragée tu fais ! »

Kaverin baisse la voix :

« Non. Je suis un être humain, Meyer. Je ne suis pas une bête. Et tu ne me traiteras pas de fou. C'est compris ? Bien. Je veux seulement la vérité, c'est pourquoi je préférerais éviter de t'infliger des méthodes de persuasion plus dures. Les gens avouent tout, sous la torture. Irina a épargné d'autres souffrances à elle et à sa famille quand elle m'a promis de coopérer sans conditions, et les interrogatoires ont cessé. S'ils n'avouaient pas leurs crimes et ne répétaient pas leurs aveux en public au tribunal, Irina aurait subi le même traitement au sous-sol. L'alternative était plutôt simple. Leur choix n'a pas été tellement difficile. Ces deux hommes étaient durs et fiers, mais ils se sont cassés. Ils se cassent toujours finalement. Ne l'oublie pas, Meyer. Toujours ! Il n'y a pas d'exception.

– Ordure ! »

Kaverin fait signe au grand Kirghize. Torokoul ne lui donne qu'une gifle et ce, sans faire le moindre effort, mais le coup qui frappe la joue de Magnus lui ébranle toute la tête. Son nez se met à saigner. Personne ne dit rien. Magnus se redresse. Irina se penche vers lui et étanche doucement son sang avec la manche de son chemisier.

Kaverin dit avec lassitude :

« Vous ne tirez jamais les leçons de vos erreurs, au Danemark ? Vous ne comprenez rien ? Cela fait partie de votre caractère national ? Quelle stupidité ! Ton petit frère n'était pas comme ça. »

Le Russe le regarde avec mépris et Magnus meurt d'envie de le tuer.

« Qu'est-ce que Mads vient faire là-dedans ? Je ne dirai rien si je n'ai pas des nouvelles de mon frère. Ce gorille pourra me traiter comme il voudra, ça m'est égal.

– Non, ça ne l'est pas, mais peu importe. Ton petit frère, je l'admirais beaucoup pour son courage. C'est un préjudice collatéral. Il fallait que je règle son compte à son chef de section, un volontaire suédois quelconque qui avait entendu parler de l'or. J'ignore comment il s'y prenait, mais il posait les mauvaises questions, et il en posait beaucoup trop. »

Magnus est complètement vidé. Il souffre mais ne ressent, en même temps, qu'un immense vide intérieur.

« Qu'est-il arrivé à Mads ?

– Je n'en sais rien. Si je le savais je te le dirais, mais je n'en sais rien. Nous l'avons envoyé en mission derrière les lignes de l'ennemi, Pandrup et moi. Ce n'était pas la première fois. Une mission importante relative à l'offensive de Teruel. Ils ne sont jamais revenus, tombés dans une embuscade, apparemment. Je le regrette. C'est vrai. C'était un grand idéaliste, ton frère, et un homme bon. Et un soldat précieux pour la cause.

– Pourquoi sont-ils tombés dans une embuscade ?

– Qui sait ? Il se passe tant de choses, pendant la guerre.

– L'ennemi savait qu'ils venaient, c'est ça ?

– Les fascistes ont de bons espions. C'est sûrement pour ça. »

Magnus a une telle envie de tordre le cou à ce Russe qu'il est obligé de serrer ses mains sous ses cuisses pour ne pas se jeter sur lui dans l'espoir qu'un bon coup asséné sur le larynx de ce traître suffira, avant que le Kirghize ne se livre à d'effroyables violences.

Intérieurement, il est bouleversé mais calme en même temps parce qu'il a pris sa décision. Il tuera Kaverin, ou Stepanovitch, quel que soit le nom de cet individu. Magnus est convaincu que, de toute façon, il ne sortira pas vivant d'ici, pas plus qu'Irina, d'ailleurs. Il aura donc recours à sa force mentale pour imaginer comment il va tuer ce Russe avant que Torokoul ne l'attrape. Il doit y avoir une façon. La bouteille de vodka ? Le lourd cendrier ? Le bon coup, juste sur le larynx que lui a appris Sonny The Devil, le tueur à gages préféré de Giacomo à New York ? L'étrangler avec sa propre cravate ? Il mourra. C'est décidé. Le seul problème est de savoir comment.

Mais s'il ne veut pas perdre complètement la tête, il faut qu'il déverse sa bile, ce qui fait qu'il grogne :

« Sûr que le lait de ta putain de mère était aigre et amer, quand tu suçais ses mamelles de merde. »

Kaverin éclate d'un grand rire harmonieux qui s'éteint rapidement et il réplique :

« Ah, cette langue espagnole et son magnifique arsenal de grossièretés ! Tu devrais apprendre le russe. Notre grande langue a encore plus de mots vexants et imagés, mais ils ne me touchent plus, Meyer. Je n'ai pas envie de discuter avec toi. Je n'ai pas envie de me disputer avec toi ou de me laisser insulter. Je peux te faire fusiller demain si je veux, et je le voudrais peut-être, mais toi et ton amie, avec qui j'ai beaucoup joui, je l'admets volontiers, vous en réchapperez – et c'est réellement mon intention – si tu me dis tout de suite où Joe Mercer t'a emmené pour te montrer mon or espagnol, afin que vous puissiez vous en sortir la vie sauve.

– Qui te dit qu'il me l'a montré ? »

Kaverin lève les yeux et Magnus répond très vite :

« D'accord. Il me l'a montré, il me l'a montré. Je jure de le dire.

– Te voilà raisonnable. Je t'écoute. »

Magnus lui raconte l'histoire telle qu'elle est. Il ne cache pas ce qui s'est passé dans la ruine de la cathédrale bombardée Santa-María-la-Vieja de Carthagène, et il dit à Kaverin qu'il trouvera ses deux caisses de pièces d'or et d'argent sous la crypte, si nul ne les a trouvées d'ici là. Les cadavres sont dans le puits. Il a agi en état de légitime défense.

Kaverin l'observe et écrase son mégot dans le cendrier déjà assez plein. Irina fume aussi, machinalement. Magnus allume aussi une cigarette de ses mains qui ne tremblent presque plus. Il attend et enfin Kaverin déclare :

« Je te crois, mais seulement jusqu'à un certain point. Tu es malin, tu admets avoir tué Joe. Tu me dis qu'il y a de l'or dans la crypte. Tu sais que je ne peux pas contrôler tes renseignements tout de suite, ainsi, tu m'empêches de te tuer. Et si par exemple tu ne me disais pas la vérité ? Si tu avais inventé tout ce que tu viens de me dire ?

– Ce n'est pas une invention.

– Si tu veux, mais alors, dis-moi le reste.

– Quoi ? Il n'y a rien d'autre.

– Si. Il y a beaucoup d'autres choses. Où est-il ? Où est le reste de l'or ? Crois-tu que moi et Yesiov avons mis tout cela en œuvre pour deux misérables caisses ?

– Je ne sais pas de quoi tu parles. Je n'ai vu que deux caisses.

– Maintenant, je ne te crois plus, petite tapette. Nous avons subrepticement enlevé cinq pour cent de l'or qui se trouvait dans la caverne de Carthagène et nous l'avons chargé sur un bateau de pêche que j'avais loué. Celui qui est mort pendant le bombardement de Carthagène était le propriétaire de ce bateau. J'ignore où est son équipage. Le bateau a disparu mais j'ai eu la surprise de voir réapparaître son propriétaire. Pourquoi il est revenu sur le lieu du crime, je n'en sais rien. Peut-être avait-il besoin d'un receleur, n'est-ce pas, au milieu du tumulte de la guerre ? Parce que avant que Joe n'arrive jusqu'à lui, il a été assassiné. L'a-t-il été ou non ? Je commence à me demander si ce bon Joe m'a dit la vérité. Tout l'équipage du bateau est peut-être toujours en vie ? Trop d'indices laissent à penser que Joe l'a justement retrouvé grâce à toi. Cinq pour cent, ça n'a peut-être l'air de rien, mais cinq pour cent de dix mille caisses, cela représente malgré tout cinq cents caisses du trésor d'or et d'argent le plus précieux du monde. Où l'a-t-il emporté ? Il n'a pas eu le temps de me le dire. Où est le bateau, ou simplement la cargaison ? »

Magnus éclate d'un rire presque hystérique, mais il ne peut pas s'en empêcher.

« Tu peux nous dire ce qu'il y a de drôle ? » s'enquiert Kaverin.

Magnus, qui branle du chef en pensant aux singuliers avatars de la vie en ce monde, lui répond :

« On dirait que les voleurs ont été volés par d'autres voleurs. Comme on dit aux États-Unis, et je sais que tu parles l'anglais : *You have been had, you son of a bitch !* (Ils t'ont eu, fils de pute !) Tu ne trouves pas ça extrêmement drôle ?

– Pas du tout. De plus, je ne te crois pas. Il faut que je demande à Torokoul de te convaincre de me dire la vérité.

Torokoul ! » Sa voix claque comme un coup de fouet et, pour Magnus, c'est le signal de la douleur et de la terreur.

Pourtant, même s'il en a vu de toutes les couleurs, à New York, la brutalité et l'efficacité du colosse l'étonnent. Torokoul le soulève de sa chaise et lui bloque les bras en passant son bras droit par-dessus sa poitrine. C'est comme s'il était pris dans un étau. De la main gauche, le colosse lui prend le petit doigt et le casse d'un coup sec. Magnus pousse un cri de douleur. Irina se penche en avant et porte aussi son autre main à sa bouche.

Kaverin explique sèchement :

« C'est une spécialité que Torokoul a développée à la Loubianka. Il casse tous les os de ton corps l'un après l'autre. Il commence par les doigts, et il continue. C'est incroyable le nombre d'os qu'il y a dans un corps. C'est incroyable qu'un homme mette autant de temps à mourir malgré les douleurs les plus épouvantables. Alors, je te repose la question : Où est le reste de l'or ? Je ne crois pas à ton histoire de deux misérables caisses, tout simplement.

– Pour l'amour de Dieu, je n'en sais rien », répond Magnus d'une voix qui vibre à cause de la douleur de l'auriculaire de sa main gauche, et il s'apprête à voir casser son doigt suivant quand Irina pousse un cri sauvage et des deux mains projette le cendrier plein à la tête de Kaverin. Le Russe tempête, aveuglé par les mégots et les cendres. Irina s'est levée, elle a pris la bouteille de vodka sur la table et s'en sert comme d'une massue pour taper sur la figure de Kaverin. Le sang jaillit, Irina lâche la bouteille, hurle quelque chose en russe, passe par-dessus la table et se jette sur Kaverin en essayant de le prendre par la gorge.

Torokoul a un peu desserré son étau, mais il le resserre quand il s'aperçoit que Magnus essaie de se libérer. Du coin de l'œil, Magnus a vu Svend entrer dans la pièce, saisir une lampe à pied en passant et s'en servir pour cogner dans le dos du grand Kirghize. Il aurait dû viser la tête, mais il a peut-être peur de toucher Magnus. N'ayant qu'un bras pour cogner, il a quelque difficulté à brandir la lampe.

Torokoul mugit et ses genoux plient un peu. Il est obligé de lâcher Magnus pour se retourner, allonger la main et taper sur l'épaule de Svend. Il a tapé si fort que Svend fait un vol plané à travers la pièce et s'aplatit par terre. Magnus s'est retourné et, de toutes ses forces, il cogne de son poing droit fermé sur le nez du Kirghize, qu'on entend craquer. Mais les petits yeux noirs clignent à peine, malgré le sang qui coule sur la grosse moustache. Magnus essaie de le taper sur le larynx, mais son poing touche le menton, passe à côté, et le Kirghize le repousse si rudement que Magnus, projeté en arrière, atterrit contre le mur avec une telle force qu'il a la respiration coupée.

Le Kirghize se tourne contre Svend qui s'est relevé et s'est armé d'une deuxième lampe à pied, il la tient comme une lance en essayant de la planter dans la figure du colosse. On lit la peur et la fureur dans les yeux de Svend.

Kaverin est en train de perdre pied.

Il ne voit rien à cause de la cendre qui l'aveugle. Irina s'est assise sur lui comme une furie, elle lui griffe la figure et essaie de lui arracher les yeux. Kaverin pousse un cri en russe et Torokoul, comme un chien de Pavlov, obéit pour venir en aide à son seigneur et maître. Sans faire le moindre effort, il libère Kaverin qui jure en haletant, et de sa main gauche, soulève Irina et lui prend la tête dans sa main droite. La petite tête d'Irina disparaît presque dans le poing énorme qui se ferme, et le colosse lui casse le cou, comme si elle était un poussin ébouriffé.

Magnus se rue sur lui en hurlant de colère, mais il reçoit un coup qui le projette par terre, sur Kaverin qui, à genoux, essaie d'enlever le sang et la cendre de ses yeux douloureux. Svend tape avec la lampe sur la nuque de Torokoul, le sang jaillit, l'ampoule et l'armature éclatent, et Torokoul se retourne, arrache la lampe des mains de Svend et la jette à terre.

Irina gît à deux pas de lui, la tête affreusement tordue. Magnus, qui sent Kaverin se débattre sous lui, roule sur le côté, lui assène un premier coup sur un œil, un second sur l'autre et aperçoit alors son propre revolver, tombé sur le parquet. Il cogne encore une fois sur Kaverin, tend le bras, attrape le revolver, le déverrouille et voit la cartouche arriver. À genoux, aveuglé par la fureur et le désespoir, il vise Kaverin ensanglanté quand Svend l'appelle en danois, d'une voix torturée.

« Magnus, au secours ! Délivre-moi de ce gorille. »

Magnus se lève, Torokoul a enfermé Svend dans une prise de lutteur et il serre, il va lui écraser la poitrine. Dans quelques secondes, on entendra les côtes se casser, l'une après l'autre. Heureusement, Torokoul se présente de côté, Magnus prend le revolver des deux mains et tire à deux reprises. Les coups résonnent dans cette pièce haute de plafond. Le premier coup touche Torokoul à la cuisse, l'autre le rate et la cartouche s'enfonce dans le mur. Le grand Kirghize pousse un grognement et lâche Svend qui s'effondre en gémissant.

Magnus, parfaitement calme, voit clairement qu'il maîtrise la situation. Tous les bruits sont filtrés et lointains. Il laisse le Kirghize faire un pas en avant, vise son œil, fait feu et le cerveau du colosse jaillit par-derrière et sur Poulsen qui gît par terre. Pendant un instant, la figure de Torokoul exprime la stupéfaction, il s'agenouille, Magnus fait un pas en avant, vise l'autre œil et observe tranquillement le Kirghize qui tombe lentement en avant et meurt, tel un gros taureau dans l'arène.

Magnus se retourne.

Kaverin est en train de se reprendre. Il voit d'un œil en tout cas, et tâtonne pour sortir son pistolet de son étui d'épaule. Magnus est toujours en proie à ce calme lointain et à cette absence de peur. L'auriculaire cassé de sa main gauche provoque des lancées qui contribuent à maintenir au maximum son taux d'adrénaline et sa concentration. Il avance tranquillement, mobilise toute sa force et donne un coup de talon dans la figure de Kaverin, qui se transforme en une masse sanglante de lèvres écrasées et de dents brisées, il en a même le pied endolori, dans son chausson de feutre.

« Pas ça, Magnus, arrête. Il pourrait nous être utile. »

Il entend Svend, mais sa voix lui parvient de très loin. Sans l'écouter, il pointe le pistolet sur la figure de Kaverin, à moitié relevé contre le mur.

« Prépare-toi, tu vas foutre le camp en enfer, salaud de putain de merde. Voilà pour Mads et pour Irina », et à cinquante centimètres de la cible, il vise le Russe entre les deux yeux, tire et le regarde glisser de côté en laissant derrière lui, sur la tapisserie claire, une traînée de cervelle et de sang, avant de s'effondrer sans bruit sur le flanc.

Les fauteuils et les tables sont renversés. Une chaise est tombée sur Irina. Svend, en train de se relever, se tient la poitrine de son bras valide, comme s'il avait une côte enfoncée ou cassée. Le grand Kirghize gît sur le sol, la tête au milieu d'une mare de sang.

Meyer pousse son revolver vide sous sa ceinture, ôte délicatement la chaise tombée sur le corps sans vie d'Irina. Il s'assied à côté d'elle, prend entre ses mains sa tête désarticulée, la pose sur ses genoux et lève les yeux sur Svend qui a réussi à se mettre debout :

« Tu ne pourrais pas appeler Keenan à l'hôtel, Svend ? Je crois qu'on va avoir besoin de lui », dit-il en entendant sa voix résonner comme celle d'un étranger. Il ferme délicatement les yeux ouverts d'Irina et doucement, lentement, il lui caresse les cheveux tandis que ses larmes se mêlent au sang de sa bien-aimée.

Épilogue

Les quarante-huit heures suivantes restent parmi les plus confuses de ma vie. Je les ai reconstruites avec l'aide de Svend Poulsen, qui m'a sauvé la vie. Svend essayait de me consoler en me redisant que c'était Irina qui nous avait sauvés tous les deux en attaquant soudain son persécuteur. Elle devait bien savoir qu'elle risquait sa vie, en réalité. D'après Svend, elle n'avait plus envie de vivre, mais je n'ai jamais admis cette consolation.

Svend et moi avons eu tout le loisir de nous remémorer la scène pendant les dix jours de notre voyage par le train de Moscou à Vladivostok, ce port bâti sur la côte de l'océan Pacifique, à presque dix mille kilomètres de l'autre côté du globe.

C'est le Transsibérien qui nous a ramenés à la sécurité. Nous avons parcouru des milliers de kilomètres sur cette voie ferrée qui traverse les terres gelées, où d'autres trains convoyaient lentement des êtres humains entassés dans des wagons à bestiaux plombés, jusqu'au goulag, dont nous apprîmes des années plus tard ce que c'était vraiment. Il est étrange de penser que le frère et le père d'Irina se trouvaient parmi d'autres condamnés, dans un wagon plombé qui précédait le nôtre, ou plus probablement dans un autre train, qui roulait juste derrière le nôtre.

Nous sommes partis, mais durant les minutes qui suivirent les violences, dans l'appartement de Moscou, il n'était pas facile d'imaginer comment nous sortirions de cet enfer. Comme je ne me contrôlais plus, je me suis laissé diriger passivement par Svend et par Keenan qui est venu et a fait preuve des qualités de chef que j'ai découvertes à l'occasion de notre rencontre suivante, pendant la guerre.

N'ayant confiance ni en mon état d'esprit ni en Irina, Svend Poulsen m'avait suivi quand j'avais quitté l'hôtel

National. Son tempérament de conspirateur et le temps qu'il avait passé au parti communiste l'avaient doté d'un sixième sens, qui lui faisait flairer la trahison à des lieues de distance.

Il avait fait boire encore plus le portier déjà ivre, l'avait étourdi d'un coup sur la tête qu'il avait posée sur ses bras croisés en renversant un verre de vodka à côté de lui. Une scène, apparemment, qui n'avait rien d'extraordinaire à Moscou. Svend savait que les portiers ont un double des clés des appartements, ce sont les pompiers qui l'exigent, même dans un immeuble d'apparatchiks tel que la maison du fleuve.

Il s'était maudit en découvrant le gabarit de Torokoul. Il aurait dû apporter une arme. Svend nous avait écoutés un moment en se demandant ce qu'il pouvait faire et de quoi nous parlions, mais son espagnol n'était pas suffisant pour lui permettre de suivre la conversation. Irina avait décidé pour lui. En se jetant sur Kaverin, elle l'avait obligé à entrer dans la mêlée.

À l'arrivée de Paul Keenan, la tête d'Irina reposait toujours sur mes genoux, je n'avais plus de larmes, mais j'étais en piteux état et je n'allais pas mieux moralement que physiquement. Keenan n'a pas perdu de temps à des sentiments, sans ménagement, il m'a enjoint de me reprendre. Comme je ne réagissais pas, il m'a donné une bonne gifle qui a produit l'effet voulu et m'a délivré de ma prostration. J'ai posé délicatement la tête d'Irina par terre, je me suis levé et j'ai allumé une cigarette.

« Je voudrais que tu me dises de quoi il retourne, mais sois bref », m'a dit Keenan en allumant un cigare. Il n'avait pas l'air particulièrement affecté par la vue des cadavres. J'ai compris par la suite que ce n'était pas la première fois qu'il voyait ce genre de spectacle, l'agent secret qu'il était ne s'émouvait pas quand il devait tuer un homme.

Je lui ai expliqué brièvement qu'Irina m'avait piégé dans

l'appartement, parce que le lieutenant-colonel Kaverin voulait m'extorquer des renseignements que je n'avais pas. C'était lui qui avait fait incarcérer la famille d'Irina sur la foi d'accusations mensongères. Tout avait mal tourné quand Irina s'était jetée sur lui. Svend m'avait secouru. À présent, nous devions impérativement quitter la Russie, mais comment ? Chose étrange, l'idée ne m'est pas venue de me demander si Keenan accepterait de nous aider ni pourquoi il le ferait. J'étais tout à fait sûr qu'il serait d'accord. On sait instinctivement certaines choses.

« Qu'allons-nous faire des morts ? ai-je demandé.

– On les laisse où ils sont, évidemment », a-t-il répliqué. J'ai secoué la tête et traduit sa réponse à Poulsen qui m'a surpris en acquiesçant et en ajoutant quelques mots en russe. Ensuite, ils m'ont ignoré en continuant à bavarder ensemble.

Ils étaient certains que nous avions au moins une semaine devant nous, et vraisemblablement beaucoup plus longtemps. Le régime était de notre côté. La terreur était si grande, dans la société, que personne n'osait demander où étaient Pierre ou Paul. Toutes les nuits, quand les corbeaux passaient dans les rues désertes et glacées, des gens disparaissaient sans laisser de traces. On ne demandait pas où ils étaient et surtout pas pourquoi ils avaient disparu. Que vous soyez haut placé ou au bas de l'échelle, tout d'un coup, vous n'existiez plus. Dans les appartements ou les chambres d'hôtel, les vêtements attendaient dans les placards, la valise restait par terre, les objets de toilette dans la salle de bains, un livre ouvert attendait son lecteur. Lui ou elle ne reviendraient jamais, ils s'étaient comme volatilisés. Cela se passait chaque nuit, partout dans la capitale terrifiée. Chacun fermait sa porte en priant ce Dieu que l'on avait interdit pour que les bourreaux du NKVD passent leur chemin, comme l'ange de la mort était passé devant les portes des Israélites en Égypte.

Les trois cadavres ne seraient pas découverts avant que la puanteur soit si forte que quelqu'un domine sa peur et réclame l'ouverture de l'appartement. Ce n'était même pas sûr. Ils pourraient bien sécher dans ce vaste appartement, une île dans ce bâtiment maudit. Cela pourrait prendre vraiment longtemps. Après avoir été notre ennemie, la terreur était devenue notre meilleure arme.

Keenan a expédié Sven dans la ville à la recherche d'un sceau du NKVD. Avec ses vêtements, son physique et son naturel, il se ferait facilement passer pour un citoyen soviétique. Il est revenu un quart d'heure plus tard en rapportant un sceau gris foncé portant la marque du NKVD, qu'il avait subtilisé dans un hall de la dernière cour intérieure de l'immeuble.

J'ai compris ce qu'ils voulaient faire et je me suis effondré de nouveau. Je ne me résignais pas à laisser Irina par terre. Ils ont tâché vainement de me convaincre de partir et, apparemment, Svend a réussi à persuader Keenan de me laisser faire.

Svend et moi l'avons portée dans un lit. Je voulais que ce soit fait, même si mes côtes et mon petit doigt me faisaient terriblement souffrir. J'ai fait en sorte que sa tête repose toute droite sur l'oreiller, croisé ses bras sur sa poitrine, tiré la couverture sur elle, et Svend a quitté la pièce.

Je sais que je lui ai parlé, mais qu'ai-je dit ? Je l'ai oublié, pourtant, au fil des ans, j'ai maintes fois essayé de m'en souvenir. J'ai dû lui dire que nous nous reverrions un jour, comme les Amants de Teruel, de l'autre côté de la nuit, mais j'ai peut-être pris mes souhaits pour la réalité. Je sais que je lui ai donné un baiser sur le front et que j'ai éteint la lumière en partant.

Svend Poulsen, qui était assez habile manuellement, malgré son handicap, a apposé le sceau du NKVD sur la porte de l'appartement. Il faudrait donc que quelqu'un fasse preuve de beaucoup de courage ou de naïveté pour briser ce symbole effrayant de la force du pouvoir en pénétrant dans cet espace interdit. Svend a remis la clé sur son crochet derrière le portier qui ronflait bruyamment, la tête sur les bras, dans les vapeurs de la vodka. Il n'aurait pas envie de raconter quoi que ce soit à qui que ce soit quand il se réveillerait, avec un mal de tête carabiné. Nous avons même douté de sa capacité à se souvenir de moi.

Cette nuit-là, nous avons juré à Keenan de ne jamais révéler à personne avec précision la manière dont nous sortirions illégalement de l'Union soviétique, mais aujourd'hui, où Keenan et l'Union soviétique sont morts depuis belle lurette, je reviens sur ma parole. Un dollar ne valait officiellement que deux roubles, mais au marché noir, on vendait un dollar pour deux cents roubles. L'Union soviétique de Staline était un terrible État policier, mais un État policier terriblement corrompu.

Keenan, qui se révélait être un agent secret, avait des relations dans le milieu du crime de Moscou. Dans un petit appartement qui empestait le chou, le tabac et la vodka, nous avons remis une quantité considérable de dollars à un individu aux bras tatoués des deux mains jusqu'au cou. Un homme massif et bourru qui ne parlait que le russe.

Il représentait la mafia russe, que Poulsen et Keenan appelaient *Vor v zakone* : les voleurs de la loi. Cette confrérie criminelle avait juré, que ses membres soient en liberté ou en prison, de ne jamais collaborer avec les autorités, de ne jamais gagner d'argent en travaillant honnêtement et de ne jamais dénoncer personne aux représentants de l'État. C'était une organisation diffuse qui obéissait à un code sévère – une loi, d'où son nom – au sein d'une confrérie qui punissait la trahison par les mauvais traitements et la mort, et dont la brutalité dépassait de très loin celle que le monde a connue plus tard avec la mafia aux États-Unis.

Nous avons pris le train vingt-quatre heures plus tard à la gare de Jaroslav. Nous étions forcés de faire ce grand détour par la Sibérie pour sortir de l'URSS, parce qu'à Vladivostok, notre homme de *Vor v zakone* avait des relations qui nous permettraient de monter à bord d'un bateau de marchandises à destination de Yokohama, au Japon, et que de là, nous aurions une correspondance pour les îles Hawaii, possession des États-Unis.

Ce long voyage n'a pas été particulièrement agréable. L'odeur du charbon du samovar brun installé au bout du couloir se mêlait à la puanteur des corps sales. Nous n'étions pas en première classe. Rien à voir avec le luxe des compartiments victoriens capitonnés de peluche, le lavabo et les couchettes aux draps propres du train qui nous avait amenés de la frontière polonaise à Moscou.

Mais nous étions libres.

L'angoisse nous tenait toujours au corps, c'est vrai, mais plus la distance augmentait entre nous et la capitale soviétique et les trois cadavres de l'appartement sous scellés, plus nos craintes diminuaient. Nous n'étions pas seuls. En troisième classe, dans le train, il y avait à la fois des voyageurs ordinaires et des gens partant en exil. À plusieurs reprises, nous avons aperçu à travers les vitres malpropres de lourds wagons de marchandises attendant sur une voie de garage. Souvent, les portes ouvertes nous permettaient de voir, à l'intérieur, les yeux absents de gens désespérés, empaquetés dans leurs vêtements, hommes, femmes et enfants entassés là-dedans comme du bétail. C'était le chargement de la mort qui traversait les steppes infinies, jusqu'aux immenses camps de la Sibérie.

Keenan avait raison. Personne n'a osé briser le sceau. La terreur retenait tout le monde. Après avoir franchi sans problème les monts de l'Oural, soulagés, nous avons pu respirer et dormir.

Nous n'avions rien à lire, j'ai donc commencé à raconter mon histoire à Svend, depuis l'instant où j'étais descendu du train dans ma ville natale, jusqu'au bain de sang de l'appartement de Moscou. Cela m'a fait du bien de tout dire en m'efforçant de lui faire un récit sans retouches. Svend a écrit toute mon histoire, de son écriture très lisible, sur les blocs de reporter que j'avais achetés pour nous à Berlin. Je les ai là, à côté de moi, ils sont jaunis, tachés de thé et de vodka, et de rouge parce que Poulsen nous avait acheté de la confiture. C'était lui qui nous approvisionnait dans les gares, quand le long train s'arrêtait, écumant, enveloppé de vapeur dans le froid glacial. J'ai mis des années à déchiffrer sa sténographie et à mettre ce texte au propre, mais j'avais tout mon temps.

Je hume ce papier et mon ami me manque, son grand rire et l'idéalisme qui l'a rongé toute sa vie et qu'il a eu tant de difficultés à renier. Svend voulait croire en la bonté de l'être humain bien que, sans cesse, les hommes l'aient trahi.

Keenan nous avait accompagnés à la gare et serré la main. Il y avait de la tension dans l'air qui vibrait de nervosité. Je lui ai demandé pourquoi il nous aidait, puisqu'il avait été jusqu'à payer pour nous les criminels qui nous prenaient en charge. J'avais promis de le rembourser par l'intermédiaire de Brodersen, dès que je pourrais retirer de l'argent à ma banque américaine, quand je sortirais de ce pays. Si j'en sortais. Keenan courait un grand risque. Si on m'arrêtait, il pouvait dire adieu à son argent.

Je me souviens de ses paroles prophétiques :

« Je dois un grand service à Brodersen. Maintenant, c'est toi qui m'en dois un, et un beau jour, je te prierai de rembourser ta dette. »

Le voyage a donc été long, à la fois ennuyeux et empreint d'inquiétude, parce qu'à chaque gare, nous craignions que le NKVD nous attende avec l'ordre de nous arrêter, mais nous sommes arrivés comme prévu à Vladivostok où nous attendait un deuxième homme de cet étrange milieu des bas-fonds russes. Il apportait des papiers qui nous métamorphosaient en marins hollandais. Nous sommes donc montés à bord d'un navire marchand hollandais qui nous a emmenés à Yokohama, le port ouvert des îles japonaises.

C'est avec un soulagement immense que nous avons quitté les eaux soviétiques. Svend n'est jamais retourné en Russie, qu'il avait prise jadis pour le paradis sur terre.

Je n'y suis retourné qu'en 1986, pas avant que le nouveau chef du Kremlin, Mikhaïl Gorbatchev, ne se soit sérieusement attaqué aux réformes qui finirent par enterrer le royaume de Staline. Invité d'honneur, j'y ai bénéficié d'un traitement de première classe en profitant du climat de coopération et de réconciliation qui régnait entre l'Est et l'Ouest. J'ai inauguré officiellement le concours de photographies dont j'étais le mécène. Le jury, composé de photographes danois et soviétiques, décernait pour la première fois le prix Irina Schiapatova à celui qui, parmi les jeunes photographes soviétiques, avait capté avec le plus d'acuité le vent de changement qui soufflait sur l'Union soviétique. J'avais instauré ce prix en en assumant tous les frais. J'ai inauguré en même temps une exposition des photos de la guerre civile espagnole prises par Irina ; on les avait bien conservées dans les archives, soit sous forme de clichés adressés par elle en Russie, soit sous forme de pellicules. Des photos extraordinaires, dont la plupart n'avaient jamais été publiées. L'exposition, qui a ouvert ses portes le 18 juillet 1986, date symbolique et très appropriée du cinquantenaire du soulèvement du général Franco contre le gouvernement légalement élu, fut largement commentée dans la presse soviétique et la presse internationale.

J'avais tout l'argent que je voulais, mais je n'ai pas réussi à savoir ce qu'est devenue sa dépouille. J'ignore si les restes de Torokoul, de Kaverin et d'Irina ont été traités séparément ou si on les a simplement jetés dans une des nombreuses fosses communes qui apparaissent sans arrêt, dans l'ancien royaume soviétique. Mes enquêteurs n'ont rien trouvé dans les archives, mais il est vrai que tout n'était pas accessible. Je n'ai pas réussi à savoir qui les a trouvés ni combien de temps les corps sont restés dans l'appartement. Il se peut que cela ait duré longtemps. Ne lit-on pas souvent dans le journal, même dans notre bel État-providence, que de malheureux êtres solitaires sont restés morts chez eux pendant un mois ou plus avant que l'on découvre leur décès ?

J'aimerais le savoir, mais j'ignore ce qu'est devenu son corps privé de vie. Peut-être est-ce mieux ainsi. L'idiot sentimental que je suis aurait peut-être envisagé de mettre fin à ses jours à Moscou, pour pouvoir reposer à ses côtés.

Bien que l'Union soviétique ait cessé d'exister et que pendant quelques années, on ait réellement ouvert les archives, avant de les refermer, ni moi ni les détectives que j'ai dépêchés à Moscou n'avons réussi à localiser la dernière demeure d'Irina.

J'ai visité la maison près du fleuve au milieu des années 1990. Des plaques sur lesquelles sont gravés des profils et des noms ont été apposées au mur, en mémoire des célébrités qui ont vécu dans ce bel immeuble. Toutes ou presque l'avaient quitté entre 1937 et 1939.

En face, on construisait une nouvelle cathédrale de Notre-Sauveur, pour remplacer celle que Staline avait fait sauter, ce qui m'a fait penser à la grand-mère d'Irina. L'histoire lui donnait raison. Le nouveau bâtiment du Soviet suprême n'a jamais été achevé parce qu'il était maudit. Pendant de nombreuses années, l'orgueilleux monument appelé à symboliser la grandeur du pouvoir soviétique avait été remplacé par une immense piscine à ciel ouvert, et à l'époque où j'y suis allé, on réédifiait une église sur ce site.

Je l'ai vue depuis l'appartement.

Il ne restait aucune trace de cette soirée dramatique et sanglante, cela va de soi. Pendant longtemps, on y avait logé un compositeur soviétique connu et sa femme, mais lors de ma visite, l'ensemble du complexe avait été transformé pour être vendu sous forme d'appartements de luxe. Le nouveau propriétaire était un homme jeune, qui fumait des cigarettes à la chaîne et ne parlait que d'argent. Cet homme avait acquis cet appartement si distingué, si convoité et si cher, parce qu'il convenait parfaitement à son style de vie. Il l'avait décoré sans goût, en mêlant dans les salons de beaux meubles scandinaves à des copies de meubles rococo français, et avait fait poser des robinets en or dans les salles de bains. Sur les murs, des œuvres d'art moderne coûteuses voisinaient avec des peintures kitsch russes.

Ce parvenu m'avait laissé entrer parce que ma société et ma renommée lui étaient connues. Je ne lui ai rien raconté, j'avais simplement dit à mon représentant en Russie de l'aviser que j'aimerais visiter l'un des appartements de cet immeuble pour sa célébrité dans les années 1930 et à cause d'un roman. Il vivait avec une blonde maigre aux longues jambes et aux seins volumineux, qui fumait à la chaîne de fines cigarettes filtre en regardant une vidéo américaine.

Je me trouvais dans la pièce où j'avais tué deux hommes, mais l'envie ne me manquait pas d'en tuer deux de plus, j'en étais presque à regretter le communisme. Je les ai laissés bavarder à leur aise, dans leur mauvais anglais, en pensant à la famille d'Irina.

Car je sais ce qu'il est advenu de son frère et de son père.

On les a expédiés au camp de travail situé à proximité du fleuve Kolyma, le pays de la mort blanche. Le père d'Irina est décédé en 1942, la veille de Noël. Il faisait 41 degrés en dessous de zéro et il n'est jamais revenu de son travail en forêt. Même la veille de Noël, la journée de travail était de seize heures. Le grand frère d'Irina a tenu jusqu'au 18 mai 1946, date à laquelle il est mort de la tuberculose. Le NKVD était une administration qui avait de l'ordre dans ses dossiers. Le jugement, de même que la date et la cause de leur mort sont consignés dans les documents auxquels j'ai eu accès. La dernière note qui y figure est l'énoncé de leur réhabilitation, qui a eu lieu dès 1957, quatre ans après la mort de Staline. Ce document officiel stipule que désormais, les condamnés ont retrouvé leur citoyenneté au sein de l'Union des républiques socialistes soviétiques, et que leur descendance ne devra plus être considérée comme des rejetons d'ennemis du peuple. Ils recouvrent tous leurs droits en tant que citoyens de l'Union soviétique.

J'ai retrouvé leurs tombes, payé pour l'installation de belles pierres tombales et l'entretien futur, et je me suis assuré que pour Pâques, quelqu'un viendrait y boire un verre de vodka, puisque c'est la coutume dans les familles russes, à ce qu'il paraît. Un verre de vodka a été vidé sur la terre, pour le plaisir des morts. Ni Irina ni son frère n'avaient d'enfants. Cette famille s'est donc éteinte.

Svend Poulsen a eu sa propre vengeance. En profitant de ses relations en Russie, il a apparemment fait connaître à des gens influents le double jeu de Nikolaï Yeziov. Ne lui ayant jamais posé la question, je n'en ai pas la certitude, mais en avril 1938, Staline a nommé un nouveau sous-chef du NKVD, Lavrenti Beria, qui est devenu célèbre. Arrêté au cours de l'été, Yeziov a disparu. Beria a pris sa place et l'a conservée jusqu'après la mort de Staline, en 1953, date à laquelle on l'a exécuté à son tour.

Nul n'est absolument sûr de ce qu'il est advenu de l'homme qu'on appelait le nain sanguinaire. Yeziov a disparu, tout simplement, mais de l'avis général, il a dû être torturé, condamné par une cour martiale et exécuté, comme de coutume, d'un coup de pistolet dans la nuque.

Mais j'anticipe sur le cours des événements.

Nous avons passé quelque temps à Yokohama, nous nous sommes requinqués et avons demandé à un bon médecin japonais d'ausculter nos côtes et mon doigt, qu'on n'a pas pu vraiment sauver, même en le recassant pour le remettre d'aplomb. Ce doigt, resté depuis raide et tordu, m'a toujours rappelé Moscou. J'ai télégraphié à New York pour qu'on m'envoie de l'argent et nous nous sommes embarqués sur le premier vaisseau de ligne à destination d'Honolulu, à Hawaii.

J'ai écrit à Marie, mais je n'avais aucune envie de retourner au Danemark. Ce n'était pas le cas de Svend qui voulait rentrer chez lui et retrouver sa femme et ses enfants. J'ai donc fait en sorte qu'il aille à San Francisco et de là en Europe et au Danemark. J'ai serré sa main gauche et nous nous sommes regardés dans les yeux. Sans croire, ni l'un ni l'autre, que nous nous reverrions jamais, nous ne sommes pas tombés dans la sentimentalité en répétant des formules vides de sens. Poulsen n'a jamais été bon en anglais, chose étrange puisqu'il savait tant d'autres choses.

« *Take care* (Prends soin de toi) », m'a-t-il simplement dit, toujours avec un accent danois prononcé.

« *You too, buddy* (Toi aussi, mon vieux) », ai-je répondu en lâchant sa main, puis il a attrapé son sac de voyage et il est monté à bord.

J'ai eu le cœur serré en regardant celui que je considérais comme mon meilleur ami monter sur la passerelle sans se retourner. Il s'est borné à lever son moignon et à l'agiter un peu, parce qu'il savait que ça me ferait rire, ce qui ne m'arrivait pas souvent.

J'ai transféré mes pénates dans l'île de Kauai et embarqué sur un baleinier. Les choses ont bien marché, le travail était dur et gratifiant, j'ai donc acheté une part du navire et me suis mis en ménage avec une femme indigène qui acceptait que je ne veuille pas l'épouser. Cet été-là, j'ai eu vingt-six ans, et à mesure que le temps passait, je me demandais sérieusement si ma vie valait d'être vécue.

J'ai lu dans le journal, pendant l'automne 1938, un article sur le défilé d'adieux des Brigades internationales à Barcelone, et j'ai pensé à Mads et à Irina. Puis j'ai appris, en mars 1939, la défaite des républicains et la victoire de Franco, et j'ai pensé à Mads et à Irina. J'ai eu un enfant qui est mort à quatre mois, victime d'un virus inconnu. Nous avons sans succès essayé d'en avoir un autre. Je suis parti en mer et le premier septembre 1939, j'ai appris dans un port l'attaque de la Pologne et les victoires des nazis en Europe, mais tout cela me paraissait lointain. L'Europe était un autre monde que j'avais laissé derrière moi. J'ai demandé et acquis la nationalité américaine.

J'ai appris par la presse l'occupation du Danemark et j'ai écrit à Marie. De toute façon, je lui écrivais tous les trimestres des lettres banales, sans importance. Elle m'a répondu que c'était étrange, d'être occupé, mais tout semblait se passer comme d'habitude. En avril 1941, elle m'a écrit une fois de plus pour m'annoncer que notre père était mort subitement d'un arrêt cardiaque. Cela ne m'a guère touché mais m'a fait penser, une fois de plus, à Mads et à notre enfance.

J'étais en vie, je gagnais de l'argent, j'étais un jeune homme respecté dans cette île. Ma concubine et moi nous sommes séparés, mais j'en ai trouvé une autre qui acceptait, elle aussi, mon refus de me marier. Cela n'a pas d'importance dans cet archipel. Cela n'importait pas non plus que je vive avec une femme de couleur. À Hawaii, on prend les choses calmement. Ils appelaient la vie en concubinage *Hang loose*, union libre. Cette existence me convenait, je conservais ma forme en pratiquant la natation et la plongée et je travaillais dur sur le baleinier. J'étais souvent infidèle à ma concubine, surtout lorsque nous débarquions notre pêche dans les îles japonaises.

J'étais en vie, mais vivais-je réellement ?

L'attaque de Pearl Harbor par le Japon en décembre 1941 m'a délivré de mon ennui. Nous étions à quai à Kauai, mais nous avons immédiatement mis le cap sur Honolulu où je me suis engagé comme volontaire dans la flotte américaine.

Keenan, dans son bureau, a vu mes papiers. Il recherchait toujours le talent, m'a-t-il dit plus tard, des jeunes gens qui parlaient des langues européennes. J'en connaissais trois. À l'issue d'un seul mois d'entraînement des recrues, on m'a expédié sans explications à San Diego, où Keenan m'attendait. Il entendait me recruter pour l'OSS, le service de renseignements que l'on venait de créer, et me renvoyer en Europe. Il était à présent le major Paul Keenan.

J'avais depuis longtemps remboursé mes dettes, à lui comme à Brodersen. Après avoir fait, machinalement, le salut militaire en entrant dans son bureau, j'ai été stupéfait de reconnaître Keenan sous les traits de cet homme très droit, en uniforme orné des insignes de major sur le col. Sans lâcher son cigare cubain, il a souri, tendu la main sans façons à la simple recrue que j'étais et m'a dit :

« Je t'avais bien dit que nous nous reverrions, Meyer. C'est maintenant que j'exige le remboursement de ta dette. Tu vas travailler pour moi. »

La suite est connue du public et toujours mentionnée dans les articles récurrents qui accompagnent mes nombreux anniversaires ; elle ne manquera pas non plus de dominer dans mes prochaines nécrologies. Étant donné mon âge, elles sont déjà rédigées, naturellement, et toutes prêtes dans les logiciels. Il n'y manque plus que leur ultime et définitive mise à jour, autrement dit la date de ma mort.

Le major Keenan m'a emmené dans les îles britanniques pour assurer ma formation d'espion et de saboteur. En octobre 1943, j'ai été parachuté dans les environs de Viborg avec pour mission de guérir la mollesse des résistants danois. J'ai de nouveau rencontré mon vieil ami Svend qui avait créé un groupe avec Brodersen. Svend était toujours une sorte de communiste apatride rongé par le doute, bien que le parti l'ait gracié en juillet 1941. Brodersen continuait d'être un conservateur nationaliste indécrottable, mais la guerre a toujours fait naître des unions bizarres.

Tous deux étaient avant tout meilleurs que moi sur le plan humain, mais la vie n'est pas équitable. Brodersen a été pris par les Allemands en automne 1944 et exécuté à Ryparken quinze jours plus tard. Svend a abattu son délateur avant d'être arrêté lui-même, en janvier 1945. Il est mort trois mois plus tard, peu avant la Libération, au camp de concentration de Neuengamme. Il avait été dénoncé par une femme, qui l'a vendu à la Gestapo. Mon meilleur ami avait toujours été un grand séducteur, il aimait tant faire l'amour qu'il prenait fréquemment des risques inutiles. Je me moquais toujours de lui en lui disant qu'il ne devrait sa mort ni aux Allemands ni à leurs hommes de main danois, mais à un mari jaloux ou à une amoureuse délaissée. Il l'a due à une femme jalouse qui n'a pas hésité à trahir sa patrie.

Je l'ai tuée de deux balles dans la tête, au moment où elle sortait d'un salon de coiffure, frisée de frais pour commettre d'autres méfaits.

J'ai survécu à la guerre. Mon destin veut que je survive alors que ceux que j'aime meurent autour de moi. Pandrup n'était pas un ami, au contraire, mais lui aussi est mort jeune. Il a été tué en traversant l'Èbre, lors de la dernière offensive désespérée des républicains.

Ce qui suit n'est jamais mentionné dans mes portraits d'anniversaire et ne fait pas encore partie de mes nécrologies, que l'on rendra publiques trop tôt pour que ces faits y soient insérés.

En 1948, après avoir constitué presque toute ma fortune, j'ai monté une expédition avec deux de mes vieilles connaissances de New York, sachant qu'ils feraient tout pour de l'argent et qu'ils ne parleraient pas. La loi de l'*omertà* était encore sacrée à l'époque, pour ces gens de la Cosa nostra. Nous sommes partis pour l'Espagne.

Nous sommes allés à Carthagène par la mer, en pleine chaleur estivale. En dehors du Danemark, la plus grande partie de l'Europe était marquée par la tristesse et la pauvreté de l'après-guerre. Les villes étaient des monceaux de ruines et Carthagène n'y faisait pas exception, pas plus que cette maudite église. La cathédrale de Carthagène avait souffert encore davantage en 1939, pendant la dernière phase de la guerre civile, puisqu'un bombardement avait démoli la tour nord et entièrement recouvert les ruines romaines.

La faim était quotidienne et la ville fourmillait d'enfants

étiques au ventre gonflé. Les gens dormaient où ils trouvaient un abri et mangeaient de l'herbe et des racines pour survivre. La peur régnait partout. Sous le couvert de la Deuxième Guerre mondiale, les troupes victorieuses de Franco avaient exécuté des milliers de personnes. Même si le port avait repris vie, Carthagène était une ville fantôme, et la plupart de ses habitants paraissaient être constamment en état de choc.

Ce n'était pas par plaisir que je retournais en Espagne. La brutalité de ces messieurs victorieux qui se rengorgeaient et le retour des curés noirs ne me disaient rien de bon. Ils avançaient de nouveau, main dans la main avec les grands propriétaires et la bourgeoisie, en ordonnant aux pécheurs de baisser la tête devant Dieu et l'autorité publique. Carthagène me rappelait toutes les vies sacrifiées en vain et le fait qu'autrefois, il avait existé des gens qui croyaient en un idéal supérieur à l'argent et au moment présent.

Mais nous avons trouvé les caisses.

À la faveur de l'obscurité, après avoir acheté la police du port, les gendarmes ordinaires tout aussi cupides qu'eux et les gardes civils, afin qu'ils restent à distance, j'ai trouvé l'entrée de la galerie, derrière l'autel. La première nuit, nous avons creusé jusqu'à l'entrée de la crypte. La nuit suivante, nous sommes descendus dans les ruines romaines. Les caisses étaient là, telles que je les avais abandonnées près de dix ans auparavant, couvertes d'une fine couche de poussière. Personne ne les avait touchées. Un rat a disparu dans le trou. Comme son ancêtre m'avait sauvé la vie, je l'ai laissé courir en lui adressant une pensée amicale.

J'ai évité de regarder au fond du puits.

Nous avons réussi à sortir les deux caisses et repris la mer. Je n'insisterai pas sur la façon dont j'ai tiré parti de l'or et des trésors des Incas, car cela pourrait nuire aux affaires de mes descendants, mais Keenan m'avait donné d'excellentes leçons d'activités illégales. Les gens cupides prêts à payer des objets précieux négociables dans le monde entier ne manquaient pas. Si les nazis avaient perdu la guerre, tous n'étaient pas ruinés à la fin des hostilités. C'est cet or espagnol qui m'a ouvert pour de bon le monde des affaires en lançant l'activité mondiale des Industries Meyer : les transports maritimes, le commerce et la production dans de nombreux pays. Cela aurait peut-être marché de toute façon, mais sûrement pas aussi vite.

Nous avons refermé et recouvert l'entrée des ruines. L'église est restée abandonnée pendant très longtemps. Les ruines romaines n'ont été découvertes qu'en 1987, lorsqu'on a entrepris de restaurer la cathédrale Santa-María.

Je l'ai appris par *El País*, le quotidien espagnol auquel je suis abonné. Les journalistes se concentraient surtout sur le spectaculaire théâtre romain resté caché pendant mille ans, mais ils disaient aussi que l'on avait trouvé, pendant les fouilles, les squelettes de trois hommes au fond d'un ancien puits romain. Des médecins légistes qui les avaient examinés affirmaient qu'ils dataient de la guerre civile et qu'il n'était pas question de crimes commis de nos jours, bien que les victimes aient été tuées avec deux armes différentes, dont l'une se trouvait dans le puits.

Il n'était pas possible d'identifier les cadavres, ce qui n'avait pas très grande importance. Dix ans après l'introduction de la démocratie, on commençait à admettre les horreurs de la guerre civile et à faire l'examen de conscience nécessaire. On retrouvait des fosses communes que l'on recouvrait de nouveau. Les trois corps du puits ont été inhumés sous une croix blanche dans le cimetière de Carthagène et l'on peut lire sur la pierre lisse *Victimes inconnues de la folie de la guerre. Dieu protège leur âme.* Je connais ces détails parce que j'ai mis une fleur sur leur tombe il y a quelques années, et pour saluer Joe, dont j'ai sollicité la compréhension, j'ai versé un verre de whisky sur la tombe sèche et pierreuse.

Je suis devenu un idiot sentimental, sur mes vieux jours.

J'ai dépensé beaucoup d'argent et déployé beaucoup

d'efforts pour savoir ce qui était arrivé à Mads. Ce n'est qu'en 1958 que j'ai éclairci la façon dont il avait péri, lorsque mes détectives ont trouvé Bertil, en Suède.

Ils ont trouvé Rafael deux ans plus tard, dans une maison de retraite de la banlieue de Barcelone, mais il avait la maladie d'Alzheimer et ne se souvenait de rien. En fait, j'avais décidé de le faire tuer ou de l'abattre moi-même, mais quand j'ai vu ce vieillard brisé, bavant dans un fauteuil roulant, j'y ai renoncé. Sa vie était pire que la mort. De plus, Bertil ne pouvait guère avoir raison. Rafael n'était peut-être qu'un outil, le vrai coupable était Kaverin qui brûle toujours, je l'espère, dans l'enfer où je l'ai expédié.

J'ai quitté la maison de retraite d'excellente humeur.

La vengeance est un acte détestable, mais elle m'a toujours apporté beaucoup de plaisir.

J'ai ensuite cherché Mads à Teruel, cela va de soi, mais on ne l'a jamais trouvé ni identifié. Comme il n'avait, de toute façon, aucun papier sur lui, il doit simplement faire partie de tous ceux qui ont péri cet hiver-là au cours de la bataille sanglante de Teruel. Ses ossements sont à coup sûr pulvérisés. Ils resteront pour l'éternité dispersés dans le sous-sol de cette capitale moderne de l'Aragón. Son tombeau pourrait être un parking, un immeuble de bureaux, un complexe locatif ou encore une plaza sympathique, où les touristes prennent un verre au soleil de l'après-midi, après avoir visité le mausolée de l'église Saint-Pierre et admiré la dernière demeure des Amants de Teruel, dont on leur a conté la légende.

L'Espagne est redevenue une démocratie en été 1977 et j'ai pu faire mes recherches ouvertement, sans courir le danger qu'on nous arrête, moi ou mes détectives, comme c'était le cas sous la dictature fasciste de Franco. Mais il n'y avait rien à faire, ils n'ont jamais rien trouvé.

Je suis retourné en Espagne et j'ai tiré profit de ma notoriété pour lancer un appel dans les médias espagnols, en espérant, par ce moyen, convaincre des particuliers qui savaient quelque chose de se faire connaître. Les seuls à se présenter ont été de petits escrocs qui avaient flairé l'argent. Il a fallu, à contrecœur, que j'accepte que mon petit frère partage le sort de beaucoup trop d'autres victimes et qu'il ait disparu pour toujours, dans l'immense cimetière des soldats inconnus de notre planète.

J'ai également tenté de retrouver le bateau disparu de Kaverin et les cinq cents caisses volées contenant l'or des Incas, en embauchant pour cette mission les détectives les plus discrets et les plus coûteux, mais ils n'ont rien trouvé. Le seul résultat qui ressemble à une explication est la certitude que, dans un incendie causé par un bombardement, un cotre a sombré en Méditerranée, à peu près au moment où le bateau chargé d'or pourrait avoir pris la mer. Cette attaque aérienne a été confirmée par un message du commandement suprême allemand. C'est une possibilité, mais je n'y crois pas. Pour moi, les caisses ont été cachées dans l'une des innombrables grottes de l'Espagne, où elles attendent qu'un heureux élu les découvre. À moins qu'elles n'aient sombré malgré tout et qu'un plongeur amateur chanceux voie un jour cet or lui faire signe en luisant dans les fonds marins.

Je rêve de cet or. Je suis riche, mais le fait d'avoir de l'argent n'a jamais empêché personne d'en vouloir encore plus, tout particulièrement cet or étincelant.

Marie est partie avant de connaître les derniers moments de Mads. Elle n'a jamais oublié notre frère mais elle parlait rarement de lui, et en réalité, elle m'avait dégagé de ma promesse. Je n'étais pas tenu de consacrer ma vie à rechercher quel avait été son destin, nous devions vivre notre vie puisque rien ne ramènerait Mads. Elle me l'a dit plusieurs années avant que je parvienne à trouver Bertil.

Je ne lui ai jamais narré dans les détails ce que j'avais vécu en Espagne ou à Moscou, je ne lui ai jamais avoué que son frère était un assassin.

Marie, qui ne s'est jamais mariée, se moquait des bavardages suscités dans notre ville par les hommes jeunes qui s'installaient régulièrement au sanatorium, l'un après l'autre, malgré leur bonne santé apparente. Elle avait repris la direction du centre de cures après la mort du médecin chef. Notre père avait au moins fait la seule chose qui s'imposait en lui léguant l'ensemble de ses biens, n'en laissant qu'une petite part à la brebis égarée. Dirigé par Marie, le sanatorium est devenu une excellente affaire, éminemment respectée au Danemark comme à l'étranger après la fin de la guerre. Elle avait hérité de l'habileté et de l'efficacité du médecin chef, mais aussi de son cœur malade, malheureusement.

Est-elle morte heureuse ? Je n'en sais rien.

Son dernier amant en revanche, un jeune poète de Copenhague qui n'avait que vingt-cinq ans, a été anéanti et affolé à la fois, quand elle s'est éteinte dans ses bras. Mais la fin de Marie n'a pas tardé à éveiller en lui une certaine inspiration poétique, puisque le fait d'avoir contribué à éprouver si fort le cœur de sa maîtresse pouvait être considéré comme un effet secondaire macabre de sa virilité. Son célèbre poème intitulé *La Chevauchée amoureuse de la Mort*, resté au programme des lycées pendant plusieurs années, est oublié de nos jours, de même que son auteur.

Dieu a joué avec nous, ce jour-là, puisque Marie est morte le 10 juin 1958, le jour où Bertil m'a raconté l'histoire de Mads et sa fin dans les ruines glaciales de Teruel, ce jour où j'ai enfin acquis une certitude et connu un semblant de paix.

Cette date est aussi celle de mon anniversaire.

J'aimerais avoir la foi et croire aux promesses des dieux qui nous disent qu'ennemis et amis se retrouveront au Walhalla pour partager un banquet éternel, mais ce don m'est refusé.

Je pense aux Amants de Teruel, qui reposent côte à côte dans leur tombeau, aux gisants qui les représentent, sur le couvercle de leur sarcophage respectif. Elle porte une robe élégante alors qu'un voile recouvre en partie le corps puissant et musclé de son amant. Ils sont jeunes et beaux dans l'éternité de la mort. Les deux sarcophages sont distincts, mais les gisants se tendent la main. Au premier coup d'œil, on dirait que, dans l'au-delà, ils ont enfin réussi à se tenir la main, mais c'est une illusion car en y regardant de près, on découvre qu'entre leurs doigts, il reste un jour minuscule. Même morts, ils ne sont pas réunis.

Je tends la main pour appeler Irina, comme cela m'arrive souvent en rêve. Je la vois dans un paysage espagnol jauni, recuit par le soleil, son appareil photo au cou, en chemisier et pantalon kaki. En riant, elle me tend la main, elle aussi. Nous restons ainsi un moment, puis elle disparaît dans une nuit éternelle. Je souhaite que nos mains puissent enfin s'unir dans la nuit éternelle qui m'attend.

Car cet anniversaire sera le dernier. On pourra imprimer mes nécrologies parce que, bientôt, Magnus Meyer ne sera plus de ce monde.

Bibliographie succincte et remerciements

J'ai commencé à me documenter sur la guerre civile espagnole dès 1967, après avoir dû certifier, afin d'obtenir un visa pour les États-Unis dans le cadre des échanges d'étudiants, que je n'avais pas fait partie du bataillon Thaelmann. Cette période m'a toujours intéressé, j'ai donc lu de nombreux livres d'histoire, des souvenirs, des romans et des reportages concernant cette guerre et les Brigades internationales.

L'histoire des réserves d'or espagnoles et de ce qu'elles sont devenues m'a toujours fasciné puisque ce trésor, la quatrième réserve d'or et d'argent au monde, a disparu du territoire espagnol pour finir à Moscou. Est-ce la vérité ? Et s'agit-il de la totalité de ce trésor ?

L'énumération de tous les livres que j'ai lus au fil des ans m'entraînerait trop loin, je me bornerai donc à mentionner ceux qui m'ont le plus servi de référence dans mes recherches en vue de ce roman. Ils pourraient inciter le lecteur à se documenter davantage sur la guerre civile espagnole et sur ses relations avec le Danemark.

Parmi les œuvres de caractère général, j'ai toujours recours à l'étude classique de Hugh Thomas : *The Spanish Civil War*. Mon exemplaire en anglais de ce livre date de 1968, mais il existe aussi dans d'autres langues. Une autre introduction générale, moins détaillée mais très instructive, est celle d'Antony Beevor dont le titre est le même.

En ce qui concerne les quelque cinq cents volontaires danois partis en Espagne, mes sources proviennent de trois livres en danois écrits par des Danois et parus respectivement en 1952, en 1986 et en 1998. Ils ne sont pas traduits dans d'autres langues.

Je me suis toujours intéressé au poète danois Gustaf Munch-Petersen dont la brève vie d'artiste a pris fin en Espagne, sans que l'on sache réellement comment. Les deux livres que son destin a inspirés à un auteur danois communiste datent respectivement de 1992 et de 2007.

Le livre de George Orwell intitulé *Hommage à la Catalogne* est un classique sur les volontaires de toutes les nationalités et les divisions internes qui ont opposé les communistes aux différents groupes et partis de la gauche républicaine espagnole. Ce livre est le récit de ce qu'Orwell a vécu personnellement à Barcelone et sur le front d'Aragón.

J'ai revu le film de Ken Loach : *Land and Freedom*, consacré aux mêmes conflits, qui date de 1995. On trouvera aussi sur Internet une masse de documents de qualité très inégale sur la guerre civile espagnole et les Brigades internationales. J'ai lu des livres parus en Espagne ces dernières années, en particulier *Guerra Civil Española. Fotografías Inéditas*, Susaeta Ediciones, Madrid. Ces photos non censurées consacrées à la vie au front et à l'arrière, pourraient avoir été prises par Irina. Des clichés dramatiques de la guerre civile espagnole, souvent signés Robert Capa, ont peut-être aussi été pris par sa jeune amie Gerda Taro, tombée en Espagne en 1937, au cours d'une mission photographique.

J'ai lu au cours des années un nombre incalculable de livres et de récits sur Staline et sur son régime, dont la cruauté ne cessera jamais, apparemment, de fasciner et de terrifier les hommes.

Je ne nommerai qu'un roman, relu lors de la rédaction du présent roman : *Le Zéro et l'Infini*, le livre monumental et émouvant d'Arthur Koestler (traduction française Jérôme Jenatton, Calmann-Lévy, 1945), qui en dit plus long que de nombreuses études érudites sur ce qui amena des communistes convaincus à faire des aveux absurdes ou à écrire toute une série de lettres à Staline, parce qu'ils étaient sûrs que s'ils le prévenaient de ce qui se passait dans les sous-sols de la Loubianka, tout s'arrangerait. D'après eux, il ne pouvait qu'ignorer ces tortures.

Koestler, communiste convaincu jusqu'en 1938, avait

perdu toute illusion depuis qu'il avait vu bon nombre de ses camarades d'abord traînés sur le banc des accusés, à la Maison des syndicats, avant de finir exécutés d'une balle dans la nuque à la prison de la Loubianka.

Je me suis autorisé quelques libertés vis-à-vis de l'Histoire. Le pire des bombardements dont a souffert Albacete a eu lieu en février 1937, un an à peine avant celui que je décris dans mon roman. Le correspondant de l'agence Reuter du nom de Ian Fleming ne se trouvait pas à Moscou en 1938, mais en 1933. Il a couvert, à l'époque, un procès qui s'est déroulé à la Maison des syndicats, il logeait à l'hôtel National et cette expérience pourrait lui avoir inspiré la création ultérieure du personnage de James Bond.

De nos jours, Albacete est une agréable ville de province qui vaut certainement le détour. Les arènes existent toujours, la gare a été déplacée, la caserne de la Garde civile transformée et le petit artisanat des vendeurs de couteaux remplacé par des industries.

Mais le Gran Hotel est toujours là, et l'on peut prendre une tasse de café sur une terrasse de la plaza del Altozano et même visiter le petit musée aménagé dans l'ancien abri situé sous la plaza. Et pourquoi ne pas pousser jusqu'à Madrigueras, qui n'est qu'à trente kilomètres et dont l'église a été très bien restaurée ?

Il en est de même pour Carthagène, dont les ruines romaines, de nos jours, font partie des grandes attractions de la ville. Au pied de la colline de la Conception où Joe Mercer et Magnus Meyer se sont abrités, un très beau musée de la guerre civile espagnole a été créé dans le Refugio d'autrefois. Comme le font Joe et Magnus, on peut s'attabler ensuite au Restaurante Columbus, sur la calle Mayor. Les tapas et le vin qu'on sert de nos jours sont un peu meilleurs que les œufs au plat et les haricots qu'avalaient Meyer et Mercer en raison des pénuries de la guerre. À Teruel, en Aragón, les Amants de Teruel ont à présent leur musée où l'on peut voir et entendre cette version espagnole de la légende de Roméo et Juliette.

J'aimerais remercier l'aimable personnel du musée régional de Give, qui m'a autorisé à étudier les lettres et les photos rassemblées à propos de l'étonnante piscine en plein air de Tinnet Krat. Les vestiges de ce projet sont visibles de nos jours près de la source de la Gudenå. C'est d'ailleurs d'une visite à Tinnet Krat, dont ma femme Ulla avait lu la description il y a sept ans, qui a été le germe de ce roman.

Avant tout, je remercie une fois de plus Ulla pour sa lecture et ses conseils. Elle a été, comme toujours, une compagne de voyage charmante et stimulante en Espagne et à Moscou, où la grande maison du fleuve, surmontée aujourd'hui de l'étoile de Mercedes, témoigne par ses plaques commémoratives d'un passé sanglant récent et des changements énormes qui ont eu lieu en Russie. L'hôtel National, devenu l'un des hôtels moscovites les plus chers, a été superbement restauré et modernisé, et la salle d'Octobre, de même que la salle des Colonnades, offrent leur cadre à des concerts classiques dans la Maison des syndicats.

Encore merci à Ulla qui a écouté patiemment, pendant nos voyages, mes discours sur la guerre civile espagnole, sur les volontaires danois en Espagne et sur les procès fictifs de Moscou, dont elle avait déjà entendu une grande partie au cours de nos trente années de vie commune.

Ma gratitude va aussi à Otto Lindhardt qui, une fois de plus, a pris le temps de lire mon manuscrit avec sa précision habituelle et à mon éditeur, Hans Henrik Schwab, qui non seulement est bon lecteur mais aussi un homme patient qui comprend qu'au lieu de presser un écrivain, mieux vaut lui laisser trouver son propre rythme.

Je suis seul responsable des erreurs et des manques éventuels de ce livre. L'histoire de l'or espagnol est exacte, mais la description que j'en fais dans ce livre est imaginaire. Mes personnages sont fictifs et toute ressemblance avec des personnes réelles est fortuite, sauf s'ils portent les noms exacts de personnages historiques.

Achevé d'imprimer en mars 2014
sur les presses de Normandie Roto Impression s.a.s.
à Lonrai (France) - N° d'imprimeur : 1400899

Imprimé sur Munken Print Cream 70 g.

Dépôt légal : première édition, avril 2014